CATHERINE COULTER

Vergeben, nicht vergessen

Buch

Nach einer tödlichen Schießerei in seinem Gerichtssaal flüchtet Richter Ramsey Hunt in die Einsamkeit der Colorado Mountains. Als er eines Tages ein total verängstigtes, verstummtes und verletztes kleines Mädchen entdeckt, entschließt er sich, die Kleine erst einmal in der Geborgenheit seiner Hütte gesund zu pflegen. Sein Traum von Ruhe und Frieden nimmt damit allerdings ein jähes Ende: Erst trachtet Molly Santera, die Mutter des Kindes, die ihn für einen Verbrecher hält, nach seinem Leben. Nur mühsam kann er sie von seiner Unschuld überzeugen. Dann jagen ihn plötzlich zwei Killer, die auf der Spur des Kindes sind. Scheinbar kann nur der Großvater der kleinen Emma, ein Unterweltboss in Chicago, ihr Schutz gewähren. Aber es ist eine trügerische Sicherheit für Emma und ihre Mutter Molly, denn das tödliche Labyrinth aus Gewalt, Verrat und Korruption wird immer verschlungener. Da schalten sich unerwartet die FBI-Agenten Dillon Savich und Lacey Sherlock ein – und Molly, Emma und Ramsey werden endgültig zur Zielscheibe der Verfolger ...

Autorin

Catherine Coulter ist seit langem eine sehr erfolgreiche Romanautorin, doch erst mit ihren spannend-romantischen Thrillern gelang ihr der große Durchbruch, der sie in alle amerikanischen Bestsellerlisten katapultierte. Sie lebt in Nordkalifornien.

Catherine Coulter im Blanvalet Taschenbuch

Wo keiner dich hört. Roman (35184)

CATHERINE COULTER

Vergeben, nicht vergessen

Roman

Aus dem Amerikanischen
von Inez Meyer

BLANVALET

Die Originalausgabe erschien 1998
unter dem Titel »The Target« bei G. P. Putnam's Sons,
a member of Penguin Putnam Inc., New York.

Umwelthinweis:
Alle bedruckten Materialien dieses Taschenbuches
sind chlorfrei und umweltschonend.
Das Papier enthält Recycling-Anteile.

Blanvalet Taschenbücher erscheinen im Goldmann Verlag,
einem Unternehmen der Verlagsgruppe Bertelsmann.

Deutsche Erstveröffentlichung Juni 2000

Umschlaggestaltung: Design Team München
Umschlagfoto: Frank Schott
Satz: deutsch-türkischer fotosatz, Berlin
Druck: Elsnerdruck, Berlin
Verlagsnummer: 35185
Lektorat: Maria Dürig
Redaktion: Petra Zimmermann
Herstellung: Heidrun Nawrot
Made in Germany
ISBN 3-442-35185-5

1 3 5 7 9 10 8 6 4 2

Mein Dank gilt Alex McClure,
Esquire, für ihre unerschrockene
Unterweisung der Abläufe eines
bundesstaatlichen Rechtssystems.

Für Dr. Anton Pogany,
der den Instinkt,
die Geduld und
die Leichtigkeit besitzt –
mit anderen Worten,
die passende Ausrüstung hat.
Lass uns weiterkochen.

Prolog

Er hatte den Mann deutlich vor Augen: groß, dunkel gekleidet, eine starre Silhouette vor dem neblig grauen Himmel. Er betrat einen riesigen Granitbau, hässlich und uninteressant, mit einer Unzahl von Fenstern, die, von den allerobersten einmal abgesehen, eigentlich auf gar nichts hinausschauten. Plötzlich stand er hinter dem Mann, unmittelbar hinter seiner Schulter, hielt mit ihm Schritt und beobachtete, wie er mit dem Aufzug in das neunzehnte Stockwerk fuhr. Fast schon neben ihm laufend, begleitete er ihn den langen Korridor entlang, wo er eine Tür zu einem weitläufigen Büro öffnete. Eine freundliche Sekretärin empfing ihn und lachte über eine von ihm gemachte Bemerkung. Er beobachtete, wie der Mann noch zwei weitere Leute begrüßte, einen jungen Mann und eine junge Frau, beide gut gekleidet und beide offenbar ihm unterstellt. Er betrat mit dem Mann zusammen ein großes Büro, sah die amerikanische Flagge, einen voluminösen Schreibtisch mit einem Computer, im Rücken eingebaute Wandregale, neben ihm das Fenster. Dann stand er dicht hinter dem Mann und hätte die Hand ausstrecken und ihm helfen können, seinen langen, schwarzen Talar überzuziehen. Er beobachtete ihn dabei, wie er die beiden Verschlüsse festzurrte. Der Mann öffnete die Tür und betrat einen großen Saal, sein Gesichtsausdruck ernst, fast schon kalt, jeglicher Humor von vorhin wie weggewischt. Ein Klingeln ertönte und hörte in dem Moment auf, als er den Saal betrat. Es wurde vollkommen still.

Plötzlich begann sich der Saal zu drehen, Gesichter verschwammen miteinander, die Luft des Raums wurde schwer und schwerer, dann wurden die beiden Haupttüren aufgerissen, und drei Männer stürzten herein. Sie trugen Gewehre, Angriffswaffen, die einer russischen AK47 ähnelten. Sie schossen, Menschen schrien, Blut spritzte auf. Er beobachtete, wie sich die Gesichtszüge des Mannes vor Schreck und Wut verspannten. Plötzlich bemerkte er, wie der Mann mit fliegender Robe über die Barriere sprang, die ihn von den anderen Menschen im Saal trennte. Sein Bein verharrte in der Luft, er drehte sich um die eigene Achse und griff an. Seine Bewegungen waren so schnell, dass man sie nicht deutlich erkennen konnte. Jemand schrie laut auf.

Jetzt war er dicht hinter dem Mann, hörte seinen Atem, spürte seine angestaute Wut, diese unbändige Anspannung und Konzentration, und er begann zu grübeln.

Plötzlich drehte sich der Mann erneut herum, diesmal, um ihm ins Gesicht zu blicken. Er starrte sich selbst an, sah tief in die Augen eines Mannes, der gerade gemordet hatte und wieder morden würde. Er fühlte, wie sich der Speichel in seinem Mund sammelte, fühlte die angespannten Muskeln, fühlte, wie sein Arm zuschlug und den Mann dann an der Gurgel packte.

Jäh richtete er sich auf und strampelte das Laken, das ihn wie bei eine Mumie dicht umhüllt hatte, von sich. Ein Schrei erstarb auf seinen Lippen. Er war schweißgebadet, das Haar klebte ihm am Kopf. Sein Herz schlug so schnell und laut, dass er zu explodieren glaubte. Da war er wieder, dachte er, dieser verdammte Traum. Es schien ihm, als ob er es nicht mehr länger würde ertragen können.

Eine Stunde später ging er aus dem Haus und verschloss sorgfältig die Tür. Er war auf dem Weg zu seinem Auto, als ein Mann aus dem Gebüsch sprang und ihn mit einem Blitzlichtgewitter blendete. Das war zu viel.

Er hechtete auf den hinstürzenden Fotografen zu, verkrallte sich in seinen Hemdkragen und schrie ihm ins Gesicht: »Sie sind zu weit gegangen, Sie Mistkerl!« Er grabschte sich die Kamera, zerrte den Film heraus und schmiss ihn weg. Dann schmetterte er dem Mann, der ihn, auf dem Rücken liegend, anstarrte, die Kamera vor die Füße.

»Das können Sie nicht tun!«

»Ich habe es gerade getan. Runter von meinem Grundstück.«

Der Mann stolperte auf die Füße und presste die Kamera gegen die Brust. »Ich werde Sie verklagen! Die Öffentlichkeit hat ein Recht auf diese Information!«

Am liebsten hätte er den Mann zu Brei verprügelt. Sein Verlangen danach war so heftig, dass er bebte. In diesem Augenblick wurde ihm klar, dass er gehen musste. Er würde sich sonst vielleicht nicht mäßigen können, durchdrehen und tatsächlich einen dieser Mistkerle ernsthaft verletzen. Oder er würde schlichtweg verrückt werden.

1

Rocky Mountains, im Frühling

Er stand am Rande des Bergabhangs, der gute siebzig Meter abfiel, ehe er in den von Bäumen bestandenen Tälern und weichen, von wilden Blumen bewachsenen Hügeln zwischen den auseinander klaffenden Kämmen mündete. Er atmete die frische Luft ein, die so rein war, dass ihm davon die Lunge brannte. Um der Wahrheit Genüge zu tun, brannte sie heute bereits weniger als gestern noch. Schon bald würde die reine Bergluft in zweitausend Meter Höhe ihm völlig normal erscheinen. Gestern erst war ihm aufgefallen, dass er den ganzen Tag nicht einen Gedanken an Telefon, Fernseher, Radio, Faxgerät und die Geräusche aus den umliegenden Büros verschwendet hatte, aus denen heraus Menschen ihn mit Fragen überhäuften. Und an diese grässlich blendenden, ständig gegenwärtigen Blitzlichter. Endlich begann er abzuschalten und zumindest ab und an das zu vergessen, was vorgefallen war.

Er blickte über das Tal hinweg auf das raue Bergmassiv, das sich endlose Kilometer weit in der Form unregelmäßiger Zähne ausdehnte. Herr Goudge, der Besitzer der Union-Gas-Tankstelle unten in Dillinger, hatte ihm erzählt, dass viele der hier Ansässigen, darunter zahlreiche Ursiedler, die Ansammlung zackiger Bergspitzen als Ferengi-Massiv bezeichneten. Der höchste Gipfel brachte es auf viertausend Meter und kippte ein wenig Richtung Süden ab, was ihm das Aussehen eines verunglückten Phallus verlieh. Er hatte nicht die Absicht, einen Berg mit einer so offensichtlichen Form zu besteigen. Die Leute unten in Dillinger witzelten über diesen

Gipfel und erzählten, was für ein prachtvoller Anblick es sei, wenn im Frühjahr der Schnee herunterrutschte.

Wie so oft zuvor wurde er sich der Tatsache bewusst, dass er ganz und gar alleine war. Auf der Erhöhung, auf der er sich befand, wuchsen dichte Koniferenwälder, hauptsächlich Birken und Tannen und mehr Ponderosakiefern, als man hätte zählen können. Auch Zittergras gab es reichlich. Nicht eine einzige der Holzrodungsfirmen hatte jemals dieses Land überfallen. Auf der anderen, noch höher gelegenen Seite des Tals wuchsen weder Bäume noch Blumen, so wie auf seiner Alpenwiese. Dort gab es nur Schnee und unberührte Natur, jede Menge wilder Schönheit, die von keiner Menschenhand jemals angefasst worden war.

Er blickte in Richtung des kleinen Ortes Dillinger am Ende des Tals, das sich unter ihm von Osten nach Westen streckte. Tausenfünfhundertdrei Menschen lebten dort. In den achtziger Jahren des letzten Jahrhunderts hatten die Silberminen es zu einer rasch expandierenden Ortschaft gemacht. Damals hatten annähernd dreißigtausend Menschen das Tal fast zum Bersten gebracht – Bergarbeiter, Prostituierte, Ladeninhaber, Verbrecher, dann und wann ein Sheriff und ein Priester, wenig Familien. Das gehörte schon lange der Vergangenheit an. Die Nachfahren der Leute, die nach dem Schließen der Silberminen geblieben waren, kümmerten sich heute um den kärglichen Zugang der Sommertouristen. Im Tal weideten zwar einige Rinderherden, doch boten sie einen kümmerlichen Anblick. Er hatte Bergziegen und Steinböcke in unmittelbarer Nähe der Rinderherden beobachtet. Gabelantilopen grasten auf den unteren Hängen, und Kojoten streiften ab und zu herum.

Er war mit seinem Allradjeep nur ein einziges Mal seit seiner Ankunft hinuntergefahren, um seine Lebensmittelvorräte in Clements Laden aufzustocken. War das am Dienstag gewesen? Vor zwei Tagen? Er hatte ein Paket tiefgekühlter Erbsen gekauft und dabei vergessen, dass er kein Tiefkühlfach hatte, sondern lediglich einen kleinen, sehr modernen Kühlschrank, der von dem vor der Hütte stehenden Generator gespeist wurde. Also hatte er die Erbsen auf seinem Holzkohleofen gekocht und die ganze Packung im Schein einer hellen Lampe aufgegessen, die ebenfalls von dem Generator betrieben wurde.

Er streckte sich, sah zwei Beute suchende Falken vorüberfliegen, nahm seine Axt und ging zum Baumstumpen neben der Hütte, wo er Holz spaltete. Es dauerte nicht lange, ehe er seine Daunenjacke auszog, dann sein Flanellhemd, gefolgt von seinem Unterhemd. Immer noch schwitzte er. Er steigerte seinen Rhythmus. Die Sonne fühlte sich heiß und angenehm auf seiner Haut an und wärmte seine Muskeln. Er fühlte sich kräftig und gesund, es ging ihm gut. Er wusste, dass er mehr Holz spaltete, als er in der nächsten Woche würde aufbrauchen können, aber er behielt den schnellen, geschmeidigen Rhythmus bei, spannte und entspannte die Muskeln, die sich kraftvoll zusammenzogen, um sich dann wieder zu lockern.

Kurz hielt er inne, um sich mit dem Hemdsärmel den Schweiß von der Stirn zu wischen. Selbst der Schweiß roch frisch, als ob sein Körper innerlich rein wäre.

Er hörte ein Geräusch.

Ein kaum wahrnehmbares Geräusch. Es musste ein Tier sein. An die Eulen und Rotfalken, an die Backenhörnchen, Stinktiere und die Wölfe hatte er sich gewöhnt. Dies aber war ein anderes Geräusch. Hoffentlich wollte sich nicht ein weiteres menschliches Lebewesen auf diesem Hügel niederlassen. Seine Hütte stand auf der erhöhten Ebene ganz allein. Es gab noch andere Hütten, doch sie lagen etwas tiefer und mindestens eine halbe Meile entfernt. Außer im Sommer zum Wandern kam niemand bis hierher. Jetzt war es Mitte April. Noch gab es keine Wanderer. Er hob erneut seine Axt. Mitten in der Bewegung hielt er inne, als er das Geräusch erneut vernahm.

Es hörte sich wie ein verzweifelter Schrei an – von einem

jungen Kätzchen? Aber das wäre absurd. Dennoch zog er sich sein Flanellhemd und die Daunenjacke über. Er beugte sich vor und hob die Axt auf. Das Gewicht fühlte sich gut an. Hatte ein Fremder seinen Berg erklommen?

Er stand bewegungslos und ließ die Stille auf sich wirken, bis er mit ihr zu verschmelzen schien. Er fühlte die kühle Nachmittagsbrise in seinem Haar. Dann hörte er es wieder, ein leises, wimmerndes Geräusch, etwas undeutlicher dieses Mal, mittendrin unterbrochen, als ob man es gespalten habe.

Als ob das Lebewesen dem Tod nahe sei.

Er rannte über die flache Wiese vor seiner Hütte, rannte in den Kiefernwald, der seine hoch gelegene Wiese umsäumte, verlangsamte wegen des Unterholzes und hoffte, sich in die richtige Richtung zu bewegen, war sich aber noch während des Rennens unsicher.

Er hörte nur seinen eigenen Atem. Spärlich drangen Sonnenstrahlen durch die dichten Bäume. Es war jetzt später Nachmittag und im dichten Wald schon fast dunkel. Keinerlei Geräusche. Nichts. Er hörte ein gleitendes Scharren. Er wirbelte herum und erblickte eine Prärieklapperschlange, die sich ihren Weg unter einen moosbewachsenen Felsen bahnte. Selten verirrten sich Schlangen in diese Höhe der Berge.

Er verharrte ebenso reglos wie die Bäume um ihn herum. Er spürte einen Krampf in seinem rechten Oberarm. Langsam setzte er die Axt auf dem Boden ab.

Plötzlich hörte er erneut das Geräusch, ziemlich in der Nähe, erstickt und schwach, ein Geräusch, das fast wie sein eigenes Echo schien, wie eine Erinnerung an etwas, was bereits vergangen war.

Mit weit ausgreifenden Schritten und die Augen geradeaus gerichtet, ging er weiter und kam an eine kleine Lichtung. Dort schien die Nachmittagssonne immer noch hell. Üppiges hohes Gras wogte im Wind. Taubenblaue Akelei, das Wahrzeichen Colorados, blühte wild und zart und hieß jetzt schon den Frühling willkommen. Es war ein schöner Platz und einer, den er bisher auf seinen täglichen Wanderungen noch nicht entdeckt hatte.

Er blieb stehen, sein Gesicht lauschend zu der schräg einfallenden Sonne erhoben. Ein Eichhörnchen kletterte einen Baum hinauf, ein eindeutiges Geräusch, das er schnell einzuordnen gelernt hatte. Das Eichhörnchen huschte einen dünnen Ast entlang, der sich dabei nach unten bog, wobei die Blätter unter dem Gewicht und der Bewegung raschelten.

Dann war nichts mehr, außer Stille.

Die Sonne würde nicht mehr lange scheinen. Die Schatten begannen bereits lang zu werden und schluckten das Licht. Schon bald würde der Wald so dunkel sein wie Susans Haar. Nein, er wollte nicht an Susan denken. Es war schon lange her, dass er an Susan gedacht hatte. Es war Zeit nach Hause zu gehen, zurück zu seiner Hütte, wo er im Kamin bereits am Morgen das Holz ausgelegt hatte, das nur noch auf ein Streichholz wartete. Im Schichten von Holz in Kamin und Herd hatte er sich einiges Geschick erworben. Er würde sich ein paar frische Tomaten aufschneiden und etwas von dem Eisbergsalat, den er vor zwei Tagen bei Clement gekauft hatte, darunter mischen und dazu etwas Gemüsesuppe aufwärmen. Er trat wieder in den Kiefernwald.

Aber was hatte er gehört?

Es war jetzt dunkler als noch vor zwei Minuten. Er musste vorsichtig laufen. Sein Ärmel verfing sich in einem Ast. Um sich loszumachen, musste er die Axt abstellen.

In diesem Augenblick bemerkte er zu seiner Rechten etwas Gelbes. Einen Augenblick starrte er das helle Gelb an. Es bewegte sich nicht, genauso wenig wie er.

Schnell hob er seine Axt auf. Er bewegte sich auf den gelben Flecken zu und strengte seine Augen an zu erkennen, um was es sich handelte.

Es war ein Häufchen Etwas.

Aus einem Meter Entfernung erkannte er, dass es ein Kind war, ein reglos auf dem Bauch liegendes Mädchen. Ihr braunes Haar fiel ihr zerzaust über den Rücken und verdeckte das Gesicht.

Er sackte neben ihr auf die Knie. Einen Moment lang fürchtete er, sie anzufassen. Dann betastete er leicht ihre Schulter und schüttelte sie sacht. Sie bewegte sich nicht. Der Puls an ihrem Hals schlug langsam, aber regelmäßig. Gott sei Dank war sie lediglich bewusstlos und nicht tot. Er befühlte erst ihre Arme, dann die Beine. Nichts war gebrochen. Doch sie konnte innerliche Verletzungen erlitten haben. In diesem Fall würde er nur wenig ausrichten können. Vorsichtig drehte er sie um.

Auf ihren Wangen waren zwei lange Kratzer, das Blut getrocknet und verschmiert. Wieder legte er seinen Finger an den Puls in ihrem Nacken. Immer noch langsam, immer noch regelmäßig.

Er hob sie so umsichtig wie möglich auf, dann griff er nach seiner Axt. Er drückte das Mädchen an sich, um sie vor den niedrigen Kiefernästen und dem Unterholz zu schützen. Sie war klein, vermutlich nicht älter als fünf oder sechs. Ihm fiel auf, dass sie keine Jacke trug, lediglich ein gelbes T-Shirt und dreckige gelbe Jeans. Sie trug weiße Turnschuhe, von denen sich einer der Schnürsenkel gelöst hatte und die Enden herabhingen. Keine Socken, keine Handschuhe, keine Jacke, keine Mütze. Was machte sie ganz allein hier draußen? Was war ihr zugestoßen?

Er stoppte mit angehaltenem Atem. Er hätte schwören können, schwere Schritte im Unterholz gehört zu haben. Doch vermutlich bildete er sich das nur ein. Er drückte die Kleine fester an sich und legte an Tempo zu, wobei ihn das Geräusch knirschender Schritte verfolgte.

Es war schon tiefe Dämmerung, als er durch die Tür seiner Hütte trat. Er legte das Mädchen auf das Sofa und deckte es mit einer afghanischen Decke zu, ein altes, rotblaues Wollviereck, vermutlich betagter als er selbst und sehr warm. Er knipste alle Lampen an.

Dann wandte er sich um und blickte stirnrunzelnd auf die Eingangstür. Mit raschen Griffen verriegelte er sie. Er brummte, als er zusätzlich die Kette vorlegte. Lieber auf Nummer Sicher gehen, die Kette konnte nicht schaden. Dann zündete er den Kamin an. Innerhalb von zehn Minuten war das kleine Zimmer warm.

Das Kind war immer noch bewusstlos. Er strich ihr sacht über die Wange, dann lehnte er sich zurück und wartete.

Sein Tag endete völlig anders, als er erwartet hatte. »Wer bist du?«, fragte er das Kind. Ihr Gesicht lag von ihm abgewandt. Die Kratzer wirkten im Lampenschein tief und brutal.

Er holte eine Schüssel mit lauwarmem Wasser, die den ganzen Nachmittag auf dem Ofen gestanden hatte, ein Paar weiße Turnsocken, ein Stück Seife. Er wusch ihr Gesicht so vorsichtig, wie es mit dem über die Hand gezogenen Socken möglich war, und entfernte das Blut von den langen Kratzern.

Er holte eines seiner flauschigen weißen Unterhemden, das warm und von der jahrelangen Wäsche sehr weich geworden war, dann zog er sie aus. Er musste sie, so gut er konnte, untersuchen. Erst war er schockiert, dann wütend über das, was er entdeckte.

Sie war mit blauen Flecken und Schrammen übersät, manche von ihnen mit Blut verkrustet. Blut war zwischen ihren Beinen verschmiert. O Gott. Eine gequälte Sekunde schloss er die Augen.

Dann wusch er sie sorgfältig, wobei er keine weiteren Wunden oder Schnitte feststellte, lediglich Hautabschürfungen und Blutergüsse. Er drehte sie auf den Bauch. Lange, dünne Striemen überzogen von den Schultern bis zu den Füßen die Haut des Kindes. Es waren Striemen, die einander nicht überlappten. Sie waren sorgfältig platziert, als ob der Täter jeden Millimeter der kindlichen Haut habe markieren wollen, um so ein ganz bestimmtes Ziel, einen bestimmten Effekt zu erreichen. Sie war dünn und so weiß wie das saubere Unterhemd, das er ihr über den Kopf streifte. Das Unterhemd reichte ihr bis zu den Füßen. Er strich die Decke über ihr glatt und kämmte ihre Haare mit den Fingern durch. So behutsam wie möglich versuchte er die schlimmsten Verknotungen zu lösen. Es war gut, dass sie nicht wach war, während er sie versorgte. Seufzend lehnte er sich wenig später zurück und starrte das bewusstlose Kind an.

Er spürte, wie er vor Wut bebte. Welches Ungeheuer hatte diesem Kind das angetan? Er wusste, leider aus eigener Erfahrung, dass es zahlreiche dieser Bestien gab. Sollte er so einem Individuum mal begegnen, würde er sich gleichzeitig übergeben und den Mistkerl umbringen wollen.

Er wünschte, sie würde aufwachen. Sie lag da wie tot. Er überlegte, ob er sie ins Krankenhaus fahren sollte. Er hatte kein Telefon, konnte also niemanden anrufen. Sogar sein Handy hatte er zu Hause gelassen. Außerdem war es spät. Er wusste nicht, wo das Krankenhaus lag, wie weit es bis dahin war. Und er wusste nicht, wer ihr das angetan hatte, wer sie missbraucht und geschlagen hatte oder wo derjenige sich aufhielt. Er würde sie erst morgen zum Arzt bringen, heute würde er bei ihr bleiben und sie nicht aus den Augen lassen. Morgen würde er sie zur Polizei fahren. In Dillinger musste es einen Polizisten geben. Heute Abend jedoch würde er sich um sie kümmern. Wenn sie allerdings aufwachte und Schmerzen haben sollte, würde er sie ins Krankenhaus fahren, egal zu welcher Stunde. Aber nicht jetzt.

Hatte sie sich selbst gerettet, war sie irgendwie geflüchtet und in den Wald gerannt? War sie über eine Wurzel oder einen Stein gestolpert und hatte sich den Kopf verletzt? Oder hatte das Ungeheuer, das sie missbraucht hatte, sie dort abgelegt und dem Wald zum Sterben überlassen? Er beugte sich über sie und streichelte ihr zärtlich über den Kopf. Er konnte keine Beulen ertasten. Der Puls an ihrem Hals schlug nach wie vor langsam und regelmäßig.

Wenn sie dem Mann, der ihr das angetan hatte, entkommen war, so bedeutete das, dass der Schuft nach ihr suchte.

Das hatte er bereits intuitiv erfasst, als er sie in seine Hütte getragen hatte. Aus diesem Grund hatte er auch die Tür verriegelt. Er überprüfte sein Browning Savage 99 Gewehr. Es war bereits mit einem .243-Magazin geladen. Auf dem Tisch neben dem Sofa lag seine Smith & Wesson .357 Magnum. Diesen Revolver liebte er, seit sein Vater ihn ihm an seinem vierzehnten Geburtstag geschenkt und ihm seine Handhabung erklärt hatte. Wegen ihrer schwarzen Verkleidung aus rostfreiem Stahl wurde die Waffe »Schwarze Magie« genannt. Er schoss gerne, hatte die Waffe jedoch noch niemals gegen einen Menschen gerichtet.

Er nahm sie in die Hand. Wie gewohnt war sie durchgeladen. Mit dem Revolver in der Hand blickte er zur Tür.

Was für ein Kerl tat so etwas?

Er bereitete sich einen Salat zu und verspeiste ihn, ohne den Blick von dem Kind zu nehmen. Dann wärmte er die Suppe auf. Sie duftete wunderbar. Er hielt ihr einen Löffel davon unter die Nase. »Nun komm schon, möchtest du nicht ein wenig kosten? Campbell ist eine gute Marke, und die Suppe kommt heiß von einem alten Holzkohleofen. Es dauert zwar geraume Zeit, bis die Sachen warm werden, aber es klappt. Mach schon, meine Kleine, wach auf.«

Ihre Lippen bewegten sich. Er holte einen kleineren Löffel, tauchte ihn in die Suppe und presste ihn sanft gegen ihre Unterlippe. Zu seiner Überraschung und Erleichterung öffnete sie den Mund. Er flößte ihr die Suppe ein. Sie schluckte, und er gab ihr mehr.

Sie aß fast die halbe Schüssel. Erst dann öffnete sie die Augen. Sie machte einen verwirrten Eindruck. Zögernd wandte sie ihm ihr Gesicht zu und schaute zu ihm auf. Er lächelte und sagte: »Hallo, hab keine Angst. Ich heiße Ramsey. Ich habe dich gefunden. Du bist jetzt in Sicherheit.«

Sie öffnete die Lippen und machte das merkwürdigste Geräusch, das er jemals gehört hatte, ein leises Wimmern, das tiefe Angst und Hilflosigkeit signalisierte.

»Ist schon gut. Keiner wird dir hier wehtun. Bei mir bist du sicher.«

Ihr Mund öffnete sich, doch es kam kein Ton heraus. Ihre Arme schossen unter der afghanischen Decke hervor, und wortlos drosch sie auf ihn ein. Das einzige Geräusch, das ihre Kehle von sich gab, war ein grauenhaftes Wimmern. Er wollte dieses entsetzte Häuflein Mensch an sich drücken, sie beschützen.

Eilig setzte er die gefährdete Suppenschale ab und nahm das tobende Kind an den Handgelenken. Ihre Augen schlossen sich schmerzerfüllt. Beide Handgelenke waren aufgeschürft. Man hatte sie gefesselt. »Es tut mir Leid, meine Kleine. Es tut mir wirklich Leid. Bitte wehre dich nicht gegen mich. Ich werde dir nichts tun.«

Sie rollte sich zu einer Kugel zusammen und drehte ihm, die Hände über dem Kopf, den Rücken zu. Sie bewegte sich nicht mehr.

Er lehnte sich zurück und überlegte, was er tun sollte. Sie war total verängstigt. Sie hatte Angst vor ihm. War sie taub?

Sehr leise und in der Hoffnung, dass sie ihn hören würde, sagte er: »Deine Handgelenke und Fesseln sind verletzt. Soll ich sie dir verbinden? Dann wirst du dich besser fühlen.«

Hatte sie ihn gehört? Sie blieb stumm und reglos. Er zog ein altes Unterhemd unter einem mitgebrachten Kleidungsstapel hervor und zerriss es zu Streifen. Er fühlte ihre Anspannung, als er ihre Hand- und Fußgelenke säuberte, sie mit einer desinfizierenden Heilsalbe einrieb und anschließend mit den weichen Stoffstreifen verband. Nun hatte er alles getan, was momentan in seiner Macht stand. Langsam und jede abrupte Bewegung vermeidend erhob er sich und schaute auf sie herunter. Sie war wieder zu einer Kugel zusammengerollt, ihre Hände hatte sie unter die Decke gesteckt.

Zumindest hatte sie genügend Suppe gegessen. Verhungern würde sie nicht. Sie war warm. Sie war sauber. Er hatte ihr eine antibiotische Salbe auf die schlimmsten Verletzungen gestrichen. Umsichtig verschloss er die Läden und zog die Vorhänge zu. Niemand konnte nun hereinspähen. Er verrammelte die Fenster mit Bolzen. Wenn jetzt jemand hereinkommen wollte, würde er sie einschlagen müssen. Er ging zur Hintertür und verriegelte sie ebenfalls. Die Tür besaß jedoch keine Kette. Deshalb zog er einen der Küchenstühle heran und schob ihn unter den Türgriff. Falls jemand die Tür gewaltsam öffnen wollte, würde ihn das Poltern über den Fußboden wecken.

Ein letztes Mal betrachtete er sie. »Wenn du aufwachst, ruf mich. Ich heiße Ramsey. Ich wohne hier. Du bist völlig in Sicherheit. Okay? Wenn du auf die Toilette musst, sie ist gleich hinter der Küche. Sie ist sauber. Ich habe sie gerade gestern erst geputzt.«

Die Decke bewegte sich ein wenig. Gut, sie schien ihn verstanden zu haben. Aber sie gab keinen Laut von sich, nicht einmal dieses steinerweichende Wimmern.

Sein Bett stand auf der anderen Seite des Raums. Er zog sich nicht aus. Das Gewehr und seinen Smith & Wesson-Revolver legte er auf den kleinen Tisch neben dem Bett, unmittelbar neben die Leselampe. Er markierte sorgfältig die Seite seines Krimis, ehe er das Buch zuklappte.

Die Lampe ließ er brennen. Falls die Kleine in der Nacht aufwachte, sollte sie sich nicht vor der Dunkelheit fürchten.

Lange Zeit konnte er nicht schlafen. Als er schließlich doch eindöste, träumte er vom Gesicht eines Mannes, der durch das Fenster hindurch auf das kleine Mädchen glotzte. Im Traum wachte er auf und stolperte ans Fenster, durch das kein Gesicht starrte, denn die Gardinen waren fest zugezogen, die Läden geschlossen. Doch er konnte nicht anders, er musste sie aufreißen. Er spähte in die Dunkelheit – und entdeckte statt einer mordlüsternen Männerfratze das Gesicht einer Frau, das ihm Gift und Galle entgegenspuckte und drohte, ihn umzubringen.

In der Morgendämmerung wurde er vom herzzerreißenden Wimmern des Kindes geweckt.

2

Aus dem Antlitz des Mädchens war jegliche Farbe gewichen, das konnte er selbst im fahlen, vom Licht der Lampe notdürftig erhellten Morgenlicht erkennen. Ihre Augen waren weit aufgerissen und starrten ihn an. Ihre Angst war so offensichtlich, dass sie ihm unter die Haut ging.

»Nein«, sagte er sehr langsam und ohne sich zu bewegen. »Es ist alles gut. Ich bin es, Ramsey. Ich bin hier, um für dich zu sorgen. Ich werde dir nicht wehtun. Hattest du einen Alptraum?«

Sie bewegte sich nicht, sie lag nur da und starrte ihn an. Dann schüttelte sie sehr langsam den Kopf. Er beobachtete, wie ihre Arme sich unter der Decke bewegten, sah, wie ihre kleinen Hände auftauchten. Sie waren zu Fäusten geballt. Die Verbände an ihren schmalen Gelenken sahen geradezu obszön aus.

»Hab keine Angst. Bitte.«

Er knipste das Licht aus. Es wurde rasch heller. Ihre Augen waren himmelblau, riesig in dem zierlichen Gesicht, ihre Pupillen geweitet. Sie hatte eine schmale, gerade Nase, dunkle Wimpern und Augenbrauen, ein rundes Kinn und zwei Grübchen. Sie war ein hübsches kleines Mädchen, und sie würde schön sein, wenn sie lachte und sich die Grübchen vertieften. »Hast du Schmerzen?«

Sie schüttelte den Kopf.

Er spürte eine tiefe Erleichterung. »Kannst du mir deinen Namen sagen?«

Sie sah ihn an, vollkommen verkrampft, als ob sie nur auf eine Gelegenheit wartete, ihm zu entkommen.

»Möchtest du auf die Toilette?«

Er konnte es in ihrem Blick erkennen und lächelte. Ihre Nieren arbeiteten. Alles schien gut zu arbeiten bis auf die Tatsache, dass sie nicht reden konnte. Er wollte sie berühren, um ihr auf die Beine zu helfen, unterließ es jedoch. Er sprach mit leiser, sachlicher Stimme. »Das Badezimmer ist auf der Rückseite der Küche. Die Küche ist gleich hinter dir. Brauchst du Hilfe?«

Zögernd schüttelte sie den Kopf. Er wartete. Sie bewegte sich nicht. Offenbar wollte sie nicht aufstehen, während er sie beobachtete.

Er lächelte und sagte: »Ich koche jetzt Kaffee. Und dann schaue ich nach, ob ich etwas im Haus habe, das ein kleines Mädchen gerne essen würde, okay?«

Da er wusste, dass sie ihm nicht antworten würde, nickte er lediglich und ließ sie allein.

Bis die Badezimmertür ins Schloss fiel, vernahm er kein Geräusch. Er hörte, wie sie den Riegel vorschob.

Er ließ ein paar Cornflakes in eine der leuchtend blauen Schüsseln rieseln und stellte die entrahmte Milch daneben. Ihre Arterien jedenfalls würde sie nicht verstopfen. Er ging zu seinem Vorrat an frischem Obst. Nur noch zwei Pfirsiche waren übrig. Er hatte ein halbes Dutzend gekauft, den Rest jedoch bereits aufgegessen. Er schnitt einen auf und verteilte ihn über den Cornflakes.

Er wartete. Er hörte die Toilettenspülung, dann nichts mehr. War etwas passiert?

Er wartete weiter. Er wollte sie nicht ängstigen, indem er an die Tür klopfte. Aber schließlich dauerte es ihm doch zu lange. Er klopfte leicht mit den Fingern gegen die Badezimmertür. »Kleines? Ist alles in Ordnung?«

Er hörte nicht das geringste Geräusch und runzelte über die verschlossene Tür die Stirn. Nun, da war ihm eine Dummheit unterlaufen. Sie fühlte sich vermutlich jetzt vor ihm sicher. Aus freien Stücken würde sie wahrscheinlich überhaupt nicht mehr herauskommen.

Er schenkte sich eine Tasse schwarzen Kaffee ein, setzte sich neben die Badezimmertür und streckte die Beine aus, die beinahe die gegenüberliegende Wand berührten. Seine schwarzen Stiefel waren abgetragen und bequem wie ein paar alte Pantoffeln. Er kreuzte die Beine.

Dann begann er zu sprechen. »Ich würde wirklich zu gerne deinen Namen erfahren. ›Kleines‹ ist ja ganz nett, aber es ist nicht dasselbe wie ein richtiger Name. Ich weiß, dass du nicht reden kannst. Das ist nicht weiter schlimm. Ich könnte dir ein Blatt Papier und einen Stift geben, und du schreibst mir deinen Namen auf. Das hört sich doch ganz gut an, oder nicht?«

Nicht der leiseste Mucks.

Er nahm einen Schluck von seinem Kaffee, rollte die Schulterblätter und lehnte sich dann entspannt gegen die Wand. »Ich wette, du hast eine Mama, die sich schreckliche Sorgen um dich macht. Ich kann dir nicht helfen, wenn du mir nicht deinen Namen und die Adresse aufschreibst. Erst dann kann ich deine Mutter anrufen.«

Wieder hörte er das grausige Wimmern. Er nippte an seinem Kaffee. »Ich glaube, dass deine Mama krank ist vor Sorge um dich. Warte mal, bist du vielleicht zu jung, um schreiben zu können? Ich weiß es nicht. Ich habe keine Kinder.«

Kein Ton.

»Nun ja, so weit, so gut. Komm jetzt raus und iss etwas zum Frühstück. Ich habe Cornflakes und einen aufgeschnittenen Pfirsich. Es gibt zwar nur entrahmte Milch, aber sie schmeckt auch. Du darfst sie bloß nicht genauer ansehen. Sie ist nämlich ganz dünnflüssig. Der Pfirsich ist wirklich gut und herrlich süß. Seit ich ein paar vor zwei Tagen gekauft habe, habe ich schon vier davon gegessen. Du bekommst den zweitletzten. Du kriegst auch Toast, wenn du möchtest. Außerdem habe ich etwas Erdbeermarmelade da. Komm schon. Du hast doch sicher Hunger. Hör zu, ich werde dir nicht wehtun. Ich habe dir doch gestern auch nicht wehgetan, oder? Oder gestern Nacht? Und heute Morgen habe ich dir auch nicht wehgetan. Du kannst mir vertrauen. Als ich jung war, war ich Pfadfinder, und zwar ein richtig guter. Dieser

Mensch, der dir wehgetan hat, wird dich hier nicht finden. Wenn er es doch tut, erschieße ich ihn. Da wird ihm die Scheiße aus den Ohren spritzen. Oh, entschuldige. Das wollte ich eigentlich gar nicht sagen, aber weißt du, ich bin nur selten mit Kindern zusammen. Ich habe drei Nichten und zwei Neffen, die ich mindestens ein Mal im Jahr sehe, und ich mag sie sehr. Sie sind die Kinder meines Bruders. Letztes Weihnachten habe ich den Mädchen das Fußballspielen beigebracht. Magst du Fußball?«

Stille.

Er erinnerte sich an seine Schwägerin Elaine, als diese Ellen zugejubelt hatte, nachdem sie fast ein Tor geschossen hatte. »Ich werde jetzt etwas mehr auf meine Ausdrucksweise achten. Aber auf eines kannst du dich verlassen. Wenn dieses Ungeheuer auch nur seine Nasenspitze hier in die Gegend steckt, wird ihm das sehr Leid tun. Das verspreche ich dir. Und jetzt schau doch mal – der Sonnenaufgang ist wunderschön. Möchtest du ihn nicht sehen? Es gibt jede Menge Rosatöne und etwas Grau und sogar etwas Orange.«

Das Schloss bewegte sich. Langsam öffnete sich die Tür. Sie stand in seinem Unterhemd da, das bis zu den kleinen Füßen reichte und ihr fast von den Schultern glitt.

»Hallo«, sagte er einfach, ohne sich zu bewegen. »Möchtest du jetzt ein paar Cornflakes?«

Sie nickte.

»Kannst du mir aufhelfen?« Er streckte ihr seine Hand entgegen.

Er sah die Angst, die wilde Panik in ihrem Blick. Sie betrachtete seine Hände, als ob sie eine Schlange wären, die gleich zubeißen wollte. Sie flitzte an ihm vorbei und rannte in die Küche. Es war also noch zu früh für sie, um ihm zu vertrauen. »Die Milch steht auf dem Tisch«, rief er ihr hinterher. »Kommst du da heran?«

Bedächtig ging er in die Küche. Sie saß, an die Wand gepresst, in einer Ecke und hielt die Schüssel mit den Cornflakes gegen die Brust gepresst. Ihr Gesicht war fast eingetaucht in die Schüssel, und dicke, dunkelbraune Haarsträhnen verdeckten ihr Gesicht.

Er schwieg und schenkte sich etwas Kaffee nach. Dann steckte er zwei Scheiben Weizenbrot in den Handtoaster und hielt ihn über das Holzkohlefeuer. Jede Seite des Toastes brauchte nur zwei Minuten zum Bräunen. Er setzte sich auf einen der Küchenstühle. Der andere stand immer noch unter den Türgriff geklemmt.

In diesem Augenblick wurde ihm klar, dass er sie nicht irgendwelchen Fremden überlassen würde. Sie war jetzt in seiner Verantwortung, und er war bereit, diese Verantwortung zu übernehmen. Er wollte sich gar nicht erst vorstellen, was sie mit ihr im Krankenhaus alles anstellen würden: Ärzte, Schwestern, Laboranten. Und alle würden an ihr zerren, sie erschrecken, Psychologen würden ihr Puppen vorlegen und sie fragen, was denn der Mann genau getan habe. Sie würden sie wie andere kleine verletzte Mädchen behandeln, obwohl ihr Fall doch außergewöhnlich war. Nein, das konnte er ihr nicht antun. Später würde sich die Polizei einschalten. Natürlich würde er mit der Polizei reden, nur jetzt noch nicht. Sie sollte sich erst etwas beruhigen. Sie sollte ihm vertrauen, ein klein wenig zumindest.

»Möchtest du eine Scheibe Toast? Mittlerweile kann ich mit diesem Toasthalter richtig gut umgehen und verbrenne kaum mehr eine Scheibe.«

Sie schüttelte den Kopf.

»Also gut, dann esse ich beide Toasts. Aber wenn du es dir anders überlegst – ich habe tolle Erdbeermarmelade, die hier in Dillinger von Frau Harper hergestellt wurde. Sie hat ihre gesamten vierundsechzig Jahre in diesem Ort verbracht.

Ich bin jetzt schon fast zwei Wochen hier. Ich komme aus San Francisco. Dieses Holzhaus hat der Großvater einer meiner Freunde gebaut. Er hat es mir geliehen. Ich bin zum ersten Mal hier. Es ist ein schöner Ort. Vielleicht willst du mir ja später erzählen, wo du herkommst. Ich wollte ganz allein sein, alles und jeden hinter mir lassen. Weißt du, was ich meine? Nein, ich glaube das verstehst du nicht, oder?

Wer hat gesagt, dass das Leben nicht so einfach ist? Vielleicht war ich das und habe es vergessen. So viele Dinge können geschehen, wenn du erwachsen bist, aber dann ist man eher in der Lage, sie zu meistern. Du aber bist ein kleines Mädchen. Nichts Böses sollte dir zustoßen. Ich werde die Dinge so gut ich kann wieder gutmachen.

Aber weißt du«, fuhr er behutsam fort, musterte die Streifen an ihren Hand- und Fußgelenken, dachte an ihren kleinen, geschundenen Körper, wissend, dass sie vergewaltigt worden war. »Ich glaube, wir sollten einen Arzt aufsuchen. Vielleicht in ein, zwei Tagen. Und dann sollten wir auch zur Polizei gehen. Hoffentlich gibt es in Dillinger einen Polizisten.«

Das Wimmern setzte ein. Sie stellte die leere Schüssel neben sich auf den Boden und sah angsterfüllt zu ihm auf. Sie schüttelte unablässig den Kopf, während das Wimmern hässlich und rau tief aus ihrer Kehle drang.

Eine Gänsehaut überzog ihn. »Du möchtest nicht zum Arzt?«

Sie drückte sich gegen die Wand, zog die Beine an und wickelte das Unterhemd wie ein weißes Zelt um sich. Ihren Kopf presste sie auf die Knie, und sie schaukelte vor und zurück.

»Also gut, wir gehen nirgendwo hin. Wir bleiben einfach hier, ganz sicher und gemütlich. Ich habe jede Menge zu essen. Habe ich dir erzählt, dass ich erst vor zwei Tagen in Dillinger war? Ich habe ein paar Sachen geholt, die sogar einem Kind gefallen könnten. Ich habe Hot Dogs und ein paar von diesen Brötchen, die nach gar nichts schmecken, französischen Senf und Baked Beans. Ich schneide ein paar Zwiebeln in die Bohnen, füge etwas Senf und Ketchup hinzu und stelle das Ganze für zwanzig Minuten auf das Feuer. Das klingt doch gut, oder?«

Sie hörte zu schaukeln auf.

Langsam wandte sie ihm ihr Gesicht zu und schob die Haare zurück.

»Magst du Hot Dogs?«

Sie nickte.

»Gut. Ich auch. Dann habe ich noch diese altmodischen Kartoffelchips gekauft. Die richtig fettigen, bei denen einem die Hände ganz ölig werden. Magst du Kartoffelchips?«

Wieder nickte sie. Sie entspannte ein wenig.

Das Kind aß gerne. Das war zumindest ein Anfang. »Mochtest du die entrahmte Milch?«

Sie schüttelte den Kopf.

Was jetzt? »Macht es dir etwas aus, wenn ich meinen Toast esse? Er wird sonst kalt.« Er wartete ihr Nicken nicht erst ab, lächelte sie an und schmierte Butter auf den Toast. Als er auf einer der beiden Scheiben Erdbeermarmelade verteilt hatte, reichte er sie ihr. »Möchtest du?«

Sie starrte auf das Stück Brot, von dem etwas Marmelade bereits auf der einen Seite herunterzukleckern drohte. »Ich lege es auf die Serviette.« Glücklicherweise hatte er Servietten gekauft.

Er reichte ihr den Toast. Sie biss hastig dreimal ab, schlang, fast ohne zu kauen, seufzte und aß endlich langsamer. Sie leckte sich sorgfältig die Erdbeermarmelade von der Unterlippe. Zum ersten Mal machte sie einen zufriedeneren Eindruck.

»Es ist lange her, seit du etwas Anständiges gegessen hast, oder?«

Sie kaute bedächtig auf ihrem Bissen herum und schien darüber nachzudenken. Dann nickte sie zögernd.

»Ich soll dir wohl nur Fragen stellen, die du mit ja oder nein beantworten kannst. Geht es dir heute Morgen etwas besser?«

Erneute Angst ließ jegliches bisschen Farbe aus ihrem Gesicht weichen.

Sie betrachtete ihre bandagierten Handgelenke, die das Stück Toast hielten.

»Wenn du aufgegessen hast, werde ich noch etwas Salbe auf deine Hand- und Fußgelenke schmieren.« Mehr sagte er nicht, sondern aß seinen Toast. Wie stand es um ihren restlichen Körper? Er war sich darüber im Klaren, dass er sie eigentlich nochmals hätte untersuchen müssen, aber er wagte es nicht, nicht solange sie wach und verängstigt war.

Als sie beide aufgegessen hatten, stand er auf und ging ins Wohnzimmer. »Möchtest du baden? Ich kann auf dem Ofen Wasser warm machen und dir ein Bad einlassen. Ich besitze zu diesem Zweck ein paar riesige Töpfe.« Auch ohne sie anzusehen ahnte er, dass sie vermutlich den Kopf schüttelte und sich gegen die Küchenwand presste. »Du bist ein großes Mädchen. Du kannst dich alleine baden, nicht wahr?« Er wandte sich lächelnd zu ihr um.

Vorsichtig stand sie auf. Sie nickte.

»Im Badezimmer habe ich etwas Shampoo. Kannst du dir die Haare selber waschen? Gut. Danach kann ich dich an den Händen und Füßen einreiben. Allerdings haben wir ein Kleiderproblem. Ich schlage vor, nach dem Baden einfach wieder das Unterhemd anzuziehen. Ich schau dann mal, was ich noch für dich auftreiben kann.«

Sie ging hinaus. Diesmal war sie fünf Minuten später wieder da. Er gewann an Boden. Der Pullover reichte ihr bis zu den Füßen, die Ärmel hingen gute dreißig Zentimeter über ihre Hände hinaus. Er krempelte sie ihr bis zu den Ellbogen zurück. Sie sah gleichzeitig albern und rührend aus.

Wie vertrieb man sich mit einem kleinen Kind die Zeit?

»Kennst du die Hauptstadt von Colorado?«

Sie nickte. Er zog eine Landkarte hervor, war sich aber nicht sicher, ob sie lesen und schreiben konnte. Unwichtig. Sie zeigte auf Denver, neben dem sich ein roter Stern befand. Sie lebte also in Colorado.

»Das ist wirklich richtig gut. Meine Nichten und Neffen

kennen kaum eine Hauptstadt, noch nicht einmal die von Pennsylvania, wo sie wohnen. Weißt du, wo wir sind?«

Angst, kalte, starre Angst.

Er bemerkte leichthin: »Wir sind in den Rockies, ungefähr zwei Stunden Autofahrt südwestlich von Denver. Hier in der Nähe gibt es keine Skiorte, deshalb ist es ziemlich leer hier. Trotzdem ist es ein schöner Ort. Schaust du dir *Star Trek* an?«

Sie nickte, und ihr Gesicht bekam wieder etwas Farbe.

»Ich habe mir erzählen lassen, dass die Leute hier die Berge dort drüben als Ferengi-Berge bezeichnen.«

Sie öffnete den Mund und rieb sich mit den Fingern über die Zähne.

Er lachte. »Genau. Die Gipfel sind so krumm und schief und haben ganz merkwürdige Abstände. Eben wie Ferengi-Zähne.«

Die Ärmel ihres Hemdes schleiften schon wieder auf dem Boden. Er beugte sich vor, um sie aufzurollen. Sie stieß ein tiefes Wimmern aus und rannte zur Wand neben dem Kamin. Dann rollte sie sich zusammen, ganz genau so, wie sie es eben gerade in der Küche getan hatte.

Er hatte ihr Angst eingejagt. Langsam stand er auf, ging zum Sofa und setzte sich. »Tut mir Leid, dass ich dich erschreckt habe. Ich hätte dir vorher sagen sollen, was ich vorhatte. Kann ich dir die Ärmel hochkrempeln? In der Küche habe ich in der Schublade ein paar Sicherheitsnadeln. Ich kann sie dir hochstecken, dann brauchst du dich nicht mehr um sie zu kümmern.«

Sie stand auf und kam auf ihn zu. Ein Schritt, dann hielt sie inne. Noch ein Schritt. Wieder eine Pause, während der sie ihn musterte und abzuwägen schien, ob sie ihm vertrauen konnte oder ob er sich auf sie stürzen würde. Schließlich stand sie neben ihm. Sie sah zu seinem Gesicht auf. Er lächelte, hob langsam die Hand und krempelte die Ärmel nach oben. Dann sagte er: »Ich könnte dir die Haare flechten. Es wird zwar nicht besonders gut werden, aber immerhin hast du die Haare dann nicht mehr im Gesicht.«

Der Zopf war gar nicht mal so schlecht. Er band ihn mit einem Schnippgummi ab, das vorher die Pfirsichtüte verschlossen hatte.

»Die Sonne scheint ziemlich stark. Draußen ist es nicht zu kalt. Wenn ich dich einpacke, willst du dann nach draußen gehen?«

Er hätte es wissen sollen. Wie der Blitz war sie in die Küche verschwunden. Er wusste, dass sie sich gegen die verdammte Wand presste. Immerhin schloss sie sich nicht im Badezimmer ein.

Was sollte er tun?

Was auch immer er mit ihr anstellte, er musste es behutsam tun, ganz behutsam.

Gott sei Dank befanden sich in der Hütte ein paar Zeitschriften. Er sagte: »Möchtest du dir ein paar Fotos ansehen? Wenn du willst, könnten wir sie uns gemeinsam anschauen, und ich könnte dir vorlesen, was unter den Fotos steht.«

Schließlich nickte sie. »Aber lass mich erst einmal die Sicherheitsnadeln holen, um dir die Ärmel hochzukrempeln.«

Danach folgte sie ihm ins Wohnzimmer. Es war nicht einfach, denn sie wollte nicht zu dicht an ihn herantreten. Die Zeitschrift lag schließlich zwischen ihnen auf dem Sofa. Immerhin hatte er sie überreden können, sich die Decke umzuwickeln.

Er betrachtete sie und sagte: »Socken.«

Sie blinzelte und legte den Kopf zur Seite.

»Ich mache mir Sorgen, dass du barfuß herumläufst. Möchtest du ein Paar von meinen Socken anprobieren? Sie werden lustig aussehen und dir bis zum Hals gehen. Vielleicht solltest du dich darin üben, ein Clown zu sein. Du könntest dir meine Socken anziehen und sehen, ob ich lache. Was meinst du?«

Die Socken waren ein voller Erfolg. Sie versuchte nicht, komisch zu wirken, aber sie lächelte einmal kurz auf, als sie sie sich über die Knie zog.

Sie brauchten fast eine Stunde, um die Zeitschrift *People* von vergangenem Oktober durchzublättern. Er würde wohl nie wieder ein Bild von Cindy Crawford sehen wollen, die auf jeder zweiten Seite abgebildet war. Nachdem er von einem Kinostar vorgelesen hatte, der seinen lange verlorenen Bruder wieder gefunden hatte, blickte er auf. Sie war eingeschlafen, ihr Gesicht auf die Hände gestützt und sich an das Sofa anlehnend. Er steckte die Decke um sie fest und kehrte wieder zu seiner Schreibmaschine zurück.

Fast hätte er seine Brille heruntergeschlagen, so heftig schnellte er hoch. Dieses grauenhafte Wimmern war diesmal noch lauter. Sie hatte einen Alptraum, wand sich unter der Decke, ihr schmales Gesicht war gerötet und vor Angst verzerrt. Er musste sie anfassen, er hatte gar keine andere Wahl.

Er schüttelte sie an der Schulter. »Wach auf, Kleines. Komm schon, wach auf.«

Sie öffnete die Augen. Sie weinte.

»O nein.« Er dachte nicht darüber nach, er setzte sich einfach und zog sie zu sich auf den Schoß. »Es tut mir so Leid, Kleines. Alles ist wieder gut.« Er hielt sie fest und drückte ihren Kopf sanft gegen seine Brust, dann zog er die Decke um sie herum, damit sie es warm hatte. Einer der Socken baumelte an ihrem linken Fuß. Er zog ihn wieder hoch und drückte sie noch fester an sich.

»Es ist jetzt alles gut. Niemand wird dir wehtun. Das verspreche ich dir. Niemand wird dir jemals wieder wehtun.«

Ihm war bewusst, dass sie erstarrte. Er hatte sie erschreckt. Aber er ließ nicht locker. Wenn sie jemals wirklich jemanden gebraucht hatte, dann jetzt. Und er war der Einzige, der verfügbar war. Er flüsterte weiter auf sie ein, sagte ihr wieder und wieder, dass sie nun in Sicherheit war und dass er es nicht zulassen würde, dass jemand ihr noch einmal weh tat. Er redete weiter und weiter, bis er spürte, wie sie sich entspannte. Schließlich hörte er ihr tiefes Seufzen, und dann, Wunder aller Wunder, schlief sie wieder ein.

Es war früher Nachmittag. Allmählich wurde er hungrig, aber das konnte warten. Er wollte sie nicht stören. Sie hatte sich an ihn gekuschelt, ihr Kopf lag fast in seiner Armbeuge. Er schob ihn ein wenig zur Seite, dann nahm er sein Buch zur Hand. Sie wimmerte leise im Schlaf. Er drückte sie an sich. Sie roch süß, diese einzigartige kindliche Süße. Mit zornigem Blick sagte er in Richtung des Fensters: »Wenn du dich hier auch nur in die Nähe traust, du Mistkerl, jage ich dir eine Kugel durch den Kopf.«

3

Der morgendliche Regen, von einem böigen Westwind getrieben, peitschte gegen die Fenster der Hütte. Ramsey saß neben ihr auf dem Sofa. Er hielt einen der zahlreichen mitgebrachten Romane in der Hand und las ihr leise vor, wie er es bereits die vergangenen drei Tage über getan hatte. Sie fing an, sich in seiner Gegenwart wohler zu fühlen, und zuckte nicht mehr zurück, wenn er sie versehentlich erschreckte.

Gute dreißig Zentimeter Abstand waren jedoch zwischen ihnen. Seine Stimme beim Vorlesen klang ruhig und tief. Er sagte: »›Herr Phipps wusste nicht, was er tun sollte. Er konnte zu seiner Frau zurückkehren und die Probleme mit ihr ausfechten, oder aber er konnte aufgeben und sie all jenen Männern überlassen, die sie begehrten, all jenen reichen Männern, die ihr geben konnten, was sie wollte. Andererseits jedoch hatte er in seinem Leben noch niemals leicht aufgegeben.‹« Er hielt inne. Beim flüchtigen Durchblättern konnte er erkennen, dass die nächsten Seiten nicht für ihre Ohren bestimmt waren. Er hätte dieses Buch gar nicht erst anfangen sollen. Er räusperte sich.

Seine Worte verschwammen, als er ruhig fortfuhr und so tat, als ob er immer noch vorlese. »Aber dann wurde ihm klar, dass er noch eine andere Wahlmöglichkeit besaß. Seine kleine Tochter wartete zu Hause auf ihn. Er liebte sie mehr als alles auf der Welt. Er liebte seine kleine Tochter sogar mehr, als er jemals irgendetwas oder irgendjemanden in seinem Leben geliebt hatte.«

Schweigend saß sie neben ihm. Der Abstand zwischen ihnen hatte sich nicht verringert. Er hatte keine Ahnung, ob sie ihm zuhörte. Immerhin war sie gut durchgewärmt. Sie trug eines seiner Unterhemden, ein graues mit einem V-Ausschnitt, darüber eine Jacke, die fast den Boden berührte, und die Decke hatte sie bis zum Kinn hochgezogen, um sich gegen die Kühle des Dauerregens und des Windes zu schützen. Im Zöpfeflechten wurde er allmählich besser. Wenn sie nicht so still wäre und ab und zu etwas lächeln würde, hätte man sie für irgendein Kind halten können, das neben seinem Vater saß, der ihm eine Geschichte vorlas.

Aber sie war nicht irgendein Kind. Langsam lenkte er den Blick auf das Buch zurück. Mit einem plötzlich eindeutigen, klaren Gefühl sagte er: »Und er wollte sie beschützen und lieben, solange er lebte. Sie war süß und freundlich, und er wusste, dass sie ihn liebte. Aber sie hatte Angst. Das wiederum konnte er gut verstehen. Sie hatte so viel durchgemacht, mehr als kleine Mädchen durchmachen sollten. Doch sie hatte es überlebt. Sie war das tapferste Mädchen, das er kannte. Ja, sie hatte es überlebt. Und jetzt war sie bei ihm.

Er dachte an eine kleine Berghütte in den Rockies, mit einer Wiese voller leuchtender, blühender Akelei und scharlachroter Kastilea. Er wusste, dass es ihr dort gefallen würde. Sie war befreit worden, und er würde sie wieder lachen hören. Es war schon lange her, seit er sie lachen gehört hatte. Er ging ins Haus und sah sie mit einem Spielzeugaffen in der Küchentür stehen. Sie lächelte ihn an und streckte ihm ihre Arme entgegen.«

Er drehte sich zu ihr und berührte langsam und nur sehr zaghaft ihr Ohr. »Besitzt du ein Spielzeugtier?«

Sie sah ihn nicht an, sondern starrte weiterhin aus dem Fenster in den grauen Regen, der anscheinend nie mehr enden wollte. Dann nickte sie.

»Ist es ein Affe?«

Sie schüttelte den Kopf.

»Ein Hund?«

Sie drehte sich mit Tränen in den Augen zu ihm und nickte.

»Ist schon gut. Aber er ist gar nicht ausgestopft, nicht wahr? Ist es ein richtiger Hund? Ich verspreche dir, dass du schon bald wieder bei deinem Hund sein wirst. Was für ein Hund ist es denn?«

Diesmal griff sie nach dem Stift und dem Papier, die er am letzten Abend auf den Sofatisch gelegt hatte. Es war das erste Mal, dass sie diese Sachen überhaupt beachtete. Hoffnung stieg in ihm auf. Sie malte einen Hund mit Punkten.

»Ein Dalmatiner?«

Sie nickte. Dann lächelte sie, zaghaft nur, aber ein Lächeln war es dennoch. Sie zupfte an seinem Ärmel. Sie hatte ihn tatsächlich berührt.

»Soll die Geschichte weitergehen?«

Sie nickte. Sie rückte ein klein wenig zu ihm hinüber und kuschelte sich in ihre Decke. Er sagte: »Komisch, aber sie wollte einen Hund, obwohl sie den Spielzeugaffen über alles liebte. Er hieß Geek. Er hatte sehr lange Arme und ein gewitztes braunbehaartes Gesicht. Sie nahm ihn überallhin mit. Eines Tages, als sie mit ihrem Vater zusammen über die Wiese in den Bergen lief, hörten sie ein lautes Geräusch. Es war der Milchmann. ›Warum kommt er denn bis hier hoch in die Berge?‹, fragte das kleine Mädchen ihren Vater. ›Er bringt uns unsere wöchentliche Milchlieferung‹, erwiderte der Vater. Und richtig, auf dem Wagen war Milch. Aber was der Mann eigentlich mitgebracht hatte, war ein ganzer Wurf kleiner

Welpen, die alle schneeweiß waren. Schon bald bellten die Welpen sich gegenseitig an und jagten über die Wiese, versteckten sich hinter Blumen und rollten sich auf den Rücken. Sie amüsierten sich einfach großartig.

Geek jedoch war nicht glücklich. Er saß auf der Terrasse, seine langen Arme baumelten an der Seite, und er beobachtete, wie die Welpen die Aufmerksamkeit des Mädchens in Anspruch nahmen. Er hörte sie lachen und sah, wie sie mit den Welpen spielte, sah die Welpen über sie krabbeln und ihr Gesicht ablecken und wimmern, wenn sie ihre Bäuchlein nicht schnell genug streichelte. Der Kopf des Affen sank ihm bis tief zwischen die Beine. Er war sehr unglücklich.

Aber plötzlich kam sie zu ihm auf die Terrasse. Sie hob ihn auf und küsste ihn auf sein haariges Gesicht. ›Komm und spiel mit den Welpen, Geek‹, sagte sie. ›Papa meint, sie müssten schon bald wieder nach Hause zurück. Der Milchmann hat sie nur mitgebracht, damit wir mit ihnen spielen können.‹

Als Geek später darüber nachdachte, wurde ihm klar, dass er die Welpen eigentlich ganz gern gehabt hatte, nachdem er sich erst einmal an sie gewöhnt hatte. Eigentlich waren sie sogar ausgesprochen niedlich. Vielleicht konnte er einen Welpen finden und ihn dem Mädchen mitbringen. Dicht an sie gekuschelt, schlief er ein und träumte von einem weißen Welpen, der einmal, wenn er älter wurde, schwarze Flecken bekommen würde.«

Mit dramatischer Geste schloss Ramsey das Buch. »Nun, wie findest du Geek, den Affen?«

Sie nahm Papier und Stift, arbeitete eine Weile lang, dann lehnte sie sich zurück. Er sah ein Strichmädchen mit etwas im Arm, das offenbar Geek sein sollte. Sie drückte ihn fest an sich, und sie lächelte.

»Das ist prima«, sagte er. Saß sie wirklich dicht neben ihm? Verdammt noch mal, ja, das tat sie.

Er war es, der einschlief und dessen Kopf zurück auf das Sofa fiel. Als er ein paar Stunden später aufwachte, lag sie an ihn gekuschelt, ihr Kopf auf seiner Brust und ganz und gar weich, wie vollkommen entspannte Kinder es sind. Er beugte sich herunter und küsste sie auf den Kopf. Sie roch nach einer Mischung aus seinem Shampoo und Kind. Es gefiel ihm. Er schob sie von sich herunter, deckte sie gut zu und ging in die Küche. Er machte sich etwas Kaffee, setzte sich an den Küchentisch und hörte dem Regen zu, der auf das Dach der Hütte prasselte.

Jetzt war sie schon fast vier Tage bei ihm. Er hatte keine Menschenseele in der Nähe der Hütte bemerkt. Aber er wollte, dass der Mann, der sie missbraucht hatte, hier aufkreuzte. Er hätte gerne die Gelegenheit gehabt, ihn umzubringen. Wo war der Mistkerl? Vermutlich schon über alle Berge. Wie lange noch sollte er sie hier bei sich behalten, sie vor der Welt dort draußen verstecken? Um ihre Gesundheit musste er sich keine Sorgen machen. Am zweiten Tag hatte er ihr eine seiner Schlaftabletten gegeben. Als sie tief geschlafen hatte, hatte er sie noch einmal untersucht, all die blauen Flecken und Striemen, hatte nochmals die antibiotische Salbe aufgetragen und sie wieder gut zugedeckt. Die Wunden heilten gut. Sie hatte sich nicht einmal bewegt, Gott sei gedankt.

Ob sie tatsächlich einen Dalmatiner besaß? Ihm wurde klar, dass er die Rolle ihres eigentlichen Vaters übernahm. Aber egal, solange sie bei ihm war, gehörte sie ihm. Was aber war mit ihren Eltern? Waren sie während ihrer Entführung dabei gewesen? Vielleicht waren sie sogar Schuld, vielleicht hatten sie es zugelassen? Was für Menschen waren sie? Es war bedeutungslos, zumindest zum jetzigen Zeitpunkt. Eigentlich aber war es überhaupt nicht bedeutungslos. Er fühlte sich gut. Sie hatte zum ersten Mal seine Nähe gesucht. Er hatte zwar erst einschlafen müssen, damit sie sich traute, aber es war ein Anfang, eindeutig ein Anfang.

Er lächelte, stand auf und öffnete eine Dose Hühnersuppe mit Nudeln. Sie mochte die Suppe mit getoastetem Käsebrot.

Nachdem sie am Abend die letzten beiden Hot Dogs geröstet, die restlichen Baked Beans gegessen hatten und es ihm gelungen war, eine Götterspeise ohne Klumpen herzustellen, sagte er: »Ich nenne dir jetzt mal ein paar Mädchennamen. Wenn ich auf deinen Namen stoße, dann nickst du dreimal oder aber zupfst an meinem Ärmel oder stößt mir gegen das Schienbein. Abgemacht?«

Sie verharrte regungslos. Ihr Gesichtsausdruck zeigte keinerlei Veränderung. Ihre mangelnde Begeisterung ließ nichts Gutes erahnen.

»Also gut, lass es uns versuchen. Wie wäre es mit Jennifer? Das ist ein wirklich schöner Name. Heißt du so?«

Sie machte keine Bewegung.

»Wie ist es mit Lindsey?«

Nichts.

»Morgan?«

Sie drehte ihm den Rücken zu und demonstrierte so ihre Gefühle in aller Deutlichkeit. Sie wollte das Namenspiel nicht spielen. Aber warum nicht?

»Zeichne mir ein Bild von deiner Mama.«

Augenblicklich drehte sie sich wieder um. Ihre Finger wischten über das weiße Blatt Papier. Sie sah ihn nicht an, starrte nur das Papier an. Dann begann sie zu zeichnen. Es war ein Strichmännchen mit einem Rock, Turnschuhen und jeder Menge Locken. Die Frau hielt so etwas wie einen Kasten mit einem Knopf darauf.

Dann sagte er: »Das ist sehr schön. Ist ihr Haar so braun wie deines?«

Sie schüttelte den Kopf.

»Rot?«

Sie lachte breit und nickte. Dann malte sie noch mehr Locken um den Kopf der Strichfigur.

»Ich habe Rot geraten, weil es meine Lieblingsfarbe ist. Hat sie richtig lockiges Haar? Ist es lang?«

Sie zuckte mit den Schultern.

»Ah, es ist schulterlang. Hält sie einen Karton in der Hand?«

Sie schüttelte den Kopf. Sie deutete auf ein Titelmädchen einer Zeitschrift auf dem Couchtisch. Dann presste sie Zeigefinger und Daumen aufeinander.

»Ach so«, erwiderte er. »Das ist ein Fotoapparat. Sie ist Fotografin?«

Sie nickte und deutete wieder auf die Bilder.

»Und sie fotografiert Menschen?«

Sie nickte zufrieden. Plötzlich wurde ihr Gesicht ernst. Sie dachte an ihre Mutter, vermisste sie, fragte sich, wo sie war. Dagegen konnte er nichts tun. Er sagte: »Und nun male mir ein Bild von deinem Vater.«

Sie umklammerte den Bleistift, wie man einen Dolch umklammern würde. Dann drang wieder dieses schreckliche Wimmern aus ihrer Kehle.

»Ist schon gut, Kleines. Ich bin ja da. Du bist in Sicherheit.«

Zu seiner Überraschung malte sie ein Strichmännchen, das Gitarre spielte und dessen Mund geöffnet war. War ihr Vater Sänger? Sie presste den Stift so kräftig auf das Papier, dass die Spitze abbrach. Konnte es ihr Vater gewesen sein, der sie missbraucht hatte? Kein Vater würde das seinem eigenen Kind antun. Unsinn! Bei allem, was er über das Leben erfahren hatte, was er gesehen und verhandeln musste, wusste er sehr wohl von dieser Möglichkeit. Er wollte sie über ihren Vater ausfragen, aber nachdem sie so reagiert hatte, würde er damit noch warten.

Sie knüllte das Papier zusammen. Langsam zog sie sich von ihm zurück und rollte sich am anderen Ende des Sofas zu einer Kugel zusammen.

Es würde viel Zeit brauchen, soviel war ihm klar. Zeit. Doch wie lange sollte er sich Zeit lassen?

»Ich lasse dich nicht hier allein im Jeep. Es ist nicht sicher. Du wirst mit mir mitkommen. Hier, nimm meine Hand. Kannst du das?« Er wartete kurz und strich ihr mit den Fingerspitzen leicht über die Wange. »Ist schon gut, Kleines. Ich weiß, dass dich das hier alles beunruhigt, aber es wird schon werden. Niemand wird dir wehtun. Jetzt hast du mich, und ich bin groß und stark. Ich kann Karate. Ich bin sogar richtig gut. So ähnlich wie Chuck Norris. Hast du schon mal von ihm gehört? Er kann mehr Bösewichte umlegen als Godzilla.«

Sie machte ein paar schneidende Geräusche mit ihren Händen.

»Genau so meine ich es. Ich weiß, dass du diese Kleidung nicht anziehen willst, aber es wird nicht für lange sein, nur so lange, bis wir dir neue Sachen gekauft haben. Dann kannst du dich gleich umziehen, und wir schmeißen diese Sachen weg. Noch besser, wir lassen sie gleich hier im Laden zurück.« Er hatte die gelben Jeans und das blassgelbe T-Shirt zusammen mit seiner Unterwäsche und seinen eigenen T-Shirts in der Wanne gewaschen. Es war ihm verhasst, ihr diese Sachen anzuziehen, doch er hatte keine andere Wahl. Unmöglich konnte er sie in seinen Unterhemden und Pullovern und dann auch noch barfuß in Herrn Peetes Gemischtwarenhandel mitnehmen. Er zwickte sie ins Kinn. »Komm schon, lass uns gehen. Es wird ein Abenteuer. Mach dir keine Sorgen, ich beschütze dich. Stell dir vor, ich wäre dein eigener Geek, der Affe, nur viel größer. Kannst du dir vorstellen, was Geek tun würde, wenn dir jemand ans Leder wollte? Sicher kannst du das. Geek und ich, wir sind die guten Affen. Bist du so weit?«

Sie lächelte, nur ein sehr kurzes Lächeln, doch ihm wurde klar, dass sie nicht aus dem Jeep aussteigen wollte. Aber er konnte sie selbst bei abgeschlossenen Türen nicht im Wagen zurücklassen. »Je eher wir in den Laden gehen, je eher können wir auch wieder zurück«, ermunterte er sie.

Endlich nickte sie. Er hob sie aus dem Jeep, setzte sie auf dem unebenen Bürgersteig ab, schloss die Autotür ab und streckte ihr seine Hand entgegen. Zögernd nahm sie seine Hand.

»Sehr gut«, sagte er und drückte ihre Hand ein wenig. »Lass uns einkaufen gehen, bis wir umfallen.«

Der Gemischtwarenladen ähnelte nicht annähernd einem Kaufhaus, sondern war um einiges kleiner. Als sie durch die Tür eingetreten waren, presste sie sich an sein Bein. Er lächelte ihr zu. »Du machst es sehr gut. Lass uns erst einmal ein Paar Jeans kaufen, dann ein paar Hemden. Hier entlang. Du zeigst mir, wenn dir etwas gefällt.« An seinem Bein spürte er, wie sie zitterte. Er hob sie hoch. Wenig später entspannte sie sich.

Ihre Hosen waren Größe fünf. Das T-Shirt war vier bis sechs. In der Kinderabteilung war eine lächelnde Frau, kräftig und hübsch, mit blendend weißen Zähnen. Ramsey sagte freundlich: »Wir benötigen etwas zum Anziehen für meine kleine Tochter.«

Es dauerte nicht lange. Mildred betrachtete sie und fing an, Kleidung herauszusuchen. »Seine kleine Tochter«, wie Mildred sie nannte, zeigte auf ein grasgrünes T-Shirt. Sie kauften schließlich zwei Paar Jeans, eine rote und eine blaue, und vier T-Shirts in leuchtenden Farben. Ihre neuen Turnschuhe waren orange. Ihre Socken waren grün, rot und blau. Die Daunenjacke, die ihr gefiel, war orange und grün gemustert. Damit würde sie zwar einerseits auffallen wie ein bunter Papagei, andererseits wertete er ihre Wahl solch bunter Farben als ein gutes Zeichen und ließ sie gewähren.

Mildred lächelte breit, als sie ihre neue Kleidung vorzeigte. »Du siehst hinreißend aus, Schätzchen. Wie heißt du denn?«

Ramsey bemerkte beiläufig: »Sie redet nicht, aber sie kann alles hören. Sie sieht hübsch aus, nicht wahr?«

»Orange und Grün stehen dir ausgezeichnet. Wie alt bist du denn?«

Sie hielt sechs Finger hoch.

»Sechs Jahre alt. Und so ein kluges Mädchen. Und so hübsch. Deine Mama wird sehr zufrieden sein.«

Sie erstarrte. Ramsey hob eilig eine blaue Daunenjacke hoch, die ihre Größe haben mochte, und sagte: »Es könnte immer noch richtig kalt werden. Wir haben erst Mitte April.«

»Das können Sie laut sagen. Wir werden mit Sicherheit noch zwei Schneestürme erleben, ehe es endlich wärmer wird.«

Er nickte. »Wir sollten nichts dem Zufall überlassen.« Er half ihr in die Jacke. Dann trat er zurück und strich sich über das Kinn. »Darin siehst du wunderschön aus. Gefällt sie dir? Die Ärmel sind zwar etwas lang, aber da wirst du schon bald hineinwachsen.«

Sie lächelte, befühlte die Ärmel und nickte.

»Ist ihre Familie mit hier draußen?«

»Ja«, erwiderte er. »Wunderschöne Landschaft hier. Wir genießen es sehr.«

»Ich habe mein ganzes Leben lang hier gelebt. Sie können zwanzig Dollar darauf wetten, dass es noch zwei Schneestürme geben wird. Vielleicht kommen sie ja erst nach Ihrer Abreise. Man kann nie wissen.«

Ihm fiel nichts mehr ein. Sie waren schon zu lange hier. Er wollte sie zurück zur Hütte bringen. Er lächelte Mildred breit an und sagte: »Winke Mildred auf Wiedersehen.«

Doch sie nickte Mildred lediglich zu.

Er beugte sich nach unten und sagte leise, sodass Mildred es nicht hören konnte: »Kann ich dich jetzt auf den Arm nehmen?«

Zu seiner Freude hob sie die Arme. Auf dem Weg zur Kasse warf er noch eine Flasche Kindershampoo in den Einkaufswagen. Niemand hatte sie argwöhnisch angesehen. Alle waren offen und freundlich gewesen. Nicht mehr als insgesamt zehn Leute hatten sie zusammen gesehen.

Herr Peete, der Eigentümer, stand hinter der Kasse. »Himmel, mein Kind, du wirst das bestgekleidete kleine Mädchen in den Ferengi-Bergen sein. Hier, nimm dir einen Lutscher. Der geht auf das Haus, weil dein Vater unsere Kosten für eine ganze Woche gedeckt hat.«

Nach fünfunddreißig Minuten und einhundertneunundsechzig Dollar waren sie draußen. Er legte die Tüten im Jeep ab und sagte dann: »Jetzt habe ich eine Überraschung für dich. Siehst du den Buchladen dort? Lass uns den mal ansehen.« Wieder ließ sie sich von ihm tragen.

Der Aufenthalt dort war ähnlich lang, ehe sie wieder zum Jeep zurückkehrten. Er schloss die Tür auf und setzte sie hinein. Dann richtete er sich auf und versteinerte. Jemand beobachtete ihn.

4

Die Haare in seinem Nacken sträubten sich. Langsam drehte er sich um, konnte jedoch niemanden entdecken, der sich ungewöhnlich verhielt oder besonderes Interesse an ihnen zeigte. Hatte sich dort drüben, gleich neben der Union-76-Tankstelle, etwas bewegt? Regungslos blickte er hinüber. Ein leichter Wind blies ihm durch das Haar. Das war alles.

Dennoch gefiel ihm die Sache nicht. Noch nie zuvor hatte er seinem Gefühl misstraut. Eilig stieg er in den Jeep. Gott sei Dank hatte sie nichts bemerkt. Sie zog die Decke um sich, die er mitgenommen hatte, um sie warm zu halten, und verdeckte damit beinahe ihr Gesicht. Sie machte den Eindruck, als ob sie gleich einschlafen würde. War sie müde, oder wollte sie ihrer Angst im Schlaf entkommen?

Er warf einen Blick in Richtung der Polizeistation in der Boulder Street. Vielleicht wurde sie polizeilich gesucht. Ihm war klar, dass er sie nicht endlos lange bei sich behalten konnte. Sie hatte Eltern. Zumindest hatte sie eine Mutter, die sie liebte, wie man von ihrem Lächeln rückschließen konnte. Er hatte sie gefragt, ob ihre Mutter auch so süß sei wie sie, und sie hatte gelächelt. Ihr Vater? Das würde er bei Gelegenheit noch herausfinden. Doch ihre Mutter war auf jeden Fall vor Sorge ganz krank. Dennoch konnte er sie nicht einfach weitergeben, noch nicht jedenfalls. Was in aller Welt war geschehen? Diese Fragen hatte er sich während der vergangenen sechs Tage immer wieder gestellt, jedoch keine Antwort gefunden. Er musste bald etwas unternehmen. Doch wenn sich ihr kleines Gesicht vor Angst zusammenzog, konnte er sie schlichtweg noch keinem Fremden überlassen. Je länger sie bei ihm war, so hoffte er jedenfalls, desto kräftiger würde sie werden. Eigentlich war sie es, die ihn zurückhielt.

Er betrachtete das schlafende Kind. Ihre Wangen hatten etwas Farbe bekommen. Der angespannte, farblose Gesichtsausdruck, den sie selbst gestern während des Schlafes noch gehabt hatte, hatte sich endlich verflüchtigt. Jetzt sah sie wie ein ganz normales Mädchen aus. Angesichts der leuchtenden Farben, die sie trug, musste er lächeln. Er erinnerte sich an den gestrigen Abend, als sie sich gesetzt hatten, damit er ihr nach dem Abendessen etwas vorlesen konnte. Er hatte das Thema, dass sie die Polizei einschalten sollten, noch einmal zur Sprache gebracht.

Diesmal hatte sie nicht mit dem Kopf geschüttelt. Sie hatte seine Hand genommen und sich an ihn geklammert. Dann erst hatte sie mit dem Kopf geschüttelt. Er hasste diesen Ausdruck der grauenhaft leeren Angst in ihrem Blick.

»Also gut«, hatte er geantwortet. »Wir schieben es noch etwas auf. Aber deine Eltern, meine Liebe, sorgen sich deinetwegen sicherlich schon halb tot.«

Sie hatte den Kopf gesenkt und zu weinen angefangen.

Er wollte fluchen, unterließ es jedoch. Er hatte nicht einen einzigen ordentlichen Fluch in den letzten vier Tagen vom Stapel gelassen, jedenfalls nicht laut, sodass sie ihn hätte hören können.

Sie schien panische Angst davor zu haben, dass jemand ihren Aufenthaltsort herausfinden und ihr erneut wehgetan werden könnte. Diese Angst schien die Eltern mit einzubeziehen. Vielleicht war es eine sehr berechtigte Sorge. Wie hatte der Verbrecher sie das erste Mal in die Hände bekommen? Hatten ihre Eltern nicht aufgepasst? Sie allein in einem Einkaufszentrum gelassen? Oder war der Entführer einfach in den Garten gekommen und hatte sie sich geschnappt?

Vielleicht würde er in ein paar Tagen die Polizei verständigen. Kaum hatte er diese Möglichkeit ins Auge gefasst, als er auch schon den Kopf schüttelte. Er würde sie nicht beschützen können. Ihre Eltern würden sie auch nicht beschützen können. Es würde wieder geschehen. Dennoch gehörte sie ihm nicht. Er hatte sie gerettet, aber sie gehörte ihm nicht. Er war ratlos, was er tun sollte.

Kopfschüttelnd beschleunigte er. Der Jeep war ein richtiges Arbeitstier. Er liebte ihn. Es war ein wunderschöner Tag, ein wenig kühl vielleicht, nicht wärmer als zwölf Grad, doch die Sonne schien hell über ihren Köpfen. Es waren eine Menge Leute unterwegs gewesen. Er erinnerte sich an das Gefühl, beobachtet zu werden. War dem tatsächlich so gewesen?

Als er ein tiefes Stöhnen vernahm, wandte er den Kopf. Noch ein Alptraum. Er beugte sich vor und berührte ihr Gesicht. Sie rieb ihre Wange an seiner Hand, dann beruhigte sie sich. Er fuhr ihr durch das Haar und hielt ihr schmales Kinn in den Händen. Sie öffnete ihre schönen hellblauen Augen und blinzelte ihn an. Er beobachtete, wie die Angst sich allmählich verflüchtigte. Ihr Blick wurde vertrauensvoll. In diesem Moment war ihm klar, dass er sie niemandem überlassen würde, ehe er nicht vollkommen von ihrer Sicherheit überzeugt wäre.

»Ja, ja, ich bin also ein großer Wackelpudding. Aber weißt du was? Wackelpudding ist gar nicht so übel. Und noch etwas: Nicht nur bist du das bestgekleidete Kind in den Ferengi-Bergen, du bist auch das allersüßeste.«

Als er am darauf folgenden Nachmittag von draußen mit den Armen voller Feuerholz hereinkam, zuckte sie zusammen und duckte sich hinter das Sofa.

Sofort hielt er inne. »Was ist los?«

Vergeblich versuchte sie zu lächeln.

»Habe ich dich erschreckt?«

Sie nickte, erleichtert darüber, dass er ihre Gedanken ausgesprochen hatte. Er lächelte. »Nächstes Mal klopfe ich an. Ich habe uns etwas Holz für den Kamin und den Ofen zerkleinert. Wenn ich alles abgelegt habe, könnten wir beide doch mal raus auf die Wiese gehen. Ich will dir deine Überraschung zeigen. Während du die Jeans anprobiert hast, habe ich dir etwas ganz Tolles gekauft.« Ihm war klar, dass das die einzige Möglichkeit war, sie vor die Tür zu bekommen. Seit sie in der Stadt gewesen waren, weigerte sie sich sogar, auch nur einen Schritt nach draußen auf die Terrasse zu machen. Es war an der Zeit, dass sie etwas frische Luft schnappte.

Doch immer noch zögerte sie, ihr Gesichtsausdruck spiegelte Misstrauen.

»Es ist wirklich toll«, wiederholte er ganz ruhig. »Deine Überraschung, will ich sagen. Du wirst deine blaue Daunenjacke brauchen. Es ist ziemlich kühl draußen.«

In ihren neuen steifen Jeans, ihren orangefarbenen Turnschuhen, die wie Neonlicht leuchteten, den roten Socken und einem bunten orangenen T-Shirt mit lauter kiwigrünen Äpfeln sah sie einfach hinreißend aus. Mit jedem Mal Zöpfeflechten verbesserte er sich. Sie sah aufgeweckt und niedlich und ängstlich aus. Er hasste diese Angst, doch es war erst eine Woche her, seit er sie gefunden hatte. Sie hatten beide Fortschritte gemacht.

Hatte der Mann sich leicht an sie heranmachen können, weil sie stumm war und nicht nach Hilfe schreien konnte?

»Es ist wirklich eine große Überraschung. Sag schon, würde ich dich anlügen? Komm, zieh dir die Jacke über. Du kannst sie ausziehen, wenn dir warm wird.«

Immer noch zögerte sie. Er bereitete den Kamin vor, dann lehnte er sich mit den Schultern gegen das Sims und wartete.

Schließlich nickte sie und rannte ihre Jacke holen, die neben seiner hing. Natürlich kam sie nicht heran. Er holte sie für sie vom Haken und half ihr, sie anzuziehen. Abgesehen von den überlangen Ärmeln, die er ihr aufrollte, passte sie ihr gut.

»Deine Überraschung wird dich ein wenig umherscheuchen. Bald wirst du die Jacke ausziehen wollen.«

Er führte sie auf die Mitte der Wiese und zeigte auf einen Drachen mit Drachenschwanz. Er hatte ihn in all seiner Pracht auf dem Boden ausgebreitet. Sie stand staunend da, dann lächelte sie, ein breites Lächeln, das ihre Grübchen vertiefte. Es war das erste Mal, dass er sie so lächeln sah.

»Hast du schon einmal einen Drachen fliegen lassen?«

Auch wenn sie nicht vor Wonne aufjuchzte, wusste er, dass er ins Schwarze getroffen hatte. Sie war so aufgeregt, dass sie kaum stillhalten konnte. Er reichte ihr die Schnur, wartete, bis sie den rautenförmigen, roten Körper hochgehoben hatte, dann richtete er den langen, glitzernden Drachenschwanz. Sie ließ etwas von der Schnur ab.

»Das kannst du ja richtig gut.«

Lächelnd ließ sie noch mehr Schnur abrollen.

Sie kannte sich aus. Wer hatte es ihr beigebracht? Ihre Mutter? Er rief: »Und nun lass ihn laufen!«

Sie rannte über die flache Wiese, wobei sie weiter Schnur nachließ. Als der Wind in den Drachen griff, ließ er ihn los. »Jetzt fliegt er!«, rief er aus. Sie blieb stehen, lehnte sich etwas zurück und zog die Schnur ein wenig nach links. Der bunte Schwanz schlug einen großen Kreis.

»Toll! Zeig mir noch mehr!«

Sie konnte viel besser Drachen steigen lassen als er. Das Kind hatte richtig Talent. Er beobachtete, wie sie ihre Hand erst in die eine, dann in die andere Richtung bewegte und sie dann herumriss. Der Schwanz des Drachen peitschte und drehte sich, rollte sich auf, entrollte sich wieder und lag lang und glitzernd in der Luft. Er wusste nicht, wie sie es zuwege brachte, aber sie drehte ihre Hand nach hinten, zupfte ein wenig hin und her, und der schimmernde Schwanz bäumte sich ganz wie der eines Drachen auf.

Wer auch immer es ihr beigebracht hatte, musste ein Könner gewesen sein.

Sie machte keinerlei Geräusche, aber sie schien sich prächtig zu amüsieren. Er stand da und beobachtete sie. Noch nie zuvor hatte er zwölf Dollar so gut investiert.

Schließlich setzte er sich auf der Treppe der Hütte, ohne sie jedoch aus den Augen zu lassen.

Die Zeit und seine Gedanken schienen stehen zu bleiben, nur das Kind mit seinem Drachen auf der Wiese inmitten der leuchtenden Akelei blieb übrig.

Plötzlich hörte er in die Stille hinein klar und deutlich einen Schuss. Der Drachen kippte, stürzte zu Boden und landete in einem Busch. Sie zögerte nicht einen Augenblick, sie wandte noch nicht einmal den Blick, sondern rannte so schnell sie konnte zu ihm zurück.

Er war sofort bei ihr, riss sie, noch während sie rannte, hoch und hechtete mit ihr zurück in die Hütte. Ein weiterer Schuss ertönte direkt hinter ihm, genau in dem Moment, als er die Tür mit dem Fuß zugestoßen hatte. Er setzte sie hinter dem Sofa ab. »Bleib hier, beweg dich nicht.«

Er klemmte die Pistole in den Gürtel und nahm sein Gewehr. Neben dem Fenster ging er in die Hocke und beobachtete den Waldrand, suchte nach etwas Ungewöhnlichem, etwas, das aus dem Rahmen fiel. Noch ein Schuss war zu hören, dann noch einer, doch konnte er den Einschlag der Kugeln nicht hören.

Er hörte einen Mann brüllen, dann antwortete ein anderer. Sie waren noch etwas entfernt, vielleicht fünfzig Meter, gleich hinter dem Waldrand. Sonst hörte er keine weiteren Stimmen. Es waren zwei Männer. Leise wandte er sich ihr zu.

»Bleib hinter dem Sofa, Kleines. Es wird alles gut werden. Bleib nur hier. Erinnere dich an das, was ich dir gesagt habe. Ich bin groß und stark. Wenn es sein muss, kann ich auch ziemlich gemein sein. Niemand wird dir wehtun.«

Er blickte wieder zum Fenster hinaus. Zu seiner Überraschung taumelten die beiden Männer aus dem Tannendickicht. Beide trugen ein Gewehr. Er hatte den vorderen im Visier, als er sah, dass sie lachten, sich gegenseitig stützten, während der eine sein Gewehr hinter sich herschleifte. Er fluchte wie wild. Die Idioten waren betrunken. Verdammt, hier in der Gegend war das Jagen nirgendwo erlaubt, und doch ballerten sie herum und tranken.

Der eine Mann war sehr groß und dünn, das konnte er trotz der dicken dunklen Cordhosen und der schweren dunkelbraunen Jacke sehen. Auf dem Kopf trug er eine karierte Jagdmütze. Er winkte in Richtung der Hütte und brüllte: »Hey! Ist da jemand? Tut uns Leid, wir hatten nichts Böses im Sinn.« Dann kicherte er, während der andere Mann, klein und o-beinig und mit Cowboystiefeln, sagte: »Wir haben sie für zwei Rehe gehalten. Ich habe zu Tommy gesagt, dass Rehe keine Drachen steigen lassen.«

Ramsey legte das Gewehr ab, behielt jedoch die Pistole an seiner Seite, als er durch die Eingangstür auf die Terrasse heraustrat.

Er zitterte vor Wut und hätte am liebsten die Köpfe der beiden Idioten gegeneinander geschlagen. »Was fällt euch eigentlich ein, hier oben herumzuballern? Habt ihr denn meine kleine Tochter nicht gesehen?«, brüllte er sie an.

Sie winkten ihm zu. Die betrunkenen Idioten winkten tatsächlich, als ob er sie zu einem Bier eingeladen hätte. Der große Typ rief: »Hey, Kumpel, es war ein Versehen. Wer bist du? Wir dachten, hier oben wohnt keiner. Tut uns Leid, echt.«

Der o-beinige Typ kam schweigend auf ihn zu, wobei er sein Gewehr oder seine Schlangenlederstiefel oder auch beides musterte.

»Schon lange hier oben?«

Als der Größere der beiden ihm diese Frage stellte, nahm Ramsey für den Bruchteil einer Sekunde den Blick von dem Kleineren, gerade lange genug, dass dieser sein Gewehr heben und auf ihn zielen konnte.

Ramsey dachte nicht nach, er feuerte. Genau in dem Moment, in dem er etwas Kaltes an seinem linken Schenkel fühlte, schoss er dem o-beinigen Typen in den rechten Arm. Der Größere hatte blitzartig sein Gewehr zur Stelle, aber diesmal war Ramsey der Schnellere. Er traf ihn voll an der Schulter, sodass er rückwärts auf den Boden stürzte.

Ramsey rannte taumelnd auf sie zu. Er war ins Bein getroffen worden, was er erst jetzt bemerkte. »Was in aller Welt wollt ihr? Wer seid ihr?«, brüllte er.

Sie waren beide verwundet, fluchten, und eines der Gewehre lag auf dem Boden. Dem Größeren gelang es aufzustehen, dann wandten sich beide um und hinkten in Windeseile in den Wald zurück. Ramsey zielte mit seiner Smith & Wesson, dann drückte er ab. Ein Stück Baumborke spritzte in die Luft. Er feuerte noch einmal und hörte einen der beiden Männer brüllen. Er wäre ihnen gerne gefolgt, konnte es jedoch nicht. Er warf einen Blick auf seinen Schenkel. Blut sickerte durch den Jeansstoff. Und jetzt verspürte er auch einen rasenden Schmerz.

Ramsey drehte sich um und humpelte so schnell er konnte in die Hütte zurück. Einer der Männer trug nach wie vor sein Gewehr. Er befand sich noch immer in Gefahr. Er lief auf offener Fläche, während sie sich in den Bäumen versteckt hatten. Er sah ein altes .22-Gewehr auf dem Boden, wo der O-Beinige es fallen gelassen hatte. Es war geladen und wirkte im Nahbereich verdammt treffsicher, wenn es auch nicht die modernste Waffe war.

Er erreichte die Hütte, blickte auf und bemerkte entsetzt, dass die Kleine vollkommen regungslos auf der Terrasse stand und ihn anstarrte. Er hob sie hoch, rannte in die Hütte und schlug die Tür hinter sich zu. Erneut verspürte er einen stechenden Schmerz im linken Bein. Seine Jeans waren auf der Außenseite des Schenkels aufgerissen, Blut sickerte durch den dicken Stoff das Bein hinunter. Langsam ließ er sie zu Boden gleiten. Sie klammerte sich an sein rechtes Bein. Wieder stieß sie diese grauenhaft wimmernden Geräusche aus.

Er drückte sie gegen sein rechtes Bein. Er wollte sie nicht mit Blut beschmieren, das würde ihr nur erneut einen Schock versetzen. Aber sie hatte ihre Angst, nach draußen zu gehen, überwunden, um nachzusehen, ob es ihm gut ging. »Ist schon gut, Kleines. Die bösen Männer sind fort, das hoffe ich jedenfalls. Du bist wirklich tapfer, weißt du das? Ich bin stolz auf dich. Du kannst richtig schnell rennen, und das ist eine gute Sache.

Ich habe dich nicht angelogen. Wir haben voll ins Schwarze getroffen, nicht wahr? Wir haben die Bösewichte geschlagen. Sie sind weg.« Aber wie lange? Was in aller Welt hatten sie gewollt? Wer waren sie? Was wollten sie?

Er saß auf dem einzigen Stuhl im Wohnzimmer. Sie beugte sich über ihn, als er seine Jeans herunterzog, um sein Bein zu untersuchen. Die Kugel hatte einen klaffenden Riss an der Außenseite seines Schenkels geschlagen, die Haut und etwas Muskelfleisch weggerissen. Aber die Wunde war nicht tief und etwa fünf Zentimeter lang. Nicht übel. Er hatte großes Glück gehabt.

Er kippte Wodka über die Wunde. Es brannte höllisch. Aber sie stand dicht neben ihm, so verängstigt, ihr Gesicht weißer als Bergschnee, und er würde nicht schreien. Er biss die Zähne aufeinander und ließ den Wodka weiter laufen, bis er von der Desinfektion der Wunde überzeugt war. Vermutlich hätte man sie nähen müssen. Das aber konnte er auf gar keinen Fall tun, weil er weder die Nadel noch den Faden sterilisieren konnte. Eine Infektion konnte er jetzt wirklich nicht gebrauchen. Er zog die Haut fest über dem Riss zusammen und bedeckte ihn mit sterilem Mull. Dann riss er sich mit den Zähnen etwas Klebeverband ab, dehnte das Band, damit es die Haut unter dem Mull zusammenhielt, und drückte es fest. Einen Schmerzensschrei konnte er hinter seinen zusammengebissenen Zähnen diesmal nicht unterdrücken. Sie wimmerte leise. Er sah, wie sie ihre Hand auf sein rechtes Knie legte. »Schon gut. Es hat etwas wehgetan, aber nicht sehr. Den Verband zu verkleben war das Schlimmste.« Zur Stabilisierung klebte er noch mehr von dem Verbandsstreifen über die Wunde. Langsam erhob er sich, drehte sich ein wenig weg und zog die Jeans hoch. »Und jetzt, Kleines, wollen wir mal ein paar Aspirin meine Kehle hinunterjagen.« Er nahm vier normal dosierte Aspirin von Clements und trank ein volles Glas Orangensaft. Lachend wischte er sich die Lippen ab. »Vitamin C ist eine gute Sache, vielleicht sogar genau das Richtige für eine Schusswunde.«

Sein Bein schmerzte, doch das war noch das geringste seiner Probleme.

Er wusste, dass sie ihn beobachtete. Die Angst wich aus ihrem schneeweißen Gesicht. Er verschloss die Vordertür, schob den Riegel vor und legte die Kette davor. Später vielleicht würde er das alte Gewehr holen. Die Männer würden nicht zurückkommen. Sie hatten keine Ahnung, dass er keinen Kontakt zur Außenwelt herstellen konnte, und würden annehmen, dass er sofort die Polizei alarmiert hatte. Er bezweifelte, dass sie weiter hier herumstreifen würden. Das wäre zu gefährlich für sie. Abgesehen davon waren beide verwundet und würden Hilfe benötigen. Er hatte sich eine Atempause verschafft.

Er sah auf sie herab, wie sie ganz dicht bei ihm stand, und er wusste, dass er diese Sache jetzt sofort würde in Angriff nehmen müssen.

»Lass uns uns mal hinsetzen.« Er streckte die Hand aus.

Auf seinem Handrücken waren ein paar Blutspuren, die ihr hoffentlich nicht auffallen würden.

Langsam gab sie ihm ihre Hand. Er saß neben ihr auf dem Sofa. Vorsichtig schob er die Schüssel mit dem blutigen Wodka auf die andere Seite des Tisches.

»Ich weiß nicht, wer diese Männer waren«, sagte er und sah ihr direkt in die Augen. Sie sollte keine Angst haben, sich nicht zu viele Sorgen machen. »Hast du einen der beiden erkannt?«

Sie legte den Kopf zur Seite. Sie dachte nach, dieser Blick war ihm bekannt. Er selbst hatte gelegentlich einen überraschend ähnlichen Blick. Schließlich schüttelte sie mit dem Kopf, doch er spürte, dass sie sich nicht ganz sicher war. Nun, fürs Erste musste es genügen.

Vielleicht hatte nicht nur ein Mann sie missbraucht, möglicherweise waren es zwei gewesen. Vielleicht waren es die beiden Männer gewesen, vorgeblich betrunken, um ihn aus der Hütte zu locken und dann zu schießen. Vielleicht waren sie beide maskiert gewesen, als sie sich an ihr vergangen hatten. Das wiederum bedeutete, dass sie sie nicht hatten umbringen wollen. Was aber hatten sie vorgehabt? Sie als Gefangene zu halten und an ihr herumzuspielen, bis sie ihrer überdrüssig wurden?

Der erste Schuss, den sie abgefeuert hatten, hatte möglicherweise nicht ihm gegolten. Er konnte sich nicht erinnern. Er würde später darüber nachdenken und seine Erinnerungen Minute für Minute durchgehen. Trotzdem war es seltsam. Was ging hier vor? Wie in aller Welt hatten sie ihn gefunden?

Er war zu dumm gewesen. Er hätte sie in der Stadt im Jeep zurücklassen und ihr sagen sollen, sie solle sich versteckt halten. Das konnte er jetzt jedoch nicht mehr rückgängig machen. Vermutlich hatten sie ihn in Dillinger an dem Tag gesehen, als er die Kleidung gekauft hatte, als sie mit dabei gewesen war, als er auf dem Weg ins Geschäft ihre Hand gehalten und sie auf dem Arm getragen hatte. Er spürte die Wirkung des Aspirins.

Endlich.

Am Schluss hatten sie gezielt, um zu töten. Er nahm ihre Hand in seine. »Wir müssen jetzt sehr vorsichtig sein. Abgemacht? Ich möchte, dass du immer dicht bei mir bleibst.« Als ob sie sich jemals von ihm entfernen würde!

Sie nickte ernst.

»Wir schaffen es hier raus, Kleines. Das verspreche ich dir.«

Wieder nickte sie, ihr kleines Gesicht war so ernst, so blass und angespannt, dass er in Tränen hätte ausbrechen können.

5

Das Aspirin hatte kein bisschen gewirkt. Sein Schenkel pochte wie wild. Er konnte keine bequeme Stellung finden, und einschlafen konnte er auch nicht wieder. Er hatte erhöhte Temperatur. Es war kurz vor zwei Uhr morgens. Schließlich stand er auf, lauschte ihrem Atem und wusste, dass sie tief schlief, denn der Rhythmus ihres Atems war ihm mittlerweile vertraut. Er ging so leise wie möglich in die Küche, setzte sich an den Küchentisch und tarierte die Taschenlampe so aus, dass sie auf sein Bein leuchtete. Er würde den Klebeverband und die Mullbinde abnehmen und nachsehen müssen, ob sich die Wunde infiziert hatte. In diesem Fall müsste er sich unverzüglich ins Krankenhaus begeben. Das wiederum würde eine polizeiliche Meldung bedeuten, da es sich um eine Schusswunde handelte. Er hätte keine andere Wahl. Und er würde sie mit hineinziehen müssen, würde sie den Behörden übergeben und seinen Schutz über sie aufgeben müssen.

Er zog die weite Trainingshose herunter und betrachtete seinen geschwollenen Schenkel. Sein Bein fühlte sich heiß an, was ihm unter den Umständen jedoch als vollkommen normal erschien.

Das Abnehmen des Pflasters und der mittlerweile mit der Wunde verklebten Mullbinde tat höllisch weh. Er nahm einen kräftigen Schuss Wodka, biss die Zähne aufeinander und brachte es hinter sich. Er starrte auf sein Bein. Es war geschwollen und heiß, jedoch weder gerötet, noch war Eiter sichtbar, Gott sei Dank. Er goss noch mehr Wodka über die Wunde und zischte durch die Zähne hindurch.

Er spürte ihre Gegenwart, dann ihre kleine Hand auf seiner Schulter. Hoffentlich machte er einen besseren Eindruck als seine Wunde. Er wandte sich langsam um und sagte: »Hallo, Kleines. Tut mir Leid, dass ich dich geweckt habe. Ich musste mal nach meinem Bein sehen. Es ist nicht weiter schlimm, nur ein wenig geschwollen und heiß, aber nichts Beängstigendes. Ich bin eben nur besonders vorsichtig. Lass es mich jetzt wieder verbinden.«

Vorsichtig nahm sie ein Mullkissen und wartete. Mit beiden Händen schob er das Fleisch fest über der Wunde zusammen, dann nickte er ihr zu. Sie legte das Mullkissen darauf. Dann zog sie etwas Klebeband ab, legte es über den Verband, zog es fest und strich es mit ihrer Hand glatt. Besser hätte er es auch nicht machen können.

»Vielleicht wirst du ja einmal Ärztin«, meinte er und hätte vor Schmerz aufjaulen wollen. Er spürte klebrigen Schweiß auf seiner Stirn und glaubte so grau wie eines seiner alten Nachthemden zu sein. Er atmete ein paar Mal tief durch. »Danke, Kleines. Mir geht es gut, wirklich. Lass mich noch etwas von den Klebestreifen drübermachen, damit es auch gut hält.« Er befestigte noch weitere vier Pflaster.

Sie trat zurück, behielt ihre Hand jedoch auf seiner Schulter. Ab und an streichelte sie ihn. Er wusste es zu schätzen.

Nachdem sie fertig waren, zog er seine Trainingshose wieder hoch. »Ich wette, dass morgen mein Bein von oben bis unten blau ist. Hoffentlich wird die Schwellung etwas nachlassen. So, und jetzt lass mich noch etwas Aspirin nehmen.« Dieses Mal schluckte er drei Tabletten.

»Willst du wieder ins Bett gehen?«

Sie schüttelte den Kopf.

»Ich auch nicht. Soll ich dir eine Geschichte vorlesen?«

Sie schüttelte den Kopf, dann bewegte sie die Lippen, als ob sie sprechen wollte.

»Ich soll dir eine Geschichte erzählen?«

Sie nickte und nahm zu seiner großen Freude seine Hand. Er streckte sich auf dem Sofa aus, sie legte sich neben ihn auf die Decke. Dann zogen sie noch zwei Laken und eine Decke über sich. Die Pistole lag unmittelbar in seiner Nähe auf der anderen Seite auf dem Fußboden. Er drückte das Kind an sich, fühlte ihre Wärme an seiner Seite, ihre Wange an seinem Hals. »Es war einmal eine kleine Prinzessin, Sonya hieß sie, die so gut wie niemand sonst im Königreich ihres Vaters Drachen fliegen lassen konnte. Eines Tages beschloss der König, einen Wettkampf zu organisieren. Er wusste, dass niemand sie besiegen konnte. Sie besaß nämlich einen ganz besonderen Drachen, der höher fliegen und mehr Figuren als ein Schlittschuhläufer vollführen konnte. Es gab nur einen Wettkampfteilnehmer, der dem König ein wenig Sorgen bereitete. Das war Prinz Luther, der ein Grobian und ein ziemliches Großmaul war. Weißt du, was bei dem Wettkampf passiert ist?«

Sie schnarchte leise. Er beugte sich hinunter und küsste sie auf den Kopf. Erst jetzt merkte er, dass er sein verdammtes Bein vollkommen vergessen hatte. Auch wurde ihm klar, dass seine Geschichte bis jetzt ziemlich lausig gewesen war, vermutlich weil er so müde und benebelt war. Er hatte Glück, dass sie wieder eingeschlafen war, sonst hätte er sie sicherlich zum Gähnen gelangweilt.

Während des folgenden Tages bemühte er sich, sein Bein nicht zu belasten. Er blieb in der Hütte, saß neben dem Fenster und beobachtete unentwegt die Wiese und den angrenzenden Waldrand. Er konnte nichts Ungewöhnliches entdecken und sah niemanden.

Er würde die Dinge heute langsam angehen müssen, sich stärken und dann entscheiden, was zu tun war.

Ihm war klar, dass sie verängstigt war. Das wusste er, aber er konnte nichts dagegen unternehmen. Er erzählte ihr ein halbes Dutzend Geschichten, alle gar nicht so übel, Luther, der Wettkampf im Drachenfliegen, über die kleine Prinzessin Sonya, die den miesen kleinen Jungen Luther im Drachenfliegen besiegte und ganz prima Pilze kochen konnte und ... Er würde sich die nächste Geschichte noch nicht ausdenken. Er war besser, wenn er einfach den Mund aufmachte und die Geschichte sich ganz spontan entwickelte.

Sie saß neben seinem Stuhl am Fenster auf dem Fußboden und zeichnete mit einem seiner Bleistifte. Die nachmittäglichen Schatten wurden länger. Er blickte auf eine Strichfrau mit lockigen Haaren, die einen Drachen hielt, neben ihr ein kleines Mädchen mit einem ebenso großen Drachen, wie sie ihn hatte. Eine gebogene Linie zeigte das Lächeln der Frau, und auch das Mädchen hatte eine gebogene Linie.

Ihre Mutter hatte ihr also das Drachensteigen beigebracht. Vielleicht, ganz vielleicht nur konnte er sie dazu bekommen, ihm ein Bild von dem Mann oder den Männern zu zeichnen, die sie entführt hatten, und davon, was sie ihr angetan hatten. Doch er schreckte davor zurück. Er war kein Psychologe. Er wollte unbedingt vermeiden, die Sache noch weiter zu verschlimmern.

»Es ist an der Zeit, das Abendessen zu machen. Hast du Hunger, Kleines?«

Sie nickte begeistert und räumte die Blätter und die drei Bleistifte zusammen, die er ihr gegeben hatte. Sie legte sie vorsichtig auf den Couchtisch und arrangierte die Seiten genauso ordentlich, wie er es selbst auch getan hätte. Dann streckte sie ihm ihre Hand entgegen.

Er nahm ihre Hand und betonte, wie gut sie ihm auf die Beine helfen konnte. Sein Bein schmerzte höllisch, was allerdings nicht verwunderlich war. Das leichte Fieber war verflogen. Die Wunde war noch geschwollen und fühlte sich bei der Berührung warm an. Die Haut um die Wunde verfärbte sich allmählich etwas blau. Den Verband jedenfalls würde er nicht noch ein Mal abnehmen. Es war besser, das Bein alleine heilen zu lassen. Wenigstens bis morgen.

In der Vorratskammer hatten sie nicht mehr viel zu stehen. Morgen musste er entweder Clements Lebensmittelladen aufsuchen und sie dabei erneut in der Öffentlichkeit zeigen. Oder aber er musste den Jeep packen und hier abhauen. Selbst wenn ihm keine Gefahr von den beiden Männern drohte, die er verwundet hatte, würden doch diejenigen, die die beiden beauftragt hatten, jetzt seinen Aufenthaltsort kennen. Ihm war klar, dass er sich augenblicklich mit der Polizei in Verbindung setzen sollte. Vollkommen klar sogar. Ebenso klar aber war ihm, dass er es nicht tun würde, jedenfalls jetzt noch nicht. Er erinnerte sich an das verzweifelte Wimmern, das sie von sich gegeben hatte. Möglicherweise würde sie durchdrehen. Noch schwerer ins Gewicht fiel die offene Frage, wie er sie wieder nach Hause schicken könnte, wenn die Möglichkeit bestand, dass sie von dort erneut entführt werden konnte.

Nachdem ihm die Gefahr bewusst geworden war, musste er die Berge verlassen. Gerne hätte er seinen Freund Dillon Savich beim Bundeskriminalamt FBI angerufen und ihn um Rat gebeten. Savich würde ihm natürlich raten, das FBI zu verständigen. Vielleicht hatte er auch schon von ihrer Entführung gehört. Seit der Lindbergh-Baby-Entführung Anfang der dreißiger Jahre war das FBI für diese Fälle zuständig. Doch bis er sich mit Savich in Verbindung setzen konnte, war es sein dringlichstes Anliegen, sie in Sicherheit zu wissen. Und das bedeutete – seiner Meinung nach jedenfalls –, sie in seiner Obhut zu lassen.

Morgen, dachte er, morgen früh würden sie abreisen. Er

machte sich in Gedanken eine Liste all der Dinge, die er bis zu ihrer Abfahrt noch würde erledigen müssen.

Während er eine Dose Gemüsesuppe öffnete, beobachtete er sie dabei, wie sie die Salatblätter in einer großen Schüssel verteilte. Auf ihrem schmalen Gesicht spiegelte sich intensive Konzentration.

»Möchtest du französisches oder italienisches Dressing?«

Sie hob die Flasche mit der französischen Salatsoße hoch.

»Gute Wahl. In deinem Alter mochte ich die auch am liebsten.« Er würde ihr von ihrer Abreise erst dann erzählen, wenn er sie zum Jeep trug.

Sie legte den Kopf zur Seite. Wieder eine Geste, die auch ihm eigen war. Hatte sie das innerhalb von nur einer Woche von ihm abgeguckt? Er schüttelte den Kopf und lächelte sie an. »Ja, ich war auch einmal so alt wie du. Das ist schon lange her. Aber mach dich nicht darüber lustig, dass ich schon so alt bin.«

Sie grinste ihn derart unverschämt an, wie es für Kinder ihres Alters typisch war.

Die Suppe und den Salat aßen sie vor dem Kamin. Am Abend war es nach dem Sonnenuntergang kalt geworden, richtig kalt, fünf Grad vielleicht.

Ein Kojote heulte.

Gleich nach Sonnenaufgang entriegelte er die Tür, machte die Kette los und schlüpfte so leise er konnte nach draußen, wo es still war und er seinen Atem sehen konnte. Er musste noch Holz für Kamin und Herd spalten. Er stand regungslos und sah sich in alle Richtungen nach etwas Ungewöhnlichem um. Nichts. Schließlich legte er sein Browning-Savage-Gewehr ganz dicht neben dem linken Fuß auf dem Boden ab. Wieder blickte er sich um, konnte aber nichts Ungewöhnliches entdecken.

Er hackte ein halbes Dutzend Holzscheite, bis sein Bein so zu pochen anfing, dass er abbrechen musste. Die Menge musste reichen. Er hatte versprochen, die Hütte in demselben Zustand zu hinterlassen, in dem er sie vorgefunden hatte, und das bedeutete auch einen reichlichen Vorrat an Brennholz. Er fluchte leise, als er die Holzscheite in den Armen stapelte, sein Gewehr an sich presste und alles zurück in die Hütte trug.

Das Licht im Morgengrauen war grau, der Waldrand verschwommen und nur undeutlich zu erkennen. Nichts bewegte sich, noch nicht einmal eines der zahlreichen Eichhörnchen sprang von Baum zu Baum. Er trat über die Schwelle, und die Kleine richtete sich ruckartig auf, wimmerte von tief aus ihrer Kehle, mit aschfahlem Gesicht.

Eilig legte er die Holzscheite und das Gewehr neben dem Kamin ab und trat neben sie. Er setzte sich auf das Sofa. Langsam, weil er gelernt hatte, keine schnellen Bewegungen zu machen, drückte er sie an sich und küsste sie auf den Kopf. »Ist schon gut, Kleines. Ich musste etwas Brennholz holen.« Von der bevorstehenden Abreise wollte er ihr noch nichts sagen. »Leg du dich wieder hin, ich werde das Feuer anmachen und richtig einheizen, einverstanden?«

Er legte sie wieder ab und zog die Decke bis unter ihr schmales Kinn hoch.

»Rühr sie nicht an, du Dreckskerl. Tritt sofort von ihr zurück!«

Das Kind und er erstarrten, als sie die Frauenstimme hörten. Er war der dümmste Mann der Welt. Er hatte die Tür nicht verriegelt. Er warf einen Blick auf seine Smith & Wesson auf dem Tisch neben dem Sofa.

Ein Schuss ertönte. Seine Pistole flog vom Tisch und schlitterte über den Holzboden, bis sie von einem der indianischen Teppiche abgebremst wurde.

»Versuche nur ja nichts, sonst sitzt die nächste Kugel in deinem Kopf. Das verspreche ich dir. Und jetzt weg von ihr.«

Er trat zurück und stand auf. Er wandte sich um und sah eine Frau in der geöffneten Tür stehen. Sie trug eine schwarze Daunenjacke, schwarze Jeans und Stiefel und eine schwarze Wollmütze auf dem Kopf. Ihr Gesicht war sehr blass, ihre Pupillen riesig und schwarz. Sie hielt eine Detonics .45 ACP in der Hand, eine gemeine kleine Pistole, die jedem im Umkreis von sechs Metern das Gehirn wegblasen konnte. Er befand sich in diesem Umkreis.

Sie wirkte verkrampft und bereit, ihn umzulegen, aber ihre Stimme war zurückhaltend und voller Hass. »Beweg dich, du Schwein. Ich sag es nicht noch einmal. Ich will dich nicht in ihrer Nähe sehen. Wenn ich dich abknallen muss, werde ich das tun. Verdammter Kerl, weg von ihr!«

»Sie wollen mich nicht umbringen. Ich bin nicht derjenige, der sie entführt hat, das schwöre ich Ihnen.«

»Du perverses Stück Dreck, halt das Maul. Ich habe gesehen, wie du sie berührt hast. Was hättest du wohl gemacht, wenn ich nicht aufgetaucht wäre? Los, beweg dich!« Er trat zwei Schritte vom Sofa zurück. Sie hatte die Pistole auf seine Brust gerichtet.

Ihr Blick raste zum Sofa. »Liebling, ist alles in Ordnung?«

Es war ihre Mutter! Wie aber hatte sie sie ausfindig gemacht?

»Sie sollten mir wirklich Glauben schenken. Ich bin nicht derjenige, der sich an ihr vergangen hat«, sagte er.

»Halt das Maul! Em, alles in Ordnung?«

»Ich habe sie vor einer Woche in der Nähe dieser Hütte im Wald gefunden. Ich habe sie nicht entführt.«

»Maul halten! Em? Was ist denn los, Liebling? Hör auf mich, er kann dir nicht mehr wehtun. Komm her, Em, komm zu Mama.«

Em wimmerte aus tiefer Kehle, warf die Decken zurück und blickte von ihm zu ihrer Mutter.

»Geh von ihm weg, Em. Ich will, dass du zu mir hier herüber kommst. Ich werde ihn fesseln und ihn der Polizei übergeben. Dann braucht keiner von uns beiden jemals wieder Angst vor ihm zu haben. Ich weiß, dass du das verstehst. Komm jetzt her, Em.«

Die Frau hob die Pistole. Mehr zu sich selbst als zu ihm sagte sie: »Du bist groß. Du wirst mich wohl kaum an dich heranlassen. Nein, sowie ich dich fessele, wirst du mich angreifen. Es wird nie ein Ende haben, nicht bis du tot bist. Ich habe keine Wahl, überhaupt gar keine.«

»Natürlich haben Sie das. Sie dürfen mich nicht umbringen. Ich habe sie nicht entführt. Ich habe sie gerettet.«

»Halt das Maul! Nein, ich werde es nicht zulassen, dass Sie sich in unserem Schatten aufhalten und später vielleicht wieder unsere Leben bedrohen. Ich werde es tun. Ich weiß, dass ich es tun kann. Du bist bösartig, ein Ungeheuer. O mein Gott, du hast sie missbraucht, nicht wahr? Ich habe gebetet und gebetet, dass der Entführer sie nicht missbraucht, aber du hast es getan, nicht wahr? Du verdienst es nicht zu leben. Em, komm jetzt hierher. Was ist denn nur mit dir? Komm her, dass ich dich beschützen kann.« Sie zielte mit der Pistole direkt auf seine Brust.

Plötzlich warf sich das Kind vor ihn, ihre kleinen Hände umklammerten seine Knie. Sie schrie: »Nein, Mama, es ist doch Ramsey! Er hat mich gerettet. Tu ihm nichts an!«

Beide erstarrten. Beide sahen einander in die Augen.

Sie kam ihm mit dem Sprechen zuvor. »Em, du weißt doch, dass er dich entführt hat. Er benutzt dich, er ...«

»Nein, ich habe sie nicht entführt. Ich habe sie nicht missbraucht. Aber ich sage Ihnen, dies ist das erste Mal, dass sie spricht, seit ich sie vor mehr als einer Woche im Wald gefunden habe.« Langsam ging er in die Hocke, sein Schenkel brannte vor Anstrengung, doch er beachtete den Schmerz nicht.

»Du heißt Em? Ist das die Kurzform von Emily?«

»Nein, Emma«, flüsterte sie. Sie trug eines seiner grauen T-Shirts, das bereits so oft gewaschen worden war, dass es weicher als Ziegenleder war. Sie wandte sich an die Frau. »Mama, es ist schon in Ordnung. Ramsey hat mich gerettet. Wirklich.« Sie legte ihre Hand auf seine Schulter. Dann sagte sie mit leiser, müder Stimme: »Er hat mich gerettet, Mama. Er würde niemals zulassen, dass mir noch einmal jemand wehtut. Er wird fuchsteufelswild, wenn er auch nur daran denkt.«

Langsam senkte die Frau die Pistole, aber er spürte, wie sehr es ihr gegen den Strich ging. »Wer sind Sie?«

Er nahm Emma auf den Arm und richtete sich auf. Sein Bein hätte fast nachgegeben. »Entschuldigen Sie, aber ich muss mich setzen. Mein Bein schmerzt wie verrückt.«

Sie riss die Detonics-Pistole wieder hoch. »Keine Bewegung, verdammt noch mal. Setzen Sie sie ab.«

6

Er beachtete sie nicht. Im Augenblick würde sie ihn nicht erschießen, denn er hielt ihre Tochter im Arm. Er trug Emma zum Sofa und setzte sich. Erst dann wandte er sich ihr zu: »Ich habe Ihnen viel zu erzählen. Ich heiße Ramsey Hunt. Sie können mir vertrauen. Bitte.«

»Geben Sie mir meine Tochter. Lassen Sie sie los.«

Er setzte Emma ab, und sie rannte zu ihrer Mutter. Die Frau kniete sich hin. Er beobachtete, wie sie Emma an sich drückte. Tränen rannen ihr das Gesicht hinunter. Sie küsste Emma über das ganze Gesicht, streichelte sie am ganzen Körper, ließ die Hände über ihre Haare fahren und drückte sie, bis sie quietschte.

Schließlich richtete Emma sich auf. Sie hob eine Hand und fuhr ihrer Mutter sanft über die Haare. »Mir geht es gut, Mama, ehrlich. Ramsey hat mich gerettet. Er hat sich um mich gekümmert. Du siehst aus wie der Soldat Joe. Die schwarzen Handschuhe finde ich gut.«

Die Frau lachte und streifte sich die schwarzen Lederhandschuhe ab. »Jetzt bin ich wieder deine Mama und kein Soldat mehr.« Er beobachtete, wie Emma ihre Finger mit denen ihrer Mutter verschränkte. Er sah die kurz geschnittenen Nägel, von denen einige eingerissen waren. Ihre Handrücken waren von der Kälte rau und gerötet.

Er fühlte sich unendlich erleichtert und plötzlich auch sehr erschöpft. Er lehnte sich zurück, streckte sein Bein aus und beobachtete die beiden. Schließlich, ihm gegenübersitzend und mit Emma auf dem Schoß, die sie fest an sich gepresst hielt, hob die Frau den Kopf und sagte: »Danke. Es tut mir Leid, dass ich Sie beinahe erschossen hätte. Das wäre ein grober Fehler gewesen.« Ihre Reue schien nicht besonders stark zu sein. Er machte sich nichts daraus, denn er konnte sich gut vorstellen, was sie durchgemacht und welche Befürchtungen sie gehabt haben musste.

»Ja, ein sehr grober Fehler. Ich bin froh, dass Emma nicht stumm ist. Aber wissen Sie, wir sind gut miteinander klargekommen. Sie kann sehr gut malen.«

»Warum hast du denn nicht gesprochen, Emma?«

Sie schüttelte den Kopf, runzelte die Stirn und flüsterte: »Es wollte einfach nichts herauskommen. Erst als ich dachte, dass du Ramsey erschießen würdest. Ich durfte nicht zulassen, dass du Ramsey erschießt. Ich wusste nicht, was ich tun sollte, also habe ich einfach geredet. Ramsey wollte, dass ich ihm meinen Namen aufschreibe, aber das konnte ich auch nicht. Er hat angenommen, ich kann nicht schreiben. Ich konnte einfach nichts tun außer Bilder malen.«

»Das hast du sehr gut gemacht«, erwiderte ihre Mutter und küsste sie nicht einmal, sondern gleich ein halbes Dutzend Male. »Ach, Emma, ich liebe dich so sehr.« Sie hob das Kind auf ihren Schoß.

»Ich bin froh, dich wieder zu sehen, Mama. Bis mich Ramsey gefunden hat, dachte ich, ich würde dich niemals wiedersehen. Es war unheimlich, Mama. Ich hatte solche Angst.« Emma schlang ihre Arme um den Hals ihrer Mutter. Jetzt weinte sie, tiefe Schluchzer durchschnitten die Stille.

»Ist schon gut, meine Süße. Wir sind ja wieder beieinander. Ich lasse dich niemals wieder fort, das verspreche ich dir. Emma, ich liebe dich so. Mein Gott, ich hatte schon fast die Hoffnung aufgegeben.«

Er wandte sich ab und ließ sie etwas alleine, aber er hörte ihnen beiden beim Weinen zu. Merkwürdigerweise waren Emmas Schluchzer tiefer als die ihrer Mutter. Er wartete ab, bis sie sich beruhigt hatten, hörte sie die Nasen schnäuzen, dann warf er ihnen eine Decke zu. Sie breitete sie über sich und ihre Tochter aus. Dann sagte sie tonlos: »Emma trägt ein Unterhemd für Männer.«

»Ja, ich habe vergessen, ihr einen Schlafanzug zu kaufen. Aber immerhin stolpert sie nicht über das Unterhemd.«

Ramsey erhob sich, sein Bein schmerzte wie verrückt. »Ich muss die Tür verriegeln. Wir sollten kein Risiko eingehen.«

Sie erwiderte nichts, sondern war willens zu warten, so nahm er jedenfalls an, denn sie hatte ihre Tochter wieder. Er spürte, wie sie ihn eingehend musterte, als er durch das Fenster spähte, dann die Kette festmachte und den Riegel vorschob. Als er sich umwandte, sah er, wie sie die eng anliegende schwarze Wollkappe vom Kopf zog. Rotes Haar quoll hervor, das meiste davon zu einem Zopf geflochten, der Rest fiel wild um ihr schmales, hübsches Gesicht, das sich jetzt vollkommen verwandelte. Die Anspannung verebbte, und ihre Wangen bekamen etwas Farbe. Ihre Lippen verzogen sich zu einem Lächeln, ihre Augen leuchteten heller.

Es gab so vieles zu bereden, so viele Fragen zu stellen, doch er fragte lediglich: »Möchten Sie etwas Kaffee? Er wird im Handumdrehen fertig sein. Wir sind hier sehr einfach eingerichtet.«

Sie nickte. »Das wäre wunderbar. Mir ist so kalt, es kommt mir so vor, als ob sich das nie mehr ändern könnte.«

Er ging in die Küche. Er spürte Emmas Hand auf seinem Knie. Sie war ihm gefolgt, sein graues T-Shirt schleifte fast auf dem Boden, und ein Paar weiße Sportsocken hingen ihr lose um die dünnen Fesseln. Er beobachtete, wie sie zu dem kleinen Tisch ging und den Kaffee in den bereitstehenden Topf abmaß. Dann schüttete er Wasser über den Kaffee und stellte ihn auf den Herd. Seit vier Tagen schon hatten sie sich diese Routine angewöhnt.

Er blickte zu der Frau, die in der Tür stand und sie leicht verwundert beobachtete. Er kannte noch nicht einmal ihren Namen, was ihm aber momentan nicht wichtig war. Was wichtig war, war so etwas wie eine ganz normale Atmosphäre zu schaffen. An sie gewandt, meinte er: »Emma und ich sind ein gutes Team. Die Routine mit dem Kaffee haben wir als Erstes geschaffen. Wir sind gerade dabei, es zum Patent anzumelden. Hey, Emma, wer macht das Rennen?«

»Was willst du denn damit sagen, Ramsey?«

»Kommt dein Name zuerst oder meiner?«

»Ich bin die Jüngste. Ich sollte an erster Stelle kommen.«

Er lachte und fuhr ihr durch die Haare. Er spürte, wie die Frau versuchte, aus der Sache schlau zu werden. Wie sie versuchte, nicht nur die Beziehung zwischen diesem ihr unbekannten Mann und ihrer Tochter zu begreifen, sondern auch die Tatsache, dass Emma in Sicherheit war, dass sie tatsächlich ihre Tochter wieder gefunden hatte.

Die Frau schwieg, stand nur da und beobachtete sie. Sie machte einen sehr erschöpften und müden Eindruck. »Anfangs meint man, dieser aufgekochte Kaffee dreht einem den Magen um, und vielleicht ist das auch der Fall, aber dann schmeckt er gar nicht mal so übel. Abgesehen davon belebt er die grauen Zellen. Wie gesagt, wir sind hier sehr einfach eingerichtet. Dank einem Generator besitzen wir einen kleinen Kühlschrank und Lampen im Wohnzimmer. Aber der Herd wird mit Holz gefeuert, und wir müssen uns Wasser heiß machen, wenn wir baden wollen«, sagte er.

»Wir toasten das Brot mit so einem Ding aus Metall mit einem langen Griff«, steuerte Emma bei.

Die Frau schüttelte den Kopf und bemühte sich immer

noch zu begreifen, was hier vorging. »Im Augenblick würde ich alles trinken, was einem Kaffee auch nur entfernt ähnelt. Ich habe dort draußen gehockt und Stunde um Stunde auf die Morgendämmerung gewartet, darauf gewartet, dass Sie vor die Tür treten. Doch als es dann so weit war, hatten Sie ein Gewehr, und ich war zu weit entfernt, um mit meiner Detonics etwas ausrichten zu können.«

»Ich hätte die Tür nicht unverschlossen lassen sollen. Das war leichtsinnig. Wenn Sie es nicht gewesen wären, hätten es die anderen sein können.«

»Nun, sie waren es nicht. Ich habe dort draußen keine Menschenseele gesehen. Wer sind die anderen? Von wem sprechen Sie?«

»Damit sollten wir noch etwas warten«, sagte er und machte eine Kopfbewegung in Richtung Emma. Er schenkte ihr von dem blubbernden Kaffee ein. »Setzen Sie sich und versuchen Sie zu trinken. Er wird Sie bis zur Mittagszeit wach halten, dann werden Sie vermutlich schlafen wollen. Emma, ich mache dir eine Schüssel mit Cornflakes. Möchtest du Pfirsiche oder Bananen?«

»Eine Banane. Pfirsiche mag ich eigentlich nicht.«

»Aber du hast sie ohne zu murren gegessen.«

Sie nahm die Cornflakes aus seiner Hand und ließ sie in die Schüssel rieseln. »Ich wollte dir nicht wehtun. Aber Bananen mag ich lieber.«

Er zerkleinerte eine Banane über ihren Cornflakes, während sie die Milch aus dem kleinen Kühlschrank holte. »Schau mal her, Mama«, sagte sie und zeigte mit dem Finger. »Der hat kein Tiefkühlfach. Wir bereiten alles frisch zu, genau wie zu Hause.«

»Einen so modernen habe ich noch nie gesehen. Er ist richtig gut.« Sie konnte kaum glauben, dass ihr diese Worte, diese so gewöhnlichen Worte, tatsächlich über die Lippen gekommen waren. Ihre Fassungslosigkeit verwandelte sich in Unglauben. Sie war hierher gekommen, um dem Entführer ihrer Tochter den Garaus zu machen und sich um ihr hysterisches, verletztes Kind zu kümmern. Und nun saß sie am Küchentisch und trank Kaffee, begutachtete einen modernen Kühlschrank und lauschte ihrer Tochter beim Essen der Cornflakes. Hatte er ihre Tochter gerettet? Hatte er sein Leben riskiert, um sie zu beschützen? Noch immer war das Bild nicht stimmig.

Emma aß Cornflakes mit einer Banane, die ein Fremder ihr fein säuberlich geschnitten hatte. Sie schwieg, bis Emma ihren letzten Löffel Cornflakes gegessen hatte und er ihr gegenüber am Tisch seine zweite Tasse Kaffee trank. »Ich bin ihr seit zwei Wochen auf der Spur. Als ich Emmas Foto in Dillinger herumgezeigt habe, konnte ich es kaum glauben. Mehrere Leute erzählten mir, das sei doch Ramseys kleine Tochter. Ich wusste nicht, welche Schlüsse ich daraus ziehen sollte. Seit gestern schon habe ich Sie im Visier, aber ich kam nie an Sie heran, ohne nicht auch Emma zu gefährden. Sie sind nie aus der Hütte herausgekommen. Weder Sie noch Emma.«

»Wer sind Sie?«

»Ich heiße Molly Santera.«

Emma schluckte eine Bananenscheibe herunter und sah auf. »Mama meint, unser Nachname klingt wie ein erfundener Name für eine Band, aber er ist echt. So heißt mein Vater.«

Molly lächelte ihrer Tochter zu, beugte sich zu ihr herüber und berührte sie. »Das stimmt. Aber ich wette mit dir, im New Yorker Telefonbuch wimmelt es nur so von Santeras.«

»Ich war noch nie in New York«, erwiderte Emma.

»Wenn du etwas älter bist, werden wir einmal dorthin gehen, Em. Wir werden uns prima amüsieren. Wir wohnen im *Plaza* und können von dort direkt zu *FAO Schwarz* gehen. Das ist nicht weit weg.«

Santera. Der Name kam ihm irgendwie bekannt vor. Er erinnerte sich an Emmas Zeichnung von einem Mann mit einer Gitarre in der Hand. Er öffnete den Mund. Langsam sagte er: »Santera. Meinen Sie Louey Santera? Den Rockstar?«

»Genau den«, erwiderte Molly knapp und mit eiskalter Stimme.

Ramsey wollte mehr über Emmas Vater erfahren und warum er nicht mit ihnen zusammenlebte, auch wenn er ein berühmter Rockstar war. Aber er spürte, dass Molly im Augenblick nichts weiter über ihn sagen wollte. Es würde noch genug Zeit geben, in der sie sich gegenseitig all ihre Fragen beantworten konnten. Emma hatte ihre Cornflakes aufgegessen und lächelte erst ihre Mutter und dann ihn an, wie es jedes ganz normale Kind auch tun würde.

»Jetzt weiß ich, wer Sie sind.«

Er legte den Kopf zur Seite. »Ich? Wie denn?«

»Ich erkenne Sie jetzt wieder, nachdem ich über Ihren Namen nachgedacht habe. Sind Sie der berühmte Ramsey Hunt?«

Emmas wegen spielte er die Sache herunter. »Berüchtigt ist wohl näher an der Wahrheit.«

»Das können Sie mir nicht weismachen.«

Er verschüttete etwas Kaffee, hob den Kopf und starrte sie an.

»Männer«, sagte sie, während sich ihre Finger um die Kaffeetasse legten. »Wenn sie die Wahl haben, gelten sie lieber als berüchtigt – Sie wissen schon, Schurken und andere dunkle Gestalten – aber nicht als Held, der wegen etwas Sinnvollem oder moralisch Richtigem berühmt ist, was er zu erreichen versucht hat.«

»Nein«, erwiderte er. »Das sähe mir nicht ähnlich.«

Sie seufzte, zuckte mit den Schultern und wandte den Blick ab. »Es ist kaum zu glauben. Ein Bundesrichter aus San Francisco, und doch sind Sie jetzt hier. Sie haben Emma gefunden.«

»Ja.«

»Wenn man an Ihr Verhalten im Gerichtssaal denkt, hätte es Emma wohl kaum besser treffen können.«

Er schwieg und nippte an seinem starken Kaffee.

Ein Bundesrichter, der gleichzeitig auch berühmt war, genauer gesagt, der trotz seiner Zurückhaltung ein Held war – und nun saßen sowohl Emma als auch sie hier bei ihm. Das Leben hatte sie in den letzten zwei Wochen so gebeutelt, dass sie von dieser letzten Überraschung eigentlich nicht hätte schockiert sein dürfen. An ihre Tochter gewandt sagte sie: »Em, du siehst gut aus. Wie geht es dir, mein Liebling?«

Emma hielt den Kopf gesenkt. Die Wirklichkeit hatte sie plötzlich eingeholt, und sie war noch nicht dagegen gewappnet. Molly hatte sich zu ernsthaft, zu zerknirscht angehört. Sie kam sich dumm vor und war sehr müde. Sie hätte Ramsey Hunt küssen können, als er, mit immer noch ruhiger Stimme und seine Aufmerksamkeit auf Emma gerichtet, leichthin bemerkte: »Sie musste etwas anderes als nur meine T-Shirts zum Anziehen haben. Ich habe den Ausflug aus der Hütte so weit wie nur möglich verschoben, aber sie musste neue Kleidung bekommen. Und so haben Sie uns gefunden. Als Emma und ich in Dillinger einkaufen gegangen sind.«

»Wie gesagt, ich habe ihr Foto herumgezeigt, und die Leute dort meinten alle, sie sei Ihre kleine Tochter. Um ehrlich zu sein, ich habe eigentlich nicht damit gerechnet, in Dillinger fündig zu werden. Es war mein letzter Versuch. Danach hätte ich die Sache der Polizei und dem FBI übergeben. Sie waren natürlich ohnehin schon mit der Angelegenheit betraut und gingen sie auf ihre Art und Weise an. Aber sie haben nichts zu Stande gebracht, gar nichts. Ich habe ihnen eine Frist von zwei Tagen eingeräumt, dann bin ich losgefahren. Wie ich gehört habe, haben sie die Suche nach vier Tagen aufgegeben.«

»Wo wohnen Sie?«

»In Denver.« Sie nahm einen Löffel und spielte damit, ihr Blick auf das rot-weiß karierte Tischtuch geheftet. »Ihr Vater ist in Europa. Er ist auf Tournee und konnte nicht kommen, aber er wird bald zurück sein.« Sie wandte sich ihrer Tochter zu und nahm deren kleine Hand. »Ich spreche fast jeden Tag mit ihm, Em. Er macht sich große Sorgen um dich, ehrlich.«

Emma starrte in ihre Schüssel, in der eine einzige Scheibe Banane in etwas Milch schwamm. Ohne aufzusehen, meinte sie: »Ich weiß nicht, weshalb er jetzt kommen sollte. Ich habe ihn seit zwei Jahren nicht gesehen.«

Er spürte, dass es sowohl der Tochter als auch der Mutter die Sprache verschlagen hatte, und beeilte sich einzuwerfen: »Ich verstehe. Sie sind geschieden.«

»Ja«, erwiderte Molly. Sie hatte sich wieder im Griff. »Emma, mit der Scheidung hat das nichts zu tun. Dein Papa liebt dich. Er ist nur eben immer sehr beschäftigt.«

»Ja, Mama.«

Ramsey wollte schnell das Thema wechseln und sagte: »Sie haben der Polizei also ganze zwei Tage eingeräumt und sich dann entschieden, die Sache im Alleingang anzugehen?«

»Ja. Zu Hause konnte ich nichts weiter tun, als still und leise verrückt zu werden.«

Er wollte dagegenhalten, dass bei einem eventuellen Anruf der Entführer diese sicherlich mit ihr hätten sprechen wollen. Aber dann fiel ihm ein, dass jede weibliche Polizistin diese Aufgabe übernehmen konnte. Er schwieg. Emma hatte die Ohren gespitzt.

»Ich bin von Aspen nach Vail und dann nach Keystone gefahren und habe auch alle Orte dazwischen abgeklappert. Dillinger war mein letzter Versuch.«

»Glück gehabt. Wie gesagt, wenn sie keine Kleidung gebraucht hätte, hätte ich sie nicht mit nach Dillinger genommen. Bevor ich Emma gefunden hatte, war ich bereits zwei Wochen lang hier oben in der Hütte.«

»Warum sind Sie ausgerechnet hier?«

Er zuckte mit den Schultern und blickte auf seinen Kaffee. »Es ist mir einfach zu viel geworden«, meinte er schließlich. »Einfach zu viel. Die Boulevardblätter gaben keine Ruhe. Die Paparazzis sprangen mich schon von hinten aus dem Gebüsch an, um mich zu überrumpeln.«

»Sie werden als ›Judge Dredd‹ bezeichnet.«

»Das ist lächerlich, das Ganze ist einfach lächerlich.« Er begann zu fluchen, spürte jedoch Emmas Blick und atmete tief durch. »Ich habe mir fünf Monate frei genommen und bin allem entflohen – den Menschen, den Anrufen, dem Fernsehen, allem eben. Dann habe ich Emma gefunden.« Er lehnte sich vor und nahm Emmas Kinn in die Hand. Sie hatte Farbe bekommen. Sie sah kindlich schön und gesund aus. »Wie wäre es, wenn du abwaschen gehst und dir dann deine Jeans und ein buntes T-Shirt anziehst? Deine Mutter und ich müssen noch etwas besprechen und entscheiden, was wir jetzt tun sollen.«

Sie machte einen besorgten Eindruck. »Mama, du wirst doch nicht noch einmal versuchen, Ramsey zu erschießen, nicht wahr?«

»Ich nehme niemals eine Tasse Kaffee von einem Mann an, den ich anschließend erschieße, Liebling. So etwas macht man nicht.«

»Mama, du hast einen Witz gemacht.« Emma strahlte sie an.

»Sogar einen verdammt guten«, pflichtete ihr Ramsey bei. »Und nun ab mit dir, Emma.«

Er lehnte sich auf seinem Stuhl zurück und blickte auf die Frau ihm gegenüber. »Emma hat mehrere Bilder von Ihnen gemalt. Auf allen hatten Sie ein breites Lächeln.« Jetzt jedoch lächelte sie nicht. Sie war blass und hager und hatte das röteste Haar, das er jemals gesehen hatte, ganz lockig, genau wie auf Emmas Zeichnungen. Ihre Augen waren graugrün und leicht nach oben gebogen, wodurch sie etwas exotisch wirkte. Sie hatte keine Sommersprossen, und sie sah Emma kein bisschen ähnlich.

»Ich habe sie immer ›Kleines‹ genannt. Der Name Emma gefällt mir. Er passt zu ihr.«

»So hieß meine Großmutter.«

Angespannt neigte sie sich vor, dann sprang sie plötzlich auf und begann in der kleinen Küche auf und ab zu gehen, vom Kaffee überdreht, hellwach und für die Antworten zu ihren Fragen gewappnet. »Wie haben Sie Emma gefunden?«

»Es war vor genau acht Tagen. Beim Holzhacken hörte ich dieses merkwürdige Geräusch. Es war ein Geräusch, das ich eigentlich hier nicht hätte hören sollen. Ich bin dem nach und fand sie bewusstlos im Wald. Ich habe sie nur gesehen, weil sie ein leuchtend gelbes T-Shirt trug. Ich habe sie hierher gebracht und mich um sie gekümmert. Bis sie Sie angebrüllt hat, hat sie nicht gesprochen.«

Er sah die Frage in ihrem Blick und nickte langsam. »Ja, sie ist geschlagen und sexuell missbraucht worden. Soweit ich es beurteilen kann, hat keine Sodomie stattgefunden, aber ich bin kein Arzt. Es geht ihr schon viel besser, obwohl sie letzte Nacht einen Alptraum hatte.« Er hielt inne und schüttelte den Kopf. »Es hat gute vier Tage gedauert, bis sie mir vertraut hat. Sie ist ein tolles Kind.«

Tränen rannen ihr die Wangen hinunter und fielen von ihren Lippen. Sie schniefte. Er reichte ihr eine Serviette, und sie schnäuzte sich die Nase und wischte sich die Augen ab.

»Sie ist erst sechs Jahre alt. Sie wurde von einem Triebtäter entführt, und ich bin schuld. Wenn ich doch nur ...«

»Hören Sie auf, hören Sie sofort damit auf. Ich kenne Sie jetzt seit einer Stunde, und ich weiß, dass Sie sie nicht unbeaufsichtigt gelassen haben und nichts tun würden, was sie gefährden könnte. Deswegen möchte ich auch nichts mehr von diesem Unfug hören.« Er seufzte, denn ihm war klar, dass sie sich vermutlich ihr ganzes Leben lang immer wieder die Schuld geben würde. »Glauben Sie mir, in meinem Leben habe ich mich noch nie so hilflos gefühlt. Sie ist ein so süßes Mädchen. Anfangs hat sie sich sehr vor mir, einem Mann, gefürchtet, was ich ihr unmöglich verübeln konnte. Als sie nicht geredet hat, war ich überzeugt davon, dass sie stumm ist.«

Er fuhr zu reden fort, damit sie sich sammeln konnte, was ihr schließlich gelang. Sie richtete sich auf. »Vielleicht war es das Trauma. Vielleicht fühlte sie sich sicherer, wenn sie nichts sagte und mir ihren Namen nicht aufschrieb. Vielleicht konnte sie aber auch tatsächlich nicht sprechen, ehe es nicht eine Entscheidung zwischen Leben und Tod war. Hätten Sie denn auf mich geschossen?«

»Ohne zu zögern, wenn Sie auch nur den kleinen Finger bewegt hätten.«

»Ich bin wirklich sehr erleichtert darüber, dass Emma sich ihrer Stimme erinnert hat. Sie haben eine schwierige Zeit hinter sich. Es muss schwer gewesen sein, von Ort zu Ort zu ziehen und ihr Bild herumzuzeigen.«

»Eigentlich nicht. Außer den örtlichen Polizeibehörden waren alle sehr freundlich. Fast überall haben sie mich wie eine hysterische Frau behandelt, mir ein wenig überheblich auf die Schulter geklopft und dass ich die Sache doch ihnen, den tollen Typen, überlassen sollte. In Rutland hätte ich einen Typen fast geschlagen. Als ich endlich Ihre Hütte gefunden hatte, habe ich lange über mein Vorgehen nachgedacht. Ich weiß genug über Urteilsvollstreckungen, um zu wissen, dass, wenn ich den Entführer nur gefangen nehmen würde, er vermutlich schon bald gegen Kaution entlassen würde. Würde er Emma nochmals nachstellen? Nehmen wir einmal an, der Richter würde eine Kaution ablehnen und ihn in Untersuchungshaft behalten, ihn schließlich sogar verurteilen. Früher oder später würde er wieder freikommen und entweder anderen Kindern oder Emma erneut nachstellen. Für den Rest meines Lebens müsste ich in Angst leben. Und Emma auch, was noch schlimmer wäre. Ein Kinderschänder, ein Entführer. Ein solches Ungeheuer hat kein Recht zu leben.«

Sie blickte ihm direkt in die Augen. »Wenn Sie dieses Ungeheuer gewesen wären, hätte ich Sie zumindest verwundet. Auf diese Weise wären Sie nicht gegen Kaution freigekommen, sondern in ein Krankenhaus eingeliefert worden. Vielleicht hätte man dort Ihre Medikamente verwechselt, und mit etwas Glück wären Sie gestorben.«

Er trank den letzten Tropfen Kaffee und hob die Augenbrauen. »Sonderlich viel Vertrauen in unser Rechtssystem haben Sie ja nicht gerade.«

»Nein, nicht das Geringste. Selbst wenn das Rechtssystem nicht vollkommen verbogen wäre, wird es durch Haftverschonungsgesuche derart unterwandert, dass Haftverschonungsabkommen die einzige Möglichkeit bieten, Kriminelle auf Trab zu halten. Aber warum erzähle ich Ihnen das! Für Sie als Richter gehört das zum Tagesgeschäft.

Sie wissen doch selbst, dass dieser Typ, selbst wenn er gefasst würde, seine Haftzeit auf sieben Jahre herunterhandeln kann und dann nach drei Jahren auf freien Fuß gesetzt wird. Das ist zwar nicht gerecht, aber die Prozessanwälte werden keinerlei Veränderungen zulassen. Die Gerechtigkeit ist ihnen gleichgültig, sie wollen nur so viel Geld wie nur irgend möglich herausschlagen. Dann konzentrieren sie all die Aufmerksamkeit auf den armen Täter und wie schlimm seine Kindheit gewesen ist, als ob das eine Entschuldigung für dessen Brutalität wäre. Es ist einfach nicht richtig. Sie sind Teil dieses Systems. Sie wissen, dass es nicht richtig ist.«

Freundlich entgegnete er: »Nein, es ist nicht richtig. Doch keiner will Kriminelle auf freiem Fuß sehen. Die meisten von uns bemühen sich sogar sehr darum, dass sie in den Gefängnissen bleiben.« Er zuckte mit den Schultern. »Manchmal kommt es aber auch vor, dass falsche Entscheidungen getroffen werden.«

»Und das sagen ausgerechnet Sie.«

Er zuckte die Schultern. »Meiner Ansicht nach kann sich niemand über einen längeren Zeitraum hinweg seinem eigentlichen Selbst entziehen.«

»Sie sagten, Sie wären hierher gekommen, um sich zu verstecken.«

Unangenehm berührt blickte er sie an. »Die Dinge sind aus dem Ruder gelaufen. Ich bin hierher gekommen, um mich wieder zu sammeln und den Leuten Gelegenheit zu geben zu vergessen. Das wird sicherlich schon sehr bald der Fall sein.«

»Sie sind Bundesrichter. Sicher kennen Sie viele Leute. Sie müssen an das System glauben. Warum also haben Sie Emma nicht sofort der Polizei übergeben? Oder in ein Krankenhaus gebracht?«

»Ich konnte es nicht tun«, erwiderte er unumwunden. »Ich konnte es einfach nicht. Sie war vollkommen verängstigt. Die Vorstellung von lauter fremden Menschen um sie herum konnte ich einfach nicht ertragen.« Sein Blick fiel auf seine Turnschuhe. »Außerdem habe ich mir Sorgen gemacht, dass ihr dasselbe noch einmal passieren würde, wenn sie wieder nach Hause käme.«

Sie musterte ihn lange und nickte dann bedächtig. »Ich an Ihrer Stelle hätte sie auch nicht irgendwelchen Fremden überlassen. Und nach Hause hätte ich sie auch nicht geschickt, solange ich nicht gewusst hätte, dass sie dort gut beschützt sein würde. Danke, dass Sie ihr Schutz geboten haben. Sie ist mir der wichtigste Mensch auf der ganzen Welt. Ich bin mir nicht sicher, wie ich hätte weiterleben können, wenn sie umgebracht worden wäre.«

Er befürchtete, sie würde in Tränen ausbrechen, doch stattdessen richtete sie sich auf und stand auf. »Das ist auch der Grund, weshalb ich nicht nach Denver zurückkehren möchte.«

7

»Ich an Ihrer Stelle würde ähnlich denken.« Er beugte sich vor, die Ellenbogen auf dem zerkratzten Tisch. »Ich habe mir Sorgen gemacht, dass ich die Polizei nicht eingeschaltet und sie nicht ins Krankenhaus gebracht habe. Doch, wie gesagt, ich konnte sie einfach nicht in fremde Obhut geben. Haben Sie mit der Polizei in Dillinger gesprochen?«

»Nein, bereits drei Ortschaften vorher habe ich aufgehört,

mit der Polizei zu reden. Ich habe immer nur Emmas Foto herumgezeigt und dauernd Fragen gestellt. Ich wusste einfach nicht, was ich sonst hätte tun sollen. Ich hatte das Gefühl, dass der Entführer nach Westen und nicht in Richtung Norden nach Fort Collins und Cheyenne geflüchtet war. Ich hatte es einfach in den Knochen, dass er in den Rockies sein würde.«

»Warum?«

»Die Polizei in Denver hatte ein Telefon eingerichtet, wo sich jeder, der einen Hinweis hatte, melden konnte. Sie haben jede Menge Anrufe bekommen, aber keinen von Bedeutung. Außer einem einzigen, in dem eine alte Frau behauptete, sie habe einen weißen Transporter in Richtung Westen abfahren sehen. Die Polizei hielt sie für senil und hat der Sache keinerlei Bedeutung beigemessen, aber ich habe sie aufgesucht. Sie lebt nicht weit von mir entfernt. Sie leidet unter starker Arthritis und verbringt deshalb viel Zeit auf einem Stuhl am Fenster. Wenn es irgendetwas zu sehen gab, dann würde sie es gesehen haben. Das habe ich der Polizei gesagt, aber sie haben es einfach vom Tisch gewischt.«

»Wie konnte sie wissen, dass sie nach Westen fuhren?«

»Wir wohnen auf einer Anhöhe mit Blick nach Westen und dem Highway 70. Von ihrer Etage aus konnte sie den Transporter auf den Highway in Richtung Westen auffahren sehen. Sie schwört Stein und Bein, in dem Auto ein kleines Mädchen gesehen zu haben.«

»Keine Lösegeldforderung?«

Sie schüttelte den Kopf. »Nein, jedenfalls nicht bis gestern früh. Das war das letzte Mal, dass ich nachgesehen habe. Das FBI hatte auch damit gerechnet. Sie haben mir immer wieder geraten, zu Hause in der Nähe des Telefons zu bleiben und Geduld zu bewahren. Ich solle ihnen vertrauen und mir von ihnen vorschreiben lassen, wie ich mich zu verhalten hätte, denn sie wüssten Bescheid, während ich ein wenig einfältig sei. Dem einen Polizisten hätte ich beinahe eine Ohrfeige verpasst. Zwei Tage lang habe ich gewartet, und nichts ist passiert. Dennoch haben die Leute vom FBI nur mit dem Kopf geschüttelt und mir gesagt, ich solle warten, warten, warten. Ich wurde verrückt. Ich rief sie jeden Tag an und ließ mich anbrüllen.

Ich war in mehr Orten, als ich mich jetzt noch erinnern kann. Dieser hier sollte der allerletzte Versuch sein. Als ich nach Dillinger kam, konnte ich es kaum glauben, dass jeder hier nickte und sagte, das sei Ramseys kleine Tochter. Wenn ich Ihnen damals ohne Emma begegnet wäre, hätte ich vermutlich meine Detonics auf Sie abgefeuert.«

»Sie wären ins Gefängnis gekommen.«

»Welch Gerechtigkeit.«

»Wenn Sie mich erschossen hätten, wäre eine Gefängnisstrafe für Sie in der Tat eine gerechte Sache gewesen. Und in meinem eigenen Interesse hoffe ich, dass sich die Richter nicht hätten erweichen lassen.« Darum ging es natürlich gar nicht. Sie schwieg, doch er spürte, wie sich ihre Stacheln aufstellten. Er wollte mehr darüber wissen, wie es zu Emmas Entführung gekommen war, wer ihr Vater war und noch vieles mehr, doch jetzt stand Emma in der Tür. Frisch gewaschen und munter hielt sie eine Haarbürste in der Hand. Sie kam auf ihn zu und hielt ihm die Bürste hin. Er hörte, wie Molly tief Luft holte. Lächelnd nahm er die Bürste und stellte Emma zwischen seine Beine. Er bürstete ihr die Knoten aus dem Haar und flocht ihr einen Zopf.

»Mama, könntest du Ramsey beibringen, wie man einen Bauernzopf macht?«, wandte sich Emma an ihre Mutter.

»Ja, das kann ich. Er ist aber selbst bei einem ganz gewöhnlichen Zopf schon richtig gut.«

»Den ersten hättest du mal sehen sollen. Er war ganz stachelig und krumm, als ob er in der Mitte gebrochen wäre.«

Als er am Ende des Zopfes angekommen war, reichte sie ihm ein Schnippgummi. »Hier.« Er drehte sie zu sich herum und legte ihr die Hände auf die Schultern. »Du siehst prima aus. Alle werden dich nach deinem Friseur fragen. Ich bin der Beste.«

»Das ist wirklich gut gelungen«, meinte Molly mit ruhiger Stimme. Beide spürten dennoch, dass es nicht einfach für sie zu akzeptieren war, dieses bedingungslose Vertrauen und die Zuneigung, die Emma einem anderen Menschen entgegenbrachte, einem, den sie erst seit einer Woche kannte. »Kann ich Ramsey den Bauernzopf erst morgen beibringen, Em?«

»Ja, Mama.«

Ramsey beugte sich vor und nahm ihre Hände. »Du packst jetzt deine Sachen zusammen, Em, und stopfst alles in einen Kopfkissenbezug. Und vergiss nichts. Das ist wichtig. Wenn diese Männer wieder hierherkommen sollten, sollten sie nichts finden können, was irgendwie mit uns zu tun hat. In einer viertel Stunde sind wir drei hier draußen. Einverstanden?«

Sie sah ihn lange an, dann nickte sie.

Er wartete, bis er Emma im Wohnzimmer herumräumen hörte, dann wandte er sich an Molly: »Ich habe bereits gesagt, welche Erleichterung ich empfunden habe, als Sie sich nicht als diese Schurken entpuppten. Wir hatten nämlich Besuch, gleich zwei von ihnen haben uns beehrt.«

Emma mischte sich vom Flur aus mit einem halb gefüllten Kopfkissenbezug in der Hand ein: »Wirst du dir noch einmal dein Bein ansehen, Ramsey?«

Das hatte er ganz vergessen. Er sollte es tun, nur um sicherzugehen, dass sich keine Entzündung gebildet hatte. Er nickte. »Ich hole das Klebeband«, rief sie.

»Was ist denn passiert?«

»Zwei Männer taumelten gestern vom Wald heraus auf die Wiese und feuerten mit ihren Gewehren herum. Sie gaben vor, betrunken zu sein. Ich habe Emma in die Hütte zurückgebracht und bin dann mit einem Gewehr und der Pistole wieder herausgekommen. Ich bin am Bein verwundet worden, habe aber auch beide Männer getroffen. Einen sogar zweimal. Dann sind sie abgehauen. Eines ihrer Gewehre habe ich noch. Vielleicht kann die Polizei es überprüfen.

Ich weiß nicht, wer sie waren oder warum sie hier aufgetaucht sind. Mein Gefühl sagt mir, dass sie es auf Emma abgesehen hatten.« Plötzlich tauchte Emma neben ihm auf, und er meinte beiläufig: »Emma, reich mir mal den sterilen Mullverband.« Er stand auf und zog seine Trainingshose herunter. Molly atmete hörbar ein. Er setzte sich wieder. »Ich sollte den Verband erneuern. Emma, gib mir den Mullverband. Soweit ich sehen kann, ist die Schwellung leicht zurückgegangen.«

»Das hoffe ich, Ramsey«, sagte Emma und beugte sich darüber. »Es riecht nicht schlecht, und das ist ein gutes Zeichen.«

Molly beobachtete, wie die beiden wie ein eingespieltes Team zusammenarbeiteten, wie Emma ihm Stückchen vom Klebestreifen reichte und ihm dabei half, es fest über den Mull zu ziehen, um die Wunde zu schließen. »Woher weißt du das denn, Em?«

»Ich weiß viele Dinge, Mama. Im Fernsehen habe ich etwas über das Altertum gesehen, diese Show von Mister Spock. Und da haben sie von diesem Phara...«

»Pharao?«

»Genau. Sein eines Bein verrottete und stank, weil ihn jemand mit dem Speer verwundet hatte. Dann ist er gestorben.«

»Du meinst Wundbrand?«

»Richtig. Ich sehe keine Rötung, Ramsey.«

»Ich auch nicht.«

»Ist es immer noch heiß?« Sie wartete seine Antwort nicht ab, sondern drückte sanft ihre Handfläche auf den Verband. »Ja, das ist es. Wie lange wird es noch heiß sein?«

»Ich weiß nicht. Nicht mehr lange. Ich heile sehr schnell.«

»Aber es ist schon besser, nicht wahr?«

Aus ihrer Stimme hörte er die schleichende Angst heraus, grinste breit und streichelte ihr über die Wange. »Bald kann ich schon wieder Ski fahren. Kommst du mit nach Vail?«

»Mama fährt gerne Ski in Vail. Ich lerne es erst.«

»Du kannst mein Maskottchen sein. Ich trage dich auf meinen Schultern herum. Wenn ich falle, werfe ich dich in den Schnee, und du kannst einen Schnee-Engel machen.« Sie schien immer noch verstört. Sie legte ihre Hände mit leichtem Druck zu beiden Seiten der Wunde.

»Ehrlich, Em, es ist alles in Ordnung. Wenn ich mir nicht sicher wäre, wäre ich schneller in der Unfallaufnahme, als man den Jeep anlassen kann.«

Mit ruhiger, kindlicher Stimme sagte Em: »Er hat gesagt, hier in der Nähe gibt es kein Krankenhaus, nur eine große Kirche.«

Molly und Ramsey starrten sie mit angehaltenem Atem an. Ramsey beugte sich vor. Er wollte sie unbedingt über den Mann, der sie entführt und missbraucht hatte, ausfragen. Bisher jedoch hatte er das unterlassen, weil er in diesen Dingen keinerlei Erfahrung besaß. Auf gar keinen Fall wollte er riskieren, dass sie ausrastete. Mit gefasster, ganz und gar sachlicher Stimme fragte er: »Wer hat das gesagt, Emma? Welcher Mann?«

Sie fing an, ihren Kopf so heftig vor und zurück zu werfen, dass der Zopf ihr ins Gesicht schlug. Wieder und wieder sagte sie: »Keiner, keiner, keiner.«

»Ist schon gut, Em.« Molly kniete sich hin und zog ihre Tochter zu sich heran. Emma lehnte sich gegen seinen Schenkel, wobei sie ihre Mutter mit sich zog, doch der Druck bereitete ihm keinerlei Schmerzen. »Ich liebe dich. Es ist alles in Ordnung.«

Über Emmas Kopf hinweg trafen sich ihre Blicke. In Mollys Augen loderte eine unbändige Wut. Falls sie den Kerl tatsächlich irgendwann stellen würden, wäre hoffentlich gerade noch genug Zeit, ein paar Informationen aus ihm herauszupressen, ehe Molly ihn umbrachte. Auf der anderen Seite würde er selbst ihn vielleicht sogar noch vor Molly umlegen.

»Em, hast du deine Sachen fertig gepackt?«

Sie stemmte sich ab und blickte ihn an. Ihr Gesicht war blass, die Wangenknochen schienen sich jeden Augenblick durch ihre Haut zu bohren, so angespannt war sie. »Ja, Ramsey. Fast fertig. Nur meinen einen roten Socken kann ich nicht finden.«

»In fünf Minuten sind wir hier draußen, mit oder ohne roten Socken. Nimm das Klebeband mit. Das Bein sollten wir noch einen Tag ruhen lassen. Kommt schon, Leute, lasst uns fahren.«

Sie begegneten keiner Menschenseele. Natürlich hätte jemand sie vom Wald versteckt beobachten können. Ramsey packte alles, so schnell es ging, in den Jeep.

»Wo ist Ihr Auto?«, fragte er Molly und ließ sich hinter das Steuer gleiten. Mit einer schnellen Bewegung hatte er den Zündschlüssel ins Schloss gesteckt und herumgedreht. In der morgendlichen Stille lärmte der Motor.

»Ungefähr eine halbe Meile entfernt, gleich am Straßenrand. Es ist ein Mietwagen, ein Chevrolet.« Sie hielt einen Moment inne, sah konzentriert aus dem Fenster und sagte dann, die Ruhe selbst: »Schauen Sie, Ramsey, Sie sind Bundesrichter. Sie sind Teil eines Systems, dem ich nicht traue. Ich werde nicht die Polizei einschalten, und ich werde nicht nach Denver zurückkehren. Was halten Sie davon, Emma und mich abzusetzen und dann ganz einfach Ihrer Wege zu gehen?«

»Was wollen Sie denn damit sagen?« Überrascht und von plötzlicher Wut gepackt, hatte er das Steuer ein wenig zu weit herumgerissen, sodass der Wagen fast aus der schmalen Fahrspur gelaufen wäre.

»Ich meine«, sagte sie und blickte stur, ohne ihn anzusehen, durch die verdreckte Windschutzscheibe, »dass Sie uns gar nicht kennen. Ich bin jetzt wieder da. Emma ist meine Verantwortung. Jetzt übernehme ich.«

»Nein.«

»Die verdammte Polizei werde ich nicht einschalten.«

»Einverstanden, für den Moment jedenfalls. Aber ich bin anderer Meinung.« Er spürte, dass noch etwas anderes sie zurückhielt, etwas, von dem sie ihm noch nichts gesagt hatte. Nicht dass sie ihm bisher übermäßig viel erzählt hätte.

»Ist mir gleichgültig. Hier bestimme ich, wo es langgeht. Wenn Sie das nicht akzeptieren können, gehen Sie.«

»Mama, willst du denn nicht, dass Ramsey bei uns bleibt?«

Molly küsste ihre Tochter aufs Ohr. »Er ist ohne sein Zutun in die Sache hineingeschlittert, Em. Dies ist nicht sein Problem.«

»Wie sind Sie denn zu dieser brillanten Schlussfolgerung gekommen?« Der Jeep knirschte über die Steine und senkte sich zu einer Seite ab. »Ein paar Typen haben versucht, mich aus der Hütte zu bekommen. Es sieht ganz danach aus, als ob sie versucht hätten, mich aus dem Weg zu schaffen.«

»Ich nehme nicht an, dass Sie überhaupt erwägen, sie hätten es auf Sie abgesehen?«

Am liebsten hätte er das Lenkrad zerschmettert. »Emma«, sagte er. »Hör jetzt nicht hin. Leg dir die Hände über die Ohren. Ja, so ist es gut. Und jetzt werde ich deiner Mutter mal die Meinung sagen.«

»Ich will gar nichts mehr hören. Es spielt keine Rolle mehr. Sie haben Ihre gute Tat getan. Sie sind sogar verletzt worden, weil Sie Emma beschützt haben. Das ist genug, mehr als genug. Jetzt sind Sie aus unserem Leben entlassen. Nachdem wir die Autos getauscht haben, werde ich sehr vorsichtig sein. Das kann ich mittlerweile richtig gut. Ich werde nicht zurück nach Denver fahren, Sie brauchen sich also keine Sorgen zu machen, dass Emma in Gefahr ist. Selbstverständlich rufe ich die Polizei und das FBI an und sage ihnen, dass die Sache ausgestanden ist. Ich werde sie über den Ort informieren, wo Sie Emma gefunden haben. Vielleicht können sie die Hütte finden, wo die Entführer Emma festgehalten haben. Und dann lobe ich sie noch, was für phantastische Arbeit sie alle geleistet haben.«

Emma saß regungslos auf dem Schoß ihrer Mutter und hielt sich die Ohren zu. Aber sie gab dieses grauenhafte Wimmern von sich, das von tief aus ihrer Kehle drang.

Molly machte den Eindruck, als ob man sie in den Magen geboxt habe. Sie drückte Emma an sich und wiegte sie hin und her. »Liebling, es ist alles in Ordnung. O mein Gott, es tut mir Leid, Emma. Bitte vertraue mir. Ich verspreche dir, dass ich auf dich aufpassen werde. Es war meine Schuld, dass er dich das erste Mal geschnappt hat. Aber wir gehen nicht dorthin zurück. Ich werde dich beschützen. Ramsey werde ich auch nicht mehr anschreien.«

Ramsey hielt den Wagen an. Er drehte sich um und blickte sie direkt an. »Emma«, sagte er sachlich. »Nimm die Hände von den Ohren. Und jetzt hör mir gut zu. Du wirst nicht mehr diese Geräusche machen, hast du mich verstanden? Wenn du etwas zu sagen hast, dann sagst du es, anstatt mich mit diesen Geräuschen bis ins Mark zu erschrecken. Das geht mir wirklich unter die Haut. Mein Bein schmerzt davon noch mehr. Und außerdem werde ich dich und deine Mutter nicht verlassen. Deine Mutter kann mich anschreien, wenn sie das erleichtert. Vielleicht brülle ich auch mal zurück. Aber nichts auf der Welt könnte mich dazu bringen, dich zurückzulassen. Hast du mich gehört?«

Sie schwieg beharrlich, dann sagte sie: »Ramsey, versprichst du, dass du nicht weggehen wirst?«

»Ich verspreche es. Und ich halte mich an meine Versprechen. Deine Mutter wird sich genauso an mich gewöhnen, wie du es getan hast. Sie wird mich nicht davon abbringen, ganz gleich, welche Gründe sie auch anführen mag. Ich werde sogar ihr Spiel mitspielen, für den Augenblick jedenfalls. Und von jetzt an sprichst du, einverstanden?«

Sie nickte bedächtig. »Ich mag es nicht, wenn ihr brüllt.«

»Uns gefällt es auch nicht. Aber manchmal kommt es eben

vor. Dann sagst du uns einfach, dass wir Ruhe geben sollen. So, und jetzt ist genug gesagt worden.«

Molly schwieg. Sie machte den Eindruck, als ob sie sich am liebsten verkriechen würde, und sah aus, als ob sie zusammenbrechen könnte. Er hätte sie gerne weiter belehrt, unterließ es jedoch. Vielleicht wäre es einfach zu viel für sie. Oder aber sie würde auf ihn schießen. Er klopfte ihr sanft auf die Schulter und sagte mit jener ruhigen, tiefen Stimme, die im Gerichtssaal so gut funktionierte: »Es wird schon alles werden, Molly. Sie werden sehen. Es ist nicht verwerflich, etwas Unterstützung anzunehmen, und in diesem Licht sollten Sie mich sehen. Und jetzt raus hier. Emma, du schaust aus dem hinteren Fenster. Wenn du einen Wagen hinter uns auftauchen siehst, sagst du Bescheid.«

»Ja, Ramsey.«

»Ich verlasse mich auf dich. Pass gut auf.«

»Mache ich.«

»Diese Männer«, sagte Molly. »Halten Sie es für möglich, dass sie hinter Ihnen und nicht hinter Emma her waren?«

»Ich weiß es nicht.«

»Sie haben sich Feinde gemacht. Ich habe gelesen, dass Sie Drohbriefe bekommen haben, insbesondere von dieser einen Frau, deren Mann an jenem Tag im Gerichtssaal umgekommen ist.«

»Stimmt, solche Drohungen habe ich bekommen. Aber bisher hat noch niemand versucht, mich zu ermorden.«

»Das würde bedeuten, dass zwei Männer bei Emma waren, und nicht nur der eine, der sie entführt hat.«

»Richtig. Könnten Sie mir bitte eine Tasse Kaffee aus der Thermoskanne einschenken?«

Ihr war klar, dass er in Emmas Beisein nicht darüber sprechen wollte. Aber es war so vieles, was sich in ihr aufgestaut hatte. Seit beinahe zwei Wochen hatten sich Wut und Hass und Hilflosigkeit in ihr angesammelt. Sie würde abwarten, es blieb ihr nichts anderes übrig. Ganz bestimmt wollte sie ihre

Tochter nicht noch mehr verängstigen, als es ohnehin schon der Fall war. Sie reichte die Tasse Ramsey Hunt, dem Mann, über den sie gelesen hatte und über dessen Verhalten sie wie viele andere auch nachgedacht hatte. Bis vor zwei Wochen ihre Welt aus den Fugen geraten war.

Sie drückte Emma fest an sich.

»Lass mich los, Mama. Ich muss aus dem Fenster schauen. Der Wagen ist dreckig, Ramsey. Wir sollten anhalten und ihn waschen lassen.«

»Gute Idee. Wer würde schon einen blitzblanken Jeep verdächtigen?«

Mollys Mietwagen ließen sie an Ort und Stelle stehen. Molly nahm sämtliche Papiere aus dem Handschuhfach. »Ich rufe die Verleihfirma an und erkläre ihnen genau, wo der Wagen steht. Sicher haben sie nichts dagegen einzuwenden, wenn ich ihnen sage, dass sie die anfallenden Extrakosten von meiner Kreditkarte abbuchen können.«

Zum Mittagessen hielten sie in Rappahoe an, einem kleinen Ort am Highway 70, und ließen dort den Jeep waschen. Soweit Ramsey sehen konnte, war ihnen niemand gefolgt.

»Wie geht es deinem Bein?«, fragte Emma.

»Wird ein wenig starr«, erwiderte er und biss von seinem Hamburger ab. Er schloss beim Kauen die Augen. Als er schluckte, seufzte er und sagte: »Fett. Es gibt doch einfach nichts Schöneres im Leben.«

»Ich habe meinen Vater sagen hören, Sex wäre das Beste im Leben«, sagte Emma und kaute an einem von Ketchup umhüllten Pommes frites.

»Ich finde, kleine Kätzchen und kleine Mädchen sind die beiden besten Dinge«, meinte Molly ohne Zögern.

Er bewunderte sie dafür. Ihm war bewusst, dass ihm der Mund offen stand.

»Hast du meinen Drachen mitgenommen, Ramsey?«

»Aber ja. Das Kind ist ein richtiger Profi«, fügte er, an Molly gerichtet, hinzu, die lediglich einen einzigen Löffel ihrer Gemüsesuppe gegessen hatte. »Sie haben es ihr beigebracht, nicht wahr?«

Sie nickte, nahm den Löffel und rührte in der Suppe, auf der ein Fettfilm schwamm. Sie ließ den Löffel fallen und nahm sich ein Stück Weißbrot, das sie mit Butter und Marmelade beschmierte. Wenigstens das aß sie.

»Ramsey, eben sind gerade zwei Männer hereingekommen. Sie sehen in unsere Richtung. Einer von ihnen trägt ein Gewehr.«

Melissa Shaker beobachtete, wie ihr Vater geschickt und gleichmäßig an der Rudermaschine arbeitete. Sie wollte ihm sagen, dass er für einen Mann seines Alters wirklich gut aussah und dass er öfter in T-Shirt und Shorts herumlaufen sollte. Sowie er sich einen seiner teuren Savile-Row-Anzüge überstreifte, machte er einen leicht lächerlichen Eindruck. Das lag im Wesentlichen daran, dass er eigentlich wie ein Schlägertyp aussah. Je teurer die Kleidung, umso mehr wirkte er wie ein stereotyper Kerl aus dem Mafiamilieu eines Hollywoodfilms. Etwas mehr entblättert jedoch sah er wirklich gut aus.

»Mir ist aufgefallen, dass du Eleonor nicht mehr in die Clubs mitnimmst«, bemerkte sie.

Er brummte etwas, ohne jedoch seinen Rhythmus zu verändern, ziehen, loslassen, ziehen, loslassen. »Sie ist so sehr erste Sahne, dass ich neben ihr immer wie ein Bodyguard wirke.«

Melissa blinzelte, denn sie hatte nicht angenommen, dass ihm das bewusst war. Eleonor und erste Sahne?

Nach einer kurzen Pause fuhr er trotz der Anstrengung mit ruhiger, sonorer Stimme fort: »Je jünger und je schöner so ein Mädchen ist, umso mehr wirke ich wie ein hässlicher Zwerg.«

Melissa lachte. »Du hast Recht, obwohl ich es nicht laut ausgesprochen hätte. Neulich habe ich dich mit einem wirklich sehr schönen Mädchen am Pool gesehen. Du trugst einen Tanga und sie auch. Du sahst besser aus als sie. Trag doch einfach mehr kurze Hosen, Papa, darin siehst du prima aus.«

Er brummte und verlangsamte die Geschwindigkeit. Jetzt begann die Abkühlungsphase. Seit vierzig Minuten saß er bereits an der Rudermaschine. Schweiß rann ihm den Körper herunter, und seine prallen Muskeln glänzten. Wäre er nicht ihr Vater gewesen, hätte sie ihn zumindest in Erwägung gezogen.

Das Telefon klingelte. Ohne aufzusehen sagte er: »Nimm es ab, aber sage nichts.«

Das tat sie. Als sie ihm den Hörer reichte, war er schließlich zum Stillstand gekommen. Er atmete nur unwesentlich schneller als normal. Er lachte, dann sagte er: »Wie steht es?«

Wieder hörte er zu. Melissa hätte zu gern den zweiten Apparat abgenommen. Sie ging zu den Gewichten hinüber, nahm sich zwei Fünfpfundgewichte und begann mit den Armbeugen.

Erst als sie hörte, dass er den Hörer wieder auf die Gabel zurückgelegt hatte, drehte sie sich um. Er sagte: »Lange kann es jetzt nicht mehr dauern. Wir bekommen drei für den Preis von einem.«

»Ich wünschte, es wäre anders.«

Er musterte sie eingehend, wie sie die Armbeugen machte, als ob sie etwas durch Wasser ziehen würde, ganz wie er es ihr beigebracht hatte. »Nein, das tust du nicht. Dir gefällt der ganze Mist hier. Aber ich habe es dir versprochen. Wie du weißt, pflege ich meine Versprechen zu halten.«

Sie legte die Gewichte ab, trat zu ihm hinüber und drückte ihn an sich. Es war ihr gleichgültig, dass er verschwitzt war. »Danke, Papa, ich weiß. Ich bin dir wirklich dankbar.«

Er schob sie sanft von sich und trocknete sich ab. »Du bist ein tolles Mädchen, Mellie. Doch gelegentlich hast du etwas merkwürdige Vorstellungen.« Er hob die Hand. »Nein, ist schon gut. Das macht das Leben interessant.«

Vor sich hinpfeifend betrat Rule Shaker die riesige Duschhalle im Marmorbad seines privaten Fitness-Studios.

8

»Emma, schau jetzt nicht auf, sondern iss weiter deine Pommes. Molly, greif nicht zur Pistole, sondern hör mir zu. Ich möchte, dass Emma und du durch diesen Türrahmen mit der Aufschrift ›Telefon und Toiletten‹ geht. Sollte es dort einen Ausgang geben, dann geht zum Wagen zurück, sonst bleibt auf den Toiletten. Wenn ihr es bis zum Jeep schafft, schließt euch ein. Ich komme nach, sowie ich hier bezahlt habe. Geht jetzt. Und benehmt euch so normal wie möglich. Seht euch nicht um.«

Molly machte keine Bewegung. »Em, hast du die beiden Männer gesehen, die bis zur Hütte gekommen sind?«

»Nicht so richtig.«

»Du würdest sie also nicht wieder erkennen?«

»Nein, Mama, aber Ramsey würde sie wieder erkennen.«

»Stimmt, das würde ich. Gehen Sie jetzt, Molly. Wir haben keine Zeit mehr zum Diskutieren. Wenn es die Typen sind, dann bin ich so schnell es geht auch draußen, vermutlich im Eilschritt.«

»Du machst einen Witz, so wie Mama es auch immer tut.«

»Möglich.«

Molly warf ihm einen letzten eindringlichen Blick zu, nahm ihre Handtasche, konzentrierte sich ganz auf Emma und ging mit ihr im hinteren Teil des Restaurants durch die Tür. Ramsey drehte sich langsam um und winkte der Kellnerin zu. Sie standen mit dem Rücken zu ihm. Der eine war groß und dünn, der andere untersetzt, und er konnte nicht erkennen, ob der Mann O-Beine hatte oder nicht. Es schienen ihm nicht dieselben Männer zu sein, die auch vor der Hütte gewesen waren. Er hatte seine Smith & Wesson nicht dabei. Das Restaurant war gut besucht. Hoffentlich würden die beiden Männer nichts Unüberlegtes tun.

Die Kellnerin lächelte ihm zu. Ohne sie anzusehen, fragte er: »Gibt es hier einen Hinterausgang?«

»Ja, gleich neben der Männertoilette.«

»Gut. Wie viel schulde ich Ihnen?«

Sie schrieb noch ein paar Sachen auf, runzelte beim Rechnen die Stirn, dann riss sie das Blatt ab und reichte es ihm. »Sie haben alle drei nicht besonders viel gegessen, deswegen habe ich etwas im Preis nachgelassen.«

»Das ist sehr freundlich. Meine Frau fühlt sich nicht besonders wohl. Sie ist schwanger.«

»Herzlichen Glückwunsch. Das kann jedem mal passieren, dass man sich nicht so wohl fühlt.«

»Na, Elsa, wie geht's denn so?«

Der Typ, der jetzt hinter der Bedienung stand, hatte das Aussehen eines geschmeidigen Cowboys. Ramsey konnte sein Gesicht nicht sehen, denn Elsa war ziemlich breit und hatte üppiges Haar, und sie stand genau zwischen ihnen. Aber einer der beiden Männer von der Hütte war es nicht. Ramsey hätte nicht sagen können, ob er darüber erleichtert sein oder sich Sorgen machen sollte, dass sie möglicherweise einer neuen Bedrohung ausgesetzt waren.

»Ich bin hübsch und frech wie immer«, erwiderte sie und wandte sich dem Mann zu, wobei sie Ramsey die Sicht auf ihn versperrte. »Sie sind neu hier, nicht wahr? Sind Sie hierher gezogen?«

»Genau. Meine Alte und ich kommen aus Wyoming. Ist wirklich nett hier in der Gegend.«

»Klar doch. Möchten Sie etwas zu Mittag essen? Sie und Ihr Freund könnten sich in die Nische dort drüben setzen.« Sie deutete mit dem Bleistift die Richtung an.

»Hey, Sie, wo ist denn das süße Mädchen, das ich die ganze Zeit angelacht habe?«

Ramsey erhob sich langsam. Elsa trat einen Schritt zurück, denn plötzlich schien sie Gefahr zu wittern. Ramsey überragte den Mann mittleren Alters, der den Kampf gegen das Fett verloren hatte und ungefähr so ernst und nett dreinblickte wie Ted Bundy.

»Hey, Mann, ist das Ihre Tochter?«

»Ja, sie ist meine Tochter. Weshalb interessiert Sie das?«

»Nur so. Sie ist einfach süß, wie eine von meinen Enkelinnen.«

Ramsey reichte der Kellnerin zwanzig Dollar und sagte, an sie beide gewandt: »Schönen Tag noch, auf Wiedersehen.« Er ging zur Eingangstür, hielt dabei jedoch nach dem anderen Mann Ausschau. Er konnte ihn nicht entdecken, was ihn wiederum erst recht nervös machte. Wo war der Mistkerl?

Sein Magen begann sich zu drehen. Noch einmal schaute er sich um. Im ganzen Restaurant kein einzelner Mann. Weswegen hatte der Mann sich nach Emma erkundigt?

In diesem Augenblick hörte er Bremsen quietschen. Wie der Blitz rannte er vor die Tür und sah, wie Molly den Jeep rückwärts ausparkte und gerade noch rechtzeitig abbremste, um einen geparkten Transporter nicht zu rammen. Er sah einen Mann auf sie zurennen. Sie gab Gas, der Jeep raste los. Der Mann schrie etwas und duckte sich in das mickrige Gebüsch, das entlang der Außenwand des Restaurants wucherte.

»Molly!«

Er riss die Beifahrertür auf und sprang hinein.

Noch ehe er seine Tür wieder hatte schließen können, fuhr sie bereits auf den Highway auf.

Er blickte zurück, wo der Mann seine Hose abstaubte und ihnen hinterherstarrte. Der andere, mit dem er sich unterhalten hatte, trat ebenfalls nach draußen. Die beiden Männer unterhielten sich mit eng zusammengesteckten Köpfen. Als Molly mit quietschenden Reifen auf den Highway 70 auffuhr, verlor er sie aus den Augen.

»Ramsey.«

Er hörte ihre piepsige Stimme und blickte nach unten. Emma saß zusammengekauert zu seinen Füßen. »Komm her, Mädchen. Alles ist gut gelaufen. Deine Mama ist eine Heldin. Sie hat uns gerettet. Komm her und umarme mich. Ich brauche jetzt ein wenig Zuwendung und einen Kuss. Ein Kuss würde meinen Herzschlag verlangsamen und meinen Magen wieder dorthin zurückbefördern, wo er hingehört.«

Emma kroch zu ihm hoch und ließ sich von ihm auf den Schoß ziehen. Jetzt war nicht der richtige Moment, um sich über die Gurtpflicht Sorgen zu machen. Sie küsste ihn auf die Wange. »Schon besser. Danke.« Ruhig wandte er sich an Molly: »Verlangsamen Sie jetzt und verlassen Sie an der nächsten Ausfahrt den Highway.«

»Aber … doch, Sie haben Recht. Dann sehen wir, ob sie uns folgen.«

»Langsamer jetzt. Wir wollen keine Aufmerksamkeit erregen. Wenn Sie draußen sind, biegen Sie scharf nach rechts ab und fahren hinter die Mobil-Tankstelle. Emma, drück mich fester. Ja, so ist es gut.«

»Wenn ich sie sehe, fahre ich wieder auf den Highway. Vielleicht können wir ihr Nummernschild erkennen. Sie könnten doch herausfinden, wem es gehört, nicht wahr?«

Er nickte. Sie schien ruhig und gefasst und hatte den Wagen gut im Griff. Emma presste sich eng wie ein Blutegel an ihn. Es fühlte sich gut an, ihre dünnen Ärmchen drückten seinen Hals. Das Kind hatte Mumm.

Innerhalb von nur wenigen Sekunden war Molly vom Highway abgefahren, rechts abgebogen und hatte den Wagen scharf nach rechts hinter die Mobil-Tankstelle gelenkt. »Ausgezeichnet«, lobte er. »Und jetzt, meine Kleine«, wandte er sich an Emma, »möchte ich, dass du mit mir zusammen auf die Autobahn schaust. Wir wollen sehen, ob die beiden Männer uns verfolgen.«

»Ich hätte abwarten und sehen sollen, welches Auto die

beiden fahren«, meinte Molly. Sie ließ ihre Faust auf das Lenkrad sausen. »Aber ich musste mich einfach bewegen. Ich habe die Sache nicht bis zum Ende durchdacht.«

»Es ist in Ordnung. Wir werden sie erkennen. Haltet nur weiter die Augen offen.« Ein dunkelgrüner Corolla mit einer Frau fuhr vorbei. Dann kam ein Laster mit einem Mann und einem großen Schäferhund, der seinen Kopf mit weit heraushängender Zunge aus dem Fenster streckte. Ein Augenblick verstrich, dann folgte ein verdreckter schwarzer Laster mit leerer Ladefläche. In der Fahrerkabine saßen zwei Männer.

»Das sind sie«, sagte Ramsey. »Molly, fädeln Sie sich wieder auf den Highway ein. Bleiben Sie mindestens drei Wagenlängen zurück.«

Sie fuhr bereits von der Mobil-Tankstelle herunter. Vor ihr fuhr ein kleiner weißer Honda. Sie hätte am liebsten gehupt oder ihn einfach überrannt und die Frau am Steuer angebrüllt, aber sie riss sich zusammen und flüsterte lediglich: »Beweg dich, beweg dich, los, beweg dich.«

Ramsey hielt Emma locker im Arm. »Alles in Ordnung, Kleines?«

»Ich habe Angst, Ramsey.«

Ihr Griff wurde fester. Er küsste sie auf die Haare. »Ich wünschte, ich könnte dir die Kraft geben, vor nichts mehr Angst zu haben, Emma, aber das kann ich nicht. Angst ist eigentlich gar nichts Schlechtes, solange sie einen nicht vollkommen lähmt. Ich weiß, dass du nicht gerne daran zurückdenkst, aber damals warst du auch nicht vor Angst gelähmt. Es ist dir gelungen, in den Wald zu flüchten, und ich habe dich gefunden. Du warst ganz besonders tapfer. Wenn du also immer nachdenkst und nicht aufgibst, kannst du dir selbst helfen. Du hast eine Chance.« Ihm war bewusst, dass Molly ihnen zuhörte. »Das wirst du nicht vergessen, nicht wahr, Em?«

»Nein«, flüsterte sie. »Ich vergesse es nicht. Da ist der Laster, Ramsey. Mama ist schon ganz nah dran.«

»Kannst du das Nummernschild sehen?«

»Es ist ziemlich verdreckt, aber ich kann es sehen.«

Dann lachte er auf. »Du kannst es sehen, aber du kannst die Zahlen darauf nicht erkennen. Morgen bringe ich dir das Lesen bei, einverstanden?«

»Ich kann schon etwas lesen. Mama hat es mir beigebracht. Sie liest mir immer vor. Beim Vorlesen legt sie den Finger auf die Worte. Glaubst du, ich kann es in nur einem Tag lernen?«

»Bei dir dauert es vielleicht sogar nur einen halben.« Er wandte sich Molly zu. »Sieht mir nach einem *B* und danach nach einem *L* aus. Der Dreck hat den dritten Buchstaben ganz verdeckt. Dann kommt ein Abstand, dann eine Drei, Acht, Acht und irgendwas. Die letzte Zahl ist zu verschmiert, als dass ich sie erkennen könnte.«

»In meiner Handtasche ist ein Funktelefon. Als Bundesrichter kennen Sie sicher jemanden, der uns sagen kann, wem der Transporter gehört. Sobald ich das weiß, verspreche ich die Polizei in Denver anzurufen und es ihnen durchzugeben. Sie brauchen mit niemandem zu sprechen. Und jetzt warte ich, bis Sie es herausgefunden haben.«

Ein Funktelefon. Sie besaß ein Funktelefon und hatte ihm nicht eher davon erzählt, bis sie wirklich in der Bredouille waren. Am liebsten hätte er sie angebrüllt, beherrschte sich jedoch. Er zog ein schmales Telefon hervor und begann die Nummer von Virginia Trolley in San Francisco zu wählen, hielt jedoch inne. Nein, sie könnte nichts unternehmen. Jetzt brauchte er jemand Objektiven, jemanden, der Zugang hatte, sich jedoch nicht einmischen würde und ihnen, soweit es in seiner Macht stand, weiterhelfen würde. Er wählte die Zentrale des FBI in Washington D. C. und verlangte Dillon Savich von der Verbrechensbekämpfung zu sprechen.

Keine zwei Minuten später hatte er Savich in der Leitung. »Warum nur benutzt du nie meine E-Mail, Ramsey? Du weißt doch, wie sehr ich Telefone hasse. Ich muss wohl als

Kind mit einem Telefonkabel um den Hals fast erwürgt worden sein.«

»Tut mir Leid, aber ich habe mein Notebook nicht dabei. Lange Geschichte. Ich brauche deine Hilfe, Savich.«

»Schieß los.«

Kein Zögern, keine Fragen. »Ich muss wissen, wem dieses Nummernschild gehört.« Er gab Savich die Information durch. »Ich telefoniere von einem Funktelefon aus.« Er gab ihm die Nummer. »Gut, ich lasse es angestellt. Dafür schulde ich dir was, Savich.«

Ein kurzes Grunzen, mehr nicht. Ramsey lächelte ins Telefon, legte auf, stellte den Apparat jedoch nicht ab.

»Wen haben Sie angerufen? Die Polizei in San Francisco?«

»Nein. Ich habe einen Freund in Washington D. C. angerufen.«

»Einen guten Freund, wenn er keinerlei Fragen gestellt hat.«

»Ja, ein guter Freund. Wir sind uns vor vier Jahren bei einer Konferenz über Verbrechensbekämpfung in Chicago begegnet. Damals war ich in der Staatsanwaltschaft tätig. Savich macht Karate, und zwar sehr, sehr ernsthaft, und ab und zu eine Ausstellung. Vor sechs Monaten hat er eine andere Agentin geheiratet, Sherlock mit Namen. Nicht so dicht auffahren, Molly.«

»Nein, nein.«

Der Laster verlangsamte. Der Mann auf dem Beifahrersitz blickte nach hinten. »Sie wissen jetzt, dass wir nicht vor ihnen fahren. Fahren Sie noch langsamer, Molly. Genau, lassen Sie diesen Chevy vorfahren. Gut so.«

Er drückte Emma an sich. »Ich will nicht, dass sie dich sehen. Bleib unten.«

»Sie geben Gas, Ramsey«, sagte Molly.

Er wäre ihnen gerne gefolgt. Molly vermutlich auch. Aber das konnten sie nicht tun, nicht mit Emma als so offensichtliche Zielscheibe.

»Macht nichts«, meinte Ramsey. »Sobald wir wissen, wem

der Transporter gehört, haben wir alles, was wir brauchen. Wir müssen ja nicht die ganze Arbeit machen.«

»Da bin ich mir nicht so sicher«, sagte sie mit rauer, tiefer Stimme. Dann lächelte sie Emma zu, verlangsamte und sagte: »Alles paletti.«

»Die halten sich jetzt an der Seite, genau wie wir es auch getan haben.« Er dachte über ihre Wahlmöglichkeiten nach. »Fahren Sie so schnell wie irgend möglich, Molly. Nach ein paar Ausfahrten sind wir aus dem Schneider.«

Sie zögerte keine Sekunde und gab Gas. Der Jeep war schon bald auf hundertfünfzig. Sie fuhren an zwei Ausfahrten vorbei. Molly fädelte sich immer wieder wie ein Profi ein, schließlich verlangsamte sie und nahm die dritte Ausfahrt, die zunächst steil bergauf ging, ehe sie schließlich wieder flacher wurde und direkt nach Süden führte.

»Gut gemacht. Fahren Sie erst einmal weiter, dann halten Sie etwa eine Meile vor … wie heißt noch der Ort in dieser Richtung?«

»Paulson, jedenfalls dem Schild zufolge, an dem wir gerade vorbeigefahren sind.«

»Es sind etwa drei Meilen bis nach Paulson. Lassen Sie uns bis fast dorthin fahren, dann nehmen wir eine Nebenstraße. Dort warten wir etwas. Ich wette, dass alle Durst haben. Wir werden eine Flasche Wasser kaufen müssen.«

»Ich muss auf die Toilette«, sagte Emma.

»Ich auch«, erwiderte Ramsey und umarmte sie. »Noch drei Minuten, Em.«

Das Funktelefon klingelte leise.

»Savich?«

»Ja. Da du keine vollständigen Angaben machen konntest, gibt es drei Möglichkeiten.«

»Also gut. Ich habe was zum Schreiben.« Molly beobachtete, wie er einen Block aus dem Handschuhfach zog und sich Namen und Adressen notierte. Sie hörte ihn sagen: »Danke, Savich. Ich schulde dir einen großen Gefallen.« Eine lange

Pause folgte, dann: »Ich sage dir, so viel ich kann, aber jetzt noch nicht. Grüße Sherlock von mir.«

Er schaltete das Telefon aus.

»Die Typen aus dem Restaurant haben wir offenbar abgehängt. Ich fände es immer noch das Beste, die Polizei einzuschalten, Molly.«

»Nein, noch nicht. Bitte, noch nicht.«

Er seufzte tief auf. Was er wirklich vermeiden wollte war, dass sie mit Emma zusammen das Weite suchen würde. Er hatte es im Gefühl, dass sie genau das tun würde, wenn er sich ihren Regeln nicht beugte. Es war nicht allein die Tatsache, dass sie der Polizei nicht traute. Es war da irgendetwas, etwas, in das sie ihn noch nicht eingeweiht hatte. »Also gut«, stimmte er zu. »Fahren wir also nach Aspen und übernachten im *Jerôme*. Ich lade euch in die Cantina zu einer ordentlichen mexikanischen Mahlzeit ein.«

Wenig später fuhr Molly an den Straßenrand. Sie führte Emma hinter den Sichtschutz einiger Büsche. Über das Dickicht der Brombeeren hinweg trafen sich ihre Blicke. Seine Augen waren fast so schwarz wie sein dichtes Haar, das etwas länger war, seit er vor drei Wochen der Zivilisation den Rücken gekehrt hatte. Er hatte ein kräftiges Gesicht, hohe Wangenknochen und einen dunklen Teint, und sie fragte sich, ob er nicht doch italienischer Abstammung sein könnte. Außerdem war die Andeutung eines Dreitagebarts zu sehen. Während sie ihn nun zum ersten Mal richtig betrachtete, wurde ihr bewusst, wie gut er aussah. Nicht ausnehmend gut wie ein Filmstar, aber doch gut in dem Sinne, dass er ruhig und kräftig war, die Art von gutem Aussehen, der man Vertrauen entgegenbrachte. Sie schuldete ihm die ganze Wahrheit, aber jetzt noch nicht.

Als sie Emma beim Anziehen half, dachte sie darüber nach, wie merkwürdig es war, nun nicht mehr ganz allein zu sein. Sie kannte ihn nicht einmal einen Tag. Es erschien ihr länger, aber Tatsache war, dass sie ihn eigentlich gar nicht kannte. Ein gewisser Ruf eilte ihm voraus, doch den Menschen kannte sie nicht. Er hatte Emma gerettet. Dafür würde sie ihm ewig dankbar sein.

Sie lächelte ihn an.

Ramsey überraschte sich selbst, als er ihr Lächeln automatisch erwiderte. Hätte er doch vorhin im Restaurant einen Blick auf den zweiten Mann geworfen. Handelte es sich tatsächlich um zwei vollkommen andere Leute? Vermutlich schon. Sie hatten keinerlei Anzeichen erkennen lassen, dass einer von ihnen verwundet war. Wenn sie tatsächlich neu eingesetzt worden waren, war dies eine größere Sache. Was war es, was Molly ihm verheimlichte?

Als Molly mit Emma zum Wagen zurückkehrte, reichte er ihr das Funktelefon. »Es ist an der Zeit, die Polizei in Denver anzurufen. Sie müssen ihnen mitteilen, dass Emma jetzt in Sicherheit ist. Was auch immer es ist, was Sie ihnen nicht sagen wollen, behalten Sie einfach für sich. So viel aber schulden Sie ihnen.«

Sie zog ein schmales Notizbuch aus ihrer Schultertasche, suchte nach einer Nummer und wählte. Er reichte ihr das Blatt Papier mit drei Namen und Adressen, ging auf die Fahrerseite und beobachtete, wie Emma sich an sie drängte.

Ohne sich mit einer Begrüßung aufzuhalten, sagte sie: »Ich habe meine Tochter wieder, Detektiv Mecklin.«

»Sind Sie es, Frau Santera? Was haben Sie gesagt? Geht es Ihnen gut? Sind Sie verletzt?«

»Nein, ich bin nicht verletzt. Ich habe gesagt, dass meine Tochter wieder bei mir ist.« Fast konnte sie sehen, wie er seine blauen Augen zusammenkniff, den Hörer anstarrte und sich fragte, ob sie nun vollkommen durchgedreht sei. Ihr war es gleichgültig. Sie hatte gehofft, nie wieder etwas mit Mecklin zu tun haben zu müssen, doch nun stand sie hier und telefonierte mit dem Idioten. Sie ging davon aus, dass er ihr die Schuld an Emmas Entführung anlastete. Sie hatte ihn dafür gehasst, dass er ihr diese Schuld anhängte. Sie hasste ihn immer noch. Sie hatte auch so schon mit genügend eigenen Schuldgefühlen zu kämpfen.

Es folgte eine lange Stille. Schließlich sagte er: »Ich verstehe nicht, wie das möglich sein kann.«

Sie lachte, allmählich fiel die Anspannung von ihr ab. Dieser sexistische Idiot. »Es ist möglich, glauben Sie mir. Soll ich Ihnen erzählen, was passiert ist?«

»Aber gerade gestern Nacht ist eine Lösegeldforderung bei uns eingegangen. Die Entführer fordern 500 000 Dollar.«

»Sehen Sie zu, dass niemand es zahlt. Meine Tochter ist hier bei mir. Emma, sprich mit dem Detektiv.«

»Hallo, Detektiv Mecklin. Ich bin hier mit meiner Mama und mit Ramsey. Er hat mich gerettet, danach hat meine Mama uns gefunden. Uns geht es gut.«

»Ramsey? Wer in aller Welt ist Ramsey?«

Molly nahm ihr das Telefon aus der Hand. »Das spielt im Augenblick keine Rolle, Detektiv Mecklin. Hören Sie mir zu. Ich habe drei Namen und Adressen, die den folgenden Nummernschildern entsprechen. Sie müssen herausfinden, welche von ihnen mit denen von Emmas Entführern übereinstimmt. Eine von ihnen stimmt überein, darauf können Sie sich verlassen.«

»Ich begreife das alles nicht, Frau Santera. Sie müssen nach Denver kommen und uns aufsuchen. Wenn Emma tatsächlich bei Ihnen ist, müssen Sie sie hierherbringen. Wir verfügen über Ärzte und ein psychologisches Traumateam, eben alles, was sie jetzt braucht. Wo sind Sie denn?«

»Werden Sie mit meiner Information etwas anfangen, oder verschwende ich lediglich meine Zeit?«

Wieder folgte eine lange Pause, in der er nach Luft rang und sich um Fassung bemühte. »Geben Sie mir die Information durch«, sagte er.

Langsam las sie ihm die Namen und Anschriften vor, die sie mehrmals wiederholte. »Ich selbst kenne keinen dieser Namen, doch einer muss etwas mit den Entführern zu tun haben. Vielleicht haben Sie ja die Möglichkeit, sie zu stellen. Auf der Lösegeldforderung ist sicher auch ein Ort für die Übergabe erwähnt. Um Emma jedenfalls brauchen Sie sich keine Sorgen zu machen. Und vergessen Sie das Traumateam. Machen Sie Ihre Arbeit, Detektiv Mecklin. Stellen Sie die Verbrecher. Und noch etwas: Emmas Entführer hat sie in einer Hütte nicht weit entfernt von Dillinger versteckt. Dort ist er jetzt nicht mehr, vielleicht könnten Sie trotzdem etwas herausbekommen.«

»Sind Sie denn in Dillinger, Frau Santera?«

»Nein, Detektiv Mecklin, das bin ich nicht. Also machen Sie sich nicht die Mühe, die dortige Polizei auf mich zu hetzen.«

»Das bringt die Sache natürlich ganz schön durcheinander, Frau Santera.«

»Allerdings«, stimmte sie zu. »Haben Sie auch alles notiert?«

»Ja, habe ich. Aber Sie müssen mir sagen, was hier vorgeht. Gerade sind die Leute vom FBI hereingekommen. Sie möchten mit Ihnen sprechen. Sie glauben nicht ...«

Sie unterbrach ihn und sagte langsam und deutlich: »Das Nummernschild befindet sich an einem dreckigen schwarzen Transporter mit Ladefläche. Er ist noch ziemlich neu, ein Chevy. Haben Sie sich das notiert?«

»Ja, ja. Warten Sie. Hängen Sie noch nicht auf, Frau Santera. Sie brauchen uns. Hier ist Agent Anchor.«

»Das glaube ich kaum, Detektiv Mecklin. Geben Sie ihnen die Information weiter. Wenn Sie sich die Mühe machen und der Sache Glauben schenken, wird ihnen der Mund wässrig werden.«

»Innerhalb kürzester Zeit hätten wir diese Information ebenfalls beschaffen können. Ich glaube Ihnen, Frau Santera, aber ... sehen Sie, diese ganze Sache fällt einfach wirklich aus dem Rahmen.« Jetzt sprach Agent Anchor, ein Mann mit viel Erfahrung in Sachen Entführungen. Gleichzeitig war er auch ein richtiger Diktator und der Ansicht, abgesehen von seiner Wenigkeit besäße alle Welt ein Gehirn von der Größe einer Erbse. Die Polizei in Denver hatte er herumkommandiert, als ob sie seine Leibeigenen wären.

»Kein Wenn und kein Aber, Agent Anchor. Machen Sie die Entführer meiner Tochter dingfest.«

»Sie wissen nicht hundert Prozent, dass eines dieser Nummernschilder etwas mit den Entführern zu tun hat, nicht wahr? Sehen Sie, ich begreife das alles nicht. Sagen Sie mir, wo Sie sind. Verstehen Sie, was ich Ihnen sage, Frau Santera? Sie befinden sich möglicherweise in Gefahr. Sagen Sie mir, wo Sie Emma gefunden haben. Sie können hier nicht einfach anrufen und uns herumkommandieren und …«

»Agent Anchor, gehen Sie und machen Sie die Entführer dingfest. Und noch etwas: Der Transporter wurde zuletzt etwas westlich von Rappahoe auf dem Highway 70 gesichtet.« Lächelnd schaltete Molly das Telefon ab. »Ich habe ihm das nur sehr ungern erzählt, weil er ja nicht auf den Kopf gefallen ist und wissen wird, dass wir uns auch in dieser Gegend befinden müssen. Aber ich musste es tun. Wie sonst sollen sie sie schnappen? Hoffentlich können sie diese Hütte bald ausfindig machen. Vielleicht finden sie dort etwas, was ihnen Aufschluss gibt.«

»Sie haben Recht. Sie mussten es ihnen sagen. Bis sie sich dort organisiert haben, werden wir in Aspen schon in Sicherheit sein. Eigentlich sollten sie sich gar nicht so sehr darum kümmern, wo wir uns aufhalten, aber wer weiß? Immerhin ist unseren Verbrechern nicht bekannt, dass wir ihnen auf den Fersen sind. Sie werden sich nicht verstecken. Waren die Leute vom FBI sehr schlimm?«

»Ja. Wenn ich mir nicht solche Sorgen wegen Emma gemacht hätte, hätte mir die ortsansässige Polizei wirklich Leid getan. Die Bundespolizei hat sie wie Lakaien behandelt. Detektiv Mecklin ist eigentlich gar nicht so dumm, andererseits zeigt er wenig Flexibilität. Er hat einen breiten Schnurrbart, den er schwarz gefärbt hat und der seitlich des Mundes abfällt. Dadurch ähnelt er ein wenig einem Basset. Außerdem ist er ziemlich fett. Hoffentlich erleidet er keinen Herzinfarkt.« Sie schüttelte den Kopf. »Er wollte einfach nicht glauben, dass Emma bei mir ist. Er hat mich sogar gefragt, ob es wirklich Emma war, die mit ihm gesprochen hat. Und was Agent Anchor betrifft – der leidet unter einem Obrigkeitskomplex.«

Das traf für viele der Leute auf Bundesebene zu, hatte sich aber schon etwas gebessert. Zumindest manche besserten sich, beispielsweise Dillon Savich. Wenn die Sache hier vorbei war, musste er unbedingt diesen Agent Anchor kennen lernen. Dem würde er gerne die Ohren langziehen. »Das haben Sie gutgemacht, Molly. Aber wir mussten das tun. Jetzt sollten wir nach Aspen fahren. Die beiden jedenfalls können wir erst einmal vergessen. Morgen rufen wir Detektiv Mecklin an und sehen, womit er aufwarten kann.«

»Gestern Abend ist eine Lösegeldforderung eingegangen. Die Entführer fordern eine halbe Million Dollar.«

»Nur Bluff«, erwiderte er. »Es ist ihnen den Versuch wert.« Er blickte schnell auf Emma, die fast zu schlafen schien. Doch er ließ sich nicht irreführen. »Nur Bluff«, wiederholte er. »Aber es räumt der Polizei eine wirkliche Chance ein, sie zu schnappen. Abgesehen vom Entführer muss es also noch mindestens vier andere Typen geben. Wie viele sind wohl in die Sache verwickelt? Und weswegen? Hier handelt es sich um mehr als nur eine Entführung, Molly.«

»Mir gefällt das nicht«, meinte Emma und kuschelte sich näher an ihre Mutter. »Mir gefällt das überhaupt nicht.«

Ihre Blicke trafen sich. »Uns auch nicht, Emma. Uns auch nicht«, murmelte Molly.

Ramsey fuhr wieder auf den Highway. Gott sei Dank war weit und breit kein schwarzer Transporter zu sehen.

9

Nachdem Molly ihm ein dickes Geldbündel mit Hundertdollarnoten gezeigt und ihm beteuert hatte, sie habe noch einiges mehr in ihrem BH versteckt, buchte Ramsey ihnen unter falschem Namen eine kleine Suite im *Jerôme* und bezahlte in bar. Man führte sie zu einem riesigen, im viktorianischen Stil eingerichteten Zimmer mit langen roten und goldenen Bordüren an den Lampen und einer Auslegware mit einem Muster aus gigantischen hundertblättrigen Rosen und üppigem Wein. Das Badezimmer war grellrot tapeziert und in einem tiefrosa Marmor renoviert. Altes mit Neuem – eine beeindruckende Kombination. Am einen Ende des riesigen Raums standen eine Sitzgruppe, ein Bett und ein Frisiertisch, in der anderen Ecke standen noch ein paar Stühle. Die großen Fenster waren von schweren Samtgardinen umrahmt. »Hier wollte ich schon immer mal gerne übernachten«, meinte Ramsey und blickte sich um. »Schon als ich als Kind hier Ski gefahren bin, habe ich das Hotel gesehen. Es ist wirklich ein tolles Ding, findet ihr nicht?«

»Stimmt«, erwiderte Molly. »Gab es denn keine getrennten Betten? Nur dieses große Ehebett?«

»Vergessen Sie nicht, wir sind verheiratet. Sehen Sie es nicht so scharf an, sonst läuft Ihnen noch die Galle über. Und machen Sie sich keine Sorgen. Für mich wird noch ein Gästebett gebracht.« Die Bettdecke war aus leuchtend blauem Samt mit roten Quasten im Stil des Wilden Westens.

»Was heißt denn ›die Galle überlaufen‹?«, wollte Emma wissen.

»Dinge, die der Leber schaden.«

Er beobachtete, wie sie die Worte ein paar Mal leise wiederholte. Er lächelte, als Molly auf die Knie fiel und Emma so fest umarmte, dass sie quietschte. Molly ließ sie los, und beide brachen in Lachen aus. »Das ist eines unserer Spielchen«, erläuterte Molly. »Wenn Emma es schafft, dass ich sie eine ganze Minute lang umarmen kann, ohne irgendeinen Laut von sich zu geben, bekommt sie ein Eis. Meist gewinnt sie. Tue ich dir jetzt Leid, Emma?«

»Ich wollte dich nur einmal ganz breit lachen sehen, Mama.«

»Das hast du geschafft.«

Molly hatte nur eine einzige Reisetasche dabei, Emma ihren Kopfkissenbezug und Ramsey zwei Koffer. Er hatte die alte Schreibmaschine seiner Mutter samt all den Seiten, die er vor Emmas Ankunft geschrieben hatte, und noch ein paar Bücher und Romane im Jeep verschlossen. Die Hotelleitung brachte ihm ein zu kurzes Gästebett, aber er schüttelte nur verneinend den Kopf, als sie protestieren wollte.

Ramsey hätte es nichts ausgemacht, auf dem Boden zu schlafen. Sein Bein schmerzte wie verrückt, er hatte Kopfweh und hätte am liebsten gegen die Wand geboxt. Molly stand mitten im Zimmer und fuhr sich mit der Hand durch ihr leuchtend rotes Haar.

Er lächelte. »Soll ich Emma baden? Nein, das nehme ich zurück. Sie kann schon alleine baden.«

»Sonderlich geschickt stellt sie sich nicht an, aber sie bemüht sich.« Molly griff sich Emma und schnüffelte hinter ihren Ohren. »Riecht gut. Sie haben Ihre Sache gut gemacht. Soll ich dich diesmal baden, Em? Zur Abwechslung?«

Emma nickte zufrieden.

Molly wandte sich Ramsey zu, der gleich zusammenzuklappen schien. »Legen Sie sich jetzt erst einmal hin. Ich besorge Ihnen Aspirin. Möchten Sie Eis für Ihr Bein?«

»Daran hatte ich noch gar nicht gedacht. Warum nicht?«

»Gut. Legen Sie sich hin, Ramsey. Ich bin gleich wieder da.«

Nachdem sie ihm beim Schlucken von drei Aspirin zugesehen und ihm dann das Eis, in ein Handtuch verpackt, auf sein bandagiertes Bein gelegt hatte, sagte sie: »Würde es Ihnen sehr viel ausmachen, wenn wir nicht in die Cantina gingen?«

»Ich erkundige mich mal, ob sie einen Zimmerservice haben.«

Den hatten sie, allerdings nur gegen einen Aufpreis von fünfzig Dollar. So ist das eben in Aspen, dachte er, als er in sein Zehn-Dollar-Taco biss.

Nachdem sie ein gutes halbes Dutzend Rindfleischtacos und genügend Chips und Soße für ein ganzes Fußballteam gegessen hatten, setzte bei ihnen allen die Müdigkeit ein. Emma hatte noch etwas Avocadocreme an ihrem Kinn verschmiert und sah wunderschön aus. Keine zehn Minuten später schlief sie neben ihrer Mutter, nachdem sie sie dazu hatten antreiben können, sich die Zähne zu putzen.

Wenig später waren Molly und Ramsey ebenfalls eingeschlafen.

Molly wachte um Mitternacht auf, nachdem der letzte Schlag einer alten Standuhr draußen im Flur verklungen war. Der Schein einer schmalen Mondsichel drang durch das offene Fenster. Es war nicht allzu kalt, aber kalt genug, dass man sich die Bettdecke bis zum Kinn hochzog und sich von der frischen Luft das Gesicht streicheln ließ.

Es war das erste Mal, dass sie in den vergangenen zwei Wochen länger als drei Stunden geschlafen hatte. Sechzehn Tage, dachte sie und setzte sich auf, um zu Emma hinüberzusehen, die sich zu einem Ball zusammengerollt hatte und sich ein Kissen gegen den Bauch drückte. Ihr schönes Haar, jetzt nicht mehr zu einem Zopf gebunden, lag um ihren Kopf verteilt. Sie war in Sicherheit.

Sie spürte die Tränen in ihren Augen, fühlte, wie sie ihr langsam über die Wangen rannen. Sie hatten ein solches Glück gehabt. Sie war in dieser Sache zwar nicht die entscheidende Person gewesen, aber das hatte sie auch nicht erwartet.

Ramsey Hunt. Er hatte ihre Tochter gerettet. Und er hätte

sie auch weiterhin beschützt, bis er sie sicher nach Hause gebracht hätte.

Schluchzend ließ sie ihren Tränen freien Lauf. Nein, das war wirklich peinlich. Sie stopfte sich die Faust in den Mund.

»Molly? Ist alles in Ordnung?«

Wie hatte er sie hören können? Emma schlief immer noch tief. Leise sagte er: »Weinen Sie ruhig, das wird Ihnen gut tun. Bestimmt ist es die erste Gelegenheit für Sie, wirklich loszulassen. Wird Ihnen das gelingen?«

Sie fuhr zu weinen fort, und er redete weiter, ohne sonderlich viel zu sagen, einfach nur irgendwelche belanglosen Dinge. Dann: »Mama, was ist los?«

Emma schien sehr besorgt.

Schnell warf Ramsey ein: »Es ist schon gut, Emma. Dreh dich um und umarme deine Mama. Sie weint nur, weil sie so erleichtert darüber ist, dass du wieder in Sicherheit bist. Sie war lange Zeit nervlich total angespannt, weil sie sich irrsinnige Sorgen um dich gemacht hat.«

Molly hatte nun einen Schluckauf und weinte und lachte gleichzeitig. Emma hatte ihre Arme um sie geschlungen.

»Jetzt geht es mir schon viel besser. Danke, Em.« Sie küsste den Hals ihrer Tochter und war so glücklich wie nie zuvor. In diesem Augenblick erinnerte sie sich an ein anderes Mal, vor langer Zeit, als sie auch geglaubt hatte, glücklicher nicht sein zu können. Das jedoch hatte sich als Lüge erwiesen.

Alle drei schliefen wieder ein. Ramseys Füße hingen über den Rand des Gästebetts. Es war Ramsey, der kurz vor drei Uhr morgens aufwachte.

Hatte er etwas gehört? In Gedanken war er noch ganz bei seinem Traum. Er hatte von Susan geträumt. Sie trug ihre Uniform und lächelte. Sie hatte ihn gegrüßt und ihm dann in den Bauch gepikst. Sobald er richtig wach war, wurde er von bittersüßen Erinnerungen überschwemmt. Und plötzlich trat alles wieder in den Hintergrund. Er wollte nicht mehr von Susan träumen.

Wieder hörte er etwas. Waren sie wirklich derart ausgefuchst?

Sehr langsam setzte er sich auf. Emma und Molly schliefen fest, und er hörte Mollys tiefen, gleichmäßigen Atem. Er wollte die beiden nicht ängstigen.

Er stand auf. Sein steifes Bein schmerzte, und er hielt sich an der hohen Rückenlehne eines der Stühle fest. Das Geräusch kam nicht unerwartet. Er verharrte regungslos und lauschte.

Ein schlurfendes Geräusch. Es kam von draußen aus dem Flur unmittelbar vor ihrer Tür. Er nahm die Pistole von dem kleinen runden Tisch neben seinem Bett. Er zwang sich, sein Bein zu bewegen, Schritt für Schritt in Richtung Tür, wobei er immer wieder innehielt und lauschte.

Er hörte Stimmen. Es durfte einfach nicht wahr sein, dass sie in Gefahr waren. Die Verfolger hatten keine Möglichkeit gehabt, ihren Aufenthaltsort ausfindig zu machen. Die Hotelrezeption hatte keinen Ausweis verlangt. Es war unmöglich, dass irgendjemand wusste, wo sie gerade waren. Den Jeep jedoch kannten sie. Sie hatten dem Nummernschild folgen und den Wagen vielleicht sogar in die Stadt fahren sehen. Er fluchte. Er war ein Idiot. Morgen würde er ihn abgeben müssen und sich vielleicht einen Gebrauchtwagen oder einen anderen Jeep oder ein Auto mit Allradantrieb kaufen. Wieder hörte er die Stimmen, doch sie waren zu gedämpft, als dass er sie hätte verstehen können.

Er hielt seine Smith & Wesson in Bereitschaft.

Es war eine tiefe, dringliche Männerstimme, die er jetzt hörte. »Hör zu, Doris, wenn du dich unbedingt jetzt dort wieder einschleichen willst, dann tu das. Aber dein Alter könnte in diesem Moment hellwach sein. Ich möchte nicht, dass er mir eine Kugel durch den Kopf jagt. Geh nicht hinein. Und wenn du es tust, dann warte bitte, bis ich mich aus dem Staub gemacht habe.«

Erleichtert lehnte er den Kopf gegen die Tür. Es war eine Ehefrau, die ihren Mann betrog.

Es war keiner, der Emma hinterher war.

Er hörte eine leicht hysterische Frauenstimme. Es wäre besser, wenn sie nicht versuchen würde, sich wieder in das Zimmer einzuschleichen, dachte er, aber es ging ihn nichts an. Lautlos überprüfte er das Schloss und die Vorhängekette und legte die Smith & Wesson wieder auf den runden Tisch zurück. Als er sich seinem Bett zuwandte, saß Molly aufrecht im Bett und starrte ihn an.

»Es ist nichts, nur eine Frau, die ihren Mann betrügt«, flüsterte er.

Mit schläfriger Stimme sagte Emma: »Er kann es nicht sein, nicht wahr, Ramsey? Er konnte nicht gut sehen. Und seine Brille hat er nicht immer getragen. So habe ich mich auch aus dem Staub machen können. Als er draußen auf der Treppe eine Zigarette rauchte, habe ich mein Kopfkissen so hingelegt, dass es wie ich aussah. Als er wieder zurückkam, hat er nach mir gesehen und gedacht, dass ich es bin. Ich bin aus dem Vordereingang gekrochen, als er ein Glas Whiskey getrunken hat. Whiskey mochte er wirklich gern. Er behauptete immer, er würde ihn nicht mögen und dass er seiner Seele schade, aber er hat trotzdem viel davon getrunken.«

»O mein Gott«, sagte Molly. »Weißt du, wie er heißt, Em?«

Aber Emma rollte sich wieder zusammen und machte dicht, ihr Atem ging langsam und regelmäßig. Sie war fest eingeschlafen.

Sie sahen einander an.

»Was soll ich nur tun?«, fragte Molly.

»Das habe ich Ihnen doch gesagt, Molly. Ich rechne mit einer langen Zeit. Die momentan dringlichste Frage ist die, was *wir* jetzt tun werden. Zur Zeit aber sind wir zu erschöpft, um einen klaren Gedanken zu fassen. Ich habe ein paar Vorschläge zu machen. Das könnten wir morgen besprechen.«

Sie schüttelte den Kopf, wobei ihr rotes Haar mitschwang. »Nach Denver kann ich nicht zurückkehren. Ich werde nie wieder nach Denver zurückkehren. Ich verstehe nicht, was hier vor sich geht. Wie viele Menschen sind in die Sache verwickelt? Wer sind sie? Könnte es sich bei Emmas Entführung um eine Verschwörung handeln?«

»Verschwörung«, wiederholte er langsam. »Wie kommen Sie auf eine Verschwörung?«

Sie zuckte mit den Schultern, wobei ihr das T-Shirt über die eine Schulter rutschte.

»Bei Entführungen kann es sich um eine Verschwörung handeln, wenn entweder die Eltern mit von der Partie sind oder wenn es einen anderen Beweggrund gibt. Das hatten Sie aber nicht gemeint, oder?«, fragte Ramsey.

»Ich habe das lediglich deshalb erwähnt, weil es mir als eine der Möglichkeiten erschien. Jetzt kennen wir bereits fünf verschiedene Leute, die daran beteiligt sind.«

»Eine groß angelegte Sache, aber eine Verschwörung? Das hört sich sehr düster an. Es könnte bedeuten, dass Menschen aus Ihrem Umkreis daran beteiligt sind.«

Sie schwieg. Er beobachtete, wie sie sich ihr Hemd wieder über die Schulter streifte. YETI WAR HIER stand darauf gedruckt. Ihre Haare waren zu Korkenziehern gelockt und umrahmten wirr das blasse Gesicht. Sie machte einen unendlich erschöpften Eindruck. Sie war sehr schön, dachte er, selbst überrascht, dass ihm das mitten in der Nacht auffiel. Ihre Haut war schneeweiß, ganz anders als seine, die einen dunkleren Farbton hatte. Er hätte gerne seine Hand auf sie gelegt, um den Farbunterschied festzustellen. Er musste verrückt sein. »Schlafen wir noch etwas. Morgen früh reisen wir hier ab.«

Gegen Mittag kehrte er ins *Jerôme* zurück. Molly und Emma spielten *Memory*. Sie saßen sich im Schneidersitz gegenüber, die Karten zwischen ihnen.

»Nein, nicht aufstehen. Wir sind die stolzen Besitzer eines *Toyota 4Runner*s aus dem Jahr 89 mit einem Haufen Kilometern auf dem Buckel. Aber was soll's. Er hat Allradantrieb und fast alle Annehmlichkeiten eines Jeeps.«

Er hatte sich die Höchstsumme von seiner Kreditkarte abgebucht und den Autohändler in bar bezahlt. »Selbst wenn sie die Route des Jeeps nachvollziehen sollten, werden sie doch ziemlich lange brauchen, um ihn auf dem Langzeitparkplatz neben dem Skilift zu finden«, meinte er noch. Doch ihm war wohl bewusst, dass sie hier nicht sicher waren.

»Wir sollten das Hotel jetzt verlassen. Reicht uns allen eine viertel Stunde? Wir kaufen noch ein, dann fahren wir Richtung Westen«, trieb er sie zur Eile an.

Sie hatten nach dem Aufstehen kurz darüber gesprochen. »Das ist erst einmal unser nächstes Ziel«, hatte Ramsey gesagt. »Und es bringt uns näher an mein Zuhause und mein eigenes Territorium heran.«

Molly hatte leise, um Emma nicht zu wecken, geantwortet: »Natürlich können wir hier nicht bleiben. Aber wie weit nach Westen wollen Sie fahren?«

»Bis nach Truckee. Die Gegend kenne ich gut. Wir sollten uns die nächste Zeit über in den Bergen dort verkrümeln. Im College hatte ich einen Freund, der am Tahoe-See wohnte.«

Molly sagte nichts mehr, ehe sie ihn nicht hinter verschlossener Tür im Badezimmer hatte, während Emma ihren Kopfkissenbezug packte.

Er sagte: »Jeder mit etwas Grips kann die Geldentnahme von meiner Kreditkarte nachvollziehen, die ich für den Toyota gebraucht habe. Meiner Ansicht nach haben wir es hier mit Profis zu tun. In der nächsten Zeit sollten wir uns also rar machen. Die Gebirgsketten der Sierras sind wunderschön und weit ab vom Schuss. Gibt es dagegen irgendwelche Einwände?«

»Ich war noch nie am Tahoe-See«, sagte sie und fummelte an dem flauschigen Handtuch herum, faltete es ordentlich zusammen und legte es ins Regal zurück.

»Es ist ein kleiner Ort, recht malerisch und für Skifahrer

im Winter und Wanderer im Sommer eingerichtet. Emma wird es gefallen. Wir sind sicher dort.«

Sie blickte zu ihm auf. »Wie geht es Ihrem Bein?«

»Besser heute Morgen. Emma und Sie haben doch dabeigestanden, als ich die Klebstreifen und den Verband abgenommen habe. Die Haut hält zusammen, und das ist ein gutes Zeichen. Das Fleisch ist rosa und nur noch leicht geschwollen. Aber es schmerzt halt.«

»Sie würden mich auch nicht anlügen?«

»Doch, allerdings nicht diesbezüglich.«

»Also gut, gehen wir.« Sie wandte sich ab. Sie hatte ihre Hand bereits am Türgriff, als sie über ihre Schulter hinweg sagte: »Sie müssen das alles nicht tun, wirklich nicht. Ich habe Geld. Und nicht nur das Bargeld, das ich Ihnen gezeigt habe. Ich habe jede Menge Geld, von meiner Familie und außerdem noch Geld von meiner Scheidung mit Louey. Ich könnte Emma in Sicherheit bringen.«

»Hören Sie auf, Molly. Ich könnte sie nicht zurücklassen, solange sie noch einer Gefahr ausgesetzt ist.«

Seufzend drehte sie sich eine ihrer Korkenzieherlocken um den Zeigefinger. »Ich weiß.«

Sie öffnete die Badezimmertür, trat hinaus und rief: »Em, Liebling, bist du so weit? Weißt du was? Ich werde dir eine richtige Reisetasche kaufen, genau wie meine.«

»Kann ich eine von *Mingus Raiders* bekommen? Deine sieht aus wie von einem Soldaten.«

»Also gut, es soll eine von *Mingus Raiders* sein.« Über die Schulter hinweg wandte sie sich an Ramsey: »Bei den *Mingus*-Cartoons gibt es sowohl gute Jungs als auch gute Mädchen. Zurzeit kommen sie blendend an.«

Sie fuhren den ganzen Tag und die ganze Nacht, wobei sie sich gegenseitig abwechselten, und erreichten Truckee am nächsten Abend kurz nach sechs Uhr. Die Nacht verbrachten sie in einem *Best Western Motel*.

Am nächsten Morgen suchte Ramsey einen Makler auf und erkundigte sich über die Möglichkeit, ein Haus zu mieten. Sie wollten keine Mietwohnung, denn sie waren als Familie in den Ferien. Sie hatten ihr Geld für diese Reise gespart und wollten keine Kreditkarten benutzen.

Ob die Frau das glaubte oder nicht, sie sagte jedenfalls nichts, sondern zeigte ihnen verschiedene Häuser zur Ansicht. Emma verliebte sich in das dritte, ein kleines Haus mit zwei Schlafzimmern, das ganz für sich allein stand, im Rücken zeigte es zum Wald hin, nach vorn heraus auf einen kleinen Bach. Mit Bäumen bestandene Berge erhoben sich zu allen Seiten. Der Tahoe-See war nur vier Meilen entfernt. Es war sicher. Alle waren zufrieden.

Sie zahlten fünfhundert die Woche, die Kaution mit inbegriffen. Im örtlichen Supermarkt kauften sie für eine Woche Vorräte ein.

Als sie zu ›Nathans Bach‹ zurückkehrten, war es bereits Nachmittag. Emma schlief in Mollys Armen. Ramsey hob sie in seine Arme und trug sie in das größere der beiden Schlafzimmer.

Als er Molly unten in der Küche traf, reichte sie ihm ein Glas Wasser mit Eis.

»Kommen Sie mit ins Wohnzimmer«, sagte er. »Es ist jetzt an der Zeit.«

»Gut«, erwiderte sie. »Sie haben Recht. Es ist wirklich an der Zeit. Wir müssen reden und über das weitere Vorgehen beraten.«

Er wartete, bis sie auf dem großen, recht abgetragenen Altherrensessel Platz genommen hatte, dann sagte er: »Keinen Widerstand mehr, Molly. Wer bist du eigentlich?« Er hielt kurz inne. »Es stört dich doch nicht, wenn ich du sage?«

Sie schüttelte den Kopf und lächelte. »Im Gegenteil, Ramsey.«

»Was ist es, was du vor mir geheim hältst?«, fragte er.

»Ich weiß, dass es für dich unerträglich ist, dass Emmas

Entführung mit etwas zu tun haben könnte, wovon du nichts weißt.«

»Molly, ich schütte dir gleich das Glas Wasser ins Gesicht.«

»Vor meiner Hochzeit hieß ich Margaret Lord.«

Er starrte sie an, dann atmete er hörbar aus. Sein Bein begann zu schmerzen.

»Verflucht«, ächzte er. »Dann ist dein Vater also Mason Lord?«

Joe Elders schätzte die wenigen kostbaren Minuten kurz bevor die Sonne sich über die flachen Hügel in etwa einer Meile Entfernung von seinem Hof schob. Er stand da, atmete die kühle Luft tief in die Lunge ein und genoss die Stille und die milde Luft.

Die Sonne strahlte ihn hell an, er lächelte ihr entgegen und schloss die Augen. Er hörte, wie Millie muhte. Schon bald würde ein halbes Dutzend ihrer Artgenossen sie begleiten. Es war Zeit, ans Tageswerk zu gehen, und das hieß die Kühe zu melken. Er pfiff vor sich hin, als er zu den nagelneuen Stallungen hinüberlief, die erst im letzten Monat fertiggestellt worden waren. Sie waren technisch auf dem allerneuesten Stand, und man hatte ihm versprochen, ihn damit in die Riege der größeren Milchbetreiber einzureihen. Er hatte das Geld besessen, alles zu bezahlen. Er war schlau gewesen, wirklich schlau. Keiner hatte ihn übers Ohr gehauen, mitnichten. Nach Vertragsabschluss hatte er sich keinen Pfennig leihen müssen. Er blieb stehen und schnupperte.

Er hätte schwören können, den süßlich penetranten Geruch von Marihuana zu riechen. Er kickte einen der Lieblings-Kaufetzen der Ziege vom Weg und fluchte. Es war Haschisch, was er roch. Nancy rauchte und fing nun doch wieder damit an, obwohl sie ihm und ihrer Mutter versprochen hatte, sich zusammenzureißen. Ausgerechnet Haschisch. Sie war sechzehn Jahre alt und in der Schule sehr beliebt. Er konnte nur hoffen, dass sie nicht zu beliebt war. Sie war eigentlich zu jung, um sich auf einen der Jungs zu stürzen, die er mit ihr hatte herumhängen sehen. Aber Haschisch, das war wirklich zum Verzweifeln.

Er öffnete das Scheunentor. Ein Chor muhender Kühe begrüßte ihn, die meisten wohlwollend, ein paar missmutig, das spürte er. Nicht alle mochten die neuen Maschinen, die sie von ihrer Milch erleichterten.

Shirley war die Kuh, die die Maschinen am meisten hasste. Da sie eine seiner ganz alten Kühe war, hatte er sich just letzte Woche dazu entschieden, sie selbst zu melken. Das gefiel ihr, sie drehte den Kopf zu ihm um und betrachtete ihn, während er ihr Euter melkte.

Alle anderen Kühe schloss er an die Maschinen an. Das dauerte immer noch recht lange, doch schon bald würde er geübter und schneller werden. Dann holte er seinen alten Schemel und rückte ihn zu Shirleys Platz. Sie stand ruhig und voll Milch da und beobachtete, wie er auf sie zukam.

»Guten Morgen, meine Liebe«, rief er und zwinkerte ihr zu, wie er es die letzten sieben Jahre lang jeden Morgen getan hatte.

Pfeifend stellte er den Schemel neben sie. »So, jetzt werden wir dich mal um ein paar Pfund erleichtern.«

Er hörte ein leise zischendes Geräusch. Es war ganz in der Nähe, unmittelbar neben ihm. Er drehte sich auf seinem Schemel um. Ein Mann stand über ihn gebeugt. Er war schwarz, seine Augen hart und weit aufgerissen, sein Kopf kahl geschoren. Joe hatte keine Gelegenheit mehr, ihn nach seinem Namen zu fragen.

Er fühlte eine breite Hand auf seiner Schulter und sah einen riesigen Hammer durch die Luft sausen. Den Schlag spürte er im ganzen Körper. Es war nicht wirklich schmerzhaft, lediglich ein betäubendes Vibrieren. Er blinzelte überrascht mit den Augen. Die breite Hand glitt von seiner Schulter.

Joe Elders fiel neben Shirleys Schemel, seine Augen starrten nach oben auf ihr mit Milch pralles Euter.

10

»Eben habe ich Emma oben gehört. Uns bleiben nur noch ein paar Minuten, bis sie hier unten ist. Über deinen Vater sprechen wir später, jetzt erst einmal zu unseren dringlichsten Problemen: Wir müssen davon ausgehen, dass es sich um Profis handelt. Das wiederum heißt, wir müssen annehmen, dass sie eine Organisation im Rücken haben, die uns sofort ausfindig machen wird, sowie wir Kreditkarten benutzen. Wenn wir vorsichtig sind, kommen wir mit deinen Dreitausend und meinen Zweitausend gut über die Runden, bis diese ganze Sache bereinigt ist.«

Molly dachte, dass sie in ihrem ganzen Leben nur dreizehn Monate lang hatte sparen müssen. Nach einem reichen Elternhaus hatte sie es geschafft, auf eigenen Beinen zu stehen, wenn auch nicht für sehr lange. Dann war sie zum nächsten gegangen, von einem reichen Vater zu einem reichen Ehemann. Die letzten beiden Jahre jedoch hatte sie wieder für sich selbst gesorgt und es genossen. Sie griente. Es war seit langer Zeit das erste Mal, dass sie richtig lächelte. »Ich werde Toiletten putzen gehen.«

»Mama, du machst Witze.«

Emma war heruntergekommen und strotzte vor Energie. Molly nahm sie in den Arm, kusste sie auf ihr zartes Ohr und sagte: »Nein, meine Süße, vielleicht nicht. Oder doch? Ich habe vor, Ramsey beim Poker zu besiegen. Dann kann *er* das Klo putzen. Was hältst du davon?«

Emma machte ein ernstes Gesicht und legte den Kopf zur Seite. »Du solltest ihn lieber im *Memory* besiegen. Als wir zum letzten Mal Poker gespielt haben, habe ich gegen dich gewonnen.«

»Danke für die Unterstützung! Also gut, ich werde es mir überlegen. Vielleicht kann ich ihn in ein Patt manövrieren.«

»Das ist doch beim Schach, Mama.«

»Schon, aber vielleicht kann ich eine Methode erfinden, um es auch beim Poker anzuwenden. Hey, möchtest du Hot Dogs zum Abendessen?«

»Ja! Ramsey macht die besten. Wir haben sie auf Drahtbügel gesteckt und sie über das Kaminfeuer gehalten.«

Ramsey saß auf dem großen Liegesessel, die Hände auf dem Bauch gefaltet und ein Kissen unter seinem Bein. »Du wirst es schwer haben, meine Hot Dogs zu schlagen, Molly.«

»Ich weiß aber, wie man eine *geheime Soße* macht. Das Rezept stammt noch von der Familie meiner Mutter in Italien. Diese Soße wird sie schnell abwerben.«

»Das werden wir ja sehen. Ich habe auch meine Geheimnisse, zum Beispiel richtig billigen gelben Senf.« An Emma gewandt, fragte er: »Weshalb kennst du dich eigentlich mit Patts und mit Schach aus?«

»Mein Freund hat es mir beigebracht.«

»Du hast einen Freund, Emma?«

»Er heißt Jake. Er ist ein richtiger Stubenhocker.«

Ramsey rollte mit den Augen. »Hast du auch eine Sportskanone als Freund?«

»Ach geh, Ramsey, die sind doch blöd.«

»Sag das nicht. Ich war auch mal eine Sportskanone, und ich war nicht blöd. Na ja, eventuell schon, als ich noch sehr jung war.«

»So jung wie ich?«

Er sah auf ihr nach oben gerichtetes Gesicht. »Nein, Em, so jung wie du war ich nie.«

Sie kicherte, sie kicherte tatsächlich. Ein Glücksgefühl durchströmte ihn bis in die Zehenspitzen. Molly sah auf und lächelte. Emma sagte: »Ich bin froh, dass du jetzt nicht mehr so jung bist wie ich.« Mit der Handfläche berührte sie sanft die Wunde an seinem Oberschenkel. »Heiß ist sie nicht mehr.«

»Nein, jetzt bin ich wieder von Kopf bis Fuß auf Zimmertemperatur.«

Sie streichelte ihn, dann hüpfte sie in die Küche, um ihrer Mutter zu helfen.

Es war ein unbeschwerter Abend. Keiner erwähnte das Damoklesschwert, das über ihnen hing, noch wurde Mollys krimineller Vater erwähnt. Sie spielten Wortspiele, dann brachte Ramsey Emma das Lesen mit den Buchstaben und Zahlen bei, die er in einem Buchladen in Dillinger gekauft hatte.

Das Kind war intelligent und schnell. Um neun schrieb sie bereits seinen, ihren und den Namen ihrer Mutter in ganzen Sätzen hin. »Man setze den besten Lehrer der Welt neben das klügste Kind auf der Welt und schaue sich einmal das Ergebnis an!« Er beugte sich hinunter, um das letzte Wort, das Emma buchstabiert hatte, zu entziffern: Toilette.

Beide brachten sie sie in das kleine Doppelbett.

»Soll das Licht anbleiben, Em?«

»Nein, Mama. Wirst du wieder bei mir schlafen?«

»Ja«, erwiderte Molly fröhlich. »Wenn Ramsey nachts aufwacht und sich einsam fühlt, dann kann er durch die Wand hindurch mit uns reden.«

Emma lächelte mit geschlossenen Augen. Sie standen und blickten auf sie herab, auf dieses Kind, das ihrer beider Leben so sehr verändert hatte.

»Sie hat meinen Namen geschrieben«, sagte Ramsey. »Er war lesbar. Sie hat einen ganzen Satz geschrieben. Wirklich unglaublich.«

»Sie hat die Intelligenz ihrer Mutter geerbt.« Molly feixte ihn an. »›Mein Ramsey ist sehr schlau‹. Das hat doch einen ganz besonderen Klang, nicht wahr? Kaum zu glauben, dass sie das Wort *Toilette* buchstabiert hat.«

»Und sie hat es richtig geschrieben. Außerdem musste sie lachen, Molly. Von wem hat sie eigentlich ihre Haare?«

»Von ihrem Vater«, erwiderte sie knapp. Weiter sagte sie nichts. Warum war er nicht zurückgekommen, nachdem Emma entführt worden war? Diese Frage hatte er sich schon etliche Male gestellt. Er konnte sich einfach nicht vorstellen, dass ein Vater sich um sein Kind keine Sorgen machte. Dass die Eltern geschieden waren spielte dabei keine Rolle.

»Lass uns nach unten gehen. Nachdem Emma im Bett ist, möchte ich, dass du mir alles über deinen Vater erzählst.«

»Vorher sollte ich aber noch Detektiv Mecklin und Agent Anchor anrufen. Das habe ich ganz vergessen.«

»Nein, das hast du nicht, aber egal. Erledigen wir das zuerst. Wer weiß, vielleicht hat man dort etwas herausgefunden.«

»Da bin ich mir nicht so sicher.«

Sie benutzte das Haustelefon und verlangte, Detektiv Mecklin zu sprechen. Man bat sie zu warten. Sie starrte das Telefon an, dann knallte sie plötzlich den Hörer auf. »Sie haben versucht, den Anruf zurückzuverfolgen«, schäumte sie. »Ganz bestimmt. Diese Dreckskerle.«

»Vermutlich hast du Recht. Wir rufen morgen noch einmal an. Mach dir keine Sorgen, die Zeit hat ihnen nicht ausgereicht.«

»Du kennst dich da sicher gut aus.«

»Ziemlich, ja. Aber wir müssen uns vor der Polizei schließlich nicht verstecken, Molly.«

»Ich will sie nicht an Emma heranlassen. Verstehst du das denn nicht? Sie werden sie mir vielleicht wegnehmen und sie einer ganzen Reihe von Ärzten vorstellen, alles Fremde. Sie entwickelt sich so gut. Dieses Risiko kann ich nicht auf mich nehmen. Und du würdest das auch nicht wollen. Lassen wir es also.«

»In Ordnung. Ich mach dir einen Vorschlag. Ich rufe Dillon Savich an, meinen Freund in Washington. Schauen wir mal, ob er vielleicht weiß, was da vorgeht.«

»Wer ist dein Freund eigentlich genau?«

»Er ist ein Computerexperte, der gleichzeitig auch als FBI-Agent arbeitet. Vertraue mir in dieser Sache, er ist nicht wie Agent Anchor. Er und seine Partnerin – jetzt ist sie seine

Frau, Sherlock – waren es, die den Toasterfall in Chicago geknackt haben. Erinnerst du dich?«

»War das der junge Typ, der ganze Familien umgebracht hat?«

»Genau. Russell Bent.«

»Den werden sie doch wohl niemals wieder auf freien Fuß lassen, oder?«

»Vertraue hier einfach dem System, Molly. Russell wird den Rest seines Lebens in einer psychiatrischen Anstalt verbringen.«

»Ich erinnere mich aber an den Mörder in Boston, der sich aus dem Staub gemacht hat, weil ein Richter ihn aus dem Gefängnis entlassen hat, damit er psychiatrisch untersucht wird. Der Serienkiller, so hatte ihn die Presse doch genannt, nicht wahr?«

»Ja, das ist tatsächlich passiert.«

Sie warf ihm einen viel sagenden Blick zu. »Ein wirklich gutes System.«

»Weißt du, Molly, unser Rechtssystem arbeitet in den meisten Fällen sehr gut. Da es aber Menschen sind, die die Entscheidungen treffen, gibt es dann und wann auch ein paar Ausfälle. Du musst einfach ein wenig objektiver sein.«

Molly seufzte, erhob sich und ging zu den raumhohen Fenstern hinüber, die den Blick über das hügelige Gras bis zu Nathans Bach freigaben. Der Bach rauschte, denn er war voller Schmelzwasser vom Schnee aus den Bergen. Der Halbmond ließ den Schnee schimmern. »Es ist wunderschön hier. Wirst du Dillon Savich anrufen?«

»Und ob. Du hattest mich abgelenkt. Ich will ihm erzählen, was los ist. Ich will ihm auch sagen, wer du bist. Er wird nichts unternehmen, es sei denn, ich bitte ihn darum. Okay?«

Molly nickte.

Er benutzte ebenfalls das Haustelefon und drückte die Lautsprechertaste. Nach dem dritten Klingeln in Washington wurde das Telefon abgenommen, und Ramsey meldete sich.

Ein sehr wacher Savich sagte: »Sag mal, weißt du eigentlich, dass es hier ein Uhr nachts ist? Schwamm drüber, wo bist du? Du hast den Lautsprecher an. Bist du nun endlich bereit, mich in die Sache dort einzuweihen?«

»Hast du von der Entführung in Denver gehört? Emma Santera?«

»Ja. Aber Moment mal, du willst mir doch nicht sagen, dass du in diese Sache verwickelt bist?«

Ramsey erzählte ihm ohne Vorbehalte alles, was vor ihrer Ankunft in Kalifornien passiert war. »Es geht uns gut, hoffentlich haben wir uns gut versteckt. Frau Santera möchte nicht, dass irgendjemand erfährt, wo genau wir uns aufhalten.«

»Auch das FBI nicht? Und die Polizei? Das ist aber sehr merkwürdig, Ramsey.«

»Ja, ich weiß. Nimm es für den Augenblick einfach mal so hin. Kannst du mir sagen, was bei euch vorgeht? Hat Agent Anchor irgendetwas gesagt, wovon du Wind bekommen hast?«

Savich lachte. »Ob Bud etwas gesagt hat? Er brüllt die ganze Zeit herum und droht, er würde Frau Santera vor Gericht stellen, weil sie seine Untersuchung behindert. Es wird nicht einfach sein, mich zurückzuhalten, Ramsey, aber ich werde es tun, bis du mir freie Fahrt gibst. Hast du eigentlich auch nur eine vage Vorstellung davon, was die Leute hier sagen würden, wenn sie wüssten, dass du in die Sache verwickelt bist und von mir unter der Hand Informationen erhältst?«

»Und was ist mit den Besitzern des Transporters? Wir haben der Polizei in Denver und Agent Anchor die drei Namen und Nummernschilder durchgegeben, die du mir genannt hast.«

»Der Transporter wurde im letzten Monat als gestohlen gemeldet. Er gehörte einem Milchbauern in Loveland, Colorado. Die Frau hat ihn als gestohlen gemeldet. Dann aber sagte ihr Ehemann, der Wagen sei gar nicht gestohlen worden. Er habe ihn verkauft, das jedoch seiner Frau nicht mitgeteilt. Wer weiß? Hat er ihn den Entführern verkauft? Das würde mir einleuchten.«

»Mir auch.« Ramsey seufzte.

»Du solltest dir überlegen, ob du dich nicht mit den Behörden in Verbindung setzen willst. Hat man denn erneut versucht, an das Kind heranzukommen?«

»Seit wir hier in unserem neuen Schlupfwinkel sind, nicht.«

»Geh zu den Behörden, Ramsey. Die Sache hört sich ziemlich riskant an. Ich stimme dir zu, dass es sich hier nicht um eine gewöhnliche Entführung handelt. Hast du einen Verdacht?«

»Vielleicht. Hör zu, Savich, lass uns uns hier noch etwas versteckt halten. Wenn in der Zwischenzeit nichts passiert, rufe ich dich am Freitag wieder an. Und danke. Ich schulde dir was.«

»Das kannst du laut sagen.«

»Ist das Sherlock, die ich höre? Gib ihr einen Kuss von mir.«

»Nie und nimmer. Du ähnelst viel zu sehr dem Typ Mann, der ihr gefällt, ganz durchtrainiert und hartgesotten. Und wenn ich an deine Machovorführung seinerzeit im Gerichtssaal zurückdenke, werde ich alles tun, um sie von dir fernzuhalten. Besonders dann, wenn sie einen schlechten Tag hatte und nicht ganz klar im Kopf ist. Nein, alle Küsse kommen von mir. Pass auf dich auf, Ramsey. Und ruf an, wenn ich etwas für dich tun kann.«

»Danke, Savich.« Ramsey legte langsam den Hörer zurück. »Hast du alles mitgehört?«

Sie nickte.

»Und jetzt bitte keine Verzögerungstaktik mehr. Jetzt ist es so weit. Kommen wir zu deinem Vater.«

Sie schüttelte den Kopf.

»Hör zu, Molly, dein Vater ist Mason Lord. Es ist an der

Zeit, dass wir ihn in unsere Überlegungen mit einbeziehen. Ich denke nicht, dass er unmittelbar in diese Sache verwickelt ist, aber es ist gut möglich, dass einer der Widersacher deines Vaters Emma entführt hat, um damit Druck auf deinen Vater auszuüben.«

Sie drehte sich nicht um, sondern ließ lediglich ihre Finger über das feste Material der hellen Gardinen gleiten. »Er hätte mich sicher gewarnt, wenn jemand in seinem Umfeld ein solches Vorgehen in Erwägung ziehen würde.«

»Vermutlich hätte er das getan, wenn er es gewusst hätte. Stimmst du mir denn zu, dass manche seiner Widersacher alles daransetzen würden, Druck auf ihn auszuüben oder ihn zu melken? Du hast dich über die Anzahl derjenigen, die in diese Sache bisher verwickelt sind, gewundert. Das jedenfalls würde es erklären.«

Sie drehte sich immer noch nicht um. Langsam zog sie die Gardinen vor die raumhohen Fenster und stand einfach nur mit gesenktem Kopf da und schwieg.

Ihm fiel auf, dass sie barfuß war. Ihre Zehennägel waren in einem blassen Rosa lackiert und etwas abgeblättert. »Wann hast du das letzte Mal mit deinem Vater gesprochen?«

»Letzte Woche.«

»Und hast ihm erzählt, was los ist?«

Sie nickte.

»Sag mir mal eines, Molly. Wann hast du deinen Vater zum letzten Mal gesehen?«

»Das geht dich nichts an. Es hat nichts mit dieser Sache zu tun. Hör auf, mich so zu bedrängen.«

»Ich möchte nur, dass wir am Leben bleiben. Du machst es mir schwer, indem du mich hinhältst. Wann, Molly? Ich verdiene es, das zu erfahren.« Er rieb sich das Bein.

»Also gut, aber es gehört eigentlich nicht zur Sache. Ich habe ihn vor drei Jahren zum letzten Mal gesehen.«

Er ließ den Liegesessel hochfahren, stand auf und starrte sie an. »Vor drei Jahren? Was ist denn los?«

Sie drehte sich zu ihm, um ihn anzusehen, bewegte sich aber nicht von ihrem Platz am Fenster weg. »Zum letzten Mal habe ich ihn an Emmas drittem Geburtstag gesehen. Er ist zu ihrem Geburtstag nach Denver geflogen. Das war allerdings nicht der eigentliche Grund für sein Kommen. Er war auf meinen Mann wütend. Er kam nach Denver, um ihn zu sehen.«

»Und hat er deinen Mann getroffen?«

»Ja, das hat er. Louey hatte daraufhin zwei gebrochene Rippen, einen Nierenriss und außer im Gesicht überall blaue Flecken, die bis Weihnachten zu sehen waren.«

»Was hatte Louey denn getan?«

»Darüber möchte ich nicht reden. Es hat mit dieser Sache hier nichts zu tun.«

»Du kannst unmöglich wissen, was oder was nicht mit was auch immer zu tun hat.«

»Wie gesagt, Louey ist mein Ex-Mann. Wir sind seit zwei Jahren geschieden. Ich habe Emma nicht angelogen, als ich ihr sagte, dass ihr Vater sich um sie Sorgen macht. Einmal hat Louey angerufen, nachdem er von ihrer Entführung erfahren hatte. Das hat mich sehr überrascht. Er hat mich angerufen, noch bevor ich überhaupt in Erwägung gezogen habe, ihn zu informieren. Wie Emma dir bereits gesagt hat, hat er sich seit seinem Fortgang nie die Mühe gemacht, sie zu besuchen.

»Es war unmittelbar nach einem seiner Konzerte in Berlin. Ich erinnere mich deutlich, dass er nach Emma gefragt hat. Er sagte, er habe von irgendwem von Emmas Entführung erfahren, und wollte wissen, ob sie wieder bei mir sei. Als ich das verneinte, schien er ganz geknickt und meinte, mein Vater würde jeden Preis zahlen, um sie zurückzubekommen, und ich solle mir keine Sorgen machen. Dann erzählte er mir, wie die Tournee lief. Er sagte, ein *Fräulein* Reporter – so nannte er sie tatsächlich – von der *Berliner Zeitung* habe ihn mit Bruce Springsteen verglichen. Er meinte, die Europäer hätten einen besseren Geschmack als die Amerikaner – mit anderen Worten, er kam dort besser an – und erwog, möglicherweise den größten Teil des Jahres in Europa zu verbringen. Er sprach von seinen Eroberungen in Europa, und zwar sehr ausführlich. Ich denke nicht, dass du das unbedingt erfahren musst. Emma hat er während dieses Gesprächs nie wieder erwähnt.

Die Polizistin, die mit mir zusammen ihm zuhörte, starrte mich nur an. Sie vergötterte Louey und hatte auf seinen Anruf gehofft, damit sie seine sexy Stimme hören konnte. Vielmehr vergötterte sie ihn, bis sie hörte, was diese sexy Stimme zu sagen hatte. Nachdem ich aufgelegt hatte, tätschelte sie mir die Schulter.

Ich fing zu weinen an, und sie streichelte mich weiter. Sie dachte, ich sei traurig darüber, dass Louey mich verlassen hatte, traurig darüber, dass er sich mit all diesen Frauen abgab.«

»Jetzt erinnere ich mich«, sagte er nach einer kurzen Pause. »In den Zeitungen wurde über die Scheidung berichtet, aber niemals irgendwelche Details, kein Hinweis auf Untreue oder Drogen oder etwas in der Richtung. Nur eine simple Verlautbarung, man habe sich aufgrund unversöhnlicher Differenzen getrennt. Die Sache war schnell wieder vergessen.«

»Mein Vater ist sehr einflussreich. In diesem Fall war es eine gute Sache. Keiner walzte das Thema groß aus. Ein paar Tage lang wurde in der Boulevardpresse über die Scheidung spekuliert, aber dann ließen sie die Sache fallen. Ich war meinem Vater sehr dankbar.« Sie blickte auf ihre Fingernägel. Auf ihrem Zeigefinger klebte etwas Senf, den sie ableckte.

»Emma?«

»Louey, ihr leiblicher Vater, hat sie nie gewollt. Nachdem wir uns getrennt hatten, war er meiner Meinung nach sehr erleichtert darüber, nicht mehr Vater sein zu müssen. Ein Kind passte einfach nicht zu dem sexy ungebundenen Bild, das er von sich selbst hatte. Komisch aber, dass sie vermutlich genauso viel musikalisches Talent besitzt wie er, wenn nicht noch mehr.«

»Woher wusste Louey von Emmas Entführung? Du sagtest, er habe dich angerufen, bevor du ihn hast anrufen können.«

»Darüber habe ich mir später auch Gedanken gemacht. Wahrscheinlich hat ihn einer seiner Freunde aus Denver angerufen. Louey hat sicher angenommen, die Sache würde in der Presse aufgebauscht, dann hätte er den besorgten Vater mimen müssen, um nicht schlecht dazustehen. Wer weiß?«

»Ich frage mich, welcher Freund aus Denver sich die Mühe gemacht hat, ihn anzurufen.«

»Er hat es nicht erwähnt, und ich war viel zu besorgt, um zu fragen. Aber Louey ist mit vielen Leuten aus der Medienwelt befreundet, sowohl im Fernsehen als auch bei den Zeitungen. Es war vermutlich einer seiner Kumpel von der Zeitung.«

»Gibt es einen besonders engen Freund?«

»Ja, James Hicks von der *Denver Post*. Weswegen?«

»Kein besonderer Grund. Ich sammle nur Informationen. Wirst du jetzt deinen Vater anrufen und ihm sagen, dass Emma in Sicherheit ist?«

»Ja, das sollte ich tun. Er war sehr besorgt. Ich habe ihn sofort angerufen, nachdem Emma entführt worden war. Ich wusste genau, dass er ein paar seiner Leute auf die Sache ansetzen würde, und das hat er auch getan. Ein Mann und eine Frau kamen sechs Stunden nach meinem Telefonat mit ihm bei mir vorbei. Die örtliche Polizei ist die Wände hochgegangen. Jede Menge Verdächtigungen. Ich habe die Ungehaltenheit der Polizei wegen dieser Einmischung einfach überhört. Ich habe ihnen so viel ich konnte erzählt, warum auch nicht? Sie wollten mir helfen; mein Vater bezahlte sie, um Emma zu finden. Ich weiß nicht, was seine Leute eigentlich machten. Ich habe sie mehrmals gesehen. Wir haben Hinweise und Möglichkeiten diskutiert. Falls sie fündig geworden sind, so weiß ich davon nichts.«

»Hast du ihnen gesagt, dass du dich selbst nach Emma auf die Suche machen wolltest?«

»Nein, das habe ich nicht. Ich werde ihn jetzt sofort anrufen. Zumindest wird er nicht versuchen, den Anruf zurückzuverfolgen.« Sie schwieg einen Augenblick, dann wandte sie sich ihm zu. »Ob mein Vater wohl den Verdacht hat, dass Emmas Entführung etwas mit ihm zu tun haben könnte? Ich wette, ja. Und eines weiß ich: Wenn er herausgefunden hat, wer das getan hat, würde er nicht zögern, einen Mord in Auftrag zu geben.«

11

Einen Mord in Auftrag geben. Es war ihr so leicht über die Lippen gekommen, so selbstverständlich.

Wie oft hatte sie so etwas in ihrer Kindheit gehört?

»Also gut, ich werde anrufen. Nur eines noch: Wenn nun diese Männer da gewesen sind, um Emma zu retten, und angenommen haben, du seist der Entführer? Natürlich würden sie dann versuchen, dich umzulegen. Natürlich wären sie dir dann auf den Fersen. O mein Gott, es gibt unendlich viele Möglichkeiten. Mir brummt der Kopf, Ramsey.«

»Das macht sich gut zu meinen Schmerzen im Bein. Diese Theorie würde so lange standhalten, bis du aufgekreuzt bist. Glaubst du etwa, sie hätten nicht zumindest ein Foto von dir gesehen? Glaubst du, es wäre möglich gewesen, dass sie nicht wussten, dass du die Tochter vom Chef bist? Ruf an, Molly. Ich will hören, was er zu sagen hat. Und nimm das Funktelefon. Komm hierher, damit ich mithören kann.«

Sie setzte sich auf die Lehne des Liegesessels und begann zu wählen. Vorwahl 312 für Chicago und die angrenzenden Wohngebiete, darunter auch Oak Park. Selbstverständlich wohnte Mason Lord dort, immer nur das Beste. Er beobachtete, wie sich ihre Hand fester um den Hörer klammerte.

Warum hatte sie ihren Vater seit drei Jahren nicht gesehen?

Nach zweimal Klingeln nahm ein Mann mit tiefer, schmeichelnder Stimme ab.

»Miles? Ich bins, Molly.«

»Ja, Molly. Gibt es etwas Neues mit Emma?«

»Es geht ihr gut, Miles. Sie ist wieder bei mir. Danke für die Nachfrage. Ich möchte es Papa sagen.«

»Einen Moment. Himmel, ist das ein Segen. Herr Lord war die ganze Zeit über vollkommen außer sich.«

»Hast du das gehört?«, fragte sie, an Ramsey gewandt. Ramsey war keine zehn Zentimeter vom Hörer entfernt.

»Ja, ich habe es gehört.«

Gute zwanzig Sekunden war Stille, dann: »Molly? Emma ist in Sicherheit?«

»Hallo, Papa. Ja, sie ist hier bei mir. Ich habe sie gefunden. Es geht ihr gut.«

»Ich verstehe nicht. Von meinen Leuten habe ich nichts gehört. Ist denn die Polizei in Denver davon unterrichtet, dass Emma wieder da ist?«

»Ja, dort wissen sie Bescheid. Ihnen missfällt die Tatsache, dass ich sie ohne ihre Hilfe wiederbekommen habe.«

»Erzähl mir mehr.«

Sie atmete tief durch. »Du weißt, dass ich mich selbst auf die Suche gemacht hatte, nachdem weder die Polizei noch das FBI weitergekommen waren. Und ich habe sie gefunden. Ein Mann hatte sie gerettet, und ich habe sie beide aufgespürt. Sie ist in Sicherheit. Wir werden uns eine Weile lang versteckt halten.«

»Dafür gibt es keinen Grund, Molly. Komm nach Hause. Du kannst dich darauf verlassen, dass ich euch beide sehr gut beschützen werde.«

»Nein, noch nicht. Es sind viel mehr Leute in die Sache verwickelt als nur der eine Entführer. Ich möchte kein Risiko eingehen. Ich werde Emma so lange versteckt halten, solange diese Leute da draußen ihr immer noch hinterher sind.« Ihre Knöchel waren weiß, weil sie den Hörer so fest umklammert hielt. »Es ist keine normale Entführung, Papa.«

»Aber es gab eine Lösegeldforderung.«

»Schon, aber diese Forderung ist erst aufgetaucht, nachdem ich Emma schon wieder bei mir hatte. Die Forderung war fingiert. Verstehst du, was hier vorgeht?«

»Nein, aber ich werde es mit Buzz besprechen. Wir haben bereits die Möglichkeit erwogen, dass einer meiner Feinde in die Sache verstrickt ist. Das Wichtigste jedoch ist, dass Emma wieder bei dir ist. Ich bin unendlich erleichtert.« Er seufzte. Sie konnte sich vorstellen, wie er sich mit den Fingern nur eben über die Haare strich, nie fest genug, um seine Frisur zu beeinträchtigen. »Bisher wissen wir noch gar nichts. Doch mir gefällt die Sache nicht. Wie viele Leute hast du gesehen?«

»Vermutlich vier verschiedene Männer, aber ich habe sie abhängen können. Wir sind jetzt in einem sicheren Versteck.«

»Gut. Ich werde gleich mit Buzz Carmen sprechen. Er ist immer noch in Denver. Wie hast du denn von diesen anderen Männern erfahren?«

»Ich wusste, dass sie uns verfolgten, also bin ich bei der nächsten Ausfahrt raus. Als sie an uns vorbeifuhren, habe ich mir das Nummernschild gemerkt. Ich habe mich mit einem Freund in Verbindung gesetzt, der herausgefunden hat, dass der Transporter angeblich einem Bauern in Loveland, Colorado, gestohlen wurde. Seine Frau hatte Anzeige erstattet; später hat ihr Mann behauptet, er habe den Wagen verkauft. Es scheint tatsächlich, als ob er ihn verkauft hat – an die Entführer. Ich habe die Kennzeichen der Polizei in Denver und dem FBI durchgegeben. Es wäre gut, wenn du das auch noch einmal überprüfst, dann weiß ich wenigstens, dass es richtig gemacht wurde.« Sie gab ihm das Kennzeichen und den Namen des Bauern durch.

»Habe ich notiert. Ich nehme an, du willst mir nicht sagen, wer dir diese Information gegeben hat?«

»Das kann ich nicht.«

Er seufzte. »Also gut. Komm nach Hause, Molly.«

»Ich rufe morgen wieder an. Emma geht es gut. Mach dir keine Sorgen. Diese Männer werden uns nicht finden.«

»Wer ist der Mann, der Emma gefunden hat? Wie kannst du sicher sein, dass du ihm vertrauen kannst?«

»Wenn ich ihm nicht vertrauen kann, Papa, dann ist alles verloren. Glaub mir, er ist der vertrauenswürdigste Mann auf der ganzen Welt. Bis morgen, Papa.« Sie drückte den *Aus*-Schalter und legte das Telefon auf den Tisch zurück.

»Immerhin nennst du ihn nicht den Paten.«

Sie lächelte ihn an. Es war ein bezauberndes Lächeln, offen und herzlich. Sie besaß einen breiten Mund und sehr weiße Zähne. Sein Vater war Zahnarzt. Ramsey achtete bei anderen immer auf die Zähne. Der Anblick würde seinem Vater gut gefallen.

Ramsey gefiel auch das Lächeln. Es hatte fast den Anschein, als ob sie nicht mehr länger Angst hätte. Sie sagte: »Mason Lord sieht sehr gut aus. Er ist einer jener schwarzen Iren: helle Haut, tintenschwarze Haare, glatt und dick und nur zu den Schläfen hin ein wenig ergraut. Seine Augen sind so leuchtend blau, dass ihn die Frauen immer nur anstarren. Eine erwachsene Tochter zu haben gefällt ihm nicht, eine Enkelin noch viel weniger, doch er trägt es mit Würde. Meine Mutter war es, die mir riet, ich solle ihn mit dem Vornamen ansprechen. Doch irgendwie konnte ich mich nie daran gewöhnen. Ihm ging es ähnlich. Ich erinnere mich, wie Mason immer zusammenzuckte, wenn ich ihn mit Vornamen anredete. Als ich ihn daraufhin ansprach, lachte er, warf die Hände in die Luft und meinte, ich solle es einfach vergessen. Seit langem nun schon ist er einfach Papa, seit ich mit acht Jahren mit meiner Mutter zusammen weggezogen bin.«

»Ich hatte mir Mason Lord nie mit irgendwelchen menschlichen Qualitäten vorstellen können, beispielsweise der Gabe des Humors. Du siehst ihm kein bisschen ähnlich.«

»Nein, ich bin das Ebenbild meiner Großmutter. In den fünfziger Jahren war sie Schauspielerin. Sie ist nicht weit gekommen, denn sie war weder schön noch besonders fotogen. Aber Himmel, sie konnte spielen! Doch das hat offenbar nicht gereicht.«

»Von einem Mauerblümchen bist du aber auch meilenweit entfernt.«

Sie lächelte ihn an, wieder dieses wunderbare Lächeln. »Du solltest erst mal meine Mutter sehen. Sie ist wirklich ein Hingucker. Jetzt ist sie fünfundfünfzig und immer noch eine atemberaubende Schönheit. Sie und Vater waren wohl beide entsetzt, als sie sahen, wie ich mich entwickelte.«

Das meinte sie tatsächlich ernst, was ihn verblüffte. Schaute sie denn nicht dann und wann in den Spiegel? »Wo ist deine Mutter jetzt? Und wie heißt sie?«

»Sie heißt Alicia und lebt in der Nähe von Livorno in Italien. Dort lebt auch ihre Familie. Papa und sie haben sich scheiden lassen, als ich noch ein Kind war. Neun Monate im Jahr habe ich bei ihr in Italien gelebt, die restlichen drei habe ich bei meinem Vater verbracht. Nach Amerika bin ich zurückgekommen, als ich auf das College in Vassar gegangen bin. Die letzten sieben oder acht Jahre über habe ich sie stets nur ein einziges Mal im Jahr gesehen.«

»Weiß sie von Emmas Entführung?«

»Ich glaube nicht, es sei denn, sie hat darüber in einer italienischen Zeitung gelesen. Ich bin aber überzeugt davon, dass man dort nicht darüber berichtet hat. Ich wollte sie einfach nicht beunruhigen.«

»Dein Vater hat also nicht wieder geheiratet.«

»Aber ja doch, vor ungefähr drei Jahren. Sie heißt Eve und ist zwei Jahre jünger als ich.«

»Du sagtest, Emma sei musikalisch. Spielt sie denn schon Klavier oder ein anderes Instrument?«

»Über Eve willst du wohl nichts wissen? Das kann ich verstehen. Sie würde einen Blick auf dich werfen und sich die Lippen lecken, allerdings nur dann, wenn mein Vater gerade nicht hinschaut. Eine alte Freundin meiner Mutter hat mich angerufen und mich mit Geschichten von Eve Lord eingedeckt. Die Freundin meiner Mutter ist Religionslehrerin, was sie meiner Meinung nach zu einer vertrauenswürdigen Person macht. Aber vielleicht wollte sie Papa auch für sich gewinnen, wer weiß? Emma spielt Klavier.«

»Morgen kaufe ich ihr ein tragbares Klavier mit zwei Oktaven. Ich würde sie gern spielen hören.«

»Danke, Ramsey.«

»Warum hast du deinen Vater während der letzten drei Jahre nicht gesehen?«

Er hätte schwören können, dass sie in der anderen Ecke des Zimmers erstarrte. »Vielleicht weil er deinen Mann verletzt hat?«, hakte er nach.

»Du machst deine Arbeit wirklich vorzüglich.«

»Ja, das stimmt. Aber das hier hat mit meiner Arbeit nichts zu tun. Ich bin nicht neugierig, Molly, ich versuche lediglich herauszufinden, was hier vor sich geht. Hilf mir dabei.«

»Das hatte auch etwas damit zu tun.«

»Das ist gelogen. Ich höre es an deiner Stimme.«

»Also gut. Louey hat gesagt, er würde mir Emma wegnehmen, wenn ich meinen Vater jemals wieder sehen würde. Soweit ich mich erinnere, hat er ihn als Arschloch bezeichnet.«

»Warum?«

»Louey hat meinen Vater gehasst, weil er sein Geheimnis kannte.«

»Welches Geheimnis?«

Sie seufzte tief auf. »Louey hat mich geschlagen.«

Er wollte aus dem Sessel aufspringen, umklammerte sein Bein und sank wieder zurück. »Dieser mickrige Mistkerl hat dich geschlagen? Tatsächlich geschlagen?«

»Ja. Aber glaube nur nicht, dass ich hier das Opfer bin. Ich habe ihm klargemacht, wenn er mich noch einmal anfasst, würde ich ihn umbringen. Ehrlich gesagt weiß ich nicht, ob er mir das abgenommen hat, aber ich selbst habe es mir abgenommen, und das hat er irgendwie doch gespürt.«

»Wenn er etwas Grips im Kopf hatte, muss ihm das vollkommen klar gewesen sein.«

»Das war vor drei Jahren. Einer meiner Bekannten hatte es herausgefunden und meinen Vater angerufen. Mason kam nach Denver und hat Louey höchstpersönlich zusammengeschlagen. Er hat Louey gesagt, wenn er mich jemals wieder anrühren sollte, würde er ihn umbringen. Louey war also klar, dass er ziemlich tief im Dreck steckte. Er hasste seine eigene Wehrlosigkeit, also hat er mir befohlen, meinen Vater nicht wieder zu sehen.«

»Hättest du ihn denn umgebracht, wenn er dich noch einmal geschlagen hätte?«

»Vermutlich nicht, aber ich wäre blitzartig verschwunden. Dieses erste Mal war er betrunken gewesen. Er hatte eine schlechte Kritik für seine letzte CD *Danger Floats Deep* bekommen und war stinksauer. Am selben Tag bekam ich die Benachrichtigung einer Zeitschrift, dass sie einige meiner Fotos abdrucken wollten. Er war eifersüchtig, was zwar albern ist, besonders wenn man die unterschiedliche Gewichtung der Dinge betrachtet. Für ihn aber spielte das keine Rolle. Louey ließ seine Wut an mir aus.«

»Ich kann mich nicht erinnern, gehört zu haben, dass Louey Santera verletzt wurde.«

»Nein, darüber wurde nicht berichtet. Mein Vater ließ einen Arzt kommen und ihn untersuchen. Im darauf folgenden Jahr habe ich Louey vor die Tür gesetzt.«

»Ah«, sagte er. »Warum hast du dazu denn so lange gebraucht?«

Sie seufzte, und es wurde ihr bewusst, wie leicht es ihr fiel, sich mit ihm zu unterhalten. »Emmas wegen wollte ich es noch einmal versuchen. Das war keine sehr schlaue Idee. Um ehrlich zu sein, als er dann offiziell ging, war es nur noch eine Formalität, denn er war bereits ausgezogen und lebte bei einer seiner Freundinnen.« Sie lachte. »Mein Vater hat durchgesetzt, dass Louey mir mehr Geld zahlen musste, als er zu dem Zeitpunkt überhaupt besaß. Louey war wirklich stinksauer, konnte aber nichts dagegen unternehmen. Er versuchte noch einmal mit Emma zu drohen, doch diesmal hat er mich ernst genommen.«

»Warum hast du nach eurer Trennung deinen Vater nicht wieder gesehen?«

»Es gibt zwei Wahrheiten. Die eine erzähle ich, wenn Leute mich fragen. Dann sage ich, dass Eve nicht mit ihrer Stieftochter gesehen werden will, die älter ist als sie selbst. Und eine Stiefenkeltochter? Ich bitte dich!«

»Und die andere, die richtige Wahrheit?«

Sie strich sich über die Arme. »Die meisten Leute, die von meinem Vater gehört haben, halten ihn für einen sehr reichen und erfolgreichen Geschäftsmann. Er besitzt Firmen in Silicon Valley, er hat seine Finger in der Telekommunikation, er besitzt Textilfabriken im Nordwesten, eine Restaurantkette im Süden und noch jede Menge anderer Firmen. Noch nie ist er wegen irgendetwas verklagt oder gar verurteilt worden. Seine Buchhaltung ist makellos, eine Klage auf Steuerhinterziehung würde bei ihm nicht greifen. Leute wie du wissen, dass er noch eine andere Seite hat. Er ist König der Erpressung, im Glücksspiel, in der Prostitution und was nicht noch alles, außer Drogen. Er hasst Drogen.

»Meine Mutter war sehr klug. Nach der Scheidung ging sie weit weg mit mir, bis nach Italien. Ich wurde außerhalb seines Einflusses erzogen. Ich erinnere mich, dass sie immer weinte, wenn sie mich jeden Sommer ins Flugzeug in Richtung Amerika, also zu ihm, setzte. Ich möchte ihn nicht in Emmas Nähe wissen. Meine Mutter hat mich von ihm ferngehalten, und ich habe die Absicht, dasselbe für Emma zu tun.«

»*Einen Mord in Auftrag geben.* Das sind deine Worte.«

»Richtig, das ist mir einfach so herausgerutscht. Sie ist tückisch, diese Art des Einflusses. Du wirst mir glauben, dass ich nicht möchte, dass Emma jemals einen solchen Satz ausspricht. Wenn ein Kind mit einem Mann wie meinem Vater aufwächst – dann habe ich Angst um das Kind und was aus ihm als Erwachsener werden wird. So, das ist jetzt genug. Mehr ist nicht drin, Herr Hunt. Wir sollten schlafen gehen. Du kennst Emma noch nicht. Um sechs Uhr früh wird sie schon wach sein und loslegen wollen.«

»Ich weiß. Nachdem ich verwundet worden war, hat sie immer bis sieben gewartet. Ich bin aufgewacht, weil diese weiche kleine Hand auf meinem Arm lag und mich ganz leicht streichelte.« Er hielt kurz inne. »Sie ist ein tolles Kind, Molly.«

»Ich weiß. Ich weiß.«

»Wir werden sie beschützen.«

»Ja, das werden wir«, erwiderte sie.

Mitten in der Nacht ließ ein lauter, durchdringender Schrei Molly aufschrecken.

Sie riss ihre Tochter an sich und schüttelte sie. »Em, wach auf, Liebling. Komm schon, wach auf!«

Wieder schüttelte sie Emma. Ramsey stand mit klopfendem Herzen in der Tür, seine Smith & Wesson in der Hand. Er beobachtete Molly, wie sie sich aufsetzte und Emma auf ihren Schoß zog. »Komm schon, Liebling, wach auf. Es ist alles in Ordnung. Ich bin bei dir. Ramsey ist auch hier. Wach auf, Emma.«

Plötzlich bäumte sich Emma auf, dann wand sie sich und schlang zitternd und schluchzend die Arme um ihre Mutter. Ramsey setzte sich zu ihnen und umarmte sie beide fest. Nach einer Weile lockerte er seinen Griff und lehnte sich zurück. Er strich Emma das verfilzte Haar hinter die Ohren. »Es ist alles gut, Emma, wirklich, es ist gut. Wir sind hier. Nicht die bösen Männer, nur wir.«

Allmählich hörte sie zu schluchzen auf. Sie hatte Schluckauf. Über Emmas Kopf hinweg blickte er zu Molly hinüber. Ihre Augen waren verdunkelt, ihre Lippen angespannt. Er spürte ihren tief empfundenen Schmerz, der sich ihm jetzt offenbarte. Und er kannte diesen Schmerz, denn er fühlte ihn auch. Mit flacher Singsangstimme sagte Emma: »Ich habe von ihm geträumt, Mama. Er hat meine Hände und Füße an das Bett gefesselt. Er hat einen Bindfaden benutzt. Er meinte, er bräuchte keinen Strick nehmen, ich sei ja nur ein kleines Mädchen. Er sagte, ich sei perfekt und er bräuchte mich mehr, als Gott ihn bräuchte. Nur mich. Er nahm diesen Bindfaden und verschnürte mich wie ein Paket.« Sie verstummte. Ramsey und Molly warteten, verkrampft und voller Wut, aber sie sagte nichts weiter.

Eine lange Zeit hielten sie Emma zwischen sich. Schließlich sagte Molly leise: »Sie schläft. Danke, Ramsey. Ich werde sie bis zum Morgen fest umarmen.«

Es dauerte sehr lange, ehe Molly wieder einschlief. Als sie aufwachte, fühlte sie Emmas feuchten Kuss auf ihrer Wange. Emma zog an ihrem Arm, und sie rollte auf die andere Seite und schmiegte sich an den Rücken ihrer Tochter.

Als Ramsey früh am Morgen erwachte, dachte er an Emmas Alptraum, an ihre tonlos vorgetragenen Worte. Bindfaden. Er hatte sie mit einem Bindfaden umwickelt, wie man es mit einem Paket macht. Er hatte kein Seil benötigt. Sie war nur ein kleines Mädchen.

Nicht dass es wirklich einen Unterschied machte. Wenn Ramsey diesen Mann in die Finger bekommen würde, würde er ihn vermutlich umbringen. Würde er den Mann dem Rechtssystem übergeben und darauf vertrauen, dass man ihn so bestrafte, wie er es verdiente? Er wusste es nicht. Er wusste es einfach nicht. Dabei hätte er es wissen sollen. Er ging zum anderen Schlafzimmer hinüber, stand regungslos in der offenen Tür und beobachtete Emma und Molly im Schlaf.

»Ramsey?«

Es war nur ein leises Flüstern.

»Guten Morgen, Emma. Hast du gut geschlafen?«

»O ja. Mama liegt ganz dicht an mich gekuschelt. Es ist schön, aber ich muss aufs Klo.«

Er hörte, wie Molly kicherte.

Dann sah er, wie Molly Emmas Hals küsste und ihr vorschlug, gemeinsam zu gehen. Danach würde sie ihr eine Schüssel mit Cornflakes und Bananen machen, ohne diese widerlichen Pfirsiche.

Er ging zurück ins Bett und zog sich die Decke bis zum Hals. Louey Santera hatte sie geschlagen. Er verübelte es Mason Lord kein bisschen, dass er es dem Mistkerl gezeigt hatte. Er selbst hätte nicht anders gehandelt. Als er aufstand und selbst ins Badezimmer ging, fragte er sich, ob Molly ihren Mann früher geliebt hatte.

12

Emma war außer sich vor Aufregung. Sowie sie das Zweioktavenklavier sah, fing sie zu spielen an. Ramsey stand vollkommen verblüfft und sprachlos hinter ihr.

Sie spielte eine Sonate von Mozart, die seinerzeit einmal die Titelmelodie des Filmklassikers *Elvira Madigan* gewesen war.

Die Verkäufer des Spielzeugladens begannen ebenso wie die anderen Eltern mit ihren Kindern zusammenzulaufen. Niemand sagte etwas, alle sahen Emma beim Spielen auf diesem eigentlich nicht ernst zu nehmenden Klavier zu und lauschten der unglaublichen Musik, die sie hervorbrachte.

Er sah zu Molly hinüber. Sie summte bei Emmas Spiel mit und tat so, als ob das alles nichts Ungewöhnliches sei.

Er kaufte das Klavier. »Ein Jammer, dass sie kein richtiges Klavier hat. Sie ist sehr begabt. Wie lange spielt sie denn schon?«, erkundigte sich die Verkäuferin.

Molly erwiderte: »Seit sie drei geworden ist. Wir machen hier Ferien und haben vergessen, ihr tragbares Klavier mitzunehmen. Aber dieses hier wird ihr gute Dienste leisten.«

»Einfach verblüffend«, meinte die Verkäuferin. »Wirklich erstaunlich. Sie haben ein sehr begabtes kleines Mädchen.«

Ramsey nickte. »Ja, sie ist erstaunlich.«

Er fühlte, wie Emma ihre Hand in seine schob. Er drückte sie gegen sein Bein, das sich allmählich wieder normal anfühlte. Er schluckte jetzt nur noch vier Aspirin am Tag. Ob sich Emma noch an ihren Alptraum erinnerte? Er hätte sie gerne gefragt, überlegte es sich jedoch anders. Nein, sie mussten mit jemandem vom Fach sprechen. Er wollte sich nach jemand Geeignetem erkundigen.

Als er die Autotür aufschloss, wandte er sich leise an Molly: »Meinst du, mit Emma ist alles in Ordnung?«

»Ich weiß es nicht. Ich habe sie nicht gefragt. Nach der gestrigen Nacht aber habe ich mehr Angst als zuvor.«

»Ich könnte den Namen eines hier ansässigen Psychologen ausfindig machen, einer, der sich mit Kindern auskennt. Was hältst du davon?«

Sie schluckte heftig, und er konnte ihre Gedanken fast hören. Schließlich schüttelte sie den Kopf. »Wir sollten das Risiko nicht eingehen. Meiner Ansicht nach sollten wir sie in der nächsten Zeit einfach immer bei uns behalten und sie spüren lassen, dass sie bei uns sicher ist.«

Doch sie wusste, dass sie Emma nicht vor ihren Alpträumen schützen konnte. Molly zog die Stirn kraus, weil sie eigentlich hätte in Tränen ausbrechen wollen.

Immer noch unsicher nickte er und blickte auf den Rücksitz des Toyotas. Emma hielt den Karton ihres Klaviers fest an sich gedrückt. Sie hatte die Augen geschlossen. Woran dachte sie? Oder spielte sie in Gedanken einfach nur Musik? Er betete, dass es nur Musik sein möge und nicht etwas anderes, jedenfalls jetzt noch nicht.

Eine halbe Meile vom Einkaufszentrum entfernt bemerkte er den Honda Civic. Der Highway 89 war nicht sonderlich dicht befahren, er war die einzige Verbindung zwischen dem Tahoe-See und Truckee. Es waren noch ungefähr zehn Kilometer bis zur Alpine-Meadows-Straße, wo sie abbiegen würden. Er sagte nichts, schaute aber gelegentlich in den Rückspiegel.

Schließlich, als er sich sicher war, dass sie verfolgt wurden, sagte er leise: »Molly, schau mal nach hinten und versuche das Kennzeichen des Civics zu lesen, der zwei Wagen weiter hinter uns fährt. Er ist noch recht neu und grau. Und versuche so unauffällig wie möglich zu sein. Sie sollen nicht merken, dass wir sie entdeckt haben.«

Ihr Gesichtsausdruck veränderte sich nicht, aber Panik war ihn ihrem Blick zu lesen, dann eine Kälte, genau dieselbe Kälte, mit der sie ihn auch angesehen hatte, als sie an jenem Morgen in die Hütte hereingestürzt war.

Sie sah wieder auf Emma. Emma schaute aus dem Fenster und hielt den Karton mit dem Klavier fest gegen die Brust gepresst. Offenbar hatte sie nichts mitbekommen.

Sie waren schon fast an ihrem Abzweig angekommen, als sie das Kennzeichen entziffern konnte. »Es lautet F A R B, drei, drei, drei. Das ist zu simpel. Bist du dir sicher, dass sie uns folgen? Es ist ein geradezu lächerliches Kennzeichen.«

»Sicher bin ich mir nicht. Ich will jedoch kein Risiko eingehen. Hast du deine Pistole?«

»O ja. Was willst du tun?«

»Lass uns abbiegen und sehen, wie sie darauf reagieren. Es sind zwei Männer, richtig?«

»Soweit ich sehen kann, ja. Sie sind wirklich darum bemüht, den Abstand zu halten. Ich kann nicht erkennen, ob es dieselben beiden Typen sind. Mein Funktelefon lädt gerade zu Hause auf.«

»Das macht nichts. Wir werden gleich nach unserer Rückkehr anrufen.« *Sofern wir wieder nach Hause zurückkehren* war der Satz, der unausgesprochen in der Luft hing.

Emma sagte: »Ramsey, ich kann ein *A* und ein *R* auf dem Nummernschild erkennen. An diese beiden Buchstaben kann ich mich besonders gut erinnern. Sie kommen in unseren Namen vor. Ich muss unbedingt noch eine Lesestunde bekommen.«

Er blickte auf Molly, die einfach nur sagte: »Das ist prima, Em. Das *A* und das *R* habe ich auch entziffern können. *F* und *B* sind schon schwierigere Buchstaben. Heute Abend denken wir uns ein paar Worte aus, damit du sie erlernen kannst.«

»Wir hätten wegen meinem Klavier nicht aus dem Haus gehen sollen. Deswegen haben sie uns jetzt gefunden. Es ist alles meine Schuld.« Ihr schmales Gesicht war ganz blass.

Ramsey sagte laut und deutlich: »Gar nichts ist deine Schuld. Sag das nicht noch mal, sonst bekommst du eine Woche lang keine Hot Dogs mehr. Hab keine Angst, Emma. Wir werden auf dich aufpassen.«

»Hör mir gut zu, Emma«, sagte Molly und drehte sich auf dem Vordersitz zu ihrer Tochter um. »Wenn jemand versuchen sollte, dich noch einmal zu entführen, werde ich denjenigen erschießen, selbst wenn es der Präsident höchstpersönlich ist. Hast du mich verstanden?«

»Ja, Mama.«

»Sieh nach, dass dein Gurt festgeschnallt ist.«

»Ist gut, Ramsey.«

An der Alpine-Meadows-Straße bogen sie nach rechts ab. Linker Hand lag das *River Ranch Motel*, das seit Jahr und Tag wie ein Wahrzeichen hier thronte. Rechter Hand stand ein ebenso betagtes Skifachgeschäft. Es machte einen geschlossenen Eindruck. Im Frühjahr fuhren immer noch ein paar Leute Ski, aber nicht genügend, um mehr als ein halbes Dutzend Autos auf den Parkplatz des *River Ranch Motels* zu locken. Er konnte nur hoffen, dass der Wagen nicht ebenfalls hinter ihnen abbog.

Der Tag war klar, die Temperatur würde sich auf etwa fünfzehn Grad erwärmen. Ramsey sagte: »Hey, Emma, willst du heute Nachmittag mit mir wandern gehen? Mit etwas Glück sehen wir ein paar Tiere – Füchse, Rehe, viele Vögel und Hasen.«

Die Kleidung, die er für sie gekauft hatte, war genau richtig. Er wollte sie ablenken, was ihm jedoch nicht gelang. »Bist du mit von der Partie, Molly?«

»Vielleicht. Wir werden sehen. Hast du Hunger, Emma?«

»Ich weiß nicht, Mama. Ich versuche immer noch, die Männer in dem Auto zu erkennen. Glaubst du, dass es dieselben Männer sind wie im Restaurant in Colorado?«

»Ich bin mir nicht sicher«, erwiderte Molly. »Sie sind nicht nah genug, um das erkennen zu können.«

Ramsey schaute nach hinten. Der Wagen war ebenfalls abgebogen, verflucht. Zwischen ihnen war jetzt noch ein anderes Auto. Sie hielten gute dreißig Meter Abstand. »Sie sind hinter uns her. Ich werde bis zu dem Skiort fahren. Dort ist ein großer Kreisverkehr, von dem aus wir nach Tahoe City abbiegen. Das liegt nur noch ein paar Kilometer weiter östlich. Ich will vermeiden, dass sie auch nur in die Nähe von unserem Haus kommen.«

Er sah, dass Molly ihre Detonics hervorgeholt hatte und sie locker gegen ihr Bein gepresst hielt. Er legte seine Smith & Wesson unter den Vordersitz, lud durch und war bereit. In dem Skiort standen nur etwa fünfzig Autos und halb so viele Geländewagen, die in der Nähe der Kartenverkaufsstellen geparkt waren. Der Schnee war bereits matschig. Die Leute hier waren entweder ganz hartgesottene Skifahrer, oder aber sie kannten sich nicht aus. Langsam fuhr er vor das Hotel, fuhr einen großen Bogen um den Kreisverkehr und wieder auf die Alpine Meadows Road auf, die zurück auf die Hauptstraße führte.

Der Honda Civic verlangsamte vor den Verkaufsständen, hielt jedoch nicht an. Er hatte gewusst, dass sie nicht anhalten würden. Ob sie wohl schon bemerkt hatten, dass man auf sie aufmerksam geworden war?

Sowie sie wieder auf der Straße waren, gab er Gas. Als sie den Highway 89 kreuzten, bog er nach rechts nach Tahoe City ab. Keiner sagte ein Wort.

Er grübelte darüber nach, wie er in einem kleinen Touristenort wie Tahoe City mit seinen zahllosen Restaurants, Skiverleihen und Kiosken für Souvenirs den Honda abhängen konnte. Dort gab es ein Einkaufszentrum. Es hatte genau die richtige Größe. Um das Zentrum herum gab es Fußwege. Er wusste nicht, wohin die meisten von ihnen führten, doch er war sich ziemlich sicher, dass er sie dort würde abhängen können.

Wie er sich erinnerte, lag das Zentrum rechterseits an der Einfahrt zum Stadtkern. Er würde den Toyota zurücklassen müssen, ein Jammer zwar, aber nicht zu ändern. Für einen Augenblick sah er sie nicht hinter sich. Er bog auf den riesigen Parkplatz ein und fuhr mit dem Toyota direkt vor.

»Raus, schnell!«

Er schnappte sich Emmas Klavier, keine fünf Sekunden später hatten sie die Eingangstüren des Einkaufszentrums durchschritten. »Molly, geh du direkt nach hinten durch. Dort gibt es einen Spazierweg. Nimm den, der der Hintertür am nächsten liegt. Ich werde sofort wieder bei euch sein.«

Im Einkaufsbereich waren nur eine Hand voll Leute. Er beobachtete, wie Molly sich ihren Weg bahnte und sie sich so schnell sie konnten fortbewegten.

Er brauchte nicht lange warten, bis der Honda ebenfalls vorfuhr. Sie sahen den Toyota und hielten an. Mehr brauchte er gar nicht zu wissen. Innerhalb von zehn Sekunden trat er aus der Hintertür und hinterließ eine ganze Reihe brüskierter Leute.

Er wählte den nächstliegenden Fußweg und rannte los. Hinter einem kleinen Restaurant, das im Stil Louisianas dekoriert worden war, holte er sie ein.

»Molly, geh mit Emma zusammen in das Restaurant und warte in den Toiletten. In fünf Minuten fahre ich hier vor. Seid dann da. In genau fünf Minuten.«

Er rannte zurück zum Einkaufszentrum. Er konnte sie nicht entdecken. Schnell ging er um das Zentrum herum Richtung

Norden direkt auf den Parkplatz. Der Honda stand in zweiter Reihe unmittelbar vor der Tür geparkt. Das Auto war leer.

Er lächelte.

Viereinhalb Minuten später stand er vor dem Restaurant, und Molly öffnete die Beifahrertür.

»Ausgezeichnet. Emma, alles okay dort hinten?«

»Ja, Ramsey. Meinem Klavier geht es auch gut.« Sie umklammerte den Karton so fest, dass ihre Knöchel weiß hervorstachen.

Das Lächeln fiel ihm schwer. »Pass nur auf, Kleine, hier sind wir gleich verschwunden.«

»Werden sie uns folgen?«

Er blickte zu Molly hinüber, als er auf den Highway 89 auffuhr. »Nein, sie werden wohl noch ein Weilchen brauchen. Ich habe das Zündkabel gekappt. Vermutlich besitzen sie ein Funktelefon und werden ein paar Anrufe tätigen. Da sie jetzt unseren Aufenthaltsort kennen, können wir es nicht riskieren, zum Haus zurückzukehren.«

Wenige Minuten später waren sie auf dem Highway 80 in Richtung Westen.

»Wir sind gar nicht zum Wandern gekommen, Ramsey.«

»Das werden wir noch, Emma, das werden wir noch.«

Drei Stunden und fünfunddreißig Minuten später fuhren sie über die Golden Gate Bridge. Der Tag war frisch und klar wie auf einer Postkarte. Der Nebel fing gerade an, sich unter der Brücke durch die Bögen zu schieben.

»Hältst du dies für eine gute Idee, Ramsey?«

»Ich weiß es nicht, aber ich bin es müde zu fliehen. Hier ist mein Zuhause, Molly. Es ist an der Zeit, Hilfe hinzuzuziehen. Darüber haben wir schon einmal geredet, und du hast nicht widersprochen.«

»Unsere Verfolger werden sicherlich bald herausfinden, wer du bist. Wenn sie das erst einmal wissen, werden sie uns noch mehr hinterher sein.«

Er fluchte leise. »Stimmt. Ich möchte wetten, sie wissen ohnehin schon, was ich am liebsten zum Frühstück esse. Also gut, fahren wir kurz bei mir zu Hause vorbei, dann kann ich mich umziehen, packen und noch ein paar Vorkehrungen treffen. Heute Nachmittag fliegen wir zu deinem Vater. Tut mir Leid, Molly, aber eine andere Möglichkeit sehe ich nicht, es sei denn, du willst gleich hier in San Francisco die Polizei einschalten.«

»Nein.« Molly fluchte leise. »Eine Alternative gibt es nicht, nicht wahr? Dann lass uns nach Chicago fliegen. Es ist mir immer noch lieber, sie ist bei mir, als dass sie von Polizeipsychologen und einer endlosen Reihe von Polizisten verhört wird, vom FBI mal ganz abgesehen. Wenn Leute wie der Sonderagent Anchor die Norm sein sollten, kann einem das FBI nur Angst einjagen.«

»Er ist nicht die Norm. Also gut, lasst uns nach Chicago fliegen. Wenn es Zeit ist, die Polizei einzuschalten, können wir sie immer noch von dort aus anrufen.«

»Ich hätte schon viel früher zu ihm gehen sollen. Mein Vater verfügt über mehr Möglichkeiten, Emma zu beschützen, als die Polizei und das FBI zusammen. Er mag ein großer Verbrecher sein, doch für Emmas Schutz wird er alles tun.«

»Also gut, dann werden wir deinen Vater, sofern er dem zustimmt, benutzen und Emma von ihm beschützen lassen.«

Ein paar Sekunden schloss sie die Augen, dann nickte sie, weil sie offenbar eine Entscheidung gefällt hatte. Lächelnd wandte sie sich an Emma: »Schau mal dort, Em. Das ist die Insel Alcatraz. In den fünfziger Jahren war das ein Gefängnis für besonders schlimme Verbrecher.«

»Sie sieht hübsch aus. Dort gefangen zu sein würde mir nichts ausmachen.«

»Ich habe gelesen, dass sie den Gefangenen ungefähr sechstausend Kalorien am Tag zu essen gegeben haben, damit sie fett wurden und es nicht sehr wahrscheinlich war, dass sie fliehen und an Land schwimmen konnten. Ich glaube, sie haben jede Menge Hot Dogs und Bohnen bekommen. Man hat ihnen nur wenig körperliche Bewegung gestattet.«

Emmas Augen leuchteten auf.

Er grinste sie über den Rückspiegel an. »Sie haben sie aber nicht auf Drahtbügeln über dem Feuer gegrillt, Emma. Sie wurden gekocht.«

»Igitt.«

Ramsey fuhr auf dem Scenic Drive in den schönen alten Stadtteil Sea Cliff. »Unsere Häuser stehen direkt an der Bucht. Meines ist die Nummer siebenundzwanzig, ganz am Ende.«

»Ich wusste zwar, dass Bundesrichter recht gut entlohnt werden, aber so gut nun wieder auch nicht. Das Haus muss eine Stange gekostet haben, Ramsey.«

»Es ist ziemlich viel wert, aber ich habe es nicht gekauft, sondern von meinen Großeltern zusammen mit einer netten Summe geerbt. Ich bin nicht so reich wie du, aber verhungern muss ich nicht. Der Ausblick ist einfach unglaublich. Wir kommen wieder hierher, Emma, und dann grillen wir. Wir können im Garten sitzen und beobachten, wie der Nebel hereinkommt. Er schwebt durch die Golden Gate Bridge wie weiche weiße Finger. Nebel mochte ich schon immer gern. Es gibt sogar ein Klavier hier für dich, einen alten Stutzflügel, auf dem mein Großvater gespielt hat. Er war ein wunderbarer alter Herr.«

Sowie Ramsey die Haustür aufgeschlossen und in den gefliesten Flur getreten war, rümpfte er die Nase. Es roch nach verfaulten Lebensmitteln, doch das war eigentlich unmöglich. Er ging ins Wohnzimmer, trat jedoch augenblicklich einen Schritt zurück.

Das Zimmer war verwüstet worden. Seine teure Stereoanlage war herausgerissen und zertrampelt worden. Auf dem Parkett verstreut lagen überall CDs. Alle Möbel waren aufgeschlitzt. Benommen ging er in die Küche. Der Gestank war betäubend.

Der Kühlschrank stand offen. Jemand hatte Essen auf dem

Boden verteilt, wenn auch nicht viel vorhanden gewesen war. Das Geschirr war zerbrochen, überall lagen Scherben herum. Schubladen waren herausgezogen, Silberbesteck lag auf dem Boden verteilt. Eine gewalttätige Hand hatte einfach alles aus den Schränken gezerrt.

»Geh hier nicht herein, Emma«, sagte er.

»O nein«, war alles, was Molly im Türrahmen sagte und Emma zurückhielt.

Binnen weniger Minuten hatte er sich vergewissert, dass der Täter nicht ein einziges Zimmer verschont hatte.

Er ging in sein Arbeitszimmer, einen prachtvoll in dunkler Eiche getäfelten Raum, der auf die Marin Headlands blickte. Sein antiker Schreibtisch mit Rollschrank war aufgebrochen worden, die Schubladen herausgezogen und zertrümmert, überall lagen seine Papiere in Fetzen zerrissen verstreut herum. Bücher lagen stapelweise zerfleddert auf dem Tabrizteppich. Sein Lieblingsledersessel war mit einem Messer aufgeschlitzt worden. Die Beine des Stutzflügels seines Großvaters waren abgesägt worden. Er lag wie betrunken auf einer Seite, die meisten Tasten waren eingetreten worden. Jemand hatte sogar die Besaitung durchtrennt.

Zerstörung überall.

Wonach hatten sie gesucht? Nach etwas, was eine Verbindung zwischen ihm einerseits und Molly und Emma andererseits herstellte?

»Es tut mir Leid, Ramsey«, flüsterte sie neben ihm. »Es tut mir wirklich sehr Leid. Das haben wir dir eingebrockt.«

Plötzlich begriff er die Tragweite dessen, was sie eben gesagt hatte. Langsam drehte er sich um, nahm ihren Oberarm zwischen seine großen Hände und sagte: »Ich habe mich auch gleichermaßen bemitleidet und entrüstet. Aber jetzt, nachdem du das gesagt hast, merke ich, dass dieses Haus, ganz gleich, wie schön es auch sein mag, doch immer nur ein Haus ist. Wenn wir denjenigen schnappen, der hierfür verantwortlich ist, freue ich mich darauf, ihn zur Rede zu stellen. Emma aber bedeutet mir mehr als ein Haufen belangloser Besitztümer. Das lässt sich nicht vergleichen. Verstehst du, was ich sage, Molly?«

Sie nickte. »Ich begreife nur nicht, weshalb jemand so etwas tun würde. Sie hätten alles durchsuchen können, wenn sie nach einer Verbindung zwischen uns gesucht haben. Dazu brauchten sie doch nicht alles zu zerstören.«

»Ich verstehe es auch nicht, aber wir werden es herausfinden.«

»Das hoffe ich.« Sie beugte sich herunter und hob einen Atlas hoch, dessen Blätter zerrissen und dessen Rücken zerbrochen war. Wie betäubt versuchte sie die Seiten zu glätten.

Sanft nahm er ihn ihr aus der Hand. »Hilf mir beim Packen, dann sind wir hier weg. Von einer Telefonzelle aus werde ich noch ein paar Telefonate erledigen.« Doch es war keine unzerstörte Kleidung vorhanden. Sogar sein Lederkoffer, ein Weihnachtsgeschenk seiner Familie, war zerschlitzt.

Von einer Telefonzelle Ecke California- und Coughstraße aus machte er vier Anrufe. Zuerst rief er eine Reinigungsfirma an, dann Dillon Savich, als drittes eine Fluggesellschaft und schließlich Virginia Trolley bei der Polizei von San Francisco. Ein einziges Mal hielt er an: bei seiner Bank.

»Nun aber los«, sagte er und grinste Emma an, als er aus der Bank kam. »Das wird richtig aufregend, Kleines. Wenigstens bin ich jetzt genauso reich wie deine Mama.« Er reichte ihr einen Zwanzigdollarschein. »Nimm den an dich, Emma. Steck ihn irgendwohin, wo er sicher ist.«

Molly sah ihn fragend an, sagte jedoch nichts, sondern beobachtete ihre Tochter dabei, wie sie den Geldschein in ihren Klavierkarton steckte.

»Ich habe langsam und allmählich genug aufregende Dinge erlebt, Ramsey«, sagte Emma und drückte sich das Klavier an die Brust.

»Vielleicht können wir ihr auf dem Flughafen noch etwas zum Anziehen kaufen«, meinte Molly.

Ramsey runzelte die Stirn. »Kinderkleidung gibt es dort vermutlich nicht. T-Shirts schon, das ist aber auch schon alles. Wir werden ohnehin keine Zeit zum Einkaufen haben. Wir kaufen ihr auf dem Flughafen ein neues T-Shirt und erneuern in Chicago dann ihre Garderobe. Und unsere gleich mit, wenn wir schon einmal dabei sind.«

13

Kein Laut war zu hören, lediglich die ruhige Bewegung eines Fingers, ein zartes Streicheln, einen Augenblick später das Zerbersten von Pappe. Die Brust des Mannes explodierte, die scharfen, gezackten Ränder umsäumten ein riesiges, verbrannt riechendes Loch.

Gunther nickte und wandte sich ab. »Gar nicht übel«, brummte er leise vor sich hin.

»Was soll das heißen, nicht übel?«, fragte sie mit Blick auf ihr Ziel, dem sie sich näherte. »War es nicht perfekt?« Sie beobachtete, wie Gunther über den Lauf seiner spanischen Star Ten blies, eine der raren europäischen Zehn-Millimeter-Pistolen, von der Gunther ihr mit unverhohlenem Stolz erzählt hatte. Unter all seinen Bekannten war er der einzige Besitzer einer solchen Waffe. Das war gut so, denn er war auch der Einzige, der damit zielsicher treffen konnte. Sie nahm an, er benutzte sie aus symbolischen Gründen, als eine Art Hommage an die alten Schießhelden des Wilden Westens.

Er warf ihr einen verstörten Blick zu, schwieg jedoch.

»Möchten Sie denn nicht perfekt sein, Gunther?« Sie trat an ihn heran und streichelte ihm mit den Fingern über den Unterarm, dann über die Hand bis hin zum Lauf seiner Pistole.

Er schwieg weiter. Das tat sie nur, um ihn verrückt zu machen, so viel war ihm klar. Dennoch fiel es ihm schwer, keinerlei Reaktion zu zeigen, nur eine winzige Bewegung, so dicht neben ihm. Aber er war kein Dummkopf. Er konnte ihr nichts anhaben, ganz gleich, wie sehr sie ihn auch provozierte. Nein, er würde sich noch nicht einmal anmerken lassen, dass sie ein Spiel mit ihm spielte.

Er hatte das Gefühl, dass Herr Lord ihre Spielchen genoss, sie sogar dazu ermutigte. Vielleicht stand er jetzt im Schatten der Galerie, beobachtete sie und kaute auf einem nicht angezündeten Zigarillo, eine seiner Angewohnheiten seit letztem Jahr, nachdem er das Rauchen aufgegeben hatte. Gunther trat langsam zurück und wog die schwere Pistole in seinen großen Händen. Er mochte das Gefühl des kalten, glatten Stahls auf seiner warmen Handfläche.

Sie schüttelte den Kopf und lachte ihn aus. »So, wie Sie die Pistole halten, Gunther, was soll das eigentlich? Halten Sie eine Pistole für eine Frau?«

»Nein«, antwortete er sehr deutlich. »Ich halte eine Pistole für ein Werkzeug, mit dem ich meine Arbeit verrichte.« Er nickte ihr wie gewohnt höflich zu und wandte sich ab. In der Tür hielt er kurz inne und bemerkte über die Schulter hinweg: »Herrn Lord gefällt mein Werkzeug.«

Sie starrte ihn kurz an und brach dann in unkontrolliertes Lachen aus. »Das glaube ich nicht«, meinte sie. »Ich kann nur hoffen, dass Sie sich in dieser Hinsicht irren.«

Er biss die Zähne zusammen. Das Gefühl der Peinlichkeit durchströmte ihn, von innen nach außen, als ob seine Innereien noch vor dem Gesicht errötet wären. Dieses Gefühl war ihm verhasst. Eine leise Stimme sagte: »Es stimmt, Gunther, ich schätze Ihr Werkzeug. Warum gehen Sie jetzt nicht und putzen Ihre Pistole. Sie haben sie heute häufig und mit ausgezeichneten Resultaten benutzt.«

»Jawohl, Sir.«

Mason Lord schaute ihm erst noch hinterher, bevor er sich seiner Frau zuwandte. Sein Blick war nachsichtig, seine Stimme belustigt, als er sagte: »Du quälst den armen Gunther.«

»Stimmt, er macht es mir aber auch wirklich leicht, Mason. Hast du mir meine Lady Colt mitgebracht?«

Er nickte. »Ich wünschte, du würdest dir von mir beibringen lassen, wie man mit einer richtigen Pistole und nicht nur mit dieser lächerlichen Spielzeugwaffe umgeht.«

Ihre Stimme wurde streng. Es war beunruhigend, dass sie einem Engel ähnelte, angefangen von dem dichten hellblonden Haar bis hin zu ihren weichen blauen Augen, jenes zerbrechliche Blau eines Sommerhimmels. »Wenn ich nah genug dran bin, wird sie mir gute Dienste leisten. Ich möchte kein Werkzeug wie das von Gunther. Es ist nicht elegant.«

Darin musste er ihr zustimmen. Der Rückschlag einer spanischen *Star Ten* würde sie nach hinten überfallen lassen. Er reichte ihr die Lady Colt, trat zurück und beobachtete sie dabei, wie sie sechs Kugeln direkt durch das Herz der Attrappe schoss.

Mit leuchtenden Augen wandte sie sich zu ihm um, zog ihren Ohrschutz herunter und meinte neckend: »Ich musste sie noch nicht einmal streicheln.«

»Nein.« Er zog sie zu sich heran. »Ich bin der Einzige, den du streichelst.«

Doch trotz seiner Worte benahm er sich ihr gegenüber nicht wie sonst. Normalerweise hätte sie jetzt bereits auf dem Rücken gelegen. Sie trat zurück und legte ihre Lady Colt auf dem Tresen ab. »Wie mag es wohl deiner Tochter gehen?«

Er schüttelte den Kopf. »Ich habe gerade Buzz Carmen in Denver angerufen. Er meinte, die Polizei führe sich wie Idioten auf, man sei erbost darüber, dass Molly ihre eigene Tochter in Sicherheit gebracht hat. Sie versuchen sie und den Mann in ihrer Begleitung aufzustöbern. Molly ist Amateurin, Buzz und seine Leute sind es nicht. Sie werden sie finden. Er gab zu, nicht gewusst zu haben, dass sie Denver verlassen hatte. Er meinte, sie hätten sich etwas zurückgehalten, weil die Polizei sie belästigt habe.«

»Außer denjenigen, die das gemacht haben, hat sie niemand gefunden. Vielleicht ist sie in den Händen der Verbrecher, Mason. Das solltest du auch in Erwägung ziehen.«

»Molly ist schlau. Sie ist vielleicht kein Profi, aber schlau ist sie.«

»Ich dachte, sie würde deiner Frau ähneln.«

Er sah sie an, dann lachte er. »Alicia? Im Gegensatz zu meiner ersten Frau betrachtet sich Molly als hässliches Entlein. Nein, Molly macht vielleicht nicht viel her, aber sie ist schlau.« Er runzelte die Stirn. »In dieser Hinsicht ähnelt sie offenbar mir. Wenn sie doch nur einsehen würde, dass sie meine Hilfe braucht, und hierherkommen würde. Sie weiß, dass ich sie und Emma beschützen kann.«

»Ich möchte wetten, dieser Typ an ihrer Seite bestimmt, wo es langgeht. Meinst du nicht?«

»Ich weiß noch nicht einmal, wer er ist.« Er nahm ihren Arm. »Komm, lass uns einen von Miles' Margaritas kosten.«

Als sie am ersten dieser köstlichen Margaritas nippten, trat Miles ins Zimmer. »Sir, Molly ist angekommen. Emma ist auch mit dabei und noch ein Mann, den ich nicht kenne.«

»Das hat aber lange gedauert«, meinte Lord Mason und erhob sich langsam. Er setzte sein Glas auf dem Marmortisch ab. Miles verließ den Raum. Dann hörte er eine Kinderstimme, leise und hoch, nicht ängstlich, aber doch vorsichtig.

»Das ist aber ein sehr großes Haus hier, Miles.«

»Ja, Emma, das ist es.«

»Es ist sogar noch größer als das, was wir mit Papa zusammen hatten. Diese Decke hier ist so hoch.«

Wenig später standen die drei in der offenen Tür. Miles stand mit fragendem Blick hinter ihnen. »Ist schon gut, Miles. Wenn wir Sie benötigen, rufe ich Sie.«

Seine Tochter wandte sich um und legte Miles die Hand auf den Arm. »Kann Emma ein Glas Wasser bekommen, bitte?«

Miles schaute auf das kleine Mädchen herab, das nun sehr dicht neben seiner Mutter stand und deren Hand von dem

Mann neben ihr gehalten wurde. »Wie wäre es mit Limonade?«

»Au ja, Herr Miles, das wäre toll.«

Die drei wandten sich Mason Lord zu. Es war drei Jahre her, seit er Molly und ihre Tochter gesehen hatte. Das kleine Mädchen war das Ebenbild von Alicia, doch die dunkelbraunen Haare hatte sie von ihrem Vater, diesem widerwärtigen, zwergenhaften Ekel, der ihn immer an Mick Jagger in jungen Jahren erinnerte. Sie war jetzt sechs Jahre alt, groß und dünn und besaß jene alabasterweiße Haut, die anscheinend nur Kinder haben können. Als Erwachsene würde sie mindestens so schön wie Alicia werden.

Es war sein Wunsch gewesen, dass Molly zu ihm kommen würde. Er hatte ihr gesagt, sie solle kommen. Aber jetzt, nachdem sie mit ihrem Kind und einem Mann, wer auch immer er sein mochte, hier aufgetaucht war, wusste er nicht, wie er reagieren sollte. Was sollte er sagen? Drei Jahre. Es war eine lange Zeit gewesen, und sie war es gewesen, die auf Abstand zwischen ihnen bestanden hatte. Jetzt hatte sich die Lage jedoch verändert, unwiderruflich verändert.

»Hallo, Molly.«

»Hallo, Papa. Du siehst gut aus.« Sie blickte an ihm vorbei auf Eve, die elegant wie ein Pariser Fotomodell auf einem mit gelbem Brokat bezogenen Zweiersofa saß. Sie trug enge schwarze Jeans und eine weiße Bluse, die sie über ihrem flachen Bauch zum Knoten gebunden hatte. »Hallo, Eve. Das ist doch richtig, Eve? Vor langer Zeit haben wir einmal am Telefon miteinander gesprochen.«

»Ja, ich erinnere mich. Wie schön, dich endlich persönlich hier bei uns zu haben. Du bist doch Molly, nehme ich an?«

»Ja. Papa, Eve, dies ist Ramsey Hunt. Er hat Emma gerettet. Dann bin ich dazugestoßen. Es sind ungefähr fünf Männer hinter uns her, und sie sind sehr gut im Verfolgen. Ich weiß nicht, weswegen sie uns verfolgen, ich wollte es dich nur sofort wissen lassen.«

Der Mann räusperte sich. »Wir haben uns entschieden, hierher zu kommen, Herr Lord, weil die Verfolger in der Zwischenzeit meine Identität herausgefunden haben. Wir hätten Emmas Sicherheit nicht weiter gewährleisten können. Unsere Verfolger sind gut, sehr gut sogar. Unserer Meinung nach ist Emma in Ihrer Obhut sicherer als in der der Polizei.«

Mason Lord kam auf den Mann zu und streckte ihm die Hand entgegen. »Es ist mir eine Ehre und ein Vergnügen, Sie kennen zu lernen, Richter Hunt.«

Ramsey schüttelte ihm die Hand. »Danke. Wir glauben, dass Sie Emma am besten schützen können.«

»Ich hatte keine Sekunde lang angenommen, dass Sie mir einen Besuch abstatten wollten, Richter Hunt. O ja, ich weiß, wer Sie sind. Sie sind ein berühmter Mann. Es ist eine richtige Überraschung, dass Sie derjenige waren, der Emma gefunden hat.«

Molly starrte die beiden nur an, äußerlich so höflich und gesittet. Doch sie spürte, dass die beiden einander abtasteten und sich eine Meinung von ihrem Gegenüber bildeten. Sie drückte Emma dichter an sich. Sie hatte nicht hierherkommen wollen, sie hatte ihre Tochter ihrem Vater nicht aussetzen wollen. Aber es war momentan der sicherste Ort für Emma.

Mason Lord würde niemandem gestatten, Hand an seine Enkelin zu legen, auch wenn er sie das letzte Mal als Kleinkind gesehen hatte. Nein, Emma war von seinem Blut. Er würde sie bis zur letzten Waffe seines Arsenals beschützen.

Ihr Vater bemerkte mit weicher, tiefer Stimme: »Sie haben Molly und ihre Tochter gerettet. Ich danke Ihnen. Sie haben sie hierher nach Hause gebracht, als sie sich weigerte. Sie alle werden hier in Sicherheit sein. Niemand, ob nun die Polizei oder sonst irgendjemand, wird auch nur in Emmas Nähe kommen.«

»Danke«, sagte Ramsey. Er drückte Emmas Hand, dann wandte er sich an den Schurken, dem sie alle ihr Leben anvertrauten: »Um der Wahrheit zu genügen hat Emma sich selbst gerettet. Sie ist dem Mann entschlüpft und in den Wald gerannt. Dort habe ich sie gefunden und sie in meine Hütte gebracht. Ein paar Tage später spürte uns Molly auf.« Ramsey blickte kurz auf Emma herab, die einen riesigen Nashornkopf mit Stoßzähnen, der auf dem Kaminsims stand, mit offenem Mund anstarrte. Sie zupfte an seiner Hand. Er drückte sie, betrachtete das Nashorn und meinte: »Womit sie wohl die Stoßzähne poliert haben? Was meinst du, Emma?«

Sie drückte seine Hand noch fester. »Wasser und Seife«, erwiderte sie. »Mama sagt immer, Wasser und Seife sind am besten.«

Mason sagte: »Ich rufe Buzz in Colorado an, damit er hierher zurückkehrt.«

»Eine gute Idee. Ich könnte mir gut vorstellen, dass unsere Verfolger uns bereits bis zum Flughafen nachgespürt haben. Wir mussten unsere Ausweise zeigen. Irgendjemand wird sich zweifellos erinnern, obwohl Molly sich ein einzelnes Ticket gekauft hat und ich Emma auf mein Ticket mitgenommen habe. Die Männer werden bestimmt schon bald hier sein.«

»Sind Sie mit dem Taxi vom Flughafen gekommen?«

»Ja, bis in die Innenstadt zur Michigan Avenue. Emma brauchte etwas zum Anziehen, Molly und ich ebenfalls. Wir sahen nicht gerade sehr repräsentativ aus. Dann haben wir ein zweites Taxi bis zur Jefferson-Polizeistation genommen, sind dort hineingegangen und haben mit den Beamten über irgendetwas Belangloses gesprochen, ehe wir in ein drittes Taxi hierher gestiegen sind. Aber sie werden uns finden, davon bin ich überzeugt. Sie wissen vermutlich jetzt schon, dass wir bei Ihnen sind. Wie gesagt, die Leute sind wirklich gut. Molly und ich sind davon überzeugt, dass sie eine Organisation im Rücken haben müssen.«

Mason Lord nickte. »Das war ein kluger Schachzug von Ihnen, die Polizeiwache aufzusuchen. Es wird denen zu denken geben. Bitte, setzen wir uns doch alle. Was die Organisation im Hintergrund betrifft, darüber reden wir später. Ach, hier kommt Miles mit der Limonade.«

»Ich habe ausreichend Limonade für alle mitgebracht.«

»Danke, Miles«, erwiderte Molly.

»Und die Schokoladentorte, die ich heute früh gebacken habe.« Er blickte Emma an, während er ihr einschenkte. »Magst du Schokoladentorte?«

»Aber ja, Herr Miles. Meine Lieblingsspeise.«

Ramsey lachte. »Seien Sie vorsichtig, sonst isst sie noch den ganzen Kuchen auf. Sie hat schon seit geraumer Zeit keine Süßigkeiten mehr bekommen.«

Miles fuhr lächelnd durch Emmas Haar, obschon Mason die Stirn runzelte. Er beobachtete, wie seine Tochter die Hände des Kindes an einem der kleinen, feuchten Handtücher abwischte, die Miles hereingebracht hatte. Woher hatte er das? Er glich einer dieser freundlich lächelnden Flugbegleiterinnen. Mason Lord schwieg, bis alle die Limonade getrunken und von Miles' Schokoladentorte gekostet hatten. Er hatte von keiner Torte gewusst. Er liebte Schokoladentorte, aber Miles hatte ihm keine angeboten, weder nach dem Mittagessen noch jetzt. Er hatte eine kalorienreduzierte, fettarme Cremespeise gestern Abend zum Nachtisch serviert bekommen, die noch nicht einmal sonderlich gut geschmeckt hatte. Er blickte auf seine wunderschöne Frau. Sie beachtete die Torte nicht. Sie betrachtete Molly. Ihre Gesichtszüge waren vollkommen ruhig, ganz und gar ausdruckslos. Was dachte sie?

Ramsey Hunt war breit, groß und sehr gut gebaut, aber das stand ja zu erwarten nach dem, was er in seinem eigenen Gerichtssaal getan hatte. Offenbar ging er ins Fitness-Studio, kümmerte sich um seine Figur und machte den Eindruck von jemandem, der mit jeder Schwierigkeit fertig wurde, die sich ihm in den Weg stellte. Mason fand ihn gut aussehend, mit regelmäßigen Gesichtszügen, dunklem Teint und grünen Augen, die eigentlich gegen eine italienische Abstammung sprachen. Aber wer konnte das in Amerika schon sagen? Alle waren Mischlinge, er selbst eingeschlossen. Immerhin besaß er überwiegend gutes irisches Blut. Seine schöne Eve war schwedisch, jeder wunderschöne blonde Zentimeter von ihr. Sie hatte ihm Geschichten erzählt, dass ihr Vater sich in eine deutsche Herzogin verliebt, sie jedoch nicht geheiratet hatte. Zu viel pedantische Kontrollgene, hatte er gemeint. Nein, Eve war rein skandinavisch. Diesmal hatte er eine gute Wahl getroffen.

Erneut musterte er den Mann, der ihm gegenüber saß. Richter Hunt vom neunten Bundesgericht – wer hätte sich vorstellen können, dass er derjenige sein würde, der Emma gefunden hatte?

Was sprach dagegen, dass dieser Mann Mollys Tochter gefunden und sie gerettet hatte? Er räusperte sich. »Richter Hunt, Sie sagten, Sie hätten Emma im Wald gefunden. Ist sie denn freiwillig mit Ihnen in Ihre Hütte gekommen?«

»Sie war bewusstlos.« Er bemerkte, dass Emma zu essen aufgehört hatte. Ihre Ohren waren weit aufgesperrt. Beiläufig fuhr er fort: »Ich kann Ihnen das alles einmal erzählen, wenn wir uns hier eingerichtet haben, in Ordnung?«

»Also gut. Miles, zeige ihnen drei Zimmer«, erwiderte Mason Lord.

»Emma und ich schlafen in einem Zimmer, Papa.«

»Also gut, dann zwei Zimmer.«

Ramsey wandte sich Molly zu und sagte leise: »Dein Vater möchte mir ein paar Fragen stellen. Nimmst du Emma bitte mit nach oben?«

Sie wollte nicht gehen, das spürte er. »Bitte, Molly, geh jetzt. Ich werde deinen Vater aufklären.«

»Nein«, meinte sie. »Emma ist meine Tochter. Und du wirst mich nicht in die Küche zum Teekochen schicken.«

Er verstand sie. An Mason Lord gewandt, sagte er: »Lassen Sie uns die Sache auf später verschieben. Molly und ich werden unsere Koffer auspacken. Wenn Emma gerne bei Miles bleiben will, suchen wir Sie so schnell es geht auf.«

Mason Lord wandte sich an seine Tochter. »Was ist nur los mit dir? Geh und bring dein Kind nach oben. Ich möchte mit ihm sprechen. Du hattest mit dieser Sache ohnehin nicht sonderlich viel zu tun. Ich möchte ihm dafür danken, dass er dich gerettet und dich hierher gebracht hat. Du hast ein Spatzenhirn. Jetzt bring dein Kind nach oben. Richter Hunt und ich möchten miteinander reden.«

Molly erhob sich. Sie zitterte. Merkwürdig, dachte sie, dass er sie so schnell und einfach auf die Palme bringen konnte. Nur dass sie dieses Mal nicht die Segel streichen und sich aus dem Staub machen würde. Sie kämpfte gegen das Bedürfnis an, ihren Kopf hängen zu lassen und den Blick wie ein geschlagener Hund auf die Füße zu senken. Sie hatte zu viel durchgemacht, als dass sie jemals wieder jemandem diese Macht über sich einräumen würde. Aber sie musste ganz ruhig bleiben. Er durfte nicht merken, wie sehr sie darum bemüht war, ihn nicht spüren zu lassen, welchen Einfluss er immer noch auf sie hatte und wie sehr sie gegen diesen Einfluss ankämpfte.

»Ich verstehe«, sagte sie ruhig und ihm das Wort abschneidend, denn er hätte noch weiter geredet, dessen war sie sich sicher. Sie fasste Emmas Schulter. »Emma, mein Liebling, bist du satt? Dann lass mich dir den Mund abwischen. Und jetzt verlassen wir dieses Haus. Wie es sich eben herausgestellt hat, haben wir hier lediglich einen kurzen Besuch abgestattet. Komm schon, Emma.« Sie lächelte Ramsey an. »Kommst du?«

»Aber natürlich«, erwiderte er. Er nickte Miles zu. »Vielen Dank für Torte und Limonade. Beides war köstlich.«

»So redest du nicht mit mir, Molly.«

»Ich rede überhaupt nicht mit dir. Auf Wiedersehen, Papa. Es war mir ein Vergnügen, dich endlich persönlich kennen zu lernen, Eve. Du bist eine hinreißende Stiefmutter.«

»Schluss jetzt damit. Was bildest du dir eigentlich ein? Wohin willst du denn gehen?«, knurrte Mason Lord. Während ihrer Jugend hatte er unzählige Male diesen harten Tonfall angeschlagen. Sie wandte sich um und sagte freundlich: »Wir gehen jetzt, Papa. Es ist nur zu offenkundig, dass nur einer von uns hier wirklich willkommen ist und dass es sich bei demjenigen weder um deine Tochter noch um deine Enkelin handelt.«

»Verflucht noch mal, ich will nur wissen, was passiert ist und wie seine Pläne aussehen.«

»Was auch passiert ist und welche Pläne wir auch gemacht haben, wir haben es gemeinsam getan. Tut mir Leid, Papa, aber nur weil ihr Männer seid, heißt das noch lange nicht, dass ihr mich herumkommandieren könnt.«

»Wenn kein Mann dagewesen wäre, würde dich Louey heute noch zu Tode prügeln.«

Molly war sich im Klaren darüber, dass Emma das gehört hatte. »Genug jetzt«, sagte sie so ruhig wie möglich. »Lass es gut sein.«

Mason beobachtete, wie das kleine Mädchen sich offenbar verwirrt umdrehte und ihn anstarrte. Er sah, dass sie es jetzt noch nicht begriff, es aber schon bald tun würde. Er bemerkte, wie sie ihrer beider Hände umklammerte. Hatte Molly sich jetzt schon Ramsey Hunt als Liebhaber geangelt? Trotz der Anwesenheit ihrer Tochter?

An Richter Hunt gewandt, bemerkte er: »Verflucht, kommen Sie zurück. Unter gar keinen Umständen verlassen Sie mein Haus und nehmen die beiden mit. Abgesehen davon sind angesichts Ihres Bekanntheitsgrades Ihre Chancen, hier unerkannt wegzukommen, praktisch null.«

Plötzlich erhob sich Eve aus ihrem Sessel. Sie lächelte sie alle gleichermaßen freundlich an und sagte mit der einnehmenden Stimme einer Gastgeberin: »Wie wäre es mit noch etwas Limonade? Danach fühlen wir uns alle gleich viel wohler.«

Es war ein langer Tag gewesen, ein viel zu langer Tag ohne Ingrid. Louey Santera rieb sich den schmerzenden Nacken.

Sein Auftritt hatte ihn beflügelt, den Applaus der Menge hatte er immer noch im Ohr. Doch wie gewohnt fiel er, nachdem alles vorbei war, in ein tiefes Loch. Er brauchte unbedingt Ingrids Hände auf seinem Körper.

Doch er hatte Ingrid den Tag freigegeben. Sie war bei ihren Eltern in Frankfurt. Vielleicht würde eines der Groupiemädchen ihn massieren wollen. Er öffnete die Tür.

»Alenon! Hierher!«

Ein hagerer junger Mann mit Pickeln und strähnigem blondem Haar steckte den Kopf um die Ecke. »Ja bitte, Chef?« Selbst seine Stimme war piepsig und ohne jede Tiefe.

»Hol mir eines von den Mädchen, eine, die was davon versteht, wie man mir Nacken und Schultern massiert.«

In fünf Minuten kam Alenon mit einer kleinen Schwarzhaarigen zurück, die nicht älter als sechzehn sein konnte. Sie wirkte wie ein Kind. Gehörte sie zu den Groupies, die ihm wie eine Horde Welpen hinterherreisten? Er hatte sie noch nie gesehen.

»Das ist Karolina, Chef. Sie behauptet, ihre Mutter sei Masseuse und sie kenne sich aus.«

Louey blickte dem Mädchen in die Augen. Sie mochte zwar sechzehn Jahre alt sein, besaß aber noch keine sechzehn Jahre Lebenserfahrung. Er nickte. »Hallo, Karolina. Kannst du mir helfen?«

In ausgezeichnetem Englisch antwortete sie: »Es ist mir ein Vergnügen, Ihnen zu helfen, Herr Santera. Wie geht es Ihrer Tochter? In der Zeitung habe ich gelesen, sie sei entführt worden.«

Was ging hier vor? »In welcher Zeitung?«, erkundigte sich Louey Santera.

»In der *Berliner Zeitung*, in einem Artikel über Sie. Ganz am Schluss war ein Satz, dass Ihre Tochter entführt worden ist. Die Reporterin schrieb, es sei irgendwo im Wilden Westen von Amerika passiert. Das tut mir sehr Leid.«

Wie hatte die Reporterin davon Wind bekommen? Sie hatte doch nicht ihm zuhören und sich Notizen machen können, während sie ihre Beine um ihn geschlungen hatte. Da war einfach keine Zeit gewesen, so etwas herauszufinden. Er hatte zwar etwas von Emma gemurmelt, aber noch nicht einmal einen vollständigen Satz. Sie musste in Denver angerufen haben. Er wandte sich Karolina zu. »Du sprichst ein besseres Englisch als diese Reporterin.«

»Meine Mutter ist Amerikanerin.«

»Ach so«, erwiderte Louey und rieb sich den Nacken. Er beobachtete, wie Karolina sehr kompetent die Massagebank mit einem weichen Flanell-Laken abdeckte. Sie trat zurück. Louey lächelte. Langsam zog er sich aus. Sie sagte kein Wort. Als er sich die Boxershorts herunterzog, trat sie vor und hielt ihm ein großes Handtuch hin.

Während sie ihm die Füße massierte, fragte sie: »Ich bin Mitglied im Al-Anon. Das ist eine Selbsthilfegruppe für Kinder von Alkoholikern. Warum rufen Sie Rudy mit diesem Namen?«

Rudy. War das der Name des Jungen? In der Bauchlage zuckte er nur leicht mit den Schultern. »Weil es mich belustigt.«

»Verstehe«, erwiderte Karolina und trat um den Tisch herum. Er fühlte, wie sich ihre Hände in seine Schultern gruben, und schloss die Augen.

Es war die beste Massage seines Lebens. Als er zwei Stun den später erwachte, war Karolina verschwunden.

Alenon stand da und beobachtete ihn. Wie lange schon? Hatte er geschnarcht? War ihm die Spucke aus dem Mund gelaufen? »Was willst du?«

»Ich habe eine Nachricht von einem Herrn Lord für Sie.«

»Nicht doch«, brummte Louey, richtete sich auf und zog das Laken bis zur Taille hoch. »Wann hat er angerufen? Was wollte er?«

»Es war jemand, der im Auftrag von Herrn Lord angerufen hat. Er sagte, er müsse nicht mit Ihnen persönlich sprechen. Er ließ ausrichten, dass Ihre Tochter wieder in Sicherheit ist, dass sie bei Herrn Lord zu Hause ist. Mehr nicht.«

Rudy Brinker beobachtete, wie einer der begabtesten Männer der Welt seinen Kopf auf die Hände sinken ließ. Er machte einen traurigen, gebrochenen Eindruck. Doch seine Stimme, als er zu sprechen ansetzte, war gemein. Rudy hörte seinem Fluchen kurz zu, dann verließ er leise das Zimmer. Er lief den Flur entlang zu Herrn Murdocks Zimmer und klopfte zweimal.

Der hässlichste Mann, den Rudy jemals gesehen hatte, öffnete die Tür.

14

Mason Lord ließ den tief goldenen Brandy in seinem Waterford-Glas kreisen und beobachtete, wie die Flüssigkeit das Glas leicht überzog. Dieser Brandy war vorzüglich, umhüllte beim Schlucken sowohl die Zunge als auch den Gaumen. Er genehmigte sich ein Glas am Tag, nach dem Abendessen.

Eve saß auf dem Sofa und sah fern. Es musste eine dieser vollkommen schwachsinnigen Gameshows sein, etwas Ähnliches wie Glücksrad, nur noch schlimmer. Doch obwohl er schon vor seiner Heirat nichts als Verachtung für ihren Geschmack empfunden hatte, verspürte er für ihren Körper nichts als Lust. Und in seiner Vorstellungswelt konnte Verachtung noch nicht einmal ansatzweise mit Lust konkurrieren.

Sie blickte auf. Offenbar lief eine Werbeunterbrechung. »Was wirst du mit ihnen anstellen, Mason?«

Er nippte an dem letzten Rest seines Brandys, setzte behutsam das Glas auf den Sofatisch und sagte bedächtig: »Ich wollte, dass sie hierherkommt. Du hast selbst gehört, wie ich Molly während unseres Telefonats gesagt habe, sie soll hierherkommen.«

»Richtig, und sie ist deinem Rat gefolgt.«

»Aber sie hat es nicht aus freien Stücken getan. Es war der Mann. Es war Ramsey Hunt.«

Er blickte auf seine goldene Rolex. »Er meinte, er wolle mit mir reden. Miles hat ihm ausrichten lassen, er möge ohne Molly kommen.«

»Wann hat er das gesagt?«

»Miles hat ihm ausgerichtet, wie er sich verhalten muss, wenn er meinen Schutz genießen will. Er wird meinem Wunsch Folge leisten. Er weiß selbst, dass er mich braucht.« Er ließ seine langen Finger durch die Haare gleiten. Eve starrte ihn an. Das hatte sie ihn noch niemals tun sehen. »Was ist los?«

»Ich muss sie besser in den Griff bekommen. Die Art und Weise, wie sie mit mir geredet hat! Ich hätte sie fast geschlagen, Eve.«

»Du hast es aber nicht getan. Als sie drohte zu gehen, hast du einen Rückzieher gemacht und das gesagt, was sie hören wollte – dass du nämlich sowohl von ihr als auch von diesem Ramsey Hunt hören wolltest, wie sie sich die Sache vorstellen.« Eve schwieg einen Moment. Das Fernsehprogramm lief wieder. Dann sagte sie: »Du hast ihr geschmeichelt, und sie ist darauf hereingefallen. Du hast sie in den Griff bekommen, Mason.«

»Nein«, entgegnete er. »Auf gar nichts ist sie hereingefallen. Sie hat panische Angst um ihre Tochter. Sie würde einen Pakt mit dem Teufel schließen, wenn das ihre Tochter schützen würde. Und zwar selbst dann, wenn ich der Teufel bin.« Er wusste genau, dass sie verschwunden wäre, wenn er keinen Rückzieher gemacht hätte. Und der Mann hätte sie begleitet. Sie schlief offenbar mit ihm. Dass sie ihn schon dermaßen unter dem Pantoffel hatte! Er musterte kurz seine Frau. Sie hatte sich erneut ihrer Gameshow zugewandt. Er ging auf die Tür des großräumigen Wohnzimmers zu und öffnete leise die wunderschönen, raumhohen Fenster, die den

Blick auf einen sehr hübschen englischen Garten freigaben. Die Luft war mild und duftete nach Hyazinthen, Rosen und nach Jasmin. Die Jasminsträucher hatte er selbst ausgesucht. Kein Geräusch störte die Stille. Nur sehr wenige Menschen wussten, dass sich mindestens ein halbes Dutzend Leute rund um das Haus herum auf ihren Wachposten befanden. Als Molly, Emma und Ramsey Hunt angekommen waren, hatte er seine Mannschaft noch um mehrere Personen verstärkt. Er wandte sich um und sah, wie Miles durch den Flur hindurch auf ihn zukam.

»Emma hat die von mir zubereiteten Spaghetti sehr gern gegessen«, bemerkte er. »Die Pasta hatte die Form von kleinen *Jurassic Park* Dinos.«

Mason Lord konnte den Mann nur wortlos anglotzen, der zweiundzwanzig Jahre lang nur ihm und ihm allein die Treue gehalten hatte. Er hatte hier angefangen, als Molly noch ein kleines Mädchen gewesen war, doch hatte er ihr niemals viel Aufmerksamkeit geschenkt. Warum also Emma? Sicher, sie war sehr hübsch und Alicias Ebenbild. Doch das hatte nichts zu bedeuten, denn Alicia hatte er auch niemals beachtet.

Er sah, wie Ramsey Hunt die breite Treppe zu seiner Rechten herunterkam. Er trug schwarze Hosen und ein weißes Hemd. Kein Schlips, aber das war ihm nachzusehen, denn schließlich waren die beiden auf der Flucht gewesen. Er wandte sich ihm zu und sagte: »Haben Sie mit Molly gesprochen?«

»Ja.«

»Haben Sie ihr gesagt, wie sie sich in meinem Haus zu benehmen hat?«

Ramsey wäre angesichts der schweren Geschütze, die Mason Lord aufführte, am liebsten in Lachen ausgebrochen. Er lächelte jedoch lediglich. »Sie weiß genau, was zu tun ist. Miles sagte, Sie wollten mit mir sprechen?«

»Ja, aber nur mit Ihnen, nicht mit Molly. Sie versteht weder etwas von Geschäften noch von strategischem Vorgehen.«

»Eben gerade habe ich Molly noch im Schlafzimmer gesehen, wo sie Emma eine Lesestunde erteilte. Das Kind ist wirklich sehr intelligent.«

»Ich habe im Alter von fünf Jahren *Moby Dick* gelesen.«

»Wie ich mir habe erzählen lassen, konnte auch Molly schon sehr früh lesen. Das ist wirklich bemerkenswert.«

Das hatte Mason ganz vergessen. Er nickte. »Kommen Sie mit in mein Arbeitszimmer. Dort ist es ruhiger.« Er schloss die Eichentüren und damit auch die widerlichen Geräusche der Gameshow im Wohnzimmer aus, all diese ungebildeten, lauthals brüllenden Stimmen.

Ohne weitere Einleitung sagte Ramsey: »Wie ich gehört habe, sind Sie, als Sie davon hörten, dass Louey Santera Molly schlägt, unverzüglich zu ihnen hingeflogen. Das finde ich bewundernswert.«

Mason starrte den großen Mann an, der jetzt ganz entspannt und mit offenem, fast schon bewunderndem Gesichtsausdruck vor seinem Schreibtisch stand.

Nur wegen Loueys Benehmen war er nach Denver geflogen. »Ich hätte es nicht geduldet, dass diese miese Ratte einen der Meinen verletzt.«

Das war Mason Lords Grundsatz, dachte Ramsey erleichtert und zufrieden. »Selbstverständlich empfinden Sie Emma gegenüber genauso. Sie ist auch eine der Ihren. Wer, glauben Sie, steckt hinter der Sache?«

»Es ist eine Entführung. Louey ist reich. Vielleicht nicht mehr so reich wie vor der Scheidung von meiner Tochter, aber doch immer noch sehr gut betucht. Seine Europatourneen bringen ihm buchstäblich Millionen, diesem elenden kleinen Hund.«

»Nein, es handelt sich hier nicht nur um eine Entführung. Ich habe Ihnen schon gesagt, dass eine Menge Männer hinter uns her waren. Wie viele Leute bräuchte man, um eine derartige Verfolgungsjagd aufzustellen? Vielleicht noch zwei mehr, und alles Profis. Nein, eine Entführung ist das nicht,

Sir. Hier handelt es sich um etwas anderes. Darauf schließe ich jede Wette ab.« Ramsey schwieg einen Moment, dann fuhr er fort: »Es tut mir Leid, Ihnen das sagen zu müssen, aber Sie wissen noch nicht, dass Emma in der Waldhütte ganz weit oben in den Rockies sexuell missbraucht und geschlagen wurde. Das ist noch etwas, worum wir uns kümmern müssen. Emma muss einen Arzt und einen Kinderpsychologen sehen. Sie hat Alpträume. Weder Molly noch ich haben mit ihr darüber geredet, weil wir befürchten, dadurch alles nur noch schlimmer zu machen.«

Mason Lord erblasste. Einen Augenblick lang befürchtete Ramsey, dass er sich übergeben müsste – oder aber dass ihm die Hutschnur platzen würde. Weder das eine noch das andere geschah. Langsam kehrte seine Gesichtsfarbe zurück, und er atmete wieder langsam und ruhig.

Er blickte Ramsey in die Augen und sagte: »Die Mistkerle haben gerade ihr eigenes Todesurteil unterschrieben.«

»Ich sollte nicht so empfinden, aber ich denke in diesem Fall ganz ähnlich.«

»Sie sollen das Recht hoch halten und die geschätzten Gesetze, die Abschaum dieser Art auch noch schützen.«

»Richtig«, erwiderte Ramsey. »Ich bin dazu angehalten, die Rechte von Abschaum aller Art sicherzustellen.«

Mason Lord blickte ihn scharf an, doch Ramseys Gesichtsausdruck änderte sich nicht. »So gerne ich es auch ignorieren möchte, haben Sie wohl Recht – vermutlich besteht tatsächlich irgendein Zusammenhang entweder mit mir oder mit Louey. Darüber werde ich nachdenken. Ich habe bereits mit Buzz Carmen über die Möglichkeit gesprochen, dass ein paar meiner Widersacher hinter dieser Angelegenheit stecken könnten. Wir werden sehen.«

»Ich möchte Molly und Emma gern bei Ihnen zurücklassen. Hier weiß ich wenigstens, dass sie wirklich sicher sind.«

»Und was werden Sie dann tun, was ich nicht auch tun könnte?«

»In Colorado waren Ihre Leute nicht sonderlich erfolgreich. Meine Möglichkeiten sind umfassender.«

»Was sind denn Ihre Möglichkeiten? Doch nicht mehr als ein Haufen Polizisten und Anwälte in San Francisco.«

Ramsey schüttelte den Kopf. »Sie würden dem ohnehin nicht zustimmen, also behalte ich meine Information für mich.«

Mason Lord spürte, wie ihm das Blut ins Gesicht schoss. Er erhob sich langsam und legte die Handflächen auf die blank polierte Mahagoniplatte seines Schreibtischs. Es blieb ihm jedoch keine Zeit, etwas zu sagen. Die Tür ging auf, und seine Tochter trat ein. Lächelnd wandte sie sich an ihren Vater: »Habe ich viel verpasst? Tut mir Leid, dass ich mich verspätet habe, aber Emma war noch nicht ganz bettfertig. Es stimmt halt tatsächlich, dass die Arbeit einer Mutter nie zu Ende ist. Und nun erzählt mir, was ihr denkt, und dann erzähle ich euch, was ich davon halte.«

Ramsey zwinkerte Mason Lord zu. »Vielleicht sollten wir uns darauf einlassen, Sir. Sie besitzt eine beachtenswerte Intelligenz. Es wäre dumm, diese nicht zu nutzen. Sie hätten sie einmal sehen sollen, wie sie das Fluchtauto gefahren hat.«

Mason Lord hörte die einfallslose Musik der Gameshow. Das hätte eigentlich nicht sein sollen, denn sein Arbeitszimmer war gegen Schall isoliert. Hatte sie die Lautstärke aufgedreht? Er musterte das Gesicht seiner Tochter. »Geh jetzt und kümmere dich um deine Tochter.«

»Deine Enkelin ist einfach wunderbar. Sie ist bei Miles. Lass uns jetzt reden.«

»Geh und sieh dir mit Eve zusammen die Gameshow an.«

»Ich kenne Eve nicht. Und ich mag keine Gameshows. Um ehrlich zu sein, beides steht auf der Liste meiner derzeitigen Prioritäten nicht gerade an oberster Stelle.«

Er hätte sie am liebsten übers Knie gelegt, denn dies war sein Zuhause, und hier hatte er das Sagen. Dann bemerkte er ihren Blick, voller Schmerz und Trotz und Willenskraft.

»Nun, was soll's«, sagte er.

Ramsey Hunt lächelte ihn an und nickte. Er musste Molly sagen, dass er sie und Emma hier zurücklassen wollte. Das hatte er bisher vermieden. Ob sie ihm das durchgehen lassen würde? Aber er musste einfach etwas tun.

Molly lächelte ihn an und strich ihm über den Arm. »Den Gedanken brauchst du noch nicht einmal in den Kopf zu nehmen«, sagte sie. »Ich habe das Gespräch mit Papa zum Teil mitgekriegt. Nein, Ramsey, unter gar keinen Umständen werde ich dich auf eigene Faust dort hinausgehen lassen.«

Ramsey sah Mason Lord an. »Nun, was soll's«, sagte er.

Dillon Savich wandte sich an Agent Sherlock, die seit sechs Monaten, zwei Wochen und drei Tagen seine Frau war. »Diese ganze Sache macht einfach keinen Sinn. Ich habe schon verschiedene Vorschläge an MAX gerichtet, doch er scheint daraus auch nicht schlau zu werden.«

MAX war Dillons Laptop und Partner, als diesen jedenfalls bezeichnete er ihn. Dillons Ruf im FBI war der, dass er einen Laptop tanzen lassen konnte, und das konnte er tatsächlich. Sherlock streichelte die Tasche von MAX. »Du hast viele Vermutungen, aber nur wenige Fakten. Leider gefallen MAX nur beinharte Fakten und nicht diese schwammigen Mutmaßungen.«

»Stimmt das, MAX?« Savich drückte eine Taste seines Laptops. Eine tiefe Stimme sagte: »Das ist richtig, Boss.«

Sherlock lachte. »Ich habe mich immer noch nicht an diese Stimme gewöhnt. Du bist irgendwo krank, Dillon. Wenn MAX eine Geschlechtsumwandlung macht und dann MAXINE heißt, musst du unbedingt auch seine Stimme ändern.«

»Möchtest du dafür vorsprechen?«

»Findest du, dass ich für eine MAXINE der geeignete Typ bin?«

Er sah ihr in die Augen und schüttelte den Kopf. »Nein, wohl nicht. Aber mach dir keine Sorgen, mir wird schon etwas einfallen, wenn die unvermeidliche Geschlechtsumwandlung stattfindet. Du solltest einmal Jimmy Maitlands Gesicht sehen, wenn ich MAX eine bereits vorfabrizierte Frage stelle. Beim ersten Mal wäre er beinahe in Ohnmacht gefallen. Jetzt beugt er sich immer vor wie ein Kind, das auf seinen Lieblingscomic wartet.« Sie hatte bereits das Gesicht ihres Chefs beobachtet, als MAX einmal gesagt hatte: »Weißt du, was, Savich, eigentlich bin ich nicht bereit, mich mit einem solchen Wirrwarr zu beschäftigen.« Maitland war aus dem Zimmer gerannt und hatte alle zusammengetrommelt, damit sie sich das anhörten.

Sie knuffte ihn leicht gegen die Schulter und sagte: »Wir müssen noch mehr Informationen sammeln. Ramsey hat dich heute Morgen von San Francisco aus angerufen. Hat er dich seitdem nochmals angerufen?«

»Nein. Aber immerhin wissen wir jetzt, wo er ist.«

»Das muss man sich einmal vor Augen führen: Ramsey Hunt, ein Bundesrichter, im Hause von Mason Lord in Oak Park. Da kann einem ja schwindelig werden.«

»Man muss sich nur einmal vor Augen führen, dass Molly seine Tochter ist. Sicherlich versetzt es Ramseys Vorstellungswelt einen Schock, dass er zu Mason Lord gehen muss. Aber immerhin wird das kleine Mädchen jetzt in Sicherheit sein. Ich habe mir sagen lassen, dass sein Zuhause wie eine Burg abgeschottet ist.« Er seufzte. »Leider muss ich zugeben, dass ich angesichts Masons Möglichkeiten Ramsey nicht dafür verdamme, seinen Schutz zu suchen. Ich habe ihn dazu überreden wollen, das FBI anzurufen, aber das wollte er nicht. Er meinte, dies sei momentan die sicherste Lösung, und damit liegt er vermutlich richtig. Außerdem möchte er das kleine Mädchen vor der Polizei schützen, wo sie von Psychologen und Polizisten verhört werden würde. Jedenfalls so lange, bis wir wissen, wer hinter dem Ganzen steckt.« Wieder seufzte Savich. »Möchtest du dir ein paar Fotos ansehen, die wir gerade über Satellit empfangen haben?«

Sie lächelte ihn an. »Ist denn irgendetwas Interessantes mit dabei?«

»Ich glaube schon.« Er drückte ein paar Tasten bei MAX, wartete ein paar Sekunden, und dann betrachteten sie gemeinsam die Fotos von Mason Lords riesigem Anwesen. Dillon drückte eine Taste, und ein anderer Blickwinkel auf das Haus erschien, diesmal von Osten aus aufgenommen. »Diese Fotos sind eben gerade hereingekommen. Ich habe sechs Männer gezählt, die das Grundstück bewachen. Und jetzt schauen wir uns den Boss einmal persönlich an.« Er drückte erneut eine Taste, und Masons schlankes, attraktives Gesicht erschien auf dem Monitor. »Gar nicht übel, nicht wahr?«

»Nein. Und wer ist das? Seine Tochter?«

»Nein, das ist seine neue Frau. Sie ist jünger als die Tochter.« Sherlock machte ein unflätiges Geräusch. Sie sahen sich noch weitere Fotos an. Schließlich drückte er eine Taste und sagte: »Das hier sind Molly Santera und Emma, ihre Tochter.«

Sherlock schwieg kurz und meinte dann: »Wir müssen mehr tun, Dillon.«

Sonderagent Dillon Savich, Leiter der Abteilung Verbrechensbekämpfung des FBI, stieß seinen Stuhl zurück, sah auf und sagte: »Und was schlägst du vor, Sherlock?«

»Zunächst einmal würde ich diesen Bauern aus Loveland, Colorado, unter die Lupe nehmen. Der, der behauptet hat, er hätte den Laster verkauft und von dem sich später herausgestellt hat, dass die Typen damit Ramsey verfolgt haben.«

Er spürte ein Kribbeln auf seinem Rücken. Er beugte sich vor und fragte, ohne sie auch nur einen Moment lang aus den Augen zu lassen: »Du glaubst also, dass der Mann weiß, wer sie sind.«

»Ja, das steht zu befürchten. Ich finde, wir sollten ihn aufsuchen, mit ihm reden, sehr ernsthaft reden. Abgesehen davon haben wir zur Zeit keine anderen Hinweise.«

»Ich stimme dir zu und bin deiner Meinung – der Bauer

weiß Bescheid. Einer der Leute aus unserem Büro in Denver könnte hinfahren und mit dem Mann reden.«

Sie schüttelte den Kopf. »Nein, Agent Anchor ist bereits mit der Sache beschäftigt. Ich möchte wetten, er hat zu seiner eigenen Befriedigung überprüft, dass der Bauer keinen Schimmer hatte, dass er seinen Wagen den Entführern verkauft hatte. Anders gesagt, er hat sich seine Meinung bereits gebildet. Ich bezweifle, dass er sie ändern wird, es sei denn, man würde es ihm wirklich unter die Nase reiben. Dem Hörensagen nach mangelt es Agent Anchor an Umgangsformen. Einerseits schmeichelt er sich im FBI die Kommandoleitung hoch, andererseits stellt er gern die örtliche Polizei bloß. Nein, einer von uns muss hingehen. Wir sind nicht auf der Seite des FBI, wir sind auf der Seite des Kindes.«

»Und das soll einen Unterschied machen?«

»Dieses Mal vielleicht schon«, meinte sie nachdenklich und strich mit den Fingern leicht über die dicken schwarzen Streifen, die als MAX' Lautsprecher dienten. Sie erinnerte sich daran, wie schallend Dillon gelacht hatte, nachdem MAX seine erste Bemerkung von sich gegeben hatte. Wenn sie sich richtig erinnerte, so hatte er gesagt: »Ein Hoch auf die Redskins.«

»Wenn es sich um eine gewöhnliche Entführung handeln würde, wäre es etwas anderes«, meinte sie. »Aber diese Sache ist ein Riesending, Dillon. Und bisher weiß niemand, was sich dahinter verbirgt und was sie erreichen wollen. Vielleicht weiß es Mason Lord. Vielleicht ist das auch einer der Gründe, weswegen Ramsey dort ist.«

»Also gut. Ich rufe in der Außenstelle an und kündige Agent Anchor unser Kommen an.« Dillon wirbelte auf seinem Drehstuhl herum, zog sein Telefonverzeichnis hervor und wählte. Der Anschluss war besetzt. »Verflucht. Wenn es nach mir ginge, wäre E-Mail für alle ein Muss, ganz gleich in welcher Abteilung, ob nun Zentrale oder Außenstelle. Vielleicht sogar für alle Menschen auf der ganzen Welt.«

Sie schüttelte den Kopf, nahm den Hörer und drückte dieselbe Zahlenkombination. Als man antwortete, fragte sie nach Agent Anchor. An Dillon gewandt, bemerkte sie: »Telefone hassen dich. Das musst du einfach akzeptieren. Überlass von jetzt an das Wählen einfach mir. Ach, guten Tag, Agent Anchor. Agent Sherlock hier aus Washington. Mir geht es gut, und Ihnen? Gut. Ich habe eine Frage zur Santera-Entführung. Ja, genau. Dieser Bauer, den Sie verhört haben, derjenige, der behauptet hat, er hätte seinen Laster verkauft, nachdem seine Frau ihn als gestohlen gemeldet hatte?« Einen Moment lang starrte sie das Telefon an, als ob es sie gebissen hätte. »Ist das Ihr Ernst?«

Sie schwieg eine Weile, nickte, dann sagte sie: »Wann? Wie? Irgendwelche Hinweise?«

Dann stellte sie noch einige Fragen, hörte eine Weile lang zu und legte langsam auf.

»Was ist passiert?« Jetzt war auch Savichs Stimme tief und angespannt.

»Du wirst es kaum glauben«, erwiderte sie. »Der Bauer ist tot. Vor drei Tagen wurde er von seiner heranwachsenden Tochter kurz nach Sonnenaufgang gefunden. Sein Kopf war mit einem Hammer zertrümmert worden. Wer auch immer es getan hat, hat den Hammer einfach neben der Leiche liegen lassen. Bisher keine Hinweise, nichts. Und natürlich keine Fingerabdrücke. Die weiteren forensischen Untersuchungsergebnisse müssen wir noch abwarten. Agent Anchor will uns anrufen, sobald er mehr weiß. Die örtliche Polizei hat ihn eben gerade erst davon unterrichtet. Die Ortsansässigen haben ausgesagt, dass sie niemand und nichts bemerkt hätten. Seine Frau sagte, er würde jeden Morgen kurz vor Sonnenaufgang in die Scheune gehen, um die Kühe zu melken.«

»Und dort hat jemand auf ihn gewartet.«

Sie sah aus dem Fenster. »Abgesehen von der Tochter, die ihn gefunden hat, hat er noch drei weitere Kinder.«

»Natürlich muss es mit der Entführung oder was auch immer es sein mag etwas zu tun haben.«

»Dieser Ansicht ist Agent Anchor, zumindest zieht er die Möglichkeit eines Zusammenhangs in Betracht. Und was machen wir jetzt, Dillon?«

Savich drückte eine Taste von MAX, dann sagte er mit rauchiger Verhörstimme, die MAX imitierte: »Wir starten voll durch, Sherlock.«

15

»Ich sage es noch einmal: Unter gar keinen Umständen wirst du allein hier herausgehen. In dieser Sache stecken wir gemeinsam drin.«

Er grinste auf sie hinunter. »Ehe wir das weiter besprechen, möchte ich dir ein Kompliment machen. Du hast dich wirklich gut gegen deinen Vater geschlagen. Du hast gegengehalten, nicht die Nerven verloren, und schließlich hat er nachgeben müssen. Ähnlich wie du ist er ziemlich ausgefuchst. Meiner Meinung nach jedoch sollte ich bald nach Denver fahren, mich persönlich einmischen und mit den örtlichen Behörden und dem FBI zusammenarbeiten. Was dich und Emma betrifft, so bleibt ihr beide hier.« Er beobachtete, wie die Angst den Glanz ihrer Augen trübte. »Ich kann schon auf mich aufpassen, Molly. Ich werde mich nicht umbringen lassen, versprochen.«

Die leere Angst wich aus ihrem Blick und machte der Wut Platz. Sie atmete mehrmals tief durch.

»Gut. Allmählich wirst du richtig gut im Manipulieren anderer. Wenn meine Mutter wirklich wütend mit meinem Vater war, hat sie mit einem Gegenstand auf ihn geworfen. Mein Vater kann heute noch schneller ausweichen als irgendjemand sonst, den ich kenne.

Ich muss mich schwer zusammenreißen, um dir nicht gegen das Schienbein zu treten. Hör mir gut zu, Ramsey. Ich weiß, du meinst es nur gut, aber unter gar keinen Umständen lasse ich dich ziehen und dich der Gefahr dort draußen aussetzen.« Sie lächelte ihn an. »Einer für alle und alle für einen. Wir sind die drei Musketiere. Nenn mich D'Artagnan.«

»Er war der vierte Musketier.«

»Er ist der Einzige, dessen Namen ich behalten habe.«

»Meiner Erinnerung nach gehörte auch Aramis dazu. Sag mal, Molly, welcher von ihnen wäre denn Emma? Geben wir ihr in diesem Fall ein Schwert oder eine Pistole und lassen sie an unserer Seite kämpfen?«

Sie trat zurück und fuhr sich mit den Händen über die Arme. Dann schlang sie sie um den Körper. »Du und ich haben zusammen gute Arbeit geleistet, um Emma zu beschützen. Abgesehen davon will ich mir gar nicht vorstellen, was sie tun würde, wenn du einfach aufstehen und gehen würdest. Begreifst du denn nicht? Emma braucht uns, uns beide.«

Er fluchte leise und raufte sich die dunklen Haare. »Also gut, du hast Recht. Ich sehe es ein. Und Emma möchte ich ohnehin nicht zurücklassen. Mein Vorschlag für unser unmittelbares Vorgehen: Du rufst Louey in Deutschland an und holst ihn hierher. Es könnte gut möglich sein, dass er etwas mit der Sache zu tun hat. Inwiefern, weiß ich auch nicht, aber möglich ist es. Wir müssen mit allen sprechen.«

»Versuchen kann ich es«, erwiderte sie und ging zum Telefon. Wenig später hörten sie beide mit aktiviertem Lautsprecher, wie es im *Bristol Hotel Kempinski* in Berlin klingelte.

Ramsey fragte: »Wie spät ist es dort, sechs Uhr früh?«

»In etwa, ja.« Sie verlangte Louey Santeras Zimmer.

Das Telefon klingelte dreimal, dann meldete sich eine Stimme: »Louey Santeras Suite, Rudy am Apparat. Kann ich Ihnen behilflich sein? Hier dämmert es übrigens gerade erst.«

»Guten Morgen, Rudy, hier spricht Frau Santera. Ich weiß nicht, ob Louey es Ihnen gegenüber erwähnt hat, aber seine Tochter wurde entführt. Bitte stellen Sie mich zu ihm durch.«

Es folgte betretenes Schweigen.

»Und zwar sofort, Rudy.«

»Jawohl, gnädige Frau.«

Nachdem sie drei Minuten gewartet hatten, meldete sich Louey Santera: »Molly, bist du es? Was in aller Welt ist denn los? Geht es Emma gut? Ich habe gehört, sie ist wieder in Sicherheit.«

»Ja, es geht ihr gut. Aber nicht alles ist wirklich so, wie es den Anschein hat, Louey. Du musst sofort nach Hause kommen. Heute noch.«

»Kann ich nicht. Heute Abend habe ich ein Konzert. Und dann noch drei weitere, bevor ich wieder in die Staaten zurückfliege.«

»Hör zu, Louey, es ist wichtig. Es geht um das Leben deiner Tochter. Bedeutet dir das denn gar nichts?«

»Verflucht, Molly, gegen Ende der Woche könnte ich es vielleicht schaffen, aber vorher nicht ...«

»Heute noch, Louey«, schaltete sich Mason Lord mit weicher, ruhiger Stimme ein.

»Wer ist das?«

»Hallo, Louey«, sagte Mason Lord. »Hier spricht dein ehemaliger Schwiegervater. Wie geht es dir heute Morgen? Es ist doch jetzt Morgen bei euch, nicht wahr?«

»Ja, verflucht noch mal, es ist Morgen. Molly ist also zu Papa nach Hause gerannt, nicht wahr?«

»Ich schlage vor, dass du dich sofort hierher begibst, Louey. Du kannst den Lufthansa-Flug von Frankfurt nach Chicago nehmen.«

»Ich kann nicht, ich ...«

»Heute noch, Louey. Es gibt eine Menge, worüber wir reden müssen. Vielleicht kannst du uns über gewisse Dinge aufklären.«

Im Hintergrund hörten sie eine Frauenstimme. »Wer ist das denn, Louey? Warum atmest du so schwer?«

Molly lachte. »Bring sie doch mit, Louey. Du sollst dich schließlich nicht einsam bei uns fühlen.« Sie legte auf.

Ramsey schien gleich losprusten zu wollen. »Wenn ich zwischen einem Geschworenengericht und deinem Vater wählen müsste, würde ich unbedingt auf deinen Vater setzen, um ihn nach Hause zu bekommen.«

»Und ob.« Sie gähnte. »Jemandem Angst einzujagen gehört zu seinen herausragenden Fähigkeiten.«

»Deine Haare gefallen mir«, sagte er zu ihrer beider Überraschung.

Sie blinzelte ihn an. »Meine Haare? Was hast du gesagt? Dir gefallen meine Haare?«

»Ja«, erwiderte er. »Sie gefallen mir. Sie sind so voll. Mir gefallen die vielen Locken. Es sind schöne Haare.«

»Deine Haare gefallen mir auch.«

Er lachte zuerst, dann fiel sie mit ein. Die Tür ging auf, und Mason Lord sah herein. »Was ist hier los? Warum lacht ihr beide?«

Molly schüttelte nur mit dem Kopf. »Werden wir Louey am Flughafen abholen?«

Mason Lord blickte zwischen den beiden hin und her. »Richter Hunt sollte Louey abholen. Damit würden wir den miesen Kerl vollkommen überrumpeln.«

Ramsey nickte. »Das wäre mir ein Vergnügen. Ich habe eine Menge mit Herrn Santera zu besprechen. Ich werde meinen bewährten Stil einer richterlichen Anklage benutzen.«

»Meine Tochter«, sagte Mason Lord überdeutlich, »hat keine schönen Haare. Sie sieht aus wie ein in die Jahre gekommenes Waisenkind. Sie hat das Haar ihrer Großmutter geerbt.«

Jetzt hatte er genug. Er ging auf Mason Lord zu und blickte ihm direkt in die Augen. »Warum sagen Sie Molly nicht, wie glücklich Sie darüber sind, sie nach drei Jahren wieder zu sehen? Warum sagen Sie ihr nicht, dass sie clever ist und jede Menge Mumm in den Knochen hat und dass Sie sich wirklich glücklich schätzen können, sie als Tochter zu haben?«

Mason Lord drehte sich auf dem Absatz um und verließ

das Schlafzimmer. Ramsey war bewusst, dass er zu weit gegangen war. Mason war wütend und hätte um ein Haar die Kontrolle über sich verloren. Doch als er sich in der Tür noch ein Mal umdrehte, war es nicht Ramsey, den er attackierte. Mit tiefer, schneidender Stimme sagte er: »Und verplempern Sie Ihre Zeit nicht damit, mit ihr zu schlafen. Louey meint, im Bett sei sie wie ein Stück Eis. Kein Vergnügen. Natürlich musste ich ihn disziplinieren, als mir das kolportiert wurde, aber ich sage es Ihnen dennoch.«

Molly zuckte bei den verletzenden Worten kein bisschen zusammen, sondern erwiderte amüsiert: »Nun ja, in diesen Dingen setzt Louey wirklich Maßstäbe, nicht wahr? Aber um dir die Wahrheit zu sagen, Papa, bin ich ganz froh darüber, dass ich mir nichts bei ihm eingefangen habe.«

Sie beobachtete, wie ihr Vater kurz zögerte, dann war er verschwunden.

»Ihr beide gebt wirklich ein gutes Paar ab, Molly. Hör zu, du bist erwachsen. Ich weiß, wie weh es tun muss, wenn er dich so angreift, aber lass es einfach an dir abperlen. Es ist unwichtig. Es gibt viel Wichtigeres, an das du denken musst, und das Allerwichtigste steht gleich hier neben mir.«

»Mama, warum ist Großvater sauer?«

Emma stand im Türrahmen, ihre langen Haare verwuschelt, ihr Nachthemd mit den rosa Schleifchen streifte fast den Boden. Sie presste ihr Klavier gegen die Brust. Es war fast so groß wie sie selbst.

»Sie braucht eine Puppe«, meinte Ramsey.

»Dein Großvater war nicht wirklich wütend, Em. Es ist spät, und er ist nicht mehr der Jüngste, verstehst du? Ältere Leute ärgern sich leicht, wenn sie müde sind.«

»Was du mir da für einen Bären aufbindest!«

»Sei still, Em. Ramsey versucht einen Witz zu machen. Ich werde ihm ein paar Übungsstunden geben. So, und jetzt komm mit ins Bett. Ich decke dich zu.«

»Ich komme mit dir mit.« Ramsey ging auf Emma zu und

hob sie auf den Arm. »Dieses Klavier wiegt schwer wie ein Mühlstein, Emma. Vielleicht sollten wir es um eine Oktave verkleinern.«

Emma rückte von ihm ab und musterte ihn. »Das war lustig, Ramsey. Nicht so lustig wie Mama, aber doch lustig. Hat sie dir schon Unterricht gegeben?«

»Danke, Emma. Aber sie hat mir noch keinen Unterricht gegeben. Um ehrlich zu sein, diesen Witz habe ich ganz allein erfunden.« Er nahm das Klavier und reichte es Molly. Emma schmiegte sich mit dem Kopf an seine Schulter an und nuckelte an ihrem Daumen.

Im Schlafzimmer stand ein riesiges Doppelbett. Wie ihm jetzt erst auffiel, war dies Mollys ehemaliges Zimmer. Keinerlei Rüschen, stattdessen wurde eine Wand gänzlich von einem Bücherregal verdeckt, voller Taschen- und gebundener Bücher, die ohne erkennbare Ordnung übereinander gestapelt lagen. An der anderen Wand hingen Fotos, jede Menge Fotos. Viele waren gerahmt, und die meisten waren liebevoll auf Korkmatten arrangiert.

»Mama macht Fotos«, sagte Emma, an Ramsey gewandt, als er sie auf dem Bett ablegte. »Diese hier hat sie aufgenommen, als sie noch jung war.«

»Verstehe«, erwiderte er, beugte sich vor und küsste Emma auf die Stirn. Er strich ihr die Haare aus dem Gesicht. »Schlaf jetzt, Emma. Ich will nicht, dass du dir über irgendetwas Sorgen machst, einverstanden?«

»Du wirst doch nicht weggehen, Ramsey?«

Diese Entscheidung hatte er bereits mit Mollys Hilfe gefällt, aber was, wenn doch noch etwas dazwischenkam? Etwas, was er nicht hatte vorhersehen können und weswegen er würde gehen müssen?

»Du weißt nicht, ob du mir die Wahrheit sagen sollst«, flüsterte sie. »Das ist schon in Ordnung. Alle lügen. Außer Mama. Die lügt nie.«

»Tatsächlich?«

»Ja«, bestätigte Emma. »Mama, kommst du auch bald ins Bett?«

»Ja, mein Schatz, bald. Ramsey und ich haben noch jede Menge Dinge zu besprechen.«

Sie knipste die Nachttischlampe neben Emma aus, ließ die Tür jedoch angelehnt. Nur ein kleiner Lichtstreifen fiel von den drei Tiffany-Lampen auf dem breiten Flur ins Zimmer.

»Ich werde dich nicht verlassen, Emma, es sei denn, ich bin dazu gezwungen. Und dann sage ich dir vorher Bescheid«, versprach Ramsey.

Emma schwieg.

»Wir können sie hören, falls sie einen Alptraum bekommt«, meinte Molly leise, als sie Ramsey in sein Zimmer folgte.

Als sie sein Zimmer betreten hatten, fragte er: »Sag mir, was deiner Meinung nach unsere nächsten Schritte sein sollten.«

»Louey Santera noch einmal zusammenschlagen.«

»Und nachdem wir ihn zusammengeschlagen haben?«

Sie seufzte. »Ich weiß es nicht, Ramsey. Es ist so viel passiert.«

»Eines der dringlichsten Dinge ist, Emma zu einem Arzt und einem Kinderpsychologen zu bringen.«

»Ja, daran habe ich auch schon gedacht. Ich möchte sie nicht zu ihrem normalen Kinderarzt bringen. Er ist ein Mann. Ich will, dass sie zu einer Frau geht.«

»Das ist vermutlich eine kluge Entscheidung.«

»Morgen telefoniere ich etwas herum und lasse mir ein paar Empfehlungen geben. Was meinst du, wo sich diese Männer jetzt aufhalten?«

»Wenn sie hier in der Stadt sein sollten, werden sie sich selbst verfluchen. Es gibt keine Möglichkeit, hier einzudringen. Laut Miles bewachen sechs Wachposten rund um die Uhr das Grundstück. Hier ist es vermutlich sicherer als im Weißen Haus.«

»Ich habe gehört, wie Mason bei Gunther noch drei weitere Wachposten angefordert hat. Er geht wirklich kein Risiko ein.«

»Er liebt dich und Emma.«

»Klar doch. Es ist alles eine Sache des Besitzes. Er will einfach nicht, dass irgendjemand das angreift, was er als sein Eigentum betrachtet.«

»Wie auch immer es sich verhalten mag, so bedeutet es doch Sicherheit. Wir werden sehen. Morgen ...« Er rieb die Handflächen gegeneinander. »Morgen werde ich den guten Louey höchstpersönlich kennen lernen.«

»Der Höhepunkt des Tages wird das wohl kaum werden, so viel kann ich dir versprechen.«

»Emma würde jetzt sagen, du machst einen Witz.«

»Manchmal ist die Wahrheit witziger als die Erfindung.«

Louey Santera war wütend und ließ sich das auch anmerken. Seine Lippen waren zusammengepresst und bildeten eine schmale, geschwungene Linie. Dann entdeckte er den Reporter, und seine Wut wurde augenblicklich von einem einnehmenden Lächeln und jugendlichem Charme überdeckt. »Hallo«, wandte er sich an den Reporter, drehte sich um und lächelte dem Fotografen und dessen Begleitung zu. Dann sah er Molly und winkte.

Der Reporter, ein langjähriger Freund von Ramsey, meinte gut gelaunt: »Wie ich gehört habe, mussten Sie für den Rückflug Konzerttermine absagen, als Sie von der Nachricht der Entführung Ihrer kleinen Tochter erfuhren.«

»Ich konnte nicht sofort abreisen«, entgegnete Louey, der einen guten Riecher hatte und schlagartig misstrauisch wurde. »Selbstverständlich bin ich so schnell wie möglich zurückgekommen.«

»Stimmt es, dass Ihre kleine Tochter mittlerweile sicher im Haus ihres Großvaters untergebracht ist?«

»Ja, er ist ihr Großvater, und ja, sie ist bei ihm. Gottlob haben wir das alles jetzt hinter uns. Haben Sie schon von der positiven Resonanz gehört, die meine Konzerte ausgelöst haben?«

»Gehört habe ich, dass Sie zu Herrn Lord eine etwas problematische Beziehung haben. Stimmen Sie dem zu, Herr Santera?«

Ein Mann hinter Louey Santera trat hervor und baute sich unmittelbar vor dem Reporter auf. Es war ein junger, dünner Typ mit Aknenarben. »Herr Santera ist gerade aus Deutschland eingeflogen. Er möchte jetzt seine kleine Tochter wieder sehen. Er ist erschöpft. Er hat Ihnen alle Fragen beantwortet, die er beantworten möchte. Auf Wiedersehen.«

Der Reporter hakte weiter nach: »Aber ich bitte Sie, Herr Santera, was geht hier eigentlich vor? Ihre kleine Tochter wurde vor mehr als zwei Wochen entführt. Sie kommen recht spät, finden Sie nicht?«

»Kein Kommentar.«

Der junge Typ schubste den Reporter beiseite. Der Fotograf schoss ein Bild.

Louey Santera wurde leichenblass. Ramsey trat lächelnd auf ihn zu. »Herr Santera? Ich bin gekommen, um Sie hier zu begrüßen. Ich bin Ramsey Hunt und wohne zurzeit bei Herrn Lord. Kommen Sie hier entlang, aus der Menge heraus. Und hier ist auch Molly.«

»Machen Sie sich dünn«, sagte der junge Typ und schubste Ramsey. Der Typ mochte jung und dürr aussehen, doch Ramsey erkannte sofort seine Taktik, seine wachsamen Augen, seine Haltung.

»Das ist unhöflich«, raunte Ramsey kaum hörbar. Mit einer unauffälligen und sehr geschmeidigen Bewegung umschloss er die Hand des jungen Mannes und bog seinen Daumen nach hinten um. Der Mann rang vor Schmerz nach Atem. Er machte keine Bewegung.

»Und jetzt ab mit Ihnen«, fuhr Ramsey leise fort. »Ich bin kein Reporter.« Er drückte den Daumen noch ein wenig fester. »Haben wir uns verstanden?«

»Lass gut sein, Alenon«, mischte sich Louey Santera ein.

Der junge Typ nickte. Kalter Hass schimmerte in seinen dunklen Augen. In letzter Zeit schien es ungewöhnlich einfach zu sein, sich Feinde zu machen. Ramsey ließ von seinem Daumen ab. »Lassen Sie uns gehen. Molly, begrüße deinen Ex-Mann.«

»Hallo, Louey. Wie geht's, wie steht's? Hey, wo ist denn deine Freundin? Hatte sie etwa keinen Reisepass?«

»Wie hast du Emma gefunden?«

Sie klapperte mit den Wimpern und stemmte eine Hand auf die Hüfte. »Selbstverständlich habe ich meinen nicht unerheblichen weiblichen Charme spielen lassen.«

Ramsey starrte sie an. Louey Santera bellte ein boshaftes Lachen. »Mann, was für ein Witz«, gackerte er. »Du hast immer schon gern Witze erzählt, warst niemals ernst. Du hast Emma gar nicht gefunden, nicht wahr? Es war alles nur aufgebauscht?«

»Wie kommst du darauf? Besitze ich etwa nicht ausreichend Grips?«

»Komm schon, Molly. Du weißt doch selbst, dass du zur Befreiung von Emma kein bisschen beigetragen hast. Du würdest eine Goldmine nicht finden, selbst wenn man dich mit der Nase drauf stößt. Wie ist es denn tatsächlich gewesen?«

Sie trat dicht an ihn heran. »Ich habe sie zwar gefunden, aber ich hatte so viel Angst, dass ich mit den Entführern geschlafen habe. Sie waren so aufgeregt und glücklich, dass sie sie mir ausgehändigt haben.«

»Hör jetzt endlich auf und sag die Wahrheit.«

»Also gut, Louey, lassen wir die Spielchen beiseite.« Sie beugte sich vor, um ihm ins Ohr zu flüstern. »Hör zu, du selbstsüchtiger Blödmann, ich habe meine Tochter gefunden, und zwar ganz und gar auf eigene Faust. Und willst du wissen, was passiert ist? Ihr Entführer hat sie sexuell missbraucht und sie geschlagen. Was sagst du nun, Louey?«

»Das kann nicht wahr sein. Davon habe ich überhaupt nichts gehört. Nein, du lügst, um mir ein schlechtes Gewissen zu machen.«

»Du siehst auch so schon ungemein mies aus. Du rufst aus Europa an und prahlst von deinen Erfolgen und von all den Frauen, die du dort vögelst. Du bist ein mieser kleiner Wicht, Louey. Emma ist dir vollkommen gleichgültig.«

»Und warum bin ich dann jetzt hier?«

»Weil du vor meinem Vater in Angst erstarrt bist. Wenn er dir befehlen würde, eine Woche lang wie ein Mönch zu leben, wette ich mit dir, dass du es tun würdest.«

»Er ist ein Mörder, Molly, auch wenn er der Welt weismachen will, er sei ein rechtschaffener Geschäftsmann. In Wirklichkeit aber ist er nichts als ein mieser Gauner, und das weißt du auch. Du bist auch nicht besser. Du hast mir bei der Scheidung alles genommen, du bist nichts weiter als eine ...«

Ramsey unterbrach sie. »Schluss jetzt mit den Sentimentalitäten eines Wiedersehens. Wir sollten gehen, ehe noch mehr Reporter aufkreuzen.« Er wandte sich dem jungen, pickeligen Mann zu, der als Loueys Leibwächter arbeitete. »Sie holen das Gepäck von Herrn Santera und bringen es bei Mason Lords Haus in Oak Park vorbei. Danach suchen Sie sich ein Motel, denn ganz sicher sind Sie nicht auf Herrn Lords Gästeliste vermerkt.«

Louey blickte zu dem aufdringlichen Reporter hinüber, den er jetzt erkannte. Er hieß Marzilac oder so ähnlich und arbeitete für die *Chicago Sun-Times*. Verflucht. Er stand da und beriet sich leise mit seinem Fotografen. Worüber sprachen sie? Vielleicht darüber, ob sie diese Story in die Zeitung nehmen sollten. Pech gehabt. Und jetzt musste er auch noch Mason Lord gegenübertreten. Allein die Vorstellung verursachte ihm bereits Übelkeit.

»Gehen wir«, sagte Ramsey.

»Tu, was er dir sagt, Alenon«, sagte Louey. »Ruf aber bei mir an und sag mir, wo du untergekommen bist.«

16

Anderthalb Stunden später sah Louey seinen ehemaligen Schwiegervater über die riesige Mahagoniplatte seines Schreibtisches in dessen Arbeitszimmer hinweg an.

»Dieser Mistkerl ...« Er deutete auf Ramsey, der neben der Tür stand. »Er hat mich angegriffen und meinem Leibwächter fast den Daumen gebrochen. Ich glaube sogar, dass du diesen Reporter dorthin zitiert hast, um mir dumme Fragen zu stellen. Es hat mich einiges gekostet, aus Deutschland herauszukommen. Ich war schwer beschäftigt, das Publikum war fantastisch. Abgesehen davon kann ich nichts für dich tun. Ich habe darüber nachgedacht, aber ich kenne niemanden, der es getan haben könnte.«

Mason Lord biss nicht an. Er saß lediglich da, aufrecht und hoch gewachsen, und spielte mit seinen langen Fingern mit dem schwarzen, dick mit Gold beschlagenem Mont-Blanc-Füller. Er ließ Louey reden und reden. Als er es schließlich satt hatte, meinte er ruhig: »Du siehst dünn aus, Louey. Deine Augen leuchten ein wenig zu sehr, die Pupillen sind erweitert. Ich kann nur hoffen, dass es dir auch wirklich gut geht.«

»Eine Tournee ist kein Pappenstiel, wir arbeiten jeden Tag bis in die Puppen. Manchmal nehme ich Schlaftabletten, um wieder auf den Teppich zu kommen. Aber hör zu, ich wollte hier nicht herkommen. Was in aller Welt willst du denn von mir?«

»Hoffentlich nimmst du nicht wieder Kokain? Drogen sind mir wirklich verhasst, wie du weißt. Das habe ich dir schon gesagt, als du noch mit Molly verheiratet warst. Wenn es nicht das Kokain ist, das einen umbringt, dann ist es für gewöhnlich etwas anderes. Beispielsweise die Typen, die einem das Zeug verkaufen und dann eines Tages wütend werden. Bei einem gewöhnlichen Beruhigungsmittel habe ich noch nie eine Erweiterung der Pupillen feststellen können.«

»Ich nehme keine Drogen.«

»Darf ich dir Ramsey Hunt vorstellen?« Mason Lord machte eine Handbewegung in Richtung Ramsey, der immer noch mit vor der Brust verschränkten Armen neben der Tür stand.

»Wie ich dir schon gesagt habe, ist das der Mistkerl, der …«

»Das ist Richter Ramsey Hunt. Vielleicht hast du schon einmal von ihm gehört?«

»Nein. Wer ist er? Irgendein Gigolo, den sich deine junge Frau angelacht hat?«

»Ach, Louey, du liebst es, das Maß zu überziehen, nicht wahr? Mein Vorschlag wäre, dass du in Zukunft erst nachdenkst, ehe du den Mund aufmachst. Wenn du meine Frau jemals wieder erwähnen solltest, wird dir Gunther die Zungenspitze abschneiden. Deinem Singen würde das nicht sonderlich zuträglich sein. Da du dich jedoch ebenso unwissend wie unklug zeigst, sage ich dir, dass Ramsey Hunt der Richter des neunten Bundesgerichts aus San Francisco ist, dessen Bild sowohl auf der *Newsweek* als auch auf dem *Time Magazine* vor einer Weile als Titel zu sehen war. Er gilt als Held. Erinnerst du dich nicht daran? An den großen Mordfall in San Francisco? Und an das, was Richter Hunt auf eigene Faust und ohne jede Unterstützung getan hat, als man die Angeklagten aus dem Gerichtssaal freischießen wollte?«

Loueys Gesichtsausdruck war leer. Mason Lord seufzte. »Ach, Louey, ich kann nur darum beten, dass Emma nicht dein Gehirn geerbt hat, deine Unfähigkeit, etwas Wichtiges selbst dann wahrzunehmen, wenn es nicht unmittelbar deine eigenen Interessen berührt. Es wäre einfach ein Jammer.«

»Ignoranz ist mit Dummheit nicht deckungsgleich«, schaltete sich Ramsey ein.

»In Loueys Fall schon, wie mir scheint.«

»Sie hat sein Talent geerbt, Papa«, sagte Molly, die den Raum betreten hatte und nun neben Ramsey stand. »Sie hat sogar mehr Talent, als er für sich jemals in Anspruch nehmen könnte. Und er hat Talent, auch wenn seine Intelligenz zu wünschen übrig lässt.«

»Unmöglich«, sagte Louey Santera, wirbelte herum und sah Molly neben diesem verdammten Richter stehen. Der Typ war viel zu jung, um Richter zu sein. Sie war völlig lautlos ins Zimmer getreten. Wie lange stand sie schon da? »Emma? Sie ist ein kleines Kind, nur, äh, fünf Jahre alt.«

»Sechs, Louey. Deine Tochter ist sechs Jahre alt.«

»Schon gut, aber von welchem Talent sprichst du?«

»Sie kann dir auf dem Klavier vorspielen. Sie ist einfach unglaublich.«

»Schluss jetzt!«

Alle blickten auf Mason Lord. Langsam entspannte er sich und schwieg, denn er war sich ihrer aller Aufmerksamkeit sicher.

»Warum sollte ich also hierher zurückkommen?«, fragte Louey. »Emma ist doch hier bei dir. Was willst du denn noch?«

»Wir haben den Eindruck, es könnte sich um eine Verschwörung und nicht nur um eine einfache Entführung handeln, Louey. Richter Hunts Meinung nach ist in dieses offenbar sehr professionell aufgezogene Verbrechen eine ganze Reihe von Personen verstrickt, und sie sind alle hinter Emma her. Die Leute haben Molly und Ramsey sogar den ganzen Weg von Colorado bis nach Kalifornien verfolgt. Weißt du etwas darüber, Louey?«

»Das ist doch lächerlich! Was sollte ich denn darüber wissen? Emma ist meine Tochter, verdammt. Von einer Verschwörung weiß ich nichts.«

»Nun, dann haben wir ein Problem«, fuhr Mason Lord fort. Seine Stimme war plötzlich weich und ernst. Sie erinnerte Ramsey an Bill Matthias' Stimme, einen Richter aus San Francisco, den man recht einfallslos als »aalglatten Willie« bezeichnete. »Ich stecke hinter keiner Verschwörung, Louey, und jemand anderen gibt es ganz einfach nicht. Dann ist da noch eine Kleinigkeit, die mich sehr beunruhigt. Der Mann, der Emma in seiner Gewalt hatte, hat sie sexuell missbraucht und geschlagen.«

Louey sprang mit leichenblassem Gesicht auf. »Nein! Das ist unmöglich. Molly hat das auch schon behauptet, aber ich glaube ihr nicht. Das muss ein Missverständnis sein ... nicht Emma, niemand würde Emma so zu berühren wagen.«

Mason Lord beugte sich ein wenig vor. »Hast du dich denn nicht vorher vergewissert, dass der Mann, den du für Emmas Entführung in diese Hütte in den Rockies angeheuert hast, keine Kinder missbraucht?«

Louey ließ sich auf seinen Stuhl zurückfallen. »Hör zu, ich habe niemanden angeheuert! Ich weiß von nichts! Verflucht, sie ist meine Tochter. Ich würde doch nicht meine eigene Tochter entführen lassen.«

»Ach nein?«, drang Mollys eiskalte, harte Stimme aus dem Hintergrund. »Für Geld würdest du alles tun, Louey. Alles. Ich wette, dass du irgendwelchen wichtigen Leuten einen Haufen Geld schuldest und das Land verlassen hast, weil du sie nicht bezahlen konntest. Ist dem nicht so?«

Er drehte sich zu ihr um, sein Puls schlug an seinem dünnen Hals. »Du besitzt tatsächlich die Unverschämtheit, vom hohen Ross herunter über Geld zu reden. Du hast mir den letzten Pfennig genommen, den ich hatte. Und du hast ihn weiß Gott nicht verdient. Das Einzige, was du zustande gebracht hast, war, schwanger zu werden. Verdammt, ich habe Emma nicht entführen lassen!«

Mason Lord richtete sich langsam auf und stützte seine Hände auf die Schreibtischplatte. Mit derselben leisen, geschmeidigen Stimme sagte er: »Meiner Ansicht nach hat Molly Recht. Du stehst tief in jemandes Schuld, und dies war dein Angebot, die Schulden zu begleichen. Nenne uns die Namen der Männer, Louey. Sag uns, wer dir dabei geholfen hat, diese Sache durchzuziehen. Und sag uns, warum sie Emma immer noch hinterher sind.«

»Ich weiß von keinen Männern! Ich weiß von gar nichts! Molly liegt mit ihren Vermutungen vollkommen daneben!«

»Gunther, kommen Sie bitte mal her.«

Gunther, ein bedrohlicher Hüne, dessen Hände entspannt seitlich des Körpers herabhingen, sagte: »Ja bitte, Herr Lord?«

»Gunther, bitte führen Sie Herrn Santera in eines unserer Gästezimmer. Er ist von der langen Reise sehr erschöpft. Wie Sie wissen, kommt er gerade erst aus Deutschland. Er ist müde und muss sich ausruhen. Führen Sie ihn nach oben, und zeigen Sie ihm sein Bett. Bleiben Sie bei ihm, Gunther. Erinnern Sie ihn an die Tatsache, dass das Leben gelegentlich eine schwierige Sache ist. Erinnern Sie ihn auch daran, dass ich ihm bereits einmal verziehen habe, dass Geduld jedoch ein sehr kostbares Gut ist. Erinnern Sie ihn daran, dass ich nicht zu jeder Zeit über ein solches Maß an Geduld verfüge. Und noch etwas, er darf nicht mit diesem Kerl, der sich als sein Leibwächter ausgibt, sprechen. Halten Sie Herrn Santera ruhig und abseits von allem. Er muss sich ausruhen.«

»Ich habe Emma nicht entführen lassen!«

»Wir sehen uns, nachdem du dich etwas ausgeruht hast, Louey«, sagte Mason Lord. Er stand auf und beobachtete, wie Gunther eine riesige Pranke um Louey Santeras Oberarm legte und ihn zur Tür schob.

In der Tür wirbelte Louey herum. »Wenn Molly das behauptet, ist sie ganz einfach verrückt. Sie hasst mich. Vielleicht ist dieser Richter ihr Liebhaber, und sie wollen das Geld. Vielleicht ist Molly diejenige, die das alles angezettelt hat.«

Gunther schloss leise die Tür zum Arbeitszimmer, dann war Stille.

Ramsey pfiff vor sich hin und sagte: »Manchmal vergesse ich, welch erstaunliche Macht Leute wie Sie ausüben können. Tagtäglich habe ich Leute vor mir, die ganz und gar auf ihre Unschuld pochen, und doch weiß man, dass sie lügen wie gedruckt und dass die meisten von ihnen Schlägertypen,

Betrüger oder ganz einfach nur Abschaum sind, manchmal auch noch viel Schlimmeres.

Aber in unserem Rechtssystem kann man sie nun einmal nicht weich prügeln, obwohl ihnen ihre Schuld ins Gesicht geschrieben steht. Wir halten uns an Regeln, die in ihrer Zaghaftigkeit, in ihrer Ziel- und Machtlosigkeit geradezu absurd erscheinen mögen. Wir setzen auf Kompromisse und Verhandlung, nicht auf metaphorische Daumenschrauben.« Ramsey zuckte mit den Schultern. »Andererseits muss man sich eingestehen, dass Ihre Vorgehensweise bis jetzt auch noch keinerlei Resultate gezeitigt hat, außer einen kleinen, dürren Mann vollkommen einzuschüchtern. Molly würde wahrscheinlich abstreiten, wie oft wir den Dingen auf den Grund kommen, aber die Wahrheit wird doch immer irgendwie aufgedeckt. Prügeln Sie ihn noch nicht grün und blau, Sir, noch nicht. Ihre Drohungen sind ebenso wirkungsvoll. Ich würde gerne selbst mit ihm sprechen. Meiner Ansicht nach sollte Molly sich aus dem Ganzen heraushalten. In der Handhabung ihrer Pistole ist sie nämlich äußerst geschickt.«

Mason Lord erwiderte leichthin: »Natürlich ist mir bewusst, dass meine Drohungen sehr viel ausrichten können, Ramsey. Das wäre jedoch nicht der Fall, wenn ich sie nicht gelegentlich mit Taten belegen würde und sich dies in der Folge herumsprechen würde. Sprechen Sie mit Louey, und schauen Sie, was Sie aus der miesen kleinen Ratte herausbe kommen können.«

Ramsey nickte und wandte sich Molly zu. »Ich habe Durst. Würdest du mit Emma und mir zusammen eine Limonade trinken?«

»Gerne. Danach muss ich noch ein paar Telefonate erledigen.«

Dr. Eleanor Loo, eine Amerikanerin chinesischer Abstammung Mitte dreißig, trug an einem Bein einen Gips. Als sie ihr Büro betraten, erhob sie sich schwerfällig. Molly war sie von

Emmas neuem Kinderarzt empfohlen worden. Nachdem sich alle gegenseitig vorgestellt hatten, wandte sich Dr. Loo an Emma, lächelte und sagte: »Ich möchte mich wieder hinsetzen, Emma. Mein Bein plagt mich, und der Gips ist sehr schwer. Aber es tut jetzt nicht mehr weh. Ich habe es mir beim Skifahren gebrochen. Es war ein recht hübscher Sturz eine vier Meter hohe Klippe herunter. Alle haben mir beruhigend versichert, wie elegant ich gefallen sei. Fährst du auch gern Ski?«

»Meine Mama ja. Ich lerne noch.« Emma rührte sich nicht und stand weiter zwischen Ramsey und Molly.

»Du hattest erst drei Stunden, Liebling«, sagte Molly. »Du wirst noch richtig gut werden. Vielleicht hast du ja Glück und segelst nicht von einer Klippe herunter, aber solche Dinge passieren. Weißt du noch, als ich mir am rechten Knie die Bänder gezerrt hatte?«

»Ja, Mama. Du musstest zur Krankengymnastik gehen.«

»Das muss ich auch«, schaltete sich Dr. Loo ein. »Ich werde wieder Ski fahren, aber erst in einem Jahr. Es fehlt mir jetzt schon. Emma, komm doch mal hier herüber und setz dich zu mir.«

Emma machte keine Bewegung, sondern umklammerte Ramseys Hand noch fester.

»Dr. Loo, ich mache Ihnen einen Vorschlag. Wie fänden Sie es, wenn Emma eine Weile lang auf meinem Schoß sitzen könnte?«, bemerkte Ramsey beiläufig.

»Aber sicher doch. Ich habe mir sagen lassen, dass du ein sehr kluges Mädchen bist, Emma. Deine Mama hat mir erzählt, dass du diesem bösen Mann ganz allein entkommen bist und dass du dir das alles ganz allein ausgedacht hast.«

Emma war zur Säule erstarrt. Ramsey hörte noch nicht einmal mehr ihren Atem. Doch er zwang sich, schweigend abzuwarten. Er hatte von der Psychologin ein etwas sanfteres Vorgehen erwartet, dass sie Emma langsam zu dem Vorfall hinführen und sich nicht gleich Hals über Kopf darauf stürzen würde.

»Wie hast du denn herausbekommen, wie du fliehen konntest?«, erkundigte sich Dr. Loo.

Emma benetzte sich die Lippen. Es war die erste Bewegung, die sie bisher gemacht hatte.

Ramsey hätte sie so gern zu sich herangezogen, sie in die Arme genommen und beschützt, doch er wusste, dass es keinen Schutz gab, solange die im Inneren geschlagene Wunde noch tief und offen war. Er blickte zu Molly hinüber. Ihr Gesicht war blass und gefasst. Vergeblich bemühte sie sich, einen entspannten Eindruck zu machen. Ihre Hände waren auf den Armlehnen zu Fäusten zusammengeballt.

Mit kaum hörbarer, nachdenklicher Stimme sagte Emma: »Ich habe gegrübelt und gegrübelt.«

Ramsey hatte das Gefühl, man hätte ihm einen Schlag in den Magen versetzt. Emmas Stimme war nur noch ein Flüstern. Es überraschte ihn, dass sie überhaupt jemand hatte verstehen können.

Dr. Loo wartete weiter ab, aber Emma sagte nichts mehr. Dann fragte Dr. Loo: »Du hast sehr gut nachgedacht. Wie lange hast du darüber nachgegrübelt?«

»Den ganzen Tag. Aber ich wusste nicht, wie ich die Fesseln von meinen Händen abbekommen sollte, und dann hat er es einmal vergessen. Er hat es einfach vergessen und ist nach draußen gegangen, um eine zu rauchen.«

»Und was hast du dann gemacht?«

Emma drückte sich so fest gegen Ramsey, dass er sich fragte, ob er nicht eingreifen sollte. Er wollte gerade den Mund öffnen, als Emma mit derselben flüsternden Stimme sagte: »Ich bin vom Bett gehüpft. Es war richtig dreckig. Ich wollte aus dem Fenster springen, aber das hätte er gleich gemerkt. Also habe ich ein Kopfkissen unter die Bettdecke gestopft. Dann bin ich aus dem Fenster gestiegen. Es war gleich über dem Spülstein. Ich hatte Angst, dass ich hinfallen würde, aber ich bin nicht gefallen.«

»Warst du barfuß?«

Emma dachte nach. »Nein, ich wusste ja, dass ich rennen musste, also habe ich mir meine Turnschuhe angezogen. Ich habe sie mir erst übergezogen, nachdem ich gesprungen war.«

»Hat der Fall dir wehgetan?«

Emma nickte. »Ja, aber ich habe keine Geräusche gemacht. Dann hätte er mich gehört und mich wieder eingefangen.«

»Hat er viel getrunken?«

»Ich habe vier leere Flaschen gezählt. Ich hatte nichts zu tun, also habe ich sie gezählt. Sie waren ganz schön groß.«

»Wie lange hat er denn gebraucht, um die vier Flaschen zu leeren?«

»Fünf Tage.«

»Hat es so lange gedauert, bis du ihm entfliehen konntest?«

»Ja«, sagte Emma mit etwas deutlicherer Stimme.

»Gab es bestimmte Zeiten am Tag oder in der Nacht, wenn er aus den Flaschen getrunken hat?«

Er war laut, dieser wimmernde Schrei, der Ramsey bis ins Mark fuhr. Sie zitterte, rang nach Luft und machte diese schrecklichen Geräusche. »Nicht doch, nicht doch, Liebling«, sagte Ramsey und drückte seine Wange an ihre. Er hielt sie fest umarmt, wiegte sie und drückte sie an sich. »Ist schon gut. Du bist jetzt in Sicherheit bei mir und bei deiner Mama. Wenn Dr. Loo dabei gewesen wäre, darauf gehe ich jede Wette ein, hätte sie diesem miesen Kerl in den Magen getreten.«

»Das stimmt, Emma. Sie hätte ihn mit ihrem Gipsbein getreten. Das hätte ihm wirklich wehgetan, darauf kannst du dich verlassen.«

Emma zuckte. Dann hob sie langsam den Kopf. Sie sah ihre Mutter an, dann Ramsey, dann Dr. Loo. »Mama wollte ihn umlegen«, sagte sie schließlich. »Vielleicht hätte sie auch Ramsey umgelegt, wenn ich nichts gesagt hätte.«

»Das hast du sehr gut gemacht, Liebling«, sagte Molly. »Sehr, sehr gut.«

»Kannst du mir noch eine Frage beantworten, Emma?«

Das kleine Mädchen sah sie jetzt direkt an. »Ich will es nicht, aber ich weiß, dass Mama es will und Ramsey auch.«

»Gut, aber nur, wenn du es wirklich kannst, versprochen?«

»Versprochen.«

»War dieser Mann, der dich fünf Tage lang in der Hütte festgehalten hat, derselbe, der dich auch entführt hat?«

»Ja.«

»Wie hat er dich fangen können?«

»Mama hat in dem Park vor unserem Haus Fotos gemacht. Ich war mit Scooter zusammen, das ist der Hund von unserem Nachbarn. Mama hat mir versprochen, dass ich genau so einen auch bekommen würde. Ich habe ihm seinen Stock zugeworfen. Es hat ganz schön lange gedauert, bis ich ihm beigebracht hatte, dass er den Stock zurückbringen soll. Mama meint, Dalmatiner seien keine Genies, sondern ziemlich dumme Hunde, aber dafür richtig süß. Ich habe den Stock geworfen, und als Scooter nicht zurückgekommen ist, bin ich ihm nachgelaufen. Ein Mann war bei ihm und streichelte ihn. Ich habe Mama rufen hören, und ich habe zurückgerufen, dass ich Scooter holen gehe. Der Mann hat mich angelächelt und mir auf den Kopf geschlagen. Ich wollte Mama rufen, aber ich konnte nicht. Und dann war es zu spät.«

Ramsey dachte: So einfach war es also. Es hatte nur eines einzigen Augenblicks bedurft, in dem Erwachsene sich sicher waren, dass alles in Ordnung war. Und dann war es zu spät gewesen.

Er blickte zu Molly hinüber. Sie sah entsetzt und von Schuld gequält aus. Er musste sie wieder in die Wirklichkeit zurückholen. Es war nicht ihre Schuld gewesen, und doch wusste er, wie tief eine solche Selbstbezichtigung sich festsetzen und einen Menschen zerfressen konnte.

Emma drehte sich um und verbarg ihr Gesicht an Ramseys Brust. Sie war vollkommen erstarrt und kalt. Er umarmte sie und küsste ihr Haar.

Als Dr. Loo ihr zuwinkte, erhob sich Molly langsam. »Danke, Dr. Loo.«

»Es war nett, Sie kennen zu lernen, Frau Santera, Herr Hunt. Und du gefällst mir, Emma. Du hast Mut. Und einen scharfen Verstand. Du wirst dich prima schlagen. Ich denke, wir reden dann weiter, wenn du nicht mehr ganz so häufig an diese schlechten Erinnerungen denken musst, okay?«

Langsam drehte Emma ihr Gesicht der Psychologin zu und sagte: »Ich weiß nicht recht, Dr. Loo. Vielleicht könnten wir nächste Woche reden?«

Ramsey beobachtete, wie Molly vor Erleichterung errötete.

Emma glitt von seinem Schoß und ging zu ihrer Mutter. Sie nahm sie an der Hand und zerrte Molly aus dem Zimmer.

»Herr Hunt, einen Augenblick noch, bitte.«

Er wandte sich lächelnd um. »Das haben Sie sehr gut gemacht. Anfangs habe ich mir über Ihre Vorgehensweise etwas Sorgen gemacht, aber es hat funktioniert.«

»Emma ist ein kluges Kind. Dieses Risiko muss man beim ersten Mal eingehen. Ich weiß nicht, welche Rolle Sie in der ganzen Sache spielen, aber Emma vertraut Ihnen ganz und gar. Was auch immer ihre Mutter und Sie getan haben, es muss ihr gut getan haben. Es ist nun an mir, all diese Dinge hervorzuholen und sie zu entblättern, um sie genau zu betrachten und dann mit ihnen fertig zu werden. Ist die Polizei mit der Sache betraut?«

Er schüttelte den Kopf. »Momentan nicht. Weder Molly noch ich selbst möchten das Kind Fremden anvertrauen. Emma zuliebe. Sie leidet unter entsetzlichen Alpträumen.«

»Kein Wunder. Ich habe gehört, dass Sie sie haben untersuchen lassen?«

»Ja. Der Kinderarzt hat sie auf unsere Bitte hin vor seiner Untersuchung unter Narkose gesetzt. Sie ist sexuell missbraucht und geschlagen worden, ganz wie wir angenommen hatten. Aber sie heilt gut, körperlich zumindest. Ach ja, noch eine Sache. Mehrmals hat Emma, wenn sie aus einem ihrer Alpträume erwachte, von diesem Mann gesprochen. Sie hat erzählt, dass er sie mit einem Bindfaden gefesselt hatte, weil sie ja nur ein kleines Mädchen sei. Er habe gesagt, er brauche sie mehr, als Gott ihn brauche.«

»Das ist doch sehr aufschlussreich. Geben Sie diese Information an das FBI weiter, Herr Hunt, falls Sie es nicht ohnehin schon getan haben.«

»Das werde ich tun.«

Dr. Loo nickte. »Frau Santera und Sie sollten so weitermachen wie bisher. Sehen wir uns also Dienstag?«

»Ja, das passt gut.« Das war bereits in vier Tagen. »Und noch etwas ...«

Sie angelte sich einen Rückenkratzer, und er beobachtete, wie sie ihn in ihrem Gips versenkte. Sie lächelte. »Das fühlt sich gut an. Man weiß erst, wie wichtig das Kratzen ist, wenn man verrückt wird, weil man es unterlassen muss. Nun zu Ihrem ›und noch etwas‹. Ihrer Ansicht nach gehe ich zu schnell vor. Das tue ich auch. Aber sehen Sie, Sie wollen doch all das Gift so schnell wie möglich aus ihr herausbekommen, ehe es die Möglichkeit hat, dort zu eitern. Über all diese grauenhaften Dinge zu sprechen ist das psychologische Pendant zu einer Magenpumpe. Machen Sie sich keine Sorgen, ich werde etwas langsamer vorgehen, wenn ich den Eindruck gewinne, dass es ihr zu viel wird.«

Sie streckte ihm die Hand entgegen. »Richten Sie Emmas Mutter aus, dass sie sich hervorragend schlägt. Und sagen Sie Frau Santera auch, wenn sie weiterhin sich selbst für das Geschehene verantwortlich macht, wird sie Emma langfristig keine große Hilfe sein können. Einverstanden, Richter Hunt? Sie scheinen überhaupt nicht überrascht. Sie sind ein berühmter Mann.«

»Ich werde es Molly ausrichten.« Er wandte sich um und sagte über seine Schulter hinweg: »Dr. Loo, im Grunde meines Herzens bin ich ein sehr verängstigter Mann.«

17

Als Molly aus der Küche trat, sah sie Emma neben einem Tischchen im Flur stehen. Sie hielt einen von Miles' Schokoladenkeksen in der Hand und blickte zu ihrem Vater auf. Louey schien äußerst unangenehm berührt.

»Ich erinnere mich an dich«, sagte Emma langsam und knabberte an ihrem Keks. »Du bist mein Papa. Mama hat mir schon gesagt, dass du kommen und mich besuchen wirst.«

»Richtig, und jetzt bin ich hier. Du bist wirklich ziemlich gewachsen, Kleine.«

»Du hast mich ja auch lange Zeit nicht gesehen«, erwiderte Emma und musterte immer noch den Mann, an den sie sich nur verschwommen erinnerte. Er machte einen müden und nervösen Eindruck. »Mama meint, ich wachse schneller, als es *Dr. Pepper* kann. Das ist nämlich mein Lieblingsgetränk.«

»Mir scheinst du ziemlich groß zu sein. Hör zu, Emma, ich muss jetzt los. Ich muss mich noch mit ein paar Leuten treffen und ein paar Dinge erledigen, klar?«

»Ja, Papa«, erwiderte sie und ohne ihren Blick von ihm zu nehmen. »Ich weiß.«

Nachdem Molly Emma etwas später ins Bett gebracht hatte, stieß sie im oberen Flur mit Louey zusammen, der gerade aus seinem Zimmer trat. Gunther stand etwas abseits, hatte die Arme vor der Brust verschränkt und kaute auf einem Zahnstocher.

»Du hast Emma gerade genau zwei Minuten lang gesehen, Louey. Das ist das erste Mal seit zwei Jahren, dass du sie überhaupt siehst, wenn ich dich daran erinnern darf. Ich hatte eigentlich gedacht, dass sie dir etwas auf ihrem neuen Klavier vorspielen könnte. Du würdest beeindruckt sein, so viel kann ich dir versprechen.«

Louey Santera machte jetzt einen eher genötigten als verängstigten Eindruck, und das, obwohl er sich sehr wohl bewusst war, allen Grund zur Angst zu haben. »Hör zu, Molly, ich habe sie gesehen. Was in aller Welt sollte ich denn tun? Es geht ihr doch gut. Okay, wenn ich sie das nächste Mal treffe, bitte ich sie, mir auf diesem idiotischen Klavier vorzuspielen.«

»Schön und gut. Aber warum sagst du ihr nach ihrem Vorspiel nicht, wie lieb du sie hast? Du bist ihr Vater, und sie braucht dich. Das ist offenbar eine Vorstellung, die sich in deinem Kopf bisher noch nicht hat festsetzen können.«

»Du hast sie gewollt, nicht ich. Du hast mir vor der Schwangerschaft wesentlich mehr Vergnügen bereitet als danach, Molly. Kannst du dich noch an die Fotos erinnern, die du damals für den *Rolling Stone* gemacht hast? Damit hättest du wirklich groß herauskommen können, aber was hast du stattdessen getan? Du hast nur gelacht und gesagt, ja, sie seien ganz in Ordnung, aber so toll nun auch wieder nicht. Der Chefredakteur vom *Rolling Stone* fand dich einfach großartig, aber du wolltest ja nicht noch einmal für sie arbeiten.«

»Louey, du erinnerst dich wohl nicht ganz richtig. Ich war damals mit Emma schwanger und habe mir jeden Morgen die Seele aus dem Leib gekotzt. Jetzt, wo Emma etwas älter ist, habe ich das Fotografieren wieder aufgenommen.«

»Niemand hat jemals bessere Fotos von mir gemacht als du.«

Das war es also. Wie gewohnt dachte Louey nur an sich selbst. Sie wollte mit den Augen rollen und ihm eine Ohrfeige versetzen, unterließ jedoch beides und lächelte ihn lediglich an. Meist hasste sie ihn nicht wirklich, besser gesagt, sie dachte nur äußerst selten an ihn. Und selbst dann empfand sie ihm gegenüber lediglich eine moderate Abneigung, weil sie die tief liegenden Ängste, die ständig an ihm nagten, gut nachvollziehen konnte. Gelegentlich besiegten sie sogar seine unglaubliche Anmaßung und Egomanie. Manchmal, wenn sie sich diese Schwäche gestattete, vergaß sie ganz, welch Schaden er anzurichten im Stande war. Im Augenblick war es die Angst, die ihn gefangen hielt. Deshalb sagte sie ohne jede Bitterkeit: »Du warst ein ausgezeichnetes Motiv, Louey. Du wusstest sehr wohl, wie man mit der Kamera flirtet. Sei nicht ungeduldig. Es laufen jede Menge anderer Fotografen dort draußen herum, momentan sind andere Dinge vordringlicher.« Sie hielt inne und schüttelte den Kopf. »Lass gut sein. Manchmal bin ich wirklich zu blöd. Erzähl mir jetzt bitte alles, was du über Emmas Entführung weißt, wenn du vermeiden willst, dass Mason wirklich gemein wird. Und das wird er werden, Louey. Er kann gemeiner werden als alles, was du dir bisher hast vorstellen können, gemeiner auch, als er vor drei Jahren dir gegenüber in Denver gewesen ist.«

»Du warst doch gar nicht in Denver, als er vor drei Jahren dort auftauchte. Wie also willst du wissen, was dein geliebter Papa so tut?«

»Ich kann mich an einen Sommer erinnern, den ich hier verbrachte. Ich war zwölf Jahre alt. Ich bin nachts gegen Mitternacht aufgewacht und nach unten in die Küche gegangen. Ich habe unter seiner Arbeitszimmertür Licht gesehen und glaubte Männerstimmen zu hören. Ich habe die Tür geöffnet und hineingeschaut.« Die Erinnerung ließ sie zittern, doch sie sagte lediglich: »Erzähl es ihm, Louey, zier dich nicht so. Wenn er sich etwas in den Kopf gesetzt hat, lässt er nie wieder locker. Seine Geduld ist groß, doch wenn sie erschöpft ist, ist sie restlos erschöpft. Sag es ihm. Oder sag es mir. Inwiefern bist du in diese Sache verwickelt? Nenne mir die Namen derjenigen, denen du Geld schuldest.«

Ramsey kam um die Ecke. Er war gerade die Treppe hochgekommen und wollte ins Bett gehen. Es war spät. Und da standen Molly und Louey Santera wie zwei bewaffnete Kriminelle im Flur vor seinem Zimmer. Ihre letzten Worte hatte er gehört. Er wusste, dass sie nicht daran glaubte, dass Louey unmittelbar etwas mit Emmas Entführung zu tun hatte. Doch irgendwie hatte er seine Finger im Spiel. Sie ging allen Möglichkeiten nach, was sehr schlau war. Er fragte sich, ob Louey ihr das abnahm.

Louey warf verstohlen einen Blick auf Gunther, der sich kein bisschen bewegt hatte und nach wie vor mit verschränkten Armen an der Tür lehnte. »Dich zu heiraten war wirklich ein Riesenfehler, nicht wahr? Du, die Unschuld vom Lande, und dein Vater, ein Verbrecher. Das aber habe ich erst zu spät erfahren.«

»Was willst du denn damit sagen?«

»Willst du die Wahrheit hören? Dann erzähle ich sie dir.« Mit verzerrtem Mund sah er auf sie herab. »Ich wollte dich vögeln, Molly, nicht heiraten. Aber dein Papa hat uns nachspioniert. Er hat mir keine Wahl gelassen.«

»Das ist nicht wahr, Louey, wie du wohl weißt. Er wusste überhaupt nicht, dass wir zusammen waren, bis ich ihm erzählt habe, dass wir heiraten. Sieh mich nicht wie ein Idiot an. Wie gesagt, er war vollkommen ahnungslos, bis ich ihm davon erzählt habe. Ich kann mich noch an seinen überraschten Gesichtsausdruck erinnern. Und das erfinde ich jetzt nicht. Er *war* überrascht.«

Louey lachte. Es war ein gemeines Lachen, das Molly erstarren ließ.

»Das ist nicht wahr«, wiederholte sie. Innerlich sackte sie in sich zusammen. War denn nichts in ihrem Leben so, wie es den Anschein hatte? »Das saugst du dir nach all diesen Jahren aus den Fingern, nur um mich zu verletzen.«

»Klar, Molly Liebling, klar doch. Wie es sich herausgestellt hat, hat dein Alter uns überwachen lassen – das wusstest du nicht, richtig? Natürlich wusstest du das nicht. Und dann hat er mich verfolgt, um sein kleines Mädchen vor dem elenden, koksenden Rockstar zu schützen. Er wusste vermutlich auf die Sekunde genau, wann ich dich entjungfert habe. Am nächsten Tag hatte ich dann Besuch von ihm. Das war auch der Tag, an dem ich endlich begriffen habe, wer dein Vater wirklich ist.«

»Und du lügst nicht? Mein Vater hat dich gezwungen, mir einen Heiratsantrag zu machen?«

»Du wirst doch wohl nicht im Ernst annehmen, dass ich dich als Ehefrau haben wollte, oder? Komm schon, Molly, noch nicht einmal du bist so dumm. Junge, frische Mädchengesichter haben es mir schon von jeher angetan. Du hast mich angesehen, als ob ich ein Gott wäre. Und da wollte ich mich selbst nun auch nicht kasteien. Ich musste Geduld haben und ein paar Spielchen spielen, damit du für mich die Beine breit machst. Ich wollte dich entjungfern. Jungfrauen waren mir von jeher das Liebste. Und genau das habe ich auch getan. Doch kurz nachdem du am Morgen gegangen warst, stand dein Papa vor meiner Tür.« Louey zuckte mit den Schultern. »Ich kann mich noch gut an einen Typen aus seinem Schlägertrupp erinnern. Es war derjenige, der vor einer Weile einen Kopf kürzer gemacht wurde. Er hatte riesige Hände. Er packte mich am Genick und hob mich vom Boden. Dann hat mir dein Papa dargelegt, wie sich die Dinge zu gestalten hätten. Er hat mir befohlen, meinen Heiratsantrag seiner Tochter gegenüber in aller Ernsthaftigkeit vorzutragen. Er sagte, wenn ich seiner Tochter gegenüber untreu werden sollte, würde er mein Gesicht derart zu Brei schlagen, dass mich nie wieder jemand ansehen würde. Ich habe ihm geglaubt.«

»Du warst recht überzeugend«, erwiderte sie und staunte darüber, dass sie die Worte überhaupt in den Mund, geschweige denn über die Lippen bekam. »Ich kann mich noch gut an den Abend erinnern. Aber du hast mit vielen anderen Frauen geschlafen.«

Louey zuckte mit den Schultern. »Klar, was sollte ich auch anderes tun, als ich mit dir verheiratet war? Schließlich habe ich deinen Alten angerufen und ihm gestanden, dass ich auch noch mit anderen Sex hatte. Ich habe ihm gesagt, dass du an der Sache keinerlei Interesse gezeigt hast. Was sollte ich denn tun?«

Louey lachte. Er lachte tatsächlich. »Dein Vater hat mir dann die Erlaubnis gegeben und mir geraten, die Angelegenheit sehr diskret durchzuziehen.«

Demütigung und Wut überschwemmten sie. Sie riss ihren Arm zurück und versetzte ihm einen harten Faustschlag in den Magen. Ihm blieb die Luft weg. Keuchend griff er sich an den Bauch und krümmte sich.

»Du elender Mistkerl«, sagte sie leise. »Du gottverdammter widerlicher Mistkerl. Du bist zu allem fähig, nicht wahr? Es stimmt, dass du der einzige Mann bist, mit dem ich jemals geschlafen habe. Ich habe also keine Vergleichsmöglichkeiten. Aber lass dir eines gesagt sein, Louey, Spaß hat es mir mit dir nicht ein einziges Mal gemacht. Von den Erzählungen anderer Frauen zu schließen, warst du immer und überall ein rücksichtsloses Schwein im Bett. Und ich habe es hingenommen, weil ich es nicht anders kannte.

In dir ist nichts als Habgier und Selbstsucht. Und du besitzt einen Überlebensinstinkt, der offenbar so ausgeprägt ist, dass du genau gemerkt hast, dass Mason dich kaltgestellt hätte, wenn du dich nicht seinen Wünschen entsprechend verhalten hättest. Hast du Emma entführen lassen? Du brauchst Geld. Du brauchst standig Geld. Und du wusstest, dass Mason jeden Preis für ihre Freilassung zahlen würde. Es war dir ganz gleich, woher das Geld kommen würde.« Keuchend hielt sie inne, dann schlug sie sich mit der Hand gegen die Stirn. »Wie konnte ich nur so dumm sein? Du wolltest nicht, dass mein Vater in die Sache hineingezogen würde. Du wolltest, dass ich allein die Lösegeldsumme zahlen würde. Das wiederum würdest du als Erstattung deines Geldes betrachten.

Ich habe wirklich nicht geglaubt, dass du es getan hast, doch jetzt denke ich anders. Du schuldest überhaupt niemandem viel Geld, nicht wahr? Du bist derjenige, der sie hat entführen lassen. Du wolltest dein Geld zurück.«

Sie schlug ihm in den Magen. »Und du hast einen Kinderschänder angeheuert, um sie zu entführen. *Das hast du deiner eigenen Tochter angetan!* Was für ein Mensch bist du nur?«

Wieder schlug sie zu. Er stand immer noch vornübergebeugt und rang nach Luft. »Nein«, brachte er mühsam hervor. »Das habe ich nicht getan. Schlag mich nicht noch einmal, Molly, ich meine es ernst. Kannst du dich noch erinnern, wie ich dich vor drei Jahren verprügelt habe? Ich würde es noch einmal tun.«

»Versuch es nur, du elender Wurm, versuch es.« Sie wollte noch etwas sagen, schüttelte jedoch nur den Kopf und wandte sich zum Gehen.

Ramsey machte zunächst keine Bewegung. Menschen fügten sich gegenseitig die unglaublichsten Verletzungen zu. Und er, Richter Hunt, ging, ohne im Geringsten zu zögern schnell den Flur hinunter auf Louey Santera zu, der immer noch dastand und abwechselnd auf Gunther und dann auf seine eigenen Fußspitzen blickte.

»Hey, Louey. Wie geht's denn so?«

Louey hob mühsam den Kopf. »Was wollen Sie, Sie Wichser?«

Ramsey lächelte und sagte mit schmeichelnder Stimme: »Molly hat Sie gut eingeseift. Ich ahnte, dass sie stark ist, aber das war trotzdem eine angenehme Überraschung. Sie müssen sie wirklich ziemlich geärgert haben.«

»Wenn der Schlägertrupp ihres Vaters in der Nähe ist, fühlt sie sich mutig. Können Sie sich vorstellen, was Gunther wohl gemacht hätte, wenn ich auch nur mehr als heftig geatmet hätte? Das wusste sie. Und ich musste hier herumstehen und mich von ihr verprügeln lassen.«

Ramsey behielt weiter das Lächeln auf seinem Gesicht. Er hob Louey Santera am Hemdkragen hoch, schüttelte ihn und rammte ihm die Faust ins Gesicht. Louey jaulte auf und taumelte nach hinten. Ramsey ließ ihn los, und er fiel rückwärts gegen die Wand.

»Sie sind ein elender Wurm, Louey, wissen Sie das eigentlich? Darüber können Sie erst einmal ein wenig nachdenken. Ich kann es kaum erwarten, Sie endlich von hinten zu sehen. Und Molly hat Recht. Mason reißt jede Sekunde der Geduldsfaden. Wenn das passieren sollte, sind Sie meines Erachtens nach endgültig erledigt.«

»Sie sind ein verdammter Richter, ein gottverdammter Bundesrichter, und hören Sie sich mal zu! Ein Vertreter des Gesetzes! Ich werde Sie von Ihrem Berufsstand ausschließen lassen, Sie wegen Amtsmissbrauch anklagen, Sie Hund. Ich werde Sie erledigen.«

»Wollen Sie mich nicht jetzt gleich erledigen? Das würde mir sehr entgegenkommen, Louey. Wann auch immer Ihnen danach der Sinn steht, schauen Sie einfach bei mir herein.« Er schüttelte den Kopf. »Es sieht ganz danach aus, dass Sie einen Kinderschänder angeheuert haben, um Ihre Tochter zu entführen. Das war Ihnen vermutlich nicht bewusst, aber das zeigt nur, was für ein Waschlappen Sie sind. Dafür werden Sie bezahlen, Louey, wenn Sie in diese Sache verwickelt sind. Wer weiß, vielleicht sehen wir uns ja in meinem Gerichtssaal wieder.«

»Sie sind in San Francisco, Sie Blödmann.«

»Stimmt, aber ich habe viele Freunde unter den Richtern.« Ramsey entfernte sich pfeifend. Über seine Schulter hinweg sagte er, an Louey gewandt: »Schlafen Sie gut, Louey. Morgen kommt noch früh genug.«

Er ging in sein Zimmer und machte sich nicht die Mühe, das Licht anzuknipsen, denn er kannte sich auch so gut aus. Er trat zum Bett, legte sich hin und starrte die schwarze Zimmerdecke an. War Louey tatsächlich in die Sache verwickelt? Das kam ihm ungeheuerlich vor. Andererseits schien der Mann keine Spur von Moral in seinem ausgemergelten Körper zu beherbergen.

»Du hast alles mitgehört, was er gesagt hat, nicht wahr?«

Er schnellte auf. »Molly? Warum bist du denn hier im Dunklen?«

»Ich habe auf dich gewartet. Ich habe zugesehen, wie du ihn hochgehoben und ihm einen Kinnhaken versetzt hast.«

»So wie wir beide auf ihn eingedroschen haben, wird er vielleicht noch ein Fitzelchen Menschlichkeit hochkotzen, obwohl er dazu wohl kaum fähig ist. Warum nur hast du jemals geglaubt, ihn zu lieben?«

»Ich war neunzehn Jahre alt und strohdumm.«

»Und er war der große Rockstar.«

»Ich war unglaublich beeindruckt. Ein gemeinsamer Freund hat uns einander vorgestellt. Du hast ihn ja selbst reden hören. Der einzige Grund, weswegen er mich zu sich eingeladen hat, war der, dass ich auf ihn wie die Unschuld vom Lande gewirkt habe. Am ersten Abend bin ich nicht mit ihm ins Bett gegangen, und das war vermutlich auch der Grund, weshalb er mich ein zweites Mal zu sich eingeladen hat. Ich bin überhaupt nicht mit ihm ins Bett gegangen, bis ich zu viel Marihuana geraucht und zu viel getrunken hatte – o mein Gott, das hört sich wirklich albern an. Dann jedenfalls bin ich zu ihm ins Bett geschwebt.« Bei der Erinnerung zitterte sie.

»Lassen wir es dabei bewenden, Ramsey. Immerhin hat er mir Emma gegeben. Ich hätte mit dem Teufel getanzt, wenn das Ergebnis Emma gewesen wäre.«

»Natürlich hättest du das«, erwiderte er und erhob sich vom Bett. Er konnte sie jetzt sehen, sie stand dicht neben dem geöffneten Fenster. Eine Mondsichel war zu sehen, deren bleiches Licht das Zimmer erhellte.

Sie wandte sich ihm zu. »Du hast alles gehört, was er gesagt hat, nicht wahr?«

»Ja. Es hat mir gut getan, ihn zu schlagen, Molly. Er ist eine armselige Kreatur.«

»Glaubst du, er hat mit Emmas Entführung etwas zu tun?«

»Möglich. Wenn dem so ist, hast du den Nagel auf den Kopf getroffen. Er wollte sein Geld zurück. Dennoch komme ich immer wieder auf dieselben Fragen zurück. Warum die vielen Profis? Wer hat uns verfolgt? Erinnere dich, die Lösegeldforderung traf erst ein, nachdem Emma wieder bei uns war. Ich habe das sichere Gefühl, wenn sie uns geschnappt hätten, wären wir allesamt mausetot. Warum? Das würde ihnen kein Lösegeld einbringen.«

»Ich weiß.«

Ein Schrei ertönte, ein hoher, ohrenbetäubender Schrei. Sie rasten aus dem Zimmer den Flur hinunter zu Emmas und Mollys Zimmer.

Ramsey stand daneben, als Molly Emma in den Arm nahm und sie zu wiegen begann. »Ist schon gut, mein Liebling, ist schon gut. So ist es richtig, atme tief durch für Mama. Es ist alles in Ordnung. Ich bin hier. Ramsey ist auch hier.«

Er setzte sich auf die andere Bettkante und streichelte schweigend Emmas Rücken.

»War es der schreckliche Mann, Em?«

An die Schulter ihrer Mutter gedrückt, nickte Emma. »Ich bin aufgewacht, weil da dieses Geräusch war. Dann habe ich dorthin gesehen. Er war am Fenster. Er hat mich angestarrt. Er hat gegrinst. Er hatte schlechte Zähne, genau wie immer.«

Ramsey ging sofort zum Fenster. Er öffnete das Fenster, sah hinaus, konnte jedoch nichts entdecken. Sie befanden sich im zweiten Stock. Das Fenstersims war breit genug, dass ein Mann darauf hätte stehen können. Er spähte unablässig hinaus, doch konnte er weder im Gebüsch noch in den Bäumen eine Bewegung ausmachen, er sah niemanden sich im Schatten bewegen, noch hörte er irgendein Geräusch. Nicht einen einzigen von Mason Lords Wachposten konnte er erkennen.

Er wandte sich Emma wieder zu. Mit brüchiger Stimme flüsterte sie: »Er wird nicht weggehen. Er ist immer da und wartet auf mich. Ich wusste, dass er wieder zu mir kommen würde, und das hat er auch getan. Er hat uns den ganzen Weg von Kalifornien bis hierher verfolgt. Jetzt ist er hier.«

Molly sah zu ihm auf. Er schüttelte den Kopf.

»Bist du dir sicher, dass er es war, den du am Fenster gesehen hast, Em?«

»Ja. Er hat mich angegrinst. Ich hatte solche Angst.«

Molly drückte sie wieder fest an sich. »Ich weiß, mein Liebling. Aber jetzt ist alles in Ordnung. Ramsey und ich sind hier bei dir.«

»Er wird nicht wieder zurückkommen, Emma«, sagte Ramsey. »Und er wird nicht mehr lange hier herumstreichen, so viel verspreche ich dir. Jetzt gehe ich nach unten und schaue nach, ob ich den Typen auftreiben kann.«

Er war schon an der Tür, als Emma seinen Namen rief. Er wandte sich ihr zu. »Was ist, Emma?«

»Danke, dass du mir glaubst.«

Er lächelte. »Wenn er immer noch dort draußen ist, fangen wir ihn ein.«

Sie machte nicht den Eindruck, als ob sie ihm das abnehmen konnte. Und er glaubte auch nicht so recht daran, denn er ging davon aus, dass sie ihn tatsächlich in einem ihrer Alpträume heraufbeschworen hatte. Dennoch würden die Wachposten und er sich noch einmal umsehen. Er konnte sich nicht vorstellen, dass sich jemand auf das Grundstück schleichen konnte, ohne vom Wachpersonal entdeckt zu werden. Es konnte jedoch nicht schaden, noch einmal nachzusehen, mit den Wachposten zu sprechen und sicherzustellen, dass sie besonders aufmerksam waren.

Emma nuckelte an ihrem Daumen und hatte einen Schluckauf. »Ich komme jetzt mit ins Bett, Emma, dann können wir Löffelchen spielen. Wir können uns ganz dicht aneinander kuscheln.«

»Kommt Ramsey auch?«

Er zögerte kein bisschen. »Natürlich, Emma. Weißt du, du

legst dich schon mal mit deiner Mama hin, und ich komme bald nach. Ich werde euch beide umarmen, bis ihr einschlaft. Jetzt aber sehe ich mich nach dem Mann um.«

Sie saugte noch heftiger an ihren Finger, dann zog sie ihn aus dem Mund und flüsterte: »Sei bitte vorsichtig, Ramsey. Er ist ein ganz böser Mann. Er raucht sogar.«

»Ich bin bald wieder da, Emma. Und ich werde umsichtig wie ein Richter sein.«

Sie nuckelte jetzt langsamer, zog die Nase hoch und schluckte. »Das war schon richtig witzig, Ramsey.«

Miles klopfte zaghaft an die Schlafzimmertür, dann öffnete er sie leise. Emma lag an Molly gepresst auf dem Bett. Ramsey schlief auf dem Sessel daneben und hatte sich eine Decke bis zum Kinn hochgezogen.

Es war schon spät, bereits nach acht Uhr früh. Er hielt inne, unschlüssig, was er jetzt tun sollte.

»Sind Sie es, Miles?«

»Ja, Ramsey. Soll ich später noch einmal zurückkommen?«

»Nein, es ist ohnehin Zeit aufzustehen.« Er setzte sich im Sessel auf und streckte sich. »Ich fühle mich wie eine verdammte Brezel«, meinte er und strich sich über den Nacken. Er wollte gerade aufstehen, als Emmas Hand von unter der Decke auf ihn zuschnellte und nach seiner Hand griff. Molly wachte auf. Sie versuchte sich, ohne Emma zu wecken, aufzusetzen.

»Ich bin schon wach, Mama. Und ich habe Ramsey geschnappt.«

»Das sehe ich. Miles?«

»Ja bitte, Molly?« Er brach plötzlich ab und drehte sich um. »Guten Morgen, Sir. Wie Sie sehen, bewachen Ramsey und Molly Emma.«

»Das ist ja lächerlich«, sagte Mason Lord. »Was in aller Welt machen Sie denn hier, Ramsey?«

Mit ruhiger Stimme und immer noch mit Emmas Hand in

seiner erwiderte Ramsey: »Wenn Sie jetzt bitte beide aus dem Zimmer gehen würden, können Molly und ich aufstehen. Und falls Sie sich wundern, weswegen ich hier bin, Emma hatte einen Alptraum. Ich bleibe dann ganz in ihrer Nähe, damit sie sich wieder sicher fühlt. Lass mich jetzt los, Em. So ist es gut.« Er beugte sich vor und küsste sie, dann streichelte er ihr zärtlich über die Wange.

Mason Lord wandte sich ab. Mit kalter, harter und doch geschmeidiger Stimme hörten sie ihn sagen: »Guten Morgen, Louey. Ich nehme an, dass du mir heute Morgen eine Menge zu sagen hast.«

»Sie schläft also mit ihm, stimmts?«

»Du hast das Gehirn eines Einfaltspinsels, Louey. Ich schlage vor, du gehst nach unten, nimmst etwas Frühstücksspeck und Toast zu dir und bereitest dich dann darauf vor, mir zu erzählen, was sich in letzter Zeit in deinem armseligen Leben zugetragen hat.«

»Wie gesagt, ich habe Emma nicht entführt. Sie ist auch meine Tochter. Warum redest du von ihr immer nur als Mollys Tochter? Hör zu, du musst mir glauben, ich ...«

Gott sei Dank schloss Miles in diesem Moment die Tür.

Ramsey rief Dr. Loo an und erzählte ihr von Emmas Alptraum, der ihr so wirklich vorgekommen war. Dr. Loo wollte sie sofort sehen.

Mason Lord fing Ramsey auf dem Weg zum Frühstück ab und zog ihn beiseite. »Ich habe Gunther gebeten, Ihnen den Mercedes zu bringen. Damit können Sie alle zum Arzt fahren. Außerdem habe ich von der Suche gestern Nacht erfahren.«

»Wir konnten keinen Beweis dafür finden, dass es tatsächlich einen Eindringling gegeben hat, was eigentlich ohnehin niemand erwartet hatte. Emma hat von dem Mann geträumt, war dann halb aufgewacht und hat ihn am Fenster gesehen. Das könnte auch einem Erwachsenen passieren. Es ist leicht vorstellbar, dass eine Sechsjährige einen bösen Mann am

Fenster sieht. Deshalb wollen wir heute auch gleich Dr. Loo aufsuchen, solange die Sache noch frisch für Emma ist.« Ramsey runzelte die Stirn und blickte an Mason Lords Schulter vorbei.

»Was ist los?«

»Es ist gut möglich, dass Emma den Entführer beschreiben könnte. Daran habe ich schon öfter gedacht, aber dann entschieden, dass wir ihr diese Belastung nicht zumuten dürfen. Es war zu früh. Vielleicht wäre es jetzt möglich. Wir könnten einen Phantomzeichner von der Polizei hierher bestellen.«

»Keine Polizei. Die stecken ihre Nase in Dinge, die sie nichts angehen. Ich bestelle einen Zeichner, er soll sich mit Dr. Loo absprechen und euch alle dort treffen.«

Ramsey nickte und ging ins Frühstückszimmer. Lediglich Emma und Molly saßen da. Es war ein reizender, im Kolonialstil eingerichteter Raum, dessen Erkerzimmer die Sicht auf den Garten und den glitzernd blauen Pool freigab. Er setzte sich an den Kirschholztisch mit der handgestickten Tischdecke und den für sie warm gehaltenen Speisen.

»Ich mag Dr. Loo«, sagte Emma und begann den ganz besonderen Haferbrei, den Miles ihr gemacht hatte, zu essen. »Glaubt ihr mir wirklich, dass ich ihn gesehen habe?«

»Es ist schon möglich, dass du ihn nicht wirklich gesehen hast, Liebling. Hoffentlich können wir mit Dr. Loo zusammen herausfinden, was du tatsächlich gesehen hast. Ist dir das recht?«

»Ja.« Sie seufzte tief auf. Ramsey hätte nie geglaubt, dass ein Kind so seufzen könnte.

Molly stand auf und stellte sich hinter Emma. »Lass mich dir einen Bauernzopf flechten, Em. So sieht es etwas zerrupft aus.«

Während Emma ihre Haferflocken aufaß, trank Ramsey seinen Kaffee und beobachtete Molly beim Flechten des Bauernzopfs. Ihre Handbewegungen waren sicher und geschmeidig. Das würde er auch lernen müssen. Er erinnerte sich an die armseligen Zöpfe, die er zu Stande gebracht hatte, nachdem er Emma gefunden hatte.

»Wirst du mir das einmal beibringen?«, wandte er sich an Molly, die den Zopf mit einem Gummiband abschloss. Dann zog sie eine hübsche gelbe Schleife darüber.

»Kein Problem. Emma, dir macht es doch nichts aus, wenn Ramsey ein wenig an deinem Haar übt?«

»Nein, Mama. Ramsey kann alles lernen.«

»So viel Zutrauen«, sagte Molly und küsste ihre Tochter aufs Ohr. »Wenn du dann fertig gegessen hast, Liebling, ist es auch schon Zeit zu gehen. Ich bitte jetzt Miles, das Auto zu holen.«

»Gunther hat es vorhin schon gebracht, laut Auskunft deines Vaters jedenfalls.«

Fünf Minuten später verließen sie das Haus. Das Auto stand am hinteren Ende der weitläufigen Auffahrt.

Plötzlich schnellte Louey Santera hinter dem dichten Gebüsch hervor, rannte auf das Auto zu und riss die Fahrertür des Mercedes auf.

»Er versucht zu fliehen«, sagte Ramsey und schüttelte den Kopf. »Was für ein Dummkopf.«

»Kommen Sie zurück, Louey. Sie kommen hier nicht raus, das wissen Sie doch. Das Tor ist verschlossen und wird von zwei bewaffneten Sicherheitsposten bewacht. Bleiben Sie hier, Sie Schwachkopf. Himmel noch mal, Mason wird Ihnen nicht die Fingernägel ausreissen lassen. Sie müssen ihm lediglich die Wahrheit sagen, dann wird Ihnen niemand ein Haar krümmen.«

Louey streckte ihm den Stinkefinger entgegen. Er drehte den Schlüssel im Zündschloss.

Das war seine allerletzte Handlung.

18

Das Auto explodierte wie ein Feuerball. Flammen züngelten himmelwärts, Metallstücke schossen aus dem Wagen durch die Luft in ihre Richtung. Molly riss Emma beiseite, drückte sie auf den Boden und warf sich über sie. Ramsey warf sich über sie beide, breitete seine Arme aus und bedeckte sie so weit wie möglich. Er spürte die enorme Hitze der Flammen, hörte das Zischen des Feuers und das Aufschlagen von Metallstücken auf der Auffahrt. Plötzlich hatte er das Gefühl, als ob ihm ein Felsen auf den Rücken gefallen sei. Er war hart und schwer und heiß. Schmerz überwältigte ihn. Was auch immer auf seinem Rücken lag, brannte sich durch Anorak und Hemd. »Beweg dich nicht, Molly.« Mit einer schnellen Bewegung rollte er auf den Rücken. Ein rauchendes Stück Autositz fiel neben ihm auf den Boden. Augenblicklich ließ der Schmerz nach. Er hatte das Feuer gelöscht.

Er blickte sich nach Molly um und sah ein scharfes Stück Metall wie einen Pfeil in ihrem Arm unmittelbar über dem Ellenbogen stecken. »O mein Gott, Molly, halt ganz still. Emma, ist alles in Ordnung?«

»Ja, Ramsey.«

»Gut. Bewegt euch beide nicht. Es ist immer noch zu gefährlich.« Er riss sich den Ärmel vom Hemd, atmete einmal tief durch und zog, ohne auch nur ein Wort an Molly zu richten, den Metallpfeil aus ihrem Arm. »Geschafft«, meinte er. »Beweg dich nicht, ich werde dich verbinden.«

Molly hatte keinen Laut von sich gegeben. Er wusste nicht, wie sie das hatte zu Wege bringen können, aber sie hatte es geschafft. Die nächsten Minuten verstrichen sehr langsam. Emma wurde unruhig. Er murmelte ein paar unverständliche Worte, um sie zu beruhigen. Schließlich war das Auto ganz heruntergebrannt, die Flammen verwandelten sich in schwarze Rauchschwaden, die sich kurz darauf über alles legten.

Der Geruch verbrannten Gummis war ekelhaft. Der Mercedes war nur noch eine brennende Karosse. Und das, was von Loueys Körper noch verblieben war.

Als Ramsey sich schließlich bewegte, rollte Emma auf den Rücken und sah zu ihm und zu ihrer Mutter auf. Molly hielt sich den Arm. »Was ist passiert? Warum ist unser Auto explodiert?«

»Ist schon gut, Emma.« Er konnte ihr nicht antworten, jetzt noch nicht. Er half Molly aufzustehen. »Ist es erträglich?«

»Ja, mach dir meinetwegen keine Sorgen. Ich hatte Glück, dass ich ein langärmeliges Kleid trage. Viel Schutz bietet es zwar nicht, doch immerhin etwas.« Ihr Ärmel war abgesengt, das Blut sickerte aus dem provisorisch umgelegten Verband und rann ihr den Unterarm hinunter.

»Wir brauchen beide einen Arzt.«

Sie blickte ihn an. »Geht es dir gut, Ramsey? Du bist verletzt. Wie schlimm ist es?«

»Alles in Ordnung. Nun komm schon, Molly.«

Sie blickte auf die brennende Karosserie und wurde leichenblass. »O mein Gott, Louey!« Sie rannte auf das brennende Wrack zu und hielt sich den Arm. »Louey!«

Ramsey bekam sie an der Taille zu fassen und riss sie zurück. »Nein, Molly. Er ist tot.« Er schloss kurz die Augen, denn jetzt wurde ihm klar, dass Emmas Vater eben gerade vor ihren Augen zerfetzt worden war. Sowohl er als auch Molly hatten beide einen Schock und konnten noch nicht wieder klar denken. Emma starrte auf den Wagen. Er kniete sich neben sie und drückte sie an sich. »Es wird alles gut werden, Emma, das verspreche ich dir. Es tut mir wirklich Leid, Liebling. Jemand hat in dem Auto eine Bombe gelegt. Als er die Zündung bedient hat, ist sie explodiert.«

Vom Haus her hörte er in seinem Rücken Stimmen, drehte sich jedoch nicht nach ihnen um.

Von dem Wagen war nichts mehr übrig. Von Louey Santera auch nicht. Als Ramsey sich umdrehte, sah er alle, auf den Stufen versammelt, den verkohlten, zusammengeschmolzenen Wagen anstarren. Nach wie vor fraßen sich kleine Flammenherde in das Metall und brachen sporadisch in spuckende Feuerwerke aus.

Emmas Klavier war zerbrochen. Immer noch hielt sie es gegen die Brust gepresst. Sie sah erst ihre Mutter an, dann blickte sie wieder zu ihm auf. »Das verstehe ich nicht.«

»Er ist tot, Emma«, sagte Molly.

»Oh«, sagte sie schließlich und sah sich zu dem verkohlten Auto und den züngelnden Flammen um. »Ich sehe ihn aber gar nicht, Ramsey.«

»Nein«, erwiderte er. Er wollte ihr jetzt nicht erklären, dass man ihren Vater nun ganz einfach hätte zusammenfegen können.

Dann fingen alle auf einmal zu reden an, tätschelten ihre Schulter und redeten beruhigend auf sie ein. Mason Lord drückte sogar für einen kurzen Augenblick Molly an sich. Gunther hatte seine Pistole gezogen. Miles versuchte sich Emma zu nähern. Wachposten schwärmten schussbereit zum brennenden Wrack aus. Es waren junge, kerngesunde und durchtrainierte Männer, die jeder eine automatische Waffe trugen. Angesichts der enormen Zerstörung hielten sogar sie einen kurzen Moment lang inne.

Mit Blick auf Emma bemerkte Eve Lord langsam: »Ihr drei hättet in dem Auto sitzen sollen, nicht Louey Santera.«

»Es war dieser böse Mann«, sagte Emma. »Er hatte es auf mich abgesehen, hat aber stattdessen Papa getroffen.«

Sie betrachtete ihr zertrümmertes Klavier und legte es vorsichtig auf dem Rasen ab. »Schaut euch die zerbrochenen Tasten an.« Sie kniete sich daneben und drückte auf das C. Ein schneidender, klirrender Ton erklang. Ihr Gesicht blieb regungslos. Sie hob das Klavier auf und drückte es gegen den Körper, dann ging sie ins Haus. Molly holte sie ein und nahm sie in ihre Arme.

»Ich rufe die Polizei«, wandte sich Ramsey an Mason Lord.

»Meinen Grund und Boden betritt keine Polizei.«

»Und ob sie das tun wird.«

Molly gab keinen Ton von sich, während Mason Lords Leibarzt, Dr. Theodore Otterly, ihren Arm nähte. Ramsey spürte ihren Schmerz, die Anspannung ihrer Muskeln, aber sie beklagte sich nicht. Er hatte zwei Stühle zusammengestellt und sich auf den hinteren gesetzt. Dr. Otterly hatte ihn gebeten, Molly zu stützen, also hatte er seine Arme um ihr Kinn gelegt und hielt ihre Schultern fest. Ihr verwundeter Arm ruhte auf dem Tisch. Molly zuckte zusammen, dann atmete sie tief durch.

Plötzlich gab Emma einen maunzenden Ton von sich. Ramsey sagte: »Ich weiß, Em. Es ist alles ziemlich schlimm, aber deine Mutter hält das aus. Wenn du etwas sagen möchtest, sprich es ruhig aus.«

»Ist alles in Ordnung, Mama?«

Ihre Stimme war leise, ihre Angst nur zu offensichtlich. Molly brachte zu ihrem eigenen Erstaunen ein Lächeln zu Stande. »Em, das ist nicht so schlimm. Ich bin schließlich richtig hartgesotten, genau wie Ramsey. Ich bin eine Macha. Mach dir keine Sorgen, Süße, mir geht es gut.«

Er spürte, wie sie erneut zusammenfuhr und drückte sie noch fester an sich. Sie lehnte sich zurück und ließ sich gegen ihn fallen. Dr. Otterly hatte ihm aus seiner Jacke geholfen, sein Hemd kurz befühlt und dann gemeint, er wolle sich erst um Molly kümmern. Ramsey war sehr erleichtert gewesen. Unter allen Umständen wollte er jede Verletzung vermeiden, die ihn auch nur noch so kurzfristig aus dem Verkehr ziehen könnte. Die Ereignisse waren außer Kontrolle geraten, und er konnte es sich nicht leisten, ebenfalls die Kontrolle zu verlieren. Aber verflucht noch mal, sein Rücken tat ihm höllisch weh.

Er war sich der Tatsache bewusst, dass Mason Lord hinter ihm in der Küchentür stand und die Arme vor der Brust verschränkt hielt. Er hatte noch kein Wort von sich gegeben, sondern stand lediglich wortlos da. Miles saß neben Emma und hielt ihre Hand. Ramsey wusste, dass die Polizei mittlerweile angekommen war. Er hatte Sirenen, Stimmengewirr und Schritte gehört.

»Ramsey, dein Rücken ist ganz schwarz. Ich meine, dein Hemd ist schwarz. Hoffentlich ist es darunter nicht auch schwarz.«

»Dr. Otterly hat nur kurz gebrummt, als er es gesehen hat. Er meinte, ich solle mich nicht so haben, er wolle sich zuerst um deine Mutter kümmern. Er weiß, dass es bei mir nicht so schlimm ist, Emma«, sagte er und war froh, dass er nicht genau erkennen konnte, was das Stück Sitzfläche bei ihm angerichtet hatte.

Dr. Otterly setzte den letzten Stich an Mollys Arm. Er benetzte einen dicken Wattebausch mit Alkohol und tupfte damit das verbliebene Blut ab. Dann richtete er sich auf. »So ist es gut, Frau Santera. Sie haben es hinter sich. Nur noch eine kleine Spritze. Ich verbinde Sie jetzt noch, dann kümmere ich mich um Richter Hunt.«

Molly bekam eine Armbinde. »Damit die Nahtstellen nicht ziehen«, meinte Dr. Otterly.

Als Ramsey an der Reihe war, fühlte er Emmas Hand in seiner. »Ich bin bei dir, Ramsey. Alles ist gut.«

»Danke, Liebling. Ich brauche dich jetzt.«

Der Schmerz war schlimm, doch es gelang ihm stillzuhalten. Es erschien ihm wie eine Ewigkeit, eine sehr schmerzhafte Ewigkeit, bis Dr. Otterly sein Hemd ausgezogen und den Rücken desinfiziert hatte. Er sagte: »Es ist nicht so schlimm, wie ich zunächst gedacht hatte. Ihre Jacke hat Ihnen die Haut gerettet. Sie haben eine kleine Verbrennung zweiten Grades auf dem Rücken, werden also Blasen bekommen, und die Heilung wird sich etwas hinziehen. Zusätzlich haben Sie eine

Menge Prellungen. Ich werde Ihnen etwas antibiotische Lösung auftragen und die Wunde mit einem Verband versehen. Lassen Sie ihn ein oder zwei Tage drauf. Es ist nicht dramatisch, Richter Hunt.

Und wenn einer von Ihnen beiden Komplikationen hat, rufen Sie mich bitte sofort an. Hier ist noch ein Schmerzmittel, wie ich es Ihnen bereits gespritzt habe. Frau Santera, Sie werden es die nächsten drei Tage über brauchen.«

Dr. Otterly lächelte Emma an. »Und für dich, junge Dame, habe ich einen Leckerbissen.«

Emma glaubte ihm nicht eine Sekunde lang. Sie trat einen Schritt zurück. Er lachte. »Nein, nein, nichts Schlimmes. Ich möchte nur, dass du etwas Orangensaft trinkst.« Er nickte Miles zu. Kurz darauf reichte ihr Miles ein Glas Orangensaft. »Emma, trink das bitte aus.«

Sie machte keinerlei Anstalten, seiner Bitte Folge zu leisten.

»Wie willst du sicherstellen, dass es deiner Mama und mir wieder gut geht, wenn du nicht selbst in Topform bist?«, fragte Ramsey.

Sie schien den Sinn seiner Worte nicht ganz zu begreifen, doch es reichte. Sie trank den Saft. Dr. Otterly streichelte ihr über die Haare und nickte Molly zu.

»Em, begleitest du mich nach oben? Ich bin noch ein wenig schwach auf den Beinen. Eigentlich geht es mir schon wieder ganz gut, nur mein Arm ist nicht so ganz zufrieden mit mir. Außerdem mache ich mir um Ramsey etwas Sorgen. Ich muss mich jetzt erst einmal ein wenig hinlegen. Kommst du mit mir mit?«

Nachdem Molly und Emma die Küche verlassen hatten, fragte Mason Lord: »Wird meine Tochter wieder vollkommen gesund?«

»Ich habe sie nicht angelogen, Sir. Das Metallstück hat sie nicht so tief verletzt, dass ich den Muskel hätte nähen müssen. Ich habe ihr Tetanus und ein Antibiotikum gespritzt.

Aber verstehen Sie mich nicht falsch. Obwohl die Wunde

von Richter Hunt nicht so schlimm ist, wie ich zunächst befürchtet hatte, ist die Verletzung Ihrer Tochter ernst genug. Meiner Ansicht hatten sie beide großes Glück, wenn man bedenkt, wie viele Autoteile durch die Luft geflogen sind.«

»Und Mollys Tochter? Was haben Sie ihr in den Saft getan?«

Dr. Otterly dachte eine Sekunde nach, dann nickte er. »Sie meinen Ihre Enkelin. Mit Emma ist alles in Ordnung. Ich habe ihr ein Beruhigungsmittel in den Saft gemischt. Sie wird bald einschlafen.«

Er wandte sich wieder Ramsey zu. »Sowohl Frau Santera als auch Sie müssen sich ausruhen. Das ist jetzt das Beste für Sie beide. Spielen Sie nicht den Helden, und nehmen Sie die Tabletten wie abgesprochen.« Er musterte Ramsey, runzelte die Stirn und drückte noch ein Stück Pflaster über dem Verband fest. »Das sollte jetzt halten. Haben Sie für das kleine Mädchen einen guten Psychologen?«

»Ja, das haben wir. Wir waren gerade auf dem Weg zu ihr, als das alles passiert ist. Noch etwas, Dr. Otterly. Mein linker Oberschenkel wurde vor zwei Wochen angeschossen. Könnten Sie einen Blick darauf werfen?«

»Und ich dachte immer, das Leben eines Richters sei ruhig und ereignislos. Ziehen Sie die Hosen aus, Richter Hunt, dann sehe ich mir die Sache einmal an.«

Nachdem Dr. Otterly die Wunde befühlt hatte, meinte er: »Alles in Ordnung. Wie auch immer Sie das verarztet haben, es war richtig. Das Fleisch ist gut zusammengewachsen, sogar die Narbe ist kaum zu sehen. Haben Sie wieder Ihre alte Kraft in dem Bein?«

»Noch nicht ganz.«

»In ungefähr einer Woche werden Sie wieder joggen können. Ich wünsche Ihnen alles Gute, Richter Hunt. Rufen Sie mich an, falls es Probleme geben sollte.« Er nickte Mason Lord zu.

Ramsey bedankte sich noch einmal und hielt still, während Miles ihm ein sauberes Hemd überzustreifen half. Es schmerzte nicht.

Gott sei Dank hatte Emma keinerlei Verletzungen. Doch ganz ungeschoren war sie natürlich nicht weggekommen. Es war eine andere Art von Verletzung, eine sehr, sehr schwer wiegende.

Langsam ging Ramsey mit Mason Lord ins Wohnzimmer, wo Eve der Polizei bis zu ihrer Ankunft Rede und Antwort stand. Ramsey war erleichtert darüber, dass Mason Lord sich ihrem Kommen nicht allzu heftig widersetzt hatte, ja sogar zugestimmt hatte, mit ihnen zu sprechen. Noch nicht einmal er konnte es sich nach einem Mordfall leisten, die Polizei durch seine Anwälte abzuwimmeln. Weder Ramsey noch Molly hatten bisher mit der Polizei gesprochen. Es hatte ihn nicht überrascht, dass Molly mit Emma nach oben gegangen war, um sie von der Polizei fern zu halten. Er hätte sie nur zu gerne begleitet.

Drei Polizeibeamte in Zivil saßen auf der Vorderkante ihrer Stühle und machten einen angespannten Eindruck, als ob sie inmitten der opulenten Umgebung und der Anwesenheit von Mason Lords wunderschöner junger Frau unter Hämorriden litten. Alle drei erhoben sich, als Ramsey und Mason Lord das Wohnzimmer betraten.

Mason Lord stellte sich vor, nickte den drei Männern gelassen zu und setzte sich neben seine Frau. Er betrachtete seine Fingernägel und begann mit dem Fuß zu wippen.

Einer der Männer wandte sich Ramsey zu. »Richter Hunt? Mein Name ist Riley O'Connor. Es ist mir ein Vergnügen und eine Ehre, Sie kennen zu lernen, Sir.«

Detektiv O'Connor war mindestens fünfzehn Jahre älter als Ramsey, dünn wie eine Bohnenstange und hatte eine Glatze. Seine dunklen Augen sprühten vor Intelligenz und Humor. »Wir sind sehr glücklich darüber, dass es Ihnen gut geht.«

Die beiden Männer schüttelten einander die Hände. Detektiv O'Connor stellte die beiden anderen Männer vor, Wachtmeister Burnside und Detektiv Martinez.

Mason Lord räusperte sich. »Haben Sie nun alles Wissenswerte erfahren, meine Herren?«

Detektiv O'Connor hob eine schwarze Augenbraue in die Höhe. »Nein, Sir, wir fangen eben erst an. Wir haben einen Mord aufzuklären, und zwar einen besonders gewalttätigen Mord. Frau Lord hatte nicht ausreichend Zeit gehabt, uns wirklich umfassend aufzuklären. Und Sie sind eben erst hier hereingekommen. Ich würde gerne zunächst einmal mit Richter Hunt sprechen. Und danach hätten Sie vielleicht etwas Zeit, sich mit uns zu unterhalten?«

Mason Lord nickte Detektiv O'Connor kaum merklich und etwas herablassend zu, erhob sich und ging zur Anrichte hinüber, um sich einen Drink einzuschenken.

»Also gut«, sagte Ramsey. »Gehen wir in das Arbeitszimmer von Herrn Lord. Ist das in Ordnung, Sir?«

Mason Lord machte keinen sehr glücklichen Eindruck, doch er hatte keine Wahl und nickte. Die beiden anderen Polizisten standen auf und wollten sich noch einmal den verkohlten Mercedes ansehen und mit den forensischen Fachleuten ein Wort wechseln, die die Überreste untersuchten. Ramsey konnte ihrer Unterhaltung lauschen: »Wie ich höre, ist nach der Explosion und dem Feuer wohl nicht viel von ihm übrig geblieben.«

Detektiv Martinez wandte sich an Wachtmeister Burnside: »Die drei hatten sagenhaftes Glück. Die Sache ist wirklich ziemlich merkwürdig, Tommy, wirklich sehr merkwürdig. Dieser Typ, Gunther, hat uns kein bisschen weitergeholfen. Mein Gefühl sagt mir, dass wir von den Angestellten hier überhaupt gar nichts erfahren werden.«

»Und ich frage mich, was ein Richter Hunt mit einem Mann wie Mason Lord zu schaffen hat. Da heißt es immer, der sei nicht korrupt, ein gerader Pfeil, wie sie sich ausdrücken.«

Mehr konnte Ramsey nicht verstehen. Ein unverbogener Pfeil sollte er sein? Das gefiel ihm.

Neben ihm lachte Riley O'Connor auf. »Das ist wirklich eine Sache für uns, Richter Hunt. Tut mir echt Leid, dass jetzt alles auffliegen wird, die Entführung des Kindes, dass Sie bis in den Westen hinein verfolgt wurden, und nun noch das hier. Sowohl Fakten als auch Vermutungen. Aber Sie kennen ja aus eigener Erfahrung das Gefühl, im Scheinwerferlicht der Medien zu stehen. Sie können als Teufel oder aber als Heiliger dargestellt werden, abhängig von den Vorlieben des betreffenden Reporters und je nachdem, wie nett Sie sich ihm gegenüber verhalten haben. Was die Fotografen betrifft, da wette ich, dass Sie manche von ihnen einfach verprügeln wollen.«

»Und ob«, erwiderte Ramsey. Er erinnerte sich an den in den Büschen versteckten Paparazzo, der das Fass zum Überlaufen gebracht hatte und dessentwegen er sich in die Rockies verzogen hatte, wo er Emma gefunden und herausgefunden hatte, dass seine eigenen Probleme eigentlich gar nicht so schwer wogen. »Andererseits muss diese Sache auch ans Tageslicht kommen. Ich möchte, dass die Presse ihren Spaß hat, und ich werde sie höchstpersönlich anfeuern.«

»Warum?« Detektiv O'Connor legte den Kopf zur Seite und musterte Ramseys Gesicht.

»Aus einem Grund: um Emma zu schützen. Vielleicht werden ihre Verfolger sie laufen lassen, wenn die ganze Welt weiß, dass hier irgendeine Art von Verschwörung im Spiel ist und dass die Presse sich überall einmischen wird.«

»Verschwörung?«

Ramsey lächelte ihn lediglich an. »Eine Sekunde noch, Sir.«

Sie betraten das Arbeitszimmer, und Ramsey schloss hinter ihnen die Tür. Sein Rücken begann zu schmerzen. Er musste wohl ein wenig zusammengezuckt sein, denn Detektiv Riley O'Connor sagte: »Wie ich gehört habe, haben Sie am Rücken eine ziemliche Verletzung erlitten.«

»Ja, ein Stück brennender Autositz. Aber nicht so schlimm

wie die Verletzung von Frau Santera am Arm. Es ist halt auf mich gefallen, hat meine Haut jedoch kaum verletzt. Frau Santera ist im Moment bei ihrer Tochter.« Noch während er sprach, klopfte es an der Tür. Molly erschien, blass und den Arm in der Schlinge, die Haare wild um ihr schmales Gesicht. Ihre Augen waren groß und ruhig und sehr grün, ohne auch nur eine Spur von Grau. Zum ersten Mal fiel ihm auf, dass sie eine Andeutung von Sommersprossen quer über der Nase hatte. Das gefiel ihm.

Er spürte, dass sie kurz vor dem Zusammenbruch stand. Er trat einen Schritt auf sie zu und hielt inne. »Molly, was machst du hier? Ist mit Emma alles in Ordnung?«

Sie hob die Hand und berührte mit den Fingerspitzen sanft seine Lippen. »Alles in Ordnung, Emma geht es gut. Sie schläft, sonst hätte ich sie jetzt nicht allein gelassen. Miles passt auf sie auf. Ich wollte gerne mit der Polizei sprechen und ihnen alles sagen, was ich weiß. Es gibt keinen Grund, weswegen sie das alles noch einmal mit mir wiederholen sollten. Abgesehen davon gehe ich davon aus, dass du und ich die einzigen beiden zu einer Aussage bereiten Zeugen in diesem Haushalt sind. Wenn wir dem Herrn die ganze Geschichte erzählen, können wir uns gegenseitig ergänzen, falls einer von uns beiden etwas vergessen sollte.« Sie trat vor und streckte ihre Hand aus. »Ich bin Molly Santera.«

Detektiv O'Connor schien verwirrt. »Der Tote – Louey Santera, der Rockstar – er war Ihr Mann?«

»Ex-Mann. Louey und ich sind seit zwei Jahren geschieden.«

»Molly, möchtest du einen Brandy?«

Sie wollte gerade den Kopf schütteln, hielt jedoch inne. »Weißt du, das könnte jetzt genau das Richtige sein.«

Ramsey schenkte ihnen allen dreien einen kleinen Brandy ein. Detektiv O'Connor lächelte ihn an, warf dem Brandy einen bedauernden Blick zu und meinte: »Vielen Dank, vielleicht später.«

»Das wird ein Weilchen dauern, Sir.«

O'Connor zog ein Tonbandgerät aus der Manteltasche. »Darf ich die Unterhaltung aufnehmen? Das wäre wohl das Beste.« Sie hörten ihm zu, wie er sich identifizierte, dann das Datum und den Ort aufsprach. Dann sagte er mit deutlicher Stimme: »Was ich über die Medien bereits gesagt habe, Richter Hunt, ist, dass der Tod von Herrn Santera sicherlich ein ebenso heftiges Medieninteresse auslösen wird wie seinerzeit das Verfahren gegen O. J. Simpson in Los Angeles. Wenn all die Details über die Entführung Ihrer Tochter, Frau Santera, ans Tageslicht kommen, weiß nur der Herrgott allein, was passieren wird.«

»Das ist nicht zu ändern«, erwiderte Ramsey. »Meiner Ansicht nach sollten wir mit dir anfangen, Molly. Detektiv O'Connor will die ganze Geschichte hören. Wer auch immer Louey Santera in die Luft gesprengt hat, hatte eigentlich uns drei damit treffen wollen.«

»Ja«, erwiderte sie. Ihre Stimme war nur noch ein Flüstern. Sie trank noch etwas Brandy, dann stellte sie das leere Glas auf den Tisch zurück und räusperte sich. »Es fing alles mit Emmas Entführung an. Mein Gott, Ramsey, das ist erst dreieinhalb Wochen her.«

»Ist Emma aus Ihrem Haus entführt worden, Frau Santera?«

»Nein, aus einem kleinen Park unmittelbar hinter unserem Haus. Ich hatte dort fotografiert.« Sie hielt abrupt inne. Ihre Hände lagen in ihrem Schoß gefaltet, ihre Knochen stachen weiß hervor.

Ramsey bemerkte mit schneidender Stimme: »Es ist nicht deine Schuld, Molly. Erzähl Detektiv O'Connor einfach nur, was vorgefallen ist.«

In diesem Moment ging die Tür auf.

Sonderagent Dillon Savich und Sonderagent Lacey Sherlock Savich, beide vom FBI, traten ins Zimmer.

Savich sagte: »Hallo, Ramsey. Ich bin über die Maßen

froh, dich heil und in einem Stück wieder zu sehen. Die Sache hat sich ja wirklich zugespitzt. Wir haben von der Explosion auf der Fahrt hierher gehört. Du erinnerst dich doch noch an Sherlock, nicht wahr? Alle erinnern sich an Sherlock.«

Dillon Savich warf Riley O'Connor ein Lächeln zu und streckte die Hand aus. »Wir sind vom FBI, aber machen Sie sich keine Sorgen. Wir wollen Ihnen keinerlei Vorschriften machen. Wir sind Freunde von Richter Hunt und möchten lediglich behilflich sein.«

Dr. Loo betrachtete Emmas neues Klavier, das sie gerade erst ausgepackt hatte. Sie drückte auf ein paar Tasten und lächelte. »Kannst du ›Twinkle, Twinkle, Little Star‹ spielen?«

»Ja, das kann ich, Dr. Loo. Es ist aber schon eine Weile her.«

Ramsey lächelte Emma zu. »Warum spielst du nicht das Thema mit ein paar Variationen, Emma?«

Emma lächelte kurz, dann betrachtete sie ihr neues Klavier. Die Oberfläche glänzte so sehr, dass sie ihr Gesicht darin gespiegelt sah. Sie schluckte, dann legte sie einen Finger auf die Taste F. Langsam wandte sie sich Dr. Loo zu. »Tut mir Leid, aber ich kann das jetzt nicht spielen. Es ist irgendwie nicht richtig. Mein altes Klavier ist gerade gestorben.«

Ramsey schnürte sich die Kehle zusammen. Verdammte Scheiße. Er war schneller als Molly, hob Emma in seine Arme und presste sie an sich. »Da hast du Recht, Liebling. Du musst dein altes Klavier erst eine Weile lang betrauern. Dr. Loo kann dich dann beim nächsten Mal spielen hören.«

Dr. Loo, die von Molly über den Vorfall genau informiert worden war, hatte Emma gegenüber den gewaltsamen Tod ihres Vaters nicht erwähnt. Vielmehr sagte sie: »Mason Lord hat einen Künstler vorbeigeschickt, Emma. Würdest du ihm beschreiben, wie der Mann ausgesehen hat, der dich entführt hat? Derselbe Mann, den du auch bei deinem Opa im Haus am Schlafzimmerfenster gesehen hast? Kannst du das tun?«

Emma machte einen besorgten Eindruck, dann nickte sie bedächtig. »Ich kann es versuchen, Dr. Loo.«

Ein älterer Mann mit Glatze wurde von der Empfangsdame ins Zimmer geführt. Sein Name war Raymond Block, und er hatte seit siebenundzwanzig Jahren für die Polizei als Zeichner gearbeitet. »Machen Sie sich keine Sorgen«, wandte er sich an die Runde. »Ich habe bereits häufig mit Kindern gearbeitet.« Dann setzte er sich neben Emma und schlug seinen Zeichenblock auf.

»Bist du so weit, Emma? Oh, warten Sie noch eine Sekunde, Herr Block. Ich muss mich kurz in meinem Gips kratzen.«

Dr. Loo ging nicht von ihrer Seite, bis es alles fertig war. Herr Block brauchte eine Dreiviertelstunde, um zu zeichnen, wieder wegzuradieren, zu verbreitern, zu verlängen, wieder zu zeichnen, wieder zu radieren. Schließlich sagte Emma: »Das ist er.«

Herr Block drehte die Zeichnung so, dass Dr. Loo, Ramsey und Molly sie sehen konnten.

»O mein Gott«, sagte Molly und starrte die ausgefeilte Zeichnung an. »Bist du dir sicher, dass das der Mann ist, den du am Fenster gesehen hast, Emma? Der Mann, der dich entführt hat?«

»Ja, er war es, der mich weggenommen hat. Und dann ist er wieder gekommen und hat mich durch die Fensterscheibe hindurch angegrinst.«

Ramsey schüttelte lediglich den Kopf von einer Seite zur anderen und bemühte sich, das merkwürdige Verlangen zu unterdrücken, gleichzeitig in Lachen oder Weinen auszubrechen. »Dieser Mann jedenfalls ist kein Gärtner, der irgendwo ganz in der Nähe deines Hauses in Denver arbeitet, Molly. Meiner Ansicht nach sieht er jemand anderem ähnlich, der in einer sehr viel vornehmeren Umgebung lebt.«

Es war ein sehr schönes Bild von Präsident Clinton, nur dass er schlechte Zähne hatte.

19

Zwei Stunden später saßen sich Ramsey, Molly, Dillon und Sherlock Savich in dem kleinen, an die Küche angrenzenden Raum gegenüber. Miles hatte ihnen Kaffee und ein ganz besonderes Nussbrot serviert, das er am selben Morgen erst gebacken hatte. Emma hatte ihm ihre Vorliebe für Nussbrot verraten, allerdings nur solches mit Walnüssen. Miles und Gunther standen etwas abseits vor dem Hinterausgang.

»Stimmt«, meinte Ramsey. »Die Ähnlichkeit mit Präsident Clinton ist wirklich frappierend.«

Sherlock, die gerade an Miles' sehr starkem jamaikanischen Kaffee nippte, verschluckte sich.

Savich klopfte ihr auf den Rücken. »Beruhige dich, Sherlock. Vielleicht war es ja gar kein Zufall. Vielleicht handelt es sich um eine Maske. Doch konnte er die ganze Zeit über eine Maske getragen haben? Das wäre recht unbequem gewesen.«

»Das schon«, erwiderte Molly und reichte Sherlock ein Glas Wasser. »Aber es bedeutet auch, dass sie – wer auch immer sie sind – Emma am Leben halten wollten. Sie haben sich also die ganze Zeit über maskiert, damit Emma sie später nicht würde identifizieren können.«

»Dennoch ergibt es immer noch keinen Sinn«, widersprach Ramsey und nahm sich ein dickes Stück Walnussbrot. »Warum dann der Anschlag auf unsere Leben? Was meinst du, Savich, wollten sie Emma lebend oder tot? Ich weiß es einfach nicht.«

Sherlock nippte nochmals an ihrem Kaffee, schüttelte sich und sagte: »Der Kaffee ist köstlich, aber er bringt mich um.«

»Du solltest sowieso keinen Kaffee trinken, du bist schwanger. Er bekommt dir nicht.«

»Danke für die Bekanntmachung«, erwiderte Sherlock,

legte die Hand auf den Bauch und raste durch die Tür, die Miles eilig für sie aufgerissen hatte. »Hinten im Flur links«, rief er ihr hinterher.

Savich schüttelte den Kopf. »Das habe ich vergessen. Ihr werdet es mir nicht glauben, doch normalerweise geht es ihr sehr gut. Wenn ich jedoch das Wort *schwanger* in ihrer Gegenwart benutze, muss sie sich übergeben.«

Ramsey wollte erst darauf antworten, schüttelte jedoch den Kopf und lächelte. »Lassen wir das lieber, Savich«, meinte er und streckte ihm die Hand entgegen. »Herzlichen Glückwunsch.«

»Da schließe ich mich an«, meinte Molly.

»Wenn sie zurückkommt, wird es ihr wieder gut gehen. Und ich werde ein wenig mehr auf meine eigenen Worte achten. Arme Sherlock. Sie hasst es, die Kontrolle zu verlieren.«

»Sie hat dich geheiratet«, scherzte Ramsey. »So sehr kann sie es also nicht hassen, die Oberhand zu verlieren.«

Molly schaltete sich ein. »Sie sind beide FBI-Agenten, miteinander verheiratet, und sie ist schwanger. Sie besitzen einen geschlechtswandelnden Laptop-Computer, und Sie haben sich eine Woche Urlaub genommen, um uns zu helfen. Warum?«

Plötzlich ernst lehnte sich Savich vor, stützte die Arme auf den Tisch und legte das Kinn auf seine verschränkten Hände. »Ich kenne Ramsey jetzt schon recht lange. Wir waren beide bei der Verbrechensbekämpfung tätig, Ramsey bei der Staatsanwaltschaft in San Francisco und ich beim FBI. Wir waren beide der Auffassung, eine Menge Gemeinsamkeiten zu besitzen.

Wir sind immer miteinander in Verbindung geblieben. Ich bewundere ihn, Frau Santera. Und was hier vorgeht, gefällt mir gar nicht. Was Sherlock betrifft, so ist sie erst seit einem knappen Jahr Sonderagentin, aber sie ist aufgeweckt und durchsetzungsfähig, und obwohl sie schwanger ist, hätte sie sich nie und nimmer davon abbringen lassen, mit hierher zu reisen. Übrigens wäre es sehr nett, wenn in ihrem Beisein *niemand* das Wort ›schwanger‹ benutzen würde.«

»Dann ist es also ganz egal, wer das Wort ›schwanger‹ ausspricht?«

Savich grinste Ramsey an. »Willst du damit zum Ausdruck bringen, dass sie alle gleichermaßen verantwortlich macht oder doch nur denjenigen, der für ihren jetzigen Zustand verantwortlich ist?«

»Genau das.«

»Ich weiß es nicht. Ich dachte immer, es sei nur bei mir. Vielleicht könntet ihr das Wort einmal versehentlich fallen lassen, dann können wir ein kleines wissenschaftliches Experiment durchführen.«

»Das würde ich einer anderen Frau niemals antun«, meinte Molly. »Vielen Dank, dass Sie beide gekommen sind.«

»Kein Problem. Diese Sache ist wirklich ein Riesenschlamassel. Sherlock gefällt es auch nicht, was euch widerfährt. Dieser Typ also hat entweder eine Clinton-Maske getragen, oder er ist ein Verwandlungskünstler.«

»Das scheint mir eher der Fall zu sein«, meinte Molly. »Emma hat sogar die schlechten Zähne in Clintons Mund eingebaut. Und Emma ist sehr aufmerksam.«

»Ich bin zwar nicht ihre Mutter, aber sie ist wirklich sehr intelligent«, pflichtete Ramsey bei. »Emmas Beobachtungsgabe ist um einiges schärfer als Mollys Rasierer.«

»Ich habe dir doch gesagt, du sollst ihn nicht benutzen.«

»Ich hatte Glück, dass ich mir damit nicht die Kehle durchgeschnitten habe.« Er wandte sich Savich zu. »Sag mal, hast du das ernst gemeint, dass du den Fall nicht aus den Händen der örtlichen Polizei nehmen willst?«

»Richtig. Sherlock und ich haben eine Woche Urlaub. Doch ich habe MAXINE …«

»MAX hat sich vor zwei Tagen einer weiteren Geschlechtsumwandlung unterzogen«, bemerkte Sherlock vom Flur aus. Sie hielt ein feuchtes Handtuch in der Hand, betupfte sich damit die Stirn und lächelte. »Seit ich Dillon kenne, ist das bereits das zweite Mal.«

»Vielleicht hatte ich befürchtet, dass MAX nicht so recht wusste, wie er sich ihr gegenüber verhalten sollte«, fügte Savich hinzu. »Er wollte sich der neuen Situation anpassen, da er genau wusste, dass sie von bleibender Dauer sein würde. Doch die Wahrheit ist die, dass er seit etwa vier Jahren immer hin- und herpendelt.«

»Molly und ich sind euch beiden für eure Hilfe sehr dankbar«, erwiderte Ramsey.

»Das wissen wir, Ramsey.« Er lächelte seine Frau an. »Alles in Ordnung, Sherlock?«

Sie nickte. »Nur ein kurzer Ausflug in die Hölle.« Sie wandte sich an Molly. »So jedenfalls bezeichnet es Dillon, wenn mir schlecht ist. Jetzt werden wir jede noch so unwichtige Information in MAXINE einspeisen und sehen, was sie daraus macht.« Sie merkte, dass Molly sie nicht verstand. »Dillon ist beim FBI Leiter der Verbrechensbekämpfung. Normalerweise stellen wir zwar keine Persönlichkeitsprofile her, arbeiten jedoch mit dieser Abteilung und mit den Behörden vor Ort zusammen, wenn es darum geht, Serienmörder dingfest zu machen. Dazu benutzen wir eine Reihe von Computerprogrammen, die Dillon entwickelt hat. Wir speisen jegliche Information ein, derer wir habhaft werden können, auch diejenige der Polizei vor Ort, der forensischen Berichte, der Autopsieberichte, der Zeugenaussagen, was auch immer. MAXINE kann den Dingen zwar auch nicht besser als lebende Menschen auf den Grund gehen, aber er oder sie, je nachdem, ist einfach schneller und betrachtet die eingegebenen Daten aus verschiedenen Blickwinkeln. In nur einem einzigen Jahr haben wir in Zusammenarbeit mit den Behörden vor Ort sechs Fälle lösen können. Wir sind der Meinung, dass wir diese Erfahrung einbringen können, um auch dieses Monster einzufangen.«

»Ramsey«, sagte Savich, »ich werde mit Agent Anchor

sprechen und alle Unterlagen über die Blockhütte einholen, in der Emma festgehalten wurde. Ganz sicher wird es irgendwelche konkreten Hinweise geben, die sie dort zurückgelassen haben. Ich werde MAXINE diejenigen Fälle von Kindesmissbrauch ausfindig machen lassen, bei denen der Täter sich einer Maske oder einer Verkleidung bedient hat.«

»Emma sagte, er habe geraucht, hatte schlechte Zähne und hat getrunken«, meinte Ramsey. »Als sie einmal aus einem Alptraum erwachte, hat sie sich an seine Worte erinnert, dass er sie mehr brauchen würde, als Gott ihn brauchen würde.«

»Außerdem hat er einen Bindfaden benutzt, um sie zu fesseln«, fügte Molly hinzu. Sie schluckte und senkte den Blick. »Er hat einen Bindfaden benutzt, weil sie ja nur ein kleines Mädchen ist.«

»Das ist ein Ausgangspunkt«, meinte Savich.

Sherlock klopfte Molly auf die Schulter. »Dillon und ich haben uns eine Woche Urlaub genommen. Wir stehen zu Ihrer Verfügung.«

»Das habe ich ihnen bereits erzählt«, meinte Savich und zog sie zu sich auf den Schoß. »Bis jetzt haben sie zwar noch keinen Beifall geklatscht, aber wenn sie erst einmal sehen, was wir alles tun können, werden sie einen Handstand machen. Mit der Polizei in Denver werde ich auch sprechen. Dann können wir noch die Ergebnisse der forensischen Untersuchungen nach der Explosion eingeben. Sherlock kann eure beiden Berichte so umsetzen, dass MAXINE es verwerten kann.«

»Und dann drücken wir auf einen Knopf, und MAXINE verwandelt sich in den größten Geistesblitz der Welt«, versprach Sherlock lächelnd. »Während Dillon mit der Polizei redet, könnten wir bereits eine Liste der Einzelheiten erstellen, an die ihr euch noch erinnern könnt. Wohin wollte eurer Meinung nach Loucy Santera fahren, wenn es ihm gelungen wäre, den Mercedes zu klauen?«

»Nirgendwohin«, sagte Molly. »So weit hat er gar nicht vorausgedacht. Er hatte Angst, und ihm sind die Nerven durchgegangen. Gelegentlich kam das bei ihm vor.«

»Dieses Mal war es tödlich«, bemerkte Ramsey. »Der arme Kerl.«

»Kein armer Kerl, wenn er es war, der Emmas Entführung eingefädelt hat«, entgegnete Molly bestimmt. »Wie können wir beweisen, ob er hinter der Sache gestanden hat?«

»Die Kontobewegungen verfolgen«, erwiderte Savich. »Ich werde einen Untersuchungsbefehl einholen, damit wir in alle finanziellen Transaktionen von Santera Einblick nehmen können. Dort wird man ausnahmslos immer fündig.«

»Dazu brauchen Sie keinen Untersuchungsbefehl. Ich werde die Unterlagen besorgen.« Mason Lord stand in der Küchentür, Gunther unmittelbar hinter seiner rechten Schulter.

»Mir wäre es lieber, wenn Sie in dieser Angelegenheit gar nichts unternehmen würden, Herr Lord«, erwiderte Savich. »Das ist unser Aufgabengebiet. Wir sollten es Stück für Stück erarbeiten, was zugegebenermaßen etwas länger dauern kann. Andererseits ist es rechtmäßig. In dieser Situation ist es nur von Vorteil, wenn man die Sache rechtmäßig angeht.«

»Ich kenne Loueys Steuerberater«, entgegnete Mason. »Ich werde persönlich mit ihm sprechen. Warren wird mir nur zu bereitwillig sein Wissen zur Verfügung stellen und mir jegliche Unterlagen zeigen, über die er verfügt. Warren war immer schon sehr nützlich und aufschlussreich.«

»Wissen Sie«, bemerkte Sherlock und musterte Mason Lord. Sie fragte sich, wie er sich so grundsätzlich von ihrem eigenen Vater unterscheiden konnte und ihm gleichzeitig so ähnlich sehen konnte. Beide waren einflussreich, standen jedoch auf gegenüberliegenden Seiten des Gesetzes. »Wenn Herr Lord ein so guter Bekannter von Herrn Santeras Steuerberater ist, ist das doch keine schlechte Sache. Was meint Richter Hunt dazu? Scheint dir das koscher genug zu sein? Oder würden Beweise aus einer solchen Quelle der Verteidigung die Möglichkeit der Berufung einräumen?«

»Das glaube ich kaum. Und warum auch nicht? Wir befinden uns hier in Herrn Lords Einflussbereich. Soll er doch für diesen Fall die Informationen zusammensuchen.« Er grinste Lord an. »Ich würde jedoch stark davon abraten, die Sache durch einen gewaltsamen Einbruch zu bewerkstelligen.«

In diesem Augenblick wurde Molly klar, dass ihr Vater steif wie ein Zinnsoldat dagestanden hatte. Jetzt spürte sie, wie er sich entspannte, wie sich seine aristokratischen Hände lockerten und sich die langen, schlanken Finger ausstreckten. Die Polizei begann ihn einzubeziehen. Sie wollten ihn dabeihaben. Er lächelte zwar nicht, das würde er niemals tun, aber etwas in seinem Gesichtsausdruck vermittelte eine sonst nicht existente Wärme.

Warren O'Dell hatte eine Vollglatze – vermutlich, weil er sich rasierte – und etwas von einem Werftarbeiter. Er entsprach also überhaupt nicht den gemeinhin verbreiteten Vorstellungen eines Steuerberaters. Immerhin trug er eine Metallbrille mit dünnem Rahmen und ähnelte Michael Jordan.

Beim Sprechen verrieten seine Zähne, dass er zu viel rauchte. An Fingern und Handflächen hatte er Schwielen. Er warf Ramsey nur einen flüchtigen Blick zu und konzentrierte sich ganz und gar auf Mason Lord. Dann sagte er plötzlich: »Ich kenne Sie« und starrte Ramsey an.

Ramsey lächelte. »Ich bin Ramsey Hunt.«

»Sie sind der Bundesanwalt aus Kalifornien, der über die Absperrung gesprungen ist und eine Reihe von Terroristen im eigenen Gerichtssaal niedergemäht hat.«

»So ist es gelaufen. Es waren aber nur wenige.«

Mason Lord räusperte sich, und plötzlich erblasste Warren O'Dell. »Äh, Sir«, sagte er, nickte mit dem Kopf und machte eine weit ausholende Handbewegung in Richtung einer weißen Sofagarnitur. »Bitte, setzen Sie sich doch. Ich bin schockiert über die Nachricht von Loueys Tod. Ich wollte Sie ohnehin schon anrufen.«

»Wollten Sie das, Warren?«, erkundigte sich Mason Lord. »Weswegen?«

Es war nur zu offensichtlich, dass Warren O'Dell die Hosen gestrichen voll hatte. Er stand inmitten seines kostbar eingerichteten Büros im neunzehnten Stockwerk des McCord-Gebäudes auf der Michigan Avenue und machte den Eindruck, als ob er gleich aus dem Fenster springen wollte.

»Ja, Sir«, sagte er schließlich. »Ich wollte eigentlich sofort nach dem Vorfall anrufen, aber es war ein solcher Schock, wissen Sie. Bis heute Morgen konnte ich mich einfach nicht dazu aufraffen. Louey ist tot, von einer Autobombe zerfetzt. Es scheint mir einfach vollkommen unmöglich. Wie ich höre, haben Sie einer polizeilichen Untersuchung zugestimmt?«

Ramsey verspürte so etwas wie Überraschung. Glaubte O'Dell etwa, dass Mason Lord sich wie ein Gott vollkommener Immunität erfreute?

»Es handelt sich um Mord, Warren. Ich bin ein rechtschaffener Bürger«, sagte Mason mit ernster Stimme, als ob er auf die Einschaltung der Polizei bestanden hätte. Er blickte Ramsey an. »Richter Hunt war es, der Mollys Tochter gerettet hat.«

»Ach, jetzt verstehe ich. Ich konnte mir keinen Reim darauf machen, weswegen er mit dabei ist, wenn Sie mich aufsuchen. Loueys Tod ist einfach ein Schock. Er hat mich schwer mitgenommen. Ich war so aufgewühlt, dass ich meiner Sekretärin heute frei gegeben habe.«

»Wie ich sehe, stehen ein paar Kartons hinter Ihrem Schreibtisch, Warren. Ich nehme nicht an, dass Sie gewisse Dokumente zerstören wollten? Vielleicht als Vorbereitung für einen besonders ausgedehnten, schönen Urlaub?«

»Aber nicht doch, Sir. Ich habe nur etwas aufgeräumt, das ist alles.«

»Ich werde sicherstellen, dass Sie jedwede Unterstützung bekommen, die Sie brauchen«, meinte Mason.

»Danke, Sir, aber das ist wirklich nicht nötig.«

Mason Lord hob kaum merklich die Stimme. »Gunther.«

Der stämmige Mann im Türrahmen blickte Warren O'Dell direkt an. Als ob O'Dell nichts weiter als ein kleines Insekt wäre, dachte Ramsey.

»Ja, Herr Lord?«

»Sie müssen Herrn O'Dell etwas behilflich sein. Sehen Sie die Kartons hinter dem eindrucksvollen Mahagonischreibtisch? Wir nehmen sie mit und sehen sie uns einmal an. Ramsey, vielleicht könnten Sie so freundlich sein und Herrn O'Dells Aktenschränke durchsehen.«

»Vorher habe ich erst noch ein paar Fragen«, erwiderte Ramsey.

»Bitte, Herr Lord, da ist wirklich nichts ...«

Mason Lord hob die Hand. Abrupt verstummte O'Dell. »Richter Hunt möchte Ihnen ein paar Fragen stellen, Warren. Sie werden sie vollständig und wahrheitsgemäß beantworten.«

Warren O'Dells Glatze glänzte vor Schweiß. Er beobachtete, wie Gunther die Kartons nach draußen trug, und benetzte sich die Lippen. »Jawohl, Sir.«

Ramsey hatte ein sehr merkwürdiges Gefühl. Hier stand er zusammen mit einem ausgesprochen einflussreichen kriminellen Gangsterboss, dessentwegen sich ein potenzieller Zeuge fast in die Hosen machte. Und er, Ramsey, seines Zeichens Bundesanwalt, war Teil eines Vorgangs, der vermutlich als Erpressung, zumindest aber als Nötigung ausgelegt werden würde. Aber egal. »Herr O'Dell, erläutern Sie mir Herrn Santeras Finanzen.«

Warren O'Dell schluckte. Wieder blickte er auf Gunther, der zurück ins Büro trat. Sein Schulterhalfter mit der Pistole war durch den offenen Mantel hindurch deutlich zu erkennen.

»Louey war pleite«, sagte er schließlich. »Ganz und gar pleite. Die Tour hat er gemacht, um damit seine Schulden abzubezahlen. Aber jetzt, wo er seinen Vertrag gebrochen hat, hättet er keinen müden Pfennig bekommen.«

»Louey war pleite?«, wiederholte Ramsey. »Hatte er hohe Schulden?«

»Louey hat immer schon gerne Geld ausgegeben. Und dann hat er sich richtige Schulden aufgebürdet. Es gibt da dieses kleine Konsortium in Las Vegas. Meiner Ansicht nach haben sie es so gedreht, dass Louey beim Spiel sehr hoch verliert. Und genau das ist dann auch geschehen. Er war ein miserabler Spieler, was er aber nicht zugeben wollte. Er hielt sich für in praktisch jeder Hinsicht den Allergrößten. Wirklich in jeder Hinsicht. Er schuldete ihnen annähernd eine Million Dollar. Sie haben ihn weiter spielen lassen, und er konnte noch nicht einmal damit beginnen, seine Schulden zurückzuzahlen. Und dann haben sie dauernd weiter Zinsen aufgeschlagen. Und sie drohten ihm. Ihm selbst, Ihrer Tochter, Sir, und Ihrer Enkelin.«

»Namen, bitte, O'Dell«, sagte Ramsey. »Erst die Namen, dann die Unterlagen.«

Mason Lord stand auf und ging zu der kleinen Bar hinüber, ein Glaskasten auf Rädern mit drei in Gold eingefassten Ebenen. Er nahm die Brandykaraffe und schenkte sich drei Daumen breit in ein Glas ein. Er drehte sich nicht um, sondern stand lediglich da, blickte durch die breite Fensterfront und nippte an dem Brandy. Dann sagte er leise: »Ich weiß, wer es ist.«

»Wer, Sir?«, hakte Ramsey nach.

»Rule Shaker. Habe ich Recht, Warren?«

»Herr Shaker ist der Hauptspieler, das ist richtig, Sir. Louey hatte ihm eine Reihe von Auftritten in Las Vegas verweigert. Herr Shaker bestand darauf, Louey weigerte sich weiterhin, selbst dann noch, als er Shaker viel Geld schuldete. Das war der Zeitpunkt, als er sich zu seiner Europatournee entschieden hatte. Er glaubte, damit das Geld zurückzahlen zu können. In Europa ist er sehr beliebt, viel mehr als hier in den Staaten. Wenn er die Tournee hätte fortsetzen können, wäre er in der Lage gewesen, die Schulden bei Herrn Shaker abzutragen.«

»Sicher ist Ihnen bekannt, dass Emma und Molly und nicht Louey das eigentliche Ziel der Bombenexplosion waren«, bemerkte Ramsey leise.

»Ja, davon habe ich gehört. Deshalb wollte ich auch aus der Stadt raus, bis sich die Wellen etwas gelegt haben, ganz wie Herr Lord es vermutet hat. Herr Shaker hat Louey gegenüber bemerkt, niemand in seinem Umkreis sei mehr sicher. Meiner Meinung nach gibt es keinen Zweifel, dass er hinter dem Bombenattentat steht. Allerdings wollte er nicht Louey umbringen. Loueys Tochter war sein Ziel. Er wollte das Kind benutzen, um Louey zu zeigen, dass er es ernst meinte.«

»Sind Sie also auch der Ansicht, dass Herr Shaker Emmas Entführung angeordnet hat?«

»Louey war davon überzeugt. Mich hat es auch nicht weiter überrascht. Louey hat mich von Deutschland aus angerufen. Er wusste nicht, was er weiter tun sollte. Mir ging es nicht anders«, sagte Warren O'Dell.

»Richtig«, bestätigte Mason Lord. »Rule Shaker hat Emma entführt. Und versehentlich hat Rule Louey umgebracht. Ich frage mich nur, weshalb.«

Mason hatte sehr leise gesprochen, doch Ramsey hatte ihn gehört. An Warren O'Dell gewandt fragte er: »Wie viel Geld hat Louey vor seinem Tod verdient?«

»Ungefähr dreihunderttausend. Steuern wären natürlich noch abzuziehen gewesen und noch ein paar Nebenkosten, mit denen wir nicht gerechnet hatten, aber er hatte die Sache allmählich im Griff. Wenn er die Tournee bis zum Schluss gemacht hätte, hätte er möglicherweise alles bis auf den letzten Pfennig zurückzahlen können.«

»Wo ist das Geld?«

»Das weiß ich nicht.«

»Sie sind sein Anlageberater«, bemerkte Mason Lord. Seine Stimme war weich und klar, als er sich von der riesigen Fensterfront abwandte. »Sein Anlageberater. Louey war besonders leichtsinnig und verschwenderisch und konnte offenbar noch nicht einmal die Grundlagen finanzieller Anlagen begreifen. Ich bin mir sicher, dass Sie ihn nach der Scheidung von meiner Tochter beraten haben. Ich weiß, dass sie während der Ehe die gesamten Finanzen überwacht hat, aber danach? Nein, Warren, Sie waren es. Und nun erzählen Sie Richter Hunt, wohin das Geld geflossen ist.«

»Ich lüge nicht, Sir. Ich schwöre, ich weiß es nicht. Louey hat es mir nicht sagen wollen. Ich habe die Unterlagen, Sir, die Abbuchungen von den Bankkonten, fast vollständig. Er hat das Geld einfach abgehoben und mir nichts davon gesagt.«

»Wann hat er das Geld abgehoben, Herr O'Dell?«, erkundigte sich Ramsey.

»Unmittelbar vor seiner Reise nach Deutschland. Er war pleite, aber es ist ihm dennoch gelungen, aus seinen Veranstaltern einen sehr substanziellen Vorschuss herauszuholen, fast zweihunderttausend, wenn ich mich recht entsinne. Weitere hunderttausend sollten während seiner Auftritte in Deutschland folgen, und das Geld ist ebenfalls verschwunden. Louey hat alles genommen. Er hat mir nichts davon gesagt, ich schwöre es.«

Gunther stand schweigend in der Tür.

»Haben Sie alle Papiere von Herrn O'Dell?«

»Ja, Sir.«

»Dann können wir gehen. Richter Hunt, haben Sie noch weitere Fragen an Warren?«

»Ja. Wo waren Sie heute früh?«

Warren O'Dell schien beinahe in Ohnmacht zu fallen. Er räusperte sich. Dann schluckte und hustete er und sagte schließlich: »Ich war zu Hause im Bett.«

»War jemand bei Ihnen?«

»Ja, meine Freundin, Glennis.«

»Nennen Sie mir bitte ihre Telefonnummer.«

Vier Minuten später hatte Ramsey Glennis Clark am Apparat, die als Kellnerin in der O-Straße im Stadtzentrum arbeitete. Ein paar Minuten lang unterhielt er sich leise, dann legte er auf. »Wenn Sie nicht über ausgezeichnete übersinnliche Kräfte oder eine telepathische Verbindung zu Frau Clark verfügen, Herr O'Dell, dann sagen Sie offenbar die Wahrheit.«

Ramsey nickte und ging mit Mason Lord zusammen auf die Tür des Nobelbüros zu. Sich umwendend, meinte er: »Vor wem verstecken Sie sich, Herr O'Dell?«

»Vor Herrn Shaker. Er hat mich bereits angerufen. Er ist sehr wütend und behauptet, ich trage die Schuld daran, dass Louey in dem Auto saß. Jetzt, nachdem Louey tot ist, wird er sein Geld nicht zurückbekommen.«

»Eine Million Dollar sind für Leute der Sorte Shaker wie ein Tropfen auf den heißen Stein. Was ist der eigentliche Grund seiner Wut?«

»Dass er Louey nicht bekommen kann«, sagte Warren O'Dell. »Louey wollte er unbedingt haben. Als er merkte, dass Louey das Geld verdienen und es ihm zurückzahlen und er also die Schulden nicht mehr als Druckmittel hätte benutzen können, hat er das Kind entführt. Himmel, er würde mich umbringen, wenn er wüsste, dass ich das irgendjemandem erzählt habe.«

»Er wollte, dass Louey in seinem Kasino auftrat?«

»Richtig. Jedenfalls war das eines seiner Anliegen.«

20

Es war neun Uhr abends am selben Tag. Alle waren vom Esszimmer in das riesige Wohnzimmer gegangen, um dort den Kaffee und ein paar von Miles' fettreduzierten Aprikosentörtchen einzunehmen. Emma hatte gebettelt, noch etwas aufbleiben und Miles beim Beladen der Spülmaschine helfen zu dürfen. Nachdem sie mit Miles in die Küche gegangen war, hatte Ramsey allen von ihrer Begegnung mit Warren O'Dell berichtet. Als er sagte: »Und dann meinte Herr O'Dell, dass Rule Shaker Louey ernstlich hinterher war«, starrte Molly ihn ungläubig an.

»Ist er schwul? Wollte dieser Rule Shaker Louey Santera als Liebhaber haben? Wollte er das damit zum Ausdruck bringen?«

»Ich bin auch etwas verwirrt«, pflichtete Sherlock ihr bei. »Worum genau geht es hier?«

Ramsey lächelte nur. Sowohl Sherlock als auch Molly hatten die Sache genauso aufgefasst wie er. Und seine Verblüffung war ebenso groß wie ihre gewesen.

Savich lehnte sich auf seinem Stuhl zurück und sagte: »Ich wette, du hast noch eine Überraschung für uns. Komm schon, Ramsey, nur raus damit.«

Ramseys Lächeln wurde noch breiter, und er nickte Mason Lord zu. »Wie sich dann herausstellte, war es Herrn Shakers Tochter, die es auf Louey abgesehen hatte. Sie heißt Melissa und ist offenbar das Ein und Alles ihres Vaters. Was auch immer sie haben möchte, besorgt ihr ihr Vater. Es war Louey, den sie haben wollte, also ist ihm Herr Shaker hinterher gewesen.«

»Und hat ihn schließlich umgebracht.« Molly war bis ins Mark erschöpft, machte sich irrsinnige Sorgen um Emma, und nun wollte auch noch die Tochter eines Verbrechers Louey für sich haben? »Ihr Vater hat also das Würfelspiel gezinkt, damit Louey richtig dick verliert. Und als das nicht geklappt hat, willst du sagen, hat dieser Herr Shaker Emma entführt, um sich Louey gefügig zu machen? Und dann hat er uns noch drei Männer auf die Fersen gehetzt? Und schlussendlich wollte er mich und Emma in die Luft jagen, hat aber versehentlich Louey erwischt?«, fuhr Molly fort, sprang vom Stuhl auf und hätte ihn fast umgestoßen. Sie tigerte auf und ab und hatte den Blick auf die Spitzen ihrer schwarzen Bally-Laufschuhe gerichtet. »Nein, das ist genauso abwegig wie dass dieser Shaker schwul ist. Was für eine Art von Ungeheuer ist er? Das ist absurd.«

Mason Lord blickte mit zusammengekniffenen Augen auf seine Tochter. »Reiß dich zusammen, Molly, und denk mal nach. Es wäre möglich, dass Louey seine eigene Tochter entführen lässt, um so an mein Geld zu kommen und es Rule Shaker zurückzuzahlen. Weiterhin erscheint es mir plausibel, dass Rule Shaker versucht hat, Emma umzubringen, um Louey einzuschüchtern und sich gefügig zu machen. Es war sozusagen rein geschäftlich.«

»Mason hat Recht«, meinte Eve und setzte elegant ihre Kaffeetasse ab. »Wenn man etwas wirklich haben will, muss man willens sein, alles zu tun, um es zu bekommen.«

»Egal zu welchem Preis?«, hakte Molly nach.

»Der Preis ist Teil eines jeden Geschäfts«, entgegnete Mason Lord.

»Nein«, konterte Ramsey. »Louey hatte mit der ganzen Sache überhaupt nichts zu tun. Begreift ihr denn nicht? Es stand gar nicht genügend Zeit zur Verfügung, um ein zweites Team herbeizuholen, das einem anderen Herrn gehorchte. Emma wurde entführt; ich habe sie gefunden; dann kamen die beiden Männer zu meiner Blockhütte und haben versucht, uns umzubringen. Danach haben uns vermutlich zwei andere Männer bis hierher verfolgt. Außer ihren eigentlichen Entführern wusste niemand, wo Emma war. Diese Handlungen scheinen miteinander verbunden, sie sind alle Teil ein und desselben Puzzles.«

Mason Lord kaute an seinem unangezündeten Zigarillo und sagte bedächtig: »Wenn Louey keinen Anteil an der Sache hat, wird alles viel einfacher.«

»Ich habe Kopfschmerzen«, sagte Molly und ging auf die Tür zu. »Es ist spät, und ich glaube kaum, dass ich uns jetzt noch weiterhelfen kann. Ich gehe ins Bett.«

»Ich komme mit«, meinte Ramsey. »Sherlock? Savich?«

»Ich würde mich ganz gerne ein wenig mit MAXINE unterhalten«, sagte Dillon, der in einem riesigen Ledersessel mit dem Laptop auf einem kleinen Tisch vor ihm vor dem Kamin saß. »Während wir uns unterhalten haben, hat sie sich die Zähne an neuen Informationen ausgebissen.«

»Wenn sie zu kauen aufgehört hat, wird MAXINE sicher lieber mit mir sprechen wollen. Da sie weiblich ist, wird sie sich besser mit einer Frau verstehen. Wir kommen bald nach.«

Mason Lord streckte Eve die Hand entgegen. »Gehen wir nach oben, Liebling?«

»Aber gern, Mason«, erwiderte Eve und strich sich die Seide ihres Kleides über den Hüften glatt. Alle Männeraugen verfolgten diese Bewegung.

Mason Lord drehte sich in der Tür noch einmal um und sagte mit einem Anflug von Verwirrung in der Stimme: »Ein Richter und zwei FBI-Agenten schlafen unter meinem Dach. Das ist alles etwas ungewohnt für mich.«

Ohne weiteren Kommentar verließ er das Zimmer. Ramsey hätte lachen wollen, war jedoch zu angespannt. Er rieb sich den Nacken. Emma hätte jetzt bemerkt, ihr Großvater habe einen Witz gemacht. Mason kannte diesen Rule Shaker, zumindest wusste er vieles über ihn. Was hielt Mason wirklich von dieser Sache? Sowohl er als auch seine Bediensteten hatten sich der Polizei gegenüber auf höfliche Art und Weise ausgesprochen zurückhaltend gezeigt. Was würde Mason Lord jetzt tun?

Savich stand auf und wandte sich an Ramsey. »Sollen wir etwas Sport treiben? Das heißt, falls dein Rücken es erlaubt.«

Sherlock wandte sich an Ramsey: »Sport ist ein Wundermittel gegen Stress. Normalerweise machen wir zusammen Sport. Unter dem Vorwand, mir angeblich Karate beizubringen, habe ich mich von ihm herumwerfen lassen. Er hat mich ständig geboxt, bis er dann herausfand, in welch interessantem Zustand ich mich befinde. Von da ab hat er mir sogar das Zuschauen verboten. Geht ihr zwei nur, es wird euch beiden gut tun. Ich bin erschlagen. Molly, ich komme mit Ihnen nach oben.«

Molly warf Ramsey einen besorgten Blick zu, doch er lächelte lediglich und nickte ihr zu. »Ich komme bald nach. Sag Emma, dass ich ihr später einen Gutenachtkuss gebe.« Er wusste, dass sie an Emma dachte, deren Vater in der Luft zerfetzt worden war. Das war etwas, worüber sie sprechen mussten.

»Okay, packen wir es an«, meinte Ramsey. Sie mussten weder das Grundstück, ja sogar nicht einmal Mason Lords Haus verlassen. Gunther führte sie im westlichen Flügel in den Keller, wo sich ein komplettes Fitness-Studio, eigentlich eine Art Sportarena befand.

Als sie aus den Umkleidekabinen traten, meinte Ramsey: »Nun schau dir das an. Man könnte glatt meinen, wir hätten den falschen Beruf ergriffen, nicht wahr, Savich?«

Savich schnallte sich eine Gewichtsmanschette um. »Eigentlich ist das alles ohne Belang. Die Geräte mögen vom Feinsten sein, die Matten die dicksten, das Mineralwasser aus Frankreich eingeflogen, aber letztlich ist das Resultat doch immer nur Schweiß. Komm, ich helfe dir, deinen Rücken wirklich sauber abzukleben, ehe wir hier loslegen. Ich kann dich sogar vollkommen wasserdicht verpacken.«

Nachdem Savich ihn abgeklebt hatte, streckten sie sich fünf Minuten lang. Wie abgesprochen, begannen sie dann einander zu umkreisen, vollkommen konzentriert und wach. Ramsey startete den ersten Angriff, ein hoher, sehr sauberer Tritt mit dem rechten Fuß. Savich trat zehn Zentimeter zur Seite, ergriff den Knöchel mit den Händen und drückte dagegen. Ramsey segelte auf den Boden, rollte aber blitzschnell zur Seite und stand bereits wieder in Position. Er fühlte ein Ziehen im Rücken, was Savich bemerkte.

»Ein bisschen schneller als Sherlock bist du schon, Ramsey, allerdings nicht viel. Dein Rücken ist für diese Sache vielleicht noch nicht ganz fit. Warum gehen wir nicht gemeinsam die Geräte an?«

Nach einer halben Stunde lagen sie beide auf dem Rücken auf den Matten, die Arme weit ausgestreckt, schwitzend und zufrieden. Und nach zwanzig Bahnen im Schwimmbad fühlten sie sich noch wohler.

»Nicht schlecht«, meinte Ramsey, als er sich aus dem Pool auf den blassblauen Fliesenboden schwang. »Ich hatte ganz vergessen, wie Sichauspowern die Anspannung schwinden lässt. Mein Rücken fühlt sich auch nicht mehr so übel an.«

»Bei mir wirkt es immer.«

Ramsey streckte Savich die Hand entgegen und zog ihn aus dem Becken. Sie saßen schweigend und atmeten die süßliche Luft der großzügigen Schwimmhalle ein. »Das hat was«, meinte Savich. »So viel Grünpflanzen, man könnte es glatt für einen Regenwald halten.«

»Solange unter den Palmwedeln keine Boa Constrictor lebt.«

»Sieh mal«, sagte Savich leise und machte eine fast unmerkliche Bewegung in Richtung Zimmerdecke. »Eine Fernsehkamera. Was habe ich auch anderes erwartet – dass unser Gastgeber uns einen Willkommenskuss aufdrückt und uns dann nach Lust und Laune herumschnüffeln lässt? Jede Wette, dass es auch Mikrofone gibt.«

»Was macht das schon? Ich muss nur Miles bitten, mir die Anlage zu zeigen«, erwiderte Ramsey. »Von hier aus betrachtet scheint mir das Zeug sehr hochkarätig zu sein.«

»Ob er wohl auch weibliches Sicherheitspersonal hat?«

»Nein«, erwiderte Ramsey. »Nicht Mason Lord. Man würde ihn wohl kaum der Frauenförderung bezichtigen wollen. Ich habe ihn seine Frau mustern sehen. Pure Lust ist in seinem Blick zu erkennen und eine tiefe Befriedigung darüber, dass sie ihm und ihm allein gehört. Es überrascht mich allerdings etwas, dass er sich überhaupt die Mühe gemacht hat, sie zu heiraten. Es sei denn, er wünscht sich einen Sohn.«

Ramsey schüttelte den Kopf. »Mason Lord musste sie vermutlich heiraten, um ihr an die Wäsche gehen zu können. Eve ist sehr schlau.«

»Das kannst du laut sagen«, pflichtete ihm Savich bei.

»Und was Molly angeht, so hat sie ihn eigentlich ganz gut im Griff. Als wir hier angekommen sind, konnte ich ihre Angst vor ihm fast körperlich spüren. Sie musste sich als hilfloses Mädchen geben, dankbar für die Unterstützung ihres Vaters. Doch als er sie das erste Mal beleidigte, hat sie sich sehr heftig gewehrt.«

»Du hast sie dabei unterstützt, nehme ich an?«

»Ja, obwohl ich damals die Spielregeln noch nicht kannte. Mir war nicht klar, welch riesiges Zugeständnis es für ihn ist, wenn er nachgeben muss. Jetzt weiß ich das. Und er musste nachgeben, Savich.«

»Man müsste blind sein, um nicht zu sehen, was er von ihr hält. Das muss schwer für sie gewesen sein. Mein Gott, ich hoffe nur, dass er sich vor Sherlock nicht so machohaft benimmt. Diesen Zahn würde sie ihm nämlich ziehen.«

»Und ob sie das würde. Gute Wahl, Savich, sie gefällt mir. Sie lässt sich nicht unterkriegen, sie ist klug, und sie scheint dich für einen tollen Hengst zu halten.«

»Ramsey, was geht deiner Ansicht nach hier wirklich vor?«

Ramsey erhob sich langsam. Er war schon fast trocken. Sein Rücken begann zu schmerzen. Für den Sport wurde er vermutlich bezahlen müssen, aber im Augenblick war er froh, dass er es getan hatte. Er nahm sich ein großes dunkelgoldenes Handtuch und legte es sich um die Schultern. Es war teuer und weich. Er schüttelte den Kopf, zupfte an einer Ecke des Handtuchs und wischte sich damit über das Gesicht. »Was hier wirklich vorgeht?«, wiederholte er und trocknete sich das Ohr. »Ich weiß es nicht, Savich, ebenso wenig wie du. Ich bin zu nah an der Sache dran, mir liegen die Beteiligten viel zu sehr am Herzen. Doch eines weiß ich: Die Bombe in dem Mercedes kann nur von jemandem hier auf dem Grundstück angebracht worden sein. Keinem wäre es gelungen, die Bombe zu legen, ohne dabei bemerkt worden zu sein. Doch niemand spricht das laut aus. Ich frage mich, was Mason Lord tun wird.«

»Wie viel weißt du über Molly Santera?«

Ramsey hob eine dunkle Augenbraue, nicht der eigentlichen Frage, sondern des ernsten Tonfalls wegen, in der sie gestellt worden war. Dann sagte er langsam: »Ich weiß, dass sie Emma gegenüber unglaubliche Beschützerinstinkte empfindet. Ich weiß, dass sie mutig und knallhart sein kann, genau wie Sherlock. Ich weiß, dass sie sich auf das Wesentliche konzentrieren und alles andere vergessen kann. Außerdem hat sie wunderschönes Haar. Rot wie das von Sherlock, aber doch nicht ganz der gleiche Farbton. Es ähnelt mehr einem Sonnenuntergang, den ich einmal an der Westküste von Irland gesehen habe.«

Savich sagte nichts dazu. Er wandte den Kopf ab. Wenn die Dinge doch anders stünden, doch das war leider nicht der Fall. Schließlich meinte er: »Wusstest du, dass sie in einem Sommer, als sie etwa zwölf Jahre alt war, angeblich ihren jüngeren Bruder hat ertrinken lassen?«

Ramsey ließ das Handtuch zu Boden fallen und starrte Savich an. Er schüttelte den Kopf. »Nein«, erwiderte er. »Nein. Das kann ich nicht glauben, Savich. Das sieht ihr überhaupt nicht ähnlich.«

»Tut mir Leid. Sherlock hat es in alten Akten von vor fünfzehn Jahren aufgetrieben. Es tut mir Leid, wenn du jetzt vielleicht denkst, dass sie sich in Dinge einmischt, die sie nichts angehen, aber Sherlock ist durch und durch Profi. Sie sieht sich alles an.«

»Ich habe kein Problem damit, wenn Sherlock mich bis auf die Unterhosen auszieht, falls es für diesen Fall von Bedeutung ist. Aber ich sage dir, bei der Sache mit Mollys Bruder muss es sich um einen Unfall gehandelt haben. Nie und nimmer könnte Molly ihr eigen Fleisch und Blut ertrinken sehen.

Nie und nimmer. Und das schließt diesen Mistkerl von einem Vater mit ein.«

Savich zuckte mit den Schultern. »Natürlich hat man in der Sache ermittelt, doch die Ergebnisse waren nicht stichhaltig. Die allgemeine Auffassung seinerzeit war die, dass sie ihren jüngeren Bruder hasste, weil ihr Vater deutlich zeigte, dass er sein Liebling war, der Erbe, der Einzige, der etwas wert war. Du hast mir doch selbst gesagt, dass Mason nicht viel von seiner Tochter hält. Vielleicht hast du Recht, und vielleicht ist das auch der Grund, weswegen er Eve geheiratet hat. Er möchte noch einen Sohn.

Mason Lord und seine erste Frau, Alicia, wurden geschieden, als Molly ungefähr acht und ihr Bruder sechs Jahre alt waren«, fuhr Savich fort. »Sie ist mit ihrer Mutter zusammen in deren Heimatort in Italien gezogen, während der Sohn beim Vater geblieben ist. Molly war hier eines Sommers zu Besuch, als das passiert ist. Als sie achtzehn war, ist sie nach Vassar gegangen. Ein Jahr später hat sie die Universität verlassen und ist zu ihrem Vater gezogen. Das kannst du nicht einfach von der Hand weisen, Ramsey. Molly Santera hat eine Vergangenheit. Sie mag unschuldig sein, aber du weißt, dass die Sache nicht ganz eindeutig war. Wir können es uns nicht leisten, eine solche Information einfach beiseite zu schieben.«

»Willst du damit sagen, dass sie etwas mit Emmas Entführung zu tun hat?«, erkundigte sich Ramsey.

»Nein, das glaube ich nicht. Aber wie steht es mit dem Mord an Louey? Was, wenn Louey tatsächlich das eigentliche Ziel gewesen ist?«

»Hör zu, sie hat sich von diesem Nichtsnutz scheiden lassen. Es gab keinen Grund, ihn umzubringen. Abgesehen davon hätte sie nicht vorhersagen können, dass er zu flüchten versuchen würde. Es war eine spontane Sache, Louey sind einfach die Nerven durchgegangen, und er ist davongestürmt.«

Savich stand auf und sah Ramsey an. »Und wenn sie ihn davon überzeugt hat, dass ihr Vater ihn umbringen wollte?

Wenn sie ihm gesagt hat, dass er sich besser vom Acker machen und den Mercedes nehmen sollte, den Gunther gerade vorgefahren hatte? Wäre das nicht möglich? Denk nur einmal darüber nach, Ramsey. Weder du noch ich kennen diese Menschen sonderlich lange. Kehr es nicht unter den Teppich, nur weil du die Frau anhimmelst und ihr Haar schön findest.«

Ramsey fühlte, wie ihm das Herz gegen die Rippen schlug. Sein Rücken schmerzte dadurch noch schlimmer. Er glaubte es nicht. Seine Menschenkenntnis war sehr gut. Er hatte Molly in äußerst brenzligen Situationen beobachtet. Sie hatte nicht nachgegeben, war nicht zusammengebrochen, war nicht ausgerastet. Laut sagte er: »Sie hat keine Ahnung, wie man eine Bombe baut. Das würde bedeuten, dass sie sehr kurzfristig jemanden hätte dafür anheuern müssen. Nicht sehr wahrscheinlich.«

»Sie ist die Tochter von Mason Lord, aber vielleicht hast du dennoch Recht mit deiner Einschätzung von ihr. Du scheinst diese Frau tatsächlich sehr gut zu kennen, obwohl erst so eine kurze Zeit vergangen ist.« Er seufzte und rieb sich den Nacken. »Wer wäre besser geeignet, jemanden heimlich in das Gelände einzuschleusen? Und woher willst du wissen, dass sie nicht weiß, wie man eine Bombe baut?«

Ramsey starrte ihn lediglich an und schüttelte den Kopf. Dann wandte er sich ab und ging. Sein Rücken schmerzte höllisch.

21

Die Nacht war dunkel, mit tief hängenden Wolken, die Luft vom kurz bevorstehenden Regen schwer und von süßlichen Frühlingsblüten geschwängert. Ramsey drehte sich auf die Seite und zog die Decke mit sich. Vor einiger Zeit hatte er bereits das Kopfkissen auf den Boden geworfen.

Er warf sich wieder auf den Rücken und legte den linken Arm über den Kopf. Plötzlich wurde er in ein dunkles Zimmer geworfen, in dem sich mehrere Bilder und immer lauter werdende Stimmen überlagerten. Schlagartig wurden die Bilder scharf, die Stimmen klar. Er befand sich im Gerichtssaal, sprang mit fliegendem schwarzem Talar über die Absperrung, die Beine ausgestreckt, die Füße eine halbautomatische Pistole aus der Hand eines Mannes tretend, von wo aus sie quer über das Eichenparkett schlitterte. Er hörte das Knacken eines Schultergelenks, hörte den wütenden Aufschrei, sah den entfesselten Schmerz in seinen Augen. Dann sah er Schrecken und Panik, sah ihn, wie er, den gebrochenen Arm haltend, in Richtung der Pistole hechtete.

Wieder stürzte er sich auf ihn, rammte ihm eine Faust zwischen die Rippen und riss ihn auf den Boden zurück. Die schreiende Menschenmenge war alles, was er wahrnahm. Ein zweiter Mann wirbelte mit gezückter halbautomatischer Waffe zu ihm herum. Er rollte ab, drehte sich in der Taille, um den Schlag abzufedern und umklammerte das Handgelenk des Mannes, um ihn aus dem Kreuzfeuer herauszuziehen. Seine freie Hand schloss sich um den Hals des Mannes und drückte ihm die Luftröhre zu. Er beobachtete, wie der Mann erstickte, hörte, wie seine Pistole gegen das Besuchergitter schlug. Die Schreie waren hoch und laut. Sie wollten nicht enden, füllten den gesamten Gerichtssaal, blockierten seinen Kopf, durchdrangen sein Gehirn. Jetzt sah er den dritten Mann eine wohl gezielte, langsame Bewegung ausführen, sah, wie er sich seines Scheiterns bewusst wurde, sah, wie er seine Waffe hob, ziellos feuerte und einen der Verteidiger an der Schulter streifte, dessen blütenweißes Hemd sich sofort dunkelrot verfärbte. Die Heftigkeit der Kugel schleuderte ihn gegen drei Frauen, die sich hinter die erste Besucherreihe geduckt hatten. Der Mann wandte sich wieder ihm zu, sein Blick voller Panik und Todesangst. Ramsey spürte die Hitze der Kugel, als sie keine zwei Zentimeter von seiner Schläfe entfernt vorbeizischte. Er rollte ab, griff nach der halbautomatischen Waffe, zielte noch auf der Seite liegend und drückte ab. Er sah, wie der Mann gegen die Wand geschleudert wurde und sein Blut an der Mauer herunterlief. Die Schreie wollten nicht aufhören, sondern wurden lauter und lauter.

Ramsey warf sich keuchend im Bett hin und her, Schweiß bedeckte seine Stirn. Er schlug sich die Hände vor das Gesicht. So viel Blut, als ob es Blut regnen würde.

»Alles ist gut, Ramsey.«

Es war Emma. Sie saß neben ihm und streichelte mit ihren schmalen Fingern seinen Unterarm. »Ist schon gut. Es war ein Alptraum, ein wirklich schlimmer Alptraum, wie man sie manchmal hat. Mach dir keine Sorgen. Ich werde nicht weggehen, jedenfalls nicht, bevor du nicht wieder ganz in Ordnung bist.«

»Emma«, sagte er und war selbst überrascht, dass er überhaupt ein Wort über die Lippen bekam. Er schwang die Beine aus dem Bett, zog das kleine Mädchen auf seinen Schoß und drückte sie an sich.

»Ich habe dich gehört«, sagte sie an seiner Schulter. »Ich hatte Angst um dich.«

»Danke, dass du gekommen bist. Es war ein wirklich schlimmer Alptraum. Das ist alles vor drei Monaten geschehen. Ich habe schon mehrere Wochen nicht mehr davon geträumt.«

»Tut mir Leid, dass er wiedergekehrt ist. Worum ging es denn, Ramsey?«

»Ich musste jemanden umbringen, Emma.«

Sie zuckte zurück und sah ihn an. Seine Augen waren die Dunkelheit gewohnt, und er konnte sie deutlich sehen. Ihr Blick war klar und eindeutig. »Dann muss es wirklich notwendig gewesen sein. Haben sie es verdient?«

Er sah in das Kindergesicht, sah die Augen, die schon viel zu viel Schmerz und viel zu viel Schreckliches gesehen hatten. Er war ihr die Wahrheit schuldig.

»Ja«, sagte er behutsam und ohne den Blick von ihr abzuwenden. »Sie haben es verdient. Sie sind in meinen Gerichtssaal eingebrochen. Sie trugen Gewehre. Sie wollten die Drogenhändler befreien, die von der Jury für schuldig befunden worden waren. Sie hatten angefangen, auf die Juroren zu schießen. Also habe ich dem Blutbad ein Ende gesetzt.«

»Was ist ein Blutbad?«

»Emma? Was machst du denn hier, Liebling?«

Sie wandte sich zur Tür. »Mama, Ramsey hatte einen Alptraum. Ich habe ihn gehört und wusste einfach, dass er mich braucht. Er hat von einem Blut...bad geträumt.«

Molly zuckte zusammen.

»Hallo, Molly«, sagte Ramsey. »Jetzt ist alles wieder gut. Emma hat mir geholfen, die Dinge wieder ein klein wenig anders zu sehen.«

»Können wir dir beim Einschlafen behilflich sein, Ramsey?«

»Ich rieche nach Schweiß, Emma. Sicher willst du dich nicht in der Nähe eines verschwitzten Mannes aufhalten.«

»Du trocknest schon wieder, Ramsey. So schlimm ist es gar nicht.« Emma gähnte, und ihr Kopf fiel gegen Ramseys Brust. Er blickte Molly an, die in der Tür stand. Sie trug ein weißes Nachthemd, auf dem in blauen Buchstaben stand: *F-Stops Are My Specialty.*

Molly zuckte mit den Schultern. »Warum nicht? Emma und ich können uns auf die Decke legen. Hier ist noch eine Decke, mit der wir uns zudecken können. Es überrascht mich, dass ich dich nicht gehört habe. Ich habe eben erst gemerkt, dass Emma nicht mehr da war.«

Nachdem sich Molly zu Ramsey gelegt hatte, zog sie Emma zu sich heran und sagte: »Das nächste Mal bin ich aber an der Reihe, einen Alptraum zu haben.«

»Ist alles in Ordnung, Ramsey?«

»Jetzt, wo du da bist, Em, geht es mir schon viel besser.«

»Erzähl mir von deinem Alptraum, Ramsey«, meinte

Emma, setzte sich auf und lehnte sich gegen ihre Mutter. »Mama meint, es hilft, wenn man es laut ausspricht.« Genau das tat er dann auch. Diesmal fiel es ihm etwas leichter.

»Wie sind sie denn mit den Waffen in das Gerichtsgebäude gekommen?«, fragte Molly.

»Sie hatten einen der Wachleute bestochen. Er sitzt jetzt hinter Gittern.« Er spürte, wie die Anspannung allmählich von ihm abfiel. Ihm gingen die Worte aus. Blut und Tod traten wieder in den Hintergrund.

»Ja, jetzt erinnere ich mich. Das stand in den Artikeln, die ich darüber gelesen habe. Tut dir der Rücken weh?«

»Nein. Die Verbrennung war nicht sonderlich schlimm, Molly.«

»Gut«, erwiderte Molly. Emma schlief und atmete tief und langsam. Molly berührte leicht seine Schulter. »Ich bin froh, dass du nicht weiter verletzt worden bist.«

Sofort spannte er sich an, räusperte sich und sagte: »Tut mir Leid, aber ich bin ganz verschwitzt.«

Er hörte Emmas rhythmisches Atmen. Sie war eingeschlafen. Er hasste sich selbst dafür, konnte seine Frage jedoch nicht zurückhalten. »Erzähl mir etwas über deinen kleinen Bruder, Molly.«

Er spürte, wie sie sich verspannte, dann hörte er einen leisen Seufzer in der Stille. »Er war ein so süßer kleiner Junge. In jenem Sommer war er gerade erst zehn Jahre alt geworden. Er war ein guter Schwimmer, und das war auch der Grund, weswegen ich auf der Schwimminsel war und nicht besonders aufmerksam auf ihn aufgepasst habe. Vermutlich hatte ich den Kopf mit Gedanken an einen dreizehnjährigen Jungen voll. In dem Alter jedenfalls war ich damals. Dann schrie er und ging unter. Ich bin, so schnell ich konnte, zu ihm hingeschwommen, aber er ist nie wieder aufgewacht.

»Es war ein Reporter, der als Erster darüber schrieb, dass es vielleicht gar kein Unfall gewesen sein mochte. Mein Vater war ein rücksichtsloser Krimineller, warum also sollte seine

Tochter anders sein? Ich war am Boden zerstört. Teddy war tot, und ich sollte in vielfacher Hinsicht einen boshaften Charakter besitzen.«

»Wenn ich mir in einer Sache wirklich sicher bin, Molly, so ist es die Qualität deines Charakters.«

Sie lachte. In ihrer Stimme schwangen Trauer und Erleichterung mit, dann beugte sie sich vor und küsste ihn auf die Schulter.

Als er einschlief, verspürte er eine tiefe Zufriedenheit.

»Die Polizei hat Rule Shaker bereits vernommen, selbstverständlich im Beisein seines Anwalts«, wandte sich Savich am nächsten Morgen an alle, nachdem sie gerade mit dem Frühstück fertig und in das Wohnzimmer gegangen waren. »Detektiv O'Connor hat mich vorhin angerufen. Er meinte, Rule Shaker würde ihnen gegenüber ein ähnliches Entgegenkommen zeigen wie der Präsident gegenüber dem Kongress. Diese Herangehensweise wird alles unendlich lange verzögern und kann in alle möglichen Richtungen führen.

Rule Shaker saß einfach nur hinter seinem großen verchromten Glastisch, rauchte seine kubanischen Zigarren und schwor, er habe Louey Santera lediglich als Gast in seinem Kasino haben wollen. Er gab bereitwillig zu, dass Louey eine Stange Geld beim Würfeln verloren hatte, aber was sollte da dabei sein? Welcher vernünftige Mann, welcher vernünftige Geschäftsmann würde jemanden umlegen, der ihm Geld schuldete?

Als die Polizei darauf hinwies, dass Louey vielleicht gar nicht das eigentliche Ziel gewesen war, informierte sie Herr Shaker lediglich aufs Höflichste, dass alles, was er jemals in die Hände nahm, auch erfolgreich durchgeführt würde. Eine solche Panne wäre undenkbar, wenn er der Verantwortliche gewesen wäre. Danach bot er sowohl O'Connor als auch dem Polizisten aus Las Vegas eine Zigarre an.«

Alle starrten Savich wortlos an. »Das sieht Shaker völlig

ähnlich«, meinte Mason Lord. »Er ist ein arroganter kleiner Mistkerl.«

»Tut mir Leid, Leute«, fuhr Savich fort. »Aber im Leben scheint nichts ganz einfach zu sein, selbst wenn solche Mistkerle daran teilhaben.«

Miles räusperte sich im Türrahmen. »Detektiv O'Connor ist eben angekommen.«

O'Connor machte einen sehr übermüdeten Eindruck. Er hatte Tränensäcke unter den Augen, die vor zwei Tagen noch nicht da gewesen waren. Vergeblich bemühte er sich zu lächeln. »Hallo. Ich habe die Reporter und die Fotografen unversehrt passiert. Ihre Männer kümmern sich um sie, Herr Lord. Keine Gewalt, doch zimperlich sind sie nicht. Heute sind es nur etwa ein Dutzend. Ach, ich sehe schon, Agent Savich hat allen bereits einen Überblick über das verschafft, was ich in Las Vegas nicht erreicht habe.« Er wandte sich Savich zu. »Haben Sie sonst noch etwas für uns?«

»MAXINE könnte etwas haben, Detektiv O'Connor«, erwiderte Savich und grinste. »Wir hatten sie die ganze Nacht über in Betrieb. Jetzt warten wir gerade drauf, dass sie etwas von sich gibt.«

Mason Lord räusperte sich. »Liebling, würdest du Miles bitten, uns etwas Kaffee zu bringen?«

»Selbstverständlich, Mason.« Eve Lord erhob sich grazil aus dem eleganten Ohrensessel. Bis zu diesem Augenblick hatte sie kein Wort gesagt und keinerlei Aufmerksamkeit auf sich gezogen. Doch als sie aufstand, waren alle Männerblicke auf sie gerichtet. Sie trug enge weiße Jeans, hatte die Bluse unter ihrem Busen verknotet, und ihre langen hellblonden Haare waren offen und fielen ihr weich und seidig den Rücken hinunter. Jeder der anwesenden Männer beobachtete, wie Eve Lord zur Tür ging, sie öffnete und hinausging. Fast hätte man ein kollektives Luststöhnen vernehmen können.

»Detektiv O'Connor, wir wollten Sie nicht unterbrechen«, bemerkte Ramsey lächelnd.

»Ich kann Ihnen berichten, dass wir mit Herrn Santeras Anlageberater Warren O'Dell gesprochen haben, und zwar gestern Abend, nach Ihrem Gespräch mit ihm. Soweit wir die Sache beurteilen können, sagt er die Wahrheit. Louey Santera hat persönlich dreihunderttausend Dollar von seinem Konto abgehoben. Wir wissen nicht, was er mit dem Geld gemacht hat.«

»Was die Bombe betrifft«, fuhr Detektiv O'Connor fort, »so war sie direkt an die Zündung gekoppelt. Die verwandten Teile sind nicht ungewöhnlich, wir versuchen aber dennoch Rückschlüsse aus ihnen zu ziehen. Es handelt sich zweifelsfrei um Profis. Herr Lord, wir würden uns gerne noch einmal sehr ausführlich mit Ihrem Personal unterhalten, angefangen mit Gunther. Sie sagten, Herr Lord, er sei derjenige gewesen, der den Mercedes aus der Garage gefahren hat.«

»Ja, das ist richtig. Er hat ihn gegen fünf Uhr morgens gebracht. Ich war wach, er ebenfalls. Er hatte Zeit, also hat er den Wagen gewaschen, wie er es des Öfteren tut. Als er damit fertig war, hat er ihn vorgefahren. Mehr weiß er auch nicht, sonst hätte er es mir gesagt. Dies ist mein Anwesen, und ich bin über jeden Vorgang hier informiert.«

»Offenbar nicht«, unterbrach Molly und ignorierte den Blick, den ihr Vater ihr zuwarf.

O'Connor sagte: »Jemand hätte die Bombe am Auto anbringen, den Motor jedoch erst dann anlassen können, als derjenige genau wusste, wer sich im Auto befand. Es sei denn, Gunther hätte jemanden darüber informiert, für wen er das Auto vorfuhr. Verstehen Sie doch, Herr Lord, irgendjemand aus Ihrer unmittelbaren Umgebung muss daran beteiligt gewesen sein.«

Nun war es endlich laut ausgesprochen.

Mason Lord erwiderte mit höflicher Stimme: »Das ist eine Meinung, Detektiv O'Connor. Es gibt natürlich noch den Mann, der hier arbeitet und sich um meine Wagen kümmert. Ich besitze sechs Wagen. Er lebt ebenfalls auf dem Gelände.

Doch wie ich weiß, haben Sie bereits mit ihm gesprochen. Es ist natürlich möglich, dass Gunther ihm gegenüber etwas bemerkt hat. Ich werde ihn rufen lassen, damit Sie mit ihm sprechen können.«

»Ich würde die Kooperation Ihres Personals sehr schätzen, Herr Lord.«

Mason Lord blickte ihn lediglich mit einer hochgezogenen Augenbraue an. Dann erhob er sich und verließ wortlos das Wohnzimmer.

»Richter Hunt, fällt Ihnen noch etwas ein?«

Langsam erwiderte Ramsey: »Ich erinnere mich deutlich an die Sekunde, in der der Wagen in die Luft ging. Für einen Bruchteil lang will man es nicht wahrhaben, dass es tatsächlich passiert. Das Bewusstsein will nicht wahrhaben, dass es wirklich geschieht. Es ist wie ein Spezialeffekt im Film. Dann plötzlich wirft es einen um. Es wird wahr und erschreckend.

»Was die Frage der Anwesenheit einer weiteren Person betrifft, nein, ich habe lediglich Louey aus den Büschen hervorspringen und die Autotür aufreißen sehen. Ich erinnere mich, dass er ein blaues Hemd mit kurzen Ärmeln trug, kein Jackett. Er machte einen panischen Eindruck.«

O'Connor wandte sich an Ramsey: »Dieses Gebüsch haben wir natürlich durchkämmt. Wir werden noch einmal nachsehen. Sonst noch etwas?«

Ramsey schüttelte den Kopf. »Ich habe Mason Lord wegen Rule Shaker gefragt, aber er wollte nicht viel über ihn sagen.«

»Das würde ich von ihm auch nicht erwarten, Ramsey«, meinte Molly.

Plötzlich erinnerte er sich an die beiden Küsse auf seinem Schulterblatt in der letzten Nacht und wünschte sich, sie hätte seine Lippen geküsst. Er hatte Savich erzählt, was Molly ihm über ihren kleinen Bruder Teddy gesagt hatte. Und Savich hatte, in seine eigenen Gedanken versunken, in die Ferne geblickt und schließlich genickt.

»Ja, wie auch immer man das interpretieren möchte«, meinte Detektiv O'Connor. »Die Sache aber ist die, dass Herr Shaker nie und nimmer eine Spur hinterlassen würde, schon gar keine Spur im Falle von Mord, die auf ihn zurückführen könnte. Wenn er tatsächlich für Louey Santeras Tod verantwortlich ist, dann haben wir nur wenig Aussicht, seine persönliche Beteiligung nachzuweisen.

Wir haben von Rechts wegen den Auftrag, seine finanziellen Transaktionen unter die Lupe zu nehmen und zu sehen, ob es irgendeinen Nachweis für eine Transaktion mit Louey Santera gibt, und wenn ja, welcher Art sie ist. Die Polizei in Las Vegas hat uns mitgeteilt, er lege großen Wert darauf, sich die Hände nicht zu beschmutzen. Sogar die Steuerbehörden sind derzeit zufrieden mit ihm.«

Detektiv O'Connor stand auf. »Es tut mir wirklich Leid, Frau Santera, wir sind aber nicht weiter gekommen in der Suche nach demjenigen, der Ihre kleine Tochter entführt und missbraucht hat. Das macht mir ernsthaft zu schaffen.«

Molly nickte und stand auf. »Wenn wir Recht haben in unserer Einschätzung der Ereignisse, dann besteht seit dem Tod von Louey keine Gefahr mehr. Das reicht mir zwar nicht, doch werde ich mich wohl damit arrangieren müssen. Gott sei Dank ist Emma jetzt in Sicherheit. Aber ich will das Ungeheuer, das sie missbraucht, vergewaltigt und geschlagen hat, dingfest machen. Ich will ihn haben. Ich will, dass er für seine Taten büßt.«

»Das verspreche ich Ihnen, Frau Santera«, sagte Detektiv O'Connor und nahm ihre Hand. »Wir sind gerade erst am Anfang unserer Ermittlungen.« Molly glaubte, nicht viel Hoffnung aus seiner Stimme herauszuhören.

Nachdem Detektiv O'Connor gegangen war, sah sich Molly um und sagte: »Ich muss ein paar Dinge für eine kleine Trauerfeier für Louey organisieren. Das schulde ich Emma. Er war ihr Vater.« Sherlock und Molly verließen, sich leise unterhaltend, das Wohnzimmer.

»Jetzt sind nur noch wir beide übrig«, meinte Ramsey. »Das deprimiert mich.«

»Den Kaffee hat Miles nie gebracht«, erwiderte Savich und ließ seinen Kopf gegen die Rückenlehne des Sofas fallen. »Was macht dein Rücken, Ramsey?«

»Wie bitte? Ach, es geht ganz gut. Gestern habe ich nur noch zwei Aspirin genommen.«

»Ich wollte es Molly nicht sagen, aber wir haben nicht viel herausbekommen«, meinte Savich. »MAXINE braucht Fakten, doch besitzen wir nicht viele.«

»Ihr seid hierher gekommen, das rechne ich euch hoch an. Lass uns etwas Kaffee auftreiben.«

»Ich habe mir gedacht, Sherlock und ich könnten genauso gut für ein paar Tage nach Paris fliegen«, sagte Savich. »Wir haben immerhin noch fünf Tage Urlaub.« Er lachte. »Und Herr Lord wird sicherlich erleichtert sein, wenn wir als Repräsentanten der Verbrechensbekämpfung von seinem Grundstück verschwunden sind.«

»Ich wünsche mir immer noch, dass wir den Typen, der Emma missbraucht hat, dingfest machten könnten.«

»Ich bin mir sicher, dass O'Connor Molly nicht angelogen hat, nur um sie zu beschwichtigen. Niemand will, dass diese Art von Abschaum frei herumläuft. Wir werden alle weiter an der Sache arbeiten, doch für den Augenblick können wir nur hoffen, dass alles vorbei ist.«

22

Ramsey und Molly standen in seinem Schlafzimmer, er am Fenster, sie neben der Tür. Es war früh am Morgen, und das Haus war noch ganz still. Sein Koffer lag offen und teilweise gepackt auf dem Bett. Er sah zu ihr auf.

»Du gehst also?«

Ramsey zuckte mit den Schultern und sah zu dem Koffer auf dem Bett hinüber. »Ich denke schon. Ich konnte nicht schlafen und dachte mir, ich könne die Zeit nutzen und anfangen zu packen.« Er hielt inne. »Wusstest du eigentlich, dass ich versucht habe, einen Roman zu schreiben? Das scheint eine Ewigkeit her zu sein.«

»Das wusste ich nicht, aber keine schlechte Idee.«

»Deswegen war ich auch in der einsamen Hütte in den Rockies. Ich habe mir, wie ich dir schon erzählte, fünf Monate frei genommen. Du weißt, ich musste dem Medientrubel entkommen, weg von den vielen Reportern. Einer von denen hat sogar seinen Kopf in mein Badezimmerfenster gesteckt, während ich mich rasierte. Ich habe mir vor Schreck fast meinen eigenen Hals aufgeschnitten. Das war der Moment, in dem ich die Entscheidung gefällt habe, eine Weile wegzugehen. Ich wollte den Roman schreiben, über den ich im vergangenen Jahr nachgedacht habe.«

»Wovon handelt er?«

»Er spielt im Gerichtssaal und handelt von einem Richter beim Bundesgericht. Es ist ein Thema, über das ich gut genug informiert bin und über das ich gern etwas sagen würde.«

»Verstehe. Dann willst du also wieder zurück nach Colorado? Um zu schreiben?«

»Ja, ich glaube schon.« Er spielte mit einem losen Faden seines blauen Pullovers und erinnerte sich an ihre Küsse auf seiner Schulter. Er sah sie an. »Ich habe mich schon gefragt, wann ihr wieder nach Colorado zurückkehrt.«

»Darüber habe ich noch nicht nachgedacht, jedenfalls jetzt noch nicht. Die ganze Sache ist noch viel zu frisch. Mein Verstand sagt mir, dass dieser schreckliche Rule Shaker aus Las Vegas hinter allem steht, was bisher passiert ist. Aber dann gibt es immer noch das Ungeheuer, das Emma missbraucht hat. Das werde ich niemals vergessen. Ich habe jede Menge Geld. Und einen Teil davon werde ich darauf verwenden, ihn auf eigene Faust ausfindig zu machen.«

Sie machte einen abwehrenden Eindruck, als ob sie erwarten würde, dass er sie davon abhalten wollte.

»Ich würde genau dasselbe tun«, meinte er. »Gleich nach meiner Rückkehr werde ich mich weiter darum kümmern. Pädophile verfügen über Netzwerke, sie scheinen einander zu kennen oder zumindest voneinander zu wissen. Mehrere meiner Freunde verbringen eine Menge Zeit im Internet. Mal sehen, wohin uns das führt.« Er atmete scharf ein. »Savich wird die Sache in Gang halten, indem er alle FBI-Niederlassungen informiert. Er ist mit dem jetzigen Resultat auch nicht glücklich.«

Sie blickte auf die weiche Oberfläche des Teppichs unter ihren Füßen. »Nun, ich sollte dir wirklich danken, Ramsey. Emma wird dich vermissen.«

Er sah zu ihr auf, sah die dunklen Schatten unter ihren Augen und die tanzende Linie der Sommersprossen auf ihrer Nase. »Ich habe Savich gegenüber bemerkt, dass deine Haarfarbe der von Sherlock nicht im Geringsten ähnelt, obwohl man euch gemeinhin beide als rothaarig bezeichnen würde. Ich habe Savich gesagt, dass deine Haarfarbe mich an einen Sonnenuntergang erinnert, den ich einmal in Irland gesehen habe.«

Der Teppich verlor seine Anziehungskraft, und sie sah blinzelnd zu ihm auf. »Ein Sonnenuntergang in Irland? Wann warst du in Irland?«

»Vor zwei Jahren. In Ballyvaughan. Fast täglich bin ich zu den Klippen von Moher gefahren. Man kann niemandem wirklich beschreiben, wie bedrückend sie sind, weil man dann einfach nur sagt, dass es raue Klippen sind, an denen sich die Wellen brechen, die Felsen hoch spritzen und dann tief bis zum Meeresgrund zurückgehen. Aber das beschreibt es nicht wirklich.« Wieder zuckte er mit den Schultern. »Verstehst du, was ich sagen will? Es vermittelt einem nicht den geringsten Eindruck davon, wie es sich anfühlt, wenn man wirklich dort ist und über die unendliche Wasserfläche in die Ferne blickt.«

»Ein wenig schon«, erwiderte sie.

Er fuhr sich mit den Fingern durch die Haare, die daraufhin vom Kopf abstanden. »Verdammt noch mal, Molly, du bist richtig nett.«

»Erzähl mir von dem Sonnenuntergang.«

Etwas verlegen blickte er zu ihr hinüber. Sie grinste wegen seiner Haare, obwohl er sie bereits wieder glättete. Er hatte sich noch nicht rasiert. Er sah hart und entschlossen aus, und sie sah ihn mit Emma auf seinem Schoß, seine großen Hände streichelten ihren Rücken, ihr Gesicht ruhte an seiner Schulter. Er trug Hose und T-Shirt und war barfuß. Sie hatte sich aufgedrängt. Er würde gehen.

Es machte ihr nichts aus. Es durfte ihr nichts ausmachen. Er hatte sein eigenes Leben. Emmas und ihr Leben hatten seines kurz und sehr heftig gekreuzt. Jetzt war die Zeit um.

Er würde gehen.

Es entsprach zwar nicht ihren Wünschen, aber sie würde es nicht zu ändern versuchen. Dann sagte er leise: »Niemals werde ich einen Abend vergessen, den ich an den Klippen von Moher verbracht habe. Die Luft war frisch und trocken und der Himmel ganz klar. Kein irischer Regen in Sicht. Ich saß da und beobachtete, wie der rote Sonnenball langsam in den Atlantik sank. Man hätte fast erwartet, das Wasser würde zu zischen und zu kochen beginnen, sobald sich die Sonne darin versenkte. Die Leute um mich herum lachten, unterhielten sich und blödelten herum, aber nur bis zu just diesem Augenblick. Dann hörten plötzlich alle zu reden auf, und es war ganz still. Alle starrten nur den roten Feuerball an, der sich unter die Horizontlinie senkte.« Er schüttelte den Kopf und schien sich über seine Erinnerung zu amüsieren. »Diesen Anblick werde ich zeit meines Lebens niemals vergessen.« Er schwieg und sah sie an. »Am nächsten Tag hat es so sehr geregnet, als ob man für diesen Sonnenuntergang hätte bezahlen sollen. Ich dachte nur, Molly, dass dir das auch gut gefallen würde, dir und Emma. Nicht der Regen, natürlich, obwohl der auch sehr schön sein kann, aber die Sonnenuntergänge.«

»Emma und ich? Nach Irland reisen?«

»Ja. Mit mir. Ich möchte euch nicht zurücklassen.«

Das Morgenlicht war grau und nicht sehr hell. Ihren Gesichtsausdruck konnte er nicht eindeutig erkennen, da sie ihren Kopf gesenkt hielt. Nach einer langen Weile hob sie den Kopf und sah ihn über das Zimmer hinweg an. »Ja, das würde mir gut gefallen. Und Emma sicher auch«, sagte sie und lächelte.

Er fühlte eine Welle der Zufriedenheit, die ihn in ihrer Heftigkeit überraschte. Er lächelte zurück. »Savich und Sherlock fliegen nach Paris. Sie werden heute Vormittag von O'Hare abfliegen.«

»Sie sind sehr gute Menschen.«

»Könnten wir nicht schon bald nach Irland fliegen? Ein wenig Abstand würde uns allen gut tun. Für Emma wäre es sicher genau das Richtige.«

»Ich habe unsere Pässe nicht mit dabei. Sie sind zu Hause in Denver.«

»Meiner ist in San Francisco. Wir könnten sie holen und uns in New York wieder treffen. Oder aber in Chicago. Oder noch besser, ich könnte Emma und dich nach Denver begleiten, danach könnten wir alle zusammen nach San Francisco fliegen. Was hältst du davon?«

Sie begann zu lachen, ihre Hände hatte sie vor sich ausgebreitet. »Vor einem Monat kannte ich dich noch gar nicht.«

»Das ist wahr. Andererseits haben wir in den vergangenen zwei Wochen vermutlich mehr zusammen erlebt als andere in zehn Jahren. Oder in einem ganzen Leben, wenn man es recht bedenkt.«

»Findest du wirklich, dass meine Haare einem Sonnenuntergang ähneln?«

Er lächelte sie an. »Ja, das finde ich.«

»Ist dein Rücken auch wirklich in Ordnung?«

»Ja. Und wie steht es mit deinem Arm?«

»Manchmal puckert er noch, aber es ist nicht so schlimm. Diese Fäden müssen nicht gezogen werden, laut Dr. Otterly lösen sie sich nach einer Weile von alleine auf. Ich wollte allerdings kaum glauben, dass du mit Savich zusammen Sport getrieben hast. Du hättest dich noch mehr verletzen können.«

»Ich habe kaum Blasen auf meinem Rücken. Abgesehen davon war ich sehr vorsichtig. Savich hat mich gut verbunden, damit ich mich nicht verwunde und sogar schwimmen konnte.« Er grinste sie an. »Aber du hast Recht, das war wirklich leichtsinnig.«

Sie lachte und schüttelte den Kopf. »Das habe ich nicht gesagt.«

Er lächelte sie an. »Ich mache mir Sorgen wegen Emma. Schläft sie noch?«

»Das hoffe ich. Sie wacht häufig auf, in der letzten Nacht drei Mal. Und sie hat immer noch dieselben Träume. Dazu träumt sie nun, dass das Auto explodiert.«

»Wir werden wohl erst Dr. Loo fragen müssen, ob wir mit Emma jetzt schon nach Irland fliegen können.«

»Wir können sie heute Morgen fragen, wie sie Emmas Entwicklung einschätzt und ob eine Reise ihr gut tun würde. Ich kann mir nichts Besseres vorstellen.«

Es überraschte ihn, wie sehr ihn die Aussicht beglückte, mit ihr zusammen nach Irland zu reisen. Es war, als ob sich ein Knoten in seinem Bauch lösen würde. Die Worte waren ihm ohne vorherige Überlegung einfach über die Lippen gepurzelt. Er hatte überhaupt nicht darüber nachgedacht. Und wenn, dann war er sich dessen nicht bewusst gewesen. Er hatte sich offenbar nicht von Molly oder von Emma trennen wollen.

»Wann ist ihr Termin?«

»Zehn Uhr morgens.«

»Warten wir erst einmal ihre Meinung ab, ehe wir feste Pläne schmieden.«

Molly zog den Gürtel ihres Bademantels fest. Es war ein aufwendig gearbeiteter pfirsichfarbener Mantel, den sie sich offenbar von Eve Lord, ihrer Stiefmutter, geborgt hatte. Er fragte sich, wie sie wohl ohne Mantel aussehen würde. Sie lächelte ihn nochmals an. »Irland also? Warst du letztes Mal ganz alleine dort?«

»Nein«, erwiderte er. »Das nicht.«

»Nein«, sagte sie. »Ich kann mir kaum vorstellen, dass du irgendetwas alleine machst, es sei denn, du hast es dir in den Kopf gesetzt.«

»Was soll das denn heißen?«

»Selbst mit verbranntem Rücken würde dich noch eine Menge Frauen für einen sehr attraktiven Mann halten.«

»Danke. Geh jetzt wieder zurück ins Bett, Molly. Es ist viel zu früh, um schon auf den Beinen zu sein.«

»Und wie steht es mit dir?«

»Wo wir nun einen Plan geschmiedet haben, werde ich mich wohl auch noch für eine Stunde aufs Ohr legen. Jetzt bin ich nicht mehr so angespannt und nervös. Es ist ein Wunder.«

Sie nickte, dann wurde sie ernst. »Was ich noch sagen wollte, ich habe eine kleine Trauerfeier für Louey heute Nachmittag hier auf dem Grundstück organisiert. Ich habe sogar einen presbyterianischen Pastor gefunden, der eine Rede halten wird.«

»Das ist gut«, erwiderte er. »Gut für Emma.«

»Das hoffe ich.«

»Emma, kannst du das Lied ›Twinkle, twinkle, little star‹ für mich spielen?«

»Ja, Dr. Loo, ich glaube schon. Aber ich habe schon seit langem nicht mehr richtig Klavier geübt.«

»Das macht nichts.«

Emma setzte ihr neues Klavier auf dem niedrigen Beistelltisch ab. Dr. Loo setzte sich auf einen Stuhl, Molly und Ramsey nahmen ihr gegenüber auf dem Zweiersofa Platz.

»Vergiss nicht die Variationen, Emma«, ermunterte sie Ramsey.

Diesmal zögerte Emma nicht. Sie atmete tief und erschreckend erwachsen durch, dann spielte sie mit der einen Hand die einfache Tonfolge des Liedes, beginnend mit F. Als sie das Lied einmal gespielt hatte, fügte sie die linke Hand hinzu. Es klang klassisch, wie Mozart. Beim nächsten Durchgang wechselte sie zum Jazz, dann schließlich zu etwas, das eindeutig an John Lennon erinnerte.

Dr. Loo blinzelte, sie schien vollkommen verstört. Als Emma mit ihrem Spiel fertig war, beugte Dr. Loo sich vor, nahm Emmas kleine Hände in ihre und sah ihr in die Augen. »Danke, Emma. Du hast mir eine große Freude bereitet. Ich hoffe, dass ich dich eines Tages in der Carnegie Hall spielen hören werde.«

»Was ist die Carnegie Hall?«

»Das ist ein Ort, wo große Künstler aus der ganzen Welt hinkommen, um dort aufzutreten. Sie steht in New York. Dort habe ich Liam McCallum Violine spielen hören. Das war ein unglaubliches Erlebnis. Dort könntest du auch hinkommen, Emma.«

»Ja«, bestätigte Molly, »eines Tages könnte das passieren.«

»Mein Papa ist niemals in der Carnegie Hall aufgetreten«, flüsterte Emma, ohne von der Tastatur aufzublicken. »Er war aber ein großer Künstler, hat Mama gesagt.«

»Ja, das war er«, bestätigte Molly. Sie schien kurz davor, in Tränen auszubrechen. Ramsey beugte sich vor. »Ich habe eine CD von deinem Papa, Emma. Und obwohl er nicht in der Carnegie Hall aufgetreten ist, kann ihn jeder auf der ganzen Welt hören. Seine Musik wird weiterleben.«

»Das hat Mama auch gesagt.«

»Und wann war das letzte Mal, dass deine Mutter Unrecht hatte?«, erkundigte sich Ramsey und strich mit den Fingern über ihren Bauernzopf, den er ihr geflochten hatte. Der Zopf war nicht übel, fast ganz gerade und ziemlich glatt.

Jetzt hob Emma den Kopf und dachte angestrengt nach. »Das ist schon eine ganze Weile her«, sagte sie schließlich. »Vielleicht vor zwei Monaten.«

Ramsey lachte.

»Und jetzt«, meinte Dr. Loo, »ist es an der Zeit, dass wir über deine Reise mit Ramsey und deiner Mama nach Irland sprechen.«

»Ich weiß nicht, was Irland ist, Dr. Loo«, entgegnete Emma.

»Es ist ein wunderschönes Land auf der anderen Seite des Ozeans. Es ist ein Ort, den man genießen kann und wo man die Dinge anschauen und sie vielleicht in einem anderen Licht sehen kann. Es ist ein Ort, wo du keine Angst mehr haben musst, wo du Klavier spielen kannst, wo du morgens mit Ramsey laufen und später mit deiner Mama Frisbee spielen und Picknick machen kannst. Es ist sehr schön, Emma. Du kannst auf den Steinen sitzen und deine Füße ins Wasser baumeln lassen. Und das Wasser ist so kalt, dass du vor Überraschung aufquietschen wirst. Du wirst mit zwei Menschen zusammen sein, die dich lieben und die dich sicher und glücklich sehen wollen. Was hältst du davon?«

Emma zog sich zwischen Ramseys Knie zurück. »Wird der böse Mann auch dort sein?«

Ramsey streichelte über ihre dünnen Arme. »Nein, das wird er nicht. Wir werden nie wieder zulassen, dass er an dich herankommt. Das verspreche ich dir, Emma.«

Emma drehte sich zu ihm um. »Er ist nah, Ramsey. Ziemlich nah sogar. Er hat meinen Papa umgebracht. Jetzt will er mich haben.«

»Nein, Emma, das will er nicht. Er hat unglaubliche Angst, und er ist auf der Flucht und wird sich verstecken, denn er weiß, dass die Polizei hinter ihm her ist. Ich wünsche mir, dass er gefasst wird. Dann wird er den Rest seines Lebens im Gefängnis verbringen. Alle bemühen sich sehr, ihn einzufangen.

»Und eines weiß ich ganz sicher, Emma. Wir werden ihn nie wieder an dich herankommen lassen. Glaubst du mir das?«

Emma sah ihn lange an. Molly spürte, wie sie die Luft anhielt. Emma schwieg weiter, fing jedoch schließlich wieder ruhig und leise zu atmen an. Sie blickte Dr. Loo an, die nur lächelte und ihren Kopf leicht schüttelte.

Dr. Loo warf einen Blick auf ihre Uhr, stand auf und zog Molly beiseite. »Es wird etwas dauern. Drängen Sie sie nicht. Mir ist jetzt schon klar, dass sowohl Sie als auch Richter Hunt die Sache sehr gut im Griff haben. Meiner Ansicht nach ist Irland eine gute Idee. Dennoch denke ich, dass Emma und ich uns morgen sehen sollten. Wann hatten Sie vor zu reisen?«

»Das ist nicht wichtig«, meinte Molly und blickte dabei auf ihre Tochter. »Emma ist wichtig. Wir reisen erst dann, wenn Sie es für richtig halten, und nicht vorher.«

»Sie macht sich sehr gut, Frau Santera, wirklich. Aber eine solche Sache ... wird sie ein Leben lang begleiten. Dieser Tatsache müssen Sie ins Auge sehen und willens sein, sie zu akzeptieren. Ihre Gefühle werden sich ändern, wenn sie älter wird. Das meiste wird nur noch eine verschwommene Erinnerung sein, und das ist auch gut so. Aber ganz verschwinden wird es nie. Jetzt ist sie noch ein kleines Mädchen und hat keine Ahnung, was Vergewaltigung wirklich bedeutet. Sie weiß, dass dieser böse Mann ihr sehr wehgetan hat und dass das nicht richtig war. Doch sie hat keine der erwachsenen Vorbehalte. Was Sie jetzt sehen, ist ihre Angst und die Erinnerung an ihre eigene Hilflosigkeit.

Schließlich wird sie einsehen müssen, dass das, was passiert ist, nicht verändert werden kann, dass es Wirklichkeit war. Sie muss lernen, damit fertig zu werden, damit es nicht den Rest ihres Lebens zerstört. Für keinen von Ihnen beiden wird es einfach werden. Sie löschen hier ein Feuer, doch in einem anderen Zusammenhang wird es wieder aufflammen.

Sie hat Glück, Sie als Mutter zu haben. Ich weiß, dass

Richter Hunt Emma erst seit kurzem kennt, aber sie vertrauen einander, ihre gegenseitige Zuneigung scheint tief und verbindlich zu sein.«

»Es wird schwer werden, wenn Richter Hunt nach Hause zurückkehrt«, sagte Molly.

Dr. Loo schwieg kurz, dann sagte sie mit ruhiger, sachlicher Stimme: »Diese Art Probleme lösen sich gemeinhin von ganz alleine. Morgen möchte ich Emma alleine sehen. Ich möchte mit ihr über den Missbrauch sprechen. Sie soll einsehen, dass dieser Mann nicht normal war, dass es in keinster Weise ihre Schuld war, und dass es nicht deswegen geschehen ist, weil sie böse war.«

»Weshalb in aller Welt sollte sie das annehmen?«

»Kinder, Frau Santera, Kinder sind im Stande, fast alles auf sich selbst zurückführen. Außerdem haben wir keine Ahnung, was der Mann ihr gegenüber geäußert hat, wie er sie manipuliert hat, wie er sie terrorisiert hat, wie er ihr wehgetan hat. Es sind immer die Erwachsenen, die die Sache aus dem Lot bringen. Ich muss die Sache jetzt von Emmas Kopf aus angehen. Ich bitte Sie, sich keine Sorgen zu machen, und bin mir gleichzeitig darüber im Klaren, dass Sie sich beide dennoch sorgen werden.«

»Sie wollen weder Richter Hunt noch mich dabeihaben?«

»Meiner Ansicht nach wäre es besser, wenn das Gespräch nur zwischen Emma und mir stattfinden würde. Sie würden sich viel zu sehr aufregen. Und Richter Hunt würde die Wut packen. Nein, nur Emma und ich alleine.«

»Wenn Sie es für besser halten, Dr. Loo. Aber Sie werden mich doch anrufen, nicht wahr?«

»Selbstverständlich.« Dr. Loo wandte sich lächelnd wieder Emma zu, beugte sich zu ihr herab und strich ihr über die Schulter. »Wir sehen uns morgen, Emma. Und bis dahin möchte ich, dass du dich sehr gut ausruhst und versuchst, deine Mama mindestens drei Mal am Tag anzulächeln.«

»Und was ist mit mir?«

»Und Ramsey musst du sechs Mal am Tag anlächeln. Ich habe herausgefunden, dass Männer öfter ein Lächeln benötigen als Frauen. Vergiss das nicht.«

Ramsey blickte lächelnd auf Emma herunter. Es war früher Nachmittag, zwei Stunden vor Louey Santeras Trauerfeier. Er hatte Emma nach oben gebracht und die Decke um sie festgesteckt. »Mir gefällt deine Jazz-Variation, Emma. Weißt du eigentlich, dass Herr Savich Gitarre spielt und dazu singt? Und zwar Country und Western. Er tritt in einem Club auf. Es ist zwar nicht die Carnegie Hall, aber es ist ein schöner Ort, hat er mir erzählt. Er hat auch einen Freund, der Saxophon spielt. Sherlock und er wollen, dass wir sie einmal besuchen.«

»Ich wünschte, sie würden hier bleiben. Sherlock hat mir gesagt, sie wünscht sich ein kleines Mädchen ganz wie ich. Und sie hat gesagt, dass es Herrn Savich genauso geht. Sie hat gesagt, dass sie mich beide ganz toll finden. Ich habe ihr gesagt, dass das nicht richtig ist. Ich bin nicht mehr richtig gut.«

Ramsey blickte auf das Kind herab, für das er sein Leben lassen würde. Er hatte gerade ihre Stirn geküsst und ihr ein Kompliment wegen ihrer Musik gemacht, und nun das. Zärtlich strich er ihr das Haar aus dem Gesicht. Doch bevor er eine Antwort gefunden hatte, fuhr Emma fort: »Sherlocks Gesicht ist krebsrot geworden. Sie war wahnsinnig wütend, aber sie meinte, sie sei nicht auf mich wütend.«

»Sie hat gesagt: ›Du, meine perfekte Emma, sollst nicht gut sein? Wie kommst du denn auf diese verrückte Idee?‹«

Sie wandte den Blick ab und sah in eine Vergangenheit, die sie immer noch gefangen hielt, die sich immer noch einen Weg in die Gegenwart bahnte. »Der Mann hat gesagt, ich würde ihn erlösen. Ich hatte keine Ahnung, was er damit meint.«

Ramsey hätte morden wollen. Er zwang sich, tief durchzuatmen, und versuchte sich zu beruhigen. Das war eine Sache für Dr. Loo, doch die war jetzt nicht da. Er aber war da, doch seine Wut würde ihr nicht helfen. »Hör mir mal zu, Em. Dieser Mann, der dich entführt hat, ist krank im Kopf, richtig krank. Was er denkt und was er tut hat nichts mit dir zu tun – mit Emma Santera. Er hätte jedem kleinen Mädchen wehgetan, das er hätte finden können. Begreifst du das?«

»Nein«, erwiderte sie nach einer Weile. »Ich verstehe es nicht. Es jagt mir Angst ein, Ramsey.«

Er beugte sich herunter und berührte ihre Stirn mit seiner, dann küsste er ihre Nasenspitze. »Hör zu, Emma. Wir gehören zusammen. Wir drei zusammen könnten das Schlimmste besiegen, was man sich nur ausdenken kann. Du bist ein sehr gutes kleines Mädchen, Emma. So gut sogar, dass allein der Gedanke, dass du nicht mehr bei mir sein könntest, eine große Beule in mein Herz schlägt. So gut bist du.«

Sie lachte ihn breit an und strich ihm mit ihrer kleinen Hand über die Wange. »Du gehst doch nicht, Ramsey, nicht wahr? Du wirst doch nicht wieder nach Hause gehen?«

Er nahm ihre Hände in seine und küsste ihre Finger. Sie schmeckten nach dem Ingwerlebkuchen, den Miles für sie zu Mittag gebacken hatte. Er wusste nicht, wie die Zukunft aussehen würde, gleichzeitig war ihm klar, dass er ihr das nicht würde sagen können. Ihr Leben war zerstört worden, ihren Vater hatte man ermordet. Und nun sagte er, ohne jeden Anflug eines Zweifels: »Ich werde dich nie verlassen, Emma, niemals.«

»Gut«, erwiderte sie und gähnte.

»Emma?«

»Ja, Ramsey?«

»Wirst du nur ein einziges Mal ein richtiges kleines Biest sein? Vielleicht nachdem du aus dem Mittagsschlaf aufwachst? Oder heute Abend? Beispielsweise könntest du anfangen, darüber zu jammern, dass du deine Milch trinken musst oder aufessen sollst oder ins Bett gehen musst. Könntest du nicht eine Art Kinderwutanfall bekommen?«

Sie lächelte ihn an. »Klar doch.«

»Willst du jetzt deinen Mittagsschlaf machen?«

»Ja, gut.« Sie schloss kurz die Augen, dann öffnete sie eines und blinzelte ihn an. »Vielleicht gehe ich heute Abend nicht ins Bett.«

»Das ist okay.« Sein eigentliches Anliegen war es, dass sie die Trauerfeier für ihren Vater gut überstand. Hoffentlich würde es ihnen auch weiterhin gelingen, die Reporter, die örtlichen Fernsehsender und die Paparazzi fern zu halten. Das Wachpersonal hatte sehr gekonnt einem Reporter über die Grundstücksmauer zurück auf die Straße geholfen. Er betete, dass Emma den unverschämten Fragen, mit denen Molly und er bei jedem Verlassen des Grundstücks überschüttet wurden, keinerlei Bedeutung zumaß.

23

Melissa Shaker weinte so heftig, dass sie auf den Stufen zur Tiefgarage beinahe gestolpert wäre. Zwei Tage war es jetzt her, und sie konnte es, sie wollte es immer noch nicht glauben. Diese verdammte Ex-Frau von ihm hatte eine jämmerliche kleine Trauerfeier abgehalten, keine richtige Beerdigung, weil nichts mehr übrig gewesen war, was man hätte beerdigen oder verbrennen könnten.

Louey war nicht mehr, war einfach nicht mehr, und niemandem schien das nahe zu gehen. Wieder stolperte sie und klammerte sich an das Geländer, als sie in die Tiefgarage hinaustrat. Ein Wagen hupte laut. Sie fühlte die heißen Abgase, als er an ihr vorbeifuhr und der Fahrer ihr zurief, sie solle besser aufpassen.

Sie wischte sich die Augen ab. Es gab nichts, was man hätte machen können. Überhaupt gar nichts. Ihr Vater hatte ihr gegenüber geschworen, dass er Louey nicht umgebracht hatte. Doch sie hatte ihm in die Augen gesehen und Schuldgefühle entdeckt. Sie würde ihm nie verzeihen, niemals.

»Fräulein Shaker.«

Sie wollte Greg nicht sehen. Sie wollte allein sein. Sie wollte in die Wüste hinausfahren und sich von der Sonne verbrennen lassen. Sie ging auf ihr Auto zu.

»Fräulein Shaker! Bitte, warten Sie. Sie kennen doch die Anweisungen Ihres Vaters, ganz besonders in diesen Tagen.«

Sie wartete auf ihn, weil sie nicht wollte, dass man Greg kündigte, während er lediglich seine Arbeit zu verrichten versuchte.

Sie stand neben ihrem BMW-Sportwagen, der in einem James-Bond-Blau lackiert war. Er sah genau wie der Wagen aus, den er in einem seiner Film gefahren hatte, nur dass ihrer mehr Kraft besaß. Sie liebte diesen kleinen Wagen.

»Danke.« Greg trottete auf sie zu. »Fräulein Shaker, es tut mir wirklich sehr Leid.«

»Danke«, erwiderte sie und stieg in ihr Auto. Greg stellte sich auf die andere Seite.

»Versuchen Sie nicht, mich abzuhängen, Fräulein Shaker. Besonders in der kommenden Woche ist es wichtig, dass ich Ihnen sehr dicht folge.«

»Sie haben lediglich eine schäbige Trauerfeier für ihn veranstaltet«, sagte sie und drehte den Zündschlüssel.

Der Wagen explodierte in einem Feuerball.

Um zwanzig Minuten nach zwölf wurde die Nachricht im Lokalsender von Las Vegas gesendet.

Melissa Shaker, 23, Tochter von Rule Shaker, einem Kasinobesitzer aus Las Vegas, wurde heute Morgen um zehn Uhr ermordet, als sie und ein Freund in eine Autoexplosion verwickelt waren, die von Frau Shakers Wagen ausging, der in einer Tiefgarage unter dem Sirocco Kasino geparkt stand.

Explosionsfachleute sind der Ansicht, dass es sich um eine Bombe gehandelt hat. Die Polizei hat sich noch nicht zu möglichen Verdächtigen geäußert. Genaueres folgt in den Fünf-Uhr-Nachrichten.

Ramsey ließ seine Gabel fallen, und ein schmales Stück Schinken glitt auf den Teller zurück. Er hatte den Fernseher von der Küche aus gehört und sich gefragt, warum er überhaupt lief, weswegen er auf eine lokale Satellitenstation aus Las Vegas eingestellt war und weswegen er so laut lief, dass man ihn sogar im Wohnzimmer noch hören konnte. Und jetzt das. Plötzlich waren seine Fragen beantwortet.

Offenbar hatte irgendjemand gewusst, dass diese Nachricht von einem lokalen Sender in Las Vegas gebracht werden würde. Und offenbar hatte jemand auf genau diese Nachricht gewartet.

Es folgte ein kurzer Moment entsetzter Stille, dann redeten alle durcheinander. Er hörte, wie Eve scharf einatmete und etwas sagte, was er aber nicht verstehen konnte. Eine Pfanne fiel scheppernd zu Boden, die Miles in der Küche hatte fallen lassen. Am Kopf des Tisches verspeiste Mason Lord, ohne mit der Wimper zu zucken, eine Casaba-Melone. Seine Wangen waren leicht gerötet, doch er sagte kein Wort und tat nichts, was ungewöhnlich gewesen wäre.

Molly hatte gerade etwas zu Emma gesagt. Mitten im Satz hielt sie inne. Sie blickte zu ihrem Vater hinüber und sagte leise: »Auge um Auge, Papa?«

Mason Lord kaute auf einem Bissen Melone, dann legte er elegant die Gabel ab und sah zu seiner Tochter auf. »Ich wäre dir dankbar, wenn du diese Art von Gespräch unterbinden könntest, Molly. Ganz besonders in Gegenwart deiner Tochter.«

Emma, die die Veränderung in der Stimme des für sie wichtigsten Menschen sofort wahrgenommen hatte, zupfte am Ärmel ihrer Mutter. »Mama? Was ist denn passiert?«

Ramsey beobachtete, wie Molly sich Emmas wegen mühselig zusammennahm. Sie verbannte den Schrecken aus ihrem Blick und glättete ihren Gesichtsausdruck so sehr, dass lediglich ein weiches Lächeln für ihre Tochter übrig blieb. Sie drehte sich zu Emma um, zog sie eine Minute lang fest zu sich heran und sagte: »Irgendwie schmeckt Miles' Quiche heute merkwürdig, findest du nicht?«

Emma warf ihr einen ihrer müden, erwachsenen Blicke zu. »In der Quiche ist Schinken, Mama, und frischer Spinat. Ich habe Miles beim Backen zugesehen. Er hat mich sogar die Eier hineinschlagen lassen. Die Quiche ist vollkommen in Ordnung.«

Molly schien wie vor den Kopf gestoßen. Es fiel ihr schwer, sich zusammenzureißen. »Tut mir Leid, Emma. Du hast natürlich Recht. Ich weiß auch nicht, Liebling, vielleicht geht es mir einfach nicht gut.«

Molly sah zu Eve Lord hinüber, die kreidebleich und mit starrem Gesichtsausdruck am Tischende saß. Sie starrte ihren Mann an. Dann wandte sie sich abrupt Emma zu. Ihr Gesicht war wieder so glatt wie das einer Madonna. »Das Rezept für die Quiche hat Miles von mir. Meine Mutter war eine ausgezeichnete Köchin. Es tut mir Leid, dass sie deiner Mutter nicht zusagt.«

»Wir sollten jetzt etwas Kaffee trinken«, meinte Mason. »Miles?«

»Ich möchte mit Ihnen reden, Mason. Könnten wir unseren Kaffee im Wohnzimmer einnehmen?«, sagte Ramsey mit beherrschter Stimme.

»Es ist ein wunderschöner Tag«, warf Eve Lord ein und sah ihren Mann dabei an. »Mason hat vorgeschlagen, dass wir mit der Yacht hinausfahren, Ramsey. Vielleicht könnten Sie Ihr Gespräch mit ihm auf später verschieben?«

Das Telefon klingelte. Miles erschien im Türrahmen des Esszimmers. »Richter Hunt, es ist Agent Savich. Er möchte mit Ihnen sprechen.«

Ramsey warf seine Serviette auf den Teller und eilte in die Küche, wo Miles ihm geduldig den Telefonhörer entgegenhielt.

»Sherlock und ich sind auf dem Flughafen. Wir haben eben gerade von den Morden in Las Vegas gehört. Ich kann es einfach nicht glauben, Ramsey. Der Mann hat Traute, das muss ich ihm lassen. Möchtest du, dass wir wieder zurückkommen?«

Ramsey hätte sie nur zu gerne wieder um sich gehabt, aber sie hätten nichts ausrichten können. Niemand konnte wirklich etwas ausrichten. Wollte er wirklich so egoistisch sein? »Nein, Savich. Dampf du ab mit Sherlock und mach sie glücklich. Sag mir nur Bescheid, wo ihr in Paris unterkommt, falls ich euch doch noch zurückpfeifen möchte.«

»Es ist eine kleine Pension an der Rive Gauche«, sagte Savich. »Sherlock will sie mir zeigen. Wir geben dir dann die Nummer durch. Hat Mason irgendetwas gesagt? Hast du ihn gesehen?«

»O ja. Wir haben die Nachricht eben erst am Esstisch vernommen. Es scheint ihn noch nicht einmal zu stören, wenn ein Bundesrichter und ein paar FBI-Agenten unter seinem Dach wohnen, während er diesen Auftrag erteilt.«

»Hör zu, Ramsey. Hau dort ab. Nimm Molly und Emma mit und mach dich aus dem Staub. Das Ding willst du sicher nicht auch noch am Hacken haben. Misch dich da nicht ein. In einem solchen Fall kannst du überhaupt nichts ausrichten.«

»Ich kann nicht glauben, das aus deinem Mund zu hören.«

»Ich sage es als Freund von Molly und Emma. Sie sollen nicht im Kreuzfeuer einer Sache stehen, die sich leicht zu einer persönlichen Fehde ausweiten könnte. Hier geht es Auge um Auge, Zahn um Zahn. Bleib nicht so lange, dass du noch sehen kannst, ob eine weitere Runde stattfinden wird. Hau ab.«

Langsam erwiderte Ramsey: »Du hast natürlich Recht.« Er strich sich mit der Hand über die Stirn. »Ich hätte Lust, Mason in die Mangel zu nehmen und Gunther Handschellen anzulegen. Aber du hast Recht, Mollys und Emmas Sicherheit stehen an erster Stelle. Ich rufe dich in ein paar Tagen an und informiere dich über den Stand der Dinge.«

Sie sprachen noch kurz miteinander, dann legte Ramsey den Hörer vorsichtig auf die Gabel zurück. Es war ein altmodischer schwarzer Apparat, den sich Miles eigens für seine Küche ausgesucht hatte. Das hatte er Ramsey eines Morgens beim Zubereiten der Pfannkuchen für das Frühstück erzählt.

Ramsey drehte sich langsam um und sah Miles an der Kücheninsel Sellerie schneiden. Ein bereits zerkleinerter roter Apfel bildete ein buntes Häufchen. Grüne, halbierte Trauben lagen auf einem anderen Häufchen. »Ich bereite Waldorfsalat zu«, bemerkte Miles sehr dezidiert.

»Wussten Sie, dass dies passieren würde, Miles?«

»Sie wissen, dass ich Ihnen nichts sagen kann, Ramsey. Aber gehen Sie, Sir, das rate ich Ihnen. Nehmen Sie Molly und Emma und gehen Sie. Da dieser Shaker hinter dem Ganzen steckt, sind Sie jetzt nach Loueys Tod sicher. Gehen Sie einfach.«

»Es sei denn, Shaker plant nun seine eigene Rache. Es sei denn, die Sache könnte eskalieren. Sollte das seine Ansicht sein, dann geht es uns an den Kragen.«

Miles schüttelte den Kopf. »Nein, so wird nicht gespielt. Die Sache ist gegessen. Einen Spieler umgehauen, einen Gegenspieler umgehauen, jetzt ist alles wieder ausgeglichen. Das sind die Regeln. Keiner bricht diese Regeln.«

Ramseys Entsetzen war nicht mehr zu bremsen. Er ließ die Faust auf den Tisch niedersausen. »Das ist einfach widerlich, und Sie wissen es.«

Miles zuckte mit den Schultern. »Niemand wird Louey Santera vermissen. Und keiner wird Rule Shakers Tochter vermissen. Lassen Sie die Finger davon, Ramsey. Nehmen Sie Molly und Emma hier raus.«

Ramseys Kinnlade war vor Anspannung verkantet. Er verließ die Küche. Als er das Esszimmer betrat, blickte er lediglich Molly an. »Kommst du kurz zu mir nach oben?«

»Ja, natürlich.«

Plötzlich wurde ihm bewusst, dass Emma auch dort saß.

Sie hatte ein Stück Quiche auf der Gabel und starrte ihn an. Ramsey beruhigte sich. »Em, tust du mir einen Gefallen?«

Sie wollte ihm Fragen stellen, so viel war ihm klar, doch er schüttelte den Kopf. »Kommst du mit deiner Mutter und mir nach oben?«

Wenig später hatten sie Emma mit einem Kinderbuch über Viehzucht in ihr Zimmer gesetzt. Allen war klar, dass es sich um ein Ablenkungsmanöver handelte, insbesondere Emma war das klar. Dann standen Molly und Ramsey allein in seinem Schlafzimmer.

Er kam sofort zur Sache. »Ich sehe keinen Grund mehr zu bleiben, wie steht es mit dir?«

»Nicht den geringsten«, erwiderte Molly, zog sich einen silbernen Ring vom kleinen Finger und steckte ihn wieder auf. »Er ist ein Ungeheuer, Ramsey. Mein Vater hat eben gerade eine dreiundzwanzigjährige Frau in die Luft gejagt.«

»Das ist die Liga, bei der er mitspielt, Molly. Die Presse wird schon bald wieder hier sein, falls sie sich nicht jetzt schon vor dem Tor versammelt hat. Lass uns heute nach Denver zu dir nach Hause fliegen. Emma und du könnt die Sachen für Irland zusammenpacken, dann fliegen wir weiter nach San Francisco. Einverstanden?«

Molly sagte mehr zu sich selbst als an ihn gerichtet: »Irland muss wunderschön sein. Ich habe Bilder gesehen.« Dann bemerkte er das Leuchten in ihren Augen. »Ich konnte wieder zu arbeiten anfangen und meine Kameras mitnehmen.«

Jetzt wurde ihm klar, dass es für Molly genau wie für ihn ein neuer Anfang sein würde. »Nimm alles mit, was du brauchst. Wirst du ein Bild von Emma und mir machen?«

»Du glaubst nicht, dass die Presse uns folgen wird?«

»Ich bezweifle, dass wir interessant genug sind.«

»Du weißt, dass das nicht stimmt.«

»Also gut, dann müssen wir sie überlisten. Wir müssen bereits weg sein, bevor sie uns die Mikrofone entgegenstrecken. Übrigens, was ist eigentlich mit Emmas Dalmatiner?«

»Dalmatiner? Emma hat keinen Hund.«

»Sie hat mir ein Bild von ihrem Hund gemalt.«

»Das wird Scooter gewesen sein. Das ist der Dalmatiner unseres Nachbarn, und Emma liebt den Hund.«

»Ihr geht also«, sagte Mason Lord, ohne dass Bedauern oder Überraschung in seiner Stimme mitgeschwungen hätte. »Miles sagte mir, ihr hättet ein Taxi bestellt.« Er lächelte. »Ich kann gut verstehen, warum ihr nicht einen meiner Wagen oder einen meiner Fahrer nehmen wollt.«

Es war ein Witz, von dem Ramsey hoffte, dass Emma ihn nicht verstand. Beruflich hatte er mit Leuten vom Schlag Mason Lord zu tun gehabt. Sie gehörten zu jenen Menschen, für die ein geplanter Mord lediglich einen weiteren Zug auf einem Schachbrett bedeutete. »Ja«, erwiderte Ramsey, »wir gehen. Molly möchte nach Denver zurückkehren.« Er wollte Mason Lord nicht erzählen, wohin sie eigentlich reisen wollten.

»Eve wollte auf dem Michigan See segeln. Wir haben es nicht getan. Ich wusste, dass ihr gehen würdet, wenn ich das Haus verlasse.«

»Nun sind Sie geblieben, und wir gehen dennoch. Wie auch immer, Mason, vielen Dank für Ihre Gastfreundschaft.«

Eve Lord erschien hinter ihrem Mann und informierte sie über die Ankunft von Detektiv O'Connor.

Ramsey fluchte leise. Das hätte er vorhersehen sollen, hatte er aber nicht. Er war zu sehr darauf konzentriert gewesen, dieser Hölle zu entfliehen. Er wandte sich Molly zu. »Geht nicht weit weg, ich muss kurz mit Detektiv O'Connor sprechen.« Ramsey erreichte noch vor ihm das Wohnzimmer.

»Ich wollte gerade abreisen. Frau Santera und Emma werden mich begleiten.«

Detektiv O'Connor machte den Eindruck von jemandem, der in einer fremden Haut übernachtet hatte. Die Haut passte nicht, sie hing ihm lose über die Wangenknochen. Unter seinen Augen hatte er Tränensäcke. »Das verüble ich Ihnen nicht, Ramsey. Aber vorher noch eine Frage: Wissen Sie etwas über diese Sache?«

»Ich habe es im Fernsehen gehört. Wir haben alle gemeinsam zu Mittag gegessen. Ich habe mich darüber gewundert, dass der Fernseher so laut lief. Dann natürlich wurde es mir klar. Sie wissen ebenso gut wie ich, dass Mason Lord diese Explosion arrangiert hat. Man hat mich informiert, dass die Konten nun ausgeglichen seien und es keine weitere Gewalt geben würde.«

Detektiv O'Connor pfiff durch die Zähne. »Ich komme mir wie eine Fliege vor, die keinen Landeplatz finden kann. Ich nehme nicht an, dass Mason Lord Ihnen gegenüber die Tat zugegeben hat?«

»Nein, kein Wort. Doch in seinen Augen war ein zufriedenes Leuchten, das er nicht ganz verbergen konnte. Natürlich hat er die Sache in Auftrag gegeben. Dieser Ort hier ist wie ein anderes Universum.«

»Die Polizei in Las Vegas sagt, sie hätten keinerlei Anhaltspunkte. Bis auf die beiden zurückgebliebenen Leichen war alles sauber und ordentlich.«

»Werden Sie nachprüfen, ob einer von Lords Leuten eine Kurzreise nach Las Vegas unternommen hat?«

»Schon, doch selbst wenn das der Fall wäre, würde es nichts beweisen. Viele Leute fliegen nach Las Vegas. Außerdem sind die Aussichten, die Mörder so dicht in Lords Umkreis zu finden, sehr gering. So operieren diese Typen nicht. Sie sind wie Hunde mit ihrem eigenen Hintergarten. Trotzdem muss ich mit allen reden, die ganze Prozedur durchgehen, genauso wie es die Mordkommission in Las Vegas mit mir gemacht hat. Vielleicht kommen ein paar Detektive aus Las Vegas hierher, wer weiß?«

»Mir stößt immer noch das auf, was Miles mir über die Regeln zum Ausgleich gesagt hat. Ich in dieser Lage würde den Einsatz erhöhen und nicht weglaufen wollen. Ich würde mir nicht einfach die Hände reiben und sagen, okay, so ist das Leben, meine Tochter ist tot, aber Schwamm drüber.«

»Vermutlich war sich Shaker, als er die erste Bombe hat legen lassen, bereits der Tatsache bewusst, damit das Leben seiner Tochter aufs Spiel zu setzen. Das lässt ihn nicht gerade als den besten aller Väter erscheinen, nicht wahr? Diese Typen sind nicht wie Sie und ich, Ramsey. Irgendetwas fehlt in der Art und Weise, wie sie zusammengesetzt sind. Aber sie sind nicht so weit gekommen, weil sie dumm gewesen wären. Er hat vermutlich angenommen, Mason würde es auf ihn absehen. Nur dass das dann nicht der Fall war.«

»Nehmen wir einmal an, er hat nicht erwartet, dass Mason es so weit treiben würde. Was dann?«

»Hören Sie, gehen Sie nach Hause, Ramsey. Meiner Ansicht nach ist die Sache für Sie beendet. Rule Shaker wird nicht noch einen Fehler begehen. Er kann es sich nicht leisten, es gibt zu vieles, was er schützen muss.

Schicken Sie das kleine Mädchen und die Mutter nach Hause. Die Polizei in Denver wird sich um sie kümmern.

Die Sache ist jetzt vorbei. Den Rest können Sie uns überlassen. Wir lassen Sie wissen, wenn wir auf irgendetwas Interessantes stoßen.«

24

Um halb sieben Uhr abends fuhr das Taxi vor Mollys Haus im Shrayderweg vor. Es war ein kleines, hübsches Haus mit weißen Fensterrahmen und hellblau gestrichenen Blumenkästen. Blütenmeere ergossen sich über den Zaun, die eingerahmten Blumenbeete und über die sechs Blumenkästen, die am Geländer der Terrasse angebracht waren.

Das Haus zeigte auf den Park, aus dem Emma entführt

worden war, während Molly die Fotos gemacht hatte. Die anderen Vorgärten waren ebenfalls mit Bäumen und Büschen bepflanzt, aber keiner hatte solch schöne Blumen.

Emma war gespenstisch schweigsam. Sie hielt ihr Klavier gegen die Brust gedrückt und blickte stur geradeaus. Sie war so still, als ob sich allein dadurch die Wahrscheinlichkeit verringern würde, dass ihr etwas Schlimmes zustoßen konnte. Er hätte ihr nochmals versichert, sie brauche keine Angst zu haben, doch das entsprach nicht der Wahrheit, und sie wussten es beide. Der Mann war immer noch dort draußen. Vermutlich war er weit weg und versteckte sich, doch in Emmas Vorstellungswelt lauerte er in unmittelbarer Nähe, so wie er es damals auch getan hatte, und wartete nur darauf, sie wieder zu fangen. Es brach Ramsey das Herz.

Er betrachtete den Park mit den kleinen Hügeln und Tälern, den Blumenbeeten und Büschen und den Reihen von Ulmen und Kiefern. Er fragte sich, wo der Mann Emma aufgelauert hatte, dass er ihr so nahe hatte kommen können, um sie sich zu greifen.

Molly sah zu einer Baumgruppe in der westlichsten Ecke des Parks hinüber. Dort also war es geschehen. Ihr schmales Gesicht war starr und abgespannt. Sogar ihr schönes Haar schien glatt und angeklatscht. Sie hatte es mit einer blassgrünen Spange zusammengebunden, die farblich mit ihrer Seidenbluse harmonierte. Er hätte wetten können, wenn sie wie Emma ein Klavier besessen hätte, hätte sie es ebenfalls im Arm getragen.

»Emma, wir sind zu Hause.« Molly sprach sehr leise, denn sie wollte sie nicht ängstigen, sondern lediglich vorsichtig ihre Aufmerksamkeit erlangen. »Denk daran, wir packen nur schnell unsere Sachen, dann fliegen wir mit Ramsey nach San Francisco.«

»Und dann kommt Ramsey mit uns nach Irland?«, fragte Emma und drückte sich so dicht an ihre Mutter, dass kein Millimeter Abstand zwischen ihnen blieb. Molly fragte sich, worüber Dr. Loo und Emma am Morgen gesprochen hatten. Diesen Morgen erst hatte Emma sie zum letzten Mal aufgesucht. Sie musste sie unbedingt anrufen.

»Ja, das wird er«, erwiderte Molly. »Er möchte dorthin zurückkehren, und er möchte unbedingt, dass wir ihn begleiten. Er hat mich sogar darum angebettelt, Emma. Und da ich ein netter Mensch bin, musste ich ja sagen.«

»Hast du wirklich gebettelt?«, erkundigte sich Emma und warf ihm einen Blick zu.

»Im Betteln kann ich es mit allen aufnehmen, Emma«, erwiderte Ramsey und kniete sich vor sie. »Ich habe mir gesagt, dass ich dich nicht aus den Augen lassen möchte. Und ich habe mir gesagt, dass dich nicht zu sehen mich sehr unglücklich machen würde. Macht es dir etwas aus, wenn ich heute bei euch im Haus übernachte?«

»Du kannst bei uns bleiben, Ramsey. Ich finde es eine gute Idee.« Sie marschierte durch das offene Tor auf die Haustür zu. Immer noch hielt sie das Klavier an sich gepresst. Über die Schulter hinweg bemerkte sie: »Dr. Loo hat mir Irland auf dem Atlas gezeigt. Dort ist es so grün, dass man sich mindestens zwei Mal am Tag die Zähne putzen muss, sonst werden sie auch grün.«

»Emma, war das ein Witz?«

Zu seiner Freude warf ihm Emma ein verschmitztes Lächeln zu.

»War das der Park dort drüben?«, wandte er sich leise an Molly.

»Ja. Ich habe dieses Haus geliebt. Mit Louey haben wir in einer Wohnanlage im Westteil von Denver gewohnt. Nach der Scheidung habe ich das Haus verkauft und dieses hier gefunden. Jetzt gefällt es mir nicht mehr. Emma ängstigt sich hier zu Tode. Um ehrlich zu sein, mir geht es nicht anders.«

»Darüber muss etwas Zeit verstreichen«, sagte er und war sich der Überflüssigkeit seiner Bemerkung bewusst. »Wir müssen hier nur so lange bleiben, wie Emma und du zum Packen brauchen. Wir müssen nicht hier übernachten, wenn du das nicht möchtest.«

»Nein, das werden wir nicht«, erwiderte sie.

»Außerdem gibt es keinen Grund, das Haus nicht zu verkaufen, Molly. Es gibt überhaupt keinen Grund, weswegen ihr nicht beispielsweise nach San Francisco ziehen könntet.«

Die Worte waren ihm einfach so herausgerutscht, während seine Augen einen Rosenbusch hinter Mollys Schulter fixierten. »Ich habe damit nicht das sagen wollen, was du jetzt vielleicht glaubst.«

»Natürlich nicht«, erwiderte Molly kühl und gefasst. »Im Allgemeinen tun Männer das auch nicht.«

»Was soll das denn heißen?«

»Nichts. Tut mir Leid. Es war ein langer Tag. Und es waren viele Jahre mit Louey. Wir kommen, Emma.«

Emma stand geduldig vor der Tür, während Molly ihren Schlüssel herauszog, ihn ins Schloss steckte und ihn mit leichter Bewegung drehte. »Hier sieht alles so schön aus, weil ich einen Gärtner habe kommen lassen. Einer meiner Nachbarn hat die Zimmerpflanzen gewässert. Dennoch wird es wohl ein wenig muffig …«

Weiter kam Molly nicht. Sobald sie den kleinen Flur betreten hatten, schlug ihnen der Gestank entgegen.

»Mama, das sieht nicht gut aus«, meinte Emma und trat einen Schritt zurück. »Das riecht, als ob überall verfaultes Essen herumliegen würde. Es riecht wie in Ramseys Haus, als wir dort gewesen sind.«

Ramsey fing Emma ab, als sie wieder aus der Haustür treten wollte. »Stell dich hinter mich, Emma. Ja, genau so. Deine Mutter und ich werden nachsehen, was hier los ist. Du bleibst hier stehen.«

»O nein.« Mollys buntes und ehemals sehr gemütliches Wohnzimmer, das sich zum Esszimmer hin öffnete, war mit dicken Seidenkissen bestückt. An den Wänden hingen gerahmte Aquarelle und Fotografien, darunter standen in bunten Farben restaurierte Möbel. Alles war zerstört. Sogar den Efeu hatten sie aus dem Topf gerissen und auf dem Holzboden zerschmettert.

»Lass uns nachsehen, ob eure Kleidung noch da ist. Wir packen, nehmen die Pässe, wenn sie noch da sein sollten, und dann nichts wie weg. Die Polizei können wir vom Hotel aus informieren.«

»Ich will noch meine Nachbarn und einen Reinigungsdienst anrufen. Wer hat das getan und warum? Wird das denn alles niemals mehr aufhören?«

»Das wird es. Das hat es schon. Das hier ist bereits vor ein paar Tagen geschehen.«

Anderthalb Stunden später begrüßten sie in ihrer Suite im neunten Stockwerk des *Brown Palace Hotels* die Polizei. Die Suite war riesig, doch die Zimmer waren zu warm. Ramsey hatte alle Fenster geöffnet und sich bei der Rezeption über die defekte Luftkühlung beschwert. Endlich kühlte es ein bisschen ab. Emma saß auf einem der beiden Sofas und sah sich im Fernsehen einen Zeichentrickfilm an. Ramsey, Molly und Detektiv Mecklin von der Polizei in Denver saßen um einen runden Tisch am anderen Ende des Wohnzimmers. Kaffee und Kekse standen auf dem Tisch.

Detektiv Mecklin kaute an einem Haferflockenkeks aus der Küche des *Brown Palace*.

»Wie bereits gesagt, hat eine Nachbarin meine Zimmerpflanzen gegossen«, erzählte Molly. »Vor drei Tagen war noch alles in Ordnung. Sie werden doch mit ihr sprechen wollen?«

»Selbstverständlich. Aber ich bezweifle, dass sie etwas gesehen hat, sonst hätten wir schon längst einen Anruf erhalten. Wer auch immer es getan hat, hat ganz schön Traute. Wir sind erst vor fünf Tagen hier abgezogen.«

Es klingelte an der Tür.

Der Mann in Detektiv Mecklins Begleitung stand auf, um

zu öffnen. Mit ernstem Blick auf seinen jungen Zügen trat er zurück in die Suite. Hinter ihm stand der Sonderagent des FBI, Agent Anchor. Er trug einen dunklen Anzug, ein weißes Hemd und einen schmalen dunklen Schlips zum hochgestellten Hemdkragen.

Molly hätte am liebsten laut gestöhnt. Mecklin allein reichte ihr schon. Und jetzt auch noch alle beide?

»Guten Tag, Frau Santera. Ich erwäge immer noch, Sie verhaften zu lassen.«

»Wie freundlich von Ihnen, Agent Anchor«, erwiderte Molly. Sie spürte, wie sich ihre Anspannung in Wut verwandelte. Das fühlte sich gut an, diese Welle der Wut. Sie lehnte sich auf ihrem Stuhl zurück und lächelte ihn an. Ihr war bewusst, dass sie ihren Vater das Gleiche hatte tun sehen. Damals hätte sie diesen Typen am liebsten aufgespießt, als er nach Emmas Entführung zu ihr nach Hause gekommen war. Er war arrogant und anmaßend. »Haben Sie bereits die Anklage formuliert? Wollen Sie mir vorwerfen, dass ich meine Tochter einem Entführer entreißen wollte? Oder dass ich geflohen bin, weil ich um mein Leben fürchtete? Oder wollte ich ganz einfach nur mein Kind von inkompetenten Menschen fern halten? Aber nicht doch, jetzt fällt es mir wieder ein. Sie werden mich festnehmen, weil ich an Ihrer Stelle Ihre Arbeit erledigt habe.«

Damit hatte sie seinen wunden Punkt getroffen. Er lief rot an, die Hände verkrampften sich neben seinem Körper. Er schien kurz davor zu explodieren. Sie genoss es. »Oder wollen Sie mich verhaften, weil ich mein eigenes Haus verwüstet habe?«

Agent Anchor zwang sich zur Beherrschung. Er bekam sogar ein schmales Lächeln zu Stande. Ramsey war überrascht und zuversichtlich. Vielleicht würde dieser Mann aufhören, sich wie ein Dummkopf zu benehmen. Höflich brachte Agent Anchor heraus: »Ihre Einstellung ist der Sache nicht zuträglich, Frau Santera.« Dann blickte er Ramsey mit erhobener

Augenbraue an. Ramsey beantwortete die erhobene Augenbraue mit Schweigen.

Schließlich sagte Agent Anchor: »Sie kommen mir bekannt vor.«

»Das sollte er auch«, warf Detektiv Mecklin zwischen zwei Bissen Haferkeks ein. »Es ist Richter Hunt, der Mann, von dem wir aus San Francisco und aus Chicago gehört haben.«

Agent Anchor erstarrte. Er war es gewohnt, seine Sache im Griff zu haben. Und nun behandelten ihn Molly Santera und dieser Hunt, als ob er eine Witzfigur wäre.

Ramsey lächelte ihn lediglich an. »Wissen Sie, mein Haus in San Francisco wurde auf die gleiche Art und Weise wie das von Frau Santera verwüstet. Unserer Ansicht nach könnten hier Parallelen bestehen. Was meinen Sie? Könnte es nicht sein, dass Herr Shaker ein besonders gründlicher Mensch ist?«

»Ihr Humor gefällt mir nicht«, entgegnete Agent Anchor. »Das ist mir bereits alles bekannt. Aber sie hätte sich nicht aus dem Staub machen sollen, um nach ihrer Tochter zu suchen. Sie hätte meine Ermittlungen nicht behindern dürfen.« Er starrte Molly an. Seine Nasenflügel zitterten vor Abneigung. »Als ich eben ins Zimmer kam, hätte sie mich nicht beleidigen dürfen. Wenn sie meinem Rat gefolgt wäre, wäre ihr Mann vielleicht nicht tot. Andererseits hat sie jetzt einen lebendigen Richter, nicht wahr?«

Molly warf Emma einen flüchtigen Blick zu. Sie schien an ihren Zeichentrickfilm gefesselt. Mit einer einzigen geschmeidigen Bewegung erhob sich Molly und trat Agent Anchor kräftig gegen das Schienbein. Er rang nach Luft, rieb sich das Bein und richtete sich sehr langsam auf. »Ich verhafte Sie wegen tätlichen Angriffs auf einen Bundesbediensteten«, sagte er, als er sich wieder gefasst hatte.

»Das glaube ich kaum«, entgegnete Ramsey. »Um Ihnen die Wahrheit zu sagen, ist sie mir lediglich zuvorgekommen. Hören Sie doch auf, sich wie ein Idiot zu benehmen, Agent

Anchor.« Er ließ seine Hand zum Ellenbogen des Mannes gleiten und flüsterte ihm ins Ohr: »Meiner Meinung nach sitzen Sie hier einem großen Missverständnis auf. Lassen Sie sich sagen: Sie ist nicht identisch mit ihrem Vater. Das sollten Sie sich merken. Benehmen Sie sich doch schlicht wie ein Mensch, und setzen Sie sich. Vielleicht können wir zusammen arbeiten. Wenn Ihnen das nicht zusagt, rufe ich Ihren Chef und die Agenten Savich und Sherlock an, die in Chicago mit uns zusammengearbeitet haben, und unterhalte mich mit ihnen. Jetzt sind Sie am Zug, Anchor.«

Agent Anchor schien nicht glücklich. Obendrein würde sich der Fall des ermordeten Bauern in Loveland nun offiziell niemals mehr lösen lassen. Sie hatten noch nicht einmal den Mann ausfindig machen können, der das kleine Mädchen missbraucht hatte. Alles hatte damit angefangen, dass diese Frau Denver verlassen und sich auf eigene Faust auf die Suche gemacht hatte. Ramsey Hunt irrte sich. Sie war genau wie ihr Vater, das hatte er sofort gespürt, als er sie das erste Mal gesehen hatte. Sie hatte den Fall aus den Fugen geraten lassen. Nun hatte sich auch noch dieser verfluchte Richter auf ihre Seite geschlagen. Und er kannte Savich.

Detektiv Mecklin schob seinen Stuhl zurück und erhob sich. Kuchenkrümel lagen auf seinem dicken roten Schlips und dem weißen Hemd, das über dem Bauch spannte. »So jedenfalls kommen wir mit dem ganzen Mist nicht weiter. Agent Anchor, setzen Sie sich, falls Richter Hunt es Ihnen gestattet.«

»Dann ist da noch meine Tochter, Agent Anchor«, sagte Molly. »Kinder hören fast alles, was Erwachsene sagen. Und meiner Ansicht nach haben wir schon genug gesagt.«

Agent Anchor sah zu Emma hinüber, die viel zu hastig Kaugummi kaute. Er hatte selbst zwei Kinder und wusste, wann ein Kind etwas hörte, was es nicht hören sollte.

»Also gut«, meinte Agent Anchor und setzte sich.

Ein tödliches Schweigen folgte. Detektiv Mecklin nahm

sich noch einen Haferkeks, biss reichlich davon ab und bemerkte: »Wenn all diese Dinge miteinander in Zusammenhang stehen, so waren Männer, Macht und Geld vonnöten. Alles Dinge, von denen Herr Shaker jede Menge besitzt.«

»Warum, glauben Sie, haben die Leute mein Haus verwüstet?«, fragte Molly. »Einfach nur aus Spaß?«

»Nehmen wir einmal an, dass es vor zwei oder drei Tagen passiert ist, Frau Santera«, schaltete sich Detektiv Mecklin ein. »Das war ungefähr zum Zeitpunkt des Attentats auf Ihren Ex-Mann. Vielleicht waren das alles Stücke ein und desselben Puzzles. Man munkelt, dass eigentlich Sie und Ihre Tochter die Opfer hätten sein sollen, um damit Herrn Santera wieder auf Linie zu bringen. Es muss Teil ein und derselben Kampagne gewesen sein.«

»Und das alles wegen Geld oder um Louey mit seiner Tochter zu erpressen? Das hört sich total verrückt an«, entgegnete Molly.

Agent Anchor schenkte sich etwas Kaffee nach. Er hatte kein Wort dazu gesagt. Er nippte daran, goss etwas Sahne nach und sagte schließlich: »Leute wie Shaker können es niemandem gestatten, sie um eine Million zu erleichtern. Er ist viel zu sehr davon abhängig, dass die Leute Angst vor ihm haben. Und Geld war weiß Gott ausreichend da, um die allerbesten Leute anzuheuern.«

»Also gut, es war Shakers Werk. Aber glauben Sie mir, die Sache ist beendet«, fügte Detektiv Mecklin hinzu.

»Vermutlich haben Sie Recht«, meinte Ramsey. »Eine andere Antwort gibt es nicht.« Er wandte sich an Agent Anchor. »Es sei denn, Sie haben noch etwas ausfindig gemacht?«

Agent Anchor schüttelte den Kopf. »Nein, das ist nur mein Gefühl. Hat Savich mit seinem verdammten Laptop noch etwas finden können?«

»Nichts Konkretes bis jetzt«, erwiderte Ramsey.

Agent Anchor schüttelte den Kopf. Er hatte sehr kurze

Haare, was sich ganz gut machte, denn er war ohnehin fast vollkommen kahl. »Ich erinnere mich an ein Mal, als ich in Washington in einer Sitzung mit Savich war. Der Protokollführer erkundigte sich, welchen Geschlechts der Laptop sich derzeit gerade erfreue. Niemand hat gelacht.«

Ramsey behagte es nicht sonderlich, dass jemand gerade dann seine menschliche Seite hervorkehrte, wenn er sich dazu entschieden hatte, denjenigen als Idioten abzustempeln. Vielleicht aber würde der Mann einen Rückfall erleiden.

Ramsey betrachtete Emma zusammengerollt auf dem Sofa. Das Klavier hielt sie im Schlaf fest an sich gedrückt. Ein Bein ihrer Jeans hatte sich hoch geschoben, und er konnte den rosa Socken über ihrem Nike-Turnschuh sehen. Die Heftigkeit seiner Gefühle ihr gegenüber überraschten ihn nun nicht mehr. Er schluckte. Dann fiel ihm auf, dass der andere Socken weiß war. Es war für alle ein harter Tag gewesen. Er stand auf, den Blick immer noch auf Emma gerichtet. »Ich sehe nicht, dass uns das hier in irgendeiner Weise weiterbringt. Vielleicht hätten wir Sie gar nicht erst damit belästigen sollen. Die reinste Zeitverschwendung für uns alle.«

»Nein«, widersprach Detektiv Mecklin und erhob sich ebenfalls. »Das ist alles Teil der Ermittlungen. Vielleicht werden wir im Haus doch noch fündig. Früher oder später werden wir den Typen dingfest machen, der sich an Emma vergangen hat. Die Bundespolizei will ihn unbedingt in die Hände bekommen. Agent Anchor, könnten Sie ihn denn nicht wegen Steuerhinterziehung belangen?«

25

Die Temperatur betrug sechzehn Grad, und es war windig in San Francisco. Der Himmel war wolkenlos. Ramsey atmete die saubere Luft tief ein und lächelte. Er blickte durch das halb geöffnete Fenster auf den kleinen Rasenflecken und auf die sich hinter dem Haus erstreckende Golden Gate Bridge. Er liebte Sea Cliff, eine Gegend, die von vielen, ihn selbst einbezogen, als schönste der ganzen Stadt bezeichnet wurde. Sein Haus lag in der ersten Reihe von Häusern, die sich wie ein Band über die Klippen am nordwestlichen Stadtrand hinzogen. Das Meer kam von links, die Golden Gate Bridge wachte am Eingang der Bucht zur Rechten und verband die direkt gegenüberliegenden kargen und kahlen Marin Headlands mit der Stadt. Die Headlands stachen in der Nachmittagssonne klar hervor. Noch war etwas Grün auf den Hügeln zu erkennen. Aber schon bald, im Hochsommer, würden sich die Headlands in ein einheitliches Braun verwandeln, auf dem es scheinbar kein Leben gab. Wenn der Nebel am späten Nachmittag in die Bucht eindrang und sich auf den Headlands absetzte, könnte man meinen, sich in einer Szene aus dem Mittelalter zu befinden.

Sein Haus war fotografiert worden, man hatte Fingerabdrücke genommen, es gereinigt und repariert. Er hatte sowohl mit seiner Sekretärin als auch mit den beiden Rechtspflegern gesprochen, die ihm als Bundesrichter zugeteilt waren. Er hatte ihnen Farbvorgaben gegeben, die gewünschten Möbel beschrieben und einen finanziellen Rahmen gesteckt. Den Rahmen hatten sie zwar gesprengt, aber angesichts des Mobiliars und der Gardinen und Vorhänge, die liebevoll im ganzen Haus arrangiert worden waren, wollte er sich darüber nicht beklagen. Er fragte sich, was wohl noch alles angeliefert werden würde. Es war interessant, sich selbst mit den Augen anderer zu sehen. Sein Arbeitszimmer strahlte jetzt durch das Leder und die üppigen Terracottafarben mehr Dominanz und Männlichkeit aus. Für das Ledersofa, die Sessel und den riesigen Mahagonischreibtisch hatten sie ein Vermögen ausgegeben. Auch dieser Ausgabe hatte er zugestimmt. Die Wände waren noch kahl. Die Kunst, die ihm zusagen würde, hätten Fremde nicht für ihn aussuchen können.

Wenn man berücksichtigte, dass erst ein Monat verstrichen war, hatten sie ein Wunder vollbracht.

»Ramsey?«

»Ja, Emma?«

»Dein Haus gefällt mir. Das Wasser gibt mir ein gutes Gefühl.«

Er grinste, beugte sich herunter und hob sie hoch. Dann trug er sie zu dem riesigen Ledersessel und setzte sich. Er legte die Füße auf einen sündhaft breiten Lederschemel, etwas, das er bisher noch niemals besessen hatte. »Lass uns gemeinsam die Aussicht genießen, okay? Wir können unsere Seelen mit der Natur kommunizieren lassen. Sag mal, wo ist denn dein Klavier?«

»Oben. Aber mein Klavier ist jetzt nicht so wichtig.« Sie seufzte auf jene erwachsene Art und Weise. »Ich mache mir um Mama Sorgen. Sie fühlt sich nicht wohl, behauptet aber, es gehe ihr gut.«

»Was ist los?«

»Ihr ist schlecht. Sie hat mich nach unten geschickt, um dich abzulenken, damit du nicht nach oben kommst. Du sollst nichts davon wissen, aber ich mache mir Sorgen. Kannst du die Sache wieder in Ordnung bringen, Ramsey?«

»Verdammt noch mal. Entschuldigung, Emma. Bleibst du hier unten und kommunizierst mit der Natur?«

»Ja, aber nur kurz. Mamas Gesicht ist schon etwas grün.«

»Ich kümmere mich um sie. Du bleibst hier, abgemacht, Emma?«

»Ich gehe nicht alleine nach draußen, Ramsey.«

»Sehr gut.« Er küsste sie auf die Stirn und ging nach oben. Schon von der Treppe aus konnte er Molly sich übergeben hören. Es gab drei Schlafzimmer, sein großes Zimmer, ein kleines Schlafzimmer und ein Gästezimmer, in dem Molly und Emma wohnten. Sie war in dem Badezimmer, das sich an das Gästezimmer anschloss. Die Tür war zugezogen, stand jedoch einen Spaltbreit offen. Er drückte sie langsam auf.

Molly kniete mit dem Kopf über der Kloschüssel und übergab sich.

Er sagte nichts, sondern rieb ihr nur über die Schultern, dann kniete er sich neben sie und strich ihr Haar zurück. Sie ließ sich gegen ihn fallen. »Ist es jetzt besser?«

Sie stöhnte. »Ich möchte nicht reden. Ich möchte einfach nur sterben.«

Er betätigte die Spülung. »Bleib hier, ich bringe dir etwas Wasser, um dir den Mund auszuspülen.«

Wieder stöhnte sie auf. »Wärst du doch nicht hier hochgekommen. Ich hätte ahnen müssen, dass Emma dich holt. Es ist mir peinlich.«

Er reichte ihr das Wasser. Sie warf einen Blick darauf und erhob sich langsam. »Ich möchte mir die Zähne putzen.«

»Ich habe etwas gegen Magensäure. Möchtest du es nehmen? Emma hat sich ernsthaft Sorgen gemacht. Ich bin froh, dass sie vernünftig genug war, mich zu rufen. Vernünftiger als ihre Mutter.«

»Geh weg«, sagte sie, schubste ihn aus der Tür und schloss ab. Er hörte, wie sie sich den Mund mit Mundwasser ausspülte. Fünf Minuten später begleitete er sie zu ihrem Bett. Das Gästezimmer besaß keine sonderlich schöne Aussicht, doch durch die dreigeteilten Fenster konnte man ein wenig von der Golden Gate Bridge erkennen.

»Während ich hier im Sterben liege, werde ich als Letztes immerhin etwas Schönes sehen.«

»Nein, das Letzte, das du sehen wirst, ist mein hässliches Gesicht. Und das sollte ausreichen, um ganz schnell wieder gesund zu werden.«

»Ich muss wohl im Flugzeug etwas Schlechtes gegessen haben.«

Sie hatte Nudeln mit Muschelsoße gewählt, während Emma und er das Hühnchen gegessen hatten. »Möglich. Oder aber es ist der Stress.« Zärtlich legte er beide Hände um ihr Gesicht. Sie war vollkommen verschwitzt. Er zog die

Stirn kraus. »Ich werde einen Arzt rufen, und dann sehen wir, was er dazu meint.«

»Ich will keinen Arzt sehen, Ramsey. Vergiss es. Mein Magen ist jetzt leer. Bald wird es mir besser gehen.«

»Wir werden sehen«, sagte er in genau dem Erwachsenentonfall, den sie selbst Kindern gegenüber benutzte, wenn sie jede weitere Diskussion unterbinden wollte.

Er brachte ihr ein paar Tabletten und ein Glas Wasser. »Hier, nimm diese.«

Sie fragte noch nicht einmal nach, um welche Art von Tabletten es sich handelte. Nachdem sie sie geschluckt hatte, lehnte sie sich gegen die Kissen zurück.

»Wie geht es deinem Arm?«

»Gut. Wie ist es mit deinem Rücken?«

Er lächelte sie lediglich an. »Mir geht es gut. Kannst du die Stiche auf deinem Arm noch sehen?«

»Manche schon, aber sie sind auf dem Weg der Heilung. Wie geht es deinem Bein?«

»Längst geheilt. Ich möchte mir deinen Arm ansehen.« Sie ließ es sich gefallen, dass er den Ärmel ihrer hellen, cremefarbenen Bluse nach oben schob. Vorsichtig zog er den Verband zurück. Die Narbe hatte eine gesunde, rosa Farbe, die Stiche standen fast obszön aus der weißen Haut hervor, doch die Wunde war schon viel besser, die noch vorhandenen Nähte in der Auflösung begriffen. Er brummte etwas und drückte den Verband wieder fest. »Daher jedenfalls rührt deine Übelkeit nicht.«

»Wo ist Emma?«

»Sie sitzt in meinem großen Ledersessel und schaut aus dem Fenster auf die Brücke. Aber lass mich trotzdem einmal nachsehen.« Wenig später kam er mit ihr zurück.

»Meine wunderschöne Prinzessin?«

»Nein, sie gehört mir, aber ich teile sie für ein paar Minuten mit dir. Siehst du, Emma, deiner Mutter geht es ganz gut.«

»Kann ich bei ihr bleiben, Ramsey? Ich werde sie zum Lachen bringen. Sie behauptet, dass es einem gleich besser geht, wenn man lacht.«

»Okay, aber wenn sie sich erneut übergibt, rufst du mich. Dann rufe ich jemanden, der ein paar Nadeln in sie sticht.«

»Igitt«, meinte Emma.

Drei Stunden später kaute Molly an einem Stück trockenen Toast und trank heißen Earl-Grey-Tee. Sie sah immer noch sehr blass aus. Immerhin hatte sie sich nicht erneut übergeben. Seit einer Stunde war die Übelkeit verflogen, doch seine Hand war immer noch in der Nähe des Telefonhörers. Er wollte Jim Haversham anrufen, den hochrangigen Internisten eines Krankenhauses in San Francisco.

»Ich glaube nicht, dass wir uns morgen auf den Weg machen können«, sagte er um neun Uhr abends. Sowohl Emma als auch Molly lagen im Gästebett, der nagelneue Fernseher lief leise im Hintergrund.

Es klingelte. Ramsey wandte sich zum Gehen. »Das ist nur eine Bekannte von der Polizei. Ich hatte sie angerufen. Sie wird mich über den neuesten Stand der Ermittlungen informieren.«

»Über die Verwüstung deines Hauses?«, fragte Molly und schob den nassen Waschlappen auf ihrer Stirn ein wenig mehr nach links.

»Unter anderem auch darüber. Ihr beide könnt euch hier vergnügen. Emma, wenn deine Mutter irgendetwas braucht, kommst du und holst mich. Kann ich mich darauf verlassen, dass du mir und nicht ihr gehorchst?«

Emma machte einen besorgten Eindruck. »Ich weiß nicht recht, Ramsey, sie ist meine Mama. Sie ist seit meiner Geburt bei mir.«

»Das schon, momentan aber ist sie nicht ganz ernst zu nehmen. Sie weiß nicht, was wirklich gut für sie ist. Du rufst mich, abgemacht?«

Emma machte einen unschlüssigen Eindruck und zog ihr

Klavier auf die Knie. Molly stöhnte. Dann stöhnte sie noch ein Mal, ein lustiges, übertrieben lautes Stöhnen, bei dem Emma lachen musste.

Das hast du gut gemacht, Molly, dachte er, winkte ihnen zu und ging nach unten.

Virginia Trolley stand vor der Tür. Sie trug ihr Markenzeichen, schwarze Stiefel, schwarze Hosen, einen schwarzen Rollkragenpullover und ein rotes Jackett. »Ich bin glücklich, dich wieder zu Hause zu wissen, Ramsey. Es ist die Hölle los.«

Er bat sie in sein Arbeitszimmer. Im Kamin brannte ein Feuer, die neuen, blassgoldenen Vorhänge waren zugezogen und machten das Zimmer dunkler und intimer.

»Dein Haus ist wunderschön. Die neuen Sachen machen sich großartig. Hat dich die Möblierung in die Pleite getrieben?«

»Das meiste wird von der Versicherung gedeckt.«

»Gut. Wo nun alles nagelneu ist, sollten wir heiraten. Dann könnten wir uns wieder scheiden lassen, und ich bekomme das Haus.«

»Das Haus bekommst du unter keinen Umständen, es sei denn, du bestichst einen Richter«, erwiderte Ramsey und schenkte ihr aus der Thermoskanne auf dem Beistelltisch eine Tasse Kaffee ein.

Sie seufzte. »Mein Mann wird es sicherlich auch nicht begreifen. Würdest du es denn in Betracht ziehen, mich zu adoptieren?«

»Du bist älter als ich.«

»Hast du schon mal etwas von Diskriminierung gegen das Alter gehört?«

»Nein, ich nicht. Danke, dass du vorbeigekommen bist, Ginny. Was ist hier los?«

»Du weißt natürlich, dass dich alle als ›Judge Dredd‹ bezeichnen. Jetzt, wo du mit der Unterwelt flirtest, passt der Name richtig gut. Die Presse hat sich deswegen überschlagen. Zu meiner großen Überraschung ist ihnen noch nicht aufgefallen, dass du wieder im Lande bist. Sei dankbar für die kleinen Gaben, lange wird es nicht währen.«

Er brachte sie auf den neusten Stand und sagte schließlich: »Molly, Emma und ich werden übermorgen nach Irland fliegen. Eigentlich wollten wir uns bereits morgen in aller Frühe auf den Weg machen, aber Molly hat sich den ganzen Nachmittag über die Seele aus dem Leib gekotzt. Jetzt scheint es ihr besser zu gehen, doch die Aussicht auf einen Flug ist nicht gerade verlockend. Meiner Ansicht nach waren es die Muscheln, die sie im Flugzeug verzehrt hat. Hoffentlich ist es keine Gastritis oder ein Magengeschwür, was mich allerdings nach all dem, was sie in letzter Zeit durchgemacht hat, nicht weiter verwundern würde.«

Virginia Trolley stand auf, ging auf die bis zum Boden reichenden Fenster zu und zog den Vorhang zurück. Die Wolken hingen schwarz und tief am Himmel. Weder Mond noch Sterne waren zu sehen. Sie seufzte tief auf. »Wir haben alle die Sache unendlich durchgekaut. Dieser Shaker ist ein ganz übler Typ, Ramsey. Wenn er hinter all dem steckt, dann sind die Aussichten, ihn vor Gericht zu stellen, ungefähr so gering, wie dass die Raiders in nächster Zeit noch einen Super Bowl gewinnen. Die Hindernisse sind einfach zu überwältigend.« Sie grinste. »Andererseits scheint es so, als ob die Forty-Niners diesen Herbst auch nicht gerade brillieren werden. Aber wer weiß?«

Ramsey setzte sich auf den Ledersessel hinter seinem Schreibtisch. Er lehnte sich zurück und wiegte den Kopf in den Armen. »Hoffentlich ist es tatsächlich Shaker, denn das bedeutet aller Wahrscheinlichkeit nach, dass wir drei außer Gefahr sind. So jedenfalls schätzt es sowohl das Bundeskriminalamt als auch die Polizei in Denver ein. Sie sind immer noch auf der Suche nach dem Schuft, der Emma entführt hat.«

Virginia wandte sich von den Fenstern ab und zog den Vorhang wieder zu. »Vermutlich hast du Recht. Keinerlei Anhaltspunkte, wer dein Haus verwüstet hat. Den Nachbarn ist nichts aufgefallen. Fingerabdrücke gab es keine.«

Sie hielt inne und sah sich in dem Arbeitszimmer um – dunkle Holztäfelung, üppige Ledergarnituren, ein auf Hochglanz poliertes Eichenparkett. »Die Reinigungsfirma ist sehr stolz darauf, wie sie das Haus von Richter Ramsey Hunt wieder auf Vordermann gebracht haben. Der *Chronicle* wollte sogar Fotos von diesem Zimmer nach der Neumöblierung machen. Es glänzt unglaublich, nicht wahr?«

»Und ob.«

»Irgendwelche Probleme?«

»Nein, alles ist in Ordnung, für den Moment jedenfalls. Ich hatte allerdings darüber nachgedacht, ob eine polizeiliche Überwachung des Hauses möglicherweise sinnvoll wäre.«

»Einverstanden. Ich werde die Streife alle halbe Stunde hier vorbeischicken. Das hier muss ich dir übrigens noch zeigen, obwohl ich der Sache keine große Bedeutung beimesse. Natürlich anonym. Es wurde unter deiner Bürotür durchgeschoben.« Sie zog es aus ihrer Tasche und reichte es ihm.

Es war knapp formuliert.

SIE SIND EIN MÖRDER. SIE WERDEN STERBEN.

Es war sauber mit einem dicken Filzstift in Druckbuchstaben geschrieben. Ramsey reichte es ihr zurück. »Nicht sonderlich geschwätzig – ein Rechtsanwalt kann es nicht gewesen sein. Gibt es irgendeinen Grund, es für mehr als den üblichen Mist zu halten?«

»Es ähnelt dem, was du, unmittelbar nachdem du diesen Abschaum im Gerichtssaal niedergestreckt hast, bekommen hast. Du hast doch in letzter Zeit nicht noch mehr davon erhalten?«

»Nein, jedenfalls bin ich nicht darüber informiert worden.«

»Dann ist es vermutlich unbedeutend. Aber sei vorsichtig, Judge Dredd. Einer der Zivilpolizisten hat vor seinen Kumpels angegeben, er habe ein Hunt-Manöver durchgezogen. Anders ausgedrückt, er hat jemanden umgelegt. Er meinte, ihm habe nur noch der schwarze Talar gefehlt, dann wäre es wirklich cool gewesen. Tut mir Leid, Ramsey, aber mittlerweile bist du Legende.«

Virginia Trolley blickte auf ein kleines Mädchen, das im Türrahmen stand und ein großes Klavier gegen die Brust drückte. Es reichte ihr bis zu den Knien, und sie umklammerte es ganz fest. Sie hatte wunderschönes, mahagonifarbenes Haar, das sich teilweise aus ihrem Bauernzopf gelöst hatte.

»Hallo«, sagte Ginny freundlich. »Bist du Emma Santera?«

»Richtig. Ramsey, Mama übergibt sich schon wieder. Ich soll es dir nicht sagen, aber ich mache mir Sorgen. Kannst du machen, dass es aufhört?«

»Ja, Emma, ich kümmere mich sofort darum.« Er wandte sich Ginny zu. »Ich werde Jim Haversham anrufen. Er schuldet mir noch einen Gefallen. Wie Savich immer sagt, kann es nicht schaden, einen Arzt in seiner Schuld zu wissen.«

»Ist das dein Freund vom Bundeskriminalamt?«

»Genau. Ginny, lass uns in Verbindung bleiben. Wenn irgendetwas passiert, kannst du mir nach Irland faxen. Die ersten paar Tage werden wir im Dromoland Castle gleich nördlich vom Flughafen Shannon verbringen. Ich kann mich nicht genau erinnern, in welcher Provinz das liegt, werde dir aber Bescheid geben.«

»Gut. Und pass auf dich auf, Ramsey. Auf Wiedersehen, Emma. Pass gut auf deine Mama und auf Ramsey auf, versprochen?«

»Ja, mache ich.« Emma schlüpfte ins Zimmer und stellte sich neben Ramsey, als Ginny ging. Sobald sie das Arbeitszimmer verlassen hatte, nahm Ramsey den Telefonhörer zur Hand.

Als er wieder aufgelegt hatte, nahm er Emma und ihr Klavier in die Arme. »Komm, wir gehen zu deiner Mutter und erzählen ihr, dass sie noch einmal Glück gehabt hat. Sie muss nicht ins Krankenhaus. Nein, ein richtiger Arzt wird ihr einen Hausbesuch abstatten.«

Dr. James Haversham war zweiundvierzig Jahre alt, zweimal geschieden und benutzte jede Minute seiner Freizeit zum Segeln. Er richtete sich auf und strich sich über das Kinn, eine seiner langjährigen Angewohnheiten. Schließlich sagte er, den Blick auf Molly gerichtet und sich immer noch über das Kinn streichelnd: »Ich müsste ein paar Untersuchungen machen.«

»Vergessen Sie es. Wenn ich jemals ein Krankenhaus betreten sollte, werde ich bereits tot sein und nichts mehr davon merken. Keine Untersuchungen.«

Er seufzte. »Also gut. Meines Erachtens nach haben Sie etwas Schlechtes gegessen. Ramsey sagte, Sie hätten im Flugzeug Nudeln mit Muschelsoße verzehrt. Wie er mir sagte, haben Sie das meiste davon bereits wieder von sich gegeben. Sie haben aber noch Darmkrämpfe, weshalb Sie sich auch nochmals übergeben mussten. Ich werde Ihnen eine Spritze und ein paar Tabletten geben. Das wird Ihren Magen beruhigen, Sie schläfrig machen und die Übelkeit unterdrücken. Es wird etwas dauern, ehe sich Ihr Darm wieder beruhigt hat. Ihnen fehlt Flüssigkeit. Sie sollten heute Abend und morgen sehr viel Flüssigkeit zu sich nehmen. Die Spritze ist für den Hintern. Bitte drehen Sie sich um.«

»Ramsey, bitte geh mit Emma nach draußen.«

Emma blieb wie angewurzelt stehen. »Nein, Mama, du brauchst mich jetzt. Ich halte dir die Hand.«

»Mich brauchst du auch. Ich halte deine andere Hand. Es ist deine Zeit der Bedürftigkeit, Molly.«

Emma blickte zu ihm auf. »War das als Witz gemeint, Ramsey?«

»Also gut«, unterbrach Dr. Haversham. »Sie drehen sich beide um, damit es meiner Patientin nicht peinlich ist.«

Sie wandten sich dem Fernseher zu, auf dem eine Wiederholung von M*A*S*H ohne Ton lief.

Dann hörten sie ein scharfes Einatmen, danach die Stimme von Dr. Haversham. »Und jetzt noch zwei von diesen Tabletten, Frau Santera. Sie werden bis morgen im Bett bleiben und sich ausschlafen. Trinken Sie genügend Wasser, um alle viertel Stunde auf die Toilette zu müssen. Sollten Sie sich jedoch nochmals übergeben müssen, kommen Sie in die Notaufnahme. Ich meine es ernst. Denn wenn Sie sich jetzt nicht bald besser fühlen, handelt es sich nicht um eine Lebensmittelvergiftung.« Als er sich zu ihr herunterbeugte, schüttelte sie den Kopf. Er flüsterte: »Sie haben eine wunderschöne kleine Tochter, die Sie braucht. Suchen Sie sich etwas anderes aus, um Ihre Sturheit abzureagieren.«

Sie seufzte. »Sie haben natürlich Recht. Danke, dass Sie vorbeigekommen sind.«

»Keine Ursache.« Er wollte schon gehen, als Molly rief: »Was hat Ramsey für Sie getan? Er meinte, Sie schuldeten ihm einen Gefallen, deshalb auch der Hausbesuch.«

»Er hat mir das Leben gerettet.«

»Wie das?«

»Als meine erste Ex-Frau betrunken war und meine zweite Ex-Frau, die damals noch keine Ex-Frau war, verprügeln wollte, ist Ramsey dazwischengegangen. Er hat Melanie abgelenkt und sie den ganzen Abend über auf der Tanzfläche gehalten.«

Molly lachte. »Das ist natürlich wirklich eine große Schuld, die Sie abzutragen haben.«

Dr. Haversham wollte ihr nicht erzählen, dass er sich das aus den Fingern gesogen hatte. Sie war eine wunderbare Frau mit einem schönen Lächeln. Und er hatte dieses Lächeln auf ihr Gesicht gezaubert. Es war vermutlich ebenso wirksam wie die Spritze und die Tabletten. »Das kann man wohl sagen, Frau Santera.«

Sie war schon fast eingeschlafen. Er lächelte und nahm Ramseys Hand.

»Ich habe gehört, was du da gesagt hast«, meinte Ramsey. »Ich wusste gar nicht, dass du aufrecht stehend so schnell denken kannst. Jetzt sind wir quitt.«

»O nein. Ich schulde dir immer noch zwei oder drei Gefälligkeiten. Wie ich mich erinnere, war das Wasser sehr kalt. Wenn du mich dort nicht herausgezogen hättest, würde ich überhaupt niemandem mehr Gefälligkeiten erweisen können.«

Er beugte sich herunter und legte automatisch seine Hand auf Emmas Stirn. Sie zuckte zurück. Ramsey lächelte und klopfte ihr auf die Schulter. »Das ist schon in Ordnung, Liebling. Dr. Haversham will nur sichergehen, dass du nicht auch so krank bist wie deine Mutter. Er überprüft immer alle Leute in seiner Umgebung. Die Stirn zu fühlen ist seine Spezialität.«

Jetzt erinnerte sich Dr. Haversham. Dies war das kleine Mädchen, das entführt und sexuell missbraucht worden war. Er lächelte Emma an. »Du scheinst mir sehr gesund zu sein. Deine Stirn ist prima. Du bleibst schön bei deiner Mutter, nicht wahr?«

»Ja, das mache ich«, erwiderte Emma, blieb jedoch, wo sie war, und drängte sich an Ramsey. Er fühlte, wie ihre Hand in seine glitt. Sie hielt das Klavier mit nur einem Arm fest. Er beugte sich herunter und hob sie und das Klavier in seine Arme. »Lass uns Dr. Haversham zur Tür begleiten, Emma. Und danach bringen wir deiner Mama etwas Wasser.«

»Es wird ihr nicht gefallen, wenn sie dauernd auf die Toilette gehen muss, Ramsey.«

»Mir würde es auch nicht gefallen, aber da muss sie jetzt durch.«

26

Molly schlief die Nacht durch. Am nächsten Morgen fühlte sie sich zwar schwach, aber ihr Magen hatte sich beruhigt. Ramsey reichte ihr drei dick mit Erdbeermarmelade bestrichene Scheiben Toast. Er und Emma saßen am Fußende des Bettes und beobachteten jeden Bissen, den sie zu sich nahm. Schließlich lachte Molly und sagte: »Genug, zwei Scheiben reichen. Ich bin bis zu den Mandeln hin voll.«

»Du hast doch gar keine Mandeln«, widersprach Emma.

»Stimmt. Jetzt brauche ich nur noch eine Dusche, um mich wieder wie ein Mensch zu fühlen. Ramsey, reisen wir heute noch ab?«

Er schüttelte den Kopf. »Lass uns noch einen Tag warten, Molly. In der Zwischenzeit kannst du dich ausruhen und schonen. Nimm deine Tabletten und trink viel Wasser. Ich habe dir Mineralwasser besorgt. Wenn du artig bist und du dich heute Nachmittag besser fühlst, könnten wir zum Abendessen zu meinem Lieblingsmexikaner in der Lombard Street gehen.«

Molly stöhnte und hielt sich den Magen. »Gut, aber ich esse Hühnersuppe.«

Nachdem sie ihre Haare gefönt und sich angezogen hatte, war sie vollkommen erschöpft. Sie betrachtete das frisch gemachte Bett, auf dem die Tagesdecke wieder ausgebreitet lag. Dann blickte sie zu Ramsey auf, der ihr lediglich zulächelte und sich auf das Bett fallen ließ. »Diese Decke hat eine Frau ausgesucht. Sie ist so bunt und ausgefallen. Habe ich Recht?«

»Richtig. Vermutlich war es meine Sekretärin. Mir gefällt sie, also, ich meine, die Decke. Hier, trink das ganze Glas aus. Und dann ruh dich aus. Ich werde mit Emma zum Cliff House gehen. Der Strand dort ist wunderschön, direkt unter dem Great Highway gelegen. Sie wird ein paar Robben zu sehen bekommen. Wir bauen eine Sandburg und werfen einem der vielen dort mit ihren Besitzern herumlaufenden Hunde ein Frisbee hin. Dann bringe ich sie dreckig und glücklich wieder nach Hause. Ich will, dass du die ganze Flasche austrinkst.«

Sie waren keine zwanzig Minuten am Strand, als ein schwarzer Labrador auf Ramsey zugetrottet kam und seinen Kopf an Ramseys Bein rieb. Eine Frau rief: »Schicken Sie ihn einfach fort, wenn Sie das Frisbee nicht für ihn werfen wollen.«

Doch Ramsey streichelte den großen Kopf des Labradors. »Nun, bist du so weit, mein Guter?« Er zog ein uraltes, angekautes gelbes Frisbee aus seiner abgetragenen Tasche, in der er auch seine und Emmas Sandwiches, Kartoffelchips und etwas Limonade verstaut hatte. Dann warf er es gute zehn Meter weit. Der Labrador rannte los.

»Jetzt wird Bop Ihnen nie mehr von der Seite weichen«, griente eine junge Frau und kam auf Emma und Ramsey zu. Emmas Blick war auf Bop gerichtet, der in die Luft sprang, jedoch nicht hoch genug, um das Frisbee zu erreichen.

»Nächstes Mal wird er es fangen, er muss sich nur erst an Ihren Stil gewöhnen. Sagen Sie mir ruhig, wenn Sie es satt haben, ihm das Ding zuzuwerfen. Ist das Ihre kleine Tochter?«

Emma ließ ihre Hand in die von Ramsey gleiten und drückte sich an seine Seite.

»Ja«, erwiderte Ramsey. »Das ist meine kleine Tochter Emma.«

»Ich heiße Betty Conlin«, fuhr die junge Frau fort und streckte die Hand aus. Ramsey schüttelte sie. Die Frau kniete sich vor Emma. »Hallo. Wie alt bist du denn?«

Emma betrachtete sie eingehend. Schließlich sagte sie: »Bop kommt wieder zurück. Meine Mama ist zu Hause im Bett. Wir sind hierher gekommen, damit ich spielen und ein paar Dinge einfach vergessen kann. Wir sind hier, damit Mama sich ausruhen und wieder gesund werden kann.«

»Verstehe«, erwiderte Betty, erhob sich und schien nun im Bilde. Sie lächelte. »Komm hierher, Bop!«

Ramsey ließ das Frisbee wieder aus dem Handgelenk heraus fliegen. Bop hatte schon zu rennen angefangen. Er fing es einen Meter über dem Boden auf. Ramsey rief ihm zu: »Gut gemacht, sehr gut!«

Er lachte. Er hatte Hundespucke an der Hand. Emma spielte direkt neben ihm im Sand. Die Sonne schien und ließ die Meeresoberfläche wie hellblaue Diamanten glitzern. Das Geräusch der ans Ufer schlagenden Wellen war wie ein ununterbrochenes Grummeln hinter all den menschlichen Stimmen. Jetzt fehlte ihnen nur noch Molly, die sich auf einer Decke ausstreckte, sehr viel Wasser trank und vermutlich eine Toilette in der Nähe benötigte, die es hier aber nicht gab. Er blickte auf Emma herab, die Betty Conlin anstarrte. Er musste sich keine Sorgen machen, von einer Frau bedrängt zu werden. Emma würde ihn beschützen. Im Augenblick aber konnten sie Bop nicht ohne Betty bekommen. Bop kam wieder zu ihnen zurückgerannt, kämpfte mit Ramsey um das Frisbee, ließ es fallen und rannte wieder los. Ramsey holte sehr weit aus und ließ das Frisbee tief über dem Boden in Richtung Wasser fliegen. Er schützte mit der Hand die Augen und beobachtete Bop. Das Frisbee bekam Aufwind und flog fast zwanzig Meter weit.

Er blickte sich um, als Betty etwas zu ihm sagte. Er nickte und beobachtete Bop, wie er in der Brandung das Frisbee erwischte. Der Hund raste durch den Sprühnebel des Wassers, das in der leuchtenden Sonne wie lauter Diamantentropfen wirkte.

»Hast du das gesehen, Emma?« Grinsend drehte er sich um.

Emma war fort.

Panik erfasste ihn.

»Was ist denn?«, erkundigte sich Betty, während sie Bop streichelte.

»Emma«, sagte er. »Emma.« Er sah sich suchend um. Er hörte einen Schrei in der Nähe des Cliff House, doch es war ein kleiner Junge, der sich mit seiner Schwester stritt.

Aus voller Kehle brüllte er: »Emma!«

O mein Gott, nein. Das konnte nicht wahr sein. Nein, sie musste ganz in der Nähe sein. Sie konnten sie noch nicht weit weggebracht haben, nicht in den wenigen Minuten, in denen Ramsey nicht auf sie aufgepasst hatte. Die Sonne blendete ihn.

Dann sah er, wie ein Mann eilig den Strand entlang Richtung Süden lief. Er trug einen langen braunen Mantel mit einer riesigen Beule. Er hatte Emma unter seinem Mantel. Wie hatte er das so schnell geschafft?

Ramsey rannte ihm nach. Er sagte nichts, brüllte dem Mann nicht hinterher, sondern rannte ihm nur einfach nach. Plötzlich stolperte der Mann und rannte in Richtung Meer. Emmas Kopf lugte aus dem Mantel hervor.

»Ramsey! Ramsey!«, schrie sie aus voller Kehle.

Jetzt brüllte er: »Es ist vorbei!« Er hatte ihn fast erreicht. Der Mann warf den Kopf zurück, sah, dass er verloren hatte, ließ Emma fallen und rannte den Strand hoch auf die Stützmauer zu. Ramsey rannte ihm hinterher, dann hörte er jemanden rufen. Er schnellte herum und sah Emma.

Sie lag regungslos am Strand. Zwei kleine Mädchen beugten sich über sie, das eine hielt einen blauen Eimer in der Hand. Eine Frau kam auf sie zu. Er eilte zurück, zog die Mädchen sanft zurück und kniete neben Emma. Sie lag in Embryostellung, die Augen geschlossen, ihre Haare über der Stirn, ein paar Strähnen klebten ihr an der Wange.

»Emma.« Er berührte sie sanft an der Schulter. »Emma, Liebling. Ich bin's, Ramsey. Ist alles in Ordnung?«

Sie stöhnte tief auf. Langsam wandte sie ihm ihr Gesicht zu und sah zu ihm auf.

»Bist du verletzt?«

Sie schüttelte den Kopf. »Vielleicht ein ganz klein wenig. Er hat mein Gesicht zugedeckt und mir auf den Kopf gehauen.«

Der Mistkerl hatte sie geschlagen, sie unter seinem Mantel versteckt und war dann einfach weggelaufen. Er sah zu der Strandbefestigung hinüber. Viele Leute liefen dort herum, doch niemand mit einem Mantel. Natürlich konnte er ihn abgestreift haben und hatte vermutlich genau das getan.

Er drückte Emma an sich, umarmte sie fest und küsste sie. Fast hätte er sie verloren. Nicht mehr als drei, vielleicht vier Minuten, und er hätte sie um ein Haar verloren.

»Hat dieser Mann versucht, sie zu entführen?«, erkundigte sich eine Frau.

»Ja, das hat er. Haben Sie zufällig gesehen, wohin er gegangen ist, nachdem er die Befestigung erreicht hat?«

Die Frau schüttelte den Kopf. »Nein, ich habe hierher geschaut.«

»Es ist so schnell passiert«, meinte Betty, die herübergerannt kam. Bop drückte seinen Kopf gegen Ramseys Bein, er trug das Frisbee im Maul. »Von einem Augenblick zum anderen war sie einfach verschwunden. Es tut mir so Leid.«

Die Frau sagte nichts mehr, sondern drückte nur ihre beiden Mädchen an sich. »Wir gehen jetzt«, verkündete sie. Die Kinder zeterten protestierend, doch die Frau fasste sie fest an den Armen und zog sie fort.

»Soll ich die Polizei rufen?«

»Nein«, erwiderte Ramsey und erhob sich langsam. Emma hielt er immer noch an sich gepresst. Er küsste sie auf ihr Haar. »Es tut mir so Leid, Emma, so Leid.« Er wandte sich Betty Conlin zu. »Bop kann das Frisbee und die Sandwiches behalten.«

Die Polizei würde alle am Strand anwesenden Menschen befragen, ebenso alle, die auf der Befestigungspromenade entlangliefen, doch Emma drängte sich zitternd an ihn, er musste mit ihr nach Hause zurück. Sogar auf dem Fahrersitz seines alten Porsches hielt er sie dicht an sich gepresst. Und das war ziemlich eng, was ihm aber gleichgültig war.

Er hielt sie immer noch fest, als er von seinem Schreibtisch aus Virginia Trolley anrief. Als sie das Telefon abnahm, sagte er: »Ramsey hier. Ein Mann hat eben gerade versucht, Emma am Strand in der Nähe des Cliff House zu entführen. Er hat sie fallen lassen, als er sich sicher war, dass ich ihn einholen würde. Ich konnte ihn nicht verfolgen, weil Emma am Boden lag. Er trug einen langen braunen Mantel, schwarzweiße Turnschuhe, eine braune Wollmütze auf dem Kopf und eine dunkle Sonnenbrille. Von seinen Bewegungen zu schließen, dürfte er die Vierzig überschritten haben. Nein, nicht so groß, vielleicht ein Meter fünfundsiebzig. Ja, weiße Hautfarbe. Wenn du ein paar Leute dorthin schicken könntest, vielleicht hat ja jemand den Mistkerl gesehen. Ja, danke. Bis gleich also.«

Er hielt Emma immer noch im Arm, als er den Hörer auflegte. »Liebling, lass mich mal deinen Kopf betrachten.«

»Mama«, murmelte Emma in seine Jacke hinein. »Mama.«

»Richtig, lass uns mal nachsehen, ob es ihr gut geht.«

Doch Molly war nicht da.

Wie betäubt starrte Ramsey auf ihr leeres Bett. Die Wasserflasche neben dem Bett war leer. Er rief ihren Namen. Er sah sogar in der Dusche nach.

»Molly!«

»Wo ist Mama, Ramsey?«

»Ich weiß es nicht, Emma. Ich weiß es nicht.«

Er rannte wieder nach unten. Emma blieb ihm wie eine Klette auf den Fersen. Wieder und wieder rief er ihren Namen.

Was in aller Welt war passiert?

Er rannte vor die Tür. Zwei ältere Menschen kamen den Bürgersteig entlang. Sie kannten ihn und winkten ihm zu. Er winkte zurück, obwohl er sich bereits umwandte und in die andere Richtung blickte. Kein Mensch war zu sehen.

Emma zitterte in seinem Arm, weinte heftig, harte, hässliche Schluchzer. »Ist schon gut, Emma. Sie muss wohl einen

Spaziergang gemacht haben, mehr nicht.« Er redete weiter unsinnig auf sie ein, denn das war es tatsächlich – Unsinn. Wo war Molly? In seinem ganzen Leben hatte er noch niemals solche Angst ausgestanden.

Virginia Trolley fuhr mit einem jungen Polizisten in ihrem weißen Plymouth vor.

»Molly ist weg«, sagte Ramsey. »Einfach weg.«

Virginia Trolley registrierte den Schock auf seinem Gesicht und betrachtete das fast schon hysterische kleine Mädchen auf seinem Arm. Ruhig sagte sie: »Lass uns ins Haus gehen und ein paar Telefonate tätigen. Alles wird gut sein, Ramsey. Komm jetzt mit.«

Virginia setzte sich ans Telefon. Ramsey schaukelte Emma auf seinem großen Schreibtischsessel. Dann hörten sie den Schrei einer Frau.

»Mama!«

Emma schoss aus Ramseys Armen hoch und rannte zur Eingangstür. Er öffnete sie, und Molly wäre fast ins Haus gestürzt. Der junge Polizist war unmittelbar hinter ihr und hatte die Arme ausgestreckt, um sie aufzufangen.

»Mama!«

Molly kniete im Flur, Emma weinte an ihrem Hals. Der junge Polizist sagte, an Virginia gewandt: »Tut mir Leid, aber sie wollte mir nicht sagen, wer sie ist.«

»Schon gut. Jetzt, wo Molly wieder hier ist, können Sie zum Cliff House hinübergehen, Joe, und dort mit den Befragungen beginnen.«

Ramsey erhob sich langsam. Er wartete, bis Emma sich ein wenig beruhigt hatte, wartete, bis Molly endlich ihren Kopf hob.

»Was ist denn mit dir passiert?«

Er klang wütend, am Ende seiner Geduld. Molly sah die Polizistin neben seinem Schreibtisch. Einen Augenblick lang war sie so erleichtert, dass sie nicht sprechen konnte. Sie drückte Emma an sich.

»Ich habe einen Anruf erhalten«, sagte sie mit angestrengter, dünner Stimme. »Vor zehn Minuten vielleicht. Ich habe tief geschlafen. Es war ein Mann. Seine Stimme klang erstickt, als ob er durch ein Tuch hindurch sprechen würde. Anfangs war ich noch viel zu verschlafen, um wirklich zu begreifen, wovon er sprach. Aber dann wiederholte er alles noch einmal. Er sagte etwas vom Strand und dass er sie gefangen habe, und dass ich sie nie wieder sehen würde.«

»Mama«, flüsterte Emma. Molly drückte ihre Tochter an sich. Schließlich stand sie auf und hob Emma in die Arme. Sie strauchelte. Ramsey ging auf sie zu und umarmte sie beide. In Mollys Haar hinein sagte er: »Gott sei Dank ist euch nichts passiert.«

»Ja«, erwiderte Molly. »Was zum Teufel ist hier los?«

Ramsey führte sie zum Sofa und setzte sich. Er hielt sie beide dicht an sich gedrückt und küsste erst Emmas Stirn, dann Mollys. »Es ist alles in Ordnung, wir sind alle beieinander. Ein Mann hat sich Emma tatsächlich gegriffen, aber ich habe ihn mit ihr weglaufen sehen und sie zurückgeholt. Er ist weggerannt. Virginia hat die Polizei an den Strand geschickt, um die Leute zu befragen.« Er hielt kurz inne, ohne jedoch seine Umarmung zu lockern. »Weshalb aber hat er dich angerufen? Vor zehn Minuten? Er hat dich also angerufen, nachdem Emma bereits wieder bei mir war. Warum hat er das getan?«

»Er wollte Molly terrorisieren«, warf Virginia ein. »Möchte jemand ein Glas Wasser?«

Ramsey wollte bemerken, dass Molly gerne etwas trinken würde, unterließ es jedoch. Er hatte das sehr merkwürdige Gefühl, als ob sein Gehirn nur noch auf halben Touren lief.

»Das war zu dumm von mir«, meinte er. »Obwohl ich um Polizeischutz gebeten und du eine Streife abgestellt hast, ging ich davon aus, dass die Gefahr vorüber sei. Ich glaubte tatsächlich, es bestünde keine Gefahr mehr. Ich hatte nicht im Mindesten daran gedacht, dass der Mann zurückkehren würde.«

»Wir waren alle etwas leichtgläubig«, sagte Molly. »Ich hatte auch nicht geglaubt, dass wir uns immer noch in Gefahr befinden. Der Mann ist verrückt.«

»Genau das ist vermutlich der Fall«, meinte Virginia. »Lasst uns anfangen.« Virginia stellte ihm ein paar Fragen. Sie sprach mit tiefer Stimme und war unglaublich geduldig. Ramsey war natürlich klar, dass sie derartige Situationen schon des Öfteren erlebt hatte, wobei die meisten sicherlich nicht so glimpflich geendet hatten wie diese.

Sie saßen dicht beieinander, Emma auf seinem Schoß, ihr Gesicht an der Schulter ihrer Mutter, ihre Arme um sie beide gelegt.

Virginia fuhr fort: »Frau Santera, bitte erinnern Sie sich. Ach, Entschuldigung, ich bin Virginia Trolley vom Polizeidezernat San Francisco. Ramsey und ich kennen uns schon lange.«

Molly nickte und betrachtete die Frau, die ganz in Schwarz mit einem leuchtend roten Blazer gekleidet war. »Nennen Sie mich doch Molly.«

»Gerne. Also gut, der Mann hat gegen …« Sie blickte auf die Uhr und rechnete. »Er muss ungefähr zehn nach drei angerufen haben. Was genau waren seine Worte?«

»Er sagte, er habe Emma bei sich. Er sagte, dieser dumme Richter habe sie einfach am Strand gelassen und nicht auf sie aufgepasst, weil er mit einem jungen Mädchen flirtete und mit deren Hund Frisbee spielte. Er sagte, die Sache sei lächerlich einfach gewesen. Er sagte, er würde sie nie wieder entkommen lassen, und ich würde sie nie wieder sehen. Dann lachte er. Er sagte, er würde am Haus vorbeifahren, vielleicht könne ich ihn und Emma noch einmal sehen. Er würde Emma erlauben, mir zum Abschied zuzuwinken. Dann hat er aufgelegt. Ich habe das Telefon nur angestarrt, ich konnte kein Wort herausbringen. Dann dachte ich, wenn ich nach draußen ginge, könnte ich ihn vielleicht erwischen. Ich bin überall am Sea Cliff herumgerannt. Ein Wunder, dass die überraschten Nachbarn nicht die Polizei gerufen und eine durchgedrehte Frau gemeldet haben.

Er hat sie angerufen, nachdem ich Emma schon wieder hatte«, sagte Ramsey langsam. »Nur um ihr Angst einzujagen?«

»Wie gesagt«, wiederholte Virginia. »Er wollte Molly terrorisieren. Er wollte sich selbst als stark und einflussreich erleben. Sein Entführungsversuch ist gescheitert. Indem er jedoch Molly anrief, konnte er noch einmal am Zuge sein, kurzfristig jedenfalls, bis ihr beide wieder hier aufgetaucht seid.«

Sein Gehirn begann Gott sei Dank wieder zu arbeiten. Molly ging es offenbar ähnlich. Was Emma betraf, so hätte er nicht vorhersagen wollen, was sie erwartete. »Emma sagte, er habe sie auf den Kopf geschlagen.«

Molly streichelte über Emmas Schulter. »Em, tut dir der Kopf weh?«

Emma richtete sich auf Ramseys Schoß auf. Langsam hob sie die Hand und berührte ihren Kopf unmittelbar über dem linken Ohr. »Nur eine kleine Beule.«

»Ich habe gesehen, wie du den Kopf aus seinem Mantel gesteckt hast.«

Emma nickte. »Ich habe ihn durch sein Hemd hindurch gebissen. Richtig fest. Du hast mir gesagt, ich darf niemals aufgeben, und das habe ich auch nicht getan.«

»In die Seite, Emma?«

»Ja.«

»Welche Seite?«

»Seine rechte. Ich glaube, es hat ihm wehgetan.«

»Gut gemacht.« Ramsey hielt ihr Gesicht zwischen seinen Händen und küsste sie auf die Nase. »Gut gemacht, Em.« Er blickte in das kleine Gesicht, das ihm so unaussprechlich lieb geworden war. Es brach ihm schier das Herz. »Ach, Emma, es tut mir so Leid.« Er legte seine Stirn an ihre. Er fühlte den Schmerz wieder aufsteigen, diese grauenhafte Vorahnung bodenloser Hilflosigkeit.

Langsam hob Emma ihre kleine Hand und streichelte ihm mit den Fingern über die Wange. »Ist schon gut, Ramsey. Du hast nichts falsch gemacht. Er war so schnell. Ich habe gerade die eine Wand meiner Sandburg geglättet, als er mir auf den Kopf gehauen hat.«

Virginia Trolley wandte sich ab, räusperte sich und sagte über ihre Schulter hinweg: »Emma, tut dir der Kopf weh?«

»Nein, die Stelle ist nur etwas empfindlich.«

»Vielleicht sollten wir doch noch einmal Dr. Haversham rufen, Ramsey.«

»Einverstanden, das würde mich auch beruhigen.«

»Ich bin genau wie Mama. Ich hasse Krankenhäuser.«

Ramsey und Molly tauschten Blicke.

»Diesmal hat er keine Maske getragen, aber die schlechten Zähne hatte er immer noch.«

Ihre Stimme klang fast normal. Sie saß kerzengerade auf Ramseys Schoß und sah Virginia an.

»Ist dir sonst irgendetwas an ihm aufgefallen, Emma?«

»Er hat merkwürdig gerochen, genau wie vorher auch.«

»Wie merkwürdig?«, hakte Virginia nach, holte ein Stück Papier aus ihrer Tasche und begann darauf zu schreiben.

Emma zuckte mit den Schultern. »Stark. Nicht sehr gut.«

»Whiskey«, meinte Ramsey. »War es Whiskey?«

Emma war sich nicht sicher. Ramsey hob sie in seine Arme und trug sie zur Anrichte hinüber. Er entkorkte eine Flasche und hielt sie ihr unter die Nase. »War das der Geruch?«

Sie verzog das Gesicht und zuckte zurück. »Ja, Ramsey, genau so. Das ist aber kein schöner Geruch.«

»Da hast du Recht.«

»Und er hatte schlechte Zähne?«

»Ja, ganz schwarz und eklig. Ich erinnere mich, dass einer davon fehlte.« Sie zog ihre Lippe nach oben und zeigte auf ihren linken Schneidezahn.

»Danke«, sagte Virginia und schrieb weiter. »Hat er irgendetwas zu dir gesagt, Emma?«

Sie schüttelte den Kopf. Ramsey ging zum Sofa zurück und setzte sich neben Molly. »Denk gut nach, Em. Was hast du gerade getan, bevor er dir über den Kopf geschlagen hat?«

»Ich habe Sand festgeklopft.«

»Und dann?«

»Dann habe ich etwas gehört. Ich habe hoch geschaut, aber dann habe ich einen Schlag abbekommen und erinnere mich nicht mehr.«

»Gut, Emma«, meinte Molly. »Alles im Bruchteil einer Sekunde.« Emma schob ihre Hand in die ihrer Mutter.

Virginia Trolley schloss ihr Notizbuch und nickte Ramsey zu. »Er hat einen Fehler gemacht. Er ist hier ganz in der Nähe. Vielleicht können wir dieses Ungeheuer jetzt schnappen. Emma, du bist einfach fantastisch. Ramsey hat mir erzählt, dass du diesem Ungeheuer schon einmal ausgebüchst bist. Und nun ist es dir noch einmal gelungen. Jetzt musst du gut auf Ramsey und auf deine Mutter aufpassen, abgemacht? Zurzeit sind sie nämlich beide nicht so sonderlich gut drauf.«

»Also gut, mache ich.«

»Emma, kannst du einem Zeichner von der Polizei eine Beschreibung des Mannes geben?«, fragte Ramsey. »Dieses Mal hatte er ja keine Maske an.«

»Ich kann es versuchen, Ramsey.«

»Ich werde gleich jemanden vorbeischicken«, meinte Virginia Trolley. »Du bist ein tolles Mädchen, Emma. Wir sehen uns später.«

»Du darfst niemals mehr alleine ins Badezimmer gehen, Mama, nur wenn ich mit dir mitgehe. Und Ramsey auch nicht.«

Auf dem Weg zur Eingangstür hörte Virginia Trolley Frau Santera lachen. Es war zwar etwas dünn und zittrig, aber ein Lachen war es.

27

Sowohl Emma als auch Molly fiel die Kinnlade herunter, als sie die Empfangshalle des Dromoland Castle betraten. Die Innenwände bestanden aus denselben abgerundeten grauen Steinen wie außen, in der Halle waren riesige Fenster, alte Wandtapeten und freundlich lächelnde Iren. Dromoland war ehemals eine Hochburg der O'Briens gewesen. Seit Anfang des Jahrhunderts diente das riesige, mit Türmchen verzierte mittelalterliche Gebäude als Hotel. Es war eine gigantische Ansammlung von Stein inmitten eines der schönsten Parks, die sie je gesehen hatten. Sie hatten die Speath Suite bekommen, ein weitläufiger quadratischer Raum, dessen lange Fenster eine Aussicht auf kurz geschorene, hügelige Rasenflächen, angelegte französische Gärten und einen Teich boten. Zwei Doppelbetten standen zur Verfügung. Für Emma hatten sie ein Gästebett erbeten, doch als es von dem lächelnden Dienstboten Tommy gebracht wurde und Ramsey Emma fragte, wohin sie ihr Bett haben wolle, hatte ihr panischer Gesichtsausdruck ihn bewogen, sich zu Tommy umzudrehen und das Bett wieder hinausrollen zu lassen. Emma schlief bei ihrer Mutter. Seit ihrer Ankunft hatte sie keine Alpträume mehr gehabt.

An ihrem dritten Tag in Irland, dem ersten, an dem es nicht in Strömen regnete, war die Sonne so hell, dass es schmerzte, wenn man direkt in ihre Richtung sah. Es war später Vormittag. Emma trug Blue Jeans, ein weißes Hemd, ihre Lieblingsturnschuhe von Nike und ein Paar karierte Socken, die Ramsey ihr in dem schönen, reetgedeckten Dorf Adare gekauft hatte, einem Dorf, wo fast jedes der pittoresken Häuser einen Andenkenladen beherbergte.

Emma fütterte die Enten. Molly kniete zwei Meter weit entfernt auf einem Bein und wartete darauf, dass die spätmorgendliche Sonne genau im richtigen Winkel für eine perfekte Fotoserie stand. Sie hatte einen Film mit sechsunddreißig Aufnahmen und hundert ASA in ihre Minolta eingelegt. Sie hatte ihren Belichtungsmesser nicht mit dabei und wünschte, sie hätte die Kamera mit eingebautem Belichtungsmesser mitgenommen. Aber da sie Emma bereits so häufig und vor so unterschiedlichen Hintergründen und Blickwinkeln und verschiedenen Lichtquellen aufgenommen hatte, konnte sie sich einigermaßen sicher sein – eines dieser Fotos sollte absolut perfekt werden. Sie wollte es Ramsey schenken, dem Mann, der ihrer Tochter das Leben gerettet hatte und den sie allmählich ebenso gut kannte wie sich selbst. Heute war mehr Licht als Dunkel in Emmas Gesicht und in ihrer Umgebung. Weiße Enten, die heller leuchteten als brandneu funkelnder Autolack, hatten sich um Emma versammelt. Emma lachte und warf ihnen Brotstückchen zu, wobei sie jedes einzelne Stückchen erst in der Hand zurückhielt und die glückliche Ente auswählte, die es bekommen sollte. Eine der Enten war schnell und schlau. Sie war hochgeflattert und hatte mehrmals vor ihren Artgenossen mit den Flügeln geschlagen, bevor sie ihr das Brot aus den Fingern gerissen hatte. Molly beeilte sich, die Einstellung um eine Blende zu reduzieren und die Belichtungszeit auf 1/125 zu erhöhen, da sie die Kamera in der Hand hielt und sicherstellen wollte, dass das Bild nicht verwackelte. Da das natürliche Licht hervorragend war, würde der Hintergrund – der See und die Enten – klar und ebenso scharf wie Emmas Gesicht abgebildet werden. Sie hatte die Sonne im Rücken, sodass Emma im Licht stand. Immer wieder schätzte sie die Entfernung bis zu Emmas Gesicht ein, damit die Haut in möglichst natürlichem Ton leuchtete. Der See und die Enten würden ebenfalls scharf abgebildet sein, die Farben kräftig und dramatisch wirken. Das Bild sollte etwas Fließendes haben, nicht eine verschwommene Bewegung ohne Details. Dieses wollte in genau der richtigen Sekunde eingefangen sein. Jede Falte des Hemdes sollte naturgetreu abgebildet werden, ohne

Schattierungen, ohne unnötige Glanzlichter oder Überbelichtungen. Sie wollte das traumhafte Lachen auf Emmas Gesicht genau wie in diesem Augenblick abbilden, sodass es auch in hundert Jahren noch so scharf und warm und wirklich war, dass man das Lachen fast zu hören und dessen Wärme zu fühlen glaubte. Sie drückte ein, zwei, drei Mal auf den Auslöser, dann wippte sie auf die Füße zurück für eine zweite Serie. Schließlich setzte sie sich auf einen Hügel, lehnte sich zurück und sah zu Emma auf. Die aggressive Ente hüpfte hoch, um sich ein kleines Stück Brot zu holen, das Emma eigentlich der Ente neben ihr hatte geben wollen. Emma sprang auf und klatschte. Sie war so zufrieden, dass sie der sie bedrängenden Ente etwas Brot zuwarf. Die Ente hüpfte mit ausgestrecktem Hals hoch, um an das Brot zu kommen. Molly knipste noch eine Serie, bei der sie am Ende flach auf ihrem Rücken lag und fast senkrecht nach oben fotografierte. Sie richtete sich auf und legte ihre Minolta SLR auf ihrem Knie ab. Sie hatte keinen Film mehr. Die Kamera lag warm und angenehm in ihrer Hand und auf ihrem Bein. Die Minolta und sie waren alte Freunde. Sie war an ihr Gewicht und an ihre Handhabung gewöhnt. Die neueren Kameras waren zwar wirklich sehr gut und machten viele Dinge, die sie immer noch manuell erledigen musste. Manche von ihnen waren so ausgeklügelt, dass sie vermutlich sogar für den Fotografen Kaffee zubereiten konnten. Doch sie brauchte keinen Kaffee. Ihre Minolta hatte immer noch viel zu bieten.

Mit ihren Aufnahmen war sie sehr zufrieden. Eine davon würde perfekt werden, darauf ging sie jede Wette ein. Vielleicht sogar zwei. Für einen Moment wünschte sie, sie hätte ein Stativ mitgenommen. Als sie sich jedoch erinnerte, wie lästig das Schleppen des ganzen Zeugs war, schüttelte sie den Kopf.

Plötzlich bemerkte sie aus dem Augenwinkel heraus eine Bewegung, gleich links in den Kiefern. Sie versteinerte, Panik erfasste sie. Es war ein Mann, der sich leicht an einen Baum anlehnte. Er trug einen langen braunen Mantel und eine braune Wollmütze auf dem Kopf. Er schien zu ihnen hinüberzustarren. Molly war sofort aufgesprungen. Ihr Herz klopfte, und sie wollte Emma gerade festhalten, als ein Mann mit einer Golftasche aus den Bäumen heraustrat. Sie atmete hörbar aus. Die Iren und ihr ewiges Golfspiel, offenbar war es eine landesweit verbreitete Sucht. Überall gab es Golfplätze, natürlich auch auf dem Anwesen von Dromoland Castle. Sie hätte wetten mögen, dass die Schotten mit ihrem St. Andrews noch mehr Golf spielten als die Iren. Der Mann bemerkte, dass sie ihn anstarrte, nahm seine Golfmütze ab und wünschte ihr einen guten Morgen.

Sie winkte zurück und lief bis in die Zehenspitzen rot an, weil sie sich so leicht in Panik hatte versetzen lassen.

Und doch wusste sie, dass sie beim nächsten plötzlichen Auftauchen eines ihr unbekannten Mannes wieder genauso reagieren würde. Das würde sich erst ändern, wenn Emmas Entführer hinter Gittern war. Zur Zeit aber befand er sich nach wie vor auf freiem Fuß. Und er war immer noch hinter Emma her.

Zu diesem Zeitpunkt erledigte Ramsey gerade mehrere Telefonate, unter anderem erkundigte er sich bei Virginia Trolley von der Polizei in San Francisco, ob sie etwas Neues für ihn hatte. Emmas Sitzung mit dem Zeichner von der Polizei hatte einen etwa vierzigjährigen Mann mit schütterem Haar und einer scharfen Kinnlinie hervorgebracht. Seine Augen waren grau und standen weit auseinander. Er hatte merkwürdige Ohren, für seine Kopfform etwas zu groß, und sie standen ein wenig ab. Emma meinte, das sei der Grund, weswegen er eine Wollmütze trug. Er mochte seine Ohren nicht. Seine schlechten Zähne waren verräterisch. Molly konnte nur hoffen, dass der Typ nicht einen Besuch beim Zahnarzt einlegte.

Molly konnte nicht sagen – und das konnte niemand –, wie genau Emmas Beschreibung zutraf. Aber es war das Einzige, woran sie sich orientieren konnten. Das FBI und die Polizei in San Francisco hatten die Zeichnung erhalten.

Durch die Tatsache, dass jetzt ein Bild von ihm vorlag, waren sie ein wenig besser geschützt, dachte Molly. Aber tief in ihrem Inneren spürte sie, dass er dort draußen lauerte. Wenn sie in die Staaten zurückkehrten, würde er auf sie warten. Irgendwo. Emma und sie würden nicht nach Denver zurückkehren. Nein, sie würde mit ihr in eine vollkommen fremde Stadt ziehen. Sie würde ihren eigenen und Emmas Namen ändern. Sie würden verschwinden. Der Mann würde sie nicht mehr finden können. Von der Scheidung her hatte sie noch genügend Geld. Sie war eine gute Fotografin. Und sie würde noch besser werden. Sie würde ihre beruflichen Kontakte zwar wieder von null an aufbauen müssen, aber das war nicht weiter schlimm. Ihr bisher größter Auftrag war vor sechs Jahren gewesen, als sie Louey für den *Rolling Stone* fotografierte. Dort war sie bekannt, aber das war auch schon alles.

Sie beobachtete Emma dabei, wie sie die letzten Brotkrümel in die Form eines Apfels drückte. Nachdem sie die kleine Kugel der gierigen Ente zugeworfen hatte, rief Molly ihr zu: »Hey, Em, vielleicht kannst du später einmal einen Partyservice eröffnen.«

Die Enten hörten zu quaken auf. Sie wussten, dass das Brot zu Ende war. Nun gingen sie wieder zurück zum Teich, watschelten unbeholfen und schlugen mit den Flügeln.

»Was ist das denn, Mama?«

»Das ist ein Service, bei dem man dafür bezahlt wird, für andere zu besonderen Anlässen zu kochen. Du würdest viele verschiedene gute Sachen zu kosten bekommen. Du würdest sehr einfallsreich werden, genau wie eben, als du das Brot zu einem Apfel geformt hast. Du wärst ein Lebensmittelkünstler.«

»Müsste ich die Leute dann auch füttern?«

»Emma, ist das als Witz gemeint gewesen?«

Emma dachte darüber nach, dann lächelte sie ihre Mutter an. »Wohl eher nicht.«

»Nein, sie würden dir nicht aus der Hand fressen. Und wenn, dann nur im übertragenen Sinn.« Molly blickte über das wunderschöne Anwesen. Sie legte einen Arm um Emma und zog sie zu sich heran. Sie hätte sie so gern nach ihren Gedanken und Gefühlen befragt, befürchtete jedoch, nicht richtig zu reagieren, falls Emma ihr etwas Schlimmes erzählen sollte. Stattdessen wandte sie sich mit vor Zärtlichkeit weicher Stimme an ihre Tochter: »Heute scheint die Sonne, Liebling. Möchtest du nach Bunratty Castle fahren? Dort könnten wir ein Picknick machen. Da es bei unserem ersten Besuch neulich geregnet hat, hast du nur zehn Minuten dort verbringen können. Ramsey meint, wenn die Sonne scheint, wäre es ein ganz toller Ort.«

Emma grinste bei jeder Erwähnung von Bunratty Castle, etwas westlich von Limerick, wo William Penn im Jahre 1644 geboren worden war und wo sein Vater, Admiral Penn, im Bürgerkrieg kapituliert hatte und nach Amerika gesegelt war. Das wiederum hatte zu Geschichten über die Quäker in Pennsylvania geführt. Ramsey kannte ein gutes halbes Dutzend, die er während seiner Kindheit in der Nähe von Harrisburg gehört hatte. Emma wischte sich die Hände an den Jeans ab und sagte zu Molly: »Ich würde gerne einmal alle Stufen hochgehen. Vielleicht schaffe ich es dieses Mal bis ganz oben, ohne dass Ramsey mich tragen muss. Okay, lass uns dorthin fahren, Mama. Tommy meinte, dass bald schon die Touristenbusse kommen. Jetzt ist es dafür noch zu früh, sagt er.«

Molly blinzelte. Es war Ende Mai. Das Leben hatte sich so grundlegend verändert, dass Molly nicht mehr den Wochentag, geschweige denn den Monat hätte benennen können. »Ja, jetzt fängt die Touristensaison gerade erst an. Ist das nicht erstaunlich?« Vor einem Monat noch hatte sie Fotos gemacht, hatte ihre Fähigkeiten erweitern wollen. Ihr Leben war ausgelastet gewesen und hatte ihr Spaß gemacht. Vielleicht nicht ganz und gar ausgelastet, aber das war in Ordnung. Im Herbst würde Emma in die erste Klasse kommen, worauf sie sich beide gefreut hatten. Dann war Emma entführt worden, und ihre Leben waren außer Kontrolle geraten.

Plötzlich streckte Emma ihre linke Hand vor. »Das hat mir Tommy gegeben.« Es war ein kleiner, sauber gearbeiteter Silberring mit einem lila Stein. »Tommy sagt, er ist keltisch.«

Molly hielt die kleine weiße Hand und betrachtete den schönen Ring auf deren Mittelfinger. »Er ist wunderschön. Hat er ihn dir heute Morgen geschenkt?«

»Er meinte, wenn ich meinen Haferbrei essen würde, hätte er ein kleines Geschenk für mich. Das war gestern.«

Plötzlich bekam Molly Angst. Sie hatte Tommy mit Emma sprechen gesehen, aber wann hatte er ihr den Ring gegeben? War Tommy eines dieser Ungeheuer? Wollte er Emma dazu bringen, ihm zu vertrauen? Einen Moment hatte sie eine solche Angst, dass ihr die Luft wegblieb. Nein, sie benahm sich kindisch. Er war ein netter Junge, höchstens siebzehn Jahre alt, mit knallrotem Haar und sehr heller Haut voller Sommersprossen. Nein, Tommy war ganz einfach nur ein netter Junge. Dennoch nahm sie ohne jeden Grund Emmas Hand.

»Mama, du tust mir weh.«

»Was? O mein Gott, Em, tut mir Leid. Schau, da ist Ramsey. Lass uns mal hören, ob er auch gerne nach Bunratty fahren möchte.«

Eine Stunde später verließen sie das Areal des Dromoland. Ein Picknickkorb mit Schinken- und Käsesandwiches stand neben Emma auf dem Rücksitz, denn Molly behauptete, dass man in Irland keine Sandwiches mit Mayonnaise oder Senf oder Tomaten oder Salatblättern bekommen konnte. Andererseits hatten sie hier Kartoffelchips. Und jede Menge Apfelmost.

Die Fahrbahn war so schmal, dass sie bei Gegenverkehr in

eine der kleinen Ausbuchtungen – Beulen, wie Emma sie nannte – zurücksetzen und den anderen Wagen passieren lassen mussten. »Ich habe mich schon fast daran gewöhnt, auf der anderen Straßenseite zu fahren«, meinte Ramsey, als sie einen anderen Wagen überholten. »Der Osten Irlands ist sehr viel dichter bevölkert, und die Straßen sind besser. Wenn man Dublin erst einmal hinter sich gelassen hat, findet man diese verschiedensten Eigenheiten allmählich normal.«

Nur ein Touristenbus stand vor Bunratty geparkt, sodass sie den schattigen Park fast ausschließlich für sich hatten. Emma stieg die Stufen der Burg ganz alleine hoch.

»Wir glauben, ihn gefunden zu haben. Jedenfalls wissen wir, wer er ist.«

Ramsey umklammerte den Telefonhörer. In Irland war es Mitternacht, sieben Uhr in Washington D. C. Savich wiederholte: »Ramsey, bist du noch dran? Verdammte Telefonleitungen. Haben wir eine schlechte Verbindung?«

»Nein, sie ist in Ordnung. Hast du ihn wirklich gefunden, Savich?«

»Jawohl. Wir haben ihn zwar noch nicht hinter Schloss und Riegel, aber wir wissen, wer er ist. Er heißt John Dickerson alias Sonny Dickerson alias Vater Sonny. Er ist achtundvierzig Jahre alt, ehemaliger Priester. Er ist aus der Kirche ausgeschlossen worden, nachdem er sich so schamlos benommen hatte, dass sogar die guten Bischöfe und der Kardinal ihm die Freundschaft kündigen mussten. Erinnerst du dich noch, als sie die pädophilen Priester einfach von einer nichts ahnenden Gemeinde zur nächsten transferierten, nachdem sie den betreffenden Priester einer spirituellen und seelischen Rehabilitation unterzogen hatten?«

»Und ob. Gott sei Dank strebt die Kirche heutzutage ihre Anklage an.«

»Ja, nachdem sie gemerkt haben, dass es dafür keine Heilung gibt. Dieser Typ hat es so weit getrieben, dass ihm seine letzte Gemeinde innerhalb von nur einer Woche auf die Schliche gekommen ist. Unglücklicherweise hatte er die Gelegenheit, sich an einem kleinen Mädchen zu vergreifen, als deren Mutter die Toilette aufgesucht hatte. Zur gleichen Zeit wurde eine Hochzeit geprobt. Alle rannten hinaus, als die Mutter zu schreien anfing. Braut und Bräutigam haben die Geschichte mit eigenen Augen ansehen müssen. Bis vor etwa einem Jahr war er im Gefängnis. Nach seiner Entlassung sollte er sich melden, hat es jedoch nicht getan. Er ist auf der Flucht, aber niemand hat ihn bis jetzt wirklich versucht zu finden, nicht genügend Polizisten, schlimmere Fälle und so weiter.«

»Sieht er Emmas Beschreibung ähnlich?«

»Da habe ich eine Überraschung für dich. Ich habe die Zeichnung in ein Programm, das wir algorithmisches Programm zur Gesichtsidentifizierung nennen, so eingespeist, als ob es sich um ein Foto handelt. Die Öffentlichkeit kennt dieses Programm noch nicht, ich habe es über einen Freund bekommen, der an der Entwicklung für Scotland Yard beteiligt gewesen ist. Ich habe Abänderungen vorgenommen und daran im Auftrag des FBI gearbeitet. Wir haben darin bereits alle Fotos von in den USA verurteilten Kinderschändern und mehreren anderen Arten von Schwerverbrechern eingespeist.

Mit MAXINEs Hilfe haben wir die Zeichnung wie eine Fotografie behandelt und sie das Programm durchlaufen lassen. Dieses Programm vergleicht das Foto beziehungsweise die Zeichnung mit den bereits eingespeisten Fotos. Beispielsweise vergleicht es den Augenabstand, die Nasenlänge, die genaue Dicke der Oberlippe, die Abstände zwischen bestimmten Gesichtsknochen, um dir eine Vorstellung zu vermitteln. Da MAXINE und ich recht flexibel sind, haben wir die Vergleiche gezogen und am Schluss eine Liste von etwa hundert Personen gehabt, die der Zeichnung ähnelten. Vater Sonny haben wir in dieser Gruppe in weniger als einer Stunde ausfindig machen können. Er weist auch all die anderen Merkmale auf: Er ist starker Raucher, hat verfaulte Zähne, trinkt zu viel und ist seit acht Monaten aus dem Gefängnis entlassen. Seine Gefängnisunterlagen bestätigen, dass er sich jeglicher Zahnbehandlung widersetzt hat. Er sagte, und ich zitiere: ›Ich will keinen von diesen bohrenden Arschlöchern in meinem Mund haben.‹ Er ist ein richtig harter Fall, Ramsey, echt hart. Sie haben ihn nur deswegen wieder auf freien Fuß gesetzt, weil sie keine andere Wahl hatten.«

»Hat er sowohl kleine Jungs als auch kleine Mädchen belästigt?«

»Anscheinend hatte er keine eindeutige Präferenz, jedenfalls damals nicht. Falls es Shaker war, der ihn für Emmas Entführung angeheuert hat, um Louey gefügig zu machen, dann ist er, seit Loueys Tod und seit Emma ihm entschlüpft ist, nicht mehr auf Shakers Gehaltsliste«, erwiderte Savich.

»Ich kann mir nicht vorstellen, dass Shaker ihm jemals wieder begegnen möchte, es sei denn, er möchte sich ein wenig mit ihm unterhalten. Ziemlich ausgeschlossen, dass Shaker wusste, dass es sich um einen Kinderschänder handelte, als er ihn für Emmas Entführung angeheuert hat.«

»Dann hat Vater Sonny in San Francisco also ganz auf eigene Faust gehandelt.« Savich hielt kurz inne, ehe er fortfuhr: »Er ist ein ziemliches Risiko eingegangen, Emma direkt unter deiner Nase zu rauben. Das bedeutet, er hat sich wirklich nicht mehr im Griff.«

»Ja, das grenzt an Obsession. Offenbar ist er der Vernunft nicht mehr zugänglich.«

Savich fluchte, und das kam selten vor. »Fixierung, Obsession, wie auch immer die Psychologen das benennen, Vater Sonny ist da. Unsere Psychologen, die mit Kinderschändern zu tun haben, sagen, das komme recht häufig vor. Ein Mann kann zu glauben anfangen, dass ein bestimmtes Kind ihn erlösen wird. Als ehemaliger Priester könnte er sogar glauben, dass Emma seine Seele retten und ihn wieder reinigen, ihn heilen, ja ihn sogar Gott gegenüber wieder akzeptabel machen könnte. Normalerweise jedoch suchen sie sich, nachdem sie das Kind missbraucht haben, ein neues Kind aus, und die ganze Sache beginnt von vorne. Warum möchte er Emma wieder haben? Weil es ihr gelungen ist, ihm zu entkommen, und er nicht Herr des Verfahrens war? Will er die Kontrolle ausüben, die Macht haben? Darf es nur nach seinem Willen gehen?«

»Oder aber«, warf Ramsey ein, »er glaubt immer noch, dass Emma ihn erlösen kann, dass sie ihn noch nicht ganz geheilt hat und er sie deshalb wieder haben muss. Ihr zufolge hat er gesagt, dass er sie mehr brauche, als Gott ihn brauche. Etwas in der Richtung jedenfalls. Weißt du, ich will den Mistkerl ganz einfach umlegen.«

»Du und ungefähr eine Million andere Leute. Wir haben das ganze Land auf Vater Sonny angesetzt. So jedenfalls nannten ihn seine Mitgefangenen. Früher oder später wird er auftauchen. Jemand wird ihn sehen, ihn erkennen. Wir werden ihn bekommen. Deine Freundin bei der Polizei in San Francisco, Virginia Trolley, beschleunigt die Sache von dort aus. Wie geht es Emma? Gefällt ihr Irland?«

»O ja. Sie liebt es, die Enten am See von Dromoland zu füttern und Burgen zu besichtigen. Seit wir hier sind, hatte sie keine Alpträume mehr. Und weißt du, ich hatte mir schon Sorgen gemacht, dass sie dauernd so ruhig war und sich so gut benahm. Heute aber war sie ein richtiges Kind, Savich. Heute Nachmittag hat sie richtig gezetert, weil sie etwas nicht tun wollte, was ihre Mutter von ihr verlangte. Ihre verdrießliche Meckerstimme zu hören, habe ich richtig genossen. Molly fällt es schwer, sie nach all dem Vorgefallenen nicht zu verwöhnen. Aber wir bemühen uns.« Er machte eine Pause, dann fuhr er fort: »Heute Morgen habe ich Molly beim Fotografieren beobachtet. Emma fütterte die Enten, sie lachte, die Sonne schien, und die Enten waren ganz außer sich.«

»Und?«

»Ich weiß nicht«, meinte Ramsey. »Ich weiß wirklich nicht, weswegen ich dir das erzählt habe.« Er stellte sich Emmas wunderschönes Gesicht vor, dann plötzlich sah er sie wieder kopfüber im Wald liegen, sah die Blessuren auf ihrem kleinen Körper, das Blut an ihren Beinen. Eine unglaubliche Wut hätte ihn beinahe übermannt, sie ging ihm durch Mark und Bein. Er umklammerte den Telefonhörer so fest, dass seine Knöchel weiß hervorstachen. »Es ist nicht richtig, Savich. Das alles hätte nicht passieren dürfen. Es hätte Emma nicht passieren dürfen und auch keinem anderen kleinen Kind.«

»Du weißt ja, wie häufig es vorkommt, Ramsey. Du hast sicherlich genügend von ihnen während deiner Zeit als Ankläger vor Gericht kennen gelernt. Und jetzt als Richter.«

»Manche Leute in San Francisco sind der Ansicht, dass ich diesen Verbrechern gegenüber zu hart durchgreife, doch ich bin anderer Ansicht. Es gibt keine Heilung oder Rehabilitation für Kinderschänder, wie auch die Kirche nun endlich eingesehen hat. Uns bleibt also keine andere Wahl, als sie den Rest ihres Lebens von Kindern fern zu halten.«

Sie sprachen über Paris und Sherlocks immer noch heftige Reaktion auf das Wort *schwanger.* Lachend erzählte Savich: »Versehentlich habe ich das verfluchte Wort in einem Drei-Sterne-Restaurant auf der Isle St. Louis benutzt. Um ein Haar hätte sie ihre aufwändigen französischen Pilze, die mit etwas Unaussprechlichem gefüllt waren, ausgespuckt. Ich wette, es heißt ›fettige Touristeninnereien‹, aber ich könnte mich irren. Jedenfalls konnte es unser Kellner kaum glauben, er fuchtelte entsetzt mit seinem weißen Handtuch herum, hat sie aber dennoch gerade noch rechtzeitig bis zur Toilette bringen können.«

»Die Waschräume waren sehr angenehm. Zu dumm nur, dass ich es nicht mehr bis zur Toilette geschafft habe.«

Das war Sherlock, und sie lachte. Ramsey sagte: »Lange sollte das doch nicht mehr dauern, oder?«

»Dem Arzt zufolge etwa noch einen Monat. Ich überlege, ob ich Dillons Mund zuklebe, um so das Wort abzuwürgen, aber dann könnte er mich nicht mehr richtig küssen. Es ist eine schwierige Entscheidung, bei der jede Möglichkeit ihre Nachteile hat. Wie geht es Molly?«

»Sie hängt sich richtig rein, fotografiert sehr viel, sogar mich. Wann immer ich aufblicke, steht sie da und dreht an den vielen Scheiben der Kamera, nimmt eine merkwürdig verkrampfte Haltung ein und murmelt etwas von Rückenlicht und anderen Dingen. Für Filmmaterial gibt sie ein Vermögen aus. Willst du mit ihr sprechen?«

Molly stand auf und trat an Ramseys Bett. Gott sei Dank schlief Emma. Sie lauschte, dann sprach sie mit Sherlock. Sie lachte ein warmes, ansteckendes Lachen, bei dem Ramsey lächeln musste. Nachdem sie wieder zu Emma ins Bett gestiegen war, summte sie vor sich hin.

28

Ramsey putzte sich die Zähne, schraubte die Kappe wieder auf die Zahnpastatube, spülte die Zahnbürste ab und stellte sie mit den Borsten nach oben zurück in das Glas über dem Waschbecken. Er beugte sich in die kleine Duschkabine, um das Wasser anzustellen. Plötzlich hörte er ein Geräusch, richtete sich auf und blickte zur Tür.

Dort stand Molly in ihrem Baumwollnachthemd, ihr Haar vom Schlaf verwuschelt, ihre Augen auffallend leuchtend und konzentriert. Sie starrte direkt auf seinen Penis.

»Molly?«

»Ähm ... ach Ramsey, tut mir Leid. Ich wollte ins Bad und habe nicht genau hingehört. Mir war nicht klar, dass du hier drin bist, und ich ...« Ihr versagte die Stimme.

Immer noch starrte sie ihn an. Selbst als sie gesprochen

hatte, hatte sie ihm nicht ins Gesicht gesehen. Ihr Blick war noch nicht einmal auf Brusthöhe angelangt.

Immer noch ohne ihm ins Gesicht zu blicken, sagte sie: »Ich sollte jetzt lieber gehen.«

»In wenigen Minuten bin ich fertig.«

»So lange kann ich es noch aushalten.« Blitzschnell war sie durch die Tür. Er blickte an sich herab. Er war im Begriff, eine Erektion zu bekommen. Verdammt noch mal, er war eben ein Mann. Und ein Mann hatte darauf keinen Einfluss. Es war das einzig wirklich vollkommen unabhängige Organ in seinem ganzen Körper. Andererseits war es angesichts ihres ständigen Beisammenseins ohnehin erstaunlich, dass sie sich bisher noch nicht im Bad über den Weg gelaufen waren. Beim Einseifen dachte er, es wäre schöner gewesen, wenn er Molly im Badezimmer überrascht hätte. Wie hätte sie wohl reagiert, wenn er einfach nur dagestanden, ihren Körper angestarrt und den Blick nicht höher als bis zu ihrem Hals gehoben hätte? Ob ihr sein Körper gefallen hatte? Natürlich hatte sie ihn bereits mit einer Erektion gesehen, besonders am frühen Morgen, wenn sie im selben Zimmer übernachtet hatten. Aber er war niemals nackt gewesen.

Seit einem Monat hatte er außer dem einen Mal mit Savich in Lord Masons Fitnessanlage keinen Sport getrieben. Er lief zwar viel und hielt seinen Kreislauf schon durch den Stress auf Trab, aber das war nicht dasselbe. Er musste wieder Sport treiben, seinem Körper fehlte das. Er spannte die Muskeln an, streckte sich und fragte sich, ob es in Irland Fitness-Studios gab. Er würde ganz einfach mehr wandern müssen und dabei Emma als zusätzliches Gewicht auf den Schultern tragen.

Er pfiff vor sich hin und dachte: Nun, was hältst du davon, Molly? Hat dir der Anblick gefallen? Er pfiff immer noch, als er ordentlich angezogen aus dem Badezimmer trat. »Bitte sehr, alles frei.« Er lächelte sie an.

Sie zwang sich, ihm direkt in die Augen zu blicken, und sagte: »Danke.«

Am späten Nachmittag saßen sie an den Klippen von Moher und warteten darauf, dass der riesige Feuerball der Sonne im Atlantik versinken würde. Ramsey nahm Mollys Hand, führte sie zu seinen Lippen und küsste ihre Finger, einen nach dem anderen. Augenblicklich erstarrte sie wie ein Reh im Scheinwerferlicht. Immer noch ihre Hand haltend, sagte er leise: »Emma schaut gerade nicht hierher. Ich glaube, sie möchte, dass wir ihr noch einen keltischen Ring von dem Straßenverkäufer dort drüben kaufen. Sie betrachtet jedes seiner Schmuckstücke genau. Mein linkes Auge habe ich auf sie geworfen, mach dir also keine Sorgen. Molly, ich denke, wir sollten heiraten. Was meinst du?«

Molly sprang auf und machte drei Schritte rückwärts. Ramsey blieb sitzen, wandte sich lediglich zu ihr um und sah sie an. Dann beobachtete er Emma, die keine drei Meter weit von ihnen entfernt in der Nähe eines Mannes und einer Frau stand, die zwei junge Mädchen dabei hatten.

Molly schlang die Arme um ihren Körper. Sie schüttelte den Kopf, ihr rotes Haar ein wilder Heiligenschein, dessen Korkenzieherlocken in alle Himmelsrichtungen abstanden. Sie war einfach wunderschön. Durch die Sonne in ihrem Rücken schien ihr Haar zu glühen. Sie sah ihn nicht an, als sie mit tiefer, gequälter Stimme sagte: »Nur weil ich dich heute Morgen nackt gesehen habe und einfach nur dagestanden und dich angestarrte habe, mein kleines Herz voller Lust, brauchst du nicht zu denken, dass du mich heiraten musst. Das macht alles keinen Sinn, Ramsey. Ich weiß doch, wie Männer aussehen. Und ich gebe zu, dass du besser aussiehst als alle Männer, die ich jemals gesehen …«

»Wie viele waren es denn?«

»Zwei.«

»Du lässt mein Herz schneller schlagen.«

»Zwei, dich mitgezählt.«

»Ich nehme es zurück.«

»Sei nicht albern. Auf Fotos und im Kino habe ich fast

vollkommen nackte Männer gesehen. Und du kannst dich mit den Besten von ihnen messen. Das muss dir doch bewusst sein, schließlich bist du nicht blind.« Plötzlich brach sie ab, als ob sie in dieser Sekunde merken würde, was ihr unüberlegt über die Lippen kam. Wie eine schlecht gelaunte Lehrerin spitzte sie die Lippen. »Nur weil ich dein Bild immer noch ganz klar vor Augen habe, sollte ich nicht unbedingt länger über dich reden. Nein, dieses Wort wollte ich eigentlich gar nicht benutzen, es ist mir rausgerutscht. Genug jetzt von deinem Körper.«

Keine schlechte Idee angesichts seiner bereits erneuten Erektion. Schließlich befanden sie sich in der Öffentlichkeit. Am liebsten hätte er schallend gelacht. »Also gut, lassen wir das. Momentan jedenfalls. Übrigens habe ich dir keinen Heiratsantrag gemacht, weil du zufällig ins Badezimmer gekommen bist. Es überrascht mich selbst, dass ich noch nicht früher darauf gekommen bin. Wenn sich die Sache genau anders herum verhalten hätte, hättest du dich dann dazu verpflichtet gefühlt, mir die Ehe anzutragen?«

»O mein Gott, ich wäre im Boden versunken. Ich bin nicht so schön wie du, Ramsey, ich bin viel zu dünn.«

Er betrachtete ihr Gesicht, ihr wunderschönes Haar und sagte: »Mach dich selbst nie wieder so herunter, es ärgert mich wahnsinnig.«

Sie schluckte und schaute auf ihre Füße. »Es ist aber die Wahrheit.«

»Absoluter Quatsch.« Er blinzelte in die Sonne, die sich weiter senkte. Ohne Molly anzusehen, meinte er: »Setz dich wieder. Ich möchte nicht, dass du es verpasst.«

»Dann hättest du nicht das sagen sollen, was du eben gesagt hast, in einem solch kostbaren Augenblick. Den Sonnenuntergang hat es jedenfalls an Dramatik weit übertroffen.«

»Mir schien es eine besonders gute Idee zu sein, diese beiden kostbaren Augenblicke zusammenzufügen.«

Molly sah zu Emma hinüber, die jetzt mit den beiden Kindern spielte, während die Eltern ihnen zusahen. Molly winkte, und die Frau winkte zurück.

Sie setzte sich langsam und vorsichtig hin, als ob sie ein Kleid tragen würde, in das er Einsicht nehmen konnte, falls sie sich nicht vorsah. Sie saß im Indianerstil, mit den Händen flach auf den Schenkeln. Ihre Fingernägel waren kurz und stumpf wie seine. Sie trug schwarze Jeans und schwarze Halbstiefel. Ihre grellgelbe Windjacke blähte sich in ihrem Rücken auf, als der frühe Abendwind über das Meer wehte.

Sie sah ihn nicht an, sondern starrte auf die leuchtend rote Sonne, die jetzt so nahe am Wasser war, dass die Oberfläche in Rotgold schimmerte. »Warst du schon einmal verheiratet, Ramsey?«

Jetzt wird es ernst, dachte er. »Ja, als ich zweiundzwanzig Jahre alt war und Jura studierte.«

Leicht zynisch erkundigte sie sich: »Hast du ihr ein Kind gemacht?«

»Nein, sie war in der Marine, hatte gerade ihre Grundausbildung hinter sich und sollte zu irgendeinem schrecklichen Ort nach Afrika. Wir wollten noch vor ihrer Abreise verheiratet sein.«

»Was ist passiert?«

»Wir sind gut miteinander klargekommen. Sie war immer unterwegs an irgendwelchen Orten, von denen ich noch nie etwas gehört hatte, aber es hat gut geklappt. Mit Kindern wollte sie noch warten, und ich hatte auch nichts dagegen. Dann war alles vorbei.« Er spürte, wie sein Körper sich verspannte. Er begann zu schwitzen, genauso wie an jenem Tag, als er den Gerichtssaal in bester Laune verlassen hatte, weil er gerade einen wichtigen Fall gewonnen hatte. Ein Mann und eine Frau, beide in Uniform, warteten auf ihn. In diesem Augenblick hatte er gewusst, hundertprozentig gewusst, dass Susan tot war.

»Sie wurde getötet, als ihr Helikopter in der Wüste von Kuwait gegen Ende des Golfkrieges 1991 abstürzte. In der darauf folgenden Woche sollte sie sich nach Hause einschiffen.«

»Das tut mir Leid«, sagte Molly. »Sehr Leid.«

»Solche Sachen passieren im Leben.«

Sie legte ihm die Hand auf den Arm. »Nun markiere nicht den Macho in dieser Sache.«

Wutentbrannt drehte er sich zu ihr um. »Warum denn nicht? Immerhin kann ich jetzt einfach so wie ein Macho darüber reden. Lange konnte ich noch nicht einmal ihren Namen aussprechen, ohne dabei ins Stottern zu geraten oder in Tränen auszubrechen. Und ausgerechnet du, Molly, weißt doch, dass Schreckliches aus heiterem Himmel passieren kann.«

Angesichts ihrer eigenen Ehe konnte sie seine Gefühle nicht nachvollziehen. »Du musst sie sehr geliebt haben.«

»Ja, aber Susan ist schon lange tot, Molly. Die Wahrheit ist die, dass wir einander gar nicht so gut kannten. Dazu war sie viel zu häufig nicht da. Und wenn sie zu Hause war, hatten wir ununterbrochen Sex, bis sie wieder abreisen musste. Natürlich haben wir uns auch unterhalten, aber ich kann mich ums Verrecken nicht an viele unserer Gespräche erinnern. Und wie gesagt, ich weiß mehr über dich als über sie. Beispielsweise kann ich mich nicht erinnern, wie sie die Zahnpastatube gedrückt hat, wogegen ich von dir weiß, dass du sie in der Mitte drückst. Ich weiß nicht mehr, welche Art von Nachthemden Susan mochte. Du liebst fließende, seidige Nachthemden. Ich habe dich beobachtet, wie du eines berührt hast, das du einfach hast mit einpacken müssen, weil es dir so gut gefiel. In meiner Gegenwart ziehst du allerdings ständig diese Baumwolldinger an, die am Hals beginnen und an den Knöcheln enden. Ich wusste nie, was sie am liebsten zum Frühstück aß. Du magst gerne Müsli, es sei denn, du bist auf der Flucht – und zwar im eigentlichen Sinne. Sie mochte meinen Körper, das hat sie mir oft gesagt, wenn wir zusammen waren, aber ich kann mich nicht daran erinnern, dass sie mich jemals so angesehen hat wie du heute Morgen. Dir ist das Wasser im Mund zusammengelaufen, Molly. Du hast mir nicht einmal ins Gesicht gesehen. Ich fühlte mich wie ein Sexgott. Es war toll.

»Ist es nicht merkwürdig, fast vier Jahre lang verheiratet zu sein und seinen Partner nicht wirklich gut zu kennen?«

Er hielt sein Gesicht in die Sonne, dann blickte er zu Emma hinüber. Sie lachte über etwas, was die anderen Kinder gesagt hatten. Nachdem der Mann sie direkt unter seiner Nase am Strand gestohlen hatte, sah er automatisch mindestens alle fünfzehn Sekunden nach ihr. Häufig war es auch noch öfter, nach diesem San-Francisco-Schock.

»Vielleicht schon, aber ich kannte Louey auch nicht besonders gut. Genau wie Susan war er die meiste Zeit nicht da. Aber anders als Susan war er, wenn er zu Hause war, meist unausstehlich.« Sie seufzte. »Louey ist tot. Es ist erst eine Woche her, es kommt mir viel länger vor. Himmel, es kommt mir so vor, als ob ich dich seit Ewigkeiten kennen würde.«

»Das kommt daher, dass man uns zusammen in denselben Topf geworfen, den Deckel draufgelegt und ordentlich eingeheizt hat. Wir hatten überhaupt keine Auszeiten.«

»Da magst du Recht haben.« Sie musterte auf ihre ganz eigene Art und Weise sein Gesicht, als ob sie ihn gleich fotografieren wollte. »Mit der Zahnpasta bist du tatsächlich ziemlich pingelig. Du rollst sie vorsichtig von unten her auf. Wenn du allein bist, schläfst du dann nackt?«

»Meistens ja.«

»Hör zu, Ramsey, mein Vater ist ein ziemlicher Schurke, und du bist ein Bundesrichter.«

»Mit deinem Vater komme ich gut klar. Deine Stiefmutter wäre mir zwar lieber, aber ich kann damit leben.«

Sie grinste ihn an. »Eve haut einen wirklich um, nicht wahr?«

»Stimmt. Immer wenn ich sie ansah, hätte ich schwören können, dass sie deinen Vater nur seines Geldes und Einflusses wegen geheiratet hat. Aber dann gab es Momente, wo ich hätte schwören können, dass etwas ganz anderes mit im Spiel war.«

»Mein Vater behandelt sie wie Dreck.«

»Stimmt, das Problem hat er Frauen gegenüber. Aber andererseits habe ich es irgendwie im Gefühl, dass sich die Dinge ändern werden.« Er sah zu Emma hinüber. Sie hatte mit den anderen Kindern zusammen begonnen, einen Drachen steigen zu lassen. Der Vater war ihnen dabei behilflich. Ramsey lächelte. Emma wusste ganz genau, was sie zu tun hatte. Molly hatte es ihr beigebracht und ihre Sache sehr gut gemacht. Plötzlich hatte er sie wieder vor Augen, wie sie ihren Drachen auf der Wiese vor der Hütte hatte steigen lassen. Dann waren die bewaffneten Männer aufgetaucht. Es schien alles eine Ewigkeit her zu sein, als er noch ein ganz anderer Ramsey Hunt war. Er schüttelte sich. »Lass uns wieder zu uns zurückkehren, Molly. Keiner von uns beiden kann seine Familie ändern. Wir werden auch so klarkommen.«

»Erzäh mir von deiner Familie.«

»Mein Vater ist Zahnarzt. Wenn ihr euch kennen lernt, wird er als Allererstes dein Gebiss mustern, so wie es auch bei Pferden üblich ist. Angesichts deiner gleichmäßigen Zähne wird er sich auf der Stelle in dich verlieben. In der Hinsicht ist mein Vater wirklich unkompliziert. Zeigt man ihm ein paar schöne Zähne, gerät er in Verzücken.

Meine Mutter ist eine pensionierte Lehrerin, Geschichte in der Oberstufe. Ich erinnere mich, dass sie geweint hat, als ich Jura studieren wollte. Sie hält einfach alle Juristen für abscheulich. Sie hat mir erst verziehen, als ich ihr sagte, ich wolle auf der Seite der Guten stehen. Den Job im Justizministerium hat sie gutgeheißen. Und sie erzählt mir immer noch alle Witze über Juristen.«

»Und wie war es, als du später Verteidiger geworden bist?«

Er zog den Kopf ein. »Das waren nur anderthalb Jahre. Ich habe es gehasst.«

»Und?«

»Ich habe es ihr nicht erzählt. Seit ich als Richter arbeite, behandelt sie mich, als ob ich am Obersten Gerichtshof arbeiten würde, und stellt mir alle möglichen Fragen über Sandra Day O'Connor und Ruth Bader Ginsburg, denen ich beiden einmal begegnet bin, aber mehr auch nicht. Sie ist richtig nett, meine Mutter. Und sie sieht Eve kein bisschen ähnlich. Ich habe auch noch zwei ältere Brüder. Einer hat bei der Armee Karriere gemacht, Drei-Sterne-General, drei Kinder. Der andere, Tony, schreibt politische Reden. Tony ist ein netter Kerl, lebt in Washington, nette Frau, zwei Kinder. Keiner der beiden nimmt Drogen oder ist im Gefängnis.«

Er warf Emma in genau demselben Moment einen Blick zu wie Molly. Sie sahen sich an und lächelten.

»Nach Emma zu sehen wird wohl eine lebenslange Angewohnheit bleiben«, meinte Molly. »Ich werde immer meine Antenne auf Bereitschaft haben, auch wenn sie schon erwachsen geworden ist.«

»Möchtest du noch mehr Kinder haben, Molly?«

»Vielleicht. Zwei wären schön, vielleicht auch drei. Ich mag Kinder.«

Ihm fiel auf, dass er die Luft angehalten hatte. Er atmete aus und lächelte. »Genau die Zahl, die mir auch im Kopf herumschwirrte. Ich bin jetzt vierunddreißig. Das ist ziemlich jung, um bereits zum Richter ernannt zu werden. Aber meine biologische Uhr läuft schnell ab. Wie ich gehört habe, ist es für einen Mann über vierzig nicht empfehlenswert, noch Kinder zu bekommen. Die Risiken sind einfach zu hoch.«

Sie knuffte ihn gegen das Bein. »Willst du damit sagen, dass du zu fett und erschöpft sein wirst, um mit ihnen mithalten zu können?«

Er beugte sich zu ihr hinüber, nahm ihr Kinn in die Hand und küsste sie auf den Mund. Dann zog er sich zurück und musterte ihr Gesicht. »Außerdem hast du wunderschöne Augen. Zur Zeit haben sie einen etwas unbestimmten Ausdruck, und das gefällt mir.«

Sie hörten Applaus. Beide fuhren herum und sahen Emma von den Klippen wegrennen, ihren Koboldrachen hoch in der Luft. Sie ließ die Leine perfekt abspulen, so wie es ihr

Molly beigebracht hatte. Sie lachte, und der Wind fuhr ihr gerade in dem Augenblick ins Haar, als die feuerrote Sonne kurz über dem Wasserspiegel schwebte, bevor sie ganz hinter dem Horizont versank.

Er blickte erst Molly an, dann Emma. Sein Gesichtsausdruck war zärtlich, voll stiller Freude. Ohne sie anzusehen, sagte er: »Wir sind beide sehr klug. Wir können mit jedem Problem fertig werden. Lass uns das tun.«

»Würdest du mich noch einmal küssen, Ramsey?«

»Mit Vergnügen.« Dieses Mal küsste er sie etwas länger, ließ die Sache jedoch nicht außer Kontrolle geraten. Er schmeckte sie, knabberte an ihrer Unterlippe und wünschte, sie würde ihre Lippen wenigstens ein ganz klein bisschen öffnen. Andererseits wäre es sicherlich nicht ratsam, seine Zunge in ihrem Mund zu haben, während Emma keine zehn Meter weit entfernt einen Kobolddrachen steigen ließ. Er zog sich zurück. Er begehrte sie sehr; viel mehr, als er jemals eine Frau begehrt hatte. Die Wahrheit war sogar die, dass er sich nicht mehr daran erinnern konnte, was er damals Susan gegenüber empfunden hatte. Sie war Vergangenheit, eine Vergangenheit mit vielen schönen Erinnerungen, die mit jedem Tag, den er mit Molly und Emma verbrachte, immer mehr verschwammen. Er hatte eine neue Aufgabe gefunden, neue Gefühle, die ihn manchmal fast überwältigten, weil sie so tief und heftig waren. Er küsste sie erneut, ganz leicht nur, denn das Gefühl, einander ganz und gar zu kennen, war ohnehin vorhanden. Er lächelte sie schweigend an und fragte sich, was sie wohl dachte.

Molly wusste, warum er sie heiraten wollte, und sie akzeptierte das. Er wollte Emma haben. Um sie zu bekommen, musste er die Mutter auch mit einbeziehen. Sie benetzte sich dort die Unterlippe, wo er sie geküsst hatte, und sagte: »Du willst dich einfach nur weiter wie ein Sexgott fühlen.«

Er liebte ihren Humor, der viel zu selten zum Vorschein kam, weil das Leben einfach zu düster geworden war. Er freute sich auf ihr Lachen für den Rest seines verheirateten Lebens, so hoffte er jedenfalls. »Woher weißt du das?«

Sie musterte ihn lange, als ob sie ihre Kamera für ein Foto einzurichten versuchte. Dann legte sie den Kopf zur Seite. »Sex gehört nun mal dazu. Ich weiß, dass dir meine Haare und sogar meine Augen gefallen. Aber ich bin dünn, das weißt du. Würde es dir etwas ausmachen, mit mir zu schlafen?«

Ohne den Blick von ihren ausdrucksstarken Augen zu nehmen, erwiderte er: »Da es von mir erwartet wird, werde ich mich bemühen.«

Sie wollte mit ihrer Hand seinen Schenkel streicheln, lachte jedoch lediglich und wurde plötzlich ganz ernst. »Und was ist mit Emma?«

»Anfangs werden wir uns wohl etwas verstecken müssen oder aber eine Weile lang ganz darauf verzichten. Ich habe mit Dr. Loo darüber gesprochen, dass Emma im selben Zimmer wie wir schlafen will, ja sogar in demselben Bett. Doch sie meinte, wir sollten uns keine Sorgen machen. Natürlich sei es keine gute Sache, wenn Kinder regelmäßig im Bett ihrer Eltern schliefen, aber in diesem Fall sei das anders. Sie meinte, dass Emma vermutlich von ganz alleine gehen würde, wenn sie dazu bereit sei. Also, Molly, wirst du mich heiraten?«

Molly stand auf und klopfte sich mit beiden Händen das Hinterteil ab. »Scheint so, als ob die Familie jetzt gehen möchte. Lass uns zu Emma gehen und ihr sagen, dass sie einen neuen Papa bekommt.« Sie ging ein paar Schritte, dann feixte sie und meinte über ihre Schulter hinweg: »Ich werde deinen Qualen ein Ende bereiten, Richter Hunt.«

»Dann sprich es aus«, rief er ihr nach. Seine tiefe Stimme war laut genug, dass mehrere Leute sich umdrehten und Molly ansahen. »Ich möchte, dass du die Worte laut aussprichst.«

Ihr war bewusst, dass die Leute glotzten und ihnen zuhörten. Sie lachte und schüttelte den Kopf. »Ich werde dich heiraten. Es wird mir ein Vergnügen sein, dich zu heiraten.«

Applaus ertönte, manche Männer stöhnten auf und wurden von ihren Frauen in die Seite geknufft.

»Das hört sich wunderbar an«, meinte er und kam auf sie zu. »Mehr als wunderbar. Jetzt werden wir eine richtige Familie. Das gefällt mir wirklich sehr gut.« Er sah zu Emma und ihren neuen Freunden hinüber. »Offenbar will der Mann Emma den Koboldrachen schenken. Lass uns hingehen und ihnen danken, dass sie ihr zugeschaut haben.« Er hielt inne, drehte sich zu ihr um und drückte sie an sich. »Habe ich dir eigentlich schon gesagt, dass du die schönste Frau bist, die ich je gekannt habe?«

»Nein. Du hast mir nur gesagt, dass ich schönes Haar habe.«

»Das auch. Das ist die Krönung, ich gebe es zu.« Er nahm eine dicke Locke in die Hand und lächelte sie an. »Fühlt sich wie Seide an. Jawohl, du bist wunderschön. Ich finde jeden dünnen kleinen Knochen in deinem Körper wunderschön.«

Er sah zu Emma hinüber, die keuchend mit dem Drachen im Schlepptau rannte. Sie sah müde und zufrieden aus. »Bist du dir sicher, dass du mich auch wirklich genug magst, Molly?«

»Ich mag dich genug.« Sie senkte die Lider und bohrte die Spitze ihres schwarzen Stiefels in den Dreck. Dann lugte sie ihn durch ihre Wimpern hindurch an – er hätte bei ihrem Blick beinahe schielen mussen – und sagte: »Ganz besonders hat es mir dein Körper angetan.«

Einen Moment lang dachte sie, er wolle sie umarmen. Dagegen hätte sie nichts einzuwenden gehabt, doch er unterließ es. Er lächelte lediglich und meinte: »Ausgezeichnet. Das ist ein wirklich guter Anfang. Lass uns heiraten, Molly, sowie wir wieder zu Hause sind. Wir können in Nevada Zwischenstation machen. Lass uns die Flitterwochen vor der Hochzeit feiern. Was hältst du davon?«

Was bedeutete denn Liebe überhaupt, dachte sie, als sie langsam nickte.

Sie hatten jedoch weder die Gelegenheit, ihre Flitterwochen in Irland zu verbringen, noch konnten sie Emma von ihrem neuen Papa erzählen. An der Rezeption des Dromoland Castle warteten zwei Telefonnachrichten und ein Fax von Savich auf sie.

Von Shannon bis zum O'Hare Flughafen in Chicago flogen sie Business Class, in der mittleren Reihe mit drei Sitzen, Emma zwischen ihnen. Den Großteil des Fluges schlief sie auf drei Kissen auf Ramseys Armlehne. Sie hatte eine Decke übergelegt und hielt ihr Klavier an sich gepresst. Die Tastatur ragte teilweise unter der Decke hervor. Das Klavier hatte, von Emma anscheinend völlig vergessen, in der Ecke ihrer Suite gestanden – bis der Anruf kam, ihre Mutter blass geworden war, Ramsey leise geflucht hatte und sie sich ans Packen gemacht hatten.

Molly sah einen Schnürsenkel von ihren Nike-Turnschuhen herabhängen. Sie starrte ihn an, dann zog sie ganz einfach den ganzen Schuh aus. Emma trug die karierten Socken an ihren kleinen Füßen. Molly hatte sie am Abend zuvor noch ausgewaschen.

Sie sprachen nur wenig miteinander. Das Leben war wieder außer Kontrolle geraten. Molly fühlte sich wie betäubt, als ob eine gefühllose Leere sich in ihrem Gehirn und ihrem Körper breit gemacht hätte. Vielleicht sollte sie dafür dankbar sein.

Schließlich sagte Molly leise, um Emma nicht zu wecken: »Mir fällt es sehr schwer, es zu glauben. Ich denke immer wieder, dass es vielleicht einfach nur ein Fehler war, dass irgendjemand etwas falsch verstanden hat und Eve vollkommen falsch liegt.«

»Ich weiß.«

»Werden sie Rule Shaker jetzt festnehmen?«

»Das weiß ich nicht. Wenn wir erst einmal in Chicago sind, werden wir Genaueres erfahren. Hör zu, noch ist dein Vater nicht gestorben. Weiß der Himmel, wie er es geschafft hat, bis heute zu überleben, aber er hat es geschafft. Das ist ein gutes Zeichen.«

»Vielleicht hat er der Polizei bereits mitteilen können, wer ihn angeschossen hat.« Sie hielt inne und starrte auf die leere Filmleinwand unmittelbar vor ihnen. »Oder aber die Sache ist schon ausgestanden, und er ist bereits tot.«

Ramsey wollte den Telefonhörer in seiner Armlehne aufnehmen. »Nein«, sagte sie und legte ihre Hand auf seine. »Nein. Ich will es nicht wissen, noch nicht jedenfalls. Momentan möchte ich glauben, dass alles in Ordnung ist, dass er der Polizei gesagt hat, wer ihn verwundet hat. Alles wird vorbei sein, sowie wir in O'Hare landen.«

Ramsey jedoch hielt das für wenig wahrscheinlich. Er hielt es sogar für praktisch unmöglich. Leise erwiderte er: »Ich hatte dir bereits gesagt, dass aus großer Entfernung geschossen worden ist. Ungefähr achtzig Meter Schusslinie. Der Heckenschütze hat vermutlich vom Dach des vierstöckigen Hauses direkt gegenüber geschossen. Mason hat seinen Angreifer nie zu Gesicht bekommen. Savich sagte, dass in dem Vorabbericht eine 7.62-Millimeterkugel von einer Scharfschützenwaffe wie beispielsweise einer SIG-Sauer SSG200 verzeichnet war. Das ist eine weit verbreitete militärische Waffe.« Er sagte ihr nicht, dass die Kugel Mason Lords Brustkorb durchschlagen und ihn gegen ein am Straßenrand parkendes Auto geschleudert hatte. Die Wucht seines Falls hatte das Seitenfenster des neuen blauen Buick Riviera eingedrückt.

»Gunther lief nur einen Schritt vor deinem Vater und hat nichts abbekommen.«

Emma stöhnte im Schlaf, und Ramsey strich ihr leicht über Schultern und Rücken. Sie schmiegte sich an seine Hand und beruhigte sich.

»Wir mussten es ihr sagen. Sie ist nicht auf den Kopf gefallen.«

»Ja, ich weiß. Dies ist ihre Art zu entfliehen«, erwiderte Ramsey mit noch tieferer Stimme als zuvor. »Sobald wir Gelegenheit haben, sollten wir Dr. Loo anrufen.«

»Er ist nicht tot, Ramsey.«

Ramsey schwieg und streichelte zärtlich Emmas Rücken. Er lehnte sich gegen die Kopfstütze zurück und schloss die Augen. Sie hatten gerade den Jetlag ihrer Reise nach Irland überwunden, als die Nachricht sie erreicht hatte. Jetzt würde alles wieder von vorne beginnen.

Er wollte heiraten.

Er wollte, dass Emma sicher war, dass er immer bei ihr sein würde, immer, und dass sie ganz zu ihm gehörte. Die Frau, die bald seine Ehefrau sein würde, saß einen halben Meter weit entfernt. Er war ratlos, was er ihr sagen sollte. Er fragte sich, wie in aller Welt es jetzt weitergehen sollte.

»Ramsey?«

»Ja, Molly?«

»Wir werden abwarten müssen, bis sich die Dinge geklärt haben.«

Er blickte zu ihr hinüber und sagte: »Verdammt noch mal, einverstanden.«

29

Detektiv O'Connor erwartete sie im Haus von Mason Lord. Außer Miles war niemand anwesend. Gleich beim Eintreten hatte Miles sie informiert, dass Gunther und Frau Lord im Krankenhaus seien. »Kommen Sie herein, Herr Lord schlägt sich ganz gut. Noch ist er nicht außer Gefahr, aber sein Zustand ist konstant. Es tut mir sehr Leid, Molly.«

»Danke, Miles. Die Sache trifft uns alle gleichermaßen. Danke, dass Sie hier die Stellung halten.«

»Guten Tag, Richter Hunt, Frau Santera.« Detektiv

O'Connor trat aus dem Wohnzimmer und kam auf sie zu. »Es tut mir Leid, dass Sie wegen einer solch bedauerlichen Wendung haben zurückkehren müssen. Es kam ganz und gar unerwartet. Noch kann sich niemand einen Reim darauf machen. Sie haben hoffentlich nichts dagegen, Frau Santera, dass ich hier auf Sie gewartet habe?«

»Nein, überhaupt nicht.« Molly kniete sich vor Emma auf den Boden. »Möchtest du mit Miles in die Küche gehen und etwas Leckeres essen?«

»Ich habe Schokoladenkekse ganz allein für dich gebacken, Emma«, meinte Miles. »Sie sind noch warm, gerade aus dem Ofen.«

Emma warf ihrer Mutter einen langen, geduldigen Blick zu. Es lag eine solche Müdigkeit in ihren Augen, dass Molly sie am liebsten in den Arm genommen und in Tränen ausgebrochen wäre. »Dein Großvater ist im Krankenhaus, Emma. Er ist verletzt worden. Das haben wir dir bereits erzählt. Und jetzt möchte sich Detektiv O'Connor mit Ramsey und mir unterhalten. Er möchte gerne wissen, wie wir die Vorfälle einschätzen.«

»Also gut, Mama, dann gehe ich mit Miles mit.«

»Danke, Em. Ich schaue bald nach dir, denn ich möchte auch einen von den Schokoladenkeksen essen.«

Sie erntete einen weiteren Leidensblick. Molly stand erst wieder auf, als Miles Emmas Hand genommen hatte und die beiden in Richtung Küche gingen. Emma hielt ihr Klavier eng gegen die Brust gedrückt. Molly richtete sich seufzend auf. »Kommen Sie mit ins Wohnzimmer, Detektiv O'Connor.«

»Die Untersuchungen haben belegt, dass es sich bei dem Projektil um eine 7.62-Millimeterkugel für Heckenschützen gehandelt hat.« Detektiv O'Connor wandte sich Ramsey zu. »Sie wissen vermutlich, dass diese Kugel schwerer ist und daher mehr Durchschlagkraft und eine flachere Flugkurve besitzt. Für Schüsse ab einer gewissen Entfernung ist das besonders wichtig.«

»Irgendwelche Hinweise auf den Schützen?«

»Wir sind auf das Dach des Ames-Gebäude gestiegen, das sich über dem vierten Stockwerk befindet. Dort fanden wir eine Reihe von Zigarettenstummeln, eine Wegwerfkaffeetasse und, Wunder aller Wunder, einen kleinen feuchten Fleck.«

Molly blinzelte den Detektiv an. »Einen feuchten Fleck? Was ist daran ein Wunder?«

»Er hat ausgespuckt, Frau Santera. Der Schütze hat gespuckt. Das bedeutet, dass wir mit etwas Glück die DNA ermitteln können. Bei seiner Festnahme hätten wir einen unwiderlegbaren Beweis seiner Schuld. Die Leute vom forensischen Dienst halten ihn für einen Raucher mit einem schlimmen Reizhusten. Seine schlechten Angewohnheiten könnten ihm zum Verhängnis werden.

Da Mason Lord ein sehr einflussreicher Mann ist, und das trotz seinem etwas fragwürdigen Umgang und Geschäftsgebaren, wird dieser Fall sehr ernst genommen. Die Presse hat mittlerweile begriffen, dass sie hier nicht viel zu sehen bekommen. Aber im Morgengrauen werden sie wieder da sein, darauf können Sie sich verlassen. Ich bin froh, dass Sie so zeitig wieder zurückgekehrt sind. Sie werden ohnehin früh genug herausfinden, dass Sie wieder im Lande sind, Richter Hunt.«

»Wie schätzen die Ärzte Masons Zustand ein?«

Detektiv O'Connor blickte auf die Uhr. »Es ist fast Mitternacht. Ich habe dem Chirurgen mitgeteilt, dass Sie ungefähr zu dieser Stunde zurückkehren werden. Er sagte, Sie können ihn anrufen, er wird Ihnen dann den letzten Stand der Dinge mitteilen.«

Detektiv O'Connor zog sein Handy hervor und wählte. Nachdem man ihn fünf Minuten lang von einer Stelle zur nächsten verbunden hatte, reichte er Molly den Apparat.

Ramsey beobachtete ihr Gesicht, als sie ihrem Gesprächspartner lauschte. Ihr Gesichtsausdruck veränderte sich nicht. Das war seltsam. Sie stellte das Handy aus und reichte es Detektiv O'Connor zurück.

»Er lebt. Der Chirurg, Dr. Bigliotti, meint, er habe eine fünfzig-fünfzig Chance – sofern er die Nacht überlebt. Er ist bereits aufgewacht.« Sie musterte Detektiv O'Connor. »Er hat dem Polizisten neben seinem Bett zugeflüstert, Louey Santera habe auf ihn geschossen.«

»Sie machen Witze«, entgegnete Detektiv O'Connor. »Er muss durch all die Medikamente ganz durcheinander im Kopf sein.«

»Dieser Ansicht war Dr. Bigliotti auch. Abgesehen davon hat mein Vater nichts mehr gesagt. Dr. Bigliotti erzählte auch, die Presse sei in erster Linie ihm sowie dem Krankenhaus im Allgemeinen auf den Fersen. Eine der Krankenschwestern hat einen Reporter dabei ertappt, wie er mit einem Mopp – eine Art Verkleidung, nehme ich an – auf der Suche nach Mason Lords Zimmer umherlief. Haben Sie irgendeine Idee? Irgendwelche Vermutungen, die hilfreich sein könnten?«

Molly und Ramsey schauten ihn lediglich schweigend an, und ihm wurde klar, dass sie ihm nicht helfen konnten.

Das Zischen des Atemregulators erschien fast schon obszön laut in der zwischenzeitlich eingetretenen Ruhe der Intensivstation des Chicago-Memorial-Krankenhauses, des nächstliegenden Traumazentrums, nachdem ihr Vater auf der Straße angeschossen worden war. Molly blickte auf das blasse Gesicht ihres Vaters hinunter, auf die Schläuche in Nase und Mund, die Zuführungen zu beiden Armen, den am Bett aufgehängten Urinbeutel. Ein Polizist saß keine zehn Zentimeter von ihm entfernt mit dem Aufnahmegerät auf den Knien und einem Krimi in der rechten Hand. Er nickte ihnen zu. Erst als er Ramsey anblickte, schien bei ihm der Groschen zu fallen. Er senkte den Kopf, ein Zeichen leicht übertriebener Ehrerbietung, wie Molly fand.

Die Intensivstation war riesig, unpersönlich und voller hoch technisierter Gerätschaften. Sechs andere Patienten befanden sich, lediglich durch Vorhänge voneinander abgetrennt, im Zimmer. Und sie waren nicht leise. Schmerzensstöhnen mischte sich mit den verdammten Zischlauten, den leisen Stimmen der Verwandten, die den Patienten Mut zusprachen. Vom Eckbett aus hörte man Flüche, dann die herbeieilenden Schritte einer Schwester.

Ihr Vater war regungslos wie der Tod. Ohne die Maschine wäre er tot. Sie berührte seine Wange leicht mit der Hand. Seine Haut fühlte sich lasch und verschwitzt an.

In diesem Augenblick wurde ihr klar, dass sie sich sein Überleben wünschte. Ganz gleich, was die Wahrheit auch sein mochte, er war ihr Vater. Sie wollte, dass er überlebte. Nach fünf Minuten bedeutete ihnen die Schwester zu gehen.

Im Flur wandte sich Molly an Detektiv O'Connor. »Hat man meine Mutter bereits informiert? Sie lebt in Italien.«

Er blickte sie verständnislos an, kratzte sich am Ohr und schüttelte den Kopf. »Davon ist mir nichts bekannt, Frau Santera.«

»Ich kümmere mich darum, wenn wir wieder zu Hause sind.« Es war fast zwei Uhr morgens. Molly hatte kommen wollen, hatte sein Gesicht sehen und sich davon überzeugen wollen, dass er lebte. Zwar lebte er, doch war es ein verstecktes, sehr fragiles Leben.

Auf dem Weg zurück nach Oak Park waren die Straßen ruhig. Ramsey sah starr und vor Müdigkeit fast schon schielend auf die Straße vor ihm.

Selbst wenn sie es schaffen sollten zu heiraten, war er im Augenblick so müde, dass er noch nicht einmal lange genug wach bleiben könnte, um Mollys Ohr zu küssen, falls sie es ihm zum Kuss dargeboten hätte. Sie war ebenfalls in ziemlich schlechter Verfassung.

Als sie schließlich vor den Toren der Lord'schen Villa vorfuhren, sahen sie einen Mann aus einem dunklen Auto vor ihnen springen. Ein Reporter.

»Das hat uns gerade noch gefehlt«, meinte Ramsey und beeilte sich, dem Sicherheitsposten in dem kleinen Häuschen am Tor zuzurufen: »Hier ist Richter Hunt, öffnen Sie schnell das Tor. Ein Reporter ist uns auf den Fersen.«

»Diese stinkenden kleinen Maden«, knurrte der Mann und öffnete das Tor gerade noch rechtzeitig, bevor der Reporter den Wagen erreichen konnte.

»Warten Sie!«, brüllte der Reporter, doch Ramsey fuhr mit aufheulendem Motor durch das offene Tor. Der Reporter folgte ihm auf dem Fuß, sah jedoch das Wahnsinnsgrinsen des Sicherheitspostens in dem erleuchteten Häuschen, als sich das Tor wieder zu schließen begann.

Er trat fluchend zurück. »Hallo, haben Sie noch nichts vom ersten Artikel des Grundgesetzes, der Presse- und Meinungsfreiheit, gehört, Sie Esel!«

Der Sicherheitsposten, der immer noch wie ein irre gewordener Wissenschaftler grinste, erwiderte über Lautsprecher: »Klar, Sie elender kleiner Knirps, und Prinz Charles ist ein Tampax.«

Das hatte Ramsey noch gehört. Es ergab nicht den geringsten Sinn und erschien ihm plötzlich als unglaublich komisch. Er musste lachen und steckte Molly an. Händchen haltend gingen sie ins Haus und wollten sich kaputtlachen.

»O je«, meinte Miles.

Sowohl Miles als auch Gunther verfügten über Alibis. Warren O'Dell besaß ebenfalls ein Alibi, das Gleiche galt für Eve Lord. Zu allem Überfluss war ihre Mutter zu Besuch gekommen. Zum Zeitpunkt des Attentats auf Mason Lord hatten sie zusammen am Swimmingpool gesessen und Eistee getrunken.

Die Medien waren vollkommen außer Rand und Band geraten. Da Eve jung und schön und unglaublich reich war, war ihr eine enorme Sympathie und Unterstützung zuteil geworden, die von den Medien noch weiter aufgebauscht wurde. Die Medien traten das Thema Schönheit und Geld immer breit, besonders dann, wenn es sich möglicherweise um eine tragische Schönheit handelte.

Mollys Mutter hatte ihre Anteilnahme geäußert, wollte aber nicht in die Staaten fliegen. »Warum sollte ich, meine Liebe? Ich hege nicht den geringsten Wunsch, ihm die schwache Hand zu halten oder den im Gebüsch mir auflauernden Paparazzi zu entgehen. Halte mich auf dem Laufenden, Molly.«

Nicht weiter überraschend, dachte Molly, wenn man bedachte, dass die neue Frau Lord jung genug war, um als ihre Tochter zu gelten, und ihr ehemaliger Mann in ihrem Leben schon seit vielen Jahren keine Rolle mehr spielte.

Mason Lord, der zwischen Leben und Tod pendelnd bewusstlos im Krankenhaus lag, war fast vollkommen vergessen. Die Aufmerksamkeit galt seiner bildschönen jungen Frau, die sich jeden Augenblick in eine Witwe verwandeln konnte. Andererseits musste man der Fairness halber zugeben, dass wohl kaum ein Reporter seinen Kopf dadurch riskieren würde, dass er das Umfeld Mason Lords hinterfragte.

Er überlebte die Nacht. Kurzfristig hatten sie ihn verloren geglaubt, aber dann war es ihnen gelungen, seinen Blutdruck intravenös zu stabilisieren. Sein Zustand schien stabil. Molly und Ramsey hatten ihn am nächsten Morgen nicht besucht, sondern waren mit Emma zu Hause geblieben und hatten Eve Lord beobachtet, wie sie sich auf dem Weg zu ihrem Mann durch die Pressemeute drängte. Später wurde das in grellen Farben in einer Sondersendung auf allen drei Lokalsendern ausgestrahlt.

»Ich hätte zu gern einen Schimmer von dem, was in ihr vorgeht«, meinte Molly.

»Das wünscht sich Detektiv O'Connor auch«, erwiderte Ramsey. Er drehte sich zu Emma um, die langsam ins Wohnzimmer kam. »Hallo, Em«, sagte Molly. »Komm herein und verrate uns, was Miles zu Mittag kocht.«

Emma stand einfach nur da, presste ihr Klavier an sich und machte einen verwirrten Eindruck. »Mama, wann können wir nach Hause gehen?«

Zuhause, dachte Molly. Welches Zuhause?

»Wo möchtest du denn hingehen?«, erkundigte sich Ramsey. Er schlug auf sein Knie, und Emma kam augenblicklich auf ihn zu. Vorsichtig setzte sie das Klavier auf dem Fußboden neben dem Sofa ab und ließ sich von ihm auf die Knie heben.

»Wohin?«, wiederholte er.

»Nach Hause«, meinte Emma. »Nach San Francisco.«

»Verstehe«, meinte Ramsey. »Du siehst die Sache ganz richtig. Was würdest du sagen, Em, wenn deine Mama und ich heiraten?«

Sie drehte sich um und sah ihn an. Langsam hob sie die Hand, um ihm damit über die Wange zu streicheln. Dann meinte sie mit der erschreckenden Unverblümtheit eines Kindes: »Mein Papa ist gerade gestorben, Ramsey. Er war zwar nicht viel bei uns zu Hause, aber er war mein Papa.«

»Ja, das war er. Und er wird auch immer dein Papa bleiben.«

»Das glaube ich nicht«, erwiderte Emma. Sie lehnte sich gegen seine Brust und legte ihre Wange an seine Schulter. »Das Risiko kann ich nicht eingehen, Ramsey. Ich kann es einfach nicht.«

»Welches Risiko, Liebling?«

»Wenn du Mama heiratest, wird dich vielleicht auch jemand in die Luft jagen.«

»Ach, Emma.« Er drückte sie fest an sich. »Keiner wird mir wehtun können, keiner.«

»Das haben sie schon. Auf der Hütte haben sie dir ins Bein geschossen, und als mein Papa in die Luft gesprengt wurde, ist dein Rücken verletzt worden.«

»Nur ein paar Schrammen. Ein großer Mann wie ich kann ein paar Schrammen ab. Mach dir keine Sorgen, Em. Bitte.«

Sie beugte sich herunter, um ihr Klavier hochzuheben.

Ihre Sicherheitsdecke, dachte er, unschlüssig, wie er sich jetzt verhalten sollte. »Weißt du was, Emma?«

Ohne den Blick zu heben, berührte sie mit einem Finger leicht das mittlere C. Sie hat Angst, mich anzusehen, dachte Ramsey.

»Wenn wir alle eine Familie sind und alles wieder in Ordnung ist, sollten wir zurück nach Irland fliegen. Wollen wir unsere Flitterwochen nicht in Bunratty Castle verbringen?«

Sie lächelte schmal, wandte sich vom Klavier ab und schmiegte sich gegen seine Brust. »Ich weiß nicht recht, Ramsey. Wird Mama dann glücklich sein?«

»Ich kann sie unglaublich glücklich machen, frag sie nur selbst.«

Emma hob den Kopf und sah ihre Mutter an. »Mama, glaubst du, dass wir Ramsey beschützen können?«

Das war ein Schlag in die Magengrube, dachte Molly und lächelte ihre Tochter an, deren Klavier langsam von Ramseys Schoß glitt. Sie nickte. »Ja, ich glaube, wir können ihn beschützen. Weißt du, Emma, er hat Recht. Er ist groß und stark. Wir sind nicht so stark wie er, deshalb müssen wir mehr nachdenken. Wir werden für den Grips zuständig sein. Und natürlich werden wir ihn beschützen.«

Emma nickte bedächtig. »Wer hat Großvater verletzt?«

»Das wissen wir noch nicht«, antwortete Molly. »Aber er lebt, Em, und im Krankenhaus kümmern sie sich alle um ihn.«

»Die Zeit rennt«, meinte Ramsey. »Wir müssen los, sonst verpassen wir noch unsere Verabredung mit Dr. Loo.«

»Hoffentlich können wir der Presse ausweichen«, bemerkte Molly mit besorgtem Blick auf Emma.

Es gelang ihnen, die Presse abzuschütteln. Eine halbe Stunde später sagte Emma in Dr. Loos Zimmer: »Dr. Loo, Ramsey und meine Mutter wollen heiraten. Was halten Sie davon?«

»Also ich finde«, erwiderte Dr. Loo fasziniert, » dass meine Sekretärin uns jetzt eine Flasche Champagner besorgen sollte. Und du, Emma, bekommst eine Sprite, okay?«

»Ich hätte lieber ein Dr. Pepper, Dr. Loo.«

»Abgemacht.« Dr. Loo telefonierte kurz und kam dann wieder. »In einer halben Stunde werden wir mit einem Toast feiern. Herzlichen Glückwunsch für Sie beide. Und nun, Emma, erzähl mir, worüber du dir Sorgen machst.«

»Weil Ramsey auch umgebracht werden könnte, genau wie mein Papa.«

»Das ist wahr«, stimmte Dr. Loo nachdenklich zu. »Aber weißt du, Emma, alles kann jedem auf der Welt zu jeder Zeit zustoßen. Denk doch mal an Prinzessin Diana, die auf so tragische Weise gestorben ist. Niemals werde ich den Schock vergessen, dass wir alle keinerlei Garantien auf gar nichts besitzen. Das Leben vollzieht sich ein Tag nach dem anderen. Wir müssen versuchen, jeden uns geschenkten Tag zu genießen. Das muss man für sich selbst entdecken. Verstehst du mich?«

»Das ist etwas anderes«, widersprach Emma. »Böse Menschen sind uns hinterher. Es ist nicht nur einfach, dass wir Pech haben.«

»Das begreifst du nur zu gut«, bestätigte Dr. Loo. »Also gut, lass uns die Sache einmal so betrachten. Ramsey und deine Mutter wollen dir ein Zuhause geben. Sie wollen, dass ihr drei eine Familie seid. Sie lieben dich und wollen, dass du weißt, dass sie immer für dich da sein werden.«

Emma seufzte. Sie musterte Ramsey lange schweigend. Dann sah sie ihre Mutter an. Dann blickte sie wieder auf Dr. Loo und lächelte. »Ramsey wird sicher ein toller Papa. Er liebt mich jetzt schon wie irre.«

»Tut er das?«

»Ja. In San Francisco ist er fast verrückt geworden, als der böse Mann mich wieder geschnappt hatte.«

Molly hatte Dr. Loo am Telefon von dem Vorfall am Strand erzählt.

»Hattest du Angst?«

»Ja, aber es war ganz schnell wieder vorbei. Ramsey meinte, ich hätte mich wieder selbst gerettet.«

»Was hast du getan?«

»Der Mann hat mich richtig fest geschlagen, aber ich bin wach geblieben. Ich habe ihm in die Seite gebissen. Richtig feste. Er hat sich gewunden, und dadurch schaute mein Kopf aus dem Mantel. Ramsey hat mich gesehen, und dann musste der Mann mich fallen lassen.« Sie drehte sich zu Ramsey um. »Schade, dass du ihn nicht gefangen hast.«

»Das wünschte ich mir auch, Liebling.«

Dr. Loo unterhielt sich noch eine Weile alleine mit Emma. Dann tranken sie den Champagner und Emma ihr Dr. Pepper und nahmen die Glückwünsche der Angestellten und zweier wartender Patienten entgegen.

Einer der Patienten, ein alter Mann mit einem starken Augenzucken, bemerkte: »Ich habe ein verschwommenes Foto von Ihnen in einer der Zeitungen gesehen, Richter Hunt. Sie haben ein kleines Mädchen umarmt.«

»Nein«, widersprach Emma laut und presste ihr Klavier fest an sich. »*Mich* hat er umarmt. Es ging ihm nicht gut.«

»Nein, ich habe niemanden gesehen«, sagte Mason Lord zu Detektiv O'Connor. Er machte eine Pause und atmete scharf ein, denn plötzliche Schmerzen hatten ihn übermannt. Er verabreichte sich per Knopfdruck über den Tropf etwas mehr Morphium.

Detektiv O'Connor wartete, bis der akute Schmerz aus Lords Blick gewichen war. »Keine Schatten, keine Warnung, nichts dergleichen?«

»Nein, Gunther und ich kamen gerade vom Büro eines Freundes, mit dem wir eine kurze Unterhaltung hatten. Ein guter Mann, ein Politiker.«

»Sein Name, Sir?«

»Senator Quentin Kordie. Machen Sie sich seinetwegen keine Sorgen, Detektiv O'Connor, er würde nicht versuchen, mich zu erschießen. Wir sind ganz einfach nur befreundet, mehr nicht.«

»Nun gut. Wer wusste, wo Sie sich aufhielten?«

Molly war klar, das ihr Vater darüber bereits nachgedacht hatte. Sie hasste das Berechnende in seinen Augen, den Schmerz, während er die wenigen Menschen durchging, die gewusst hatten, wo er sich zu diesem Zeitpunkt aufgehalten hatte.

Schließlich sagte Mason: »Natürlich wusste es eine Reihe von Leuten, allerdings alles Leute innerhalb meiner Organisation.« Er machte eine Pause und pumpte sich noch mehr Morphium in die Vene. »Sollte es einen Verräter in meiner Mitte geben, ist das allein meine Sache, Detektiv O'Connor.«

»Nein, Herr Lord, es ist Sache der Polizei. Es läuft unter der Rubrik versuchter Mord.«

»Dann wissen Sie ja, wer dahintersteckt. Rule Shaker.« Er schüttelte ungläubig den Kopf. »Bisher war er noch nie derart offensichtlich dumm. Idiot.«

Detektiv O'Connor erhob sich von seinem Stuhl. »Mir scheint, Herr Lord, wenn Herr Shaker tatsächlich ein solcher Idiot war und Sie umzubringen versucht hat, haben Sie wirklich ein Problem. Momentan scheinen Sie gut geschützt. Wie ich annehme, wird Rule Shaker über Ihr Überleben informiert sein. Sollten Sie Recht haben, kann ich mir gut vorstellen, was er jetzt in diesem Augenblick gerade sagt.«

Rule Shaker sagte überhaupt nichts. Er stand dicht hinter dem gigantischen Glasfenster seines Büros, das über die endlose Wüste hinausschaute. Er hatte niemals eine Aussicht über Las Vegas haben wollen. Er lebte in einer Stadt des Kitsches. Das wollte er sich nicht auch noch ansehen, es sei denn, er würde dazu gezwungen.

Die Wüste war sauber, die Luft klar und so heiß, dass alles Leben, Menschen eingeschlossen, sich während der glühenden Mittagsstunden verkroch. Nicht eine Menschenseele konnte er dort draußen erkennen. Langsam wandte er sich um, als Murdock sagte: »Rudy hängt immer noch in einem Motel in Oak Park herum und wartet auf Anordnungen.«

»Er soll weiter warten. Wie ich höre, geht es Lord im Krankenhaus von Tag zu Tag besser. Er wird überleben.«

»So sieht es aus«, meinte Murdock und stellte die Beine auf. Seit seiner Rückkehr aus Deutschland hatte er leicht zugenommen. Es hatte ihm nicht gepasst, Louey Santera zu beschatten, doch Herr Shaker hatte es angeordnet, also hatte er sich dem gefügt. Jetzt war er wieder zu Hause und konnte nach Herzenslust Kentucky Fried Chicken essen. Seit seiner Rückkehr hatte er sechs Pfund zugenommen.

»Gibt es irgendetwas, was ich tun sollte, Sir?«

»Darüber denke ich gerade nach, Murdock. Im Moment sollten wir ihn einfach in seinem Bett ruhen lassen, mit jeder Menge Schmerzen, und ihn über seine eigenen Fehler und Vergehen grübeln lassen.«

»Mason Lord glaubt nicht an Fehler und Vergehen«, erwiderte Murdock. Er musterte seinen Chef, den Mann, der ihn vor sechs Jahren von der Straße geholt und ihn zu einem seiner führenden Leute ausgebildet hatte. Ja, er war jetzt tatsächlich einer der führenden Leute einer von vielen gefürchteten Gruppierung. Er war respektiert und bewundert. Er sollte die sechs Pfund abnehmen.

Herr Shaker war untersetzt und hatte nicht das aristokratische Erscheinungsbild eines Mason Lord. Die Natur hatte ihn bei knappen ein Meter siebzig abgeschnitten. Aber er war ein sportlicher kleiner Mann, durchtrainiert und schlank. Er kleidete sich sehr gut, meist Maßgeschneidertes von Savile Row. Doch er verfluchte seine dunkle Hautfarbe und seine flachen, schwarzen Augen, die ihm das Aussehen eines Terroristen aus dem Mittleren Osten verliehen. Oder eines religiösen Fundamentalisten, mit seinem Fünf-Uhr-Bart, der bereits am frühen Morgen zu sprießen begann. Um der Wahrheit gerecht zu werden, ähnelte er aufs Haar dem Hollywood-Stereotyp dessen, was er tatsächlich auch war: der

Chef eines kriminellen Unternehmens. Der Mann besaß mehr Frauen, als er vernünftigerweise sich halten konnte. Murdock mutmaßte, dass es die Gefahr war, weswegen sich die Frauen von ihm angezogen fühlten. Trotz seiner geringen Größe vermittelte Shaker einen gefährlichen Eindruck. Er hatte gehört, dass Shaker es in der vergangenen Nacht zwei Frauen besorgt hatte. Dabei war er achtundfünfzig Jahre alt. Unglaublich.

›Besorgt hatte‹, dieser Ausdruck gefiel Murdock. Er selbst hätte Frauen auch gerne auf die Art und Weise bedient, wie Herr Shaker es konnte. Wenn er die sechs Pfund abnehmen würde, würden sie ihn vielleicht auch etwas mehr bedrängen, so wie sie es in Deutschland getan hatten. Natürlich hatten sie ihn nur dazu benutzen wollen, um Louey Santera nahe zu kommen, die verdammten Schleimer.

»Doch, er glaubt an Fehler und Vergehen«, entgegnete Rule Shaker. »Nur eben nicht an seine eigenen. Aber warten wir es ab. Richte Rudy aus, er soll sich in Bereitschaft halten. Jetzt jedenfalls ist es an der Zeit, Melissas Asche auszustreuen.«

»Entspricht das ihrem Wunsch, Sir?«

»Melissa war dreiundzwanzig«, erwiderte Rule Shaker. »Sie wusste noch nicht einmal, dass so etwas wie der Tod überhaupt existiert.«

30

Sechs Leibwächter arbeiteten rund um die Uhr in drei Schichten. Ein Mann war ständig in Mason Lords Krankenzimmer, ein zweiter vor der Tür. Mason Lord traute der Polizei nicht zu, ihn wirklich abzusichern.

An Detektiv O'Connor gewandt, sagte er: »Wenn ich jemanden nicht bezahle, kann ich auch nicht sicher sein, dass er wirklich für mich arbeitet.«

»Mir soll's recht sein«, erwiderte Detektiv O'Connor. »Das spart dem Steuerzahler Geld. Wie gemeinhin bekannt, ist das in Chicago wirklich ein Segen.«

Den meisten Zeitungen wurde die Sache bald zu langweilig, und sie gaben auf. Lediglich ein paar Paparazzi, die sich Hoffnung auf ein Bild von Mason Lord machten, blieben in Erwartung eines heißen Schnappschusses zurück. Sie ähnelten einer Heuschreckenplage, nur waren sie nicht ganz so harmlos, wie sich einer der Leute aus der Krankenhausverwaltung ausgedrückt hatte. Vor dem Lord'schen Anwesen harrten sie ebenfalls der Dinge. Einem von ihnen war es gelungen, ein Foto von Emma im Schatten eines Rhododendronbusches auf dem Grundstück zu machen, auf dem sie Klavier spielte. Es war aus einiger Entfernung aufgenommen und durch die Vergrößerung leicht verschwommen, doch Emma war eindeutig zu erkennen. Sie war als *Enkelin des Gangsterlords* betitelt worden.

Als Mason Lord das Foto sah, bemerkte er leise zu Gunther: »Wie schlau sie doch das Wortspiel handhaben. Ist das nicht merkwürdig? Es ist dieses Foto hier, das für mich das Fass zum Überlaufen gebracht und meine Indifferenz ausgeräumt hat. Machen Sie den Namen des Paparazzo ausfindig, der dieses Foto geschossen hat.«

Kurz nach dem Mittagessen an jenem Tag trat Eve Lord aus dem Wohnzimmer in die große Eingangshalle und hörte, wie Ramsey Molly gegenüber bemerkte: »Es gibt keinen Grund, noch länger zu bleiben. Dein Vater hat das Schlimmste überstanden. Wir alle wissen, wer ihn aller Wahrscheinlichkeit nach angegriffen hat, und können nicht das Geringste dagegen unternehmen. Was den eigentlichen Schützen betrifft, so kümmert sich die Polizei um ihn. Die Chancen stehen nicht gut, dass sie ihn jemals ausfindig machen werden. Das wiederum könnte bedeuten, dass die Gewalt weiter eskaliert. Ich möchte nicht hier sein, wenn das passiert, ganz besonders nicht mit Emma. Lass uns heiraten. Lass uns nach Hause zurückkehren.«

Und Molly, das Mauerblümchen Molly mit ihrem wilden roten Haar und dem zu dünnen Körper, sah zu dem großen Mann auf, den Eve nie und nimmer von der Bettkante gestoßen hätte, und starrte ihn verzückt an. Dann warf sie sich lachend in seine Arme. Damit hatte sie ihn offenbar überrascht, aber er reagierte schnell, fing sie auf, presste sie fest gegen seine Brust und schlang die Arme um sie. Sie umklammerte ihn mit den Beinen. Dann schwang er sie lachend im Kreis herum. »Nach Hause«, sagte sie und küsste ihn ein Mal, zweimal und dann noch ein dutzendmal mehr. »Das gefällt mir.«

Langsam ließ er sie an seinem Körper entlang auf den Boden gleiten. Als sie wieder auf ihren Füßen stand und lachend zu ihm aufsah, beugte er sich zu ihr herunter und küsste sie auf den Mund. Mollys Hände lagen auf seinem Hemd, und sie sah ganz danach aus, als ob sie es ihm vom Körper reißen wollte.

Eve räusperte sich. »Wie ich sehe, handelt es sich um mehr als nur eine innige Freundschaft.«

»Richtig«, erwiderte Ramsey, hob den Kopf und lockerte den Griff um Molly. Ihr Geschmack lag noch auf seinen Lippen, die Erinnerung an ihren Körper vibrierte noch. »Du darfst uns gratulieren, Eve. Molly und ich werden heiraten.« Das hatten sie ihr bisher noch nicht mitgeteilt, und es fühlte sich ein bisschen unverschämt an, einer Frau davon zu erzählen, die um ein Haar Witwe geworden wäre.

»Glückwunsch«, sagte Eve und warf einen Blick auf Mollys Taille. »Bist du schon schwanger?«

»Nein, das bin ich nicht«, erwiderte Molly. »In diesen Zustand zu kommen wäre wirklich nicht ganz einfach, da Emma mit uns im selben Zimmer schläft. Stimmst du mir da zu?«

»Meiner Erfahrung nach finden Männer immer eine Möglichkeit. Mein ehemaliger Verlobter hat mich einmal im Schrank gevögelt, während seine Familie keine zwei Meter weit entfernt war.«

Ramsey lachte. »Dann geschieht es ihm Recht, dass er ehemalig ist.« Er drückte Molly an sich. »Verdrückt Emma in Miles' Küche gerade Schokoladenkekse?«

Eve streifte sich die weichen cremefarbenen Lederhandschuhe über, die farblich zu ihrem Seidenkleid passten. »Keine Schokoladenkekse, sie hat jetzt einen neuen Lieblingskeks mit Erdnüssen. Frau Lopez hat mir davon berichtet. Ich werde jetzt deinen Vater besuchen fahren, Molly. Weiß er schon davon?«

»Ja, wir haben es ihm gestern Abend gesagt.«

»Verstehe. Dann bin ich also die Letzte, die es erfährt. Werdet ihr beide hier sein, wenn ich zurückkomme?«

»Kommt drauf an«, meinte Ramsey. »Möchtest du etwas zum Feiern mitbringen?«

»Und ob«, sagte Eve Lord. Dann rief sie: »Gunther, ich bin so weit!«

In der *Chicago Sun-Times*, am Fußende der Seite zehn im ersten Teil, wurde kurz erwähnt, dass ein Mann unmittelbar neben dem Highway 88 zwischen Mooseheart und Aurora von einem vorbeifahrenden Autofahrer gefunden worden war. Der Mann war schwer verprügelt worden. Man erwarte jedoch, dass er nach einer gewissen Zeit gesundheitlich wieder ganz hergestellt sein würde. Seine Kameras hatte man neben ihm zertrümmert aufgefunden. Die Zeitung bezeichnete ihn als freiberuflichen Fotografen, doch bei näherem Hinsehen war er ein Paparazzo.

»Meiner Ansicht nach sollten wir unsere Siebensachen packen, Emma nehmen und ein Flugzeug nach Reno besteigen. Zuerst hatte ich an Las Vegas gedacht, aber dort sitzt Rule Shaker. Ich kann mir einfach nicht vorstellen, an einem Ort zu heiraten, an dem er auch ist. Und Zeitungen oder Zeitschriften mit Bildern von Emma möchte ich auch nicht sehen. Sie selbst hat ein Bild im *National Informer* gesehen. Noch bevor ich ihr das Heft wegnehmen konnte, hatte sie den Artikel bereits teilweise entziffert. Hoffentlich hat sie nicht gelesen, dass sie genauso gut Klavier spielt wie ihr ermordeter Vater Louey Santera. Da kannst du dir ja das Medienspektakel ausmalen, wenn wir entweder hier oder in Harrisburg bei meiner Familie heiraten würden. Unabhängig von allen Vorsichtsmaßnahmen finden sie es doch immer heraus.«

»O mein Gott!« Miles kam mit dem Geschirrtuch in der Hand aus der Küche gerannt. »Gott sei Dank sind Sie beide hier. Ich kann es einfach nicht glauben. Jemand hat gerade erneut versucht, Ihren Vater umzubringen, Molly. O mein Gott. Wo ist Gunther? Wo ist Frau Lord?«

»Ist er unversehrt, Miles?«

»Ja, das ist er. Es war einer der Wachposten, die wir zu seiner Sicherheit im Krankenhaus angeheuert hatten. Der Mann hat von dem Gebäude auf der anderen Straßenseite aus geschossen – das sind gute hundertvierzig Meter –, und zwar direkt durch das Fenster. Er hat die Krankenschwester verwundet, als sie den Blutdruck Ihres Vaters gemessen hat.«

»Das ist eine unglaubliche Entfernung«, warf Ramsey ein.

»Geht es der Krankenschwester gut?«

»Sie hat ein Großteil ihres rechten Ohrs verloren. Überall war Blut, weshalb alle sofort vermuteten, Ihr Vater sei erschossen worden. Aber es geht ihr gut.«

Ramsey drückte Mollys Hand. »Wir sollten wohl lieber ins Krankenhaus fahren. Miles, lassen Sie bitte Emma nicht eine Sekunde lang aus den Augen.«

»Kein Problem, Ramsey.« Er hatte die Hände ringend dagestanden, doch bei der Erwähnung von Emmas Namen, ihrer Schutzbedürftigkeit, beruhigte er sich augenblicklich. Als Molly und Ramsey aus dem Haus gingen, hatte er sich wieder vollkommen im Griff. Emma stand an seiner Seite, er hielt ihre Hand.

Bei ihrer Ankunft waren Detektiv O'Connor von Oak Park und zwei Detektive der Kriminalpolizei in Mason Lords Zimmer. Alle wurden einander vorgestellt. Miles hatte Recht. Überall klebte Blut.

»Ohren bluten wie verrückt«, erläuterte einer der Kriminaldetektive. Er zupfte sich selbst am Ohr, und Molly sah, dass ihm der untere Teil fehlte. Er würde niemals Ohrstecker tragen können. Fast hätte sie gelacht. Sie war kurz davor zusammenzubrechen.

Sie schob ihre Hand in die von Ramsey. Er musterte sie kurz, bemerkte ihre übermäßig glänzenden Augen und zog sie unauffällig zu sich heran. »Ist schon gut«, raunte er, während seine Lippen fast ihren Kopf berührten. »Alles wird sich finden. Atme ganz langsam. Ja, genau so.«

Das Fenster des Krankenzimmers war zertrümmert. Zwei Techniker waren damit beschäftigt, in zehn Zentimeter Höhe sehr behutsam die Kugel aus der Wand herauszuschälen. Die Frau benutzte eine Pinzette.

Detektiv O'Connor sah müde und abgekämpft aus, doch das war nichts Neues. Sie spürte die Spannung zwischen ihm und den anderen Polizisten. In gewohnt präziser Formulierung sagte er zu ihnen: »Schwester Thomas stand direkt neben Ihrem Vater und hat seinen Blutdruck gemessen. Plötzlich schien er sich schwach zu fühlen und fiel auf das Kissen zurück. Schwester Thomas hat sich über ihn gebeugt und ihn gehalten, als der Schütze schoss. Wenn Ihr Vater sich nicht plötzlich so schwach gefühlt hätte und wenn die Krankenschwester ihn nicht noch tiefer heruntergedrückt und geschützt hätte, hätten die Chancen sehr gut gestanden, dass es Ihren Vater dieses Mal erwischt hätte. Zumindest wäre er verwundet worden. Die Kugel durchschlug das Ohrläppchen von Schwester Thomas und flog dann nach unten. Kurz über dem Fußboden schlug sie in die Wand ein.«

Molly beugte sich über ihren Vater. »Papa, Ramsey und ich sind hier. Gott sei gedankt geht es dir gut.«

»Ja«, erwiderte Mason. »Mir geht es gut, Molly. Genauer gesagt, in ganz Chicago hat keiner ein solches Glück gehabt wie ich. Was Schwester Thomas angeht, so werde ich ihr einen hübschen Scheck für ihren Mut ausstellen.«

Sie drehten sich um, wo eine Technikerin die Kugel hochhielt. »Sie ist fast unversehrt«, rief sie aus. »Das reicht für die Identifizierung.«

»Ausgezeichnet«, pflichtete einer der Detektive aus Chicago bei. »Wir werden diese hier mit derjenigen vergleichen, die man drüben in Jefferson am Ort des Attentats auf Herrn Lord gefunden hat. Sie sind doch Richter, Herr Hunt?«

»Stimmt«, erwiderte Ramsey. »Wahrscheinlich werden die Kugeln zusammenpassen, aber leider wird uns das nicht viel nützen.«

»Zumindest können wir feststellen, dass wir es hier mit einem einzigen Kriminellen zu tun haben«, meinte Detektiv O'Connor.

Molly starrte auf das zersplitterte Fenster und sagte: »Er hat das Fenster zertrümmert. Ich erinnere mich, wie wir diese Möglichkeit erwogen haben. Doch das nächste Gebäude schien so weit entfernt. Annähernd hundertfünfzig Meter, vielleicht sogar noch weiter.«

»Gunther mache ich keinen Vorwurf«, sagte Mason. Es waren die ersten Worte, die er seit gut zehn Minuten über die Lippen gebracht hatte. Es befanden sich sieben Leute in dem Zimmer, von denen fast alle redeten. Sowie er zu sprechen ansetzte, verstummten die anderen und sahen zu ihm hin. Mit der ihm eigenen ruhigen und monotonen Stimme meinte er: »Ich erinnere mich, wie du aus diesem Fenster geschaut hast, Molly. Ich erinnere mich, dass du einer derjenigen gewesen bist, die diese Möglichkeit in Erwägung gezogen hat. Wir aber haben es nicht als bedrohlich empfunden. Wir haben ihn unterschätzt. Die Technologie entwickelt sich in rasendem Tempo, und dieses Mal waren wir einfach nicht auf dem Laufenden. Wir werden alt und leichtsinnig, Gunther. Der Typ hat ohne Hindernis durch das verdammte Fenster auf mich zielen können.« Er ließ sich gegen das Kissen fallen und schloss die Augen.

»Deshalb hatten wir das Bett vom Fenster weggerollt«, sagte Gunther. Er war blass und angespannt. Noch niemals hatte Molly ihn derart nahe an einem Zustand der Verzweiflung gesehen. »Eines aber wissen wir, dieser Mann muss ein erstklassiger Scharfschütze sein. Ich habe vielleicht ein halbes Dutzend Leute gekannt, die sich einen solchen Schuss durch ein geschlossenes Fenster hindurch hätten zutrauen können.«

»Wir hätten gerne von Ihnen die Namen aller Männer, von denen Sie wissen, dass sie einen solchen Schuss ausführen können«, sagte Detektiv O'Connor. Er hielt eine Sekunde inne und fuhr sich mit der Hand über die Glatze. »Wenn Herr Lord nicht in genau diesem Moment in das Kissen zurückgefallen wäre ...«

Gunther nickte und wandte sich an Mason Lord: »Wir sind gerade dabei, ein anderes Zimmer herrichten zu lassen. Niemand kennt die Zimmernummer. Auch gibt es dort innerhalb von einem Radius von einer Meile kein Gebäude vor dem Fenster.«

Mason lachte, hustete und schwieg kurz, während er versuchte, den Schmerz in den Griff zu bekommen. »Gunther, wie Sie wissen, ist es kein Geheimnis mehr, wenn mehr als ein Mensch davon weiß. Ich werde dieses Zimmer hier verlassen, keine Angst, aber ich werde nach Hause gehen.«

»Erzähl mir, was du empfindest, Emma.«

»Worüber genau, Dr. Loo?«

»Dein Großvater ist heute Morgen aus dem Krankenhaus gekommen. Wie geht es ihm?«

»Miles meinte, er sei sehr müde und schwach. Eve wollte mich nicht in seine Nähe lassen, weil ich ein Kind bin und

Lärm mache, obwohl das gar nicht stimmt, jedenfalls nicht viel. Sie mag mich nicht, deshalb hat sie mich von ihm fern gehalten. Als sie ihn auf dem Streckbett hereingetragen haben, habe ich sein Gesicht gesehen. Er sah ganz grau und alt aus. Früher fand ich ihn nie alt. Er sah immer wie einer der Kinostars aus den alten Filmen aus, die Mama so gut gefallen. Er ist ganz schwarz und weiß.« Emma hielt inne und ließ ihr Klavier über die Beine hinweg auf den Boden gleiten. »Heute Morgen sah er alt aus. Ich habe nichts gesagt. Überall waren Leute. Drei von ihnen waren, glaube ich, Ärzte. Sie waren ständig um ihn herum.«

»Wie kommt deine Mutter mit all dem klar?«

Darüber dachte Emma nach. Sie berührte, ohne den Ton richtig anzuschlagen, ganz leicht die Klaviertasten. Ihr dunkles, normalerweise zu einem Bauernzopf geflochtenes Haar trug sie heute offen. Emma hatte ein wenig der Naturkrause ihrer Mutter geerbt. Das Haar verdeckte beinahe ihr ganzes Gesicht, als sie sagte: »Mama ist sehr still. Ich glaube, sie hat Angst. Sie hat jetzt schon eine ganze Weile lang Angst. Sie hat Angst um mich. Sie will mich nicht alleine lassen. Ramsey auch nicht.« Emma seufzte. »Manchmal wäre ich gerne alleine, aber ich weiß, dass sie sich Sorgen machen, wenn sie mich nicht ständig sehen können. Doch das kommt ohnehin kaum vor.« Sie hob den Kopf, schob ihr Haar zurück und blickte auf die geschlossene Tür. Molly und Ramsey saßen im Wartezimmer. »Aber ich bin echt froh, dass wir alle heiraten.«

Dr. Loo musste lächeln. Trotz allem hatte es dieses Kind gut getroffen. Sie ging davon aus, dass Molly und Ramsey Emma so sehr liebten, dass sie gar keine andere Wahl als die der Heilung hätte. »Wann werdet ihr alle heiraten?«

»Ich habe Mama sagen hören, dass wir noch einen Tag oder so bleiben müssen.« Sie senkte die Stimme. »Ich glaube, wir werden durchbrennen.« Dr. Loo hätte um ein Haar laut losgelacht, hielt sich jedoch angesichts Emmas Seufzer zurück. Es war jenes viel zu erwachsene Seufzen, bei dem sich Dr. Loo immer einen Wutanfall oder zumindest die Drohung eines Wutanfalls wünschte. Sie erinnerte sich an eine Bemerkung von Ramsey in dieser Richtung. Was ging hier nur vor?

»Möchtest du denn durchbrennen, Emma?«

»Aber ja, Dr. Loo. Ich werde Ramseys Trauzeuge sein und Mamas Brautjungfer, und das Blumenmädchen werde ich auch noch sein.«

»Was macht dir denn dann noch Sorgen?«

»Mein Großvater wollte, dass wir bei ihm zu Hause heiraten. Miles wollte meine Mutter dem Bräutigam übergeben. Aber Eve will, dass wir fahren. Ich glaube, Eve wird sich durchsetzen.«

»Warum glaubst du das?«

»Weil mein Großvater krank ist. Er muss auf den Beinen sein, um sich durchsetzen zu können.« Sie ließ den Kopf fallen. »Das jedenfalls hat Mama Ramsey gegenüber bemerkt. Sie haben sehr leise miteinander gesprochen. Ich bin ganz nahe an sie herangeschlichen, damit ich sie hören konnte.«

»Also gut, dann erzählst du mir morgen, wie alles sein wird, okay? Hast du denn noch Alpträume, Emma?«

Emma schüttelte den Kopf, sprang vom Stuhl und hielt das Klavier eng an sich gepresst. »Aber ich denke an ihn, Dr. Loo.«

»Und was denkst du, Emma?«

»Dass er wieder kommen wird. Wenn wir nach San Francisco zurückkehren, wird die Polizei machen, dass er uns nicht nahe kommt. Ich habe gehört, wie Ramsey gestern mit Polizistin Virginia telefoniert hat. Ramsey hat mir gesagt, dass er Sonny Dickerson heißt. Er hat mir ein Foto von ihm gezeigt. Das ist er gewesen. Ich habe ihn wirklich gut beschrieben.«

Dr. Loo hatte das Foto ebenfalls gesehen. »Stimmt, das hast du wirklich gut gemacht. Sag mal, Emma, glaubst du ganz tief in deinem Herzen und etwas weiter höher in deinem

Kopf, dass dich deine Mama und Ramsey vor ihm schützen können?«

Emma dachte darüber nach und starrte lange auf ihre Nike-Turnschuhe. Sie trug ihre Lieblingssocken, die Ramsey ihr in Irland gekauft hatte.

Dr. Loo streichelte kurz über ihren Arm. Das Kind war zu dünn, aber das war zur Zeit nicht so wichtig. Dennoch bereitete es ihren Eltern sicherlich Sorge. Schließlich meinte Emma: »Mein Herz ist sich ganz sicher, aber mein Kopf ist es nicht.«

Dr. Loo nickte. »Das ist klug. Bis dieser Sonny Dickerson festgenommen ist, Emma, ist es ganz wichtig, dass sowohl du als auch Ramsey und deine Mama sehr gut aufpassen. Da ihr nach eurer Rückkehr Polizeischutz haben werdet, wirst du dich sicherer fühlen können.«

»Ich habe Ramsey gebeten, mir noch mehr Lesen beizubringen. Vielleicht lese ich über den Mann in einem Buch.«

»Das ist eine ausgezeichnete Idee.«

»Mama meint, ich sei so schlau, dass ich noch vor meiner Einschulung im Herbst über Schuld und Sühne lesen könnte.«

Molly blickte auf ihren Vater, der etwas erhöht in seinem Klinikbett lag, die Zeitung auf den Knien, seine Lesebrille auf der Nase. Er war unzufrieden, doch sie würde nicht nachgeben. Sie wollte Emma hier herausbekommen, und zwar so schnell wie möglich. In jenem leicht abfälligen Tonfall, den er ihr gegenüber ständig benutzte, sagte er: »Du wirst hier heiraten.«

Sie schüttelte den Kopf. Sie würde sich nicht auf eine Diskussion mit ihm einlassen. Leise entgegnete sie: »Du hast mich schon einmal heiraten sehen. Du musst es nicht ein zweites Mal tun.«

»Wir möchten Emma hier herausholen und in Sicherheit bringen«, fügte Ramsey hinzu.

»Ist sie denn in San Francisco so sicher?«, erkundigte sich

Mason mit beißendem Sarkasmus. »Der Mistkerl hat sie dir direkt unter der Nase weggeschnappt, Ramsey.«

»Ramseys Eltern sind auch noch zu bedenken, Mason. Ihnen gegenüber wäre es nicht fair«, mischte sich Eve ein.

Er bedachte sie noch nicht einmal mit einem Blick. »Halt du dich da heraus, Eve. Das geht dich nichts an.«

Sie lächelte lediglich auf ihn herab und schien sich nichts weiter daraus zu machen. »Ich werde etwas Tee bringen lassen. Übrigens, Ramsey, euer Auto kommt um drei, wenn euch das recht ist«, erwiderte Eve. Amüsiert lächelnd blickte sie auf ihre Cartier-Uhr.

Fünf Minuten nach drei reisten sie ab, wobei der Abschied zwischen Molly und ihrem Vater knapp ausfiel. Die Presse wusste von ihren Plänen, vermutlich durch einen Informanten bei der Limousinenfirma. Molly und Ramsey beobachteten, wie die Presse einen Wagen mit abgedunkelten Fenstern in Richtung Innenstadt verfolgte. Ramsey lachte. »Lass uns fahren, Gunther. Das war eine gute Idee, sehr gut sogar.«

Ich bin verheiratet, dachte Molly und starrte ihr blasses Gesicht im Spiegel an. Wieder verheiratet. Nur dass ich diesmal erwachsen und kein dummes, unreifes Kind mehr bin. Diesmal habe ich einen guten Mann geheiratet, der so sexy ist, dass es kaum zum Aushalten ist. Und Emma liebt er abgöttisch.

Sie feixte, legte ein wenig Lippenstift auf und streifte sich das kostbare pfirsichfarbene Seidennachthemd über. Nur zehn Minuten war es her, dass Ramsey es ihr direkt unter Emmas Augen überreicht hatte. Sie hatte also gar keine andere Wahl. »Keines dieser Baumwollzelte mehr«, hatte er ihr ins Ohr geflüstert. »Das hier ist für uns beide. Und heute Nacht ist es vermutlich auch noch für Emma.« Er hatte den Eindruck gemacht, als ob er gleich in Tränen hätte ausbrechen wollen.

Sie trat, ohne das Licht zu löschen, aus dem Badezimmer, denn sie wusste, wie schön es sie von hinten ausleuchtete.

Emma stieß einen Entzückensschrei aus, was Molly wirklich gut gefiel. »Mama, du siehst wie eine Märchenprinzessin aus. Ramsey und ich haben auf dich gewartet. Und gewartet. Ich möchte auch gerne heiraten, damit ich auch so etwas tragen darf.«

Emma schien hellwach und vollkommen aus dem Häuschen. Aber das war nicht so schlimm. Schließlich würde es nicht wichtig sein, wann sie ihre Hochzeitsnacht feiern würden, wann sie schließlich mit ihrem Mann allein sein würde. Das alles würde sich mit der Zeit finden. Sie umarmte Emma so heftig, dass sie quietschte. »Wir haben geheiratet, und wir sind alle beieinander«, sagte sie und strich mit den Fingern durch Emmas Haar. »Wir haben riesiges Glück, Em. Unser Mann gefällt mir richtig gut.«

Ramsey trug immer noch den edlen, dunklen Anzug mit einem blütenweißen Hemd. Nur sein Schlips war nicht ganz so konservativ, sondern ein psychedelisches Mischmasch aus lila, rosa und gelben Schnörkeln. Ramsey wirkte groß und stark, und mit seinem Charme hätte er einem Geizigen das Zahngold aus den Zähnen schmelzen können.

»Er hat mir versprochen, dass er niemals fett werden wird, Mama«, sagte Emma.

»Stimmt«, meinte Ramsey. »Ich bin dagegen. Doch wenn ich mein Versprechen halten soll, dann müsst ihr mich schon sehr bald in ein Fitness-Studio schicken. Nun, Emma, jetzt sind wir verheiratet. Findest du das gut?«

In seiner Stimme schwang eine Spur von Anspannung mit. Molly legte den Kopf auf die Seite und blickte ihn an. Sicherlich wusste er, dass Emma ganz verrückt nach ihm war. Doch dann begriff sie. Er musste es hören. Schweigend wartete er ihre Antwort ab.

Emma machte sich von ihrer Mutter frei, kam auf ihn zu und streckte die Arme aus. Er hob sie hoch und drückte sie an sich. Sie zog sich etwas zurück und sagte dicht neben seiner Wange: »Du bist der beste Mann auf der ganzen Welt, Ramsey.«

»Danke, Emma. Ich finde, dass du das beste Kind bist. Und sieh dir deine Mama einmal an. Sie ist auch nicht übel. Ich habe mir eine Märchenprinzessin geangelt.« Er umarmte sie erneut und wandte sich Molly zu: »Emma und ich werden dich jede Stunde wecken und dir sagen, wie schön du bist.«

»Rein theoretisch gefällt mir die Vorstellung«, erwiderte Molly und trat auf das Doppelbett zu. »Sagt einmal, ihr Halsabschneider, wie wäre es mit einer Partie ›Old Maid‹?«

»Nein, Mama, du weißt doch, dass ich in ›Gin Rummy‹ besser bin.«

»Emma, bei ›Gin Rummy‹ gewinnst du doch ständig. Es ist mein Hochzeitstag. Kannst du mir nicht eine Ruhepause gönnen?«

»Also gut«, gab Emma nach. »Spielen wir also Quartett.«

Ramsey lachte schallend.

Emma machte einen höchst zufriedenen Eindruck. Nachdem sie die erste Runde gewonnen hatte, meinte sie: »Diese ganze Hochzeit hat gar nichts verändert. Das haben wir in Irland auch schon gespielt. Nichts hat sich verändert. Das ist gut.«

»Leider, leider entspricht das der schmerzlichen Wahrheit«, pflichtete ihr Ramsey bei und mischte die Karten.

31

Kurz nach Mitternacht wurde Molly sanft geweckt, als Ramsey ihre Locken hinter das Ohr klemmte, ihr Ohrläppchen zärtlich leckte und daran knabberte. »Wenn du mitspielen möchtest, ist es am besten, du bist gleich vom Ballanstoß an mit dabei«, murmelte er.

»Fußball habe ich schon immer geliebt, und zwar stets gleich vom Ballanstoß an. Wo ist Emma?«

Er stützte sich auf den Ellenbogen. »Unser kleiner Liebling hat so fest geschlafen, dass ich schon befürchtete, sie würde jeden Moment zu schnarchen anfangen. Ich habe sie im anderen Schlafzimmer ins Bett gelegt. Die Tür steht einen Spaltbreit offen, damit wir hören, falls sie aufwachen sollte. Wir sollten also beide nicht so laut schreien, okay?«

Sie hob die Hand und berührte mit den Fingerspitzen sein Gesicht. Ihre Augen waren an die Dunkelheit gewöhnt. Sie berührte seine Nase und fuhr ihm mit den Fingerspitzen über Augenbrauen und Lippen. »Du bist ein bildschöner Mann, Ramsey. Als ich dich in Dromoland im Badezimmer überrumpelt habe, hätte ich dich am liebsten an Ort und Stelle vernascht.«

Er zog sie zu sich heran, umarmte sie fest und stöhnte in ihr Haar. »Hättest du es doch getan, ich wäre nur zu gerne vernascht worden. Ich zitterte sogar, so sehr wollte ich vernascht werden.«

Sie berührte seine Schultern, ließ ihre Hand über seinen Rücken und Schenkel streichen und stellte fest, dass er seine Boxershorts bereits ausgezogen hatte. »O mein Gott«, sagte sie, beugte sich zu ihm und biss ihm zärtlich in die Schulter. »Ich habe viel zu viel an.«

In weniger als zehn Sekunden hatte er ihr das kostbare Seidennachthemd ausgezogen. Sie küsste ihn aufs Kinn. »Soll ich es auf einen Bügel hängen, damit es keine Knitterfalten bekommt?« Als er sie entsetzt ansah, schlug sie ihm leicht auf die Brust und lachte. Er rollte sich auf sie und spürte die ganze Länge ihres Körpers, atmete ihren Geruch ein, fühlte ihre Haut an seiner und die Festigkeit und Weichheit ihres Bauches. »Ich wäre fast verrückt geworden, so häufig habe ich an unser Beisammensein gedacht. Das hat mich selbst überrascht. Früher hätte ich mich nie für einen solchen Lustmolch gehalten, aber mit dir bin ich es plötzlich. Es ist wirklich ziemlich schlimm, Molly.«

»Wirst du mich im Schrank vögeln?«

Er schüttelte den Kopf, küsste sie und meinte zwischen seinen Küssen: »Nein, das hat keinen Stil. Andererseits wäre ein Schrank vielleicht gar nicht so übel, solange Emma in der Nähe ist.«

Sie reckte sich ihm entgegen, suchte mit ihrer Hand seine Lippen und überwältigte ihn. »Du hast keine Ahnung, was ziemlich schlimm wirklich bedeutet«, meinte sie in seinen Mund hinein. »Ich will dich fressen.« Sie biss in seinen Hals und knabberte an seinen Lippen.

»Nein, lass mich das tun«, murmelte er an ihrem Busen. »Das ist meine Spezialität. Es gibt noch jede Menge andere Dinge, die du tun kannst. Aber später erst, Molly, viel später.« Sie öffnete die Beine, und er stöhnte auf. Wieder und wieder küsste er ihren Nacken, ihre Ohren, ihren Mund. Kurz stützte er sich auf den Ellenbogen, während seine Hand erst zu ihren Brüsten wanderte, dann ihre Rippen entlangfuhr. »Mein Gott«, raunte er und kehrte zu ihrem Gesicht zurück. »Da bin ich nun ein berühmter Bundesrichter, und doch können wir nicht alles tun, solange Emma noch so nah bei uns ist. Der liebe Gott allein weiß, wie sehr ich es mir wünsche.«

Sie rieb mit dem Fuß gegen sein Bein. »Mach nur weiter. Es ist wunderschön.«

Er kniete sich hin und erbebte, als er sich von ihr löste und sie ihre Hände nach ihm ausstreckte, um ihn wieder zu sich herunterzuziehen. Er sah sie an, berührte sie ganz sanft mit den Fingern und öffnete ihre Beine noch weiter. Er senkte den Kopf und begann ihr den Bauch zu küssen. »Das ist ein guter Ort um anzufangen«, grummelte er an ihrer warmen Haut und senkte sich weiter ab, bis sein Mund und seine Finger sie streichelten und in sie eindrangen, tief in sie eindrangen. Es dauerte kaum länger als die Zeit, die er gebraucht hatte, um ihr das Nachthemd abzustreifen, ehe sie sich ihm entgegenbäumte und mit erstickter Stimme sagte: »Ramsey, o mein Gott, das ist einfach nicht zu ertragen. Ich glaube, ich muss schreien.«

Er hielt ihr eine Hand über den Mund, und sie schrie in seine Hand hinein. Sie glaubte zu sterben, wusste gleichzeitig, dass sie es nicht tun würde, und wollte, dass dieses unglaubliche, sie zersprengende Gefühl nie verebben würde. Als sie schließlich zurückfiel und von den Nachbeben der wilden Ekstase zitterte, drang er in sie ein, so mächtig, bis er ganz und gar mit ihr verbunden war. Er hielt inne. In diesem Moment wusste er, dass er endlich dort angekommen war, wo er hingehörte, dass sie seine Frau und seine Geliebte war, bis sie beide nicht mehr sein würden. Diese Gewissheit durchflutete ihn, machte ihn schwindelig und erhitzt. Er hatte nie geglaubt, dass es eine solch bindende Kraft geben könnte wie die, die er in diesem Augenblick verspürte. Er hatte Emma haben wollte, er hatte ihre Sicherheit gewollt, und daran hatte sich auch nichts geändert. Sein vorrangiges Anliegen war immer nur Emma gewesen, und erst nach Emma war auch Molly Teil seiner Gedankenwelt geworden. Jetzt jedoch hätte er es nicht mehr so formulieren wollen. Mit Sicherheit aber konnte er behaupten, dass er nie und nimmer angenommen hatte, von jemandem derart gefangen genommen werden zu können, wie es jetzt mit Molly und den Gefühlen, die sie in ihm auslöste, der Fall war. Er erbebte wie unter Schüttelfrost, als er tief in dieser Frau den Höhepunkt erreichte, dieser Frau, die er noch nicht einmal zwei Monate lang kannte, dieser Frau, die mit einem Rockstar verheiratet gewesen und die Tochter eines Gangsterchefs war. Wer konnte schon wissen, welche Richtung das Leben nehmen würde?

Molly öffnete erst die Augen, als sie sicher war, auch trotz einer solchen Bewegung weiteratmen zu können. Sie blinzelte. Wieder geschah nichts. Sie konzentrierte sich auf die Rückkehr zu dem ihr bekannten Leben und sagte: »Ich werde jetzt zu reden versuchen, mich nicht bewegen, nur reden. Ja, das war ein vollständiger Satz. Ja, ich krieg es auf die Reihe, vielen Dank. Das war nett, Ramsey.«

Er war immer noch tief in ihr. Es war ein unglaubliches

Gefühl. Sie schloss die Augen und dachte an nichts anderes als daran, wie wundervoll es war, dass sie einander gefunden hatten. Sie hob die Hüften an, und er stöhnte in ihr Haar.

»Was willst du denn mit ›nett‹ sagen? Nett ist ein etwas schlaffes Wort, fast schon eine Beleidigung.«

»Gut, also besser als nur nett. Richtig gut. Beinahe schon hervorragend.«

Einen Moment schwieg er. Sein Glied versteifte sich wieder etwas. »Dir fehlt der Vergleich. Vielleicht hast du gedacht, dass ich jetzt schon wieder auf dem Sprung sein könnte, aber das bin ich nicht. Mein Geist muss sich erst wieder beleben. Gib mir fünf Minuten Zeit.«

Er lag flach auf ihr, sein Kopf ruhte auf dem Kissen neben ihrem.

Molly streichelte seinen langen Rücken. »Ich habe ganz vergessen, nach deinem Rücken zu sehen. Ist die Brandwunde vollständig verheilt?«

»Ja, alles in Ordnung.«

»Sie fühlt sich recht glatt an. Wie steht es mit deinem Bein?«

»Mein Bein ist so gut wie neu. Und was ist mit deinem Arm? Sind die Nahtstellen verheilt?«

»Alles verheilt. Nur noch eine kleine Narbe ist geblieben. Ramsey, würde es dir etwas ausmachen, wenn ich zugeben würde, dich mehr als nur ganz besonders sehr zu mögen?«

Er schwieg. Sie begann sich zu winden.

»Nein«, erwiderte er, immer noch unfähig, sich zu bewegen. »Um die Wahrheit zu sagen, bei mir ist es auch mehr als einfach nur große Sympathie.«

Schließlich gelang es ihm, sich abzustützen. Er beugte sich herunter und küsste ihre Lippen. »So lange schon habe ich deinen Mund betrachtet und mich gefragt, wie du wohl schmecken und wie du dich anfühlen würdest. Ich wollte deinen Mund verführen. Und dann dachte ich darüber nach, wie sich deine Lippen auf meiner Haut anfühlen würden.«

Keine zwanzig Minuten später hatte sich Ramseys Geist vollständig erholt, und sie liebten sich erneut. Diesmal glaubte er zu sterben. Es war nahe daran. Es war wunderbar nah. Sie würde ihn jederzeit und an jedem Ort besitzen können.

Gegen vier Uhr früh spürte Ramsey, wie ihm kleine Hände auf die Schultern klopften. Gott sei Dank hatte er die Geistesgegenwart besessen, sich seine Boxershorts wieder überzuziehen. Das hielt er schon fast für ein Wunder. Er hatte sogar Molly dazu bewegen können, sich ihr Nachthemd wieder überzustreifen, obwohl sie nur halb bei Bewusstsein gewesen war.

Er zog Emma über seine Schulter und ließ sie an ihrer Mutters Seite wieder heruntergleiten. Molly, die immer noch schlief, streckte ihre Hand aus, um ihn zu berühren. »Emma ist hier«, flüsterte er. Sofort wurde sie still und lächelte in der Dunkelheit. Sie fühlte, wie sich Emmas kleiner Arm um ihre Taille legte. Dann flüsterte ihr Emma ins Ohr: »Ich weiß, dass du wunderschön bist, Mama. Es macht nichts, dass ich dich nicht sehen kann.«

»Danke, Em. Du musst mich aber nicht alle Stunde wecken, um es mir zu sagen.«

Sie legte sich wieder hin. Kurz vor dem Einschlafen hatte sie den Standesbeamten vor Augen, wie er sie zu Mann und Frau erklärte und sah, wie Emma von einem Ohr zum anderen grinste. Dann hatte sie der Frau des Beamten, die ihnen gerade für zehn Dollar einen Blumenstrauß verkauft hatte, anvertraut, dass sie nun alle zusammen seien und alles einfach perfekt sei. Die Frau hatte ihr, Gott sei gedankt, zugestimmt und Emma abgelenkt, als Ramsey sie geküsst hatte.

Sie fiel in einen tiefen Schlaf und war so zufrieden, dass sie den ehemaligen Priester Sonny Dickerson vergaß, der so weit ab vom Schuss war, dass er vermutlich eher sterben als Emma aufgeben würde.

Am nächsten Morgen sagte Molly beim Frühstück in ihrer Hotelsuite: »Weißt du, was ich glaube?«

Sie sprach leise, denn Emma saß ganz in der Nähe auf dem Fußboden und übte ihren Namen in ein Büchlein zu schreiben, das Molly ihr in der Geschenkboutique des Hotels gekauft hatte.

Ramsey sah von seinen Bratkartoffeln auf. »Ich weiß genau, dass du es nicht ernst meinst. Gleich wirst du in Lachen ausbrechen.«

»Nein, du irrst dich, ich meine es ganz ernst.«

»Also gut, aber ich weiß nicht so recht, wovon du eigentlich sprichst. Was glaubst du denn?«

»Ich glaube, dass das Zusammensein mit dir mehr als hervorragend war. Es war so wunderbar, dass es eigentlich besteuert werden sollte.«

Fast hätte er losgelacht. Er schluckte und nippte hastig an seinem Kaffee, wobei er sich die Lippen verbrühte. Dann erinnerte er sich daran, wie sie sich gefühlt hatte und wäre fast vom Stuhl gerutscht.

Emma sah von ihren Buchstaben auf und fragte: »Was ist denn jetzt mein Nachname, Mama?«

Ramsey blickte Molly an. Jeder Gedanke an Sex war wie weggeblasen. Mit plötzlich Besitz ergreifender Stimme sagte er: »Mir läge es am Herzen, dass du von jetzt ab Emma Hunt heißt. Was hältst du davon?«

»Kannst du es mir einmal vorschreiben, Ramsey?«

Er nahm ihren Bleistift und schrieb Emma Hunt. Emma machte sich an die Arbeit. Schließlich sah sie auf und meinte: »Ausgeschrieben sieht es ziemlich gut aus. Also von meiner Seite hätte ich nichts dagegen.« Sie hielt das Blatt Papier hoch, damit sie es sehen konnten.

Sowohl Ramsey als auch Molly schauten sich ihre Bemühungen an. »Sehr gut gemacht. Sogar ich kann es lesen. *Emma Hunt*. Das hat doch etwas.« Ramsey senkte die Stimme. »Tut mir Leid, Molly, wir haben noch nicht darüber gesprochen. Aber mir liegt sehr viel daran. Ich möchte, dass Emma mir gehört, vor dem Gesetz und in jeder anderen Hinsicht.«

»Ich bin da geteilter Ansicht«, erwiderte Molly und schnitt sich noch eine Scheibe von der Pampelmuse ab. »Louey war zwar niemals zu Hause, aber er war ihr Vater. Es scheint mir fast, als ob er von jetzt ab nicht mehr existieren sollte.«

»Lass mich dir eine Frage stellen. Wenn Louey noch am Leben wäre und du nach eurer Scheidung mich geheiratet hättest, wie würdest du dann entscheiden?«

Sie aß die Pampelmuse, dann nahm sie sich ein Stück Toast und sagte leise, damit Emma sie nicht hören konnte: »Ich würde sagen, dass er ein Nichtsnutz war und Emma ohnehin nie hat sehen wollen. Vielleicht würde ich auch sagen, dass er es nicht verdiente, dass sie einen solch bedeutungslosen Namen tragen sollte.« Sie schüttelte den Kopf. »Da er jedoch tot ist, habe ich das Gefühl, sie sollte daran festhalten. Wie wäre es mit Emma Santera-Hunt? Wir könnten vorher noch Dr. Loo befragen, aber das scheint mir eine gute Idee zu sein.«

»Emma wird immer wissen, wer ihr Vater war.«

»Ja«, erwiderte Molly. »Willst du denn deinen Schinkenspeck nicht essen, Ramsey?«

»Nein, nimm du ihn dir. Du musst wieder zu Kräften kommen. Je öfter ein Mann sich in der Liebe übt, desto stärker wird er. Er pumpt sich sozusagen auf. Seine Muskeln spannen sich an. Sein Mut und seine geistigen Kräfte vermehren sich exponenziell. Ich kann es kaum abwarten, dir das zu beweisen.«

»Wie findest du das hier, Mama?«

Molly wandte den Blick von ihrem neuen Ehemann ab, auf den sie sich am liebsten geworfen und sich mit ihm zusammen besinnungslos geliebt hätte. »Äh, Em, lass mal sehen. Ach, du hast es sechs Mal hintereinander geschrieben. Sehr schön, Liebling. Das sieht wirklich sehr gut aus. Wenn du im

Herbst in die erste Klasse kommst, wirst du Emma Santera-Hunt sein.«

»Fräulein Emma Santera-Hunt«, korrigierte Emma. »Eine Frau werde ich erst mit achtzehn sein.«

Molly blickte zu Ramsey hinüber, der genau wusste, was ihr jetzt durch den Kopf ging. »Und ich werde Frau Molly Hunt sein.«

»Dann sind wir ja alle Hunts«, meinte Emma zufrieden. Plötzlich runzelte sie die Stirn. »Ich habe noch nie an den Namen gedacht, bis Ramsey mich gefunden hat.«

Ramsey rief seine Eltern an. Seine Mutter und sein Vater sprachen sowohl mit Molly als auch mit Emma. Die Unterhaltung war sehr freundlich. Nachdem sie jedoch den ersten Schock überwunden hatten, spürte Molly ihre Enttäuschung. Sie stimmten dem Vorschlag eines Empfangs zu ihren Ehren gegen Ende des Sommers zu.

»Zu dem Zeitpunkt sollte sich alles geklärt haben«, meinte Ramsey, als er den Hörer wieder auf die Gabel zurücklegte. »Du wirst sehen, meine Mutter behandelt all ihre Schwiegertöchter wie absolut makellose Wesen und versetzt ihre Söhne damit in eine schwierige Lage.«

»Erscheint mir ausgesprochen sinnvoll«, meinte Molly. »Ich sollte meine Mutter auch anrufen.«

Am folgenden Nachmittag kehrten sie nach San Francisco zurück. Es war fast Mittsommer und doch etwas kühl, da der Nebel vom Pazifik her durch die Golden Gate Bridge hindurch hereinwaberte.

Emma lief im Pullover durch ihren neuen Garten und schaute sich die Blumen an, die hinter dem Schutzwall eines stabilen Zauns aus Redwoodholz gediehen. Ihr Klavier lag auf einem Stuhl in der Küche. Ein ziviler Polizeiwagen parkte auf der gegenüberliegenden Straßenseite.

»Ich werde ihr eine Schaukel kaufen«, meinte Ramsey, der hinter Molly getreten war und sie umarmte. Er beugte sich hinunter und küsste ihr Ohr. »Vielleicht könnte ich von dem Ast der Kiefer dort drüben einen Autoreifen hängen.«

Sie drehte sich in seinen Armen. »Ich will dich haben«, verkündete sie. Und genau das bekam sie auch, und zwar mitten in seinem Arbeitszimmer und vollständig angezogen, immer mit einem Blick auf Emma, die nicht weit entfernt war. Sie standen dicht beieinander und atmeten noch immer schwer, als sie Emma aus der Küche kommen hörten. »Mama, Ramsey hat ein Zimmer voller verschiedener Dosen.«

Molly rollte mit den Augen. »Dosen? Alles verschiedene Größen, nehme ich an? Du Perverser, du.«

»Mama, ich höre dich lachen. Hast du einen Witz gemacht?«

»O ja«, sagte Molly leise. »O ja.«

Nachdem sie Ramseys Lieblingsgericht, nämlich Sezhuanrind mit Knoblauchnudeln und Auberginen gegessen hatten, meinte Molly, als sie Emma die Gabel ablegen sah: »Es ist höchste Zeit, dass wir drei einmal darüber reden, Em. Wir haben es lange genug hinausgezögert. Du hast die Hosen gestrichen voll vor Angst.« Emma hob den Kopf. »Lass mich ganz offen mit dir sein. Ramsey macht sich Sorgen um dich. Er macht sich Sorgen, weil dieser schreckliche Mann immer noch dort draußen herumläuft. Wir hatten gehofft, dass er mittlerweile festgenommen sein würde, doch das ist nicht der Fall. Das wiederum heißt, Em, dass du sehr, sehr vorsichtig sein musst. Du musst wirklich dicht bei mir oder bei Ramsey bleiben. Wenn einer von uns vor dir läuft, nimmst du Ramseys oder meine Hand. Verstehst du? Erscheint dir das sinnvoll?«

Ramsey hätte es nie und nimmer derart unverblümt gesagt. Er hatte das Gefühl, über einem aktiven Vulkan zu schweben, und konnte kaum den starken schwarzen Kaffee schlucken, den er sich eben aufgebrüht hatte.

»Ja, das scheint mir sinnvoll zu sein, Mama. Dr. Loo hat mir gesagt, dieser Mann glaubt, dass ich ihn vor der Hölle retten könnte. Das sei zwar nicht wahr, aber es hätte sich in seinen Gedanken festgesetzt, und für ihn wäre es wahr.«

Sie redete. Es erstaunte ihn, wie vernünftig alles aus ihrem kleinen Mund klang.

»Vermutlich hat sie Recht«, stimmte Molly zu.

»Wenn er glaubt, ich kann ihn vor der Hölle retten, warum hat er mir dann so wehgetan?«

»Herr Savich hat Ramsey erzählt, die Ärzte vom Bundeskriminalamt sind der Ansicht, er habe dir wehgetan, weil er glaubt, dass du seine Schuld auf dich nehmen sollst. Indem er dir, seiner Erlöserin, Schmerz zufügte, glaubte er, sich selbst von seinen Sünden zu reinigen. Damit bereitete er sich darauf vor, sich in Gottes Hände zu geben.«

»Das verstehe ich nicht, Mama.«

»Das versteht kein Mensch«, pflichtete ihr Ramsey bei. »Er ist wirklich sehr krank, und weil er außer Kontrolle ist, ist er besonders gefährlich. Deshalb müssen wir ganz besonders vorsichtig sein.«

»Ich weiß, dass er noch dort draußen ist«, sagte Emma. »Er wartet nur.«

»So ist es«, stimmte ihr Molly zu. »Ich wünschte, ich könnte ihn jetzt gleich und sofort in die Finger bekommen, aber das kann ich nicht. Bis wir ihn jedoch geschnappt haben, wird die Sache für uns noch ziemlich schwierig werden. Das tut mir Leid, aber ich kann es nicht ändern. Du musst die ganze Zeit über Ausschau halten und dicht bei uns bleiben. Jetzt geh bitte zum vorderen Fenster und sieh dir das hellblaue Auto an, das auf der gegenüberliegenden Straßenseite geparkt steht. Das sind Polizeibeamte, und sie werden alle ihre Augen nach dem Mann offen halten.«

»Ich sehe sie, Mama.«

Ramsey räusperte sich. Aber die vernünftigen Worte, die eben gerade aus Mollys Mund gekommen waren, blieben ihm in der Kehle stecken. Er wollte etwas Kluges und Beruhigendes sagen, aber was ihm über die Lippen kam, war: »Emma, könntest du wohl kurz mal hierher zu mir kommen? Ich muss dich ganz dicht bei mir spüren. Ich fühle mich nicht so gut.«

Emma rannte zum Tisch zurück. Ramsey hatte gerade noch Zeit, den Stuhl zurückzuschieben und sie auf seinen Schoß zu heben. Er zog sie zu sich heran. Emma streichelte seinen Arm. »Es wird alles gut, Ramsey. Wir werden es überstehen. Ich verspreche es dir.«

Er vergrub sein Gesicht in ihrem Bauernzopf. »Ich liebe dich, Emma Hunt.«

»Ich liebe dich auch, Ramsey. Sehr sogar.« Immer noch streichelte sie seinen Arm und seine Schulter und versuchte ihn so gut sie konnte zu trösten.

Am Wochenende gingen sie nach Monterey und spielten Touristen. Sie besuchten das Monterey-Bay-Aquarium, wo Emma die Quallen besonders gut gefielen. Zu dritt saßen sie vor dem riesigen Becken und beobachteten eine halbe Stunde lang Quallen.

Sie spazierten durch Carmel und spielten am wunderschönen Strand der kleinen Bucht unterhalb der Ocean Avenue, dann fuhren sie nach Big Sur und machten an der Straße Picknick.

Es gelang ihnen, Sonny Dickerson drei Tage lang weitestgehend aus ihren Gedanken zu verbannen. Als sie ihr Hotel erreicht hatten, rief Ramsey Virginia Trolley an, gab die Telefonnummer durch und versicherte ihr, dass alle wohlauf seien. Molly rief ihren Vater an. Es ging ihm Tag für Tag besser. Miles vermisste sie, ganz besonders Emma. Ihr Vater schlief, sagte Eve, aber vielleicht könnten sie nächste Woche anrufen, falls er dann mit ihnen sprechen wollte.

»Hexe«, zischte Molly leise, als sie auflegte.

Ramsey sah vom Blackjack-Kartenspiel auf, das er mit

Emma spielte. Er hatte es ihr vor zwei Tagen beigebracht. Sie gewann bereits, worüber er einerseits überrascht und andererseits ganz schrecklich stolz war. Grinsend bemerkte er über die Schulter hinweg zu Molly: »Es fällt Eve leichter, mit deinem Vater klarzukommen, wenn sonst keiner da ist. Ganz besonders nicht eine Stieftochter, die älter ist als sie selbst oder eine Stiefenkelin, die besser Karten spielen kann als sie, und dann auch noch ein wirklich sehr attraktiver Mann, der schlagfertig ist und sich keinen Deut für sie interessiert. Verflucht noch mal, Emma, ich kann nicht glauben, dass du die Sechzehn steigern willst. Du hättest es dabei belassen sollen.«

Emma sah so zurückgezogen aus, so vollkommen in sich abgekapselt, dass es Molly zunächst Angst einjagte, bis sie merkte, dass Emma sich lediglich konzentrierte. Jetzt blickte Emma auf und sagte ganz ernst: »Ich habe die Karten sehr genau gezählt, Ramsey, ganz wie du es mir gesagt hast. Ich wusste, dass noch zwei Dreien und zwei Asse im Stock sind. Ich kann mich nicht erinnern, wie viele Zweien es gibt.«

Er pfiff, beugte sich vor und hob Emma auf, ließ sich auf den Rücken fallen, hob sie hoch und schüttelte sie. »Molly«, übertönte er Emmas Gelächter. »Darf ich sie ins Quallenbecken werfen? Dann können du und ich uns auf die Bank setzen und ihr zusehen, wie sie neue Freundschaften schließt.«

»Jetzt erinnere ich mich. Es gibt noch eine Zwei im Stock. Es wäre also dumm, die Sechzehn nicht zu steigern.«

»Nein, es gibt keine Zweien mehr.« Er setzte sie ab. »Lass uns nachsehen, ich werde es dir beweisen.« Es waren noch zwölf Karten übrig. Die letzte Karte war eine Herz Zwei.

Am nächsten Nachmittag gingen sie in der Nähe der Werft von Monterey spazieren. Ramsey liebte den Geruch der Werft, die Mischung aus Salz und Holz, aus Imprägnierungs- und Dichtungsmitteln für Holz. Möwen bettelten schlimmer als die aggressivsten Schnorrer auf dem Union Square in San

Francisco lauthals um Futter. Es gab zahlreiche Fischstände. Besonders am späten Nachmittag konnte einem in deren Nähe der überwältigende Geruch von Fäule und Salzlauge die Tränen in die Augen treiben.

Der Geruch von faulendem Seetang war an diesem Tag ebenfalls sehr stark. Fliegen schwirrten über dem Tang. Es war kein sehr appetitlicher Anblick. Seelöwen posaunten fett und dreist in der Nähe des hölzernen Pfahlwerks. Normalerweise waren etwa ein Dutzend Kinder staunend um sie herum versammelt und bettelten bei ihren Eltern um etwas Essbares, um es den Tieren zu geben.

Außerdem gab es eine endlose Reihe von Souvenirständen. Emma trug ein Camel-T-Shirt, Nike-Turnschuhe und ihre karierten Socken. Molly wünschte, Ramsey hätte ein gutes Dutzend davon gekauft, denn es waren Emmas Lieblingssocken. Sie musste sie jeden Abend auswaschen.

Weil es Sommer war, waren jede Menge Touristen am Ort. Die Sonne strahlte, doch heiß war es nicht. Am Meer war es ohnehin nur sehr selten richtig heiß. Es war ganz einfach ein perfektes Klima. Normalerweise zog es Ramsey vor, Emma zu tragen. Wenn er sie trug, war sie in Sicherheit. Doch sie hatte ihren eigenen Kopf. Nach einer Weile hatte sie ihm einen langen Blick zugeworfen und gesagt: »Ramsey, mir wird schon nichts passieren. Ich werde nicht wegrennen.«

Sie lief neben ihm, hielt seine Hand und versuchte ihn weder anzutreiben noch zu verlangsamen. Sie beobachtete einen bestimmten Seelöwen, der all diejenigen lauthals anbrüllte, die einen etwas nachgiebigen Eindruck erweckten. Er war riesig, und Ramsey war auch klar, wie es dazu gekommen war. Er fragte einen der Fischer, wann der Seelöwe hier aufgetaucht war. »Vor zwei Jahren«, erwiderte der Mann. »Der verdammte Schnorrer hört einfach nicht zu essen auf. Er heißt Old Chester, der Bonvivant. Aber was erwartet man anderes, wenn San Francisco gleich um die Ecke ist? Man soll ihn nicht füttern, doch daran hält sich kein Mensch. Dort drüben kann man billig Sardinen kaufen. Und diese Schnorrer kennen einfach keine Scham.«

Sprach er von den Touristen oder von den Seelöwen?

»Also gut«, sagte Ramsey schließlich. »Aber dann wirst du ihm die Sardinen hinwerfen müssen, Emma. Mehr lasse ich nicht zu. Und geh nicht zu nahe heran.«

Sie warf ihm einen ihrer nachsichtigen Blicke zu und kaufte drei Sardinen, die ihr Gott sei Dank bereits in totem Zustand in ein Stück Zeitungspapier gewickelt überreicht wurden. Ramsey stand unmittelbar hinter ihr, als sie darauf wartete, bis sie mit der Fütterung des Kolosses an der Reihe war. Sie kreischte vor Lachen, als er sehr laut posaunte.

In genau dieser Sekunde rief Molly seinen Namen.

32

Ramsey wäre fast gestolpert, so schnell drehte er sich um. Ein Junge versuchte Molly das Portemonnaie aus den Händen zu reißen. Er rannte direkt auf die beiden zu und brüllte: »Lass sie los, du elender Knirps!«

Emma.

Ramsey schnellte herum und sah Emma, ihre Hand ganz nah an dem Seelöwen. Sie hatte nicht gemerkt, was passiert war. Um sie herum stand eine Menschentraube. Sie war in Sicherheit. Doch genau in dem Augenblick, als er sich zu Molly umdrehen wollte, sah Ramsey ihn sich durch das Knäuel der Kinder und Eltern um den Seelöwen herum durchschlängeln. Den Mann hätte er überall erkannt, sowohl in seinen Alpträumen als auch in der Wirklichkeit. Nur noch wenige Meter, und er hätte sie fassen können. Jetzt war der Mann schon fast bei ihr, nur noch etwa einen Meter entfernt. Er bewegte sich schnell, denn er wusste, dass das von ihm in Gang gesetzte Ablenkungsmanöver nicht mehr lange anhalten konnte. Er hatte gerade die Hand ausgestreckt, als Ramsey seinen Kragen zu fassen bekam, ihn herumwirbelte und ihm die Faust gegen das Kinn rammte.

»Hey, Mann! Warum schlagen Sie den denn? Er hat Ihnen doch gar nichts getan!«

»Genau, Sie können hier nicht einfach Leute verprügeln. Was ist denn nur in Sie gefahren?«

Ein halbes Dutzend Leute drängte sich um ihn, aber noch hatte ihn niemand berührt. »Emma!«, brüllte er. »Geh zu deiner Mutter!«

Dickerson strauchelte wieder auf die Füße, rieb sich das Kinn, spuckte Blut und brüllte: »Weshalb haben Sie mich geschlagen? Ich bin Priester! Weshalb schlagen Sie einen heiligen Mann?«

»Hey, Mann, das hätten Sie nicht tun sollen!«

Ramsey wurde zurückgedrängt. Ein Mann boxte ihm gegen die Schulter.

»Nein, hört auf! Er ist mein Papa, und er hat mich gerettet!«

Aber niemand hörte das kleine Mädchen, alle redeten weiter auf ihn ein, er habe sich wie ein Idiot benommen.

Ramsey war verzweifelt. Das hatte er nicht beabsichtigt, aber er sah, wie Dickerson sich wieder an Emma heranpirschte. »Lass sie in Ruhe!«, schrie er, aber Dickerson beachtete ihn gar nicht. Er war so auf Emma konzentriert, dass Ramsey zweifelte, ob er ihn überhaupt gehört hatte.

»Tut mir Leid.« Ramsey richtete sich auf, boxte einem Mann in den Oberschenkel, den nächsten gegen die Schulter und den übernächsten schließlich in die Magengrube. Er war frei. Dickerson war wieder ganz nah an Emma. Diesmal brüllte Ramsey nicht. Er wollte seine Hände an Dickerson bekommen und ihn zu Tode prügeln. Er spürte, wie die Wut in ihm aufstieg, eine gewaltige, unverhüllte Rache. Dickerson war nur noch Zentimeter von ihr entfernt. Sein Gesichtsausdruck war ruhig, fast gelöst, als ob er eine wunderschöne Aussicht genießen würde. In seiner pervertierten Vorstellung war möglicherweise genau das der Fall. Ein Mann drehte sich abrupt um und stieß mit Ramsey zusammen. Ramsey konnte nicht anders, er musste den Mann recht grob aus dem Weg schubsen. Jetzt sah Dickerson auf. Ramsey hörte ihn fluchen und sah, wie er seine Chancen abschätzte, geschnappt zu werden. Er musste wohl die Todesdrohung in Ramseys Blick bemerkt haben, denn er stolperte in Richtung der Werft, wobei er sich immer wieder durch die Menschen hindurchschlängelte. Ramsey brüllte ihm hinterher, er solle anhalten. Der Mann beschleunigte. Als die Werft vor ihm lag, begann er zu rennen. Ramsey rannte ihm hinterher, und Emma folgte ihnen beiden. Die Leute traten beiseite, um ihnen Platz zu machen. Dickerson wandte sich um, sah, dass Ramsey aufholte, drehte scharf ab und sprang ins Wasser. Ramsey griff sich Emma, drehte sich zu einer beleibten Frau um, die von kleinen Kindern umringt war und einen sehr bodenständigen Eindruck machte, und sagte: »Er ist ein Kinderschänder. Er war meiner Tochter hinterher. Bitte halten Sie sie fest, und bringen Sie sie in Sicherheit.« Er warf Emma der Frau in die Arme. Dann sprang er Sonny Dickerson in das eisige Wasser des Monterey Bay hinterher.

Sein Körper schien zu gefrieren, seine Lungen schnürten sich zusammen. Er kam wieder an die Oberfläche und sah sich vergeblich nach Dickerson um. Er konnte nicht weit weg sein. Ramsey hatte das Gefühl gehabt, ihm fast auf den Kopf gesprungen zu sein.

Dann hörte er Molly schreien: »Er schwimmt auf das Pfahlwerk zu, Ramsey. Beeile dich! Sei vorsichtig! Verdammt, sei vorsichtig!«

Er war ein guter Schwimmer, aber die Strömung war unberechenbar und schwankend. Um sie herum waren Steine, scharfkantig und gefährlich. Das Wasser war so kalt, dass seine Brust ganz eingeengt war und sich die Beine wie Gummi anfühlten. Dann schließlich sah er Dickerson, der sich zwischen den glitschigen Pfählen hindurchwand.

Diesmal würde er das Ungeheuer nicht entkommen lassen. Er glaubte an das Gesetz und die Gerichtsbarkeit, bis ins Mark glaubte er an die Ordnung des Gesetzes, aber gleichzeitig wusste er, dass kein Verteidiger die Chance erhalten würde, diesen Mann zu repräsentieren. Jedenfalls nicht, wenn er es verhindern konnte. Er kämpfte sich durch die wild tosenden Wellen und hatte ihn schon fast eingeholt, als Dickerson, mit an dem Kopf klebenden Haaren, plötzlich mit einer Pistole wedelte.

»Komm mir nicht zu nah!«, rief er, ehe er einen Schwall Wasser in den Mund bekam. Er verschluckte sich und spuckte aus. »Ich meine es ernst, Hunt. Wenn es sein muss, lege ich dich um.«

Ramsey kämpfte mit dem Wasser und rief mit kräftiger, ruhiger und trotz seiner Wut überzeugender Stimme zurück: »Hör mir zu, Dickerson, Emma wirst du nie mehr bekommen. Die Polizei hat dein Foto, ebenso das Bundeskriminalamt. Angesichts dessen, was du getan hast, wollen sie dir miesem Kerl unbedingt an den Kragen. Du wirst weder Emma noch irgendein anderes kleines Kind jemals mehr in die Finger bekommen. Die Sache ist für dich zu Ende. Gib auf.« Ramsey griff nach einem der glitschigen Pfähle, an dem seine Hand abrutschte. »Komm schon, Dickerson, sei nicht dumm. Die Sache ist aus.«

»Das ist eine Lüge. Keiner weiß, wer ich bin. Ich kenne mich sehr gut mit Make-up und Masken aus. Alles, was sie gesehen hat, ist Clinton. Das war so gut!«

»Doch am Strand hast du keine Verkleidung getragen. Emma hat dich sehr genau beschrieben. Außerdem bist du nicht gerade taufrisch aus dem Ei geschlüpft. Du hast eine Vergangenheit, Fingerabdrücke, Fotos, die ganze Liste. Die Sache ist vorbei. Du wirst nie wieder in ihre Nähe kommen. Hat Rule Shaker denn gewusst, dass du ein Kinderschänder bist, als er dich mit der Entführung von Emma beauftragt hat?«

»Ich bin ihm nie begegnet, einer seiner Männer hat mich angeheuert. Er hat mir immer wieder gesagt, dass ich dem kleinen Mädchen keinen Schaden zufügen soll, dass sie wieder zu ihrer Mutter zurückkehren würde, wenn ihr Vater sich Shaker beugen würde. Aber als ich Emma gesehen hatte, wusste ich, dass sie für mich bestimmt ist.

Ich wusste, dass sie zu mir gehört. Die Woche war nur ein Anfang. Aber dann hat sie mich gefoppt und ist weggerannt. Es ist nur eine Frage der Zeit, bis sie mir wieder gehört.«

Ramsey wäre fast durchgedreht, aber er war nicht dumm.

»Du hast angerufen, nachdem sie verschwunden war, und hast diese Männer dort oben in den Bergen auf mich angesetzt, damit sie mich umbringen, nicht wahr?«

»Ja. Ich musste sie wiederhaben, aber du bist mir entkommen.«

»Richtig, und dich habe ich auch, nicht wahr?«

Dickerson schrie auf. Er machte eine Bewegung weg von Ramsey, dann drehte er in Richtung einer wackligen Holzleiter ab, die den Eindruck machte, als ob sie schon vor Jahren hätte zusammenbrechen sollen. Noch bevor Ramsey ihn fassen konnte, hatte er sich hochgezogen. Ramsey packte seinen Fuß.

»Lass mich los! Sie gehört mir, hörst du? Ich muss sie haben, sie ist alles, was ich besitze. Ohne sie kann ich nicht leben. Was ich bin, ist viel wichtiger als das, was sie jemals sein könnte. Ich brauche sie!«

Ramsey zog so kräftig er konnte an Dickersons Fuß, als Dickerson abdrückte. Ramsey fühlte die Hitze der Kugel, die an seinem linken Ohr vorbeizischte.

Eine Sekunde später ertönte noch ein Schuss. Es fühlte sich wie ein kräftiger Schlag gegen seine Schulter an. Er fiel zurück und hätte fast den Zugriff auf Dickersons Fuß verloren. Er fühlte keinerlei Schmerz, nur eine betäubende Kälte. Diese Taubheit jedoch war anders, kälter noch als das Wasser. Sie breitete sich in seiner Brust aus, dann seinen Arm hinunter, bis dieser schlaff herabfiel. Er konnte den verdammten Arm nicht mehr bewegen. Er hörte erst Mollys, dann Emmas Stimme. Er hörte jemanden schreien: »Er blutet! Der Mann ist angeschossen worden!«

Dickerson gelang es, seinen Fuß zu befreien. Er trat Ramsey heftig gegen die verletzte Schulter. Schmerz durchzuckte ihn, und er fiel ins Wasser zurück.

Dann sah er, als ob er die Szene aus großer Entfernung betrachtete, Mollys blasses Gesicht, sah, wie sie ihren in einem Turnschuh steckenden Fuß in Dickersons Gesicht rammte, als dieser das obere Ende der Leiter erreicht hatte. Die Wucht ihres Trittes stieß Dickerson zurück. Er strauchelte panisch und versuchte sich an der Leiter festzuhalten. Doch das alte, verfaulte Holz gab nach, jede Stufe zerbarst, als sein Gewicht darauf lastete. Dickerson fiel direkt neben ihm ins Wasser zurück, schlug wild um sich, schluckte Wasser und versuchte die Sprossen zu ergattern, die jetzt wie betrunken herabhingen. Diesmal packte ihn Ramsey am Genick und hatte nicht die Absicht, ihn jemals wieder loszulassen. Dickerson schwenkte die Pistole herum, schrie, Wasser füllte seinen Mund, er schrie immer noch, jetzt mehr ein Gurgeln. Ramsey spürte, wie Dickersons Kräfte nachließen. Es war jetzt nur noch eine Frage der Zeit, wer von ihnen beiden länger durchhalten konnte.

Ramsey fühlte einen schrecklichen Schmerz in seiner Schulter und die Nutzlosigkeit seines Arms. Er bebte vor Schmerz und fühlte sich wie betäubt und schwindelig. Doch er ließ Dickerson nicht los, sondern drückte noch fester zu. Dickerson wand sich heftig und versuchte, die Pistole auf ihn zu richten. Ramsey versuchte seinen verletzten Arm zu heben, doch der hing einfach nur blutend und schlaff herab. Sein Hemd klebte an der Wunde, was so schmerzhaft war, dass er die Zähne zusammenbeißen musste. Er drückte, so kräftig er nur konnte. Warum ging Dickerson nicht unter? Es war die Kraft der Wellen, die das verhinderte. Er konnte nicht genügend Hebelkraft entwickeln. Die Pistole wedelte heftig um sie herum.

Es erschien ihm kein bisschen seltsam, als er Molly von der Kaimauer ins Wasser neben ihn springen sah. Einen Augenblick später glaubte er vor Angst zu sterben. Er sah, wie sie erst Dickersons Arm und dann sein Handgelenk packte und mit aller Kraft daran zerrte.

Dickerson schrie und brüllte, aber vergebens. Molly hatte jetzt die Pistole. Er sah ihr aschfahles Gesicht, die rasende Wut in ihren Augen, sah, wie sie die Pistole Dickerson keine dreißig Zentimeter entfernt vor das Gesicht hielt. Sie würde ihn umbringen. In diesem Augenblick wurde ihm klar, dass er unter keinen Umständen wollte, dass Molly einen anderen Menschen umbrachte.

»Schieß nicht, Molly, du könntest mich damit treffen. Ich habe ihn am Genick, siehst du? Ich habe ihn. Er kann nirgendwohin entkommen. Die Sache ist vorbei. Bitte schieß nicht.«

Sie blinzelte, die rasende Wut versiegte. Dickerson keuchte und rammte seinen Ellenbogen in Ramseys Magen. Die tosenden Wellen schlugen plötzlich wieder zurück und überspülten sie. Das verlieh Dickerson wieder mehr Kraft und verringerte den Zugriff seines Arms. Ramseys Griff lockerte sich, und Dickerson riss sich los. Er grabschte nach der Pistole in Mollys Hand.

Ein Schuss ertönte und zischte beinahe vollkommen senkrecht nach oben. Molly rang nach Atem und wand sich, aber er war immer noch auf ihr. Mit seiner verbleibenden Kraft preschte Ramsey vor, um ihr zu Hilfe zu kommen. Was für ein Idiot er doch gewesen war, das Leben des Mannes zu retten. Er war ein Idiot und nicht mehr Herr des Geschehens. Er hörte, wie Emma seinen Namen rief.

Plötzlich waren noch zwei Männer im Wasser, die beide nach der Pistole griffen. Als sich noch ein weiterer Schuss löste, hätte niemand sagen können, von wem er kam und wer abgedrückt hatte.

Sie wussten nur alle lediglich, dass ein bewusstloser Mann

mit dem Gesicht nach unten auf dem Wasser lag und rot gefärbtes Wasser sich um seinen Körper ausbreitete.

Ramsey sagte, an die beiden Männer gewandt: »Wirklich höchste Zeit, dass Sie hier auftauchen. Ich hatte schon alle Hoffnung aufgegeben.«

Kommissar McPherson von der Monterey-Polizei erschien in seinem Gesichtsfeld und sagte leise: »Machen Sie sich keine Sorgen, Richter Hunt. Sie sind in Monterey. Sie sind in einem Krankenhauszimmer. Der Arzt und die Schwester haben das Zimmer verlassen, bevor Sie aufgewacht sind. Sie werden durchkommen, keine Frage. Ich bin nur deshalb hier, weil Sie vielleicht wissen wollen, wie es um Dickerson steht. Er ist immer noch im Operationssaal. Die Ärzte wissen nicht, ob er es schaffen wird. Die Kugel hat ihn mitten in die Brust getroffen. Es ist noch zu früh, um Genaueres zu sagen.«

»Ich wünschte, sie würden den Mistkerl sterben lassen«, erwiderte Ramsey. Er konnte weder seine rechte Schulter noch seinen rechten Arm bewegen. Er blickte auf die weiße Schlinge herunter. Jetzt erinnerte er sich daran, wie sie ihn zum Operationssaal gerollt hatten, Seite an Seite mit Dickerson. Molly und Emma waren neben ihm gewesen, beide blass und schweigend. Er erinnerte sich, wie Emmas kleine Finger sanft seinen Unterarm gestreichelt hatten. Molly hatte seine Hand festgehalten, als ob ihr Leben davon abhinge. Er konnte sich nur mühsam daran erinnern, wie er auf der Wachstation aufgewacht war. Man hatte ihn gerade in ein Einzelzimmer geschoben, und er war jetzt mit dem Polizisten alleine.

»Ja«, fuhr Kommissar McPherson fort. »Ich hoffe, er hört zu atmen auf. Dem Steuerzahler würde das eine Menge Geld sparen. Aber immerhin werden Sie wieder gesund werden, Richter Hunt.«

»Wissen Sie, was man mit mir angestellt hat?«

»Der Chirurg hat mit Ihnen auf der Wachstation gesprochen. Können Sie sich nicht daran erinnern?«

»Nein, nur daran, dass eine Stimme einfach nicht aufhören wollte zu reden. Wissen Sie Genaueres?«

»Man hat Sie zwei Stunden lang operiert. Als der Chirurg wieder herauskam, meinte er, Sie hätten Glück gehabt. Die Kugel hat Ihre Brust durchschlagen, und zwar dort, wo Sie nichts außer Muskeln, Haut und Fett besitzen. Es sei deshalb so schmerzhaft gewesen, weil die Kugel auch Ihr Schlüsselbein und eine Rippe verletzt habe. Es sei jedoch kein schlimmer Schaden entstanden, obwohl es eine Weile dauern wird, bis alles wieder völlig verheilt ist. In etwa vier Monaten sollten Sie wieder in der Lage sein, im Gerichtssaal irgendwelchen Schurken die Leviten zu lesen. Außerdem hat er seine Freude darüber zum Ausdruck gebracht, dass nichts Wichtiges beschädigt worden ist. Er wolle nämlich keine Komplikationen mit dem berühmten Bundesrichter. Über diesen Witz hat er richtig laut gelacht.«

Ramsey wusste nicht, was er sagen sollte. Sein Gehirn schien sich ständig an- und wieder abzuschalten. Zumindest fühlte er sich angenehm betäubt, und zwar in jeder Hinsicht. Er wünschte sich nur, Dickerson wäre gestorben. Nach all dem, was der Mistkerl angerichtet hatte, war das doch wirklich nicht zu viel verlangt. Wenn er überleben und man ihn wegen Entführung und versuchtem Mord verurteilen würde, würde er irgendwann freikommen. Emma wäre immer noch nicht sicher.

Womöglich übertrieb er ein wenig. Natürlich würde sie sicher sein. Wenn Dickerson jemals wieder aus dem Gefängnis entlassen werden würde, wäre Emma bereits erwachsen. Sie wäre vor Tätern wie Dickerson ganz einfach dadurch geschützt, dass sie nach und nach immer älter wurde.

»Richter Hunt? Können Sie mich hören? Soll ich einen Arzt rufen?«

Ramsey hatte nicht gemerkt, dass sein Kopf auf die angenehm weichen Kissen zurückgesackt war. Er schlug die Augen auf, sah den besorgten McPherson und wusste, dass dieser etwas gesagt hatte. Er fühlte das Vibrieren seiner Stimme, die Freundlichkeit, die Besorgnis, doch das meiste hatte er nicht verstanden. Mit Mühe brachte Ramsey hervor: »Es geht mir gut. Ich wusste gar nicht, dass es in Krankenhäusern derart bequeme Kissen gibt.«

»Die Kissen sind nicht vom Krankenhaus«, erwiderte McPherson. »Sie sind von Frau Hunt, die sich gerade zusammen mit Ihrer Tochter umzieht. Eigentlich sind sie von Frau Rallis, die sie für Sie gekauft hat. Außerdem hat sie Ihre Frau und Ihre Tochter mit neuer Kleidung eingedeckt. Sie wollte sie nicht in der Krankenhauskleidung sehen. Anscheinend hat sie alles auf der Werft beobachtet. Hier in Monterey ist sie sehr einflussreich. Wenn sie der Ansicht ist, Sie sollten weiche Kissen haben, wird ihr niemand widersprechen.«

Ramsey wollte nach Mollys und Emmas Befinden fragen, doch die Worte wollten ihm einfach nicht über die Lippen kommen. Es war ein merkwürdiges Gefühl, die Bedeutung der Worte zu kennen, sie jedoch nicht aussprechen zu können. Er spürte, wie ihm der Mann leicht auf den Arm klopfte. »Der Arzt hat Ihnen eine wirklich starke Spritze gegeben. Seiner Ansicht nach vermittelten Sie ihm nicht den Eindruck, als ob Sie sich zurücklehnen und entspannen würden. Deshalb wollte er Ihnen unter die Arme greifen. Haben Sie mitbekommen, was ich über Ihre Tochter und Frau Hunt gesagt habe? Sie sollten schon bald hier auftauchen. Ich habe noch gehört, wie Frau Rallis darauf bestanden hat, dass Ihre Frau und Emma Kaffee und heißen Kakao trinken sollen. Vergeblich habe ich den Arzt davon abhalten wollen, Ihnen diese Spritze zu geben. Können Sie sprechen, Richter Hunt?«

»Nein, ich bin vollkommen entspannt«, erwiderte Ramsey. Doch McPherson schwieg, weshalb er annahm, dass er sich ohnehin nur in Gedanken mit ihm unterhalten hatte.

Er lächelte Molly und Emma an, als sie in sein Zimmer traten. Emma trug neue Sachen, die er noch nie an ihr gesehen hatte. Und Molly sah in ihrem gelben, seidenen Hosenanzug mit ungewohnt hochhackigen Schuhen wie ein Model aus. Ihr prachtvolles Haar hatte sie zurückgekämmt und mit einer breiten goldenen Spange im Nacken zusammengehalten. Beide sahen hinreißend aus, einfach hinreißend. Er wollte ihnen entgegenschreien, dass sie diesmal gewonnen hatten. Er wollte Molly anbrüllen dafür, dass sie einfach so ins Wasser gesprungen war. Andererseits wollte er sich bei ihr bedanken, dass sie ihm seine Haut gerettet hatte. Er wollte ihnen sagen, dass er sie beide mehr liebte, als er jemals zuvor in seinem ganzen Leben zwei Menschen geliebt hatte. Doch er brachte nichts hervor. Er fragte sich, wohin seine Worte entschwebt waren.

Dann hörte er McPherson sagen: »Nein, es geht ihm gut, wirklich. Er nickt ständig wieder ein. Der Arzt möchte, dass er sich ausruht, also ruht er sich aus. Emma und Sie sehen einfach hinreißend aus. Wie geht es Ihnen, Frau Hunt? Können Sie mir jetzt ein paar Fragen beantworten?«

Dann hörte er Virginia Trolleys Stimme, die McPherson maßregelte, er solle Molly in Ruhe lassen. Sie würde mit ihm sprechen, nachdem sie sich überzeugt hatte, dass es Ramsey gut ging. Sie war wirklich sehr schnell hierher gekommen. Er wusste, dass sie sich um alles kümmern würde. Er wusste auch, dass sie den beiden Polizisten, die sie angeblich beschützen sollten, die Leviten lesen würde. Einer der beiden jungen Polizisten hatte ihm gesagt, er habe die Toilette aufsuchen müssen. Das sei der Grund gewesen, weshalb sie ein paar Minuten zu spät ihm zu Hilfe gekommen seien. Die Frage nach dem Verbleib seines Partners hatte Ramsey ihm zwar stellen wollen, es jedoch nicht über die Lippen gebracht.

Er lächelte Emma an, die von ihrer Mutter wegrutschte und auf ihn zukam. »Es geht mir gut, Em«, glaubte er zu sagen, doch ihr Gesichtsausdruck veränderte sich kein bisschen. Er spürte ihre weichen Lippen an seiner Wange. Dann flüsterte sie in sein Ohr: »Wir haben ihn, Ramsey. Frau Rallis hat mir versprochen, dass er nicht aus ihrem Krankenhaus entkommen kann.« Er hatte lachen wollen, nickte jedoch wieder ein. Das Letzte, was er noch spürte, waren Emmas Finger auf seiner linken Hand.

»Er wird überleben«, sagte Molly. »Sie haben ihn stundenlang operiert, und jetzt wird er überleben.«

Tief aufseufzend meinte Virginia Trolley von der anderen Seite her: »Sie wussten, wer und was er war. Hätten sie ihn doch einfach aus dem Leben scheiden lassen. Jetzt müssen wir ihn vor Gericht stellen, und es wird noch mehr Müll geben, durch den ihr euch durchkämpfen müsst.«

»Ist schon gut, Virginia«, erwiderte Ramsey, dessen Stimme heute Morgen tief und rau war. Er hatte großen Appetit auf eine Tasse Kaffee, doch man hatte sie ihm verweigert. Die Schwester hatte ihm erklärt, er würde sich schrecklich übergeben müssen, wenn er jetzt Kaffee tränke. Zu gerne hätte er den Beweis angetreten, dass sie entweder Recht oder Unrecht hatte. »Wo ist Emma?«

»Ich bin hier, Ramsey. Mama wollte, dass ich mich auf etwas anderes konzentriere. Aber ich habe ihr gesagt, dass ich ohnehin weiß, was los ist. Tut dir die Schulter weh?«

»Nein, ich bin doch ein großer Mann, ganz wie ich es dir immer gesagt habe. Das hier ist so gut wie gar nichts. Ich habe mittlerweile schon richtig Übung, dass man mir ständig in den Körper schießt.«

»Ich hatte Angst, dass er dich umbringt, Ramsey«, sagte Emma. »Das Wasser war ganz rot. Ich wollte dir zu Hilfe kommen, aber diese dicke Frau hat mich festgehalten.«

Bei der Vorstellung, wie Emma genau wie ihre Mutter ins Wasser hätte springen können und vielleicht direkt auf Dickerson gelandet wäre, hätte ihm fast das Herz stillstehen lassen. »Deine Mama hat mir die Haut gerettet. Danke. Virginia, was wird eigentlich mit Dickerson geschehen?«, brachte er hervor.

»Dein Freund Dillon Savich ist auf dem Weg hierher. Die Entführung ist eine Bundesangelegenheit, also ist das FBI dafür zuständig. Er möchte persönlich mit Dickerson sprechen. Zusätzlich kommt noch ein Psychologe. Du weißt ja, dass sie solche kranken Typen wie Dickerson immer befragen. Was die Informationen betrifft, dürfte er sich als eine Art Goldmine für sie erweisen. Bist du jetzt so weit, den örtlichen Behörden eine Zusammenfassung zu liefern?«

Er sprach mit McPherson und seinem Stellvertreter, Daniel Mapes. Es dauerte ziemlich lange. Er war schon ganz blass geworden, als Mapes sagte: »Das reicht, Richter Hunt. Sollten wir noch weitere Fragen haben, werden wir Sie morgen noch einmal aufsuchen.«

»Ich dachte schon, sie würden überhaupt nicht mehr gehen wollen«, meinte Molly und trat an sein Bett. »Du siehst nicht besonders gesund aus.«

»Ich möchte eine Tasse Kaffee.«

»Ich weiß. Hier hast du eine.« Es war ein Wunder. Er beobachtete aufmerksam, wie sie den Deckel von einem Styroporbecher zog. Er nahm drei große Schlucke, dann war ihm hundeelend, und er war kurz davor, sich zu übergeben. Die Übelkeit verflog jedoch allmählich. Plötzlich ergriff ihn die Panik. »Wo ist Emma?«

»Alles in Ordnung. Sie ist bei Virginia und erzählt ihr, was genau passiert ist. Es aus der Sichtweise eines Kindes zu hören dürfte interessant sein. Aber du sollst dich noch etwas ausruhen. Es erscheint albern, dir zu erzählen, wie viel Glück du hattest, während du flachliegst und es dir schlecht geht, aber so ist es. Du wirst wieder gesund werden. Der Chirurg meinte, dass du morgen Abend schon mit mir tanzen gehen könntest. Na ja, seien wir ehrlich, vielleicht doch erst am Mittwoch.«

Molly lächelte ihn an, schloss die Tür und schlüpfte zu ihm in das schmale Krankenhausbett. Sie küsste sein Ohr, seine Nase, seinen Mund. »Du schmeckst nach Krankenhaus«, sagte sie und vergrub die Nase an seinem Hals. »Da ich in Seide gekleidet bin, scheinen sich Gegensätze tatsächlich anzuziehen.« Sie seufzte tief auf. »Ich wünschte, wir könnten Onkel Doktor spielen.«

»Molly, bitte errege mich jetzt nicht. Ich möchte mir nicht vorstellen wollen, was Schwester Hayman tun würde, wenn sie hereinkäme und mich an die Decke zeigend sähe.«

»Sie bewundert dich. Vermutlich würde sie mich von dir herunterziehen und meinen Platz einnehmen.«

»Jetzt aber genug mit dieser Flitterwochenturtelei«, ließ sich ein Mann vom Türrahmen aus vernehmen.

»Nicht halb so übel wie Schwester Hayman«, meinte Molly und hüpfte vom Bett.

Es war Dillon Savich, der von einem Ohr zum anderen grinste. Hinter ihm stand noch ein Mann, der den Eindruck machte, als ob er in seinem ganzen Leben noch nicht ein einziges Mal gegrinst hätte. Er wirkte steif und hager wie ein mittelalterlicher Mönch. Ein dünner Kranz grauer Haare zierte seinen Kopf.

»Hallo Ramsey. Schön, dass es dir wieder so gut geht, dass du Molly küssen kannst. Leute, das hier ist Thomas Galviani, auch als ›Tommy, das Auge‹ bekannt. Ein Spezialist in Sachen Kindesmissbrauch. Er ist einer der weltweit besten Experten.«

Die Miene des Mannes zeigte keinerlei Regung. Er nickte lediglich und schüttelte Ramsey die Hand. »Savichs Ansicht nach bin ich viel zu ernst, aber das stimmt gar nicht. Es freut mich, Sie kennen zu lernen, Richter Hunt. Ich habe gelesen, was für eine bewundernswerte Tat Sie im Gerichtssaal mit den Drogenhändlern vollbracht haben. Bei mir im Büro reden heute noch alle darüber. Ich bin außerordentlich glücklich darüber, dass diesmal unser Übeltäter gefangen wurde, bevor er umgebracht wurde. Meinen Glückwunsch, dass Ihnen das gelungen ist.«

»Danke, Herr Galviani.«

»Tommy, das Auge«, sagte er, ohne mit der Wimper zu zucken. Sein Gesicht war ausdruckslos, und Savich lachte.

»Wo ist denn Sherlock?«

Savich wandte sich an Molly: »Sie ist auf der Damentoilette und verflucht mich. Ich habe das S-Wort einem Arzt gegenüber erwähnt, der sich Sorgen machte, weil sie so blass aussah. Ich sagte ihm, wir hätten eine lange Reise hinter uns, und sie sei erschöpft, weil sie schwanger sei. Mehr war nicht nötig.«

»Hoffentlich erschießt Sherlock Sie nicht, bevor ihre morgendliche Übelkeit verflogen ist«, meinte Tommy, das Auge.

Sie lachten immer noch, als Sherlock ins Zimmer trat. Sie trat zu ihrem Mann und knuffte ihn in den Arm. Dann begrüßte sie Molly und Ramsey. Alle lachten. »Ich war noch kurz auf der Intensivstation. Dickerson ist immer noch bewusstlos. Wenn er aufwacht, wird man uns Bescheid geben.«

»Ich würde gerne mit ihm sprechen«, sagte Tommy, das Auge. »Ich habe alles bei uns verfügbare Material gelesen. Die Berichte über seine erste Gerichtsverhandlung, die Abschriften dessen, was er wann und zu wem gesagt hat. Er gehört zu den zwanghaften Kinderschändern, er ist also ein Pädophiler, der Kinder sexuell missbraucht. Diese Art von Tätern missbraucht bis zu tausend Kinder in seinem Leben. Anders als der Gelegenheitsschänder, der vielleicht ein Dutzend missbraucht. Der Typ ist ein klassischer Fall, mit einer Ausnahme. Er hat Emma sowohl körperlich verletzt als auch missbraucht. Das nennen wir einen sadistischen Kinderschänder. Dazu kommt, dass sein Verhalten Emma gegenüber obsessive Züge zeigt. Das kommt bei Kinderschändern nicht häufig vor, gelegentlich aber schon. Ein ganz bestimmtes Kind, und der Täter muss dieses eine Kind und kein anderes bekommen. Dickerson hat jeden Überlebensinstinkt verloren. Die meisten Täter hätten einfach mit den Schultern gezuckt und sich dem nächsten Kind zugewendet, Dickerson nicht. Er konnte sich einfach nicht mehr bremsen.«

»Er ist nicht dumm, und er hätte wissen müssen, dass ihn

diese Obsession Emma gegenüber irgendwann zu Fall bringen würde. Doch er konnte nicht anders, konnte sich nicht bremsen, konnte sie nicht zurücklassen und vergessen. Wie ich gehört habe, ist er im Verstellen und mit Make-up sehr versiert.«

»Das hat er mir auch erzählt, als wir zusammen im Wasser plantschten«, meinte Ramsey. »Das ist auch einer der Gründe, weswegen Rule Shakers Leute ihn angeheuert haben. Da Emma wieder nach Hause zurückkehren sollte, nachdem Louey sich einsichtig gezeigt hat, sollte der Entführer nicht erkennbar sein. Daher die Maske.«

»Und wie verträgt sich das alles mit seinen religiösen Bedürfnissen?«, fragte Ramsey. »Emma gegenüber hat er bemerkt, er brauche sie. Wortwörtlich: er brauche sie.«

»Darüber würde ich sehr gerne mit ihm sprechen. Er erscheint mir wie ein kochender Kessel, in dem man alle möglichen Dinge durcheinander gemengt hat. Das reicht von dem Irrglauben, Emma könne ihn erlösen, bis dahin, ihr Schmerzen zuzufügen, damit sie auf diese Weise seine Strafe auf sich nähme. Ich kann es kaum abwarten, diesen Mann auszukundschaften. Zunächst einmal aber sind wir alle dankbar dafür, dass er jetzt aus dem Verkehr gezogen ist.«

»Falls Sie sich irgendeinen Reim auf ihn machen können, Tommy, informieren Sie uns bitte«, bat Molly.

»Das werde ich tun, Frau Hunt«, erwiderte er und rieb sich die Hände.

33

Nachdem die Fragen allseits beantwortet waren, fühlte sich Ramsey wieder so weit hergestellt, dass er zu Emma gehen konnte.

Emma blickte auf und erkannte ihn. Sie stieß einen Schrei

aus, rannte auf ihn zu und umklammerte sein Bein. »Ist schon gut, Emma«, sagte er und streichelte ihr über den Kopf. »Siehst du, ich laufe. Und zwar richtig. Niemand muss mich stützen. Für einen Macho wie mich war es einfach nur eine weitere kleine Kugel. So, und jetzt lass mich dich einmal hochheben, damit ich dich richtig umarmen kann.«

»Lass das besser mich machen«, meinte Savich und hob Emma auf Augenhöhe zu Ramsey hoch. Sie streckte sich ihm entgegen und umarmte ihn. Er küsste sie aufs Ohr. »Du duftest gut, Em. Was ist das? *Oscar de la Renta?*«

»Nein, das ist die Seife aus dem Hotel.« Emma warf ihren Kopf zurück und fragte: »Sollte das ein Witz sein, Ramsey?«

Sherlock sah schön und gesund aus und betrachtete ihren Mann mit nunmehr ganz anderen Augen. Molly sagte zu ihr: »Ramsey liebt sie so sehr. Vielleicht wird er eines Tages auch mich lieben.«

»Der Mann hat Nirwana gefunden, und das weiß er auch, Molly«, erwiderte Sherlock sachlich und beobachtete immer noch ihren Mann, wie er mit verzücktem Gesicht Emma auf dem Arm hielt. »Ich mochte Ramsey schon früher sehr gern. Und jetzt, wo er sie hat, wird alles gut, darauf können Sie sich verlassen. Was meinen Sie, Molly, wirkt Dillon mit Emma auf dem Arm nicht wie der geborene Vater?«

Der Pfleger hatte am Abend vorher zwei Betten in Ramseys Zimmer gerollt. Die ganze Familie war beisammen, und alle schliefen fest, als die Tür plötzlich aufflog und Kriminalkommissar McPherson hereinrumpelte.

Ramsey sprang in Sekundenschnelle aus dem Bett und war kampfbereit. Fast wäre er in Ohnmacht gefallen. Keuchend stützte er sich am Bett ab. »Was gibt es denn?«

»Es ist alles in Ordnung, Richter Hunt«, keuchte McPherson. »Ich hatte mir nur Sorgen gemacht, dass Ihnen auch etwas zugestoßen sein könnte. Lassen Sie mich Ihnen helfen, wieder ins Bett zu steigen.«

»Wovon sprechen Sie denn?«, erkundigte sich Molly, die

Ramsey zu Hilfe geeilt war. Emma war auf halbem Wege zu Ramseys Bett, und Ramsey wusste, dass sie ihn hatte beschützen wollen.

»Es geht um Dickerson«, schnaufte McPherson. »Man geht davon aus, dass ihm jemand etwas in den Infusionstropf gemischt hat. Kalium vielleicht. Er ist tot.«

»Aber auf der Intensivstation ist doch überall Personal zugegen«, meinte Virginia Trolley, schüttelte den Kopf und schien es immer noch nicht glauben zu können, obwohl sie seit gut zehn Minuten über Dickerson sprachen. Nachdem Ramsey sie angerufen hatte, hatte sie sich unverzüglich angezogen und war ins Krankenhaus geeilt. Ramsey hatte sie noch nie ohne Make-up gesehen. Ihr Haar war ungekämmt und ihr rotes Jackett verknittert. Sie sah süß aus. Das würde er ihr natürlich nie und nimmer sagen, denn sie würde ihm einen Kinnhaken versetzen.

»Wie konnte denn jemand dort hineinkommen«, fuhr sie fort, »eine Nadel in seinen intravenösen Zugang stecken, wieder gehen, und das alles, ohne gesehen zu werden? Natürlich wurde er nicht bewacht, weshalb auch? Alleine hätte er nirgendwohin gehen können, und niemand hätte angenommen, dass er Personenschutz bräuchte. Wir haben mit dem Sicherheitsdienst gesprochen. Sie haben das Krankenhaus abgeriegelt, aber das wird nichts bringen. Momentan gehen sie gerade die Überwachungsvideos durch, ob sie etwas Auffälliges finden können.«

»Kriminalkommissar McPherson sagte, eine Schwester habe jemand in weißer Krankenhauskleidung gesehen«, sagte Molly. »Das ist jedoch nichts Ungewöhnliches. Das ist genauso, als ob man im Pentagon in einer Uniform auftaucht. Keiner wird zwei Mal hinsehen, wenn man wie jemand aussieht, der dort hingehört.«

»Sie hat Recht«, stimmte Ramsey zu. »Es ist die einzige vernünftige Antwort. Mir leuchtet es zwar nicht so recht ein, aber schließlich ist dies ein Krankenhaus und keine Hochsicherheitszone. Das Personal ist nicht zu erhöhter Aufmerksamkeit angehalten worden.« Er schloss für einen Moment die Augen. Er war vollkommen erschöpft, seine Rippe schmerzte, seine Schulter tat ihm wie verrückt weh, und für eine Schmerztablette hätte er alles gegeben.

Plötzlich merkte er, wie Emmas Hand sich in die seine schob. Er drehte sich zu ihr um und sah, wie sie ihn beobachtete und um seine Schmerzen und ihre Hilflosigkeit wusste. Es war zwar eine Lüge, doch er sagte: »Mit mir ist alles in Ordnung, Emma. Trotzdem tut es gut, wenn du meine Hand hältst.«

Er verspürte eine unglaubliche Erleichterung. Dickerson war tot und für niemanden mehr eine Bedrohung. Emma war sicher.

Kriminalkommissar McPherson räusperte sich. »Um ehrlich zu sein, Richter Hunt, ein weiterer Grund für mein plötzliches Auftauchen war der, dass Sie der nächst liegende Verdächtige wären.«

»Momentan bin ich nicht der Schnellste«, erwiderte Ramsey. »Ich wäre fast in Ohnmacht gefallen, als Sie zur Tür hereinstürmten. Einen weißen Mantel zu stehlen, das Kalium zu finden, das ich ja normalerweise nicht bei mir trage, und dann auch noch einfach in die Intensivstation hereinzuspazieren hätte meine Fähigkeiten, so imposant sie auch insgesamt zu sein scheinen, doch um einiges überschritten.«

»Das war ein Witz«, wandte sich Emma an Kriminalkommissar McPherson.

»Ich weiß. Ich bin froh, dass sie alle hier waren. Das erleichtert die Sache.«

Als die drei eine Stunde später wieder alleine waren, konnten sie vor Aufregung nicht wieder einschlafen. Das Telefon klingelte. Molly nahm ab, dann reichte sie es mit einem merkwürdigen Gesichtsausdruck an Ramsey weiter. »Ich verstehe das nicht, mein Vater. Er möchte mit dir sprechen.«

Ramsey überlegte kurz, ob er das Telefon auf Lautsprecher stellen sollte. Aber nein, Emma war da. Er nahm den Hörer und meldete sich. Es war tatsächlich Mason Lord. Er sagte: »Mir geht es schon viel besser, und wie ich höre, wirst du auch überleben, Ramsey. Ach ja, wie man mir mitteilte, wird es wohl keine Probleme mehr mit dieser Bestie geben, die Emma hinterher war und Sie angeschossen hat.«

Obwohl sein Blut in Wallung geriet, erwiderte Ramsey sehr leise: »Woher wissen Sie das, Sir? Es ist wohl noch zu früh, als dass es bereits in den Nachrichten sein könnte.«

Leise lachend erwiderte Mason leicht amüsiert: »Ich habe überall meine Freunde, Ramsey. Auf diese Weise werde ich natürlich stets sehr schnell informiert. Man könnte fast schon behaupten, ich weiß manche Dinge bereits, bevor sie geschehen.«

Hatte Gunther Dickerson ermordet? Oder hatte Mason für diese Aufgabe hier vor Ort jemanden angeheuert? Jetzt, wo er eine Minute Zeit gehabt hatte, darüber nachzudenken, legte sich seine Überraschung. Weshalb sollte er sich auch wundern? Was in aller Welt gab es noch zu sagen?

»Jetzt müssen weder Emma noch du noch Molly Angst haben. Ich erwarte euch alle drei zum Erntedankfest. Das ist mein Lieblingsfeiertag. Keine außergewöhnlichen Geschenke, nur eine schöne Mahlzeit, wie immer von Miles zubereitet.«

»Ja«, erwiderte Ramsey. »Wir kommen.« Behutsam legte er den Hörer auf die Gabel zurück. Er sah Molly an und schüttelte den Kopf. Sie legte kurz die Stirn in Falten, doch dann schien sie zu begreifen. Sie gab sich große Mühe zu gähnen. »Also, ich streiche die Segel. Wie sieht es bei dir aus, Em?«

»Ich bin auch müde, Mama. Was wollte Großvater denn, Ramsey?«

»Er wollte nur wissen, ob es uns auch allen gut geht, nichts weiter.«

»Nett, dass er angerufen hat.« Emma gab Ramsey einen Kuss und ließ sich von ihrer Mutter zudecken.

Ramsey lehnte sich zurück und schloss die Augen. Seine Fingerspitzen schmerzten. Sein Kopf ebenfalls. Und jetzt das. Molly beugte sich zu ihm herunter, um ihn zu küssen. Er flüsterte: »Er hat Dickerson umlegen lassen. Was soll ich jetzt tun?«

»Sag McPherson die Wahrheit. Es macht nichts, du weißt doch, dass es nichts ändern wird. Niemand wird meinen Vater vor Gericht stellen. Ich würde sogar behaupten, er will, dass du es der Polizei sagst. Er lacht sicher gerade über die Vorstellung, wie du es ihnen erzählst.«

Vermutlich lag sie damit richtig. »Gute Nacht, Emma«, rief er. »Schlaf gut. Und du auch, Molly.«

Jetzt war alles vorüber, dachte Ramsey, als er mit Emma an der Hand die Treppe zu seinem Haus in San Francisco hinauflief. Alles vorüber. Er dachte an Dickersons Mutter in Duluth, die seine Einäscherung bezahlt hatte. Ramsey war zusammen mit Savich tatsächlich hingegangen, nur um sicher zu sein, nur um den Mann noch einmal zu Gesicht zu bekommen, bevor er zu Asche verbrannte.

»Mama schläft«, sagte Emma. »Sie war sehr müde. Ich glaube, sie hat letzte Nacht nicht so gut geschlafen.«

Das war nur zu wahr. Ihm war es nicht anders ergangen. Emma hatte in ihrem eigenen Zimmer übernachten wollen, weswegen sie beide nicht viel geschlafen hatten. Es war merkwürdig, aber er vermisste es, dass Emma sich an sie drückte, zumindest am Morgen war es ihm so ergangen.

»Hoffentlich schläft sie nicht mehr«, meinte Ramsey. »Ich möchte sie lächeln sehen. Das hat sie jetzt schon oft gemacht, seit wir gestern hier nach Hause gekommen sind.«

Er stand ihm Türrahmen zum Schlafzimmer. Emma war in ihr Zimmer gerannt, um ihr Spielzeug zu holen. Molly lag mit dem Rücken zu ihm auf der Seite. Außer einem weißen, hochgeschnittenen Slip hatte sie nichts an. Ihr unteres Bein lag ausgestreckt, das obere war leicht angewinkelt. Eine verführerischere Stellung gab es nicht für eine Frau. Er schluckte. Ihr Haar war herrlich verwuschelt und fiel üppig über die weiße Haut. Er wollte sofort auf sie zugehen, sie erst vom Nacken abwärts den Rücken hinunter küssen und ihr schließlich den Slip ausziehen. In der vergangenen Nacht hatten sie sich drei Mal geliebt. Er vermutete, sie hätten es am Morgen noch ein viertes Mal getan, wenn Emma nicht ihre eigenen Pläne gehabt hätte.

»Mama hat die Decke weggestoßen«, meinte Emma sachlich. Sie ging zum Bett und deckte ihre Mutter zärtlich zu. Molly bewegte sich. Sie fiel auf den Rücken und öffnete die Augen.

»Emma«, sagte sie und legte ihre Hand an die Wange ihrer Tochter. »Hast du dich um Ramsey gekümmert?«

»Ja, Mama. Es geht ihm schon viel besser. Er hat versprochen, dass ihm die Schulter nur noch ein ganz klein wenig weh tut. Aber das Beste ist, dass er sich um mich keine Sorgen mehr macht.«

»Emma, um dich werde ich mir Sorgen machen, bis ich neunzig Jahre alt bin. Jetzt müssen wir nur noch irgendwie diese Presse loswerden, dann wäre alles prima«, meinte Ramsey. »Ich würde euch gerne mein Büro zeigen und euch allen Leuten dort vorstellen. Wir haben eine wunderbare Aussicht.« Er seufzte. »Aber dort wartet sicherlich die Presse.« Er ging zum Bett hinüber, beugte sich herunter und küsste Molly auf die Nasenspitze. »Hast du gut geschlafen?«

Sie warf ihm einen viel sagenden Blick zu, der ihn sofort wieder erregte. »Keine Alpträume und vollkommene Entspannung. Das war eine schöne Abwechslung. Ich sollte meine Mutter anrufen, ehe es in Italien zu spät wird. Sie hat sich Emmas wegen Sorgen gemacht, und ich habe es ihr versprochen.«

Später in der Küche rief Molly an, während Ramsey am

Tisch stand und Karotten und Brokkoli zerkleinerte. Emma deckte den Tisch.

Lächelnd balancierte Molly den Hörer zwischen Kinn und Schulter und mopste sich ein Stückchen Möhre. »Hallo, Mama, wie geht es dir?«

»Gut, Liebling. Ist bei euch alles in Ordnung?«

Molly gab ihr eine stark gekürzte Version der Festnahme Dickersons. Schließlich erzählte sie ihr, dass er im Krankenhaus umgebracht worden war.

Ein paar Sekunden schwieg ihre Mutter, dann sagte sie mit warmer Stimme: »Dein Vater war immer schon sehr gründlich. Hat er dich kurz nach dem Tod des Mannes angerufen, um dir zu sagen, dass ihr nun sicher seid?«

Molly starrte den Hörer an. »Ja, genau das hat er getan. Die Polizei hat nach wie vor die Person nicht ausfindig machen können, die das Kalium in Dickersons Tropf geschleust hat.«

»Das wird ihnen auch nicht gelingen. Nie und nimmer. Dein Vater hat seit jeher nur sehr verlässliche Leute angeheuert.«

»Danach sieht es aus. Doch ich mache mir seinetwegen Sorgen. Zwei Mal ist er gerade so mit dem Leben davongekommen. Dieser Rule Shaker scheint nicht zu den Menschen zu gehören, die leicht aufgeben.«

»Nein, das hat er noch nie, und er wird sich wohl kaum geändert haben.«

Molly hüpfte vom Stuhl und hätte fast das Telefon aus der Wand gerissen. »Was willst du denn damit sagen, Mama? Kennst du Rule Shaker?«

»Aber natürlich, Liebling. Ich kannte ihn vor langer Zeit, als er und dein Vater gerade mit ihren Geschäften anfingen. Damals waren sie eng befreundet. Unsere beiden Familien haben alles gemeinsam gemacht. Seine Frau Lorna mochte ich sehr gerne, die Arme. Sie ist vor fünfzehn Jahren bei einem Autounfall umgekommen. Meiner Ansicht nach ging das auf Rule Shakers Konto.«

»Aber Mama, heute sind sie bitter verfeindet. Es war Rule Shaker, der Louey in die Luft gejagt hat, wo doch eigentlich Ramsey, Emma und ich das Ziel gewesen waren. Es war Rule Shaker, der den Bauern in Colorado umgebracht hat. Und zwei Mal hat er versucht, Vater zu ermorden.«

»So ist das eben, Molly. Warte eine Sekunde.« Molly hörte, wie ihre Mutter in den Singsang des Italienischen verfiel. »Was ist, Maria? Aber ja, stellen Sie den Tee auf den Tisch. Und dann gehen Sie zu Bett.« Ihre Mutter kehrte ans Telefon zurück und sprach nun wieder Englisch. »Liebling? Wovon sprachen wir gerade?«

Der Herrgott segne mich mit Geduld, dachte Molly und warf der Zimmerdecke einen gepeinigten Blick zu. »Wir haben über die Tatsache gesprochen, dass Rule Shaker und mein Vater sich gegenseitig umbringen wollen. Warum wusste ich nie etwas davon? Was ist denn zwischen ihnen vorgefallen?«

»Was die Polizei dazu sagt, weiß ich nicht, Liebes. Sicher wissen sie Bescheid. Die Trennung war kein Geheimnis. Aber du, warum solltest du jemals davon erfahren haben? Die Trennung erfolgte, als du ein kleines Mädchen warst. Kurz bevor ich deinen Vater verließ, um genau zu sein. Und ein Jahr später hat Rules Frau ihn verlassen.«

»Weißt du, was passiert ist?«

»Ja, Liebes. Ich denke, heute wiegt das alles nicht mehr so schwer. Du bist mittlerweile erwachsen und hast selbst eine Tochter. Rule Shaker wollte mit mir schlafen. Ich aber liebte deinen Vater. Er lag mir wirklich am Herzen. Rule sah wie ein Verbrecher aus, wenn du weißt, was ich meine. Die Art von Verbrecher, wie man sie in Hollywood auf die Leinwand setzt, wenn man Sympathie für den Kerl einheimsen will. Einer, der raucht. Dein Vater aber hatte immer schon das Aussehen eines Aristokraten. Und das bis heute, jedenfalls auf den Fotos, die ich von ihm gelegentlich gesehen habe.«

»Aber was ist denn vorgefallen?«

»Dein Vater hat uns verlassen. Rule Shaker hat versucht, mich zu zwingen, und zwar in einer sehr plumpen und taktlosen Art und Weise. Als Mann gab dein Vater sowohl mir als auch seinem Freund die Schuld. Das war das Ende unserer Ehe und das Ende ihrer Freundschaft und Geschäftsverbindung. Es war eine sehr schwere Zeit.«

»Ich erinnere mich, als wir nach Italien gingen«, sagte Molly langsam. »War das, nachdem es gerade passiert war?«

»Richtig. Aber das liegt lange zurück, zwanzig Jahre jetzt. Molly, lass mich bitte mit Emma sprechen. Ich würde mich sehr freuen, wenn ihr alle zusammen zum Erntedankfest nach Italien kommen würdet. Man hat keine Sorge, jemandem ein Geschenk zu geben, das er vielleicht nicht haben möchte. Lediglich eine schöne, gemeinsame Festmahlzeit. Unsere Köchin Magdalena ist ausgezeichnet. Bevor sie bei mir anfing, hatte sie in ihrem Leben noch keinen Truthahn gekocht. Werdet ihr kommen?«

»Da muss ich dich später noch einmal anrufen, Mama.«

»Noch etwas, ich habe in *Time* ein Foto deines Vaters mit seiner Frau gesehen. Er scheint wieder unter den Lebenden zu sein. Wieder einmal. Das ist vielleicht auch gut so. Immerhin hat er die Bedrohung aus Emmas Leben getilgt.«

»Er hat Dickerson ermorden lassen, Mama«, meinte Molly, die sofort ihre eigene Scheinheiligkeit registrierte und schnell ergänzte: »Obwohl ich ihn selbst auch umlegen wollte. Du hast Recht. Was auch immer sonst Vater sein mag, er hat Emma vor der schrecklichen Erfahrung einer Zeugenaussage vor Gericht bewahrt, wenn nicht vor Schlimmerem.«

»Er sollte aber dennoch sehr vorsichtig sein, findest du nicht?«

»Natürlich«, stimmte Molly zu. »Rule Shaker gehört meines Erachtens nach nicht zu den Leuten, die schnell aufgeben. Ich bin mir sicher, dass Vater ihn gut genug kennt, um das zu wissen.«

»O ja, er selbst hält sich bestimmt für vorsichtig. Aber ich spreche nicht von Rule Shaker. Hoffentlich weiß dein Vater, was er tut.«

»Inwiefern?«

»Nun, Liebes, sie ist seine Frau. Ich hatte nicht gewusst, wen er geheiratet hat. Es erscheint mir sogar geradezu unglaublich, dass er sie geheiratet hat, aber offenbar hat er es nicht als Gefahr für sich selbst empfunden. Männer sind schon merkwürdig, findest du nicht? Sie denken mit ihrem Geschlechtsteil. Das hat meine Mutter mir ständig gesagt.«

Molly schüttelte den Kopf. »Ich verstehe das nicht, Mama. Was ist denn merkwürdig mit Eve? Zugegeben, sie ist jünger als ich, aber viele ältere Männer haben Vorzeigefrauen. Doch ich stimme dir zu, dass die meisten Männer mit ihrem Schwanz denken.«

»Molly, Liebling, welch taktlose Wortwahl. Ganz so hatte ich es nicht gemeint. Es gab jede Menge böses Blut zwischen deinem Vater und Rule Shaker, und das steigerte sich mit der Zeit auch noch. Sie hatten die gleichen geschäftlichen Interessen. Manchmal gewann der eine, dann wieder der andere, aber die Rivalität ist über die Jahre gewachsen. Deshalb ist das auch eine solche Überraschung für mich gewesen.«

»Was denn für eine Überraschung?« Molly rollte ihre Augen in Richtung Ramsey, der eine seiner schwarzen Augenbrauen in die Höhe zog.

»Deines Vaters Frau, Liebes. In der *Time* war ein ausgezeichnetes Foto von ihr, kurz nachdem dein Vater zum ersten Mal angeschossen worden war. Wusstest du das denn nicht, Liebes? Sie ist Rule Shakers älteste Tochter.«

34

Molly betrat das gediegene Arbeitszimmer ihres Vaters und schloss leise die hohe Doppeltür.

Ihr Vater erhob sich langsam, zog eine Augenbraue hoch und fragte: »Was ist, Molly? Ich hatte dich nicht erwartet. Ist alles in Ordnung?«

Er war makellos gekleidet. Nur wenigen Menschen in seinem Umkreis würde auffallen, dass er dünner geworden war, die angespannte Haut seines Gesichts eine leicht unnatürliche Färbung zeigte und dass er eigentlich noch im Bett liegen und sich von einer Schusswunde im Brustkorb erholen sollte. Sie lächelte ihn an. »Aber ja, uns geht es allen gut. Du siehst ebenfalls gut aus. Miles erzählte mir, du seist heute drei Stunden aufgestanden. Er macht sich Sorgen, denn seiner Meinung nach übertreibst du. Er hat mir auch erzählt, dass du gestern Abend ein großes Stück Schokoladenkuchen vertilgt hast.«

»Richtig, und zwar mit Miles' selbst gemachter Schokoladensoße. Im Bett hätte ich Schimmel angesetzt. Es geht mir gut. Wo ist Ramsey?«

»Ramsey und Emma sind bei Miles. Gunther schleicht sich ebenfalls dort herum, um ein paar von Miles' Schokoladenkeksen zu ergattern.« Sie hielt kurz inne, lächelte ihn an und sagte: »Ich wollte dich unter vier Augen sprechen.«

»Was soll das alles? Warum bist du hier?«

Ihr fiel auf, dass der Bogen seiner Augenbrauen ganz und gar ihrem eigenen entsprach. Merkwürdig, dass ihr das bisher noch niemals aufgefallen war. Sie würde Ramsey fragen, ob ihm diese Ähnlichkeit schon aufgefallen war. »Um dir die Wahrheit zu sagen«, begann sie, »bin ich hierher gekommen, um dich um einen großen Gefallen zu bitten.« Wie erwartet, runzelte er die Stirn, denn er konnte sich nicht vorstellen, worum es sich handeln könnte. Er winkte sie zu einem riesigen

Ledersessel hinüber. »Das ist mein Lieblingssessel«, meinte er. »Zurzeit kann ich leider nicht darin sitzen. Das Aufstehen fällt mir zu schwer.«

»Ganz wie eine schwangere Frau.«

»Das möchte ich bezweifeln. Um welchen Gefallen handelt es sich, Molly?« Als sie nicht sofort antwortete, richtete er seine Aufmerksamkeit erneut auf die Zeitung, die er gelesen hatte, und ignorierte sie. Das hatte sie schon öfter an ihm beobachtet. Es irritierte die Person, die ihm etwas mitteilen wollte. Es war merkwürdig, dass sie es einerseits bemerkte und andererseits nachvollziehen konnte. Fast wäre sie versucht gewesen, ihn für seine Schauspielkünste zu loben.

Sie ließ ihn die Seite überfliegen, dann sagte sie: »Mutter hat mir von dir und Rule Shaker erzählt, dass ihr über viele Jahre hinweg die besten Freunde wart und dass eure beiden Familien sich sehr nahe waren. Sie hat mir erzählt, dass du sowohl ihr als auch Rule Shaker die Schuld gegeben hast, als du sie beide überrascht hast.«

Sein Kopf schnellte in die Höhe. »Ich wette, sie hat dir gegenüber auch ihre Unschuld beteuert und dass es Rule Shaker war, der sie vergewaltigen wollte.«

»Ja, das hat sie gesagt. Sie sagte, dass sie ihn nicht wirklich mochte, dass er taktlos und grob sei, dass sie dich geliebt habe, dass du aber ihnen beiden die Schuld gegeben hättest. Du hast sie hinausgeworfen. Du hast meinen Bruder behalten, und ich bin mit ihr nach Italien gegangen.«

Er zuckte schmerzhaft berührt mit den Schultern. »Das ist alles sehr lange her. Ich kann mir keinen Grund vorstellen, weswegen sie es dir jetzt erzählt hat. Und was Rule Shaker betrifft, so bin ich über die Jahre hinweg ganz gut mit ihm klargekommen. In letzter Zeit vielleicht nicht mehr ganz so gut, wie ich es mir wünschen würde«, fügte er noch hinzu und sah besorgt auf den Brieföffner herunter, der scharf wie ein zweischneidiges Messer vor ihm lag. Er sah zu ihr auf. »Um ehrlich zu sein, hat er mir die letzten Jahre über mehr

Geschäfte vermasselt, als mir lieb ist, aber das ist nur eine vorübergehende Erscheinung. Er ist ein Rohling geworden, mehr nicht. Er war schon immer eifersüchtig auf mich und meinen Besitz. Als er jung war, hatte er schlechte Zähne. Mittlerweile wird er sicher ein Gebiss tragen.« Er hielt einen Moment inne, runzelte die Stirn und blickte an ihr vorbei, möglicherweise in seine Vergangenheit.

»Ich habe ihn akzeptiert und ihm meine Freundschaft angeboten«, fuhr er fort. »Ich konnte es kaum glauben, ihn nicht durchschaut zu haben, bis ich ihn und deine Mutter zufällig ertappt hatte.

Zweimal hat er versucht, mich umzubringen. Jetzt werde ich mich seiner ein für alle Mal entledigen. Ich möchte mir nicht ständig über die Schulter schauen müssen. Gunther macht sich Sorgen. Er ist über diese Sache auch nicht sonderlich glücklich.«

»Rule Shaker hat nicht versucht, dich umzubringen.«

Ihr Vater betrachtete sie mit einer Mischung aus Überraschung und Verachtung. »Was hast du gesagt?«

»Nein«, erwiderte sie langsam, als ob sie zu einem etwas dümmlichen Kind sprechen würde. »Er hat dich niemals umzubringen versucht. Es war deine Frau.«

Ihr Vater sprang auf, erblasste, dann schwankte er. Sie bemerkte den Schmerz auf seinem Gesicht, wollte zu ihm gehen, erinnerte sich jedoch, dass er jeden hasste – und das traf auf sie in ganz besonderem Maße zu –, der eine Schwäche an ihm entdeckte. Er riss die Hand hoch und winkte sie zurück. »Eve? Du meinst, dass Eve versucht hat, mich umzubringen? Willst du Eve beschuldigen? Das ist absurd, Molly, vollkommen absurd.« Er drehte sich zu seinem Privattelefon um. »Das werden wir ja sehen. Wie kannst du es wagen, Eve zu beschuldigen? Du bist ganz einfach nur eifersüchtig auf sie, nicht wahr, Molly? Du kannst sie nicht ausstehen, weil sie all das besitzt, was dir fehlt. Du bist ...«

»Louey hat sie auch in die Luft gejagt.«

Er richtete sich langsam auf und sah sie an. Dann legte er behutsam den Hörer zurück. Kopfschüttelnd meinte er: »Nein, das war Rule. Er wollte dich und Emma und Ramsey umbringen, um sich damit Louey gefügig zu machen. Diese blöde kleine Hexe, Rules Tochter, wollte den Idioten unbedingt haben. Nein, Rule hat Louey versehentlich über die Klinge springen lassen. Sein eigentliches Anliegen war es, dich und Emma umzubringen. Ich musste zurückschlagen. Er hat meine Tochter umbringen wollen, also musste ich ihm seine nehmen. So, und jetzt genug von deiner Giftspritzerei, Molly. Mehr will ich darüber nicht hören. Ich werde jetzt Eve rufen.«

»Sie ist nicht mehr hier. Sie ist …«, Molly blickte auf ihre Uhr, »… vermutlich vor etwa zehn Minuten gegangen. Sie wird nicht mehr zurückkommen, und du wirst sie nicht verfolgen.«

Sie hätte schwören können, dass seine rechte Hand leicht zitterte. Aber seine Stimme war ruhig und voller Autorität, als er sie mit jener kaum erträglichen Kälte in der Stimme fragte: »Was soll das Ganze, Molly?«

Molly erhob sich langsam aus ihrem Sessel. Sie trat auf den Schreibtisch ihres Vaters zu und stützte die Hände auf das Mahagoniholz. »Hör mir zu, Papa. Eve ist Rule Shakers Tochter. Nach dem Tod ihrer Mutter ging Eve weiter in Europa zur Schule, dann wechselte sie nach Harvard. Sie ging nicht wieder zu ihrem Vater und ihrer kleinen Schwester zurück, weshalb du auch niemals von ihr gehört haben wirst. Deine Frau hat einen Universitätsabschluss in Wirtschaftswissenschaften, Papa. Finanzanalyse ist ihr Spezialgebiet. Rule und sie wollten dich, so gut sie nur konnten, ausnehmen. Du hast zugegeben, dass du in den letzten Jahren mehr als gewöhnlich verloren hast. Das war kein Zufall. Eve hat ihm die Informationen zugespielt.«

In dieser Sekunde spürte sie, dass er ihr glaubte. Sie sah, wie seine Augen kalt wurden, sah die Veränderung in seinem

Blick, als ihm alle möglichen Gedanken durch den Kopf gingen. Sehr leise sagte sie: »Du wirst Eve nicht umbringen. Die Sache ist ausgestanden, und zwar vollkommen. Niemand wird dich umzubringen versuchen, und du deinerseits wirst auch nicht versuchen, Rule Shaker umzulegen.«

Das Blut schoss ihm ins Gesicht, er schüttelte den Kopf. »Nein, das ist unmöglich. Ich kannte Eve. Hältst du mich für so dumm? Ich habe sie vor der Hochzeit vollkommen durchleuchten lassen. Sie ist schwedisch, kommt aus Uppsala, einer kleinen Stadt nördlich von Stockholm. Ich weiß alles über ihre Familie. Ihr Vater ist Ingenieur. Sie besitzt sogar noch ein Diplom von ihm. Es hängt in unserem Schlafzimmer. Ihre Mutter ist Lehrerin. Sie lehrt Französisch, verdammt noch mal. Sie hat zwei jüngere Schwestern. Ich kenne sie wie meine Westentasche. Sie spricht fließend Englisch, weil sie in ihrer Kindheit eine englische Kinderfrau hatten. Ich weiß, dass sie niemals zur Universität gegangen ist, dass sie ...«

»Ihr Name ist Janice Claire Shaker. Als du sie das letzte Mal gesehen hast, war sie gerade einmal vier Jahre alt, ein kleines Mädchen. Vermutlich kannst du dich überhaupt nicht an sie erinnern. Als Rule und seine Frau sich haben scheiden lassen, ist Janice mit ihrer Mutter zusammen nach Boston gezogen. Rule Shaker hat Melissa behalten, die damals zwei Jahre alt war. Sie haben ihre Kinder ganz ähnlich aufgeteilt, wie ihr es mit mir und Teddy gemacht habt.

Janice hat mit nur achtzehn Jahren einen schwedischen Ingenieur geheiratet, der mit ihr zusammen im ersten Semester zur Universität ging. Ein Jahr später wurde er bei einem Staudammprojekt getötet. Ihre schwedische Verwandtschaft hat sie offensichtlich vollkommen aus der Familie ihres Mannes rekrutiert, einschließlich des Ingenieurdiploms bei dir an der Wand. Wie dem auch sei, irgendwann hatten Janice und ihr Vater die Idee, dich auszunehmen, was ihnen auch vorzüglich gelungen ist. Sie haben dich ganz und gar an der Nase herumgeführt.

Sie hat mir gegenüber zugegeben, Louey umgebracht zu haben. Sie hasste ihn und wollte nicht, dass ihre Schwester mit ihm zusammen war. Sie hat die Bombe hereingeschmuggelt, die ihn in die Luft gejagt hat. Emma und ich waren nicht das Ziel gewesen. Und als du Melissa, ihre Schwester, hast umbringen lassen, hat sie versucht, dich umzulegen. Vielleicht hätte sie ohnehin versucht, dich umzubringen. Ihre genauen Pläne hat sie mir nicht mitteilen wollen. Ich weiß es nicht, und du wirst es ebenso wenig erfahren. Es ist auch nicht weiter wichtig. Unter diese ganze Angelegenheit wird jetzt ein Schlussstrich gezogen.«

Sie beobachtete, wie er sich aufrichtete. Sicherlich litt er dabei unter Schmerzen im Brustkorb. Er schwieg, die Hände nahe am Körper. Dann sagte er mit geschmeidig weicher Stimme: »Wenn es stimmt, was du sagst, und sie mich betrogen hat, wie sollte da ein Schlussstrich gezogen werden können?«

Seine Wut hätte sie besser ertragen als diese tödliche Kälte. Sie wusste nicht, wie sie es zu Stande brachte, aber es gelang ihr: Sie lächelte breit. »Weil ich, Papa, dein Leben gerettet habe und jetzt unter alles einen Schlussstrich ziehen werde. Niemand wird niemanden mehr umbringen. Wenn du Eve oder Rule Shaker ans Leder zu gehen versuchst, gehe ich zur Polizei. Es stimmt zwar, dass ich nur wenige harte Beweise in der Hand habe, aber ich weiß genug, um die Sache für dich ausgesprochen unangenehm zu machen. Wenn du dich weigerst, die Sache zu beenden, wirst du Emma und mich niemals wieder sehen. Ich werde es nicht riskieren, dass Emma in die Frontlinie zwischen dir und Rule Shaker gerät.

Es wird keine Versuche mehr geben, dich oder irgendjemanden in deiner Umgebung zu ermorden, und das schließt mich und Emma mit ein. Eve und ihr Vater haben dem zugestimmt. Du hast ihm eine seiner Töchter genommen, und du wirst die andere zurückgeben. Louey ist tot, und du selbst hättest zwei Mal um Haaresbreite daran glauben müssen. Sie beide wissen, dass ich sie ausliefern könnte, weil ich meine Unterhaltung mit Eve auf Band aufgenommen und sie ihnen vorgespielt habe. Eine Kopie des Bandes befindet sich bei Dillon Savich vom FBI, die andere beim Obersten Gericht in San Francisco. Ich weiß alles und werde dichthalten. Glaube mir, die Sache ist ausgestanden.«

Langsam hob er die Hand. Einen Augenblick lang glaubte Molly, er wolle sie schlagen. Sie blieb stehen und wartete.

Langsam senkte Mason Lord den Arm. Seine Stimme war nur noch ein Flüstern, als er sagte: »Du bist meine Tochter, und du drohst mir?«

»Ja, das tue ich. Es ist die einzige Möglichkeit, sowohl dich als auch Emma zu schützen. Ich möchte nicht Angst haben müssen, dass Emma das nächste Opfer von Rule Shaker sein könnte. Außerdem möchte ich nicht, dass entweder seine Tochter oder er dich umbringen werden. Und jetzt möchte ich dir das Versprechen abnehmen, dass du die Shakers in Ruhe lässt.«

Mason starrte seine Tochter an, die ihrer Großmutter so unglaublich ähnelte. Sie war dagegen gewesen, dass Alicia ihn heiratete und hatte ihn immer als Abschaum betrachtet. Sie hatte ihn angesehen und ihn bis in den letzten Winkel seiner Seele durchschaut. Er hatte das Wissen in ihren grüngrauen Augen gesehen – Mollys Augen –, und er hatte sie aus tiefstem Herzen gehasst. Und nun stand hier Molly, die viel mehr von ihr als von ihm hatte, und machte ihm Vorschriften. Was war nur los mit ihm? Sie war nur eine Frau, mehr nicht.

Er hätte ihr zu gerne die Leviten gelesen, doch stattdessen sagte er: »Ich habe den Abschaum beseitigt, der Emma malträtiert hat.«

Seine Stimme war verteidigend, fast schon eine Spur weinerlich. Es erstaunte und erfreute sie. »Ja, ich weiß. Deswegen habe ich auch noch nicht die Polizei eingeschaltet. Weißt du, was, Papa? Ich halte dich nicht für durch und durch schlecht. Du hast versucht, deine Familie zu beschützen. Das spricht für dich. Sehr sogar. Bist du einverstanden, Papa? Die Sache ist hier und jetzt abgeschlossen?«

Mason Lord blickte auf seine schlanken, weißen Finger. Die Haut auf seinem Handrücken wirkte schlaff. Langsam hob er den Kopf. Molly stand schweigend vor ihm, ihr wildes rotes Haar hatte sie zurückgebunden und mit einer goldenen Haarspange im Nacken befestigt.

Ihre Ohren, dachte er, ihre Ohren gleichen denen von Alicia. Alicias Ohren hatte er immer als besonders schön empfunden. Wieder hörte er sie mit ruhiger, tiefer Stimme fragen: »Bist du einverstanden, Papa?«

Das Telefon zu seiner Linken begann laut zu klingeln.

»Nimm ab«, sagte Molly und blickte auf die Uhr. »Es ist Rule Shaker, auf die Minute pünktlich. Mach der Sache ein Ende, Papa.«

Vielleicht war es wirklich an der Zeit, die Sache abzuschließen. Sie hatte Mut, seinen Mut, hier hereinzuplatzen und ihn zu maßregeln.

Zum Teufel mit allem. Er nahm den Hörer ab und sagte zu dem Mann, mit dem er seit zwanzig Jahren kein Wort gewechselt hatte: »Rule, hier ist Mason Lord.«

Epilog

»Es ist ein Junge«, rief Ramsey aus. Molly und Emma rannten von der Küche in sein Arbeitszimmer. Er drückte die Freisprechtaste und legte das Telefon ab.

»Herzlichen Glückwunsch!«, riefen Molly und Emma wie aus einem Munde. Emmas Dalmatiner, der sechs Monate alte Kenny, bellte wie verrückt und sprang an Ramseys Bein hoch. »Wann? Wie lange? Wie heißt er?«

Sherlocks Lachen drang laut und rau durch den Lautsprecher. »Er heißt Sean Franklin Savich und hat sich die Lunge aus dem Hals gebrüllt, als er in Dillons Hände geglitten ist. Er ist groß und gesund, und alles ist einfach wunderbar. Dillon hat die Sache wie ein Held überstanden und mich immer wieder zum Spazierengehen animiert, bis ich ihm schließlich gesagt habe, ich würde ihn k.o. boxen, wenn er mich nicht hinlegen und ihn anbrüllen ließe.«

Emma erkundigte sich, wann sie Sean vorbeibringen würden, damit sie mit ihm spielen könne. Bald, meinte Sherlock, sehr bald.

Als Ramsey den Hörer auflegte, setzte er sich in den dunklen Ledersessel und zog Molly auf seinen Schoß. Dann zog er Emma auf Mollys Schoß und schlang die Arme um sie beide. Es war eine Routine, an die sie alle drei gewöhnt waren. Er blickte auf die Wand gegenüber, an der drei neoimpressionistische Gemälde hingen, die Molly und er gemeinsam während der letzten Monate ausgesucht hatten.

»Heute haben meine Rechtspfleger und meine Sekretärin angemahnt, dass sie Emma sehen wollen«, sagte er und küsste Mollys Ohr. »Seit dem letzten Mal sei mindestens schon ein Monat vergangen, meinten sie. Sie sagten auch, ich sei sehr egoistisch, was Emma betrifft. Also, wollt ihr beide mit in mein Büro kommen? Emma, du hast Montag einen freien Tag, du wirst also in der Schule nichts verpassen. Was haltet ihr davon?«

»Wird Frau Burger mir Zitronenkekse schenken?«, erkundigte sich Emma.

Ramsey lachte. »Die Gier obsiegt doch immer wieder. Aber ich werde sie fragen.«

»Wenn sie ja sagt, kann sie mit uns rechnen«, meinte Molly und küsste Emma aufs Ohr.

Als Emma vom Schoß gesprungen war und mit Kenny im Garten spielte, meinte Ramsey zu Molly: »Ich habe einen Anruf von Kriminalkommissar O'Connor von der Polizei in Oak Park erhalten. Auf einer Mülldeponie irgendwo im Süden Ohios haben sie den Mann gefunden, von dem sie annehmen, dass er deinen Vater angeschossen hat. Er war schon eine ganze Weile lang tot, sechs Monate vielleicht. Rule Shaker hatte offenbar nichts dem Zufall überlassen wollen.«

»Genau. Eve muss ihrem Vater von der Spucke erzählt haben, die die Polizei gefunden hatte. Sie wussten also, dass man die DNA eines Verdächtigen analysieren konnte. Seine Spuckangewohnheit hat ihn das Leben gekostet.«

»Das ist vermutlich kein sonderlich großer Verlust. Also ist jetzt alles vorbei. Für deinen Vater ist das sicherlich auch eine beruhigende Nachricht.« Er vergrub sein Gesicht an Mollys Hals und sagte: »Hast du dich schon entschieden, Molly? Fliegen wir nun zum Erntedankfest nach Italien oder nach Chicago? Das sollten wir wirklich langsam wissen, da es nur noch wenige Tage sind. Mit den Flugtickets könnte es möglicherweise eng werden.«

»Kein Problem«, meinte sie grinsend. »Zum Erntedankfest fliegen wir nach Italien und über Weihnachten nach Chicago. Ich habe meinem Vater schon gesagt, dass Emma ein paar sehr schöne Weihnachtsgeschenke erwartet und dass er deshalb Weihnachten bekommen hat.

Er hat sich zwar erst aufgeregt, dann aber gelacht. Gunther würde bereits mit dem Gedanken spielen, Emma eine G.-I.-Jane-Puppe zu Weihnachten zu schenken, und zwar samt dem dazugehörigen Waffenarsenal. Kannst du das überbieten?«

»Nein, ich werde es auch gar nicht erst versuchen.«

Molly rollte mit den Augen.

»Nun, da ich selbst meine Handpistole sicher in einem Karton auf dem obersten Regal im Schrank verstaut habe, kann ich wohl nicht viel dazu sagen. Übrigens habe ich Frau Garcia zurückgerufen. Sie ließ Grüße von Dr. Loo ausrichten und dass sie im Frühjahr wieder Ski fahren wolle.«

»Was hat sie über Emma gesagt?«

»Sie war zufrieden. Sie meinte, es sei gut für Emma, wieder zu verreisen. Auch findet sie Emmas Fortschritte sehr gut. Für den Augenblick jedenfalls habe Emma erst einmal genug darüber geredet und wäre auf ihre Art nun für nächste Schritte bereit.«

»Gott sei gedankt. Verwöhne ich sie immer noch zu sehr, Molly?«

»Nicht doch, sie ist eigentlich sehr vernünftig. Sie verwöhnt dich, um genau zu sein. Heute Morgen erst ist sie in die Küche gerannt, um dir Toast zu machen, damit du auf den Fliesen keine kalten Füße bekommst.«

Er lachte. »Im Bett pieksen immer noch ein paar Krümel. Ach ja, ich habe vergessen, dir etwas zu erzählen. Du weißt sicher, dass die Richter ihre Fälle durch ein Zufallssystem zugeteilt bekommen? Ich habe gerade mal wieder einen Prozess mit massivem Drogenhandel bekommen. Hoffentlich nimmt der ein anderes Ende als der Letzte seiner Art.«

»Ich werde mich im Gerichtssaal aufhalten, nur um sicherzugehen, dass sich niemand etwas herausnimmt.«

Er küsste sie erst aufs Ohr, dann auf die Nasenspitze.

»Emma verwöhnt mich, und du beschützt mich.« Er lehnte sich zurück und grinste sie an. »Was mehr könnte sich ein Mann noch wünschen?«